JN330084

国文学叢録

論考と資料

鶴見大学日本文学会

笠間書院

記念論集刊行にあたって

鶴見大学日本文学会会長　片　山　倫太郎

平成二十五年度、鶴見大学文学部日本文学科は創立五十周年を迎えた。それを記念して、記念論集を刊行する運びとなった。名誉教授、元教員、卒業生、在学院生にもご寄稿いただき、計十七本の「論考と資料」をここに収録することができた。また、十月から十二月にかけては、学外から六名の研究者をお迎えして「創設五十周年記念・秋期連続講演会」を催すことができた。あらためて謝辞を述べたい。

私は本学に赴任してまだ十年足らずの身ゆえ、過去に関する知識に乏しいのだが、それでも歴史の五分の一ほどには関与したわけである。今後はその割合も次第に大きくなるので、そういう意味でも感慨は少なくない。

本学日本文学科は、久松潜一氏が初代文学部長・学科長を兼ねて設立された。当初は英米文学科と併せても八十名足らずの入学者だったという。現在日本文学科は九十名の定員であるから、曲折を経ながらも倍以上の規模となったわけである。平成元年大学院修士課程を開設、平成六年には大学院後期博士課程を開設し、本執筆陣にもその修了生が複数含まれている。鶴見大学日本文学会は、学科開設に少し遅れて創設された。学科や専攻と連携して、『鶴見大学紀要』『国文鶴見』『鶴見日本文学』の紀要のほか、『鶴見日本文学会報』『鶴見大学国語教育研究』などの会報も定期的に発行し、研究と教育に充実をみてきたと言ってよいだろう。

十年足らずの個人的な経験から言えば、日本文学会の会員達はドキュメンテーション学科所属の二名を含めて、仲がよい。風通しよくスムーズに情報交換のできる環境は、他では得がたい財産だと思う。無論これは構成員の人柄に拠るところも大きいわけだが、本学科・本学会設立以来の気風であったとも側聞している。学生に対しても資するところが大きかったはずである。

文献学的実証主義の学風、これを五十年の伝統として真っ先に挙げるべきであった。附属図書館に収蔵された古典籍、近代文学のコレクション、国文学の文献等の充実は、他大学を圧倒する。小さな世帯の大学であるが、それがかえって専門分野の文献の充実を生んだ。無論、そこには図書館と本研究室のスタッフによる弛まぬ努力があったわけである。私学としての特徴を十分に発揮できた五十年であったと言ってよい。

大学を取り巻く環境の厳しいことは、もうずいぶん以前から語られ続けてきたことなので、ここであらためて述べることはしない。未来を語りたいと思う。五十年のうちに培われた伝統を根本から変えることはできない。私たちのすべきことは伝統に立脚した新しい試みであると、私は思う。それが何であるのかはスタッフそれぞれの胸中に確かにあるのだが、未だそれらを総合するには至っていない。十年後、六十周年の折には、それがしかと結実していることを願ってやまない。

平成二十六年三月

国文学叢録——論考と資料

［目次］

［論考編］

論考編

「柿本朝臣人麻呂羇旅歌八首」の主題

――巻三・二五四番歌の解釈を通じて――

新沢典子

はじめに

万葉集巻三に次の八首が載る。

柿本朝臣人麻呂羇旅歌八首　〈　〉内は原文。

①三津の崎　波を恐み　隠り江の　舟公宣奴嶋尓　（③２４９）

②玉藻刈る　敏馬を過ぎて　夏草の　野島の崎に　舟近付きぬ　（③２５０）

一本に云はく「処女を過ぎて　夏草の　野島が崎に　廬りす我は」

③淡路の　野島の崎の　浜風に　妹が結びし　紐吹き返す　（③２５１）

④荒たへの　藤江の浦に　すずき釣る　海人とか見らむ　旅行く我を〈旅去吾乎〉（③２５２）

一本に云はく「白たへの　藤江の浦に　いざりする」

⑤稲日野も　行き過ぎかてに　思へれば　心恋しき　加古の島見ゆ　〈一に云ふ「水門見ゆ」〉（③２５３）

⑥灯火の　明石大門に　入る日にや　漕ぎ別れなむ　家のあたり見ず（③254）

〈留火之　明大門尓　入日哉　榜将別　家当不見〉

⑦天ざかる　鄙の長道ゆ　恋ひ来れば　明石の門より　大和島見ゆ〔一本に云ふ「家のあたり見ゆ」〕（③255）

⑧飼飯の海の　には良くあらし　刈り薦の　乱れて出づ見ゆ　海人の釣舟（③256）

一本に云はく「武庫の海　舟庭ならし　いざりする　海人の釣舟　波の上ゆ見ゆ」

題詞には、「柿本朝臣人麻呂羇旅歌八首」とあるのみで、旅の目的や行程についての具体的記述はない。歌の内容を見ると、第一首（①）から第六首（⑥）に詠まれる「三津の崎」「敏馬」「野島の崎」「藤江の浦」「稲日野」「加古の島」「明石大門」といった地名は、瀬戸内海を東から西へ向かう、往路の行程を示しているように見え、⑦⑧は反対に、淡路島の西から大和の方角へ船が進む際の、すなわち復路を示しているように見える。

歌群内に、難波から瀬戸内海を航海する際に通過するであろう地名が、多少の齟齬を含みつつも、ほぼ順序通り並んでいること、[1] また何よりも題詞に「柿本朝臣人麻呂羇旅歌八首」とあることから、この八首の示す行程が、題詞のいう「羇旅」あるいはその一部であるとみなされてきた。

例えば、大浦誠士は、[2]

（⑤と⑦の）二首は、最初の地名を条件句「行き過ぎかてに思へれば」、「恋ひ来れば」で受けとめ、結句「可古の島見ゆ」、「大和島見ゆ」へとつないで行く点で、共通の形式を持つ。……旅程上の二地名の地名を詠み込むことが、西下・東上の旅にある主体を動態的に捉え、「旅ゆくこと」を主題化する上で重要な働きを持っているのである。

のごとく、⑤の「稲日野」「加古の島」や⑦の「明石の門」「大和島」といった旅程上の二地名が、歌群の主題である「旅ゆくこと」を動態的に描き出していると指摘する。この歌群の主題が「旅ゆくこと」あるいは「旅なること」であるという見方は、「家」との関わりに注目する平舘英子の論考にも、(3)家妻との空間的な距離と旅する土地の生活から切り離されてあることとの気付きを、「旅行く我れ」とそこに見られているものとの関係から捉えることによって、旅人としてある内面の世界と旅にあることの外部の世界との関係を把握し、「羈旅」として概念化していた。

として示されている。

④の第五句「旅行く我を」を通説どおり、「こうして旅行く私を」と解釈すれば、この歌群の叙述主体は紛れもなく旅の最中にあることになる。しかし、原文「旅去吾乎」と同じ「旅去」の用字で記される一首を見ると、

ちはやひと　宇治川波を　清みかも　旅行く人の〈旅去人之〉　立ちかてにする　(⑦1139)

とあり、「旅行く＋人称代名詞」が、現代語の「旅行く（人）」とは異なって、「これから旅に出立する（人）」の意味を表し得た可能性を残す。

そのように考えた場合、これら八首の歌の場が題詞のいうところの「羈旅」であるのかどうかについては疑ってみる余地がある。

確かに、⑤の歌に見える「稲日野」「加古の島」などの地名は、当時、畿内と畿外との境とされた明石海峡の西側に位置する。(4)けれども、歌の配列に従えば、「稲日野」や「加古の島」は⑥の手前、すなわち明石海峡の内側の地であるかのごとく配置されており、①から⑤までの歌は、歌群の中では、旅立ち前の抒情としてある、と見るべきではないか。

表現に即して具体的に見たい。⑦の第一句から第三句にある「天ざかる鄙の長道ゆ恋ひ来れば」の「恋ふ」の対象は第五句「大和島」である。⑤の第四句から第五句に「心恋しき加古の島」とあるその「恋し（き）」がそれと同様の心情を表すのだとすれば、「加古の島」は、旅の途中で目にした物珍しい景というのではなく、⑦で

いうところの「大和島」の範囲に属する、慣れ親しんだ日常の側の景ということになろう。

このように考えてみると、旅の具体的記述は、⑦の歌に「天ざかる鄙の長道（ゆ）」として示されるのみであり、旅なる者の抒情と捉えられてきた人麻呂の羈旅歌八首は、羈旅を直接に描かない、出立時と帰着時点における詠作ということになる。

この歌群を読み解く際に、鍵となるのが⑥の歌である。通常、「燈火明き明石、その明石の海峡に船がさしかかる日には、故郷からまったく漕ぎ別れてしまうことになるのであろうか。もはや家族の住む大和の山々を見ることもなく。」（伊藤博『万葉集釈注二』〈③254釈文〉）[5]のごとく、明石海峡から西が「大和島と絶縁する完全な異境と考えられていた」ことを前提に、物理的に家と切り離された旅人の悲哀を表現した歌であると解釈される。ところが、⑦には、「明石の門より大和島見ゆ」とあり、明石の門の西側から大和島が見える状況が詠われている。直前の⑥歌ではなぜ、明石海峡に入ると故郷が見えなくなるといった表現が成り立ち得るのか。見えない理由は、距離の問題のみではあるまい。

結論から言えば、⑥の第三句「入日哉」の「入日」は、久米常民「『留火之 明大門尓 入日哉』の訓釈」[6]の指摘するように、「（船が海峡に）入る日」ではなく落日のことを指すと捉えるべきである。仮に⑥が、夜の航海の情景を描くことで行く方も知れず家の辺りも見えないといった、出発時点における旅人の心情を表現した歌であったとすれば、実際の旅の過程は、この八首の上には直接には表れていないことになる。題詞に「柿本朝臣人麻呂羈旅歌八首」とあるがゆえに、旅の歌であることが前提とされてきたこれら八首は、果たして羈旅を共通の主題かつ歌の場とする歌群であるのだろうか。

以下、⑥の解釈を通じて、柿本人麻呂の「羈旅歌八首」とその主題であるはずの旅との関わりについて考えてみたい。

一　「入日」の文字列が喚起するイメージ

「柿本朝臣人麻呂羈旅歌八首」の第六首（⑥）については、「灯火の明るい、そのアカシではないが、明石海峡に船がさしかかる日にはいよいよ大和とも漕ぎ別れることになるのだろうか。わが家のあたりを見ることのないまま。」（阿蘇瑞枝『萬葉集全歌講義』[7]）、「灯火の明るい明石海峡に入って行く日に、漕ぎ別れることになるのだろうか。故郷の家のあたりを見ずに。」（多田一臣『万葉集全解』[8]）のごとく、第三句の「入日」を「（明石海峡に船が）さしかかる日」の意と捉えるのが一般的である。しかし、万葉集中に「入日」の文字列で「ある場所に入る日」を表す例はなく、四例ある「入日」の例はすべて、次に挙げるように、西の方角に入る日、すなわち落日のことを指す。

・つのさはふ　石見の海の　言さへく　唐の崎なる　海石にぞ　深海松生ふる　荒礒にぞ　玉藻は生ふる……雲間より　渡らふ月の　惜しけども　隠らひ来れば　天伝ふ　入日さしぬれ　大夫と　思へる我れも　敷栲の　衣の袖は　通りて濡れぬ

（①135、人麻呂「石見相聞歌」第二長歌）

・うつせみと　思ひし時に〔一云　うつそみと　思ひし〕取り持ちて　我がふたり見し　走出の　堤に立てる　槻の木の　こちごちの枝の……鳥じもの　朝立ちいまして　入日なす　隠りにしかば……

（②210、人麻呂「泣血哀慟歌」第二長歌）

・うつそみと　思ひし時に　たづさはり　我がふたり見し　出立の　百枝槻の木　こちごちに　枝させるごと……鳥じもの　朝立ちい行きて　入日なす　隠りにしかば……

（②213、人麻呂「泣血哀慟歌」或本歌）

・我がやどに　花ぞ咲きたる　そを見れど　心もゆかず　はしきやし　妹がありせば　水鴨なす　ふたり並び居る……あしひきの　山道をさして　入日なす　隠りにしかば　そこ思ふに　胸こそ痛き　言ひもえず　名づけも知らず　跡

もなき 世間にあれば 為むすべもなし　（③466、家持）

右を見ると、当該歌を除く四例中三例が挽歌であり、「入日なす」の形式によって「隠る」を導く比喩として用いられていることがわかる。これをふまえれば、「入日」が当時の口頭言語において「落日」の意を表していたというよりも、和歌の中で限定的に落日のイメージを喚起するべく用いられた表現であったと捉えるべきであろうが、それでもなお、四首すべてにおいて「入日」は西に沈み行く落日のことを指しており、うち三例が、問題としている羈旅歌と同じ柿本人麻呂の作であるという点は無視できない。この点を考慮すると、つとに上田秋成が『金砂』[9]において、

泊に在て日正に沈みなん時に、東の方伊駒かづら木の嶺々の大和島を見やりて、家路のしのばしき初とまり情実にあはれ也。

と述べたように、また、土屋文明『万葉集私注』[10]が、

海峡に船の進み入る時といふ解釈が一般であり、巻十一、（二七二二）に「吾妹子が笠のかりての和蹔野に吾はいりぬと妹に告げこそ」の如き用例もあり、又「港いり」の句もあるからオホトニイルといふ表現も肯へるが、同時に落日の意味のイリヒも亦例が多い。海上に落日を見つついよいよ遠くなり視界を去る家郷に思ひを寄せるといふのは、少し今めかしい見方と言はれるかも知れないが、歌境は生々として来るやうに思ふ。

と指摘したように、「入日」の文字列は、太陽のイメージを想起させずにはいない。[11] このことをふまえて、近年では、

明石海峡にさしかかる日には漕ぎ別れてしまうのだろうか、家郷のあたりを見ることもなく。雑歌。「明石大門」は明石海峡で、畿外との境界の地と考えられていた。「入らむ日」には「入日」も響く。これによって枕詞「灯火の」には「明石」を起こすと同時に、宵闇に揺れる明石の海人の漁火の映像をも喚起させる働

きが生まれる。（『名歌名句大事典』[12]）

のごとく、両義的に捉えようとする説が提出されているが、「明石大門に入る日」が「船が明石海峡に入る日」の意であることを前提とする解釈にはなお疑問が残る。

問題の歌は、通行の訓によると、「ともしびのあかしおほとにいらむひやこぎわかれなむいへのあたりみず」であるが、古写本・版本に第三句を「いらむひや」と訓んだ例は確認できない。[13] 紀州本に「いるひかな」の訓を見る他はすべて、「いるひにや」と訓んでいる。現行の訓すなわち「いらむひや」は、「明石の門に入らぬ前には、大和の方も見えしが、此門へ入ては、見えぬやうに成なんといふ也」（『玉の小琴』[14]）という解釈に合わせて宣長によって改められたものであり、問題がない限りは、古写本の訓「いるひにや」に従うべきであろう。[15]

さて、この歌の第三句の訓みが「いるひにや」であったとすると、一首の訓は、

　ともしびのあかしおほとにいるひにやこぎわかれなむいへのあたりみず

ということになる。万葉集中に動詞「別る」は全四一例あるが、うち四〇例では歌の中に「別る」対象が明示されており、それを表現上に示さないのは、

　百隅の道は来にしをまた更に八十島過ぎて別れか行かむ（⑳4349、防人歌）

の一首のみである。「別る」の対象は、通常、

⑲4247　我が思へる君に別れむ

⑳4348　たらちねの母を別れて

のごとく、格助詞のヲやニを伴う。とするならば、「漕ぎ別れ（なむ）」の対象は、「入る日に（や）」であったと考えるのが自然である。「入る日」は、「（船が明石大門に）入る日」というのでなく、漕ぎ別れゆくその対象、すなわち「（明石大門に）入る日（＝太陽）」の義であった可能性を考慮すべきといえよう。

二　「明石大門に（船が）入る」か

「明石大門に入る日に（や）」の解釈が通説どおりであるとするならば、「明石大門に（船が）入る日に（や）」の意となるわけだが、船が海峡にさしかかることを「（明石大）門に入る」と表現する例は他に見当たらない。

万葉集中の「（名詞）に入る」という表現形式を見ると、

……あさもよし紀路に入り立ち真土山越ゆらむ君は……（④543）
いかならむ時にか妹をむぐらふの汚なきやどに入りいませてむ（④759）
大君の境ひたまふと山守据ゑ守るといふ山に入らずは止まじ（⑥950）
大刀の後鞘に入野に葛引く我妹……（⑦1272、旋頭歌）
岩が根のこごしき山に入りそめて山なつかしみ出でかてぬかも（⑦1332）
……夏虫の火に入るがごと湊入りに舟漕ぐごとく……（⑨1807）
……水に入り火にも入らむと立ち向かひ競ひし時に……（⑨1809）
卯の花の散らまく惜しみほととぎす野に出で山に入り来鳴きとよもす（⑩1957）
玉垂の小簾のすけきに入り通ひ来ね……（⑪2364、旋頭歌）
何故か思はずあらむ紐の緒の心に入りて恋しきものを（⑫2977）
味鎌の可家の湊に入る潮のこてたずくもか入りて寝まくも（⑭3553）

のごとく、「に」に上接するのは、「紀路」「やど」「山」「鞘」「火」「心」「港」など、境の明確な一定の範囲をもった空間を表す名詞である。「〜に入る」とは、外からそうした限られた空間の中に移動する意を表すと推定され、出入り口、あるいは境界を表す「門」は右の名詞とは質を異にするように思われる。後ろから三例目「小簾のすけきに入り通ひ来ね」の「小簾のすけき」は「門」に通ずる語句のようにも見えるが、これは「入り」に下接する動詞「通ふ」の影響を受けた表現と判断できる。

また、万葉集中の、「門＋入る」の表現を確認すると、

・一日には千度参りし東の大き御門を入りかてぬかも（②186）

・……岩床の根延へる門を朝には出で居て嘆き夕には入り居て偲ひ……（⑬3274）

・……岩床の根延へる門に朝には出で居て嘆き夕には入り居恋ひつつ（⑬3329）

・……東の中の御門ゆ参り来て……（⑯3886）

のように、格助詞「に」を用いた「門に入る」の類似表現は、第三例の一例のみであることがわかる。その一例にしても、形式的には「門に入る」に準ずる例のように見えるものの、「入り居恋つつ」とあることにも明らかなように、ここでの「門」は意味の上では家と同義であり、境界としての門を指してはいない。「門に入る」という表現は、門を通って内側に入るということが強く意識されている時に限って用いられるのであり、仮に「明石大門に入る」という表現形式が成り立つとしても、「門」の向こう側が外にあたる当該歌（⑥）の場合、右の第三例とは意味の上では真逆となる。

次の四例を見ると、門にさしかかるという内容を表現するときには「門＋入る」ではなく、「門＋渡る」の形式が用いられたことがわかる。

山のはの　ささらえをとこ　天の原　門渡る光　見らくし良しも（⑥983、大伴坂上郎女）

沖つ国　うしはく君が　塗り屋形　丹塗りの屋形　神が門渡る（⑯3888）

淡路島　門渡る舟の　梶間にも　我は忘れず　家をしそ思ふ（⑰3894）

我が門ゆ　鳴き過ぎ渡る　ほととぎす　いやなつかしく　聞けど飽き足らず（⑲4176、家持）

〈「毛・能・波・氏・尓・乎」六つの辞を欠く〉

このように、門にさしかかるという内容を「門に入る」と表現する例はなく、同内容を表す場合にはむしろ「明石大門を渡る日や」の形式が適当であることが確かめられるのだが、これらを考え合わせると、「明石大門に入る日（にや）」を、船が海峡にさしかかる日（day）と理解するには無理があり、他の「入日」用例に従って「入日」＝「落日」と理解すべきといえる。

さて、当該歌（⑥）の第四句「漕ぎ別れなむ」と同じ表現を含む歌を見ると、ある共通した形式を有することに気づく。次の例を見られたい。

・灯火の明石大門に入る日にや漕ぎ別れなむ家のあたり見ず（③２５４、当該歌）

・やすみしし 我ご大君の 畏きや 御陵仕ふる 山科の 鏡の山に 夜はも 夜のことごと 昼はも 日のことごと 哭のみを 泣きつつありてや ももしきの 大宮人は 行き別れなむ（②１５５、額田王）

・一世には二度見えぬ父母を置きてや長く我が別れなむ〈一に云ふ「相別れなむ」〉（⑤８９１、憶良）

・あらたまの年の緒長く照る月の飽かざる君や明日別れなむ（⑫３２０７）

右は、「別れなむ」の表現を含む万葉歌全四例であるが、当該歌を含めて四例すべてに共通して「〜や……別れなむ」の形式が確認できる。右四例のうち、特に後半の二例を見ると、「や」は疑問というよりも、詠嘆として、別れる相手・状況などを表す表現に接し、別れを悲嘆する原因を具体的に示しているように見える。具体的に見ると、第三例（⑤８９１）には、「や」に上接する内容である「二度見えぬ父母を置きて」が別れを悲しむ原因として示されており、第四例（⑫３２０７）は、「飽かざる君」と別れねばならぬことを悲嘆する内容となっている。第二例（②１５５）は、「や」によって別れの対象が示されているわけではないが、「哭のみを泣きつつありて」という状態であるにも拘わらず別れねばならぬという状態を示す。こうした例をふまえつつ「〜や……別

れなむ」の形式を解釈すると、

なんということだ、（こういう状態である）にも拘わらず〈＝「や」に上接する内容〉、不本意ながら離れて行かなければならないのだなあ〈＝「別れなむ」〉。

とするのが適当であろう。

とするならば、当該歌では、「や」の接する「灯火の明石大門に入る日に」別れるという状態を特に嘆いたということになる。なぜ、「灯火の明石大門への入る日に」漕ぎ別れることが悲嘆の原因となるのか。この点について、歌冒頭の枕詞と歌の内容との関わりをふまえつつ考えたい。

三　枕詞「灯火の（明石）」の意味するもの

「ともしびの」という枕詞の使用例は、万葉集中他に例がない。「明石」に係る枕詞は、白井伊津子『枕詞・被枕詞事典』[16]によると、「吾が心」（⑮3627）「灯火の」（③254）「居待月」（③388）の三種である。それぞれ一回限り用いられた例であり、枕詞と被枕詞の繋がりを支える論理はそれぞれの歌の中に明示されている。枕詞である「心」「灯火」「居待月」と被枕詞である地名「明石」とを結ぶのは、地名「明石」と同じ音を持つ、枕詞にあたる名詞の属性としての形容詞「明し」である。地名「明石」に係る枕詞のうち、いま問題としている人麻呂羈旅歌の例を除く二例を次に挙げる。

・海神は　くすしきものか　淡路島　中に立て置きて　白波を　伊予に廻ほし　居待月　明石の門ゆは　夕されば　潮を満たしめ　明けされば　潮を干れしむ　潮さゐの　波を恐み　淡路島　磯隠り居て　いつしかも　この夜の明けむと　さもらふに　眠の寝かてねば　瀧の上の　浅野のきぎし　明けぬとし　立ち騒くらし　いざ子ども　あへて漕ぎ出む　にはも静けし　（③388）

・朝されば　妹が手に巻く　鏡なす　三津の浜辺に　大舟に　ま梶しじ貫き　韓国に　渡り行かむと　直向かふ　敏馬をさして　潮待ちて　水脈引き行けば　沖辺には　白波高み　浦回より　漕ぎて渡れば　我妹子に　淡路の島は　夕されば　雲居隠りぬ　さ夜ふけて　行くへを知らに　我が心　明石の浦に　舟泊めて　浮き寝をしつつ　わたつみの沖辺を見れば　いざりする　海人の娘子は　小舟乗り　つららに浮けり……　（⑮３６２７、遣新羅使人歌）

地名「明石」はいずれも、「居待月→明石」「我が心→明石」のごとく、形容詞「明し」の語に導かれてはいるが、そこに描かれるのは、それとは対照的に、夜の明石である。

第一例（③３８８）では、「居待月明石の門ゆは」の直後には、「夕されば……明けされば……」のごとく、夜昼ともに描写されるけれども、それは明石の門に恒常的に見られる潮の干満についての叙述であって、続く「潮さゐの　波を恐み　淡路島　磯隠り居て　いつしかも　この夜の明けむと　さもらふに……」を見れば、詠歌主体の置かれた時間が夜であることがわかる。第二例（⑮３６２７）は、夕方になると雲居に淡路島が隠れ、夜が更けて行く先も見えぬ、と闇を描いた直後に、「我が心明石の浦」の表現が現れる。「我が心」の枕詞が、「明し」という属性によって、夜の明石の暗さを相対的に際立たせるわけである。

この点を踏まえるならば、当該歌冒頭の「灯火の明石大門」の「灯火の」も、単に形容詞「明し」の意を介して地名「明石」に掛かる枕詞というのでなく、夜の明石海峡を描き出す表現であったと捉えるべきではないか。当該歌が夕から夜にかけての明石の景を叙したものであるとすれば、第五句「家のあたり見ず」も解釈可能となる。距離的に遠のくというのみならず、明石の海を闇が包む、そのことが「家のあたり見ず」の原因というのである。

実際に、夜になると大和島が見えなくなることと併せて、灯火を灯すことでそれが可能となることをモチーフとした歌が巻一五に確認できる。

海原の　沖辺に灯し　いざる火は　明かして灯せ　大和島見む（⑮３６４８）

右の歌を、いま問題としている人麻呂羈旅歌八首の第六首（⑥）、

⑥灯火の　明石大門に　入る日にや　漕ぎ別れなむ　家のあたり見ず（③２５４）

に重ねてみると、⑥の歌では、第一句「灯火の」と第三句「入日（にや）」が互いに連関しつつ、第五句「家のあたり見ず」の理由を明らかにする、そうした構成を見て取ることができる。次の顕宗即位前紀の記述は、弘計皇子の皇位継承に関わる譬喩の一部である。『荘子』逍遥遊第一において、堯が天下を許由に譲って発した言葉を下敷きとするものであるが、灯火が日月の代替として表現されている点が注意される。

日月出矣、而爝火不息、其於光也、不亦難乎。時雨降矣、而猶浸灌、不亦労乎。

（日月出でて爝火息まず、其の光にして亦難からずや。時雨降りて猶し浸灌す、亦労しからずや。）

（『日本書紀』顕宗天皇即位前[i]）

同様に、万葉集には、月が入るのと入れ替わるように灯火が点されることを描いた次のような歌がある。火を夜灯すというのはごく当たり前のことではあるが、ここでは文芸表現として、灯と日月とが入れ替わるというモチーフが和歌においても存したという点を確認しておきたい。

山のはに　月傾けば　いざりする　海人の灯火　沖になづさふ（⑮３６２３、遣新羅使人歌）

以上をふまえて、改めて⑥の歌を解釈すると、

「明し」という名を負う明石海峡に太陽が沈んでいく。（暗闇の中）不本意ながら船を漕ぎ、そこから離れていかねばならないのだなあ。（周りも暗く、距離も遠のく。）もう家のあたりは見るべくもない。

ということになろう。落日に伴って深まりゆく闇中の出立に対する不安と故郷が見えぬことへの悲嘆、すなわち来し方からも行く方からも切り離された旅人の心情を表現した一首であると捉えることができる。

おわりに

巻一五の遣新羅使人歌群の中に次のような長歌がある。

……（Ⅰ）我妹子に　淡路の島は　夕されば　雲居隠りぬ　さ夜更けて　ゆくへを知らに……（Ⅱ）暁の　潮満ち来れば　葦辺には　鶴鳴き渡る　朝なぎに　船出をせむと　船人も　水手も声呼び　にほ鳥の　なづさひ行けば　家島は　雲居に見えぬ　我が思へる　心なぐやと　早く来て　見むと思ひて　（⑮3627）

（Ⅰ）の箇所では、「（我妹子に）淡路の島は夕されば雲居隠りぬ」のごとく、「我妹子に」の名を冠す「淡路の島」が、夕闇の到来によって雲に隠れると詠う。その後、夜が更けゆくに従って時間の進行とともに、「ゆくへ」さえも知らぬという旅人の不安定な状態が描かれている。そこに示されるのは、夜の到来によって、家からも行く先からも切り離される旅人の心情に他ならない。対して、（Ⅱ）の部分には、暁の到来が詠われる。朝の訪れによって、「家島は雲居に見えぬ」と、家とのつながりを取り戻し、そのことが「心なぐ（や）」という期待を喚起する。この歌に描かれる旅人の悲哀は、家からの物理的距離に起因するものではなく、闇に包まれることによる心理的隔絶にある。だからこそ、朝になり「家島」を見ることで心がなぐさめられると期待し得るのである。

こうした文脈を、冒頭歌群に当てはめてみると、人麻呂羈旅歌八首の第六首（⑥）は、夜の到来によってただ距離ばかりでなく、視界の上でも故郷から切り離され、ゆく先も知れない出立前の心情を描いた歌であると見られる。配列に従えば、その不安は、再び大和島を見た第七首（⑦）の時点でなぐさめられるのであった[17]。

柿本人麻呂羈旅歌八首は「家のあたり」と「大和島」の見える範囲での詠歌から成り立っており、その主題たる「羈旅」は、⑦の第一句から第二句に「天ざかる鄙の長道」と示されるのみで具体的には描かれていない。主題である旅人の心情は、出立時と帰着時の、旅人の目を通した景の向こう側、すなわち⑥歌と⑦歌の間に、ただ透かし見えるのみである。

人麻呂の羈旅歌八首が旅の過程で詠まれた歌の集成であるように見えるのは、その題詞に「柿本朝臣人麻呂羈旅歌八首」とあることによる。ただ、同巻には全く同じ形式で「高市連黒人羈旅歌八首」（③270〜77題詞）との題詞も見え、「柿本朝臣人麻呂羈旅歌八首」の題は、高市黒人のそれとともに、編纂時に編者によって付された題詞と考えてよいだろう。(18) 人麻呂の当該歌群と黒人の羈旅歌群は、共通して、「一本云」の注記を含むのだが、巻三の中で「一本云」の注記はこの二歌群にしか現れない。この注記が、題詞と同時期に付されたのだとすれば、題詞を付したのは巻三を編集した編者であったと考えてほぼ間違いない。

当該八首を、羈旅という主題の一貫した、統一的な歌群に見せるのは、歌人人麻呂ではなく、私たちに先立って人麻呂の八首を受容した編者に他ならない。

＊万葉集本文は、『万葉集CD-ROM版』（木下正俊校訂、二〇〇一年、塙書房）に、日本書紀本文は、『新編日本古典文学全集日本書紀②③』による。但し、一部私に訓読・表記を改めた箇所がある。

【注】

（1）第四首（④）の「藤江の浦」、⑤「稲日野」「加古の島」は、⑥「明石大門」の西側にあり、歌に現れる地名の順は、想定される西下の航路とは矛盾する。

（2）大浦誠士「羈旅歌の成立―人麻呂羈旅歌八首をめぐって―」（『上代文学』七八号、一九九七年四月）。

（3）平舘英子『萬葉歌の主題と意匠』〈緒論〉（一九九八年二月、塙書房）。

（4）日本書紀大化二年（646）正月、改新の詔に「凡畿内、東自名墾横河以来、南自紀伊兄山以来〈兄、此云制〉、

西自赤石櫛淵以来、北自近江狭々波合坂山以来、為畿内国。」とある。

（5）伊藤博『万葉集釈注二』（一九九六年、集英社）。

（6）久米常民「『留火之　明大門尓　入日哉』の訓釈」（『愛知県立大学文学部論集』〈国文学編〉第二四号、一九七三年一二月）。

（7）阿蘇瑞枝『萬葉集全歌講義二』（二〇〇六年、笠間書院）。

（8）多田一臣『万葉集全解1』（二〇〇九年、筑摩書房）

（9）『上田秋成全集　第三巻』（一九九一年、中央公論社）による。

（10）土屋文明『万葉集私注』〈新訂版〉（一九七六年、筑摩書房）。

（11）なお、久米常民前掲論文の他、菊川恵三も「入日」を明石海峡に沈む夕日とする見解を示している（「『万葉集』って何？」〈分筆〉『「万葉集」がわかる。』〈ＡＥＲＡＭｏｏｋ〉、一九九八年、朝日新聞社）。

（12）『名歌名句大事典』〈松田浩担当〉（二〇一二年、明治書院）。

（13）『校本万葉集二』『同　十二』『同　別冊一』による。

（14）『本居宣長全集・第六巻』（一九七〇年、筑摩書房）による。

（15）木下正俊「『入日哉』其他」（『万葉』第三〇号、一九五九年一月）。

（16）白井伊津子『枕詞・被枕詞事典』（『別冊国文学・万葉集事典』一九九三年、学燈社）。

（17）関谷由一「柿本人麻呂「羈旅歌八首」の位置―〈羈旅〉主題化の始発―」（『国語国文研究』一四四号、二〇一三年一二月）は、⑦歌中の「大和島」について、単に故郷たる大和を指す語ではなく、「夷」と対比される天皇を中心とした宮廷の象徴としてあるとする。

（18）関隆司「天平二年の『羈旅』」（『高岡市万葉歴史館紀要』第十五号、二〇〇五年三月）も同様の見解を示す。巻三には他に「羈旅歌一首〈并短歌〉」（③３８８）がある。作者不明歌であり、「作者（氏＋姓＋名）羈旅歌○首」の形式で記される人麻呂や黒人の羈旅歌と題詞の形式が多少異なる。万葉集中に「羈旅」とある例は他に五例。⑤８６４漢文序（吉田宜）「宜啓。伏奉四月六日賜書、……至若羈旅辺城、懐古旧而傷志……」、⑦１１６１～１２５

0部立「羇旅作」、⑦1417題詞「羇旅歌」、⑫3127〜3179部立「羇旅発思」、⑰3890〜3897題詞中「天平二年庚午冬十一月大宰帥大伴卿被任大納言〔兼帥如旧〕上京之時傔従等別取海路入京。於是悲傷羇旅各陳所心作歌十首」。

権帥橘公頼―『貫之集』登場人物素描―

高田信敬

承平五年（九三五）二月二十三日の除目において、参議橘公頼（八七七―九四二）は大宰権帥を兼ねることとなった。翌六年十一月七日従三位に叙せられる[1]。赴任に際して一階昇叙の恩典を受ける早い例であろう。「今日於殿上給餞之次、所叙也」（『公卿補任』）から見て、その後間もなく離京したと推される。出立にあたり、子息敏貞は紀貫之に送別の歌を依頼する。規定通りならば、大弐以上は陸路を取るので（『延喜式』巻二十三民部下）、山崎河陽館へ向かい山陽道に従ったのではないか。

たちばなのきむよりのそちの筑紫へ下る時、その子阿波の守としただのあそん、まゝはゝの内侍のすけに贈るものどもに加へたるうた、くすり

しばしわがとまるばかりに千代までの君がおくりはくすりこそせめ

かづら

うちみえむおもかげごとに玉かづらながきかたみに思ふとぞ思ふ

さうぞく

あまたにはぬひかさねねどから衣思ふこころはちへにぞありける

（『貫之集』Ｉ７２２～７２４。７２４は『拾遺抄』巻六別２１６「帥にて橘公頼がくだり侍りけるに、馬のはなむけに装束調じて

つかはしける」（作者名なし）・『拾遺和歌集』巻六別327「橘公頼帥になりてまかりくだりける時、としさだがままはは内侍のすけの馬のはなむけし侍りけるに、装束にそへてつかはしける　つらゆき」として入集する。以下資料引用に際し、論旨に関わりのない範囲で表記を改めることがある）

公頼は延喜六年九月少弐に任ぜられていたので、大宰府官人として二度目の勤務である。ただし初任時には、延喜七年正月に備前権介となっており、少弐は遙授か。権帥の下に、歌人としても名高い源公忠（八八九―九四八）が、大弐の官に就いていた。しかし、公忠は殿上人であり続け、また「天慶三年三月廿五日任大宰大弐不レ起」（『三十六人歌仙伝』）の文言からも、都を離れてはいない。公忠は、延喜十九年（九一九）任近江権守時に大掾、息男敏仲六位蔵人時の五位蔵人であった。貫之との縁は公忠が結んだものか。上首の帥は、多才の貴顕重明親王（九〇六―九五四）が承平六年時に在任しており（『朝野群載』巻十二伊勢斎王卜定）、これも京を離れることのない兼官である。公頼と実務を共にすることはなかったにせよ、きわめて豪華な陣容と言えよう。当該歌群は、承平五年二月以降（『貫之集』Ⅰ720）、天慶元年六月以前（同726）の間に位置し、家集の編年性と矛盾しない。

なお下向のほぼ一年前、都にあって大宰府関連の職務を執行しており(2)、参議を兼ねて朝儀にも参加し、公頼が多忙の日々をおくっていたことは、注意されてよい。『別聚符宣抄』に承平五年（九三五）十一月二十八日付太政官符「応下停二史生二員一加中置撿非違使正権各一人上事」・「応二撿非違使得替解任一事」二通が載り、在地撿非違使の増強と柔軟な任用とは、やがて天慶の兵乱へと発展する不安な情勢に対応するものか。

次いで天慶二年（九三九）八月、任地にあって中納言へ進む。これは「年労」による(3)（『公卿補任』）。天慶四年（九四一）二月二十日、従三位中納言のまま西海道に薨じた。橘氏長者ではないものの、兄弟中最も立身した人物である。薨後の釐務は大弐源清平（八七七―九四五）が執ったであろうが(4)、任期半ばにしてこれも大宰府に没する。ちなみに清平の後任は野大弐小野好古（八七七―九六八）であり、昇進を巡って源公忠と贈答したことが『大和物語』に見える。また『二中歴』第十三楽人に「公頼（夾注「壬午高麗笛」）」と記録されるのは、おそらく同名の地下楽人であろう。

一　「阿波の守としただ」と「まゝはゝの内侍のすけ」

前引『貫之集』Ⅰ（歌仙家集本）の「阿波の守としただ」を、西本願寺本「その子のあはのかみとしさだの朝臣」・御所本「そのこのあはのかみとしさだのあそん」・伝為氏筆本「このあはのかみとしさだ」に作る。『尊卑分脈』橘公頼の項には、敏仲・敏通・敏貞の三子を載せるので、「としさだ」（敏貞）が是である。その子実因・千観は高徳の僧として広く知られているけれども、『尊卑分脈』敏貞の注に「相模守、正五下」と見える官位のいずれも文証を欠き、天慶九年（九四六）十月二十八日、村上天皇大嘗会御禊に尚侍藤原貴子（九〇四—九六二）の「第一庇指車」が随行、「前駆五位十人」として奉仕した「前加賀守従五位下橘朝臣敏貞」を記録する『九暦』以外管見に及ばず、その生涯もほとんど明らかに出来ない。「まゝはゝの内侍のすけ」を伴い父公頼が西海へ下向した承平六年十一月頃、阿波守であったならば、臨時の異動でない限り、加賀守に遷任するのは遅く見て天慶三年（九四〇）春の除目、天慶七年頃任期を終えることになろう。すると同九年十月『九暦』の「前加賀守」は自然な肩書きであり、散位の時期が二年以上続いたと推される。

餞別の品「くすり・蔓・装束」に添えて歌を贈られた「まゝはゝの内侍のすけ」もまた、その伝を詳らかにしえないが、後に触れる寛湛法師の母とは別人と判断すべきである。[5] 諸本を検すれば、西本願寺本「まゝはゝの内侍のすけ」・御所本「まゝはゝのないし」、伝為氏本では「まゝはゝ」が登場せず公頼へ奉った。歌仙家集本と西本願寺本が『拾遺和歌集』に近く、伝為氏本が『拾遺抄』に類する事情はなお考えねばならぬとして、三通りの異文のうち、高位の女性官僚「内侍のすけ」（典侍）であれば、当時の在任例として滋野幸子の存在を確かめうる。しかし、『貞信公記』天慶元年（九三八）十一月三十日条に賀茂臨時祭の使者差遣遅延を「是縁二滋典侍調舞人装束遅奉一也」と説明し、この時点で「まゝはゝの内侍のすけ」は夫と共に大宰府へ下っているはず[6]であるから、在京と推される「滋典侍」は該当しない。また「ないし」なら通常掌侍を指し、やはり『貞信公記』承平元年二月一日条「大原野使内侍洽子俄申穢、仍令参明子内侍」、同年三月三十日条「酒殿預給明子掌侍」から、洽子[7]・藤原明子の二名を見出すものの、敏貞の「まゝはゝ」かどうか、決め手を欠く。

ここで後代の事例ではあるが、帥の妻となり西海道へ赴いた女性につき、瞥見しておく。まず藤原師輔（九〇八—九六〇）の女繁子。一条天皇（九八〇—一〇一一）の乳母となり、従三位典侍に至る。藤原道兼（九六一—九九五）の妾であったが、平惟仲（九四四—一〇〇五）の大宰府赴任に同行したらしい。長保三年（一〇〇一）正月二十四日、惟仲[8]は帥に任ぜられた。同年六月二十二日の『権記』に「大宰帥参二弓場一令下蔵人弁朝経奏中罷二下任所一由上…此夜宿侍、前典侍（夾注「繁子」）参入、申下向二大宰府一之由上、預仰二内蔵寮一、給二衝重一、召左馬寮□鹿毛給レ之云々」とあり、間もなく下向したか。この時天皇より餞別を賜った繁子は「前典侍」、つまり既に典侍ではなかった。夫と共に離京するための辞任であるかどうかは、確かめられない。寛弘元年（一〇〇四）三月二十四日には宇佐宮神人等から非例を訴えられており（『日本紀略』）、同年七月一日「帥献二芹両府（藤原道長・顕光）一、又妻三位候二御所一」（『小右記』）によると、繁子は帰洛していたか。寛弘二年三月十四日惟仲が任地に没して後、出家し好明寺に住んだ。それを『権記』寛弘八年八月二日の一条天皇四十九日法要捧物記事の「藤原繁子朝臣」夾注に「前典侍十位也、世号二藤三位一、出家為二比丘一住二好明寺一」よって知るのである。

もう一人は、橘徳子。長徳元年（九九五）十月十八日、その夫藤原有国（九四三—一〇一一）は大弐に任ぜられた。『小右記』翌二年八月二日条「大二《ママ》有国今日奏二赴任之由一、有二加級・給禄一云々」と七日条「参二左府（道長）一、依レ有二御消息一、被レ餞二大弐一」より、出立の時期が判明する。『栄花物語』巻四見はてぬ夢は「このごろ大弐辞書たてまつりたれば、有国をなさせ給へれば、世の中はかうこそはあれと見えたり、みかどの御乳母の橘三位の、北の方にていと猛にてくだりぬ」と言い、夫に伴っての下向を伝えている。ちなみに、徳子の叙従三位は長保二年（一〇〇〇）正月二十七日（『権記』）ゆえに、「橘三位」は極官表記に類するものである。[10]

以上の二例をもって、『貫之集』の「まゝはゝの内侍のすけ」・「まゝはゝのないし」につき何らかの言明をなすことは勿論困難である。しかし、女房殊に官僚としての職分を持つ女性が都から離れる時、その官や職分を辞するか否か、[11] 問題提起にはなろう。

二　もう一人の子

若き日の公頼、その一断面を伝える歌が『後撰和歌集』巻十三恋五にある。

　公頼朝臣、今まかりける女のもとにのみまかりければ　寛湛法師母

　ながめつつ人まつよひのよぶこ鳥いづかたへとかゆきかへるらむ（942）

従三位中納言を極官としながら、帥公頼もしくは中納言公頼と書かず、「公頼朝臣」に作るのは『古今和歌集』・『後撰和歌集』の表記慣例によるものであることのそれはそれとして、『後撰和歌集』中に橘橘敏仲詠を二首（巻十610・612）収め、橘敏仲は梨壺五人とほぼ同じ時代を生きた、撰者周知の人物のはずである。もし寛湛法師と敏仲が同母の兄弟ならば、先の詞書・作者名はそれを何らかの形で反映するか―たとえば「敏仲母」の如く―と思われ、また『尊卑分脈』橘公頼の項に寛湛法師の名が掲げられず、掲出の三子息は敏字を共通に持つ点からも、彼らの母を『後撰和歌集』の内に捜すとすれば、むしろ「今まかりける女」であろう。

ともかく、『後撰和歌集』編纂時点で寛湛は凡僧に過ぎず、その母に関して某が知り得たところもない。しかし『僧綱補任』延長三年（九二五）「竪者」の項に「寛堪、興福寺、次南祚」と「寛堪」の名が録され、[11] 次いで天暦

十年（九六六）「講師寛堪、法相宗、興福寺、橘氏、三月二日宣、五十八（朱）」、応和元年（九六一）権律師の項に「寛湛、同日（十二月二十八日）任、法相宗、興福寺、已講労、左京人、橘氏、六十三（朱）、法皇御弟子（朱傍書）」、同二年権律師の項に「寛湛」、最後に同三年「寛湛、入滅、三月十五日、六十五（朱）」の履歴を見るのである。「寛堪」は「寛湛」の誤写と考えられ、「橘氏」がその父の姓を語っているところは、とてもありがたい。『後撰和歌集』に恨み言を留めた女性は、橘公頼と離別後、他の男との間に僧侶となる一子を産んだのではなく、公頼を父とする子息が寛湛法師である、と推される。年齢注記から逆算して昌泰二年（八九九）の誕生、公頼二十三歳の子と判断して誤りはなかろう。『後撰和歌集』や『公卿補任』と付き合わせれば、宇多天皇に近侍し、有能な少壮官僚として働いていた頃である。「寛湛法師母」は公頼の最初の、そうでなくとも早い時期の配偶者と推され、次いで「今まかりける女」との関わりを生じ—これが敏仲・敏通・敏貞らの母でなければ、さらに他の女性と交渉があった—、晩年「ままはの内侍のすけ」または「まゝはゝのないし」を伴侶としたのである。寛湛法師母は公頼と離別し、育てた子を僧侶としたのであろうが、『僧綱補任』の「橘氏」の文字は、父の後見を語ってはいないか。また「法皇御弟子」が、もし宇多上皇の教えを受けた意であれば、公頼と上皇との縁から極めて自然なことであり、初めての子であったかもしれない寛湛の将来が明るく開けるためになされた親の心遣いを、恣意の誹りは承知の上で、ここに読み取っておきたい。傍証として、広沢の僧正と呼ばれる寛朝（九一五—九九八）に『僧綱補任』は「法皇御弟子」の注を付しており、『真言伝』巻五が「延長四年ニ年十一ニシテ法皇ノ神室ニシテ出家」を伝えてまさしく宇多上皇の法嗣である。ともあれ権律師にまで昇った寛湛が、おそらく正妻の所生であろう敏仲らと異なり、子息の中で生没年の唯一判明する人物となったのは、皮肉な話である。

三　橘公頼略年譜

公頼とその子息について知るところを年譜化した。典拠資料の略号は以下の通りとし、適宜説明を加える。息男の動静も併せて載せた。天徳四年三月卅日内裏歌合の右方念人「内侍」（十巻本）・「橘宰相」（廿巻本）から、『西宮記』の橘平子に比定、かつこれを公頼女と考える萩谷朴説は示唆的であるけれども、なお細かい検討を要する。また『後撰和歌集』巻十三恋五962「公頼朝臣のむすめにしのびてすみ侍りけるに、わづらふことありて死ぬべしと言へりければ、つかはしける　敦忠朝臣　もろともにいざといはずはしでの山こゆとも越さむものならなくに」は藤原敦忠（九〇六―九四三）詠となり、公頼の子に女性一人を加えるが、『敦忠集』Ⅰ132では「きむよりの卿のいもうと」と書かれる。さらに同一歌が『信明集』Ⅰ18に「閑院のおほいきみ」、同Ⅲに「かも院のおほきみ」、『朝忠集』にも「ほどへて女わづらひけれど」と見え、『大和物語』一一九段は藤原真興と閑院大君の話として載せるなど、実態を捉えにくい。

一＝一代要記・貫＝貫之集・九＝九暦・競＝競狩記・公＝公卿補任・後＝後撰和歌集・作＝作者部類・新＝新勅撰和歌集・西＝西宮記・僧＝僧綱補任・尊＝尊卑分脈・大＝大嘗会御禊事・醍＝醍醐寺雑事記・朝＝朝野群載・貞＝貞信公記・土＝土左日記・日＝日本紀略・扶＝扶桑略記・別＝別聚符宣抄・吏＝吏部王記・類＝類聚符宣抄

元慶元（八七七）是歳、誕生（公）。父、贈従三位中納言橘広相（八三七―八九〇）四十一歳の子（公・尊）、六男（公・作）。

　母、左馬頭従四位下雅風王女（公）。雅風王については未詳、文徳源氏か。

寛平八（八九六）正・二二、六位蔵人（公）。

同　二・二六、播磨少掾（公）。

同　九　正・一一、左衛門少尉（公）。

同　　七・三、　宇多天皇譲位により蔵人を辞す（公）。

一〇・正・二九　左衛門大尉（公）。

昌泰元（八九八）　一〇・三〇、宇多上皇の洛外御幸に奉仕、難波にて詠歌（競・新・扶）。宇多上皇には記録されたるものに限りても一〇度の洛外御幸あり、大和・河内・摂津等に及ぶ昌泰時のそれに公頼の同行を確認。『新勅撰和歌集』巻十九１２８２「同じみゆきに、なにはの浦にてよみ侍りける」の「同じみゆき」は「亭子院の御ともに」（１２８１詞書）にして、『扶桑略記』の「月尽也、管絃相随…頗得下乗レ潮駕レ浪之趣上、又各献二和歌一云々、着二於江北一下レ船騎レ馬、詣二住吉社一、和歌云々」（昌泰元年十月三十日）と対応するなるべし。

同　二　　四・二、従五位下、斎院長官（公）。当時の斎院は宇多第三皇女君子内親王（？―九〇二）、母女御橘義子は姉妹。この年、息男寛湛法師誕生（後・僧）、母未詳。

同　三　　二・二〇、中務少輔を兼ぬ（公）。

延喜二（九〇二）　九・一五、周防権守（公）。

同　六　　九・一七、大宰少弐、遙授なるべし（公）。

同　七　　正・一三、備前権介（公）。

同　一二　正・七、従五位上、「備前功」による（公）。

同　　　　正・一五、権右少弁（公）。

同　一三　四・一五、右少弁（公）。

同　一六　三・八、正五位下、亭子院御賀の賞。院司たるによる（公・西）。

同　一八　正・一二、左少弁（公）。

同　一九　正・七、従四位下（公）。
正・二八、近江権守を兼ぬ（公）。大掾は源公忠（八八九―九四八）。
四・一九、「前別当左少弁」と見ゆ（類）。侍従厨の別当たりしが、近江権守遷任によりて紀淑光（八六九―九三九）と交替。

同　二〇　正・三〇、右京大夫（公）。
九・一三、伊予権守（公）。

同　二・一七、昇殿（公）。

同　二一　正・三〇、左近衛中将（公・作）。上司左大将に藤原忠平（八八〇―九四九）、左中将には藤原兼輔（八七七―九三三）が在任。

同　二二　正・三〇、播磨権守（公）。

同　二・八、春日祭に「右近中将」として奉仕（日）。「左中将」が是か。

延長元（九二三）　四・二九、備前権守（公）。

同　二　四・一八、中将として賀茂祭より帰参の勅使を饗す（貞）。

同　三　正・七、従四位上（公）。

同　三・一、宇多上皇の使として、故貞保親王の旧居を藤原忠平に伝領（貞）。『拾芥抄』中の「華山院」夾注に「近衛南洞院東一町、本名東一条家云々、式部卿貞保親王家、貞信公伝㆓領之㆒住、小一条之東号㆑之東ノ家、九条殿令㆑給㆓外家㆒、冷泉院此所立坊、花山院伝㆓領之㆒」とあり、故貞保親王旧居はこれならむ。ちなみに貞保親王（八七〇―九二四）は清和第四皇子、管絃の名手として著聞し、南院と号す。その読書始めに『蒙求』を用ゐ、侍読は公頼父広相（三代実録）。

同　　　　是歳、息男寛湛興福寺竪者（僧）。
同　　　　四・四、宇多上皇の使として忠平室源順子の逝去を弔問（貞）。
同　　　　四・一三、宇多上皇の消息を忠平に伝ふ（貞）。
同　四　　一〇・一、孟冬旬に関し「左近中将」として説明（吏）。
同　五　　正・一二、参議（公）、五月十二日とも（一）。延長二年の補を言ふ（作）は誤り。(12)
同　六　　正・二九、播磨権守を兼ぬ（公）。
同　　　　六・九、弾正大弼を兼ぬ（公）。
同　七　　是歳　息男敏通文章生となる（朝）。
承平元（九三一）　七・一九、宇多上皇崩ず（貞・日）。父広相の縁に加へ、在位時は六位蔵人を勤め、譲位後は院司として諸方に使ひしたるなど、上皇に親しく奉仕せり。
同　　　　一二・一七、弾正大弼を辞し右兵衛督を兼ぬ（一・公）。
　　　　　一二・一九、後田村陵（光孝）・長岡陵（藤原乙牟漏）の荷前を担当（貞）。
同　二　　正・七、正四位下（公・貞）、三年の叙（一）は誤りか。参議の労によるものならむ。
同　　　　九・二七、忠平に息男敏通の挙状を進む（貞）。敏通は当時文章生にてありしか。
同　　　　一〇・二二、朱雀天皇大嘗会の大臣代につき忠平より指示を受く（貞）。節下の大臣代は大納言藤原仲平（八七五—九四五）の担当。
同　　　　一〇・二五、藤原兼輔とともに大嘗会次第使を勤む（大）。
同　　　　一二・三〇、追儺に「宰相行例」として参加（西）。
同　　　　是歳　息男敏通学問料を給さる（朝）。

同　三　正・一三、大和権守を兼ぬ（公）。

同　　　二・一三、左衛門督に移る（一・公）。前任者は藤原恒佐（八七九―九三八）、右衛門督は藤原実頼（九〇〇―九七〇）。

同　四　正・一四、息男敏仲六位蔵人として見ゆ（西）。蔵人頭は藤原師輔（九〇八―九六〇）、五位蔵人に源公忠あり。

同　四　一二・二八、旬ごとに参りたまひし光孝天皇（八三〇―八八七）の事例を「左衛門督」として語る（吏）。

同　五　正・四、息男敏仲忠平大饗に甘栗使となる（九）。蔵人の役ならむ。同二・一六、紀貫之土佐より帰京（土）。公頼との具体的交渉は不明。

同　　　二・二三、大宰権帥（公・作）。

同　　　九・七、信濃勅旨牧の馬を引く（九）。

同　　　一〇・一、録事を先例を述ぶ（吏）。「大宰権帥」と見ゆるも、参議としての奉仕。

同　　　一一・二七、権帥として在京のまま府務処理を申請（別）。

同　六　一一・七、赴任に際し従三位、殿上にて餞あり（公）。この日以降、息男敏貞の依頼により「ままははの内侍のすけ」送別の和歌を作る（貫）。

同　八　正・五、息男敏仲右大臣藤原実頼の大饗に「主殿頭朝臣」として参加（九）。主殿頭は従五位相当、もし承平五年の甘栗使を蔵人の役とせば、巡爵によりて五位となり、主殿頭に異動せしか。

天慶二（九三九）八・二七、年労により中納言に昇る（一・公）。同月五日召符を発給、入京を待たずして任ぜらる。

同　四　二・二〇、大宰府にて薨、六五歳（公・尊）。三月とせる（一）は誤り。『小右記』（治安三・一一・二一）に関連記事あり。

同　九　一〇・二八、大嘗会御禊の「前駆五位十人」の内に「前加賀守従五位上橘朝臣」として息男敏貞の名を見る（九）。「阿波の守としただのあそん」（貫）は「としさだ」（敏貞）が是。
天暦二（九四八）七・七、息男敏通「大学」として文章生試のため陣頭に候ぜしめらる（類）。
同　三　二・一五、息男敏通「大学頭従五位下橘朝臣」をして「大蔵一本御書」[13]を「実録」せしむ（類）。
同　四　五・二七、息男敏通憲平親王（冷泉天皇）御湯殿の儀に「大学頭橘朝臣」として『史記』五帝本紀を読む（九）。
同　　　閏五・二、息男敏通七夜の儀に「読書博士」として奉仕（九）。
同　七　八・五、息男敏通醍醐寺不輸租田に関する民部省符に「従五位上行少輔橘朝臣敏道」と署名（醍）。「敏道」は敏通ならむ。
同　一〇　三・二、息男寛湛講師となる（僧）。薬師寺最勝会講師か。
天徳二（九五八）二・二八、息男敏通仁王会呪願文を作る（日）。
応和元（九六一）一二・二八、息男寛湛権律師、已講労による（僧）。
同　二　正・一九、息男敏通前年の荷前使懈怠のため、侍従を解却せらる（類）。
同　三　三・一五、息男寛湛入滅（僧）。

【注】

（1）やや下る文証ながら、『玉葉』治承三年（一一七九）十一月二十二日条「納言已上知㆓行宰府㆒之時、被㆑任㆓権帥㆒、参議已下、所㆑被㆑任㆓大弐㆒也」や、『官職秘抄』の「権帥　大中納言任㆑之…大弐無㆓権官㆒　参議散三位任㆑之、其中以㆓大弁㆒為㆓最」が語るように、参議は大弐に任ずる慣例であり、同時期の補任例を見ても、延喜七年（九〇七）

権帥となった在原友于（八四三―九一〇）以外は知られず（『公卿補任』）、公頼の権帥は異例。また『江家次第』巻二十帥若大弐赴任事「或此次有二恩賞一、被レ叙二一階一云々」の通り、赴任に際し叙位を行うことも公頼以降多くなる。有能な参議の兼官と一階昇叙の恩典とは、承平天慶の不安な情勢に対応する政策の一環であろうか。なお帥に関しては、黒板伸夫「大宰帥小考」・「大宰帥についての覚書」（『摂関時代史論集』第一部）が周到精緻の見解を示す。

（2）地方官の在京については種々議論もあり得よう。貴族官僚達が在地を嫌い都に住みたがった一面は確かにあるとして、任地の政務を円滑に処置すべく、中央との繋がりを緊密にするため上京・在京していたことも、また事実である。愚文「橘道貞の下向―『赤染衛門集』管見―」（『国語国文』八二―六）に資料若干を引く。

（3）年労による官職補任の慣例を知らないので、史家のお教えを乞う。通常は官の異動ではなく位階昇叙をもって行われ、『二中歴』第七叙位歴に簡明な一覧がある。公頼の場合、任参議後五年で正四位下に至っており、叙位歴の「参議正四位下五年」と適合する。年労叙位については玉井力「平安時代における加階と官司の労」（『平安時代の貴族と天皇』第三部）参照。

（4）『西宮記』臨時八「同日（天慶五年閏三月十九日）参議大宰大弐清平朝臣令レ奏二赴任之由一」の通り、任地下向は翌年であるが、右大弁から参議に補せられた天慶四年三月二十八日、大弐を兼ねる。前任者公頼の訃を伝える解が同月十七日到着し二十二日上奏（『公卿補任』）、それを受けての急な措置であった。なお、権帥源経房（九六九―一〇二三）の薨去に関し、『小右記』治安三年（一〇二三）十一月二十一日条は「依レ無二府解一所レ未二申行一、但公頼・惟仲未二薨一奏之前、被三任二替人一」と言うので、『公卿補任』の伝える清平任大宰大弐（二十八日）が公頼薨奏（二十二日）より早かったことになる。両者の齟齬については未勘。

（5）田中喜美春・田中恭子『貫之集全釈』は「この人（寛湛法師母）が典侍なのか、敏貞母なのか未詳」と説く。後述するように、公頼の配偶であったと思われる女性は少なくとも三名、寛湛法師母と、敏仲らの母と、「まゝはゝの内侍のすけ」である。

（6）平安時代地方官の赴任に際しては、まず先使を派遣、次いで官符を帯し本人が出立、その後妻子の下向と続く。

ただし公卿を任ずる大宰帥・大弐の場合、当初から家族を伴ったようである。注（2）の愚文に少しく言及したけれども、『落窪物語』巻四の帥中納言も含めてなお細かな詮索が必要であり、別稿を用意する。

（7）春澄善縄（七九七―八七〇）女洽子とは別人。春澄洽子は、元慶元年（八七七）二月二十二日掌侍従五位上（『三代実録』）、延喜二年（九〇二）正月九日従三位典侍（『古今和歌集目録』）の高い身位ゆえに、承平元年時点で掌侍は不穏当、存命か否かすら疑問である。大原野祭には「上卿弁・掌侍等参向」（『年中行事秘抄』二月）からも、『貞信公記』の「大原野使内侍洽子」は掌侍としての役であったろう。

（8）権帥ではなく正官の帥。配流の藤原伊周（九七四―一〇一〇）が帯した大宰権帥を惟仲は忌避、強いて正帥を望む、とは注（1）黒板伸夫論文の秀抜な指摘。

（9）同じく『栄花物語』見はてぬ夢の「橘三位（清子）の腹に関白殿（藤原道隆）の御子とて、男女などおはす」は正暦四年（九九三）頃の記事として書かれるが、橘清子の叙従三位は寛弘七年（一〇一〇）正月十日、「典侍労」による（『御堂関白記』）。やはり後の呼称である。

（10）大宰府の場合、大弐藤原高遠（九四九―一〇一三）は寛弘二年（一〇〇五）四月二十二日罷申、翌二十三日出発した。その折同伴した「両妻」の間に「車論」が生じ、「前典侍大怒留」となる（『小右記』）。「前典侍」であるところは、藤原繁子と同じ。その他よく知られた例では、孝標女の継母上総大輔（『更級日記』）、日向へ赴く大輔の乳母（『枕草子』）、出羽に下った備後の乳母（『一条摂政御集』45）など。

（11）大日本仏教全書六五史伝部所収の『僧綱補任』（興福寺本）による。応和元年以下は「堪」を正しく「湛」に作る。

（12）その他「承平十一帥」や「（天慶）二年薨」も事実に合わないが、錯誤の原因はよくわからない。

（13）この「一本御書」については、太田晶二郎「一本御書所異解」（著作集三）が必読文献である。

『枕草子』「……物」章段考察

岩佐美代子

はじめに

『枕草子』の各章段が、その内容の性格により、類聚章段・日記的章段・随想章段の三種に分類し得る事、又類聚章段は、「山は」（一〇）「すさまじき物」（二二）と冒頭に置いて、各々に概当する事物を列挙して行く二形式に分れる事、更にはこの四種を混合排列した雑纂本と、分類排列した類纂本との二系統が存し、前者を原型とすべく、後者は後の再編とみなされている事は、今更言うまでもない。本論はこの類聚章段の二形式を、仮にそれぞれ「……は」章段、「……物」章段と名づけ、後者についていささか詳しく考察する試みである。専門外の者の試論として、忌憚なき叱正を賜わりたい。

本文は雑纂本中、三巻本二類に当る陽明文庫本を底本とし、その欠損部を内閣文庫本で補った、渡辺実校注『枕草子』（岩波書店、新日本古典文学大系、一九九一）により、括弧内に段数を示した。ルビは適宜取捨した。

一 「……物」章段概説

「……物」章段とは、「にくき物」（二五）「心ゆく物」（二八）のように、抽象的、簡明な主題を冒頭に提示し、それに概当する事象を列挙して行く形式の章段である。相似た文学形式としては、『和泉式部集』(1)に、

世間《よのなか》にあらまほしき事

夕ぐれはさながら月になしはててやみてふことのなからましかば　（三三六）

以下、「人にさだめまほしき事」「あやしき事」「くるしげなる事」を経て、

あはれなる事

あはれなることをいふには心にもあらでたえたる中にぞ有りける　（三五三）

に至る、五項目、一八首があり、当時の女性の日常閑暇の口ずさみが文学作品化した、そのような形の一つと考えられる。

この形式は近世に至り、他章段よりはるかに理解しやすく親しまれて、『犬枕』（慶長初、一六〇〇頃）『尤之双紙』（寛永九、一六三二）の継承作を生み、ついで諸種の遊女評判記等にも受継がれて行った。同類に雑俳の一種笠付（冠付）もあり、更には現代、大学高校での本作講読に併せて、「……物」形式の作文を学生に課した、という話も一度ならず耳にするところである。

このように一般的にたやすくまねられそうに見えながら、文学的達成度、表現効果、という点で、本作のそれは質量ともに、模倣作の及びもつかぬ高さで独り屹立している。随筆として併称される『徒然草』においても、同形式の段は「賤しげなる物」（七二）ただ一箇所、それも、簡素を愛し貪欲を排する隠者的性格の発露としての、啓蒙的一面をも持つ発言であって、長短・雅俗思いのままの行文の中に、宮廷女流に稀な、美醜こもごもの

人生の真実を描破する天衣無縫の筆は、まさに清少納言ただ一人の物である。ここに特に取上げて、その性格を分析追求してみたいと考える所以である。

本文二九八段、一本本文二九段、計三二七段のうち、「……物」章段は計七七段、全段数の二割強を占める。うち、「絵にかきおとりするもの」「かきまさりするもの」の並列形（一一二）一段がある。他に、助詞「は」を伴う「かしこき物は、乳母のをとこそあれ」（一八〇）の類五段、「ひく物は、琵琶」（二〇三）の類二段があるが、前者はいずれも長文で性格も随想章段に近く、後者はむしろ「……は」章段に入るべき、格別のウィット・評言を伴わぬ事物列挙と見て除外した。

「……物」章段は概して短章である。その最たるものは、引用底本の用字数にして僅か一行、一四字の中に、

見ならひする物　あくび、ちごども。　（二八五）

実に鮮やかに人生の真理を言いあてる。一方、興に乗っては発展して甚だ長文ともなり、最長「すさまじき物」（二二）は五八行、四頁余。体験例二十数件をあげつつ、これにかかわる随想・評論にまで展開する。その奔放さは、単なる「ものはづけ」の領域をはるかに越え、独自の文学世界を創出している。

量的分布の概況は左表の如くである。

複数段に見られる行数	
行数	段数
2行	18段
3	9
1	8
5	7
4	5
6	4
8	4
9	3
10	2
11	2
18	2
計	64段

一段のみに見られる行数	
12行	
14	
17	
21	
23	
26	
28	
29	
31	
36	
46	
50	
58	
計	13段

総計　77段

二行——三五字から六〇字程度の段が最も多く、次いで三行・一行。計三五段で概当段の半数近く、他は見られる通りである。

対する「……は」章段は、随想章段に移行しやすい傾向がより強くて、確たる認定のやや困難な面もあるが、概算一〇〇段近く、全段の三分の一を占める。量的分布も、「裳は　大海」（一本八）の極短章から、「見物は」（二〇五）の六三行に至る。しかし、その性格上、「……物」章段より羅列的性格が強く、かつ当時の風俗習慣が不明となった故に、「たちは　たまつくり」（一八）「修法は　奈良方。……」（二一二）「大夫は　式部大夫。……」（二六七）など、当代人がそこから直ちに感得しえたであろう興趣が全く不可解となった段も多い。これに比して「……物」章段は、前引「見ならひする物」（二八五）の如く、その鋭いウィットにより、時を超え国境をも越えて現代に生きる力を甚だ多く備えて、他の追随を許さぬ独自の文学世界を構築し得ているのである。

二　内容・性格各論

1　警句の妙

「……物」章段の最大特色は、「見ならひする物」が示す通り、寸言の中に人生の真を喝破する警句の妙にあろう。僅々一六字の、

とをくてちかき物　極楽。舟の道。人の中。（一六〇）

当時の人々には、「従レ是西方過二十万億土一有二世界一、名曰二極楽一、其土有レ仏、号二阿弥陀一」（阿弥陀経）でありながら、「阿弥陀仏、去レ此不レ遠」（観無量寿経）ともされる極楽。平生仏法など考えた事もない現代人でも、繁忙塵労の一日を終えてようやく風呂に浸かる時、「ああ極楽」と思わず口走るのはごく自然な感情であろう。これ

に配するに、遠路でも直線的に、しかも坐ったままで行ける「舟の道」。加えて昔も今も変らぬ親疎さまざまの「人の中」。全く性格・分野の異なる三者を取合せて、共通にして動かぬ定義付けをする。「人の中」は能因本等には「男女の中」とあり、後代の諺「遠くて近きは男女の中」を思わせてこの方が原形かとも思われるが、

ありがたきもの　……男、女をばいはじ、女どちも、契ふかくてかたらふ人の、末までなかよき人、かたし。（七二）

を思い合せれば、男女が公に私に、恋愛感情のみならぬ社会交渉を持つ当時の宮廷生活において、「人の中」こそはより妥当な真情表現であったであろう。

二四字の、

たゞすぎにすぐる物　帆かけたる舟。人のよはひ。春、夏、秋、冬。（二四一）

指摘の適切はもとより、読者の意表に出る排列、表現のスピード感、歯切れのよさ、全く間然する所がない。三〇字の、

人にあなづらるゝ物　築土のくづれ。あまり心よしと人にしられぬる人。（二四）

三二字の、

たゆまるゝ物　精進の日のおこなひ。とをきいそぎ。寺にひさしくこもりたる。（二二三）

も、時代を越えて万人の心理をえぐる、卓抜な観点であろう。

長文の段においても、八行に及ぶ、

ありがたきもの　舅にほめらるゝ婿。又、姑に思はるゝ嫁の君。毛のよくぬくる銀《しろがね》の毛抜。主そしらぬ従《ず》者《さ》。……（七二）

誰もがうなづく、有るべくして有り難い人間関係の列挙の中に、さりげなく挾まれた日用小道具の、品質と実用

価値との食い違いがほのかなユーモアを漂わせて、あまりにも直截な前後の指摘の厳しさを救っている。『枕草子』全編、いずれの段を見ても清少納言の「頭のよさ」を示さぬものはないが、その最も端的な表われを、これらユニークな「……物」章段に見得ると言えよう。

2 「ちご」「ちいさき物」への愛

同章段における今一つの特色は、人生に対する清少納言の好尚を、如実に知り得る点にあろう。具体的に、物に即して、好む物、好ましからざる物を率直に列挙して行く中に、おのずから浮び上る清少納言像は、漢籍の知識を鼻にかけた生意気女というような一般的表面的印象とは全く異なるものである。

ことにも誰の眼にも明らかなのは、子供、それも三つ四つまでの乳幼児への格別な思い入れである。

うつくしき物　瓜にかきたるちごの顔。……二つ三つばかりなるちごの、いそぎてはひくる道に、いとちひさき塵《ちり》のありけるを、目ざとに見つけて、いとをかしげなる指《および》にとらへて、大人ごとにみせたる、いとうつくし。頭は尼そぎなるちごの、目に髪のおほへるを、かきはやらで、うちかたぶきて物など見たるも、うつくし。……をかしげなるちごの、あからさまにいだきて、あそばしうつくしむほどに、かひ《(い)》つきてねたる、いとらうたし。（一四四）

さりげなく描かれたその生態は、誰もが眼にする日常普通のものながら文学表現上他に類例なく、簡潔ながら情景見るが如くで、思わず微笑まされる。

つれ〴〵なぐさむもの　……三つ四つのちごの、物をかしういふ。……（一三三）

心ときめきする物　……ちごあそばする所のまへわたる。……（二六）

あてなるもの　……いみじううつくしきちごの、いちごなどくひたる。（三九）

とくゆかしき物　……人の子うみたるに、男女、とく聞かまほし。よき人さら也。ゑせ物、下衆のきはだに猶ゆかし。……　（一五二）

現代医学の出産前性別判定を、作者は何と評するだろうか。

しかし誰も同じ、泣く子には閉口。

覚束なきもの　……物もまだいはぬちごの、そりくつがへり、人にもいだかれずなきたる。（六七）

むねつぶるゝ物　……又ものいはぬちごの、泣き入りて、乳ものまず、乳母のいだくにもやまで、ひさしき。……

（一四三）

くるしげなる物　夜なきといふわざするちごの乳母。……　（一五〇）

と繰返すのみならず、「……は」章段中の「鳥は」の結びにまで、寝覚に聞く郭公の声を賞したのち、

夜なくもの、なにも〳〵めでたし。ちごどものみぞ、さしもなき。（三八）

と落して、微笑を誘っている。

さかしき物　いまやうの三歳児《とせご》。……　（二四〇）

もまた、古今変らぬ大人の感想であり、さて、これを過ぎてやんちゃ坊主の年頃ともなって来ると、しつけの行き届かぬ親もろとも、完膚なきまでに批判される。

かたはらいたき物　……にくげなるちごを、おのが心ちのかなしきまゝに、うつくしみかなしがり、……

（九二）

人ばへするもの　ことなることなき人の子の、さすがにかなしうしならはしたる。……ものとりちらしそこなうを、引きはられ、制せられて、心のまゝにもえあらぬが、親のきたるにところ得て、「あれみせよ。やゝ、はゝ」などひきゆるがすに、大人どもの物いふとて、ふともきゝいれねば、手づからひきさがし出でて、見

さはぐこそ、いとにくけれ。それを、「まな」ともとりかくさで、「さなせそ、そこなふな」などばかり、うち笑みていふこそ、親もにくけれ。……　（二四五）

よく〳〵腹に据えかねた口吻である。但し大人社会とかかわらぬ遊びの場での腕白は、楽しげに許容観察されている事、「正月十よ日のほど」（二三七）の嬉戯のさまの生き〳〵とした描写に知られよう。

「ちご」への愛に準じて、「ちいさき物」への愛がある。前掲「うつくしき物」中に、

……雛の調度。蓮の浮葉のいとちいさきを、池よりとりあげたる。葵のいとちいさき。なにも〳〵ちいさき物はみなうつくし。……庭鳥の雛の、……人のしりさきにたちてありくも、をかし。……（一四四）

と記され、また他段においても、同様の愛着が繰返し述べられる。

すぎにしかた恋しき物　……二藍葡萄染などのさいでの、をしへされて草子の中などにありける、見つけたる。……　（二七）

雛道具や鳥の雛への愛着は、男性にも理解可能であろうが、蓮の葉や葵の小さいのを「かわいい！」と口走り、気に入りであった昔の衣裳の端切れを図らず物の中に見つけてなつかしむのは、古今老若共通の女心。しかもこれをかくも端的に文学として表現しえたのは、清少納言ただ一人であろう。

3　マイナス指向事物・状況の描写

「うつくしき物」「あてなるもの」等、プラス指向事物の列挙は、誰もが思いつき、叙述もたやすかろう。しかしこれに対立する、マイナス指向の事物・状況を、不快感を与えず、ユーモラスに、如実に列挙するという事は、なみなみの才能ではなし得まい。

いみじうきたなき物　なめくぢ。ゑせ板敷の帚《はゝき》の末。殿上の合子《がうし》。　（二四四）

一体誰が、こんな取合せを思いつくだろうか。「殿上の合子」とは、殿上の間常備の蓋つきの食器で、「夕台盤以後、……参宿、御寝之後、……蔵人等付レ寝、殿上人同レ之、献二殿上人一以二合子一為レ枕、故実也」（蓬来抄）と言い、『和名抄』「合子」の項には「五年一換」ともある。いくら故実でも、汁椀のようなものをどうして枕にするのか、さぞ寝心地も悪かろうし、そんな使われ方をしながら新調は五年に一度？　そんな有職の知識はなくとも、こう並べられたらおよその汚なさは想像されよう。全く種類の違う物体を三つ並べて、表現をためらはれる主題を、わずか二六字でユーモラスに処理している。

　もののあはれ知らせがほなる物　はな垂り、まもなふかみつゝ物いふ声。眉ぬく。（八一）

「恋せずは人は心もなからまし物のあはれもこれよりぞ知る」（長秋詠藻　三五二）(2)で、後世に定位されてしまった情趣的「もののあはれ」とはこと変り、文字通りの「あわれっぽさ」を、遠慮もなく見せつけるような日常のしぐさ。露骨な、と眉をひそめる前に、いかにも、と微笑まれる。

　むつかしげなる物　縫物の裏。鼠の子の、毛もいまだ生ひぬを、巣の中よりまろばし出でたる。裏まだつけぬ裘《かはぎぬ》の縫目。猫の耳の中。ことにきよげならぬ所のくらき。……（一四八）

何だかもじゃ〳〵して汚ならしい、「わあ、いやだ」、と思うものの列挙。「王朝の雅び」ならぬ現実感で、不快な事物そのものを直叙しながら、そこに何ともいえぬ愛嬌があり、「よくまあこんな事を言って……」と思いつつ、全くその通りと共感されよう。

「すさまじき物」さま〴〵の中にも、受領階級出身女性として切実な体験であったに違いない、国司任官運動に失敗した家をめぐる人間模様の種々相もまた、現代の国政選挙落選者とその周辺を彷彿とさせる。特に、

　……「殿はなにになからせ給ひたる」など問ふに、いらへには「何の前司にこそは」などぞ、かならずいらふる。……ふるき物どもの、さも行きはなるまじきは、来年の国〴〵、手をおりてうちかぞへなどして、ゆ

るぎありきたるも、いとおかしうすさまじげなる。……（一二一）

の一節など、敗者に寄生する者の心理生態をうがって、鋭さ、他に類を見ない。

しかし次のような章段はどうか。

佗しげに見ゆるもの　六七月の午未の時ばかりに、きたなげなる車にゐせ牛かけて、ゆるがしいく物。雨ふらぬ日、張筵したる車。いと寒きおり、暑き程などに、げす女のなりあしきが、子おひたる。老ひたるかたゐ。……（一一七）

これらは、貧者に対する嘲笑、庶民生活に対する貴族社会寄生者の思い上りとして指弾されるべきであろうか。しかし人間社会に著しい貧富の差のある事は、社会保障の叫ばれる現代でも同じであり、その率直な指摘は、

むかしおぼえて不用なる物　……絵師の目くらき。……色好みの老いくづおれたる。……（一五六）

といった、現実に対する容赦ない眼とあわせて、後年それらが自らの身の上となってもたじろがぬ、「駿馬の骨をば買はずやありし」（古事談二・五五）の気概をも偲ばせ、清少納言の社会観・人生観の独自の強靭さを、明確に示している。

4　不快感情表現

事物ならぬ、感情的に不快な現象を、作者個人のものとして率直に表現しながら、いかにもその通りだと万人に微笑をもって肯定させる書きぶりも、鮮やかなものである。

にくき物　いそぐ事ある折にきて長言《ながごと》するまらうと。あなづりやすき人ならば、後にとてもやりつべけれど、心はづかしき人いとにくゝむつかし。……物羨《うらや》みし、身のうへ歎き、人のうへいひ、露ちりのこともゆかしがりきかまほしうして、いひしらさぬをば怨じそしり、又、わづかに聞きえたる事をば我もとよりしりた

ることのやうに、こと人にも語りしらぶるも、いとにくし。……ねぶたしと思ひてふしたるに、蚊の細声に佗しげに名告りて、顔の程にとびありく。羽風さへその身の程にあるこそいとにくけれ。……いままいりのさしこへて、物しり顔に、をしへやうなる事いひうしろみたる、いとにくし。……犬のもろ声にながく〳〵となきあげたる、まが〳〵しくさへにくし。あけていで入る所たてぬ、いとにくし。

（二五）

四頁、五〇行にわたり、「心はづかしき人」も「いままいり」も、蚊も犬も容赦なく、不快でありながらどうしようもない苛立たしさを列挙、戸を開けっぱなしして出て行く人で結ぶ。誰でもそう思う、でも何とも解決しえぬ、という不愉快さが、端的な「いとにくし」の繰返しで生き〳〵と描出されている。

いみじう心づきなきもの　祭、禊など、すべて男の物見るに、只ひとり乗りて見るこそあれ。いかなる心にかあらん。やんごとなからずとも、若きおのこなどの、ゆかしがるをも、ひき乗せよかし。すきかげに只ひとりたゞよひて、心ひとつにまぼりゐたらんよ。いかばかり心せばく、けにくきならん、とぞおぼゆる。……

（一一六）

「心づきなき」――感じの悪いものはいくらもあろうに、全八行のうち五行までを使って、非社交的で若い者への思いやりのない中年男への義憤を吐露している所にも、当代社会の交際文化のあり方が知られよう。

最長五八行に及ぶ「すさまじき物」（二二）には、「牛しにたる牛飼。ちごなくなりたる産屋《うぶや》。……博士《はかせ》のうちつゞき女児《ご》むませたる」の直截な指摘とともに、「方違へにいきたるに、あるじせぬ所」「人の国よりおこせたるふみの、物なき」「よろしうよみたると思ふ歌を、人のもとにやりたるに、返しせぬ」等々、いささか手前勝手な本音をもあからさまに述べるし、一〇行の、

見ぐるしきもの　衣のせぬい、かたよせて着たる。又のけ頸したる。例ならぬ人の前に、子おひていできたる物。法師陰陽師の、紙冠して祓したる。……

（一〇五）

率直この上ない言い方で、「まあみっともない」と不快感を催させる、しかもそれぞれ性格を異にする姿態三種四態を並べた上で、

色くろうにくげなる女の、鬘したると、鬚がちにかじけやせ〳〵なるおとこ、夏、昼寝したるこそ、いと見ぐるしけれ。……かたみにうち見かはしたらん程の、生けるかひなさや。……（同上）

と続くあたり、差別語と難ずればそれまでの事であるが、これに顰蹙する作者の姿ともども情景現前し、むしろ微笑ましくこそあれ、決して文章の品格を損なっていない。

本作と並び称せられる『徒然草』[3]では、二四三段中「……物」章段は前述一箇所のみ。

賤しげなる物、ゐたるあたりに調度多き。硯に筆の多き。持仏堂に仏の多き。……多《おほく》て賤しからぬは、文車〔の文〕、塵塚の塵。（七二）

等しく生活の中で不快感を催すものを数えあげながら、前者の感覚的、ユーモラスなると、後者の知性的、教訓的なると、二作品それぞれの性格を実によくあらわしていると言えよう。

5　プラス感情表現

マイナスに対して最も端的なプラスの感情、「うれしき物」もまた、三頁、三一行にわたり、実に率直に、具体的に述べられる。

うれしき物　まだ見ぬ物語の一をみて、いみじうゆかしとのみおもふが、のこり見出でたる。さて、心おとりするやうもありかし。人の破《や》りすてたる文をつぎて見るに、おなじ続きをあまたくだり見続けたる。……（二五七）

古今変らぬ、小説好き、またいささか憚られる覗き心理の無邪気な告白。

……よき人の御前に、人〴〵あまたさぶらふおり、昔ありける事にもあれ、今きこしめし世にいひけることにもあれ、語らせ給を、我に御覧じあはせての給はせたる、いとうれし。……いたううちとけぬ人のいひたる古きことの、しらぬを聞きいでたるもうれし。のちに物の中などにて見いでたるは、たゞおかしう、これにこそありけれ、とかのいひたりし人ぞおかしき。……物合、なにくれと、いどむことに勝ちたる、いかでかはうれしからざらん。又、我はなど思《おもひ》てしたり顔なる人、謀りえたる。女どちよりも、おとこは勝りてうれし。これが答《たう》はかならずせん、と思らむと、つねに心づかひせらるゝもおかしきに、いとつれなく、なにとも思ひたらぬさまにて、たゆめすぐすもまたおかし。……御前に人〴〵所もなくゐたるに、いまのぼりたるは、すこしとをき柱もとなどにゐたるを、とく御覧じつけて、「こち」と仰せらるれば、道あけて、いと近うめしいれられたるこそうれしけれ。（同上）

定子後宮の、主従男女、和合団欒の楽しさ、文学性に富む機知的会話、定子の情愛が、日記的章段の各話のまとめのような形で手際よく語られており、ことにも「したり顔なる人、謀りえたる。……おとこは勝りてうれし」の痛快な宣言は、一五四段「故殿の御服のころ」における、朗詠の詞句をめぐっての斉信・宣方との舌戦の楽しさを彷彿とさせる。

但し、このような人生に対するプラス分野の表現は、『枕草子』全般に見られるものなので、マイナス分野のそれのように、「……物」章段中なればこそ開陳できる、という意味での特色は、この形式ゆえに格別に顕著、といえる程ではない。この点についてはなお後述する。

6　「裁縫」表現

逆に、「……物」章段中なればこそ、おそらくは作者も格別に意図、企画したともなくて、生き〳〵と書き残されたものに、女性生活に欠かせぬ「裁縫」の実際的表現がある。

嘗て、女流日記における服飾表現を通観した時、(4)『枕草子』は視野に入れなかったが、本作にも当然、積善寺供養の段（二五九）をはじめとして、豊富、華麗な服飾表現が多数存在する。「……物」章段においても、

あてなるもの　うす色にしらかさねの汗衫《かざみ》。……　（三九）

うつくしき物　……いみじうしろく肥《え》へたるちごの、二つばかりなるが、二藍のうすものなど、衣《きぬ》ながにて、襷《たすき》ゆひたるが、はひ出でたるも……　（一四四）

等、さすが、印象的な描写例はあるが、より多く見られるのは、衣裳の製作実技にかかわる寸言である。それも『蜻蛉日記』のような、多妻間の力関係にまつわる感情を暗に示す性格とは異なり、些末な実技そのものについての発言である事が注意される。

はるかなるもの　半臂《はんぴ》の緒ひねる。みちの国へいく人、逢坂こゆるほど。生れたるちごの、おとなになるほど。　（一〇三）

「半臂の緒」は長さ一丈二尺（約四米）。往復八米を、裁目がほつれぬよう、糊をつけて延々とひねり止めて行く作業。ただこれだけの短章の中で、以下の旅程・人生行路の長さを押えてこれを冒頭に据えたところに、現実生活者の実感、裁縫体験者たる女性読者達の共感の程がうかがえる。

とくゆかしき物　巻染、むら濃、くゝり物など染めたる。……　（一五二）

これは現代女性でも文句なく同感であろう。

みじかくてありぬべき物　とみの物ぬふ糸。……　（二一七）

心もとなき物　人のもとにとみの物ぬいにやりて、待つほど。……とみの物ぬふに、なまくらうて、針にいとすぐる。されどそれはさる物にて、ありぬべき所をとらへて、人にすげさするに、それもいそげばにやあ

らん、とみにもさし入れぬを、「いで、たゞ、なすげそ」といふを、さすがに、などてかとおもひ顔に、えさらぬ、にくささへそひたり。……（一五三）

ねたき物　……とみの物縫ふに、かしこう縫いつと思ふに、針をひきぬきつれば、はやくしりをむすばざりけり。又かへさまに縫いたるもねたし。……（九一）

当段には、このあと、定子から命ぜられた「とみの御物」を、女房達が片身づつ競って縫う有様、表裏取り違えを指摘されて口惜しまぎれの論争が、生き〳〵と描かれている。『源氏物語』にも野分の巻等に若干の裁縫関係記事はあるものの、このような実技とそれに伴う心理描写は用例なく、手ばしこく、器用でありながらいささかそそっかしい、という、作者を含めた現実の女房像は、和歌や物語・日記類からはほとんど想像できないところであろう。清少納言自身にしても、このような「ものはづけ」形式なればこそ、思わずも筆が及んだ分野と言うべく、あらかじめ企図、構想して書くような題材とは思われない。「……物」章段形式の持つ、一つの面白さである。

裁縫に縁遠くなった今日の女性にはどうか知らないが、私の若い頃には、「みじかくてありぬべき物」は「下手の長糸」という諺として活きていた。人の手を借りて針に糸を通すじれったさ。糸尻に玉を作るのを忘れて、せっかく縫ったのに引き抜いた悔しさ。また裏返しに縫った失敗。千年変らぬ「裁縫」表現を通じて、几帳のかげに桧扇をかざし、公達と歌を詠みかわす風雅のみが女房の役割でない実態を、短文の中にかくも活写した作品は、日本古典文学中おそらくこれ一つであろう。

三　「……物」章段成立考

「……は」章段も含めて、このようなユニークな類聚章段がこの時代、この後宮にのみ成立した基盤を、作者自らいみじくも描写している。

「などて官《つかさ》えはじめたる六位の笏に、職の御曹司の辰巳のすみの、築土《ついひぢ》の板はせしぞ。……」などいふことをいひいでて、……「衣などに、すゞろなる名どもをつけけん、いとあやし。……」……「指貫はなぞ。足の衣とこそいふべけれ」「もしは、さやうのものをば、袋といへかし」など、よろづのことをいひのゝしるを、「いであなかしがまし。いまはいはじ。寝給ひね」といふ、いらへに、夜居の僧の、「いとわろからむ。夜一夜こそ、なをの給《ほ》はめ」と、にくしと思《おもひ》たりし声様《こゑさま》にていひたりしこそ、をかしかりしにそへて、おどろかれにしか。　（二二七）

はづかしきもの　……夜居の僧はいとはづかしき物なり。若き人のあつまりゐて、人の上をいひ、笑ひそしり、にくみもするを、つく〴〵と聞きあつむる、いとはづかし。「あなうたて、かしがまし」など、おまへちかき人などのけしきばみいふをも聞きいれず、いひ〳〵のはては、皆うちとけてぬるもいとはづかし。……　（二一九）

中宮御前近くの夜伽に、若女房達のたわいもないおしゃべり。夜中守護のため詰めている夜居の僧が、念誦も忘れてつい耳をすまし、あまりの傍若無人ぶりに呆れて思わず口を出す。このような、あたり構わずそれからそれへと発展して行く事物品評の面白さこそ、これら類聚章段、わけても「……物」章段の特性である。そしてこのような和楽は、猿楽言を好む父道隆の血を受け、琵琶の名「無名」を問われて「たゞいとはかなく、名もなし」と答え（八九）、清少納言への愛寵を、「元輔がのちといはる、君しもや」（九五）、「思ふべしや、いなや。人第一ならずはいかに」（九七）と満座の中で公表して憚らず、ユーモラスな後宮融和を巧みに演出する定子の許でこそ醸成されるものであろう。

「……物」章段に掲げられた事物個々の指摘は、必ずしもすべて清少納言の独創とは限るまい。夜居の僧を呆れさせたような、同僚女房達との無邪気な遠慮のないおしゃべりの中に、そのソースは多々含まれていたはずであり、これらを巧みに取捨按排して一つのユニークな文学の形とした所に、作者の独創の功があったと考えられる。そしてまた、こうした形で彼女らの無責任なおしゃべりが作品化され、清少納言の著作として流通するであろう事を、彼女らは少しも不満とせず、かえってこれを応援していたであろう様相は、隆家が献上した扇の骨のいみじさを自慢して「更にまだ見ぬ骨のさまなり」云々と「言たかく」言ったのに対し、「さては扇のにはあらで、海月《くらげ》のななり」と秀句でひやかした話の結びに、自慢話めく事を遠慮しつつ、

かやうの事こそは、かたはらいたき事のうちにいれつべけれど、「ひとつなおとしそ」といへばいかゞはせん。（九八）

と付け加えている事によって知られよう。

こうした井戸端会議めいた場では、美談よりも罪のない悪口の方が、話に花が咲く。これが、前述した、プラスよりもマイナスの事物・感情表現の方が変化に富み、量的にも優位にある所以であろう。これあるが故に、定子後宮のめでたさをたたえる日記的章段が拵えものにならず、両々相俟って生き〱とした生活の息吹きを伝えるのである。

但し、人生最大のマイナス、「人の死」については、「すさまじき物」（二二）中の「ちごなくなりたる産屋《うぶ》」以外、全く触れられる所がない。このあたりが、『徒然草』の「飛鳥河の淵瀬」（二五）から「人のなき跡ばかり」（三〇）に至る叙述などに比して浅薄と見られるかも知れないが、右のような発想の場とあり方、また次節に述べる成立の動機と意義を考えるならば、これは全く当然の事で、批判の対象とするには足りない。

後年、これをまねて成立した『犬枕』の由来については、早く野間光辰が、(5)近衛信尹の、

陽明御所側近の衆または出入の衆「これかれ」が集って、主公を中心とする御伽の席上、めいめいに物は尽

しの課題に打興じて出来たものであろう。と論じている。『枕草子』の場合にはより自然発生的な形でそのような場があり、これを清少納言が巧みに活用し、同僚も応援した、という事であろう。

四　成立の意義と文学的成果

『蜻蛉日記』以来、女流日記文学は、「ものの要にもあら」ぬ人生ながら、「世におほかるそらごと」ならぬ、「人にもあらぬ身の上」の真実を書き残しておきたい、という押え難い願望を基礎に成立している。しかし『枕草子』はこれと異なり、中宮から賜わった「つきせずおほかる紙を書きつくさんと」して、「たゞ心ひとつに、をのづから思ふ事を、たはぶれに書きつけ」たのだという（跋）。紙下賜の因となった「枕にこそは侍らめ」の発言の意味には諸説あって明らかでないが、管見の限り、その解に『源氏物語』桐壺における帝の更衣追懐、「ただその筋をぞ枕言にせさせ給ふ」を引いたものがないように思うがこれを導入しては如何であろうか。「枕言」すなわち「話題のきっかけ」「話の種」であり、その意は遠く現代まで、落語の「枕」として生きている。跋文における中宮と作者の会話は、

「これに何を書こうかしら」

「いろ〳〵お楽しみになれるような、面白いお話の種（枕言）を書きつけておきましたらいかが」

「それじゃ、（その筆者に最適任な）お前にあげよう」

という事ではなかったか。

天皇・中宮それぞれに内大臣伊周が献上した紙、それを賜わったとなれば、「心ひとつに」云々は謙辞に過ぎず、執筆途中にも中宮から「何を書いたか、見たい」とお求めがあったり、同僚女房から、「いつかのあれ、書

いた？　あら、書かなきゃだめよ（ひとつなおとしそ）」「私のしゃべったあれ、書いといてね」といった注文があったり、という形で、いわば定子後宮の融和喜戯の実況記録として成長して行ったのではなかろうか。それはまた反面、当然部外秘であるはずで、それが遇ま外部に「ありきそめ」てしまったために、ことさら個人的随想に過ぎないと装った「跋」が書かれたのではないか。

本作は文学のジャンル分けの必要上、「随筆」とされているが、当ジャンルの中でも他に類例のない特異な形式を持つ、定子後宮独自の生活文化・女房感覚の具体的記録であり、そこに生きる女性達すべての支持後援のもとに成った、全く独特の性格の文学作品である。成立母胎は一千年前の宮廷という、現代からはあらゆる面で遥かに異なった社会でありながら、しかも時代を超えて人間生活の真理をうがち、遠く未来までも微笑をもって享受され得るであろう、希有の魅力を持っている。その最も顕著な特性は、他の女房日記はじめ各時代の散文作品に全く見られない雑纂形式の中での類聚章段、殊にもウィットとユーモアに満ちた、長短自在の「……物」章段の存在に負う所が大きい。

そのウィットとユーモアのありようの独自さを具体的に理解すべく、さきに長文引用した「にくき物」と同主題の、近世二作品の叙述を引く。

○憎き物　一　物の本喰う鼠、同紙魚《しみ》　一　余り好色の人　一　物見の先に笠著《き》て立《たつ》人　一　忍ぶ夜の犬の声　一　情《じやう》の強《こは》き職人　一　後妻《うわなり》　一　船頭・馬追　（犬枕）(6)

○憎き物のしなじな　後妻。まゝ子。盗人。……主の前を通《とをる》に腰をかゞめぬ慮外者。口答《くちごたへ》する家人《けにん》。……野間の内海《うつみ》の長田《をさだ》。讒者《ざんしや》の梶原。……名人顔して物を知らざる人。蠅《はい》。（尤之双紙）(7)

それぞれ、桃山盛時・江戸初期の世態人情・風俗教養の程を示して面白いが、『枕草子』同様段の持つ、生きく〵とした具体性、語る中で次々と同性格の事物を思い起し、自在に発展して行く活気などには及ばざること遠い。

本作が、窮極的には長保二年（一〇〇〇）十二月定子崩後に成立したであろう事は、「関白殿、黒戸より」（一一三）の段の末尾、清涼殿からの退出に当り、すでに隠然たる対抗者とも目される道長をすら蹲踞させた道隆の威勢をたたえた作者に、その道長びいきを「例の思ひ人」と笑った、故定子を思い、「まいて、この後《のち》の御ありさまを見たてまつらせ給はましかば、ことはりとおぼしめされなまし」と、さりげない一言でしみ〴〵と追懐している所に知られる。その故主への万感の思いをこめて、その経営した、生き〴〵とした知的光彩に満ちた後宮の和楽、そこに活躍した女性達の、知性と情感を、生活の細部にわたって千年後の読者の前に繰り広げ、なお未来に向って永遠の生命を保つであろう文学として、『枕草子』を、わけてもその「……物」章段を考察した。『枕草子』研究には甚だ疎く、一愛読者にすぎぬ身であるが、忌憚なき批判・示教を賜われば幸いである。

【注】

（1）『新編国歌大観』による。
（2）同右。
（3）久保田淳校注『徒然草』（岩波書店、新日本古典文学大系、一九八九）
（4）「女流日記の服飾表現」（新典社、『日記文学研究第二集』、一九九七。笠間書院、『宮廷女流文学読解考 総論中古編』、一九九九所収）
（5）「假名草子の作者に関する一考察」（国語と国文学、一九五六・八）
（6）前田金五郎校注『仮名草子集』（岩波書店、日本古典文学大系、一九六五）
（7）渡辺守邦校注『仮名草子集』（岩波書店、新日本古典文学大系、一九九一）

「明石の浦にいさりせし君」
——朧月夜造型の一側面

今野鈴代

はじめに

とく思し立ちにしことなれど、この御妨げにかかづらひて……心の中あはれに、昔よりつらき御契りをさすがに浅くしも思し知られぬなど、方々に思し出でらる。御返り、今はかくしも通ふまじき御文のとぢめ、と思せば、あはれにて、心とどめて書きたまふ。墨つきなどいとをかし。「常なき世とは身ひとつにのみ知りはべりにしを、後れぬ、とのたまはせたるになん、げに、

あま舟にいかがは思ひおくれけん　明石の浦にいさりせし君

回向には、あまねきかどにても、いかがは」とあり。

『源氏物語』若菜下巻。朧月夜がついに本懐をとげ出家したと聞き、光源氏は残念にも感慨深く、まず見舞う。自分にほのめかすこともなく出離を果たしたつれなさを恨み、

あまの世をよそに聞かめや須磨の浦に　もしほたれしも誰ならなくに

さまざまなる世の定めなさを心に思ひつめて、今まで後れきこえぬる口惜しさを、思し棄てつとも、避りがたき御回向の中にはまづこそは、とあはれになむ。

などこまやかに伝える。冒頭に掲出の部分は、朧月夜からのその返しである。長い歳月を経た二人のかかわりを振り返れば、それぞれの感慨深さは言うまでもあるまい。しかし朧月夜の返しはそれだけではない。歌、添え書きともに、それまで描き続けられてきた、源氏との仲を嘆き続ける姿とは異なり、その口調に吹切れた明るさを感じるものである。ここをもってこの女君は当物語から退場することとなる。

朧月夜の『源氏物語』内における役割、主題などに関しては従来実に多様な論考があり、その和歌も個別に詠歌を分析し属性に論及もされる。(1) しかしながら全九首の和歌全体を視座とし、その結果浮かび上がる朧月夜像を考える論(2)は管見に及ぶ限り極めて少ない。本稿においては歌句を中心に全詠歌につき検討し、朧月夜の人物像に新たな一面を求めることを目的とする。当物語の作者がこの女君の詠歌に込めたであろう意図を探り、人物造型への一視点とするものである。一読して、他の女君たちとは肌合いの異なる独自性を感じる朧月夜詠は全九首、花宴巻から若菜下巻までの二七年間に詠まれ、全て源氏との贈答歌であり独詠歌はない。

以下巻序に従い、左記各詠に歌番号を付し順次みてゆくこととする。

①うき身世にやがて消えなば尋ねても　草の原をば問はじとや思ふ　（花宴）
②心いる方ならませば弓張りの　つきなき空に迷はましやは　（同）
③心からかたがた袖を濡らすかな　あくとをしふる声につけても　（賢木）
④木枯の吹くにつけつつ待ちし間に　おぼつかなさのころもへにけり　（同）
⑤涙川うかぶみなわも消えぬべし　流れてのちの瀬をもまたずて　（須磨）
⑥浦にたくあまだにつつむ恋なれば　くゆる煙よ行く方ぞなき　（同）

⑦涙のみせきとめがたき清水にて　行き逢ふ道ははやく絶えにき（若菜上）
⑧身をなげんふちもまことのふちならで　かけじやさらにこりずまの波（同）
⑨あま舟にいかがは思ひおくれけん　明石の浦にいさりせし君（若菜下）

・本文引用『源氏物語』は「小学館日本古典文学全集」、和歌は『国歌大観』による。
・表記は私にかえることがある。

一　出逢い――花宴巻

①　南殿の桜花の宴ののち、藤壺のあたりをもしやと窺うものの果たせず、たまたま開いていた弘徽殿細殿に忍び込んだ源氏は、「いと若うをかしげなる声の、なべての人とは聞こえぬ、『朧月夜に似るものぞなき』と、うち誦じて、こなたざまに」やって来た女君を知る。朧月夜と結ばれる思いがけない出逢いである。

明けてゆく気配にあわただしく、繰り返し名告りを迫る源氏に対し女君は、「うき身世にやがて消えなば尋ねても　草の原をば問はじとや思ふ」（つらい身の私がこのままこの世から消えてしまったら、私の名を知らないからといってあなたは草の原を尋ねないつもりですか）と答える。女君の歌に男君は、ごもっとも、「いづれとぞ露のやどりをわかむまに　小笹が原に風もこそ吹け」（名を知らないと、どれがあなたの宿と捜す間に、小笹の原に風が吹くように人の妨げがあるといけない）と返す。女から歌いかけたようではあるが、執拗に名告りを求める男への返答が歌の形式をとったもので、その特殊性はあるものの、女からの贈歌という側面を強調する必要性はさ程高くはないと捉えたい。女は、先に「まろは、皆人にゆるされたれば、召し寄せたりとも、なむでふことかあらん。ただ忍びてこそ」と言う男の声に「この君なりけり」と、源氏であることに気づいたものの自分は名告りせず、ただ逢瀬の証しに扇だけを交換して別れる。女君詠の「草の原」は、草深い墓所、死後の魂のありか、を指す。
のち『六百番歌合』において、「枯野」題の左方藤原良経詠「見し秋をなににのこさむ草の原　ひとへにかはる野辺の気色に」(505)に対する右の方人の非難、「草の原聞きよからず」に対して、判者藤原俊成が擁護した判詞がよく知られる。

判云、左、なにのこさんくさのはらといへる、えんにこそ侍るめれ、右方人草の原難申之条、尤うたたある事にや、紫式部歌よみの程よりも物かく事は殊勝なり、そのうへ花宴の巻はことに艶なる物なり、源氏見ざる歌よみは遺恨の事なり。

方人が難じたわけであるから「草の原」が一般的に許容される歌語として認知されていないことは明白である。当歌の引歌(3)として「今日過ぎばしなましものを夢にても　何処をはかと君がとはまし」(『後撰』恋二　中将更衣)、「我死なばいづこをはかと尋ねてか　この世に尽きぬことも語らむ」(『小大君集』72)を指摘するが、ここでは「はか」と詠む。当物語中「はか」と詠うのは、死を決意した浮舟が匂宮にあてた一首、「からをだにうき世の中にとどめずは　いづこをはかと君もうらみむ」(浮舟)のみである。歌意はともかくも当「草の原」は、「草原」も併せ先行例をみない語句である。何より死後の魂のありかを示す当語句が、当詠以前には遡りえないことが注意を喚起する。作者はそのような語句を「若うをかしげなる声の、なべての人とは聞こえぬ」朧月夜に使わせているのである。

② 思いがけず出逢った女君が右大臣家のどの姫君かと探る源氏は、招かれ出かけた右大臣家の藤花の宴で、女君と再会する。几帳の中で時折ため息をつく気配をそれと察し手をとらえて、あて推量に、

あづさ弓いるさの山にまどふかな　ほのみし月の影や見ゆると

（いるさの山に迷っています、あの時ちらりと見た月の姿がまた見られないものかと）

と歌いかけると、堪えきれないのであろう、

心いる方ならませば弓張りの　つきなき空に迷はましやは

（もしあなたが心に掛けておいでなら、弓張りの月のない空でも迷うでしょうか、そんなはずはありません）

といふ声、ただそれなり。いとうれしきものから。

周知の余情豊かな花宴巻のとじめである。当場面、女君詠中の「弓張りの」は言うまでもなく「月」の枕詞であり、藤花の宴が催された三月二十余日の月の姿でもある。

「弓張り」は、『大和物語』一三二段で凡河内躬恒が「照る月を弓張りとしも言ふことは　山辺をさしていればなりけり」と詠むように、一首中に「弓」の縁語を用いることが多い。当場面も源氏詠の「あづさ弓・いるさの山」にかかわって「心いる方・弓張りの月なき空」と、巧みに言い換え切り返す女君詠は、掛詞、枕詞、縁語と修辞を駆使し、また反実仮想、反語と実に多くの要素を盛り込む複雑さを有していて、詠歌の力量を窺わせる。源氏の引歌としては「梓弓いるさの山は秋霧の　あたるごとにや色まさるらん」（『後撰』秋下　源宗于）が示されるが、女君詠にはない。

「弓張り」は歌語として上掲躬恒詠に知られるものの、用例は極めて少ない。先行詠かと考えられるのは藤原高遠（弓張りの月）、同公任（弓張りのまとひ）などである。この物語には当詠のみであり、他詠はみない。そうした環境の中で先行詠、それも女流歌人による一首を『保憲女集』(4)にみる。「弓張りの有明の月の内に　いる影惜しき夏にもあるかな」(69)と、「惜夏詠は異色」の六月尽日を詠む。

『賀茂保憲女集』は、「天文道に通じ陰陽家としても著名な賀茂保憲の娘として生を受け、ほぼ十世紀後半を生きた女性であろうと推定され」る作者の家集であり、「彼女が父、兄弟をはじめ周囲の人々やその環境から得て

いたと想像される漢文や暦に関する知識は並々でないことが、家集中から窺われる」。成立は長徳四年（九九八）に流行した麻疹に罹病の「回復から時を経ずして家集の編纂が試みられた」と推定され、その和歌の「思考は他に例を見ない独自性を持ち、特異性とその非凡さでは他の追随を許さない」と評される。そうした位置にある保憲女と朧月夜が同じ語句を詠中に用いる。同じく儒家の娘である紫式部が、先輩女流歌人保憲女の家集を目にし、あるいは詠歌を知る蓋然性は皆無ではなかろう。

二　無理やりな逢瀬――賢木巻

③　朱雀帝の御代となり右大臣方が権勢をふるう。東宮時代の朱雀帝に妃として参入が予定され、何の疑問ももたずに二ヶ月後のそれを待っていたであろう朧月夜は、花宴巻での出逢いによって源氏に心を奪われ、東宮妃としての参入は流れて御匣殿として仕えていた。この度尚侍[5]となった朧月夜に帝の寵愛は相変らず厚い。その帝が五壇の御修法の慎しみにある間隙をぬって、二人は逢瀬をもつ。それもかつて出逢った弘徽殿細殿の局での密会である。

宿直申《とのいもうし》の時刻を知らせる「寅一つ」の声を聞いて女君、

　心からかたがた袖を濡らすかな　あくとをしふる声につけても

（自分から求めてあれこれと泣かれ涙で袖を濡らします。夜が明くと教える声を聞いても、あなたが私に飽くとも聞こえて）

とのたまふさま、はかなしだちて、いとをかし。

　嘆きつつわがよはかくて過ぐせとや　胸のあくべき時ぞともなく

（嘆きながら私の一生もこうして過ごせというのでしょうか。夜は明けても胸の晴れる時とてないのに）

まだ夜深い暁月夜の中、男君はあわただしい思いで帰ってゆく。人目も多く緊迫した情況の中で女君からの贈歌である。夜が明けると教える声が飽きられるとも聞こえ、双方を悲しむ涙が私の袖を濡らします、と。

当詠中の歌句「教ふ」は釈教歌に多く、また圧倒的に男性詠が占める。明らかな先行は、「三輪の山しるしの杉はありながら　教へし人はなくて幾よぞ」(『拾遺』雑上「はつせのみちにて三輪の山を見侍りて」清原元輔)、「わが宿はそこともなにか教ふべき　言はでこそみめ尋ねけりやと」(『新古今』恋一「堀河関白、ふみなどつかはして、さとはいづくぞととひ侍りければ」本院侍従)、他に源兼澄、藤原師氏にも「教ふ」詠をみるが、女性詠は右掲本院侍従の一首のみが管見に及ぶ。

『源氏物語』には当詠以外にもう一首が「教ふ」を詠みこむ。「おきつ舟よるべなみ路にただよはば　棹さしよらむとまり教へよ」(真木柱)、雲居雁との恋が一向に進展をみない夕霧に、近江君が自分を売り込む詠である。朧月夜は「寅一つ」に促されて「教ふる」と詠み、非貴族性を顕現する近江君は「教へよ」と、この二人だけが「教ふ」の言葉遣いを用いる。

『和泉式部続集』の「そこもとの杉のたちどを教へなん　尋ねもゆかん三輪の山もと」(401)は先掲元輔詠をふまえ、山里に行こうとする恋人に贈る。そして伊勢大輔の一首は『源氏物語』成立からしばらく後のものである。「などて人うきたる雲のかけはしを　ふみたがふなと教へざりけん」(『続後拾遺』恋一「娘のもとにかよふ男の、外にやりける文をもてたがへたりけるにそへてつかはしける」)。

④　右大臣側からの圧力が一層強まってゆき、源氏は世の中が煩しくて女君への音信も途絶えて久しくなった頃、朧月夜から便りが届く。

　木枯の吹くにつけつつ待ちし間に　おぼつかなさのころもへにけり

(木枯の吹くたびに風が便りを届けてくれるかと待っていた間に、心許ない日々が過ぎてしまいました)

「初時雨いつしかとけしきだつ」折も心にしみ、また女君が周囲の目を盗み「あながちに忍び書きたまへらむ御心ばへも憎からねば」、源氏は心をこめて返信する。

身のみものうきほどに、

あひ見ずてしのぶるころの涙をも　なべての空の時雨とや見る

（お逢いせず恋しさに堪えている私の涙ですのに、あなたはただの時雨とご覧なのでしょうか）

「木枯」を詠むのは当物語に三首、その一である。当語は先行詠が少なく、恋歌となると一層稀であるという。(6) 帚木巻「雨夜の品定」に登場する、いわゆる〝木枯の女〟と朧月夜を日向一雅は、「同一類型の人物像として設定されたのではないか」「両者には人柄や教養、趣味の点で共通点が多い」(7)、そして更に『伊勢物語』の二条后段とも併せ「右大臣家の姫君である朧月夜は、『木枯の女』と相通じる性向を持ちながら、摂関家を目指す権門の政略から自由であるわけにはいかなかった」とする。〝木枯の女〟のように他の男に乗り換える多情さではなく、逆に一途に男君を想うゆえに、異例の女君から贈歌をするその熱情は〝木枯の女〟とは異質であろうけれど、女君の人物造型の一要素であろう。

女君詠末句の「ころもへにけり」を注視すると、この物語中にみるもう一首は帚木巻、空蟬への源氏詠「見し夢をあふ夜ありやと嘆く間に　目さへあはでぞころもへにける」と、又の逢瀬のないことを嘆く。空蟬からの返歌はない。源氏と朧月夜がそれぞれに「ころもへにけり」と詠む。当歌句は、「しきしまややまとにはあらぬ唐衣　ころもへずしてあふよしもがな」（『古今』恋四）と、「唐衣」とのかかわりで「ころも」を掛ける貫之詠くらいを先行例とする。後には『千五百番歌合』などで用いられてはいるが、用例のごく少ない語句である。

こののち、女君がわらわ病みのため里下りした二条宮で男君とのあやうい逢瀬を重ねるが、その密会の露顕をきっかけに、右大臣方は本格的に源氏失脚を画すようになる。

三　別離――須磨巻

⑤　藤壺との間になした罪の子東宮、のちの冷泉帝の立場を守るため、また自らの罪障消除のため、離京し須磨への退居を決意した源氏は、悲しむ人々と別れを惜しむ。尚侍朧月夜にも忍んで消息する。

　逢ふ瀬なき涙の川に沈みしや　流るるみをのはじめなりけむ

（逢えずに悲しみの涙川に身を沈めたのが、流されてゆく身のはじまりだったのでしょうか）

他の目を憚りながら届いた便りに、女君は、

　忍びたまへど、御袖よりあまるもところせうなん。

　涙川うかぶみなわも消えぬべし　流れてのちの瀬をも待たずて

（流川に浮かぶ水の泡のように私も泣きながら死んでしまいそうです。のちの逢瀬―帰京も待たずに）

　泣く泣く乱れ書きたまへる御手いとをかしげなり。

「俊成卿女云此物語の中第一の歌」と『細流抄』に引く源氏の贈歌と同様、返歌も「流れて―泣かれて」「みなわ（みを）―身」を掛け、「瀬・涙川・みなわ・流る」と縁語で仕立てる趣向もぴったり男君に寄り添う。女君詠末句「瀬をも待たずて」の「（待た）ずて」は例歌の少ない語句である。周知のように「ずて」は、打消助動詞「ず」に接続助詞「て」が付いたもので、上代に使われ、中古に入ると約まって助詞「で」として用いられるようになったと考えられる。その後この「ずて」は主として和歌に使われ、例えば『古今集』秋上、よみ人しらず詠「秋萩をしがらみふせて鳴く鹿の　目には見えずて音のさやけさ」であるが、極めて一部でしか用いられてはいない。「こぎきぬやあまのかぜまも待たずして　にくさびかけるあまのつり舟」（『小町集』45）、「花のかになれし衣を待たずして　けふはまぢかき藤の花かな」（『兼澄集』60）、「もろともに待つべき月を待たずして

ひとりも空をながめけるかな」（『続千載』秋上　藤原実方）と、先行例であっても他詠は「待たずして」であり、朧月夜の当歌句が独自性を発揮する。「瀬をも持たずて」ではなく「瀬をも持たずに・瀬も待たずして」などであるならば、さほど多くはないものの先行詠をもつ当時の一般的用法となろう。『源氏物語大成』に校異を確認すると、唯一別本・陽明本のみが「またすして」で、他本は全て「またすて」の表現をもつ。作者はこの女君に「待たずて」とうたわせていると考えられる。

当物語中に「ずて」表現をもつ他詠を一首、絵合巻にみる。藤壺中宮御前での物語絵合において、梅壺方の平典侍が「伊勢の海の深き心をたどらずて　ふりにし跡と波や消つべき」と、『宇津保物語』に比べ劣勢の、自方の『伊勢物語』を擁護する。「ただ今は心にくき有職ども」の一人であり、内侍司の次官ながら実質的に長官の職責をもつ典侍は、教養そして年配ともに十分な人物であろう。平典侍と朧月夜二人が上代に用いられることの多かった「ずて」の語を自詠に詠みこむ。『引歌索引』は源氏詠にのみ『後撰集』の二首（よみ人しらず・伊勢）を示している。

⑥　三月に京を発った源氏が須磨の謫居に落ち着く頃に長雨の季節を迎えた。源氏の心を慰めるものは、京の人々と交す消息である。朧月夜への便りは、

こりずまの浦のみるめのゆかしきを　塩焼くあまやいかが思はん

（懲りもせずあなたにお逢いしたいのですが、あなたはどうお思いでしょう）

……

さまざま書き尽くしたまふ言の葉、思ひやるべし。

尚侍の君の御返りには、

浦にたくあまだにつつむ恋なれば　くゆる煙よ行く方ぞなき

（浦で火をたく海人でさえ人目はばかる恋の火ですから、悔いる煙は行く方なく胸にくすぶっています）

さらなる事どもはえなむ」とばかり、いささかにて、中納言の君の中にあり。思し嘆くさまなど、いみじう言ひたり。

男君の歌を正面から受け止め、更に「海人だに―数多《あまた》に」「恋―火」「悔ゆる―燻ゆる」など掛詞を駆使して思いを共有する。添え書きは僅かで、人目忍んで二人の媒をする女房中納言の君の便りに、女君の嘆く様子が多く語られる。

朧月夜詠中の「くゆる煙」は用例が極めて少ない歌句である。後悔する煙はくすぶって行く先もなく、私の心は晴れません、当歌には貫之の一首が引歌と考えられている。「風をいたみくゆる煙の立ちいでて　猶こりずまの浦ぞ恋しき」（『後撰』恋四）、「人のむすめのもとに忍びつつ通ひ侍りけるを親聞きつけていといたくいひければかへりてつかはしける」という詞書をもつ当詠は、情況からも源氏詠の「こりずまの浦」をも含め引歌にふさわしいが、「くゆる煙」を詠む数少ない先行歌は、当貫之詠をはじめ元良親王、九条右大臣師輔、藤原高遠と男性詠ばかりである。

当物語には「くゆる煙」を詠むもう一首をみる。真木柱巻、執心の玉鬘のもとへ出かけようとする髭黒に、北の方がにわかに薫物の火取壺を投げつける、よく知られる事件がある。その翌日、早く玉鬘のもとへと心はやり仕度する髭黒に、女房木工の君が北の方を庇って、薫物をしながら「独りゐてこがるる胸の苦しきに　思ひあまれる炎とぞ見し」とうたいかける。それに返す髭黒詠「うきことを思ひさわげばさまざまに　くゆる煙ぞいとど立ちそふ」に当語句をみる。薫物に因んだ「燻ゆる」に「悔ゆる」を掛ける。異なる情況下ではあるが無骨な髭黒とそして朧月夜が「くゆる煙」と詠む。

四　再びの逢瀬――若菜上巻

⑦　明石から帰洛し復活を果たした源氏は、なおも忘れがたく再び誘うものの、朧月夜は退け、相変らず女君に執着する朱雀院と暮していた。それから一〇年を経た若菜上巻、病篤い院は出塵した。共に出家をと女君も願うが院に諫められ、二条宮に戻って出離の準備を進めている。一方、降嫁した女三の宮と紫の上との板挟みにあって懊悩し、息抜きを求めた源氏は、ひとり身となった朧月夜のもとへ、謀ってひそかに訪れる。一五年ぶりの再会だった。隔ての襖を引き動かして、

年月をなかに隔てて逢坂の　さもせきがたくおつる涙か

（長の年月お逢いできずに今やっとお逢いできたのに、このような隔てがあっては悲しくて堰きとめられず落ちる涙です）

女、

涙のみせきとめがたき清水にて　行き逢ふ道ははやく絶えにき

（涙だけは逢坂の関の清水のように堰きとめられず流れますが、あなたとお逢いする道はもうとうに途絶えてしまいました）

「涙・逢ふ・せき・がたき」など贈歌を受けた歌語を多用、更に「関―堰」「行き逢ふ道―近江路」と掛詞そして縁語仕立てで構成する返歌に、過ぎ去った歳月が遡る。はじめは拒んでいた女君だったが、いま源氏の声を聞き気配を感じると、抑えていたはずの想いが再燃する。男君のあの須磨での沈淪は一体誰のせいだったたか、自分が直接のきっかけを作ったのだと、次第に決心が揺らいでゆき、遂に逢瀬が再現することとなる。

男君を女君のもとへ導き入れたのは、常に二人の媒となっている中納言の君であろう。当初から、実らない愛に苦悩する女君を側近くで見守ってきたこの女房の仕業である。中納言の君と称するのであるから、おそらく父親が中納言であろう。后がねの一人として養育されたはずの女君の立場からも妥当である。しかしこの度源氏に

案内を指示された、中納言の君の兄弟和泉前司はその呼称から受領階層であり、現時点では職をもたない散位かと考えられる。求職中の受領階層とは、源氏の人選も確かであるし、また中納言の君も主君の想いへの配慮ばかりでなく、兄弟に対する援護という一面をも併せもつ行動である。

贈答両詠の引歌と指摘されるのは、「もる人もありとはきけど逢坂の　関もとどめぬ我が涙かな」（『後撰』恋五よみ人しらず）、そして「あふ坂の関の清水にかげみえて　いまや引くらむ望月の駒」（『拾遺』秋　貫之）の二首である。これらにはみない女君詠の「ゆき逢ふ道」は逢坂の関のある「近江路」を掛ける。当物語中に当語句を用いるもう一首をみる。関屋巻、石山に詣でた源氏は、常陸から任果てた夫と帰京する空蝉と、図らずも逢坂の関で出逢う。空蝉に届けた「わくらばに行きあふみちをたのみしも　なほかひなしやしほならぬ海」に、「近江路」を掛けるのは朧月夜と同様である。空蝉の返しは「あふさかの関」をうたう。

逢坂を詠みこむ「ゆきあふ・さか」は大中臣能宣、藤原道信に先行詠をみ、また「逢ふ身」や「逢ふ道」と「近江」「近江路」を掛ける詠は、『後撰』源中正の一首以降少数ながらみるものの、「ゆきあふ・みち」として用いる先行例はただ一首が管見に入る。屏風歌の「君と我ゆきあふ道を世とともに　さがのの原もあらせてしかな」（『元輔集』162）であり、特に女性詠では後出に僅少例をみるばかりである。

⑧　名残り多い一夜は疾く明けてゆく。源氏は帰りがたくて、折しも咲く、あの昔を思い出させる藤の花を一枝折らせる。

沈みしも忘れぬものをこりずまに　身も投げつべき宿の藤波
（須磨に零落したことを忘れはしないのに、また懲りもせずあなたのためにこの身を投げてしまいそうなこの家の藤＝淵です）

「女君も今さらにいとつつましく、さまざまに思し乱れ」つつも、やはり慕わしくて、

身を投げむふちもまことのふちならで　かけじやさらにこりずまの波

（身を投げようとおっしゃる淵は本当でなく偽りの淵ですから、今さらあなたに性懲りもなく心をかけはしません）

前⑦歌の場合と同様に、贈歌の歌句を多く受け——身・投げ・こりずま・ふち・波——、更に「藤—淵」を掛ける。歌意では切り返す典型的な返歌ながらも、再燃する想念を共有する。⑦、⑧歌ともに男君の贈歌と同一歌句を多く用いて、再会に胸を熱くたぎらせつつ贈歌を受け取り、さまざま複雑な心情を反芻しながら、過ぎ去った日々を噛みしめ返歌する女君の姿が現前する。

両詠の引歌には「恋しさに身も投げつべし慰むる　ことに従ふ心ならねば」（『興風集』50）、「こりずまに又も無き名は立ちぬべし　人にくからぬ世にしすまへば」（『古今』恋三　よみ人しらず）、また「棹させど深さもしらぬ藤なれば　色を《ば》人もしらじとぞ思ふ」（『後撰』春下　貫之）ほかが示されている。

女君詠中「まことの淵」が注目される。当物語中に副詞「まことに」の用例は数多い。和歌にも一例、北山から帰る源氏と紫の上の祖母尼君との贈答で、尼君が「まことにや花のあたりは立ちうきと　かすむる空のけしきをも見む」（若紫）とうたう。そして名詞「まこと」も「誰がまことをか」（梅枝）、あるいは玉鬘関係に多出する「まことの親」などと使われる。しかし詠歌中に「まことの〈プラス〉名詞」の形であらわれるのは当場面の「まことの淵」のみである。勅撰集また先行する私撰集、私家集中に「まことの〈プラス〉名詞」の形をもつのは、「まことのとし」（『小大君集』60）「まことのはな」（『義孝集』35）「まことのこひ」（『馬内侍集』205）そして同時代の「まことのなかのまこと」（『公任集』280）くらいが、「まことの道」を除く該当語句である。

「まことの道」は〝法の道〟をあらわし、後世、特に新古今集時代に多い表現であるが、当物語成立と同時代に「こしらへてかりのやどりにやすめずは　まことのみちをいかでしらまし」（『後拾遺』雑六）と赤染衛門が詠み、また同集には、これはのち万寿三年（一〇二六）一月に出家の上東門院彰子に選子内親王が贈った、「君すらもまことの道に入りぬなり　ひとりやながき闇にまどはん」（雑三）をみる。〝法の道〟を示す「まことの道」はこの時期を始発とするようである。

このように用例数の少ない「まことの」を用いて、眼前に咲き匂う藤と男君の贈歌をふまえた「ふち」を掛けて女君は「まことの淵」とうたう。

五　出家──若菜下巻

⑨　二条の尚侍の君をば、なほ絶えず、思ひ出できこえたまへど、かくうしろめたき筋のことうきものに思し知りて、かの御心弱さもすこし軽く思ひなされたまひけり。つひに御本意の事したまひてけり、と聞きたまひては、いとあはれに口惜しく御心動きて、まづとぶらひきこえたまふ。

女三の宮の不義に憂悶し、男女関係に不信感を抱く源氏は、慕わしく思いながらも一方では朧月夜のなびきやすさを厭わしくも感じていた。が、女君は遂に落飾していたのだった。本稿冒頭に引用部分前段の一文である。

源氏は「あまの世をよそに聞かめや須磨の浦に　もしほたれしも誰ならなくに」（あなたが尼におなりなのを他人事と思えましょうか。私が須磨の浦に謫居し涙に濡れたのも一体誰のためでしょう）と消息する。その返し、「あま舟にいかがは思ひ後れけん　明石の浦にいさりせし君」（あま舟にどうして乗り後れたのでしょう、明石の浦で海人のようにお住まいだったあなたですのに）は、きっぱりと余裕すら感じさせる明るさをもつ。その印象は、各句頭が「あ・い・お・あ・い」と、全て母音であることに拠るところも小さくはなかろう。当物語に唯一みられる全句頭母音の一首であることを指摘したい。(8)「あまの世」を「あま舟」にし、同じく「海人」と「尼」を掛けて贈歌に呼応する。

源氏詠の「須磨の浦」を「明石の浦」とすり替えて返したのは、重い意図をもつと考えられる。『新潮古典集成』──「「あま舟」の「あま」に「尼」と「海士」を掛ける。「いさり」は漁。明石の浦で「海士船」に乗って漁をしたはずのあなたが、の意」のように、語句説明ばかりでなく、『新編全集』――「ここも「海人」と「尼」の掛詞。初二句は、私の出家にどうして後れをとったのか。源氏のいう「須磨」を「明石」に変えて、流離の真意は明石の君との邂逅にあったと切り返す。歌意はともあれ、流離の過往に遡る発想の点で、源氏に心を合わせる気持があろう」、また『完訳』――「流離の真意は明石の君との邂逅にあったと切り返す」のように、「明石の浦」の意図を示す訳註書もある。

源氏は須磨への退居以来繰り返し女君に対し「すま」を持ち出して、その沈淪は誰ゆえかと口説き誘う。⑥対応歌では「こりずまの浦」、⑧対応歌に「こりずまに」、そして当⑨歌においても「須磨の浦に……誰ならなくに」と恨んでみせる。一方女君は⑧歌で、男君の贈歌に応え「こりずまの波」と詠むのみであるが、しかしその謫居は自分ゆえと常に意識していて、二人の間では「すま」がキィワァドの一つである。源氏の須磨退下の真の理由――東宮の地位の守護、源氏の贖罪など――を知るはずもない女君は、従って自分との恋愛沙汰が第一の原因と信じていたのである。その女君が「明石の浦」と詠む、須磨ではなく。明石で誕生した姫君が只今は今上帝女御、所生の皇子は立太子していて、いずれ女御は国母となることが約束されている現在、振り返ってみると、自分との関係がきっかけではあったけれど、それは源氏の運命をむしろ開く宿世の一コマだった、と気づいた女君であろう。その結果の「明石の浦」なのである。思えば源氏と出逢って熱い想いを抱き続けてきたものの、葵の上亡きあと、それでは朧月夜を北の方にという父大臣の願いは源氏に拒まれたのだった。若菜上巻で再びの逢瀬を重ねたが、若菜下巻、正月の女楽のあと発病した紫の上を我を忘れて看病する源氏は、もう女君から足が遠のき消息も途絶えがちであったろう。その年の夏から秋の間に女君は出離した。女君にとって現実を見極めるよい時間だったに違いない。そして再会してのちだったからこそ、もう悩み迷うことなく準備をととのえ入道の一歩を踏み出したことと思われる。

女君詠の「思ひ後る」は、男君からの贈歌の添え書き、「さまざまなる世の定めなさを心に思ひつめて、今まで後れきこえぬる口惜しさを、思し棄てつとも、避りがたき御回向の中にはまづこそは」中の「後れ」をふまえた語句である。当該部に続き、紫の上に向かい述懐する源氏は「たどり薄かるべき女方にだにみな思ひ後れつつ、いとぬるき」と語る。朝顔前斎院や朧月夜に先んじられ自分はふがいないことだ、と。すなわち「思ひ後る」は女君詠にのみ歌句として用いられる。当語句は後出詠に僅かにみるものの、用例をもつ「思ひ〝送る〟」とは異なり歌句としては異質である。贈答両詠ともに引歌は示されない。

ところで、源氏が女君を「少し軽く思ひな」した一文に続く「つひに御本意の事したまひてけり」が興深い。女三の宮の密通により、女君をも少しあさはかなものと考える源氏の胸中叙述と、女君の本懐を遂げた事実が同時進行の形をとることは示唆的である。源氏の思いとの齟齬を暗示するかのように出家が叙される。後段、女君からの返信を紫の上に見せ、「いといたくこそ辱づかしめられたれ。げに心づきなしや」と言う布石となりえよう。その心弱さをあさはかにも思っていた女君が着々と準備を進め出家を実現していた、それも自分にほのめかすこともなく、と。

おわりに

朧月夜の歌を目にし、また口ずさんだとき、全歌に独特の味わいを感じ、それが何に依拠するのかを明らかにしたいと検証したものである。その結果は、全首にわたって一部の語句表現に特殊性がみられたことである。

①「草の原」②「弓張りの月」③「教ふ」④「ころもへにけり」⑤「ずて」⑥「くゆる煙」⑦「行き逢ふ道」⑧「まことの淵」⑨「思ひ後る」。全首大きな異同をもたないこれら語句は一見何ら特別視されるものではないが、歌語としては先行例のない、あるいは極めて少数の用例のみ、特に女性は用いない、と言っ

た、いわば〝非姫君的〟な語句なのである。歌語には一般的でなく異例であるような、そうした言葉遣いを全歌に詠み込むのが朧月夜である。ときに些か過剰と思われるほど達者な修辞用法とともに、これは派手好き、慎しみが足りないと言われる右大臣家の家風を、父大臣、姉弘徽殿大后に反発もしたであろう、その家風を血筋を、一面体現すると言えよう。右大臣家の親子は、女君以外では藤花の宴に源氏を誘う父大臣の一首が知られるのみ、他の詠歌はみない。

源氏との出逢いののち、あやにくな二人のかかわりを嘆き続け思い乱れ続けてきた朧月夜であるが、以上みてきたように各詠中に刻まれる個性的な言葉遣いに、生来の自由な性情を残していた。その時々に自らの胸奥を託した詠歌に、花宴巻での出逢いから二七年間の半生が映し出される。その和歌に朧月夜の一面が顕示され、また各首に歌意とは異なる女君の個性、独自性が強くあらわれる。

源氏に魅了され、盲目的ともいえる女君の愛は一途に源氏に向かっていて、朱雀院の愛情を受け止めえない苦悩、憂愁の年月はそれでも次第に親愛へと変容した。若菜上巻、朱雀院出家の際の嘆きは、院をして「子を思ふ道は限りありけり。かく思ひしみたまへる別れのたへがたくもあるかな」と言わしめる。しかしそれは源氏への愛とは異質である。院との間には交された一首の歌もみえない。歌のやりとり贈答が互いに思いを共有する、共感しあうことならば、あくまでも源氏とのかかわりの中で生きた半生だったと言えよう。

最終的にただ一人で決めたであろう出離を経た⑨歌は、もうため息はつかない、迷わない、過去の全てをそのまま受け入れて、そこから自分を解き放った、吹切れた強い明るさを伝える。女君の年齢は明示されないが花宴巻から若菜下巻までは二七年を経ていて、いま当然四〇歳を過ぎていよう。この歳月の女君の姿が和歌に投影される。当初の闊達自由な明朗さは、各詠の一部歌句に残されて芯の部分に変りなくとどめながら、二七年間のさまざまな経験、思いは成熟した大人の朧月夜に成長させた。地の文や草子地で、常に嘆き思い乱れ続けてきた女君の姿を描写し、⑧歌までの歌意も全て、論じられるように嘆きや死のイメージを色濃くもつ。しかしその和歌は、実は歌意に反するような強い語感をもつ語句を含み有していた。男君との逢瀬では、嘆くばかりでない、詠中に残るような自由でのびのび枠にとらわれない魅力的な女君の姿があったことであろう。だからこそ求められた女君であったと想像もされる。

更に、⑧歌まで常にため息とともに詠み、歌意では反発しながらも強く男君に共感する詠歌をしていた女君は、最終詠では大きく異なる歌を詠む。自らの胸内の嘆きつらさはもう埒外とばかり一切あらわさず、切り返し屈託なく男君に向ける、「明石の浦にいさりせし君」と。

改めて言うまでもなく和歌は詠者の置かれた情況に応じ、臨機応変に言葉を紡ぐものであり、先行詠の有無ばかりにとらわれるわけにはゆかない。しかし一方古来の蓄積の上に構築するものでもある。用いる言語によって人物造型をするのは、作者の意図であり手法であろうから、全歌にわたる女君の独特な言葉遣いを看過できない。女君が用いる当該語句の、当物語中における他の一首が、源氏詠以外では、例えば髭黒大将であり近江の君であり、また平典侍というのも示唆に富む。当然和歌などの素養を十分に身につけた上での独自性であるし、その独自性を臆面もなく、あるいはその意識すらなく表現できるのが、この愛すべき女君らしい個性であろう。作者はそのような造型を企図したと考える。幾分なめらかさに欠け固さをも感じられる、そうした語句表現がもたらす女君像は従来の朧月夜像とは一見等質ではないようだが、どちらも女君そのものである。自らの置かれた境遇に思い乱れ嘆きつつも、辛うじて生来の〝らしさ〟をとどめえていた女君を表徴すると把捉することができる。一貫して和歌に示される個性的な自分をもつ女君、男君とのかかわりも決して受身ではなく、自らの意思によるものであったからこそ、須磨退居の原因は自分が作ったとの思いが強かった。その女君が「明石の浦」と詠みこむ最終詠に女君の結論をみる。それは、この物語に登場する花宴巻の場面、後宮の弘徽殿細殿をひとりで「朧月夜に似るものぞなき」と誦じながら歩いていた快活さ、女君で唯一「うち誦ず」朧月夜、憚るものをもたないかのように自由で明朗な二七年前の姿に重なるものである。作者の意図する朧月夜造型の一面は、ここに明らかであろう。

【注】

（1）『人物で読む源氏物語――朧月夜・源典侍』（勉誠出版 '05年）に「主要参考目録」が編集掲載される。
（2）例えば鈴木日出男「〈いろごのみ〉の歌――光源氏と朧月夜――」（『古代文学論叢』第十九輯 武蔵野書院 '11年）。
（3）伊井春樹編『源氏物語引歌索引』（笠間書院 '94年）による。以下同じ。
（4）武田早苗編「加茂保憲女集」（『和歌文学大系』20 明治書院 '00年）、以下引用は当解説による。
（5）後藤祥子「尚侍攷」（『源氏物語の史的空間』東京大学出版会 '89年）は、尚侍の歴史上の身分、位置を教示する。
（6）日向一雅「朧月夜物語の方法――話型・引用・準拠の方法あるいは流離の主題――」（『源氏物語の準拠と話型』至文堂 '99年）。注（1）に再録。
（7）「木枯」をうたうあと一首は、小野妹尼が、亡き娘の婿だった中将に浮舟の出家を告げる手習巻にみる。
（8）朧月夜の当歌のみが全句頭を母音でうたうが、四句頭を母音で詠むのは、いわゆる頭中将二首（末摘花・行幸）、夕霧二首（夕霧・御法）、明石の君一首（明石）そして藤壺一首（賢木）、四人の六首である。

大僧正隆弁の和歌の様相

中川博夫

はじめに

鎌倉時代中期に、園城寺僧ながら主としては関東鎌倉に在って活躍し、『徒然草』第二一六段、最明寺入道時頼の話によってもその名を知られる歌人隆弁がいる。隆弁は、僧侶としては、鶴岡若宮社別当や園城寺長吏を務めて大僧正にまで到る主導的立場の人物であり、一方で、勅撰集入集歌数25首を数える相応の歌人であり、少なくとも鎌倉期の関東歌壇に於いては重要な存在で、宗尊親王将軍との親密な関係からも注意が払われてよい。この隆弁については早く高野辰之が、「建長二年に鎌倉から園城寺へ行った時の模様を記した」『隆弁法印西上記』を紹介するのに際して、「隆弁伝」を主に『鶴岡八幡宮寺社務職次第』『三井続灯記』によって記している（『古文学踏査』昭九・七。大岡山書店）。近くは、湯山学「隆弁とその門流―北条氏と天台宗（寺門）―」（『鎌倉』三八、昭和五六・九。南関東中世史論集四『鶴岡八幡宮の中世的世界―別当・新宮・舞楽・大工―』平七・七所収）が本格的に閲歴の考察を行っている。また、歌人研究の立場から稿者も、「大僧正隆弁―その伝と和歌―」（『芸文研究』四六　昭五九・一二）で、隆弁の生涯と和歌活動の概要を記したことがある。その後、貫達人『鶴岡八幡宮寺―鎌倉の廃寺』（平八・一〇、有隣堂）は、鶴岡若宮社の歴代別当を取り上げる中で、他に比してより紙数を割いて鎌倉に於ける活動を中心に隆弁の閲歴について記している。また、小川剛生「隆弁僧正と諏訪明神」(『銀杏鳥歌』一六、平八・六)は、特に諏訪信仰に関わる隆弁の存在意義について、それまでの欠を補う重要な新見を示している。

隆弁は、承元二年(一二〇八)に、実務上にも文芸上にも比較的優秀な上流貴族の血筋(末茂流四条と顕隆流葉室)に生を享け、園城寺に入門した。後に鎌倉に下着し、そこを本拠として四代に渡る将軍の下、弘安六年(一二八三)八月十五日に七十六歳で入寂するまで、広範で精力的な活動を展開した。殊に験者としてよく能力を振い、諸人の信望を集め、後嵯峨院周辺や関東(鎌倉幕府)の力をも背景に順調に昇進し、鎌倉僧界や寺門内部で支配的地位に就いた。その詠作は、僧侶としての隆弁の存在に従属するものであったと考えられる。ただ、宗尊親王将軍在位期及びそれ以降に、関東歌壇の主要な一員として活動し、僧としての地位の高さも相俟って、中央歌壇も無視し得ぬ人物となっていったことは間違いない。特に、宗尊親王主宰の歌壇に於いては、隆弁自身はその護持僧であり、歌道師範が従兄の真観であることなどから、歌壇史上にも重要な存在であると考えられるのである。

その隆弁の現存和歌80首については、別稿「大僧正隆弁の和歌注解」(『鶴見日本文学』一八、平二六・三)で注解を加え、個々の歌について論じたところである。本稿ではそれを踏まえて、隆弁の詠み方の特徴を整理して考察し、その和歌の様相をできる限り明らかにしてみたいと思う。

一 本歌取り

まず、隆弁の本歌取りについてまとめておく。注解を施した現存歌80首の内で、三代集歌人の用語を拠るべき古歌詞と定めた定家の『近代秀歌』『詠歌大概』以降の時代で、かつ本歌取りし得る古歌の範囲を『後拾遺集』まで広げることを容認した真観の『簸河上』と従兄弟同士の同時代歌人の詠作であることを考慮して、本歌に取るべき古歌の範囲を三代集歌人及び『後拾遺集』初出歌人と見るのが穏当かと考えて認定した本歌取りは、11首である。本歌の所収歌集・部立・作者と隆弁歌の所収歌集・部立及び本歌からどのように詞を取っているか（句の位置・字数）を一覧すると、次のとおりになる。

凡例　隆弁歌の所収歌集に部立がない『人家集』については、詞書の内容から私に部類する。行頭の○囲み数字は、「大僧正隆弁の和歌注解」で付した番号で、その下に本歌の歌集名・部立・新編国歌大観番号・作者名、隆弁歌の歌集名・部立・新編国歌大観番号。次行に、詞の取り方につき、本歌の第何句（算用数字）の何字分（字数）→隆弁歌の第何句の何字分、というように表す。＊に特徴を簡略に記す。

②新古今集・雑中・一六一六・業平＝伊勢物語・九段・一二・男、続後撰集・雑上・一〇四九。
1句→4句下5文字、2句6字→5句上2字＋1句上4字。
＊詞の取り方は定家の細則に馴致しつつも、心を取る院政期本歌取りに通う。

⑤拾遺集・恋二・七三〇・読人不知、続古今集・雑中・一七二二。
4句→4句、5句下2字→5句下2字。
＊詞の位置は一致するが、恋歌を雑の誹諧的述懐に転換。

⑲古今集・春下・九三・読人不知、東撰六帖抜粋本・秋・二〇九。
2句下4字＋3句（字余り）→4句下4字＋5句上

㊼新古今集・恋三・一一五七・興風、人家集・雑（述懐）・二一。
3・4句→1・2句（助詞一字変化）、5句中3字＋1句中1字→5句上3字＋中1字。
＊詞の取り方はまさに定家細則に適い部立も転換されているが、本歌に異を唱える趣向。

(64)古今集・恋三・六一七・敏行、続千載集・恋四・一五二四。
4句→2句、5句上2字→4句上1字（語彙変換）
＊古歌と近代の歌（新古今の良経詠）を取り合わせる点で㊲に同様。

(67)古今集・雑上・八七九・業平、新後拾遺集・夏・二四四。
2句上2字→4句上2字、4句下3字＋5句上5字

6字。
＊②と同様。
㊲拾遺集・雑恋・一二一四・読人不知、宗尊親王百五十番歌合・恋・二七四。
4句↓4句
＊あまり本歌に取られない歌を本歌にし、金葉の実能詠も踏まえる。
㊺古今集・東歌・みちのくうた・一〇八九、人家集・羈旅（旅歌に）・一九。
2句上3字↓4句中3字、4句↓2句、5句上2字↓3句上2字
＊詞の取り方は定家の細則に適うが、心（内容）は本歌に近い。
㊻古今集・雑下・九三八・小町、人家集・雑（述懐）・二〇。
2句↓4句、3句中2字↓3句上2字、4句上5字↓2句上6字（活用・時制変化）
＊㊺に同様。

↓4句下3字＋5句上5字
＊詞の取り方は定家の細則に背かず部立も転換するが、本歌に軽く異を唱えるような誹諧性に傾く。
(68)古今集・雑上・八九九・読人不知、新続古今集・雑中・一九五一。
1句↓3句、2句下5字↓1句（下3字語彙変換）、3句上1字↓2句中1字
＊詞の取り方は定家の細則に背かないが、部立の転換はなく素材を詠み益す院政期的な本歌取り。
(75)後撰集・夏・一七九・読人不知、題林愚抄・夏上・二一六八。
1句下2字＋2・3句↓1句下2字＋2・3句
＊詞の位置は本歌に同じもその総量は定家の細則に背かないが、部立は変わらず、本歌の景物も落とされている。初句の「数ならぬ」から「時知らぬ」の変換が趣向。

本歌は所収歌集別では、古今集6（首）、後撰集1、拾遺集2、新古今集2（内1伊勢物語）であり、歌人別では、読人不知6（内1東歌）、業平2（内1伊勢物語の男）、小町1、興風1、敏行1である。数が少なく確言し得な

いが、歌集では三代集と新古今集（伊勢物語）、歌人では読人不知がやや目立ち、特定の歌人への執着はないながら、三十六歌仙歌人に意を向けているようにも窺われる。

本歌から隆弁歌への部立の変換は、次のとおりである。

夏↓夏1（例）、春↓秋1、恋↓恋1、恋↓雑2、雑↓夏1、雑↓雑3、雑恋↓恋1、東歌↓羈旅1。

同部立内の本歌取りが5例、部立の変換が6例であるが、定家『詠歌大概』が説く主題転換の主旨に則して言えば、「春↓秋」「雑恋↓恋」「東歌↓羈旅」の3例は類同の主想の本歌取りであり、定家が慫慂した主題の転換は行われていない場合の方が多いことになる。それに連動する歌の内容についても、「時知らぬ山は富士の嶺いつとてか鹿の子まだらに雪の降るらむ」（新古今集・雑中・一六一六・業平。伊勢物語・九段・一二）を本歌にする②「富士の嶺は咲きける花の慣らひまでなほ時知らぬ山桜かな」（続後撰集・雑上・一〇四九）や「鏡山いざ立ち寄りて見てゆかむ年経ぬる身は老いやしぬると」（古今集・雑上・八九九・読人不知）を本歌にする(68)「立ち返りまたこそ見つれ鏡山つれなき老の影を残して」（新続古今集・雑中・一九五一）[1]のように、むしろ本歌に沿っていて、心を取る同工異曲風の詠み直しや、歌材を詠み益す院政期的な本歌取りにも通う場合がある（他に㊺㊻）。ただし、定家の、詞は古く心は新しくという原理に基づいて、本歌取りは古歌の詞を取るものである（従って心は取らない）という方法は、隆弁に限らず、定家以降の歌人が必ずしも奏功し得た訳ではなく、定家の方法と併せて院政期の方法も容認する順徳院の『八雲御抄』や、定家の方法を巧みに変形させた弟子真観の『簸河上』[2]や息子為家の『詠歌一体』[3]等の歌学書が、定家の詠作の原理と本歌取りの理法とを全くは継承している訳でもないのであれば、専門歌人ならぬ隆弁ならばなおさら、定家以後の時代の風に泥んでいたとしても当然であろう。そういった中で、隆弁の本歌取りには、「大方は月をもめでじこれぞこのつもれば人の老となるもの」（古今集・雑上・八七九・業平）を本歌にする(67)「見る程もなくて明け行く夏の夜の月もや人の老となるらむ」（新後拾遺集・夏・二四四）のように、本歌に異を唱える趣向を構えて、やや誹諧に傾くような詠み方が窺えるが（他に⑤㊼）、これは本歌取りに限らず、隆弁の歌に少しく認められるところである。なおまた、詞の取り方については、隆弁がそれを意識したかは措き、総じて定家学書が説く細則には結果として大きく背いてはいないように見える。

二　依拠歌

ところで、隆弁の本歌取り詠の中には、「双六の市場に立てる人妻の逢はでやみなん物にやはあらぬ」（拾遺集・雑恋・一二一四・読人不知）を本歌に、「思ひきや逢ひ見し夜はの嬉しさに後の辛さのまさるべしとは」（金葉集・恋下・四四一・実能）も踏まえた㊲「思へただ幾程ならぬ世の中に逢はでやみなむ後の辛さを」（宗尊親王百五十番歌合・恋・二七四）のように、古歌を本歌に、院政期以降の先行歌をも踏まえた作（㊲(64)）が認められる。例えば隆弁が護持した将軍宗尊親王にはかなり目に付く、二首以上の古歌を本歌にした本歌取りが隆弁の現存歌には見えないけれども、複数の古歌・先行歌に負った歌は隆弁にも少なくない。隆弁の意識として、本歌たるべき古歌と先行依拠歌との区別が明瞭に存していたかは不明だが、隆弁が依拠した可能性が少しでも認められる先行歌を歌集別にまとめると、次のようになる。

古今集　㉑（一八五・不知）、㉒（九五二・不知）、㊼（八三五・忠岑）、(69)（九一〇・不知）、(80)（一〇四八・中興）

後撰集　㊺（九六一・敦忠）、(57)（一六〇・良岑義方）

拾遺集　(51)（四六二・不知）(51)（五三九・忠見）、(79)（七三三・不知）、

万葉集　(71)（四〇九七・家持＝五代集歌枕・四七八）

古今六帖　⑳（一〇四八・紀郎女）

万代集　㊳（春下・四八六・家隆＝壬二集・院百首建保四年・春・八二〇＝続古今集・雑上・一五四一）、㊶（二七二〇・延子＝栄花物語・一四〇＝続古今集・一三一五（但し該歌は続古今成立以前））、㊸（三六五二・成頼＝

後拾遺集　㉕（四七九・慶範）、㉙（九二一・上東門院中将）、㊺（五〇四・懐円）
金葉集　⑥（三〇一・永実）、⑳（六三・成通）、㉙（三四・雅兼）、㊲（四四一・実能）、㊿（五一・匡房）、(69)（一三五・師頼）、
詞花集　㊴（六二一・俊頼＝金葉集公夏本・三三）、(78)（二五八・高階章行女）
千載集　⑲（四三九・親宗）、⑳（三六八・覚盛）、㉒（三・堀河＝久安百首・一〇〇四）、(58)（九九・能因）、
新古今　①（一九五一・寂然＝法門百首・二三）、③（六四・不知）③（一一七一・道長）、⑨（五八七・具親＝千五百番歌合・一七三六＝三十六人大歌合・一〇八）、⑮（一九七八・西行）⑮（一五四七・良経）、㉗（九一一・不知）、㉘（二三・良経）、㊽（九一七・行尊）、(64)（六三五・良経）、(77)（一六八一・良経）
新勅撰集　㊵（一五八・公能＝久安百首・一二四）、(55)（七一・俊成）(55)（七二・家隆）、(62)（一三〇八・良経）(62)（一六四・俊成）(62)（九八七・信実）、(79)（一一四九・寂蓮）(79)（一一八三・道助）

月詣集・八六七）
洞院摂政家百首　㉔（一六六九・隆祐＝隆祐集・二三一）、(75)（三七九・真観）
宝治百首　㉛（一七六〇・後嵯峨院）、(76)（一二九六・師継）
白河殿七百首　(78)（四四五・為家（但し厳密には先後不明））
秋風集　⑩（九九四・大江広経＝別本和漢兼作集・三六一）、(62)（一〇二六・崇徳院＝久安百首・九三）
新撰六帖　⑥（一一九二・為家）、⑩（一〇八三・知家）、(56)（二四六〇・真観）
三井寺新羅社歌合　㉞（三六・泰覚）、(52)（四一・賢辰）
千五百番歌合　㉔（二七二三・保季）、(57)（四八七・通光）、(63)（一三四一・定家）(63)（一一一四・慈円）
内裏百番歌合建保四年　(59)（六二一・定家＝続拾遺集・二一三）
百首歌合建長八年　⑨（一〇三八・実伊）
為家千首　②（六一）
金槐集　㊷（二四三）

続後撰集 ⑩（七六四・肥後＝万代集・一九九二）、⑮（一〇二一・資実）、㊱（八四一・後宇多院）、㊶（三七三・信実）、㊾（一三三六・良経）、㊿（一一一一・雅経＝内裏百番歌合建保四年・七八）、㊻（一二四四・貫之）、㊽（四四七・殷富門院大輔）

『古今』から『続後撰』（あるいは『続古今』）までの勅撰集に学んでいたらしいことは、専門歌人か否かに拘わらず、当時の和歌習熟の方法として想像してよいであろう。『続古今』については、文永二年（一二六五）十二月の同集の完成・奏覧後の作であるとすれば、その所収歌に拠った可能性も十分にあろうが、現段階ではそれを明確に判断し得る歌は見出せていない。いずれにせよ、例えば㊺「枝交はす木木の梢も埋もれて花より外の山ぞはなき」（新三井集・春上・花歌中に・三七）は、本文に乱れがある結句「山ぞはなき」の原態が「山の端ぞなき」だとすれば、全ての句が勅撰集に用例が見え、特に初句から四句までは常用の句であり、隆弁の用語の選択が勅撰集に学んだ伝統的で穏当な傾向にあることを典型的に窺わせる一首ということになろう。その勅撰集中では、『古今』はさて措いて、特に『新古今』に親しんでいたらしいことが窺われるのである。有力歌人が集中した時代に編まれ、和歌史を画期するような所収歌の質と、事実八代集中でも最大歌数という量との両面がこれに大きく与っているであろうが、同時に、源頼朝が入集した勅撰集として閲覧を切望した実朝に象徴されるように、関東歌壇の歌人達にとってその存在が比較的大きかったことも関わっているのではないだろうか。同様に、『新勅撰』についても、実朝以下の関東歌人の入集の多さが、隆弁の関心を向けさせたかも知れず、同時代の勅撰集『続後撰』と併せて、隆弁がより親しんでいたと見てよいであろう。なお、『万葉集』については一首に依拠の可能性があるが、これも『五代集歌枕』に拠った可能性があり、いずれにせよ隆弁は、当時一部の歌人達が競うかのように依拠した『万葉集』を、ことさらに学ぶことはなかったと見てよいであろう。
歌人について見れば、全体には比較的有力な歌人の歌に依拠していたようにも見受けられるが、三代集については、本歌取りした古歌の作者も読人不知が半数以上であるのと同様に読人不知歌が多く、隆弁が特に意を向けていたような特定の歌人が顕著には浮かび上がってこない。新古今時代以降では、俊成・定家・慈円・良経等の有力歌人の歌に、隆弁の意識が向けられていたことが推測されるような様相を示していると言ってよい。中でも、慈円と良経の歌への依拠についてはやや目立つ感がある。専門歌人ではない詠みぶりが隆弁の意に適ったと見られなくもない。また、当時の歌壇に威勢をふるったと思しい従兄真観からの影響は当然に見てもよいであろうし、同時代の歌の家の中心人物の為家についても、真観との確執というような現代の視点からの歌壇史上の判断とは関係なく、隆弁はその歌に学ぶところがあったはずだと言ってよいであろう。

隆弁と同時代の歌集類について言えば、いずれも僅かな痕跡であるが、真観撰と推定されている『万代集』と『秋風集』を、従弟の隆弁が所持していたとしても不思議はない。また、『宝治百首』と『新撰六帖』は、真観も参加した時代の応制百首としてあるいは真観を含む時代の有力歌人による類題の詠作集として、当時の歌人達がこれに倣う可能性は十分に見てよい。『千五百番歌合』は新古今時代最大の、『百首歌合建長八年』は真観も出詠した当時最大の歌合であり、隆弁が護持した宗尊がこれらに学んでいたらしいことに照らせば[4]、隆弁もこれを披見した可能性を想定しておきたい。他宗派他寺院よりは和歌が盛んな園城寺の、承安三年（一一七三）八月十五日夜『三井寺新羅社歌合』については、僅かの痕跡にせよ、園城寺僧隆弁がこれに学んでいたと見ることは許されるであろう。将軍実朝の歌への依拠の可能性も、将軍宗尊を護持した歌人として、同断である。なお、㊻「おのづから誘ひし水も絶えはてて身をうき草の寄る方をなき」（人家集・述懐・二〇）は、「侘びぬれば身をうき草の根を絶えて誘ふ水あらばいなむとぞ思ふ」（古今集・雑下・九三八・小町）を本歌にした、「いかにせん頼みし水の絶えぬれば身をうき草ぞ寄る方もなき」（広田社歌合承安二年・述懐・一五三・親重）という先行類歌があり、同じ古今歌を本歌にした結果と思われるが、なおこの親重歌にも倣ったのだとすれば、隆弁の学習範囲の広さを見ることになる。同様に、㊹「まつら舟泊まりや近くなりぬらむ波路の末に雲のかかれる」（人家集・旅歌に・一八）については、嘉禎三年（一二三七）六月五日に素俊が撰した奈良歌壇の『楢葉集』の法橋玄性詠「もろこしの山もや近くなりぬらむ波路の末に雲のかかれる」（餞別付羈旅・海上逆旅の心をよみ侍りける・六五五）が酷似している。偶合ではなく隆弁がこの歌を模倣したとすれば、『楢葉集』を披見し得たか、南都歌壇の歌を何らかの方法で知り得ていたことになろうか。

本歌取りした古歌や依拠した先行歌の傾向を総じてみれば、当時の歌人が当然に学び倣うべき歌集に、専門歌人ではない隆弁もまた従っていたことは間違いない。中でも、『新古今集』とその時代の歌人達の歌を殊に意識していた節が認められる。同時に、従兄真観との関わりの中で隆弁が和歌に習熟していったらしいことも垣間見えるのである。

三　新古今歌人詠への傾倒と時流への適応

前節に見たように、隆弁は新古今時代に目を向けていたと思しいが、そればかりでなく、隆弁には、新古今歌人の後裔の表現に倣ったかもしれない歌や、たとえ結果としてでもそれらの表現に近似した歌が目に付く。同時に、院政期末から隆弁と同時代までの特徴的な歌の詠みぶりに似通う歌、あるいは時流の表現の中に位置付けられる歌も見受けられるのである。以下に幾つかの具体例を挙げておこう。④「心無き植ゑ木も法を説くなれば花も悟りをさぞ開くらん」（続古今集・釈教・樹説苦空といふ心を・八〇九）は、法門題が異なりながらも、俊成の「入り難く悟り難しと聞く門を開くは花の御法なりけり」（長秋詠藻・又或所の一品経に、方便品の、其智恵門難解難入の心をよみける・四五五）や為家の「いかにして仏の種を同じくは御法の花に悟り開かん」（中院集・十二月十一日続百首・尺教・四二）に通う。㊽「昔見し人もなぎさに寄る舟の我ばかりこそ朽ち残るらめ」（人家集・二二）の「昔見し」「人」を用いた先行の類例には、定家の「老いらくの辛き別れは数そひて昔見し世の人の少なさ」（拾遺愚草・二八七二）がある。㉛「夕立に水増さりぬと呼ばふなり泊まり浮かるる淀の川舟」（百五十番歌合・秋・九四）は、能因の「なるかみの夕立にこそ雨は降れみたらし川の水増さるらし」（能因法師集・ふゆだち・二五六）を承けたと思しい為家の「なるかみの音羽の山の夕立に関のこなたも水増さりつつ」（新撰六帖・第一・なるかみ・四八七）や「いづみ川水増さるらし夕立にけふみかのはら雨はふりきぬ」（秋風集・夏下・二二五）が先行の類例となる。為家歌との類似は他にも数例（②㉝㊹）に認められるし、㊳の「またこそ見つれ」の句形は、為家や真観も用いていて、時流にも沿っている。㉘「春もなほ雪げに見えて佐保姫の霞裾引く富士の柴山」（百五十番歌合・春・四）は、為氏の「佐保姫の霞の衣冬かけて雪げの空に春は来にけり」（新後撰集・春上・一）と影響関係を想定し得る程には類似する。以上のように、全てが直接の影響関係にはないにせよ、俊成・定家・為家・為氏の歌、中でも特に同時代の為家に類似する表現の歌が隆弁に存していることは、正統な和歌の規範から大きく外れることのない隆弁詠の一面と捉えてよい。

その視点から、さらに次のような事例も指摘しておきたい。㉚「さびしさをともに聞きても慰まむ里にな出でそ山時鳥」（宗尊親王百五十番歌合・秋・六四）は、慈円の「花は散りぬ月はまだしき夏山を慰めえたる時鳥かな」（拾玉集・郭公・四二九九）や秀能の「山がつの外面にかこふ楢柴のしばし慰む時鳥かな」（如願法師集・夏・四四六）などに見られるように、「山」の「時鳥」（の鳴き声）が「慰」めになるという、必ずしも伝統的ではない新古今歌人の歌の型に類している。㉟「芳野山み雪ぞ深く積もりぬる古き都の跡を尋ねて」（宗尊親王百五十番歌合・冬・二一四）は、家隆男隆祐に「み芳野や古き都のみ雪とて跡なき庭に昔をぞ知る」（隆祐集・九条大納言家三十首御会永仁（仁治か）二年三月・故郷雪・一六）という類詠がある。また、㉝「秋来ても岩根の松はつれなきに涙色づく苔の袖かな」（宗尊親王百五十番歌合・秋・一五四）のように、「苔の袖」の「色」が変わることを言う先例は、後鳥羽院の「遠島五百首」の「有りしにもあらずなる世のしるしとやまづ色かはる苔の袖かな」（後鳥羽院御集・詠五百首和歌・雑・一〇三〇）があり、㊺「陸奥のまがきの島の松にともいかで都の人に語らん」（人家集・旅歌に・一九）の下句は、後鳥羽院の「過ぎ来つる旅のあはれを数数にいかで都の人に語らむ」（後鳥羽院御集・元久元年十二月八幡卅首御会・雑・一二二六）と一致する。また、㊻「昨日まで雲にまがひし山桜散る時にこそ花と見えけれ」（新三井集・春下・花の歌の中に・七〇）は、順徳院の「昨日まで雲ゐに見えしあし引の山もあらはに桜散るかな」（紫禁集・同〔承久元年二月〕十八日、題を探りて読之、当座、遠山桜・一一三〇）に近似するのである。

さて一方、本歌取りの古歌や先行依拠歌の様相から見て、『古今集』以来の王朝和歌や伝統的な和歌の通念や措辞に歌人として不足なく習熟していたと見られる隆弁は、同時代の新しい詠作にも関心を寄せていたと思しく、イ院政期末から鎌倉前期までに詠まれ始めたり、ロ古く詠まれたものが復活して用いられたりした措辞を、次のように用いているのである。

イ院政期末から鎌倉前期までに詠まれ始めた措辞

一村雨⑳、山颪かな㉑、跡は見えけり㉒、涙の咎㉓、さぞ照らすらむ㉖、霞裾引く㉘、麓なりけり㊿、浦の浜川㊾

ロ古い用例が鎌倉時代に復活した措辞

憂きを知る㉓、すみかはる㉔

加えて隆弁は、先行例を見出し得ないような新鮮な措辞も、「涙に替へて」⑫「光をとめて」⑬「かさねて払ふ」㉑「泊まり浮かるる」㉛等々と詠んでいるのであった。必ずしも古歌詞にはこだわらずに、新しい措辞を用いて、新鮮な表現を求めようとする隆弁の意識が垣間見えるが、これは専門歌人ならぬ法体歌人あるいは京洛と空間を異にする関東歌人としての自由さの顕れと言ってもよいのであろう。

さらに時流への適応を例示すれば、⑤「憂きものと寝覚めを誰にならひてか暁ごとに鳥のなくらん」(続古今集・雑中・一七二二)のように、『宝治百首』(雑・暁鶏・三二一一・資季)や『続後撰集』(雑中・一一五六・実経。万代集・雑二・三〇四五)や『続古今集』(哀傷・暁の心をよめる・雅成・一四七三)等々に見られる、ほぼ同時代に暁の鶏鳴の由縁を問う歌が詠まれている中に位置付けられる場合もあるし、⑱「散りまがふ久米路の桜途絶えして春風渡る雲の梯」(東撰六帖・第一・春・桜・二三〇)のように、嘉禎三年(一二三七)六月五日成立の『楢葉集』の「山川の花の浮橋途絶えして渡る嵐の跡ぞ見えゆく」(楢葉集・雑二・七八二・承実法師)と同工異曲で、比較的新しい時代の和歌の流れにも棹さしていたことを窺わせる一首もある。㊱「いかにして涙は袖にとまるらむ通ふ心は隙もなき身に」(宗尊親王百五十番歌合・恋・二四四)のように、「袖に」「涙」が「とまる」ことを言う直近の先行例には、仁和寺の法印覚寛の「真木の屋に木の葉時雨は降りはてて袖にとまるは涙なりけり」(万代集・冬・一三五七。続古今集・雑上・一六一三)があるのである。

四　新味と誹諧性及び老いの述懐

他方で、こういった比較的新しい表現を選択する特徴に照応するかのように、隆弁には、伝統的な通念や趣向に異を唱える、あるいはそこから脱した新奇な表現を取る、といった和歌が少しく認められる。⑳「柞原一村雨の跡よりぞはじめて秋の色は見えぬる」(東撰六帖抜粋本・第三・秋・紅葉・三三七)は、伝統的常套に比較的新しい詞を織り交ぜつつ、自然と色づく「柞原」という既成の通念に意を唱えた一首であるし、㉑「紅葉葉の散り敷く苔のさ莚をかさねて払ふ山颪かな」(同上・冬・落葉・三七五)は、院政期の歌が積み上げた「莚」に散り重なる紅葉・落葉の景趣や「恋しくは見てもしのばむ紅葉葉を吹きな散らしそ山颪の風」(古今集・秋下・二八五・読人不知)の願望を否定していて、既存の和歌の通念や類型を出ようとする新しさがある。また、57「茂りあふ水草まじりのかきつばた花咲く比ぞ色に出でぬる」(新三井集・春下・八七)の「水草まじりのかきつばた」が「花咲く比」に目立つようになったとするのは、必ずしも伝統的な類型ではないし、58「散りはてて花のしがらみ波越えて夏にかかれる関の藤川」(夏・題しらず・一〇三)は、「美濃の国関の藤川絶えずして君に仕へむ万代までに」(古今集・神遊びの歌・一〇八四)を原拠にしながらも、この歌が言う「絶えず」の類型上にはなく、清新な歌境である。なお細かい点にもこだわれば、65「千歳まで行末遠き鶴の子を育ててもなほ君ぞ見るべき」(慶賀・二二八五)は、「君」が「千歳」の寿命を見ることを言う通例とは異なり、七夜を迎えた「(鶴の)子」の千歳を予祝し、親たる「君」もがその千歳の寿命を見るはずであることを言うのが新鮮であるし、77「見しままのその面影は絶えはててつらさぞ残る有明の月」(題林愚抄・恋三・寄月恋・七四二二)は、「有明」の「月」については、そこに恋人の「面影」が「残」るのを言うことが多く、それに異なる点で新しさが見えるのである。さらに、70「岩が根に天降りける清滝はいづれの神の流れなるらん」(夫木抄雑八・滝・清滝、山城名所歌、清滝、古来歌・一二三七五)や71「いにしへの吉野をうつすみたけ山黄金の花もさこそ咲くらめ」(夫木抄・雑十六・神祇付社・みたけ・相模国みたけ山奉納歌・一六〇七〇)は、ともどもやや特異な詠みぶりであろうが、これらは宗教的な関心と関東在住の意識とが生んだものとも言えよう。

さて、隆弁には、本歌取りの作に見たように、誹諧性が垣間見える。例えば、釈教歌ながら①「何ゆゑか憂き世の空に廻り来て西を月日のさして行くらん」(続後撰集・釈教・六二〇)も、どうせ西方浄土を指して行くのだから、月日もわざわざ憂き世の空に廻り来ずともよいものを、という軽い戯れにも似た含意を読み取り得るような、諧謔にも似た調子の歌である。それはまた、⑤「憂きものと寝覚めを誰にならひてか暁ごとに鳥のなくらん」

（続古今集・雑中・一七二二）の「暁ごとに鳥のなくらん」が誹諧に傾くような表現であることや、㊳「老が身はいつも今年と思ひしにむそぢの春をなほ惜しむかな」（人家集・暮春を・一二）の「いつも今年と思ひしに」が軽い語調の直截的表現であることにも見える、隆弁詠の特徴の一端であろうか。

このように見て来ると、隆弁が詠作に当たり、歌人として新しい工夫を企図した場合もあったであろうし、本意や歴史的通念を承知していなかったかそれにあまり頓着していなかった場合もあったであろうことが窺われる。いずれにせよ隆弁が、中央貴族に生を受けながらも、柳営と三井寺とに跨がって精力的に活動した僧侶であったことと、そこに醸成された本人の資質とが、和歌の伝統を理解しながらも、そこにのみ泥むことのない、新奇さや清新さや俗に軽い諧謔性を覗かせる、幅のある詠みぶりを可能にしたのであろう。

ところで隆弁には、右掲㊳の軽い語調の句を含みながら、当時の用例に照らして五十歳代の春を言ったと思しい「むそぢの春」を「老いが身」と自覚して歎く歌のように、和歌の伝統的な老境の述懐を詠じた歌が、80首中に10首（⑨⑩⑪⑫㉜㊳㊶(51)(60)(68)）見える。その内、「むそぢ」（㊳㊶）「むそぢ余り」（⑪(60)）「ななそぢ」（⑩）が半数に上り、さらに六十四歳時頃の「山の端近き身」（㉜）や七十一歳時の「老いの影」（(68)）が存することから、隆弁が遅くとも五十代には「老が身」と自覚し、特に「むそぢ」を一つの区切に、六十歳辺りを節目として老いを強く意識したであろうことが窺われるのである。隆弁の詠作活動が壮年期以降に集中したことの反映や、今に残された歌の偶然の配分である可能性は払拭できないものの、隆弁の老いの述懐の歌は目立つと言ってよいであろう。これらの歌の部類は、春（㊳(60)）・秋（㉜㊶）・羈旅（⑩）・神祇（(51)）・釈教（⑫）・雑（⑨〔雑秋〕⑪(68)）であり、一首の主想にかかわらずに老いを述懐したとも言えよう。隆弁の述懐の四季歌の存在は、隆弁が護持した宗尊親王には述懐の四季歌が少なからず存在し、『正徹物語』が「宗尊親王は四季の歌にも、良もすれば述懐を詠み給ひしを」（日本古典文学大系本）と評していることに響き合うと見てもよい。これらの隆弁歌には、⑨「幾たびか袖濡らすらんむら時雨ひとりふりぬる老いの寝覚めに」（続拾遺集・雑秋・冬歌の中に・六三五）や㉜「長らへばしばしも月を見るべきに山の端近き身こそ辛けれ」（宗尊親王百五十番歌合・秋・一二四）あるいは㊵「今もなほ花には飽かで老いが身にむそぢ余りの春ぞ暮れぬる」（新後撰集・春下・暮春の心を・一五四）や㊽「立ち返りまたこそ見つれ鏡山つれなき老いの影を残して」（新続古今集・雑中・一九五一）のように、類型的な老いの述懐詠がある。一方で、中には、㉛「この世をば厭ひはてたる老いが身になほ住吉と思ひけるかな」（人家集・二五）という、老身の厭世にまさる神恩の現世を詠じる歌もあって、述懐の悲哀にのみ向かっているばかりでないことは、隆弁の信仰心とその背後の言わば現実主義的な精神を窺い見てよいようにも思うのである。

五　僧侶としての詠作、関東歌人としての意識

長吏に任じた園城寺の歌人として、隆弁は当然ながら相当に重んじられたと見てよい。『新三井集』の春巻頭(54)、夏巻頭(58)・巻軸(59)に隆弁詠が配されていることは、その証左である。頼朝が帰依した園城寺の僧侶でかつ宝治合戦の祈祷効験の賞を機縁に鎌倉鶴岡若宮社の別当を務めた隆弁の、精力的な活動とそれに伴う法力・法験を、鎌倉圏内のみならず当時の人々が熱狂的に支持したらしいことは、建長二年（一二五〇）に鎌倉から園城寺に上った際の描写『隆弁法印西上記』から、そこには隆弁讃仰のための誇張があるだろうことを割り引いても、十分に推察される。その法力に対する関東（鎌倉幕府）の信任は、文永十一年（一二七四）と弘安四年（一二八一）両度の元寇の歳の五壇法修法に隆弁が当たったことに窺知されるが、弘安度には、修法散日に蒙古軍が大風に水没し、これにより隆弁は伊勢斎院勅旨田を下賜されて永く寺供に宛てたという。その弘安の元寇退散を詠じた隆弁の歌が、㉗「音に聞く伊勢の神風吹き初めて寄せ来る波はをさまりにけり」（羇旅・四三四）なのである。伊勢の神に対する隆弁の信仰については、既に旧稿「大僧正隆弁伝」（前掲）に記した。その伊勢に関わる隆弁詠の内、⑬

「神代より光をとめて朝熊の鏡の宮にすめる月影」（続拾遺集・神祇・神祇歌の中に・一四一三）は、『人家集』（一二七）では詞書「朝熊の宮に詣でて、月を見て」で、「光」は和光同塵の和らげた光と解される。「鏡の宮」を歌に詠むのは、該歌が早い例の一つである。隆弁は伊勢神宮に参籠して、㉖「日の本に出で始めける神なれば東の奥もさぞ照らすらん」（閑月集・羇旅・四三二）と詠じている。これは、「大僧正隆弁大神宮に籠もりて侍りける時つかはしける」という荒木田尚良の「神もさぞ別きて請くらん朝日影出づる方よりさして祈れば」の「返し」である。詠作時期は未詳ながら、この贈答には隆弁が関東の側に立つ者であるとの認識が窺われ、関東僧界の要路として伊勢の御神の加護を祈念する趣も見える。ちなみに、「鈴鹿川にてよみ侍りける」と詞書する⑩「七十の年ふるままに鈴鹿川老いの浪寄る影ぞ悲しき」（続拾遺集・羇旅・七二〇）は、隆弁の鎌倉と園城寺との往還の途次か、あるいは伊勢神宮に参籠の機会かの詠作であろう。なお伊勢の祭神天照大神と同様に、伊弉諾尊が生んだ神である武甕槌を祀る鹿島社については、⑭「神もなほ暗き闇をばいとひつつ月の頃とや契り置きけむ」（時朝集・四〇）や⑮「今よりや心の空も晴れぬらん神代の月の影宿すまで」（時朝集・一四二）と詠じているが、これは常陸国笠間を本拠とする御家人歌人藤原時朝が建長八年（一二五六）秋頃に鹿島社で唐本一切経を供養した際に、時朝に贈られた歌であり、時朝はそれぞれ「久方の天の戸あけし日よりして闇をばいとふ神と知りにき」や「ちはやぶる神代の月のあらはれて心の闇は今ぞ晴れぬる」（時朝集・四一、一四三）と返している。むしろ、関東圏の交流から生まれた一首で、隆弁の殊更の鹿島信仰を示すと見る必要はないであろう。

一方、験者隆弁としての祈禱効験の際に、自身が詠んだ歌が幾つか残されている。⑫「祈りつる涙にかへて老いが身の世にふる雨をあはれとは見よ」（続拾遺集・釈教・一四〇〇）は、詞書が「東にて雨の祈りし侍りけるに、ほどなく降り侍りにけるを、人の許よりしるしあるよし申したりける返事に」で、祈禱の効験あらたかなる験者としての隆弁像を示す一首である。⑯「老が身もあめの下にはふりはてて涙ぞ今は袖濡らしける」（長景集・一六五）も、文永十一年（一二七四）初秋隆弁六十七歳の祈雨効験に際し、御家人城長景が祝意を贈った「あめの下およばぬ袖の露までも君が恵みにかかりぬるかな」の返歌である。これらに先立つ、⑰「人知れぬ深山隠れの松の戸にこれ見よとてか花の咲くらむ」（東撰六帖・第一・春・桜・一九四）は、隆弁三十六歳の寛元元年（一二四三）六月二十日に後嵯峨天皇皇子（後の後深草院）誕生の際の加持に対する賞として法印に叙せられた、その折の誰人かの慶賀への返歌であり、壮年時から朝廷中枢で加持祈禱を行った験者としての活動がもたらした一首である。

　隆弁の和歌が一面で宗教活動を基盤としていることは、「大僧正隆弁の和歌」（前掲）にも指摘した。駿河富士社参籠詠（②）、鹿島社唐本一切経供養詠（⑭⑮）、元寇退散（源承勧進）伊勢神風詠（㉗）、諏訪社御神渡詠（㉞）、熊野参詣詠（㊿）、相模国みたけ山奉納詠（71）等々といった、神社・神道に関わる歌も少なくないが、当時の神仏習合のありようからして、何ら不思議はなく、隆弁の僧侶としての旺盛な活動の証しである。一方で、釈教歌としては、「如安養界、樹説苦空、人間羅漢」（維摩経略疏垂裕記等）に拠る経文題「樹説苦空といふ心」を詠む④「心無き植ゑ木も法を説くなれば花も悟りをさぞ開くらん」（続古今集・釈教・八〇九）、「本覚の心」を詠む53「このほかに悟りはなしと悟るこそ心を知れる心なりけれ」（人家集・二八）、「密厳世界」を詠む61「迷ひしも一つ国ぞと悟るなるまことの道の奥ぞゆかしき」（新後撰集・釈教・六四四）、「弥勒」を詠む66「長き夜の暁を待つ月影は幾重の雲の上に澄むらん」（新拾遺集・釈教・一五〇二）、「補陀落山」を詠む72「浪荒き南の海の離れ島誰がため法の舟通ふらん」（夫木抄・雑十六・釈教・一六三一六）等が残されている。幅広い主題により、悟りと救済あるいは浄土往生を歌っていて、当時一般の仏教信仰の様相に沿っている。詞書に「七十二歳説法華経の心をよみ侍りける」とあり、釈尊が七十二歳から八十歳までの八年間に『法華経』を説いたという言説「伝云、仏年七十二歳、説法華経云云」（妙法蓮華経玄義等）を踏まえる③「ななそぢの春を重ねて説き初めし法の衣の花の下紐」（続古今集・釈教・七八一）も、平安時代以来の『法華経』を最重要視する伝統の中では当然の一首である。なおまた、70「岩が根に天降りける清滝はいづれの神の流れなるらん」（夫木抄・雑八・滝・清滝、山城名所歌、清滝、古来歌・一二三七五）は、空海に従って密教守護を誓約したという竜女を祭神とする醍醐寺の守護神清滝権現を念頭に置くとすれば、密法の法力を以て知られた隆弁の、宗派に関わらない密教者としての姿勢が見て取れるのである。

また隆弁には、関東鎌倉ならびに三井園城寺を代表する僧として、前者への帰属を強く自負したような歌や、両者の間を往還せざるを得ない立場を反映したような歌が目立つ。㉖「日の本に出で始めける神なれば東の奥もさぞ照らすらん」（閑月集・羇旅・四三二）は、隆弁が在関東の者であるとの強い認識が窺われる。㉙「東にもはや咲きにけり山桜花の都の春ぞゆかしき」（宗尊親王百五十番歌合・春・三四）も、在関東の僧侶（「山桜」）である認識が前面に出ていよう。㊾「繁かりし草のゆかりも枯れ果ててひとり末葉に残る白露」（人家集・二三）は、詞書が「はらからあまたみまかりぬる事を思ひて」である。隆弁の「はらから」同胞は、正二位権大納言隆衡、従三位隆宗、従五位下隆重（以上の母は清盛女）、従三位隆仲、隆憲、寂因（季房）、摂政師家室、中将基範室、他に女子一名で、「繁かりし草のゆかり」の兄弟・姉妹のほとんどが死去した後の歌であろう。この「草のゆかり」は、「武蔵野の草のゆかりと聞くからにおなじ野辺ともむつましきかな」（古今六帖・第二・ざふのの・一一五七）を初めとして「武蔵野の草のゆかり」の措辞が常套であり、東国の印象が付与される。関東に拠点を置いた自らを意識して言ったと思しい。㉔「尋ね入る山路は深くなりにけり嵐の音のすみかはるまで」（現存卅六人詩歌・二八）は、詞書が「於筥根本宮詠」で、鎌倉将軍二所詣での一つ箱根神社に於ける詠作であり、関東（鎌倉幕府）や将軍を護持した隆弁の行動圏を示している。㊷「目にかけて幾日になりぬ東路や三国を境ふ富士の柴山」（玉葉集・旅・旅の心を・一一六五）は、園城寺僧と鎌倉鶴岡社に跨がり、かつ甲斐に旅したこともある作者隆弁の、富士山周縁の路次を往還した実感に基づく詠作と見てよい。㊽「立ち返りまたこそ見つれ鏡山つれなき老の影を残して」（新続古今集・雑中・弘安百首歌たてまつりける時・一九五一）も同様である。

六　宗尊親王詠との影響関係、他の関東縁故歌人との類似

そういった法体の関東歌人隆弁と、隆弁が護持した六代将軍宗尊との史料上に窺い得る紐帯は「大僧正隆弁伝」（前掲）に記したが、ここでは両者の和歌の関係を探ってみたい。弘長元年（一二六一）七月七日『宗尊親王百五十番歌合』の隆弁詠㉘「春もなほ雪げに見えて佐保姫の霞裾引く富士の柴山」（春・四）は、「弘長二年十二月百首歌」の宗尊詠「時知らぬ雪げの嵐なほさえて霞に余る富士の柴山」（柳葉集・余寒・三〇一）に影響を与えていると見てよい。弘長二年（一二六二）九月に藤原基家が撰したという秀歌撰的歌合『三十六人大歌合』に収められた㉓「憂きを知る涙の咎と言ひなして袖より霞む秋の夜の月」（九四）の「涙の咎」については、文応元年（一二六〇）十月六日以前成立の『宗尊親王三百首』の「物思ふ我から曇る月影を涙の咎となに恨むらむ」（恋・二三七）と文永六年（一二六九）の「五月百首歌」（春）の「曇りこし涙の咎を今よりはかすかにゆづる春の夜の月」（竹風抄・六九八）の両首に宗尊の用例がある。前者と隆弁詠との先後は断定し得ないものの、時に宗尊十九歳の初学三百首であるので、宗尊が隆弁詠から摂取したと見ておきたい。㊿「このほかに悟りはなしと悟るこそ心を知れる心なりけれ」（人家集・二八）も、「悟るとてまよひの外に思ふこそ心を知らぬ心なりけれ」（中書王御詠・雑・釈教の歌の中に・三四七。続後拾遺集・釈教・一二七七）と、詞の運びや趣向が似通っていて、釈教歌であれば護持僧隆弁から宗尊への影響が想定されよう。また、⑦「いつしかと風渡るなり天の川浮津の浪に秋や立つらむ」（続拾遺集・秋上・秋歌の中に・二二四）は、宗尊親王も弘長元年（一二六一）九月の「中務卿宗尊親王家百首」で「天の川浮津の波の秋風に八十瀬寄り合ひみ舟出づらし」（柳葉集・巻一・弘長元年九月、人人によませ侍りし百首歌・秋・九五）という類詠をものしていて、先後は措いて相互の影響関係が想定されるのである。加えてまた、⑤「憂きものと寝覚めを誰にならひてか暁ごとに鳥のなくらん」（続古今集・雑中・一七二二）の事象や本意の起源・始発を問うような趣向は、隆弁が

護持した宗尊親王にもまま見られる傾向である。該歌との先後は不明だが、文永元年（一二六四）一二月九日に真観が撰した宗尊の家集『瓊玉集』に「憂きを知る涙を誰に習ひてか草木も秋は露けかるらん」（秋上・秋御歌とて・一八五）という類詠があるとおりである。

さらに、他の関東縁故歌人と隆弁詠との類似を見ておこう。⑧「老いらくの心も今はおぼろにて空さへ霞む春の夜の月」（雑春・五二四）は、関東に再三下向し滞在した藤原長綱の「老いらくに堪へぬ涙の落ち添ひて霞みぞまさる春の夜の月」（長綱集・いつとも思ひわかで、なにとなくかきつけし中に、春・八〇）や宗尊の歌道師範真観の女で後嵯峨院女房であった典侍親子の「中務卿宗尊親王家百首」詠「憂き身にはさこそ心の晴れざらめ見る影さへに霞む月かな」（続古今集・七六）に似通った趣向で、関東圏に関わる歌人間に類同の歌が存していたことになる。時宗二世で関東圏に遊行した他阿上人については、他阿の「咲きつげば昔の花を今ぞ見る古き都の跡を尋ねて」（他阿上人集・其比〔文保元年十月〕、為相卿合点の歌、春・七八四）が、隆弁の㉟「芳野山み雪ぞ深く積もりぬる古き都の跡を尋ねて」（宗尊親王百五十番歌合・冬・二一四）と下句が一致し、他阿の「白雲にまがふ高根の山桜嵐に散れば花と見えけり」（他阿上人集・文保元年、暁月房合点の歌・六七七）の詞遣いと趣向が、隆弁の㊻「昨日まで雲にまがひし山桜散る時にこそ花と見えけれ」（新三井集・春下・花の歌の中に・七〇）に似通っているのである。他阿の詠作全体の検証の中でさらに考えるべきであろうが、今は一応隆弁詠から二十九歳年少の他阿への影響と見ておきたい。また、飛鳥井雅有の「伊吹山朝霧立ちて鳴く雁の涙色づく秋の紅葉葉」（雅有集・名所百首和歌・秋・伊吹山・七八一）の「涙色づく」は、秀句好みの家統にある雅有が、為家の「小倉山松の木陰に鳴く鹿の涙色づく蔦の紅葉葉」（夫木抄・秋六・蔦・正嘉二年毎日一首中・六〇三七）を真似て取り込んだかと推測されるが、関東に祗候した雅有であれば、隆弁の㉝「秋来ても岩根の松はつれなきに涙色づく苔の袖かな」（宗尊親王百五十番歌合・秋・一五四）に触発された可能性をも見ておきたいと思うのである。

七　京極派及び南朝の和歌との類似

隆弁の和歌と後代特に京極派及び南朝の和歌との類似、あるいは隆弁詠からそれらへの影響の可能性を指摘してみたい。それはまた、関東歌壇の和歌と京極派及び南朝の和歌とが通底する、前者から後者へと和歌の特徴的な表現が連なる、という見方を支える事例の幾つかとなるものである。㊲「茂りあふ水草まじりのかきつばた花咲く比ぞ色に出でぬる」（新三井集・春下・八七）の「かきつばた花咲く比」は、先行例は見えず、後出には為兼の「かきつばた花咲く比は沢水の分け行く鹿もかげぞ隔つる」（為兼鹿百首・春・杜若・一七）と南朝の『正平二十年三百六十首』の「かきつばた花咲く比は岩垣の沼のあたりを立ちも離れず」（春・沼杜若・五七・左大臣））がある。㊹「いにしへのこと語らひて時鳥哀れにぞ聞く老いの寝覚めに」（題林愚抄・夏上・寝覚郭公・二〇六五）は、「弘安百首」の一首で、「語らひ（ふ）」「時鳥」「あはれ」の詠み併せが特徴的で、勅撰集には『玉葉集』の三例（三三六・俊成、三三八・式乾門院御匣、一九二五・基輔）のみである。その内の一首、永福門院内侍の父基輔の「時鳥語らふ声もあはれなり昔恋しき老の寝覚めに」（雑一・一九二五・基輔）は、「いにしへ」と「昔」の類似と結句の一致から、あるいは隆弁詠に倣ったかとも疑われる。⑳「今もなほ花には飽かで老いが身にむそぢ余りの春ぞ暮れぬる」（新後撰集・春下・暮春の心を・一五四）は、「春ごとに見るとはすれど桜花飽かでも年の積もりぬるかな」（後拾遺集・春上・九五・実政）の類型中の歌だが、後出の類例としては、後期京極派の「ここのそぢ余り老いぬる身にもなほ花に飽かぬは心なりけり」（風雅集・雑上・一四七四・氏成）や南朝の「桜花飽かれやはせぬ六十余りながめなれぬる老の心に」（新葉集・春下・一二四・宗良）、あるいは伏見宮二一（三）世の後崇光院貞成親王の「六十余り見れども飽かぬ山桜花も老いてや色まさるらん」（沙玉集・同じ千首の中・見花・六六三）等が見える。『新後撰集』所収歌としての隆弁詠が着目されて、これらに影響を与えたのであろうか。同じく『新後撰集』に入集した㉑「迷ひしも一つ国ぞと悟るなるまことの道の奥ぞゆかしき」(釈教・密厳世界・六四四)が、後出の「迷ひしも悟りも同じ国ぞとは胸の蓮を開きてぞ知る」(安撰集・釈教・華蔵世界を・四一六・成恵)に影響した可能性と併せ見れば、[5]その確度は低くないのではないだろうか。

そもそも隆弁の歌は勅撰集には、『風雅』を除いて、『続後撰』から『新続古今』までの各集に入集している。存命中の『続後撰』には2首、『続古今』には4首、『続拾遺』には7首で、没後では、『新後撰』3首、『玉葉』2首、『新千載』2首以外は各集1首ずつであるが、むしろ多数の歌が取られるような専門歌人ではない隆弁の歌が、細々としかし確実に各勅撰集に採録されているところに、園城寺長吏にして歌人であった隆弁の和歌史上の評価を見るべきであろう。つまり隆弁は、京極派の勅撰集である『玉葉集』には2首のみ、『風雅集』には不採録であって、京極派からの評価が高いとは言えないのである。しかしながら、『玉葉集』の隆弁の一首63「思ひ入れぬ人はかくしもながめじを心よりこそ月は澄みけれ」(雑一・題しらず・一九四)は、伏見院の「月日にて思ふは遠きいにしへも心よりこそ隔てざりけれ」(伏見院御集・雑・一一九四)と同様に、現象や事象は人の「心」の持ちようつまり認識によるだけである(従って心の外に事物的存在はない)という唯識説の考えに立つ為兼が主導した京極派の和歌に重なると見てよいのである。

最後に、隆弁詠の後出歌人への影響の痕跡を少々記しておこう。例えば、隆弁の「弘安百首」詠77「見しままのその面影は絶えはててつらさぞ残る有明の月」(題林愚抄・恋三・寄月恋・七四二一)は、関東にも度々下向し関東に没した俊光の「言の葉とともに情けは絶えはててつらさぞ残る形見とはなる」(俊光集・恋・恋百首歌よみ侍りしに・四七〇)と酷似し、俊光が隆弁詠に倣ったかと疑われる。同じく「弘安百首」の一首で右に挙げた74「いにしへのこと語らひて時鳥哀れにぞ聞く老いの寝覚めに」(題林愚抄・夏上・寝覚郭公・二〇六五)は、『新三井集』の「あはれとてしばし語らへ時鳥残りすくなき老の寝覚めに」(夏・法印実仙につけて送りし百首の歌の中に・一三五・沙弥即是)

と近似し、作者即是の経歴は未詳も、隆弁よりは二～三十年前後下の世代と思しく(6)、三井寺の後進が先達の歌として隆弁詠に学んだと見られるのである。

むすび

隆弁の和歌は、僧侶としての活動を基盤としつつも、その詠みぶりは、隆房を父に葉室光雅女を母に生を受けて従兄に真観を持つ者として、和歌的価値観を肯定する関東の歌人としてかつ和歌が盛んであった園城寺の法体歌人として、当時の歌壇に相当に評価され、後代の撰集にも採録され続ける程に十分な水準にあったと言ってよい。その本歌取りは、心を取る院政期本歌取りの方法、つまり鎌倉時代中期に一般に行われ歌学書にも容認される方法に従いながら、三代集歌人の用語を基盤に詞は古く心は新しくという原理の下で昔の歌の詞を改めることなく取り据えるという定家の本歌取りの方法とその細則からも大きく逸脱しない、穏当な詠みぶりを示していて、隆弁の和歌の力量を示している。本歌取りの古歌以外の依拠歌も、平安時代以来の伝統和歌が多く、有力歌人に意を向けたような傾向が窺われてもさほど偏向はなく、そこに歌人としての認識や個性を見る程ではない。ただ恐らくは、新古今時代への意識の傾倒はあって、俊成・定家以下の御子左家歌人あるいは慈円や良経や後鳥羽院や順徳院の和歌との表現上の近似は、偶然ではないのかもしれない。

一方で、新奇清新な詞遣いや趣向も垣間見えるし、老いの述懐にも特徴が顕れていて、法体歌人としての自由さがあることも隆弁詠の一面である。これには、京都中央にさほど水準が変わらないまでに歌壇と歌人達の旺盛な活動があったと思しい関東歌壇とは言え、やはり京洛とは異なる空間であった鎌倉の地という要素も与っているのであろう。宗教的活動を基盤とする詠作では、仏教上は当時として穏当な考え方を幅広く表出し、神仏習合の時代の中で本地垂迹の思想に沿い、神社での詠作や神威の詠出も目立つのである。また隆弁は、三井寺の和歌の伝統に特徴的な表現を取っている場合があり、同寺を基盤とする撰集『新三井集』での評価も併せて、歌人としても同寺に重要な存在として位置付けられる。加えて、その三井寺園城寺と関東鎌倉の歌人としての立場や認識を鮮明にした詠作も認められるのであり、そのことが歌人としてよりも、関東（鎌倉幕府）と園城寺とに重きを為した僧侶としての意識を浮かび上がらせるとも言えるのである。特に、関東歌人としては、関東圏の他歌人との間に影響関係が見られて、この歌壇の特徴の一端を覗かせている。また、京極派や南朝の和歌に繋がる詠み方も少しくあって、ここにも同歌壇の和歌表現の特徴を見せている、と捉えられるのである。

歌人の血筋を引いて鎌倉中期の関東と園城寺とに跨がり活躍した大僧正隆弁の和歌は、その身分と境遇を映し、時代と地域の特性を顕している、と言えるのである。

【注】

（1）依拠本文は、隆弁の歌については、別稿「大僧正隆弁の和歌注解」（『鶴見日本文学』一八、平二六・三）のそれ、即ち左記の一覧の諸本に従う。但し、注解稿では本文の右傍に示した底本の原態は省略する。歌頭等の丸囲み数字は、注解稿で付した通し番号である。他の和歌の引用本文は、特記しない限り家集は私家集大成本（CD-ROM版）に、それ以外は新編国歌大観本に拠る。諸本底本一覧　続後撰集＝時雨亭文庫為家筆本（時雨亭叢書影印版による）、続古今集＝尊経閣文庫伝藤原為氏筆本。続拾遺集＝尊経閣文庫本（伝飛鳥井雅康筆）。新後撰集＝書陵部兼右筆二十一代集本（五一〇・一三）、玉葉集＝同上、続千載集＝同上、続後拾遺集＝同上、新千載集＝同上、新拾遺集＝同上、新後拾遺集＝同上、新続古今集＝同上。新和歌集＝小林一彦「校本『新和歌集』（上、下）」（『芸文研究』五〇、五一、昭六一・一二、昭六二・七）本。宗尊親王家百五十番歌合＝尊経閣文庫本。三十六人大歌合＝書陵部（特・六一）本。東撰六帖＝島原図書館松平文庫本（一二九・一九）。同抜粋＝祐徳稲荷神社寄託中川文庫本（国文学研究資料館データベースの画像データに拠る）、「祐徳稲荷神社寄託／中川文庫本「東撰和歌六帖」（解説と翻刻）」

(『国文学研究資料館紀要』二、昭五一・三)の翻印も参照。時朝集=時雨亭文庫本(時雨亭叢書影印版に拠る)。長景集=書陵部蔵本(五〇一・三二〇)。現存卅六人詩歌=慶応義塾大学附属研究所斯道文庫伝二条為定筆本(〇九二・ト二九・一。「二十八品并九品詩歌」と合綴)。人家和歌集=島原図書館松平文庫本、福田秀一「人家和歌集(解説・錯簡考と翻刻)」(『国文学研究資料館紀要』七、昭五六・三)の本文復原案に拠る。閑月集=高松宮旧蔵(現文化庁蔵)を底本とした古典文庫本。歌枕名寄=万治二年(一六五九)刊本を底本とした新編国歌大観本。夫木抄=静嘉堂文庫本。新三井集=有吉保氏蔵本を底本とした新編国歌大観本。井蛙抄=日本歌学大系本。六華集=島原図書館松平文庫本(一三三一・八)。題林愚抄=寛永十四年(一六三七)刊本(刈谷市立中央図書館村上文庫本の紙焼写真に拠る)。

(2) 拙稿「『簸河上』を詠む」(『国語と国文学』平九・一一)参照。

(3) 拙稿「『詠歌一体』を詠む」(『野鶴群芳 古代中世国文学論集』平一四・一〇、笠間書院)参照。

(4) 拙稿「『瓊玉和歌集』の和歌について」(『鶴見日本文学』一七、平二五・三)参照。

(5) 但し、隆弁詠の「密厳世界」は大日如来の浄土・仏国土である「密厳浄土」のことで、成恵詠の「蓮華世界」は「蓮華蔵世界」(蓮華蔵荘厳世界海とも)の略で『華厳経』に説かれる毘盧遮那仏の願行によって現出したという浄土のことである。

(6) 詞書「法印実仙につけて送りし百首の歌の中に」の「実仙」も生没年未詳である。しかし、欠文があって詳細までは詰め得ないものの、正応五年(一二九二)六月十三日に行われるはずの「僧事」で、「実仙僧都」について(恐らく叙任等が)相違なきように処置されることを請う趣を、六月十日付けで「法印実円」が「蔵人大奉行殿」に宛てた挙状が「兼仲卿記正応五年九月巻裏文書」(『鎌倉遺文』一七九一六)に残されている。この実円は、『新三井集』(四九)の「前大僧正実円」と見られる。実円は、徳大寺少将公隆の子で大僧正に到り園城寺別当を務め、嘉元四年(一三〇六)十一月一日に七十五歳で没したという(寺門伝記補録)。従って、隆弁より二十四歳年少の貞永元年(一二三二)生である。実仙が、この実円の法嗣やそれに準ずるような僧であったとすれば、実円と同時代の人物で恐らくは年少と見るのが穏当であろう。「百首歌」を「法印実仙につけて送」った作者「沙弥即是」もまた、実円と同世代の人物かと推測されるのである。ちなみに、『新三井集』は、詞書の最下限正安四年（一三〇二）九月十三夜（同集二五二詞書）以降の成立であろう。

鶴見大学蔵仮名本『曽我物語』の特色と諸本における位置

山西　明

一　書誌について

ここに紹介するのは、新出の写本、鶴見大学蔵仮名本『曽我物語』である。はじめに簡潔に書誌を述べる。十二冊（完本）。表紙は紺地に金泥で巻一の場合は松と笹や秋草を描き霞引きになっている。以下、各巻毎に趣向を凝らし巻十二の上部には富士山を描いている。押し八双の痕跡がある。大きさは縦三〇・八糎、横二一・八糎の特大本。製本様式は袋綴で綴糸は朱色の退色したものと紺色の二種類になっているが、朱色の糸の断片が残るところからこちらが本来のものと考えられる。四つ目綴になっている。本文用紙は斐楮交漉であるが、楮の比率の方が多い。半葉行数は十行で一行字数は二三〜二五字。濁点、振り仮名あり（同墨）。字面高さ、二三・五糎。

次に丁数であるが、各巻に前後の遊紙が一枚ずつあるように見えるが、これは見返しとも考えられ、結局、遊紙は無いように思われる。ただし、巻十二のみは後遊紙一枚を有す。各巻の墨付は次の通りである。

巻序	一	二	三	四	五	六	七	八	九	十	十一	十二
墨付	57	36	32	40	49	26	37	45	36	25	22	24

題簽（縦一七・八糎、横三・六糎）は中央上部に「曽我物語　一（〜十二）」のごとく貼付。内題は「曽我物語巻第

一目録（〜十二）」のごとく記す。尾題は「曽我物語巻第一（〜十二）」とあるが、巻十一はこれを欠く。識語・奥書は無く、全一筆で江戸時代初期の書写か。印記は各冊本文第一丁オ右下に「鶴見大学図書館蔵」の朱単匡長方印あり。その他、杉の外箱及び植物図柄の蒔絵の内箱に入っている。請求番号は913、437／Sである。なお、平成十五年一月にCD−ROM化されている。

二　内容について

『曽我物語』の仮名本諸本については、既に諸先学に多くの考究があり、徐々にその解明がなされて来てはいるが、とりわけ近代において諸本探究の歩を進め、その成果を大著にまとめられた村上學氏『曽我物語の基礎的研究』(1)が挙げられる。この本はこれ迄の諸本研究史を振り返り、さらに、現存仮名本諸本の本文系統を甲類・乙類という概念を導入することによって整理している。甲類は本数が多く類の中での異同が少なく、乙類は、本数が少なく類の内での異同が多い。一般的に乙類の方が古態を留める。乙類で最古態と目されるのは『太山寺本』(2)で天文八年の識語を有する。これに次ぐ乙類は武田本甲本(3)（國學院大学蔵）、円成寺本(4)（筑波大学蔵）である。他本は概ね甲類（乙類に真名本の本文を混入した諸本）となる。甲類の最後出と考えられるのは寛永四年版本の流布本(5)である。但し、完本は『太山寺本』のみで、他の諸本は取り合わせ本とされている。錯綜する仮名本曽我物語諸本の整理においてこの二類別の視点の導入は極めて有効と考えられる。

さて、注目すべきことは、書中、異同の多さに触れて「今後新出の写本等が出現した際、筆者の体系下に於てという条件は付されることになるが、その位置付けと性格を容易に明らかにできるだけのデータ量をまとめておこうとの目的である。」と述べておられる点である。今、『鶴見本』（鶴見大学蔵の仮名本『曽我物語』の仮称）という新出の写本の出現に際して、以下『曽我物語の基礎的研究』の膨大なデータを借りつつ、『鶴見本』の特色の把握と位置付けを試みたい。

これに先立ち、最初に『日本古典文学大系本』[6]の諸本対照表を借用し、直接に関連しない『真字本』とその系統の『大石寺本』を除き、表にない『穂久邇文庫本』[7]『松井本』[8]『岸本本』[9]『王堂本』[10]『武田本乙本』[11]『鶴見本』の六本を加え合計十三本とし、題目及び内容等は『日本古典文学大系本』に倣い（但し、私意により一部改変）、調査の対象とする『鶴見本』と各諸本との比較を行った。

【凡例】

一、章段の題目は、おもに流布本によって記し、その他の諸本によって補った。その多少の相違（「伊東次郎と祐経が争論の事」と「祐経が沙汰の事」、「若君の御事」と「若君うしなひ奉りし事」など）は、厳密な区別を施さないで、一本の表現に従うことにした。ある一つの章段が、いくつかの章段を含む場合には、そのような重複の関係を示すために、「を用いた。また、物語の本筋とかかわりない章段を示すために、（ ）を用いた。

一、諸本における異同は、つぎのような符号によって示した。

◎　題目をそなえて、それにあたる本文の全部または大部分をそなえるもの。

○　題目を欠くが、それにあたる本文の全部または大部分をそなえるもの。

△　題目を欠いて、それにあたる本文の大部分を欠き、その一部分だけをそなえるもの。

△＊　題目をそなえるが、それにあたる本文の大部分を欠き、その一部分だけをそなえるもの（例外に近い）。

×　題目を欠いて、それにあたる本文の全部を欠くもの。

通し番号	題目	彰考館本	万法寺本	太山寺本	南葵文庫本	十行古活字	十一行古活字本	流布本	穂久邇文庫本	松井本	岸本本	王堂本	武田本乙本	鶴見本
一	神代のはじまりの事	1◎	1◎	1◎	1◎	1◎	1◎	1◎	1◎	第一巻欠	1◎	1◎	1◎	1◎
二	惟喬・惟仁の位あらそひの事	◎	◎	◎	◎	◎	◎	◎	◎		◎	◎	◎	◎
三	小野宮の御事	○	○	◎	○	○	○	○	○		○	○	○	○

四　源氏の先祖の事
五　寂心他界の事
六　伊東を調伏する事
七　おなじく伊東が死ぬる事
八　伊東次郎と祐経が争論の事
九　伊東をうたんとせし事
一〇　頼朝伊東の館にまします事
一一　大見小藤太・八幡三郎が
　　伊東をねらひし事
一二　（杵臼・程嬰が事）
一三　奥野の狩座の事
一四　おなじく酒盛の事
一五　おなじく相撲の事
一六　（費長房が事）
一七　河津三郎がうたれし事
一八　伊東が出家の事
一九　御房がむまる丶事
二〇　女房曽我へうつる事
二一　大見・八幡をうつ事
二二　（泰山府君の事）
二三　頼朝伊東におはせし事
二四　若君の御事
二五　（王昭君が事）
二六　（玄宗皇帝の事）
二七　頼朝伊東をいで給ふ事
二八　頼朝北条へいり給ふ事
二九　時政が女の事
三〇　（橘の由来の事）
三一　兼隆を聟にとり給ふ事
三二　（牽牛織女の事）
三三　盛長が夢見の事
三四　景信が夢あはせの事
三五　（酒の事）
三六　頼朝謀叛の事

◎	◎	◎	◎	○	◎	◎	◎	◎	◎	◎	◎	◎	◎	◎	2 ◎	◎└	◎	◎	◎	◎	◎	◎	◎	◎	◎	○	○	◎	◎	◎	○	○
◎	◎	◎	◎	○	◎	◎	◎	◎	◎	◎	◎	◎	◎	◎	2 ◎	◎└	◎	◎	◎	◎	◎	◎	◎	◎	◎	◎	○	◎	◎	◎	○	○
◎	△	◎	◎	△	◎	◎	◎	◎	◎	◎	○	◎	2 ◎	×	◎└	◎	◎	◎	◎	×	◎	◎	◎	◎	◎	◎	◎	◎	◎	◎	◎	◎
◎	◎	◎	◎	○	◎	◎	◎	◎	◎	◎	◎	◎	◎	◎	2 ◎	◎└	◎	○	◎	◎	◎	○	◎	◎	◎	◎	○	◎	◎	◎	○	○
◎	◎	◎	◎	○	◎	◎	◎	◎	◎	◎	◎	◎	◎	◎	2 ◎	◎└	◎	○	◎	◎	◎	○	◎	◎	◎	◎	○	◎	◎	◎	○	○
◎	◎	◎	◎	◎	◎	◎	◎	◎	◎	◎	◎	◎	◎	◎	2 ◎	◎└	◎	◎	◎	◎	◎	◎	◎	◎	◎	◎	○	◎	◎	◎	○	○
◎	◎	◎	◎	◎	◎	◎	◎	◎	◎	◎	◎	◎	◎	◎	2 ◎	◎└	◎	◎	◎	◎	◎	◎	◎	◎	◎	◎	○	◎	◎	◎	○	○
◎	◎	◎	◎	◎	◎	◎	◎	◎	◎	◎	◎	◎	◎	◎	2 ◎	◎└	◎	◎	◎	◎	◎	◎	◎	◎	◎	◎	○	◎	◎	◎	○	○
◎	◎	◎	◎	○	◎	◎	◎	○	◎	◎	◎	◎	◎	◎	2 ◎																	
◎	◎	◎	◎	○	◎	◎	◎	◎	◎	◎	◎	◎	◎	◎	2 ◎	◎└	◎	◎	◎	◎	◎	◎	◎	◎	◎	◎	○	◎	◎	◎	○	○
◎	◎	◎	◎	◎	◎	◎	◎	◎	◎	◎	◎	◎	○	◎	2 ◎	◎└	◎	◎	◎	◎	◎	◎	◎	◎	◎	◎	○	◎	◎	◎	○	○
◎	◎	◎	◎	○	◎	◎	◎	◎	◎	◎	◎	◎	◎	◎	2 ◎	◎└	◎	○	◎	◎	◎	◎	◎	◎	◎	◎	◎	◎	◎	◎	×	○
◎	◎	◎	◎	◎	◎	◎	◎	◎	◎	◎	◎	◎	◎	◎	2 ◎	◎└	◎	◎	◎	◎	◎	◎	◎	◎	◎	◎	○	◎	◎	◎	○	○

三七　兼隆がうたるゝ事
三八　頼朝七騎落の事
三九　伊東入道がきらる、事
四〇　（奈良の勤操僧正の事）
四一　祐清京へのぼる事
四二　鎌倉の家の事
四三　（八幡大菩薩の事）
四四　兄弟曽我にてそだちし事
四五　九月十三夜名ある月に一万・箱庭にいで父の事をなげきし事
四六　兄弟を母の制せし事
四七　九つと十一にてきられんとせし事
四八　源太曽我へ兄弟めしの御つかひにゆく事
四九　母なげきし事
五〇　祐信兄弟をつれて鎌倉へゆく事
五一　兄弟を梶原こひ申さる、事
五二　由比のみぎはへひきいだされし事
五三　一人当千の事
五四　人々君へまゐりて兄弟をこひ申さる、事
五五　畠山重忠こひゆるさる、事
五六　臣下ちやうしが事にて兄弟たすかりし事
五七　曽我へつれてかへりよろこびし事
五八　十郎元服の事
五九　箱王箱根へのぼる事
六〇　鎌倉殿箱根御参詣の事
六一　箱王祐経にあひし事
六二　（眉間尺が事）
六三　箱王曽我へくだりし事
六四　箱王が元服の事
六五　母の勘当かうぶる事
六六　小次郎かたらひえざる事
六七　母の教訓の事
六八　大磯の虎思ひそむる事
六九　平六兵衛が喧嘩の事

三七	三八	三九	四〇	四一	四二	四三	四四	四五	四六	四七	四八	四九	五〇	五一	五二	五三	五四	五五	五六	五七	五八	五九	六〇	六一	六二	六三	六四	六五	六六	六七	六八	六九
◎	○	◎	◎	◎	◎	◎	3 ◎	｜	｜	◎	｜	｜	｜	｜	｜	◎	｜	｜	｜	｜	4 ◎	◎	◎	○	◎	○	◎	◎	◎	○	◎	◎
◎	○	◎	◎	◎	◎	◎	3 ◎	｜	｜	◎	｜	｜	｜	｜	｜	◎	｜	｜	｜	｜	4 ◎	◎	◎	◎	◎	◎	◎	◎	◎	○	◎	◎
◎	○	◎	×	◎	◎	○	3 ｜	○	○	｜	○	○	○	○	○	｜	○	○	○	○	4 ◎	◎	◎	○	△	◎	◎	◎	◎	◎	◎	◎
◎	○	◎	◎	◎	◎	◎	3 ｜	○	○	｜	○	○	○	○	○	｜	○	○	○	○	4 ◎	◎	◎	○	◎	○	◎	◎	◎	○	◎	◎
◎	○	◎	◎	◎	◎	◎	3 ｜	◎	◎	｜	◎	◎	◎	○	◎	｜	◎	◎	◎	◎	4 ◎	◎	◎	◎	◎	◎	◎	◎	◎	○	◎	◎
◎	◎	◎	◎	◎	◎	◎	3 ｜	◎	◎	｜	◎	◎	◎	◎	◎	｜	◎	◎	◎	◎	4 ◎	◎	◎	◎	◎	◎	◎	◎	◎	○	◎	◎
◎	◎	◎	◎	◎	◎	◎	3 ｜	◎	◎	｜	◎	◎	◎	◎	◎	｜	◎	◎	◎	◎	4 ◎	◎	◎	◎	◎	◎	◎	◎	◎	○	◎	◎
◎	◎	◎	◎	◎	◎	◎	3 ｜	◎	◎	｜	◎	◎	◎	◎	◎	｜	◎	◎	◎	◎	4 ◎	◎	◎	◎	◎	◎	◎	◎	◎	○	◎	○
◎	○	◎	◎	◎	◎	◎	3 ◎	｜	｜	◎	｜	｜	｜	｜	｜	◎	｜	｜	｜	｜	4 ◎	◎	◎	◎	◎	◎	◎	◎	◎	○	◎	◎
◎	○	◎	◎	◎	◎	◎	3 ｜	◎	◎	｜	◎	◎	◎	◎	◎	｜	◎	◎	◎	◎	第四巻欠											
◎	◎	◎	◎	◎	◎	◎	3 ｜	◎	◎	｜	◎	◎	◎	○	◎	｜	◎	◎	◎	◎	4 ◎	◎	◎	◎	◎	◎	◎	◎	◎	○	◎	◎
◎	○	◎	◎	◎	◎	◎	3 ｜	◎	◎	｜	◎	◎	◎	○	◎	｜	◎	◎	◎	◎	4 ◎	◎	◎	◎	◎	◎	◎	◎	○	○	○	○
◎	◎	◎	◎	◎	◎	◎	3 ｜	◎	◎	｜	◎	◎	◎	◎	◎	｜	◎	◎	◎	◎	4 ◎	◎	◎	◎	◎	◎	◎	◎	◎	○	◎	◎

七〇　三浦の片貝が事
七一　虎を具して曽我へゆきし事
七二　浅間の御狩の事
七三　五郎と源太と喧嘩の事
七四　和田より雑掌の事
七五　三原野の御狩の事
七六　那須野の御狩の事
七七　朝妻の狩座の事
七八　（帝釈と阿修羅とのた、かひの事）
七九　三浦与一をたのみし事
八〇　五郎女に情かけし事
八一　（巣父・許由が事）
八二　（貞女が事）
八三　（鴛鴦の剣羽の事）
八四　五郎が情かけし女出家の事
八五　（呉越のた、かひの事）
八六　（鶯と蛙の歌の事）
八七　大磯の盃論の事
八八　十郎大磯へゆきたちぎきの事
八九　和田義盛酒盛の事
九〇　虎をよびいだす事
九一　（ふん女が事）
九二　（弁才天の事）
九三　朝比奈虎が局へむかひにゆきし事
九四　虎が盃十郎にさしぬる事
九五　五郎大磯へゆきし事
九六　朝比奈と五郎力くらべの事
九七　虎を具して曽我へゆく事
九八　曽我にて虎が名残をしみし事
九九　山彦山にての事
一〇〇　（比叡山のはじまりの事）
一〇一　（仏性国の雨の事）
一〇二　（嵯峨の釈迦つくりたてまつりし事）
一〇三　千草の花見し事

7 ◎	◎	◎	◎	◎	◎	○	｜	｜	｜	｜	◎	○	｜	｜	｜	6 ◎	◎	◎	◎	◎	◎	◎	◎	◎	◎	◎	◎	○	◎	5 ◎	◎	◎	
7 ◎	○	○	◎	○	◎	◎	○	○	◎	◎	○	◎	◎	◎	○	6 ｜	◎	◎	◎	○	◎	◎	◎	◎	◎	◎	◎	◎	○	◎	5 ◎	◎	◎
7 ◎	×	×	×	◎	◎	○	｜	｜	｜	｜	×	×	｜	｜	｜	6 ◎	×	×	○	×	×	○	◎	◎	×	○	◎	◎	△	△ ＊	5 ◎	◎	◎
7 ◎	◎	◎	◎	◎	◎	○	｜	｜	｜	｜	○	○	｜	｜	｜	6 ◎	×	×	◎	○	◎	◎	◎	◎	○	○	◎	◎	○	◎	5 ◎	◎	◎
7 ◎	◎	◎	◎	◎	◎	○	｜	｜	｜	｜	◎	○	｜	｜	｜	6 ◎	◎	◎	◎	◎	◎	◎	◎	◎	◎	◎	◎	◎	○	◎	5 ◎	◎	◎
7 ◎	◎	◎	◎	◎	◎	○	◎	◎	◎	◎	◎	◎	○	◎	◎	6 ｜	◎	◎	◎	◎	◎	◎	◎	◎	◎	◎	◎	◎	◎	◎	5 ◎	◎	◎
7 ◎	◎	◎	◎	◎	◎	○	◎	◎	◎	◎	◎	◎	○	◎	◎	6 ｜	◎	◎	◎	◎	◎	◎	◎	◎	◎	◎	◎	◎	◎	◎	5 ◎	◎	◎
8 ◎	◎	◎	◎	◎	◎	○	◎	◎	◎	◎	◎	◎	○	◎	7 ◎	｜	◎	◎	◎	○	◎	◎	6 ◎	◎	◎	◎	◎	◎	◎	◎	5 ◎	◎	○
7 ◎	◎	◎	◎	◎	◎	○	｜	｜	｜	｜	◎	○	｜	｜	｜	6 ◎	◎	◎	◎	○	◎	◎	◎	◎	◎	◎	◎	◎	○	◎	5 ◎	◎	◎
7 ◎	第六巻欠																第五巻欠																
7 ◎	◎	◎	◎	◎	◎	○	◎	◎	◎	◎	○	◎	○	◎	◎	6 ｜	◎	◎	○	○	◎	◎	◎	◎	◎	◎	◎	◎	◎	◎	5 ◎	◎	◎
7 ◎	×	×	×	◎	◎	◎	◎	◎	◎	◎	×	×	○	◎	◎	6 ｜	◎	◎	◎	◎	◎	◎	◎	◎	◎	◎	◎	◎	◎	◎	5 ◎	◎	○
7 ◎	×	×	×	◎	◎	◎	◎	◎	◎	◎	×	×	○	◎	◎	6 ｜	◎	◎	◎	◎	◎	◎	◎	◎	◎	◎	◎	◎	◎	◎	5 ◎	◎	◎

一〇四 小袖乞の事
一〇五 （しやうめつ婆羅門の事）
一〇六 （班足王の事）
一〇七 母の勘当ゆるされし事
一〇八 母の形見とりし事
一〇九 （李将軍が事）
一一〇 （三井寺の智興大師の事）
一一一 （泣不動の事）
一一二 鞠子川の事
一一三 二宮太郎にあひし事
一一四 矢立の杉の事
一一五 （箱根の御本地の事）
一一六 箱根にて暇乞の事
一一七 おなじく別当にあふ事
一一八 太刀刀の由来の事
一一九 三島にて笠懸をいし事
一二〇 浮島原の事
一二一 富士の狩場への事
一二二 源太と重保が鹿論の事
一二三 （燕の国旱魃の事）
一二四 新田が猪にのる事
一二五 （船のはじまりの事）
一二六 祐経をいんとせし事
一二七 畠山歌にてとぶらはれし事
一二八 屋形まはりの事
一二九 祐経が屋形へゆきし事
一三〇 屋形の次第五郎にかたる事
一三一 和田の屋形へゆきし事
一三二 兄弟屋形をかへし事
一三三 曽我への文かきし事
一三四 鬼王・道三郎曽我へかへしし事
一三五 （悉達太子の事）
一三六 兄弟いでたつ事
一三七 屋形〳〵の前にてとがめられし事

○	○	○	○	◎	◎	9 ◎	◎└	◎	◎	○	○	◎	○	△	○	◎	○	◎	○	○	◎	8 ◎	◎└	◎	◎	×	△	○	◎	○	○	○	◎
◎	◎	◎	◎	◎	◎	9 ◎	◎└	◎	◎	○	○	◎	◎	△ *	◎	◎	◎	◎	◎	◎	◎	8 ○	◎└	◎	◎	○	◎	◎	○	◎	◎	○	○
◎	○	○	◎	◎	○	9 ◎	◎└	◎	○	○	○	×	◎	△	◎	◎	△	◎	◎	◎	8 ◎	×	◎└	◎	◎	×	△	○	◎	○	○	○	◎
◎	◎	○	◎	◎	◎	9 ◎	◎└	◎	◎	○	○	◎	◎	◎	◎	◎	◎	◎	◎	◎	8 ◎	×	◎└	◎	◎	◎	◎	◎	○	◎	◎	◎	◎
◎	○	◎	◎	◎	◎	9 ◎	○└	○	◎	○	○	×	○	△	○	◎	△	◎	○	○	8 ◎	×	◎└	◎	◎	○	◎	◎	○	◎	◎	○	○
◎	◎	◎	◎	◎	◎	9 ◎	◎└	◎	◎	◎	◎	◎	◎	◎	◎	◎	◎	◎	◎	◎	8 ◎	×	◎└	◎	◎	◎	◎	◎	○	◎	◎	◎	◎
◎	◎	◎	◎	◎	◎	9 ◎	◎└	◎	◎	◎	◎	◎	◎	◎	◎	◎	◎	◎	◎	◎	8 ◎	×	◎└	◎	◎	◎	◎	◎	○	◎	◎	◎	◎
◎	◎	◎	◎	◎	◎	10 ◎	◎└	◎	◎	○	○	◎	◎	◎	◎	◎	◎	◎	◎	◎	9 ◎	×	◎└	◎	◎	◎	◎	◎	○	◎	◎	◎	◎
◎	◎	◎	◎	◎	◎	9 ◎	◎└	◎	◎	◎	◎	◎	◎	◎	◎	◎	◎	◎	◎	◎	8 ◎	×	◎└	◎	◎	◎	◎	◎	○	◎	◎	◎	◎
◎	◎	◎	◎	◎	◎	9 ◎	◎└	◎	○	○	○	◎	◎	◎	◎	◎	◎	◎	◎	◎	8 ◎	×	◎└	◎	◎	◎	◎	◎	○	◎	◎	◎	◎
◎	◎	◎	◎	◎	◎	9 ◎	◎└	◎	◎	◎	◎	◎	◎	◎	◎	◎	◎	◎	◎	◎	8 ○	×	◎└	◎	◎	◎	○	◎	○	◎	◎	◎	◎
◎	◎	◎	◎	◎	◎	9 ◎	◎└	◎	◎	○	○	◎	◎	◎	◎	◎	◎	◎	◎	◎	8 ◎	×	◎└	◎	◎	◎	◎	◎	○	◎	◎	◎	◎
◎	◎	◎	◎	◎	◎	9 ◎	◎└	◎	◎	◎	◎	◎	◎	◎	◎	◎	◎	◎	◎	◎	8 ◎	×	◎└	◎	◎	◎	◎	◎	○	◎	◎	◎	◎

一三八	（波斯匿王の事）	△	◎	△	◎	◎	◎	◎	◎	◎	◎	◎	◎	◎
一三九	祐経屋形をかへし事	○	◎	○	◎	◎	◎	◎	◎	◎	◎	◎	◎	◎
一四〇	祐経うちし事	◎	◎	◎	◎	○	◎	◎	◎	◎	○	◎	◎	◎
一四一	王藤内うちし事	○	○	○	○	○	◎	◎	◎	◎	○	◎	○	◎
一四二	祐経にとゞめをさす事	○	◎	○	◎	◎	◎	◎	◎	◎	◎	◎	◎	◎
一四三	十番ぎりの事	◎	◎	◎	◎	◎	◎	◎	◎	◎	◎	◎	◎	◎
一四四	十郎が討死の事	◎	◎	◎	◎	◎	◎	◎	◎	◎	◎	◎	◎	◎
一四五	五郎めしとらる、事	○	◎└	○	◎└	◎└	◎└	◎└	◎└	◎└	◎└	◎└	◎└	◎└
一四六	五郎御前へめしいだされきこしめしとはる、事	○	10 ○	○	10 ○	10 ○	10 ◎	10 ◎	11 ◎	10 ○	10 ○	10 ◎	10 ○	10 ◎
一四七	犬房が事	◎	◎	○	◎	◎	◎	◎	◎	◎	◎	◎	◎	◎
一四八	五郎がきらる、事	◎	◎	◎	◎	◎	◎	◎	◎	◎	◎	◎	◎	◎
一四九	伊豆次郎がながされし事	◎└	◎	○└	◎	◎	◎	◎	◎	◎	◎	◎	◎	◎
一五〇	鬼王・道三郎が曽我へかへりし事	10 ◎	◎	10 ◎	○	◎	◎	◎	◎	◎	○	◎	◎	◎
一五一	おなじくかの者ども遁世の事	◎	◎	◎	◎	◎	◎	◎	◎	◎	◎	◎	◎	◎
一五二	曽我にて追善の事	◎	◎	○	◎	◎	◎	◎	◎	◎	◎	◎	◎	◎
一五三	禅師法師が自害の事	◎	◎	◎	◎	◎	◎	◎	◎	◎	◎	◎	◎	◎
一五四	おなじく鎌倉へめされてきられし事	○	○	◎	○	○	○	○	○	○	○	○	○	○
一五五	京の小次郎が死する事	◎	◎	○	◎	◎	◎	◎	◎	◎	◎	◎	◎	◎
一五六	三浦与一が出家の事	◎└	◎	○	◎└	◎└	◎└	◎└	◎└	◎└	◎└	◎└	◎└	◎└
一五七	虎が曽我へきたりし事	孝養 ◎	◎	◎	11 ◎	11 ◎	11 ◎	11 ◎	12 ◎	11 ◎	11 ◎	11 ◎	11 ◎	11 ◎
一五八	曽我の母・二宮の姉虎に見参の事	×	×	×	◎	×	×	×	×	×	◎	×	◎	◎
一五九	母あまたの子どもにおくれなげきし事	○	○	○	◎	○	○	○	○	○	○	○	◎	◎
一六〇	母と虎が箱根へのぼりし事	◎	◎	○	△	◎	◎	◎	◎	◎	△	◎	△	△
一六一	（鬼の子とらる、事）	◎	◎	×	×	◎	◎	◎	◎	◎	×	◎	×	×
一六二	箱根にて仏事の事	◎	◎	◎	◎	◎	◎	◎	◎	◎	◎	◎	◎	◎
一六三	別当説法の事	○	○	○	◎	○	○	○	○	○	◎	○	◎	◎
一六四	箱王すみし所みし事	○	○	○	◎	○	○	○	○	○	◎	○	◎	◎
一六五	（貧女が一燈の事）	◎	◎	△	×	◎	◎	◎	◎	◎	×	◎	×	×
一六六	（菅丞相の事）	◎	◎	×	×	◎	◎	◎	◎	◎	×	○	×	×
一六七	兄弟神にいはゝる、事	◎└	◎└	×	×	◎└	◎└	◎└	◎└	◎└	×	◎└	×	×
一六八	虎出家の事	11 ◎	×	△└	◎└	×	×	×	×	×	◎└	×	◎└	◎└
一六九	虎箱根にて暇乞してゆきわかれし事	○	×	×	12 ◎	12 ◎	12 ◎	12 ◎	×	12 ◎	12 ◎	12 ○	12 ◎	12 ◎
一七〇	井出の屋形の跡見し事	◎	×	×	◎	◎	◎	◎	×	◎	◎	◎	◎	◎
一七一	手越の少将にあひし事	◎	×	×	◎	◎	◎	◎	×	◎	◎	◎	◎	◎

一七二　少将出家の事	◎	×	×	◎	◎	◎	◎	×	○	◎	◎	◎	◎
一七三　虎と少将と法然にあひたてまつりし事	◎	×	×	◎	◎	◎	◎	×	◎	◎	○	◎	◎
一七四　虎大磯にとりこもりし事	◎」	×	×	◎	◎	◎	◎	×	◎	◎	◎	◎	◎
一七五　母と二宮の姉大磯へたづねゆきし事	12 ◎	×	×	◎	◎	◎	◎	×	◎	◎	◎	◎	◎
一七六　虎いであひてよびいれし事	◎	×	×	◎	◎	◎	◎	×	◎	◎	○	◎	◎
一七七　少将法門の事	◎	×	×	◎	◎	◎	◎	×	◎	◎	◎	◎	◎
一七八　母と二宮ゆきわかれし事	◎	×	×	◎	◎	◎	◎	×	◎	◎	○	◎	◎
一七九　十郎・五郎を虎夢にみし事	◎	×	×	◎	○	○	○	×	◎	○	○	◎	○
一八〇　虎・少将成仏の事	◎	×	×	◎	○	○	○	×	◎	○	◎	◎	○

この表から推測できる『鶴見本』の性格としては、十二巻であることと巻一から巻五まで及び巻七から巻十までと巻十二は流布本に近く、巻六と巻十一とは傍系説話の欠如において『武田本乙本』に近似していることが挙げられる。なお、『鶴見本』の巻八の「屋形まはりの事」は、巻頭の目録には欠如しているが、本文中にはある。

さて、『曽我物語の基礎的研究』に依れば、『鶴見本』の巻一から巻五まではいずれも甲類に属している。その確認のため、巻一と巻五についての同一箇所を『曽我物語の基礎的研究』に従い甲類の文例を示し、これと『鶴見本』の文章を比較し、併せて必要に応じて、甲類の流布本と乙類の『太山寺本』の同一箇所を挙げる。

巻一について

甲類

『武田本乙本』

三日のほんそんにはらいかうのあみたの三そん六たうのうけのぢさうほさつたんなかはつの二郎かしよくわんしやうしゆのためいとうむしやか二なきいのちをめしとりらいせにてはくわんおんせいし九ほんのれんたいをかたふけあんやうのしやうせつにゐんせうし給へ一日へんしもちこくにおとし玉ふなとたねんなくいの

られけり（8ウ〜9オ）

『鶴見本』

はしめ三かのほんぞんはらいかうのあみたの三ぞん六道《だう》のうけのぢざうぼさつたんな河津の次郎かしよぐわんじやうじゆのため伊藤むしやがふたつなきいのちをめしとりらいせにてはくわんをんせいししうんれんだひをかたふけあんやうのじやうせつにいんじやうし給へ一日へんしもぢごくにおとしたまふなとたねんなくいのられけり（11ウ）

乙類

『太山寺本』

三日の本尊はあみたの三そん六たうのうけのちさうほさつをほんそむとしていとうむしやかいのちをめし来世にては観音勢至しれんたいをかたふけてあんやう浄土へいんせうし給へ一日へしもちこくにおとし玉ふことなくしてかはつかしよくわんをも成就せしめ玉へとたねんなくいのられけり（9オ〜ウ）

甲類と乙類とでは「河津が所願成就」の辞句がその位置を異にしている。なお、『武田本乙本』の「九ほんの」の箇所が『鶴見本』では「しうん」となっているが、甲類に属する『彰考館本』等五本は『鶴見本』と同じである。

巻五について

甲類

『学習院本』

五良は兼《かね》而聞《てきく》事有ければさしたる急事《きうし》の候後《のち》に見参《けんさん》に入へしとてとをりけりさためて五良は見れんすらんかたせ川をかけわたし向《むかひ》のをかに駒打上《こまうちあけ》見れはと、まらてはるかに打のひぬ（22ウ〜23オ）

『鶴見本』

五郎はかねて聞事有けれはさしていそく事候後日にげんざんに入候べしとてとをりけりさためて五郎はと、まるらんとかたせ川をかけわたしむかひのおかにこまうちあげ見れははるかにうちのびぬ（23ゥ～24ォ）

乙類

『太山寺本』

かねてきく事ありけれはさしてきうし候後日にけんさんにいらんとてとをりにけりこのつかゐ馬のくらにとりつきぬへきけしき見えたりけれは五良むまをかけ出しはせのひぬ梶原さためてこの人、とまらんかたせ川をうち渡してむかいのおかにこまうちあけみれははるかにうちのひぬ（14ウ）

乙類の傍線部分が甲類には無い。『鶴見本』と『学習院本』とは二重傍線部分が異なっているが、流布本を始めとする甲類の諸本は『鶴見本』と同じく「と、まるらんと」としている。

巻六について、村上學氏は甲類と乙類の区分では律し得ないことを説き、Ⅰ類とⅡ類に分けている。この二分類の大きな特色は巻六の全ての挿話、五話（「ふん女が事」「弁才天の事」「比叡山のはじまりの事」「仏性国の雨の事」「嵯峨の釈迦つくりたてまつりし事」）の有無である。即ち、Ⅰ類はこれらを有し、Ⅱ類に属する『太山寺本』『戸川本』『武田本乙本』の三本はこれらを全て欠くのである。そして、前述のごとく、『鶴見本』は『武田本乙本』に近似しているのである。文例を次に挙げる。

Ⅰ類

『文禄本』

母此心を見かねいかにや虎むかしふんによか事をしりたまはすやさやうの事たにあるそかしなをもいつましくは六字のみやうかうも御らんせよしやう〳〵せ、まてふかうそといひすて、さしきにいてにけり《そも〳〵ふんによとたとへにひきけるゆらひをたつぬるにむかし大こくりうさのみなかみに（中略）一さい衆生のねかひをことぐ〵くみて、あんらくせかいにむかんとちかひ玉ふ》かやうにたけき弓とりたにも母にはしたか〔ふならひそかしなにとてとらはは、にはしたかはさるそ〕いお(諸本)やとそいひけるとらはなをもなみたにむせひつ、なかれをたつぬる身ほとかなしき事はなしつまの心をおもひしれは・・・（4オ〜11ウ）

Ⅱ類

『武田本乙本』

は、此のありさまを見て六じのみやうかうも御らんせよいて給はすはなかくふけうと申きつて又さしきへこそ出にけれとらはなみたにむせひつ、なかれをたつぬる身ほとかなしき事はなしつまの心を思へは・・・（3オ）

『鶴見本』

は、此有さまを見ていかにやとら今いて給はすは六字のみやうがうも御せうらん候へなかくふけうと申きつて又さしきへそいてにけり

「あさいなとらがつほねへむかひに行し事」

とらはなみたにむせびつ、なかれをたつる身ほとかなしき事はなしつまの心を思へば・・・（4ウ〜5オ）

Ⅰ類の『文禄本』の傍線部分A・Cと傍系説話「ふん女が事」「弁才天の事」の部分に該当する傍線部分BがⅡ類の本には無い。又、Ⅱ類の『武田本乙本』と『鶴見本』とは近似しているが、同一ではない。Ⅰ類の流布本の『寛永四年版本』を参考に挙げる。

『寛永四年版本』

母此心を見かねて、「如何にや昔のふん女《ぢょ》が事をば知り給はずや、然様《さやう》の事だに有るぞかし。猶も出でまじくは、六字の名號《みやうがう》も御照覧《ごしようらん》候へ、生生世世《しやうじやうせぜ》不孝する」と云い捨てて、座敷へこそは出にけれ。《そもそもふ

ん女《ぢよ》と申す由来を委しく尋ぬるに、昔大國流沙《りうさ》の水上《みなかみ》に（中略）一切衆生《いっさいしゆじやう》の願《ねがひ》を悉く見て、安樂世界に迎へんと誓ひ給ふ。》斯様《かやう》に猛《たけ》き弓取《ゆみとり》も、母には從ふ習ひぞかし。

「朝比奈虎《あさひなとら》が局《つぼね》へ迎《むかひ》に行《ゆき》し事」

然《さ》ても母は虎を制《せい》しかね、「何とて母には從はざるや」とぞ云ひける。虎は猶も涙に咽び、「流れを立つる身ほど悲しき事は無し。夫《つま》の心を思ひ知れば……」（154〜160頁）

『鶴見本』の二重傍線部は『寛永四年版本』に一致している。

巻七から巻十までについては、『鶴見本』は、又いずれも甲類に属している。その確認のため、巻七と巻十について『曽我物語の基礎的研究』に従い文例を挙げ、『鶴見本』の同一箇所とを比較する。併せて、『太山寺本』のその部分を示す。

巻七について

甲類

『学習院本』

其《それ》まよひの前《まへ》の是非《せひ》は是非《せひ》共に非《ひ》也夢《ゆめ》の中の有無《うむ》は有《う》無共に無《む》なりかれらか身のしきあれはあるかはあたなる夢の浮世何《うきよなに》をかうつ、と定《さた》むへきされはせつなの栄花《ゑいくわ》も心をのふる理《ことはり》をおもへは無《む》為のけらくと同しいさや最後《さいこ》の詠《なかめ》してしはしのおもひをなくさめんとて兄弟《きやうたい》共に庭《には》へ出てうへ置《をき》し草《くさ》のさかへたるを見るになこりそおしかりける心の有は草《くさ》も木もいかてあはれみをしらさるへきとかなたこなたにやすらひけり是《これ》らによそへ古哥をみるに、

ふるさとの花の物いふ世成せは
いかにむかしの事をとはまし

今さらおもひ出られてなさけをのこしあはれをかけすといふ事なし・・・（1オ）

『鶴見本』

それまよひのまへの是ひはぜひ共にひなりゆめのうちのうむは有無共にむなりわれらが身のしき有があるかはあだなるゆめのうき世何をかうつ、とさだむべきされはせつなのゐいぐわも心をのぶることはりを思へは無為のけらくにおなじいざやさいごのながめしてしはしのおもひをなくさまんとてきやうだい共に庭におりてうへをきしちくさのさかえたるを見るにもなこりそおしかりけり心のあらは草も木もいかであはれをしらさるべきとかなたこなたにやすらひにけりこれらによそへふるき哥を見るに

　ふるさとの花の物いふ世なりせは
　　いかにむかしのことをとはまし

今さら思ひいでられてなさけをのこしあはれをかけすといふ事なし・・・（2オ～ウ）

乙類

『太山寺本』

それまよひのまへの是非はせひともに非なり夢のうちのうむは運ともに無なり我らか身のしきけふあれともあすをたのますあたなる夢のうき世なにをかうつ、とさたむへきまことやせつなのゐいくわをのふれは万歳のりありいさやこのなかめせんとて二人の人、は庭におりて植をきし草木のさかへたるを見ていと、あわれそまさりけるさりとも人なりせはこの年月のなしみいかてかあはれといわさらむふるき哥を見るに

　ふる里の花の物いふ世なりせはいかてむかしのことをとはまし

といまさらおもひ出られて草木心なしとは申へからす・・・（1オ～ウ）

AとBの傍線部分において、甲類と乙類とは相違している。

巻十について（巻九の末尾から示す）

甲類

『文禄本』

そかの五良をはからめとりて候十良はうたれて候と申たりけれはしんへうに申たり五良をはなんちにあつくるそとおほせくたされけるあはれなりししたいなり

曽我物語巻第十

さても仰をうけたまはりてこへいしまかりいてみむまやの下へそうつい国みつ五良をあつかりくにみつすてにみむまやのはしらにしはりつけてその夜はまもりあかしけれはたいしやう殿よりたつねきこしめすへき事ありそかの五良つれてまいれと御つかいありけれはこへいしなわとりてまいりけるを見て母のかたのをちいつの国のちう人おかはの三良すけさた申けるはいかにこへいしさふらひほとのものになわつけすともくしてまいれかし・・・（巻九、39オ〜ウ　巻十、1オ）

『鶴見本』

そがの五郎をからめとりて候十郎はうたれて候と申けれはしんべうに申たり五郎をはなんじにあづくるぞとおほせくたされけりあはれに《ママ》なりししたひなりけり

曽我物語巻第十

さてもおほせをうけ給て小平次まかり出御馬やのしもべ国みつ五郎をあつかりすでに御むまやのはしらにしばり付て其夜まほりあかしけれは大しやう殿よりたつねきこしめさるべき事ありそがの五郎つれてまいれとの御つかひ有けれは小平次なはどりにてまいりけるを見て母かたのおぢいづの国の住人を川の三郎すけさだ申けるはいかに小平次さぶらひほとの者になは付ず共くしてまいれかし・・・（巻九、36ウ〜巻十、2オ）

乙類

『太山寺本』

曽我の五郎からめて候と申上たりけれは神妙なりなんちにあつくるそとおほせくたされけれはその夜は御むま屋のはしらにからめつけてまほりあかしける夜あけけれは君より曽我の物くしてまいれとおほせけれは小平次なはとりにておつたて参けり爰に伊豆の国のちう人おかわの三良かちかくあゆみよりて申けるはなわつけすともくしてまいりか《（ママ）》し・・・（九、25オ）

甲類の傍線部分AとBが乙類には無いことが判明する。

巻十一に至り、『曽我物語の基礎的研究』は甲類、乙類に加えて、丙類の三類に分類している。しかして、『鶴見本』、『武田本乙本』はその中の丙類に属している。以下にその文例を示す。なお、丙類に属している諸本は他に『岸本本』、『学習院本』、『武田本甲本』、『戸川本』、『南葵文庫本』である。

甲類

『十行古活字本』

《抑けんきう四年なか月上しゅんのころつなかぬ月日もうつりきてきのふけふとは思へ共うき夏もすき秋も漸くたちぬれはひんかんしよをかけてしやうりんのしもにとふていちよいつくんにか有《は（諸本）》くいんしよ衣をうちてりやうしんいまたかへらさるところにせんき《わかき（諸本）》あま一人こきすみそめのころもにおなしいろのけさをかけてあしけなる馬にかひくらをきひかせて来けりなにものそとみれは十郎かかよひしを、いそのとら也かれらか母のもとにゆきまちかき所にたちいりつかひしていひけるは》この人々の百ヶ日のけうようを、いそにてもかたのことくいとなむへけれ共箱根の御山にてあるへしとうけたまはり候へは此仏事をもちやうもん申我身のいとなみをもそのつきにして《つゐて（諸本）》一しゅのふしゅをもさ、けはやとおもひまいり候といひけれは・・・（2オ〜

2ウ、大系388頁）

乙類

『太山寺本』

《さる程につなかぬ月日成けれはうかりし夏も程なくすきて建久四年九月上旬にもなりけれはこの人々の百か日いとなまんとて母ははこねに上かたのことくのついせんをよういし玉ひけるそ哀なるそのころおほいそのとらすけなりか年来のなさけあさからさりしに十良うたれけれはかみおろし墨染の袖に身をやつし彼菩提をそとふらいける十良かもとよりとらせたりし馬ひかせて曽我の里へ来たりかの母のすみ玉へるあたりちかうなりて使にて申けるは》明日はみな〳〵の百か日にてさふらへはかたのことの御つゐせんをもおほいそにていとなみたく候へともはこねにて御ふつしあるへしとうけ給候程にちやうもん申へき心さしにてまいりたりといひけれは：：：（巻十、8オ〜ウ）

丙類

『岸本本』

《さるほとにかまくら殿のおほせに子にえんなき者をたつねんにそかの太郎かめに過ぎたるものあらし一年のうちに四人の子にをくれなけくらんこそふひんなれおなしおのこといふ共十良五良ほとの子をはゆめよりほかに又も見しと御とふらひの御つかひにあつかりけるこそかたしけなけれめんほくきはまりなかりけるにつけてもいよ〳〵なけきははれやらすおなしき九月上しやうしゆんの比つなかぬ月日うつりきてきのふけふとはおもへともうかりし夏もすき秋にもやう〳〵なりにけり母ははこねにのほりかたのことくついせんをもいとなまんといてたちける日かすのほとそあはれ也さても十良かかよひし大いそのとら十良かもとよりとらせたりし馬ひかせそかのさとへきたりある所にたちよりつかひにていはせけるは》申につけては、かりおほく候へ共百ヶ日けうやうを大いそにてもいとなむへく候へ共はこねにて御仏事あるへきよしうけたまはり候へは一所にて我いとなみをも申上候てせつほうをもちやうもんのためにまいりて候と申たりけれは・・・（1オ〜ウ）

『鶴見本』

《さるほとにかまくら殿おほせには子にえんなき物をたつねんにそがの大郎（マヽ）がめにすぎたる物はあらじ一年のうちに四人の子共にをくれてなげくらんこそふびんなれおなしおとことといふ共十郎五郎ほとの子をはゆめよりほかには又も見じと御とふらひの御つかひにあつかりけるこそかたしけなけれめんほくきはまりなかりけるに付てもいよ〳〵なけきははれやらすおなしき九月上じゅんのころつなかぬ月日うつりきてきのふけふとは思へ共うかりしなつもすぎ秋にもやう〳〵なりにけりはこねにのほりかたのことくのつゐぜんをもいとなまんといてたちける日かすのほとそあはれなるさても十郎がかよひし大いそのとら十郎かもとよりとらせたりし馬をひかせそがのさとへきたりありし所にたちよりつかひにていはせけるは》申に付ては、かりおほく候へ共百か日のけうやうを大いそにていとなむべく候へ共はこねにて御ぶつじ有へきよしうけ給て候へは一所にてわがいとなみをも申あげせつほうをちやうもんのためにまいりて候ぞと申入たりけれは・・・（2オ〜ウ）

巻十一の冒頭部分は《　》のごとく甲、乙、丙の三種類に相違が認められる。そして、丙類のより本質的な特徴は、傍線部分が示す甲類と乙類とは異なり、虎がまだ出家していない点にある。現今の流布本の巻十一、十二の冒頭を見る限り、つとに、鈴木進氏が指摘されたように「虎は二度出家した如き感を受ける」(12)のである。しかるに、丙類にはその感が無く、出家は一度だけに読める。丙類（『鶴見本』）の巻十一の目録を見ると次の通りである。

とら馬をひかせてそがへ行し事
そがの母二のみやのあねとらに
げんざんの事
は、あまたの子ともにをくれし
なけきの事
そかの太郎母二のみやのあねとら
はこねへのぼりし事
おなしくけうやうの事
べつとうせつほうの事
はこわうすみし所をは、見し事
とらかしゆつけせし事

この目録から分かるように、大磯の虎は箱根権現に上り別当の説法を聴聞し、兄弟の母や曽我の太郎、二の宮のあねなどの人々に見守られ出家している。巻十一に関しては「出家」という点では『鶴見本』は何の齟齬も無い。『鶴見本』の巻十二の目録は流布本と同じで、そこでの「出家」の表現は巻十一の重複である。

三　まとめ

『鶴見本』は基本的には甲類に属する一本である。巻六と巻十一については『武田本乙本』にほぼ同じである。巻六の目録の立て方は微細な語の異同を除外すると両本は一致している。しかし、全くの同文ではない。巻六の文例にみられるように、『武田本乙本』の「六じのみやうかうも御らんせよ」は『鶴見本』では「いかにやとら今いて給はすは六字のみやうがうも御せうらん候へ」としている。

巻十一も目録の立て方は、表記の違いを除外すると両本は一致している。しかし、同文ではない。例えば、『鶴見本』巻頭の「大いそのとら十郎かもとよりとらせたりし馬をひかせそがのさとへきたりありし所にたちよりつかひにていはせけるは」の部分を、『武田本乙本』では「大いそのとら十郎かもとよりとらせたりしこまひかせそかのさとへきたりさいしよにたちよりつかひにていはせけるは」としていて、傍線部分が相違していることが知られる。しかし、いずれも微細な相違である。結論として、『鶴見本』は全般的には甲類の本であるが、巻六と巻十一については『武田本乙本』に類似していると言える。『武田本乙本』は室町時代後期の写本とされている(13)が、巻六と巻十一については、江戸時代初期の写本と見られる『鶴見本』にその本文系統が受け継がれていると言えよう。

さて、自筆本『三河物語』に『曽我物語』が引用されていること(『三河本』と仮称する。)に関しては、既に触れている(14)が、この観点から両本を比較してみよう。自筆本『三河物語』の冒頭部分は、次の通りである。

自筆本『三河物語』(冒頭)

それまよひのまゐのぜひハ、ぜ共にひなり。夢之内の有無は、有無共無成。我等身のしきあれば、有かハあだ成。夢の浮世と、何を寤《ウツヽ》と可定。されバ説《セツ》名のゐひぐわも、心をのぶることハリヲ思へバ、無為《ムイ》の快楽《ケラク》に同。

『鶴見本』(巻第七　冒頭)

それまよひのまへの是ひは是ひ共にひなゆめのうちのうむは有無共にむなりわれらが身のしき有があるかはあだなりゆめのうき世何をかうつ、と定べきされはせつなのゐいぐわも心をのぶることはりを思へは無ゐのけらくにおなじこの冒頭箇所は四グループにわけられ、二箇所の傍線部分から判明するように、『鶴見本』は、自筆本『三河物語』のグループに属している。同類の本は『南葵文庫本』『松井本』『岸本本』であり、古態本から流布本への中間的性格を有すると考えられる。

さらに、巻八「燕の国旱魃の事」の二箇所の一致部分を挙げる。

自筆本『三河物語』

だいとうゐんの国にかんばつする事三ヶ年成。

『鶴見本』

大たうゐんのくにかんばつする事三がねんなり。

自筆本『三河物語』

若《もし》あやまりてまつりごとけしほども、みだり成事あらバ、

『鶴見本』

もしあやまつてまつりことけしほともみだりなる事あらは

この『鶴見本』と同類の本は『南葵文庫本』『松井本』『岸本本』である。

そして、興味深いことは『曽我物語』冒頭に近い「惟喬《これたか》、惟仁《これひと》の位《くらゐ》争《あらそひ》の事」の部分で『鶴見本』には、「後鳥羽院」の語が見えることである。自筆本『三河物語』の引用部分には、他本に無いこの語がある。なお、『武田本甲本』はこの語を有するが、巻八「燕の国旱魃の事」を持たず、『三河本』には一致しない。

しかして、『鶴見本』は『三河本』に近接しているが、同じ「惟喬、惟仁の位争の事」の末尾に近い部分の相違を見ると『三河本』と同一ではない（傍線部参照）。

自筆本『三河物語』

サレバ、各〻アラソヒヲツクスユヱニ、互《タガイ》ニ朝敵《テウテキ》ト成て、源氏世を乱《ミダセ》バ、平氏勅宣《チヨクゼン》ヲ以《もつて》是をせひし御恩《ゴオン》に詫《ホコリ》、平氏国をカタブクレバ、源氏シヤウメイニマカセテ、是ヲバツシテクンカウヲキワム。然るに、近代は、平氏ナガク太サンシテ、源氏世にヲゴル。四海ヲシヅメシヨリ此方《コノカタ》、りよくりんえだをふく風、おともならさゞりき。

『鶴見本』

されはをの〱けんをあらそふゆへにたかひに朝敵《てうてき》となりて源氏《げんじ》世をみたせは平氏勅宣《へいじちょくせん》を以是をせいして朝恩《てうおん》にほこり平性国《へいしようくに》をかたふくれは源氏詔命《てうめい》にまかせて是をばつしてくんこうをきはむしかれはこのころ平氏ながくたいさんして源氏をのつから世にほこり四かいのはらんをおさめ一天のばうけつをしつめしよりこのかた緑林ゑだかは（マヽ）ひてふく風の音をだやかなり

おそらく、『鶴見本』が制作された江戸時代初期の頃には版本に至る前の多くの写本が存在していたと推測される。『鶴見本』はそのような写本の一本と考えられる。自筆本『三河物語』の著者も『鶴見本』に類似した一本を参照したことであろう。そして、縷述したごとく、『鶴見本』は『武田本乙本』や『南葵文庫本』と同じく、古態本の要素を残しつつ、流布本へ近付いている一本と考えられる。

【注】

（1）風間書房刊　昭59。本文中の『太山寺本』の文例はこれに依ったが、影印（濱口博章解題　汲古書院　昭63）により原態を確認した。

（2）十巻本写本の翻刻。影印（濱口博章解題　汲古書院　昭63）により原態を確認した。

（3）『曽我物語』の十二巻本写本。（武田祐吉氏旧蔵　國学院大学図書館蔵）デジタルライブラリイで閲覧可能。

（4）筑波大学付属図書館蔵　十二巻本写本　巻六・七欠。
（5）『曽我物語』（与謝野寛・正宗敦夫。与謝野晶子編纂校訂　日本古典全集刊行会　大15）寛永四年版本を底本とする。必要に応じて、静嘉堂文庫蔵の同版本により原態を確認した。
（6）『曽我物語』（日本古典文学大系88　市古貞次・大島建彦校注　岩波書店　昭41）十行古活字本（十二巻）の翻刻。
（7）日本古典文学影印叢刊『曽我物語』上・下　穂久邇文庫蔵の仮名本『曽我物語』の写真版複製。解説　村上学　平成元年五月　財団法人日本古典文学会。
（8）静嘉堂文庫蔵　十二巻本写本　巻一欠　松井簡治氏旧蔵。
（9）静嘉堂文庫蔵　十二巻本写本　巻四・五・六欠　岸本由豆流、松井簡治氏旧蔵。
（10）『王堂本曽我物語』上・下（穴山孝道校訂　岩波文庫　昭14・15）十二巻本写本の翻刻と研究。
（11）『曽我物語』の十二巻本写本。武田祐吉氏旧蔵。（國学院大学図書館蔵）デジタルライブラリイで閲覧可能。
（12）『東大本曽我物語と研究（下）』の192頁。後に氏は自説を改めて、『南葵文庫本曽我物語と研究（下）』の中で、解釈次第では「普通本も矛盾や重複とは言えない」（226頁）としているが、村上學氏は、説明が必ずしも十分でないことを指摘している。『曽我物語の基礎的研究』（1044頁）
（13）『曽我物語の基礎的研究』および國学院大学図書館のデジタルライブラリイの解説。
（14）『曽我物語生成論』（笠間書院刊　山西明著　平成13年1月）所収の第八章（自筆本『三河物語』所引の『曽我物語』）参照。

＊なお、書誌については鶴見大学の高田信敬先生に御教示いただいた。

不角の前句付興行の変遷とその意義

牧　藍子

立羽不角は、元禄期から享保期を中心に江戸で活躍した俳諧師であるが、その活動期間は非常に長く、宝暦三年（一七五三）九二歳で没する年の歳旦帖が確認できる。[1] その文芸活動は俳諧のみにとどまらず、『色の染衣』（貞享四年（一六八七）刊）『好色染下地』（元禄四年（一六九一）刊）『華染分』（元禄五年刊か）といった浮世草子や怪談集『怪談録前集』（元禄五年頃成か）なども著しており、藤田理兵衛著『江戸鹿子』を増補した地誌『江戸惣鹿子』（元禄二年成）の著作もある。また、不角は書肆を営んでもおり、[2] 編著の多くは無刊記の自家版として板行された。先妻、後妻との間に六男一女をもうけ、長男の不扃《ふけい》と三男の寿角は父の跡を継いで宗匠となった。[3] また、年々の歳旦帖にはその他の家族の歳旦吟も並び、一家で俳諧に勤しむさまがうかがえる。

不角の俳諧活動を概観すると、大きく三つの期間に分けられる。第一期は元禄・宝永の前句付興行・月次発句興行を活動の中心とする時期である。第二期は四〇代半ばから六〇代にかけて、それまでの前句付高点句集にかわって、付合高点句集『篗纑《わくかせ》輪《わ》』やその他の俳諧撰集の刊行に力を注ぐ時期である。これ以降が第三期で、この頃には不扃・寿角も独立しており、不角は歳旦帖の板行を続けつつ、一家の繁栄のうちに自適の日々を送った。

本稿では、第一期の前句付高点句集に焦点を当て、元禄期の江戸における不角の前句付興行の様相を明らかにすることを通じて、元禄期の江戸俳壇の末端を担っていた前句付作者層の動向を考察する。

一　前句付高点句集の形式の変遷

まず始めに、不角の前句付高点句集を年代順に掲げ、不角前句付の興行形態の変遷を追う。(4) いずれも俳書同様の半紙本の大きさで板行され、末尾に不角独吟、あるいは不角一座の連句が収められる。

元禄三年　『二葉の松』（二巻二冊、下巻未発見）
元禄四年　『若みどり』（二巻二冊）
元禄五年　『千代見草』（二巻二冊）
元禄六年　上半期『一息』（二巻二冊）
　　　　　下半期『二息』（二巻二冊）
元禄七年　上半期『へらず口』（二巻二冊）
　　　　　下半期『誹諧うたゝね』（二巻二冊）
元禄八年　上半期未発見、下半期『昼礫』（二巻二冊）
元禄九年　上半期『矢の根鍛治前集』（二巻二冊）
　　　　　下半期『矢の根鍛治後集』（二巻二冊）
元禄一〇年　上半期『双子山前集』（二巻二冊）
　　　　　下半期未発見（『双子山後集』か）
元禄一一年〜一四年　『誹諧広原海《わだつうみ》』（二二巻二二冊）

元禄一三年三、四月　『比翼集』（全一冊）
元禄一五年二月〜宝永元年五月　『瀬取船』（三巻三冊）
宝永元年六月〜同二年四月『水馴棹』（四巻四冊）
宝永二年　下半期未発見（『一騎討』上巻か）
宝永三年　『一騎討』（三巻三冊、上巻未発見）
宝永四年〜同五年一月　『一騎討後集』（二巻二冊）

以上、原本未発見の期間はあるものの、元禄三年一月から宝永五年（一七〇八）一月まで、継続して前句付高点句集が板行されていると推定される。

元禄三年から宝永四年までの一八年間、不角の前句付興行は基本的には月二回のペースで変わらず行われているが[5]、その興行形式は変化している。まず『二葉の松』から『矢の根鍛冶後集』までは短句の前句五句に長句五句を付ける五句付の形式で行われ、五句一組の合計点で順位が決定されたと推定される[6]。評価に用いられた点階は、『一息』までは「両朱（両朱葉）・両葉」、『二息』からは「両朱」の上に「極朱」という評価が加わる。ただし、「極朱」の評価を与えられた句は極めて稀で、一集にせいぜい一、二句程度である。各回とも、前句ごとに高点句を列挙し、末尾に総合点によって選ばれた一席二席の作者名を掲げる体裁をとる。『双子山前集』では、前句が短句・長句・短句の三句となり、三句一組の合計点で順位が付けられる三句付となる。未発見の『双子山後集』については不明であるが、現在確認できるところの不角前句付高点句集で長句が前句に出題されているのは『双子山前集』のみである。点階も、「極朱・九葉・両朱・七葉・両葉」の五種に細分化された。なお、不角の五句付や三句付では、同一前句に二句以上掲載されている作者が見えることから、五句あるいは三句を一組として二組以上投句することも可能であったことがわかる。

以上の不角前句付高点句集が一年ないし半年ごとに随時板行されたのに対し、次の『誹諧広原海』は四年にわたる興行分をまとめて板行したものである。元禄一六年八月の序文では、刊行が遅れた事情について「近年は一入巻の点日《ヒヾ》に重なり、独唫して集に加ふべき遑《イトマ》なければ」と説明するが、元禄一五年五月には川越へ、同一六年五月から九月には上方方面へ旅行したことも多忙さに拍車をかけたものと思われる。巻一から巻八には短句三句にそれぞれ一句ずつ付ける三句付が収められ、巻九の元禄一二年一一月からは短句一句に二句を付ける二句付が(7)開始される。なお『誹諧広原海』における高点句の挙げ方は、二句一組ではなく一句ごとの高点順であるが、投句を募る際には二句一組で、総合順位も二句一組の合計点で決定されたことが当時の清書巻から判明する。(8)五句付・三句付の場合と同様、二組以上投句することも可能で、三組以上投句する作者も珍しくない。点階は、元禄一一年五月二七日を境に、「大極・極（極朱）・九葉・両朱・七葉・両葉」から「大極・銀漢・九曜・蒼溟・俊・豪」へ大幅に改められた。二句付に変わった巻九からは寄句数が一気に増加したためか、掲載句が「俊」以上の句となり、後には「蒼溟」以上となる。一方「大極」の上に「神妙・秀逸・無極」が加わり、投句者の歓心を買おうとする姿勢が目立つ。また『誹諧広原海』の二句付と並行して、好柳との両判短句一句付興行も行われたことが『比翼集』から判明する。好柳は、元禄中期頃から江戸の雑俳撰集に登場してくる江戸の新出点者の一人で、調和編『面々硯』所収の三十六吟歌仙に一座し、元禄五年歳旦に名前が見えることから、調和系の点者であると推定される。本書の刊年は不明であるが、元禄一三年三月下旬の不角の序が付され、同年三月二三日・四月九日の二回分の高点句と、末尾に不角好柳両吟百韻が収められる。高点句の掲載方法は、まず一席二席の作者の句を半丁ずつの絵入りで掲げ、次に不角判、好柳判の順で各人の選出した高点句を列挙する形である。『比翼集』以外に好柳との両判一句付興行を収めた不角前句付高点句集は未発見であるが、本書の「六月中ニ五月両度之前句板行出来仕候」という記載を信じるならば、定期的な興行が行われていたことが予想される。(9)

次の『瀬取船』は、不角と一蜂両判による短句一句付である。[10] 一蜂は『富士石』（延宝七年（一六七九）刊）以下、『誹諧題林一句』『夕紅』『面々硯』といった調和の俳諧撰集に名を連ねる作者で、不角とも元禄一五年、共に川越に遊んだことが不角の俳諧紀行『入間川やらずの雨』に記される。不角の点階は「神妙・秀逸・無極・大極・銀漢・九曜・蒼溟・亀背・俊」と「亀背」が加わった。『瀬取船』からは一興行ごとの掲載句数が一定となり、不角点と一蜂点の総合順位一八席までの句を掲載する体裁となっている。また、下巻の巻末には、興行日不明の不角単独点の二句付が一前句分のみ収録され、この間の事情について「二句附下帳紛失。漸此一前句を見出して爰に加ふ。尚追〳〵」と注記される。『誹諧広原海』の二句付と並行して、好柳との両判短句一句付が行われていたことを考えれば、一蜂との両判一句付を興行する傍ら、従来の二句付興行が継続して行われていたとしても不思議ではない。推測の域を出るものではないが、一蜂との両判一句付が開始されるまでの興行分については『誹諧広原海』として刊行に漕ぎ着けたものの、元禄一五年以降に行われた二句付興行の下帳はそのままとなってしまい、紛失して日の目を見ることはなかったのではないだろうか。前句付高点句集に未収録である以上、そうした二句付が何回分あったかなど不明とする他ない。次に刊行された『水馴棹』は四巻四冊本で、巻四は特に「児手柏」と題されている。巻一から巻三は『誹諧広原海』と同様、短句一句に二句を付ける二句付が収められるが、掲載方法は二句一組で一八席まで掲げる『瀬取船』と同様の形式となっている。巻一の途中の宝永元年八月一〇日以降、上位二席までの作者の句は半丁の絵入で掲載されるようになるのが注目される。巻四は、元禄一六年四月から宝永元年一〇月まで、二句付と並行して行われた脇起表合を収録している。脇起表合とは、不角の発句を立句に七句を継ぎ、その七句の合計点を争う不角独自の興行形式である。[11] 巻四の「児手柏」という巻名は、脇起表合が通常の百韻俳諧の初折の表八句に嫌うものも詠んでよいという規則で行われ「表とも裏とも差別文《アヤ》なけん」（『水馴棹』不角序）というところから来ている。点階は、「天心月・神妙・秀逸・無極・大極・銀漢・九曜・

蒼溟・亀背・俊・豪・英・朱・長」で、さらに点印の高点化がすすんでいる。『一騎討』『一騎討後集』はともに短句一句付である。(12)点は一席二席の句にしか記されなくなり、『一騎討』では神妙・秀逸・無極、『一騎討後集』では天心月・神妙・秀逸・無極・大極と、高点のみが確認される。また、どちらも『水馴棹』同様、一席二席は半丁の絵入で掲載される。

以上、不角の前句付高点句集の概略を述べつつ、その興行形式の変遷を追った。不角の前句付興行は、基本的には五句付、三句付、二句一組で付ける短句一句の二句付、そして一句付へと簡略化の道をたどるが、その間一蜂・好柳との両判形式や、脇起表合のような独自の形式による興行を並行して行い、人気獲得のために試行錯誤している点は注目に値する。また、前句の出題形式の簡略化と比例して、その内容もまた単純化していることにも注意を払う必要がある。不角の場合、『双子山前集』までは百韻俳諧中の付合と変わるところのない句が前句として用いられているが、『誹諧広原海』を境に正体なき前句が急増し、特に前句が一句のみとなる二句付開始以降は、「広い事かな〳〵」のような同語反復の前句がほとんどとなる。元来、俳諧初心者のための付合修錬としての意義と、既にそれなりの力量を備えた俳諧数寄者の娯楽としての意義を兼ねて行われていた前句付俳諧は、この頃雑俳の前句付というべき真の意味での庶民文芸へと急速に展開しつつあった。(13)前句題の出題形式の簡略化、前句の内容の単純化、いずれも前句付が俳諧の付合という意識から離れて、付句一句の感興に重点を置くようになったことを示すもので、不角前句付興行の形式の変化は、こうした当時の前句付の雑俳化傾向と軌を一にしたものであったといえる。そして実際に、前句を三句から一句へと改め、同語反復の正体なき句を前句に用いるようになったことで、不角前句付は一般に広く受け容れられ浸透していったと考えられる。『誹諧広原海』には具体的な投句数は明示されていないが、単純に各巻の丁数で比較した場合、二句付が開始されてからの一年間の興行分は、元禄一一年、元禄一二年興行分のおよそ二倍となっているのである。(14)掲載句数の増加がそのまま投句数の増加であるとは言えないまでも、両者は相関関係にあると考えられ、この時期を境に前句付投句者数が増加したことは確かであると思われる。

二　調和の前句付との関係

次に江戸の前句付興行に焦点を当て、不角の前句付興行を同時期に活躍した他の前句付点者の興行と比較することによって、その特徴を明らかにする。江戸の前句付は、上方で既に流行していた前句付俳諧の風を移入して始まったもので、その役割を果たしたのは、延宝年間に京の常矩の五句付に遊んだ一晶であったというのが通説である。しかし一晶の前句付俳諧については、資料的な制約から不明な点が多く、不角の前句付興行への影響を探ることは難しい。一方、一晶についで江戸の前句付俳諧の中心となった調和に関してはまとまった量の資料が残っており、不角が調和の影響を非常に強く受けていることがわかる。

調和の前句付俳諧の開始は不角より約二年半早い貞享四年七月である（『洗朱』元禄一三年序）。五句付から三句付に移行する時期も、調和が元禄七年一一月、不角が元禄一〇年一月で、調和の方が二年早い。調和の一句付の開始時期は、元禄七年一一月から元禄一二年八月までの資料を欠いているので、正確には不明であるが、少なくとも元禄一二年九月の例が『十の指』（元禄一三年序）に確認できる。不角が元禄一二年一一月以降、短句一句に二句一組を付ける二句付を始めたのは、一晶の一前句に対して三句一組で付ける前句付形式と共に、調和の一句付を強く意識したものであったに違いない。

なお、この『十の指』は絵入の前句付高点句集という点でも、不角に先立つものとされてきたが、今回の調査で、元禄一三年三月下旬の不角の序が付された『比翼集』が絵入であることが確認された。調和の『十の指』との先後が問題となるが、両書とも無刊記本であるため、正確な刊行年時は不明である。『十の指』には、元禄一二年九月二〇日から同一三年三月二十日の興行が収められ、『天理図書館綿屋文庫俳書集成30　元禄前句付集』（八木書店、平成一一年）の解題では、元禄一三年頃の刊行と推定されている。一方『比翼集』には、同年三月二三日と四月九日の興行が収められ、「六月中ニ五月両度之前句板行出来仕候」という刊行予告から、こうした高点句集が興行後一ヶ月のうちに板行されたと判断するならば、元禄一三年五月中の刊行ということになる。なお『十の指』では、調和・立志・艶士の三評を統合し、毎回二丁ずつの整った形で高点句が掲載されているのに対し、『比翼集』では不角・好柳それぞれの選んだ高点句が、重複のある状態のままばらばらに列挙されている。編集の手間を考慮すれば、『比翼集』の方が『十の指』よりも早く板行に至った可能性もあろう。しかし、不角の他の前句付高点句集を見ると、『誹諧広原海』『瀬取船』ではまだ絵が入っておらず、絵入となるのはずっと後の『水馴棹』宝永元年八月一〇日興行分以降である。調和の前句付高点句集が『十の指』以降も一貫して同様の絵入の体裁をとることを考えた場合、前句付高点句集を絵入で板行するという趣向は、従来の指摘通り調和に始まると考えてよかろう。

このように見てくると、元禄期の江戸の前句付は調和によって先導されていたことがはっきりする。不角は、悪い見方をすれば先行する一晶や調和の後について、その方法を真似ていったに過ぎない。しかし裏を返せば、それは不角が時流を読むことに長けていたことの証明でもある。元禄期の江戸における不角の人気振りを見れば、それがたとえ模倣によるものであったにせよ、不角の前句付興行は成功を修め、その地盤の拡大に大いに貢献したといえる。

三　元禄宝永期の前句付の動向

しかし、元禄も終わりに近付くと、調和の前句付にも衰退の兆しが見え始める。『十の指』(元禄一二年九月二〇日〜同一三年三月二〇日)以降、『続相槌』(元禄一五年六月五日〜同一六年三月五日)に至るまで、二〇〇〇句を下回ることはなかった平均投句数が、『新身』(元禄一六年三月二〇日〜宝永二年一月二〇日)では一五〇〇句を切るようになるのである。さらに元禄一六年一二月以降は急激に落ち込み、それ以後の平均投句数は約一一五〇句、回によっては一〇〇〇句を下回っている。不角の場合も、元禄一六年一二月一〇日分と二五日分は「旧冬物騒がしき事打つゞき人数不足故両度合申候」としてまとめて掲載するなど、この時期投句数が非常に少なかったことがわかる。確かに、同年一一月二三日には大地震が関東地方を襲い、続いて二九日には本郷追分・小石川からの出火による大火災があって江戸は大変な被害を受けた。しかし、翌年末の不角の前句付興行にも「連不足ニ付、酉ノ正月十日切と一所にいたし候」と注記されているのを見れば、投句数の減少は必ずしも一時の災害のせいばかりとは言えまい。調和の場合も含め、興行の不振は恒常的なものとなっていたと考えられよう。

こうした中、調和の前句付興行は宝永二年には終焉を迎え、不角も宝永五年の『一騎討後集』を最後に前句付からは退いたようである。不角の前句付高点句集で投句数が明記されるのは、既に興行が低迷を迎えていたと思われる『瀬取船』(元禄一五年二月二五日〜宝永元年五月二七日)と『一騎討』(宝永三年一月一五日〜一二月一日)の二書のみであるが、これらについて平均投句数を計算すると『瀬取船』が約六七〇句、『一騎討』が約五三〇句で、同時期の調和前句付興行の平均投句数と比べて非常に少ない。(15) 前句の出題形式から句集の体裁まで、人気獲得に細心の注意を払った不角であったが、最終的には興行はかなり低調であった。

このように江戸の初期前句付から活躍していた調和や不角の興行が不振となった背景には、元禄中期頃からの新点者の登場と笠付の流行がある。笠付は、五文字の題に七五を付ける雑俳種目で、元禄初年に上方で起こったものが江戸に移入された。江戸では冠付と呼ばれることも多く、他に烏帽子付・五文字付・かしら付・笠俳諧などという異称もある。冠付の流行と前句付俳諧の雑俳化は連動しており、前句題とともに冠題が出題されているか否かは、前句付の雑俳化の程度を測る一つの指標となる。そこで、元禄から宝永にかけて江戸で刊行された高点句集及び雑俳撰集について、冠付の興行状況を調査し一覧にまとめた。[16] 一覧には、一晶・調和・不角の前句付高点句集は除いてあり、また冠題に百人一首の五文字を出す小倉付は冠付に含めて提示した。[17] なおここに掲げた集は、個人による高点句集（▲）と、複数の点者の高点句を編集したいわゆる雑俳撰集（△）の二種類に大別できる。雑俳撰集は全て横小本一冊、個人の高点句集は玉雪編『もゝの日』と杜格撰『俳諧姿鏡』を除き全て半紙本で、両者の性格の違いは一目して明らかである。

元禄一三年五月　▲無倫撰『蒲の穂』（半紙本二冊）

元禄一三・一四年頃▲友雅撰『女郎蜘』（半紙本一冊）

元禄一五年一月　△松淵・喜至編『冠独歩行』

露月・一調・東格・好柳・竹翁・風子・彩象・志琴・一銅・丹山・立和・路水・素桐・扇山・酔月・一有・曲水・雷雨・露水・古竹（冠付）

元禄一五年九月　△松葉軒（万屋清兵衛）編『あかゑぼし』

竹丈・古扇・露月（冠付）

一〇月　△万屋清兵衛編『もみぢ笠』

丹水・蝶々・露月・酔月（前句付・冠付）、梅山（冠付）

元禄一五年　▲蝶々子撰逸題勝句集（半紙本欠一冊）

元禄一六年一月　△松葉軒編『たから船』

一月　露月・丹水・蝶々・彩象（前句付・冠付）、南谷・梅山・古扇（冠付）

一月　△和泉屋三郎兵衛編『誹諧媒口』

曲水・露月・柳水・西柳・風角（前句付・冠付）、白水・輪月・琴風・丹水・一調（冠付）

七月　▲無倫撰『不断桜』（半紙本写本一冊）

一一月　△万屋清四郎編『俳諧なげ頭巾』

丹水・柳枝（冠付）のみを新刻した『あかゐぼし』の改題本。

宝永元年一月　△冠楽堂人撰（松葉軒）『雪の笠』

丹水・紫川・露月（前句付・冠付）、彩象（前句付）、千葉（段々付）

一一月　△万屋清兵衛編『江戸すゞめ』

蝶々子・竹丈・紫川（前句付・冠付）、可仲・鬼蜂・丁角・梅山（冠付）

一一月　▲玉雪編友雅点『もゝの日』（小本一冊）（個）

宝永二年　▲酔月撰『花見車集』（半紙本一冊）（個）

宝永四年九月　△落葉軒編『手鼓』

点者不明の冠付と二句の前句付。

宝永五年七月　▲梅伽撰『仲人口』（半紙本一冊）

宝永六年九月　▲梅伽撰『俳諧千種染』（半紙本一冊）

一〇月　△万屋清兵衛編『つゞら笠』

竹丈・蝶々子・紫川・丹水・鳳水（前句付・冠付）

一一月　△万屋清兵衛編『俳諧ちゐぶくろ』

蝶々子・紫川・井月・文考・鳳山・竹丈（前句付・冠付）

宝永七年冬　▲杜格撰『俳諧姿鏡』（横小本一冊）

△印を付した雑俳撰集を見ると、まず江戸で独自に企画された雑俳撰集の嚆矢である『冠独歩行』が、冠付のみを集めた集であることが注目される。そして、これ以後の江戸の雑俳撰集には全て冠付が収められており、そこに名を連ねる新出点者たちの中に、冠付を行わない者は皆無である。こうした江戸の雑俳撰集の様相からは、冠付を行う新出点者たちの非常な活躍振りがうかがえる。[18]逆に冠付を行わない調和や不角の名は、これらの雑俳撰集には全く載らない。[19]

次に、これらの江戸点者たちが全国規模でどの程度注目されていたかを知るために、元禄・宝永期の江戸以外で板行された雑俳撰集を調査した。[20]なお、雑俳撰集では、実際には別人の点であるものを偽装している場合も多く見受けられるが、今回の調査においては、偽装したものもその点者の知名度の高さを示すものとしてそのまま掲げている。

元禄六年一月　『難波土産』（大坂）

調和・不角点（前句付）

元禄七年二月　『奈良土産』（大坂）

不角・調和・桃青（前句付）

元禄一〇年八月『誹諧江戸土産』（大坂）

不角・其角・不卜・調和・無倫・一晶（前句付）

元禄一五年一月『若えびす』（京都）

一晶・調和・其角・朝叟（前句付）、了我（笠付）[21]

四月『誹諧寄相撲』（大坂）

調和・一昌《ママ》・其角・丹山・東格・好柳・扇山・露水・露月・一調（前句付）、竹翁・風子・志琴・古竹・雷雨・一有（笠付）

九月『当世誹諧楊梅』（大坂）

調和・其角・不角（前句付）

元禄一六年一月『万歳烏帽子』（京都）

芭蕉・立志・一晶・其角・調和・無倫・不角（前句付）

一月『当流誹諧村雀』（大坂）

雷雨・酔月・露月・一調・東格・好柳・風子・彩象・志琴・一銅・丹山・立和・素桐・扇山（前句付）

一月『うき世笠』（大坂）

一調・東格・好柳・素桐・扇山・酔月・曲水・一有・雷雨・露水・古竹（笠付）、古竹・露月（段々付）

一月『誹諧かざり藁』（大坂）

其角・挙白・一昌《ママ》（前句付）[22]

元禄一七年一月『誹諧よりくり』（京都）

不角・一晶（前句付）、舟月（前句付・笠付）

宝永六年九月　『誹諧三国伝来』（大坂）

不角・調和・一晶（前句付）、薗女点（前句付・段々付）

山夕・沾徳（前句付）、調和・不角・桃隣（前句付・笠付）、蝶々子・無倫（笠付）(23)

九月　『誹諧三国志』（大坂）

以上を見渡すと、初期の雑俳撰集に調和・不角らの点が掲載されるのは当然として、元禄末から宝永にかけても、江戸の新出点者を押さえて一晶・調和・不角・無倫といった古風の点者の名が見えることが注目される。『誹諧三国伝来』には、宗因を釈迦如来、文流・来山・才麿・西吟・団水・只丸・我黒・如泉・不角・調和の十人を十大弟子に見立てる趣向も見られ、実際の興行においては陰りの見え始めた元禄末においても、調和・不角の江戸点者としての名声は依然として高かったことがうかがえる。

元禄後期、調和や不角のような前句付高点句集を板行することのできたのは、初期の前句付興行から活躍していた一部の点者に限られていたが(24)、その背後には調和や不角の前句付に馴染み、そこから独立して点業を行うようになった新点者たちが台頭していた。彼らは自ら高点句集を編むことがなく、江戸周辺の作者たちを相手とした興行を行っていたため(25)、上方においてはさほど存在感を示すことはなかったが、当時の冠付の人気振りを考えると、江戸ではおそらく調和や不角の前句付を凌ぐ勢いがあったと思われる。そして宝永五年には、前句・冠各一題の出題形式を用いた梅伽撰『仲人口《なこうどぐち》』が、調和や不角の前句付高点句集と同じ半紙本絵入りの体裁で板行されているのが注目される。『仲人口』は平均一〇〇〇〇句弱の投句数を誇り(26)、それらに掲載された高点句の大半は江戸の組名で入集している。なお梅伽は、翌六年にも『仲人口』と同様の高点句集『俳諧千種染《ちぐさぞめ》』を板行しており、こちらは平均投句数一五〇〇〇句弱である(27)。これら梅伽の高点句集は、体裁こそ調和や不角の前句付高点句集と同一であるが、興行ごとに勝句披露用に板行された一枚物を書冊の形に再編したものである等、その興行形態、享受者層は異なっており、ここに新興の大衆作者層を巻き込んで、さらなる雑俳化を遂げた江戸前句付興行が現出したといってよい。不角が前句付興行から身を引いたのは、ちょうどこの頃であった。

前句付興行が振るわなくなったとき、不角はこれまで試行錯誤を行ってきたのと同じように、冠付を試みることもできたはずである。しかし、先に見た通り、江戸の初期から前句付興行で活躍していた調和や不角は、新点者たちが台頭してくる頃には、既に自家の前句付高点句集を継続して刊行するだけの地盤を築いていた。つまり彼らにとっては、これまでの前句付興行が時流に合わずに低迷したとしても、新点者たちと並んで雑俳享受者層を相手に冠付を行う必要はなかったのである。実際に、元禄期の前句付興行を通じて開拓した地方作者を門下に擁しながら、梅伽のように一〇〇〇〇句を超える投句をさばくことは不可能であったろう。不角最後の前句付高点句集『一騎討後集』の序を見ると、「一向いまの様成は好むべからず。誹興有を以のざれうた也。」と当時の風潮について批判がなされ、最後は「人口に蓋ならず、目に錠もおろされず（中略）一騎討の鑓さきも是迄と勝て甲の緒を〆て懐紙は筥に筆は矢立に。」と、あたかも勝ち逃げをするかのような口振りで締めくくられている。この時、不角にとって前句付興行という形式にこだわる必要はなかったのである。

元禄末から宝永にかけて、冠付を行う新出点者の台頭と、ふくれあがる大衆作者層を前に、これまで雑俳化の波を受けつつも俳諧活動の一環として前句付興行を行ってきた不角は岐路に立たされた。そして不角は前句付を捨てて、従来の常連作者たちを門下とし、いわゆる俳諧を主とした活動を行うようになる。しかし、不角がそのような選択をしたのは、敢えて正統な俳諧に戻ろうといった積極的な意図によるものではない。当時の江戸の前句付界の様相を見れば、そうした選択こそ無難なもので、流れに任せた自然なものであったことがわかるであろう。

【注】

（1）不角の生涯の事跡に関しては、安田吉人「立羽不角年譜稿　一」（『調布学園女子短期大学紀要』第三〇号、平成一〇年三月）「立羽不角年譜稿　二」（『調布日本文化』第一〇号、平成一二年三月）「立羽不角年譜稿　三」（『調布日本文化』第一二号、平成一四年三月）「立羽不角年譜稿（終）」（『成城国文学』第二六号、平成二二年三月）の年譜が備わる。

（2）平島順子「『俳諧とんと』翻刻と解題―不角に対する論難書―」（『雅俗』三号、平成八年一月）に、『つげの枕』の出版をめぐる問題として、不角の書肆としての家業が寿角に引き継がれている等の言及がある。

（3）不扃・寿角編『八十公』（寛保元年（一七四一）跋）に「予に七子有り。男子六人女子一人七寓に居す。」と自ら記す。引用は東京大学附属図書館洒竹文庫蔵本『八十公』（洒竹二七七八）によった。

（4）参照した不角の前句付高点句集は以下の通りである。『二葉の松』上巻は『天理図書館綿屋文庫俳書集成30　元禄前句付集』（八木書店、平成一一年）所収の影印、『若みどり』は国文研学研究資料館所蔵マイクロフィルム（富山県立図書館志田文庫蔵本、二〇九-六一-七）、『千代見草』は天理大学附属天理図書館綿屋文庫蔵本（わ七〇-五七）、『一息』上巻は大阪府立大学学術情報センター蔵本（ヤ四三-八）、下巻は東京大学附属図書館洒竹文庫蔵本（洒竹二七六八）、『二息』は国文学研究資料館所蔵マイクロフィルム（志田文庫蔵本、二〇九-六一-五）、『へらず口』上巻は綿屋文庫蔵本（わ七二-三五）、下巻は同館所蔵マイクロフィルム（九州大学附属図書館蔵本、二五〇-二一-七）、『誹諧うたゝね』は同館所蔵マイクロフィルム（志田文庫蔵本、二〇九-六〇-六）、『昼礫』は同館所蔵マイクロフィルム（愛知県立大学附属図書館蔵本、三〇五-六-一〇）、『矢の根鍛冶前集』は綿屋文庫蔵本（わ七四-三五）、『矢の根鍛冶後集』は『雑俳集成第二期5　不角前句付集1』の翻刻、『双子山前集』は国立国会図書館蔵本（一〇七-三〇）、『誹諧広原海』は同図書館蔵本（一八八-一一-一二四）、『比翼集』は韓国国立中央図書館蔵本（古五-五四-六九）、『瀬取船』は国文学研究資料館所蔵マイクロフィルム（志田文庫蔵本、二〇九-九六-七）、『水馴棹』は国立国会図書館蔵本（八〇五-五）、『一騎討』は国文学研究資料館所蔵マイクロフィルム（京都大学文学部潁原文

庫蔵本、一一－一二四－三）、『一騎討後集』上巻は綿屋文庫蔵本（わ八六－一四）、下巻は『雑俳集成第二期6　不角前句付集2』（鈴木勝忠私家版、平成三年）の翻刻。

（5）元禄三年の一月から三月までは月一回興行である。また一二月に興行が行われるようになるのは、元禄一二年末の二句付開始以降である。

（6）不角の五句付興行の清書巻や点帖は未発見であるが、同時期の江戸の五句付の事例として中野沙恵「元禄三年調和点前句付清書帖」（『俳文芸』第三三号、平成元年六月）、竹下義人「元禄五年調和点前句付清書巻—国文学研究資料館蔵『調和前句付巻』の紹介—」（『国文学研究資料館紀要』第一七号、平成三年三月）に紹介されている調和前句付が参考になる。

（7）宮田正信『雑俳史の研究』（赤尾照文堂、昭和四七年）には、万治の六句付から延宝の五句付への形式の変化について言及した箇所で「六句付は連歌に久しく慣例となって来た付句の数による名称であった。五句付はこの慣例を破って新たに前句の数によってその名称とした。」とされ、「この新しい命名法が延宝期に始まり元禄期に及ぶ間の前句付俳諧の名称の基盤となった」（四十八頁）とされる。この原則からすると、短句一句に二句を付ける不角の形式を二句付と呼ぶことは不適当であるが、不角自身『誹諧広原海』『瀬取船』『水馴棹』で二句付の名称を用いているので、本稿では二句付という呼称を用いる。

（8）綿屋文庫蔵『松月堂不角点俳諧帖』（わ七八－四六）の第一〇集〔猿猴の巻〕を参照した。本書は『誹諧広原海』巻一一に収録される同日興行で一席となった風夕に褒賞として与えられた清書巻である。

（9）韓国国立中央図書館蔵『比翼集』の題簽には「〈ゑ入〉ひよく集　全」とあるので、続きが刊行されたとすれば別の書名で出されたものと考えられる。しかし不角のこれまでの前句付高点句集の例を考えれば、二回の興行で書名を変更するのは不自然で、興行は行われたものの板行には至らなかった可能性も考えられる。

（10）『瀬取船』自体に一峰点であることを示す記載はないが、安田氏が指摘される通り、元禄一五年一〇月二五日興行時の褒賞用清書巻である柿衞文庫蔵『松月堂不角一峰点《ママ》前句付高点句巻』（書二〇一九ざ一〇〇二）に、やや見えにくいが「一峰」という署名が見える。また、本書に見られる点階は、大阪府立大学学術情報センター蔵『宝永五年点取帖』（山崎文庫、ヤ一二―五八）の巻末に「一蜂点倍」として示された「風體極・至極・亞極・秀至・逸至・金至・銀至・銀長・彩長・朱・長」、また龍翁編『いぬ桜』（享保三年刊）の一蜂点に用いられた「至極・亜極・秀至・逸至・金至」、また沾涼編『綾錦』の一蜂の印譜に見える「銀長・彩長・朱長・鳥長」と一致する。

（11）脇起表合と類似した形式として、江戸点者友雅撰『女郎蜘』（元禄末年）に収められた半歌仙合があり、これは友雅の発句を立句に独吟半歌仙を継いで点を競うものである。

（12）『一騎討後集』が一句付であることは、本書所収の宝永四年五月一五日興行の清書巻である洒竹文庫蔵『俳諧友千鳥』（洒竹二五五八）、同年六月一日興行の清書巻である柿衞文庫蔵『不角点巻』（軸一〇六は一〇〇二）によって明らかで、『一騎討後集』と全く同様の体裁をとる『一騎討』も一句付であることは確かである。

（13）雑俳の前句付を説くにあたって、貞門俳諧の前句付俳諧までをひとくくりにとらえてきた従来の研究に対する反省として、宮田正信氏は「貞徳以来の前句付俳諧の中に新たに前句付が中心に立って雑俳の世界が形成される動きが顕著になるのはやうやく元禄年間に入った頃である」との観点から、「元禄に入る頃から雑俳化の顕著になったものをあらためて「雑俳の前句付」」と呼び、「雑俳の前句付を生んだそれ以前の貞徳以来の前句付を（中略）「前句付俳諧」と呼ぶ」（『雑俳史の研究』二五頁）と提言する。本稿で、「前句付俳諧」「雑俳の前句付」の用語を用いる際には、この宮田氏の定義に従う。

（14）元禄一一年分は巻四までの四冊に収められ、丁数の合計は八九丁、元禄一二年分は巻五から巻八の四冊で合計七七丁、同年末に二句付が開始され、元禄一三年分は巻一〇から巻一八の九冊で合計一八九丁となっている。

（15）同時期に江戸で活躍した無倫の前句付高点句集『不断桜』（元禄一五年八月二一日〜同一六年四月二一日）の平均投句数は約一七三〇句で、これと比べても不角興行の投句数は少ない。なお、『不断桜』の平均投句数は『未刊雑俳資料十一期2　不断桜』（鈴木勝忠私家版、昭和三六年）の翻刻によって計算した。

（16）成立年代や内容等は、宮田正信『日本書誌学大系90　雑俳史料解題』（青裳堂書店、平成一五年）、『未刊雑俳資料』（鈴木勝忠私家版）『雑俳集成第一期2　元禄江戸雑俳集』（東洋書院、昭和五九年）『徳川文藝類聚　第十一雑俳』（国書刊行会、昭和四五年）の翻刻を参照した。

(17)　静竹窓菊子編『咲やこの花』（元禄五年一〇月、横小本一冊）、鉄の舟（都の錦）編『俳諧いかりづな』（元禄一六年正月、横小本一冊）は、江戸書肆も加わった相合版であるが、編者がそれぞれ大坂、京都の人物であるので除いた。他に、古扇撰『肘まくら』（元禄一〇年頃、横小本一冊）は江戸冠付集の嚆矢であるが、自家版ということもあり諸々の点で特異な性格を持つ句集のため除いた。

(18)　「江戸句」「江戸宗匠」などと記された雑俳撰集に載る点者は江戸点者であることが明白であるが、他にも『誹諧寄相撲』『当流誹諧村雀』『うき世笠』等、およそ地域別に点を掲載している雑俳撰集の排列を手がかりとして判断すると、『冠独歩行』以下の江戸の雑俳撰集に名前の見える点者は、全て江戸で活躍した点者であると見なせる。

(19)　宮田氏は、江戸の雑俳撰集の板行が万屋清兵衛の独占されていたことを指摘し、「江戸の雑俳撰集に見る特定書肆を中心とした、この著しく偏った編集態度は、上方の同じ時期の雑俳撰集には様々な傾向が認められるのと大いに事情を異にする」（『雑俳史の研究』二一八頁）とする。

(20)　なお、元禄一六年一月『誹諧曲太鼓』（大坂）には露水の名が見えるが、『雑俳史の研究』の「雑俳書目解題」索引を参考に、鷺水の誤りであると推定し除外した。

(21)　他に大坂一有として一有点の前句付が見える。この一有が『冠独歩行』以下の江戸の雑俳撰集に見える一有と同一人物かどうかは不明。

(22)　風子点の前句付も見えるが、江戸の雑俳撰集に見える江戸点者の風子の他に、『若えびす』に越前、『誹諧三国伝来』に京と載る竹葉軒風子もおり、ここは後者の風子と推定して除外した。

(23)　本書に収められる前句付の江戸点者の点は全て『江戸土産』の孫引きで、しかも前句は全て改竄してあることから（『雑俳史料解題』）、本書の例は不角以下の江戸点者による笠付の証拠にはならない。

(24)　先の一覧で▲印を付した個人の高点句集について、一通り説明を加える。無倫は調和・不角と並んで初期の前句付俳諧で活躍し、俳諧撰集『紙文夾《かみばさみ》』（元禄一〇年序）を刊行している俳諧師、友雅は其角編の『三上吟』（元禄一三年刊）などに句が見える其角系江戸座俳人で、調和・不角の前句付上がりの新点者とは一線を画している。一方新点者たちの高点句集を見ると、蝶々子の逸題勝句集は、序跋がないどころか選者名すら記さず、ただ高点句を並べただけの簡単な作りであり、杜格撰『俳諧姿鏡』は横小本一冊という雑俳書同様の形で板行されたもので、調和・不角の前句付高点句集に比肩するものではない。また酔月の『花見車集』は、江戸の点者酔月が富岡へ行脚し、その土地で興行した前句付・冠付を板行したもので、高点句集としては例外に属するものである。

(25) 宮田氏は、江戸の新点者たちに調和や不角のような勝句集が見られず、京都点者の会所本のような大規模な句集が見られないことから「調和・不角らの門流を中心とする江戸の新点者達の興行は、その当初から一般に江戸を中心に、その周辺の地域を含む比較的小地域で行はれたものかと思はれる。」(『雑俳史の研究』二二一・二二二頁)とされる。

(26) 京都大学附属図書館蔵本(四-二五キ一六)によって計算した。ただし、宝永五年一月一〇日から一一月二五日までの興行のうち、二月二五日と七・八月分の五回を欠き、また投句数の部分が喉に掛かって読めない回がある。

(27) たばこと塩の博物館蔵本(二一八は-五)によって計算した。ただし、宝永五年一二月一〇日から同六年一一月一〇日までの興行のうち、四月二五日以降九月二五日までの一一回を欠く。

初代坂東彦十郎と横浜の芝居

佐藤かつら

はじめに

明治期の横浜には歌舞伎の劇場が数多く存在したが、そこでは、観客はどのような舞台を楽しんでいたのか。横浜の劇場に関しては、『幕末・明治・大正　横浜の芝居と劇場』（横浜開港資料館編、平成四年）においてそれまでの研究が実証的に検証され、多くのことが新たに解明された。その後、平成五年三月から九年三月にわたり、『横浜開港資料館紀要』第一一号から一五号に倉田喜弘編集、斎藤多喜夫・佐々木葉子協力「横浜の芸能─明治期新聞記事集成─」が掲載され、明治期における横浜の演劇や芸能に関する新聞・雑誌記事が纏まった形で読めるようになった。また、平成二十三年五月発行の『歌舞伎　研究と批評』四六号では「横浜の芸能」という特集が組まれ研究が進められた。筆者も同誌において、東京の役者がどのくらい横浜の劇場に出演していたのか、明治二十年代前半までについてその状況を追った（「明治前期の歌舞伎における東京と横浜─役者の出演を中心に─」。以下、前稿と称する）。

前稿において筆者は坂東彦十郎（初代）という役者についても触れた。彦十郎は劇作家山崎紫紅（一八七五─一九三九）が横浜おなじみとして筆頭にあげる役者である。ほかには、順に、中村伝五郎、市川森之助、坂東鶴之助、五代目尾上菊五郎、初代市川左団次、助高屋高助、中村勘五郎、市川重五郎、関三之助が挙がっている。再三の引用ではあるが、論の前提としてここに引用する（傍線引用者）[1]。

横浜によく出てゐた役者で、私が一番忘れないのは、阪《（ママ）》東彦十郎である。芸の達者の人で、晩年は五代目菊五郎の一座にゐたが、なんでも出来るといふ人であつた、幾度も見たのだから、何が何やら覚えてゐないが、市川新蔵の信乃で、この人の道節、現八といふのが記憶に残つてゐる。関兵衛、道成寺のやうな所作事、ちよいのせの善六、黒手組の権九郎などの半道、由良之助、師直、鬼一、大蔵卿、勘平、定九郎、勢力富五郎、それからそれと、此人の舞台を考へると、なんでも出来なかつたものもなく、またしなかつた役もなかつたらう。

横浜の人気にかなつた役者で、悴の鶴蔵のちに、鶴之助は、親の光りは七光り、馬車道のさる老商店の恋婿となつたことさへある。

風采はあまりよくはなかつた、「腕で」といふ側の人で、東京下りの大役者を向ふへ廻しての対陣に、大敵を敗つたことが度々あつた。今の宗十郎の父、助高屋高助が、得意の左馬之助乗切を出したとき、権九郎だつたか善六だつたか、その真似をして人気を博し、本家の方をだいいなしにしてしまつた逸話もある。

坂東彦十郎は、東京では主に小芝居や中流の芝居に出演し、その経歴や芸風はあまり知られていない。国立劇場発行『歌舞伎俳優名跡便覧』（第四次修訂版、平成二十四年）にも立項はない。ただ、初代の養子である二代目彦十郎の三男は四代目中村富十郎であり、その長男が近年逝去した五代目富十郎である。現代にも初代彦十郎の系譜は繋がっている。

横浜との関係で言えば、山崎紫紅は彦十郎をなじみの役者として筆頭に挙げている。だが、「横浜の人気にかなつた役者」とは、どういう意味なのか。横浜で人気を得た彦十郎は、どのような役者だったのか。本稿はその出演経歴と芸風を前稿よりも詳しく追い、さらにそこから見えてくる横浜の観客の求めたものについてまとめてみたい。

一　初代坂東彦十郎

初代坂東彦十郎は、明治二十六年七月四日に日本橋区浜町二丁目十一番地（現・中央区日本橋浜町）の自宅で亡くなった。その時の記事によると、本名は渡辺安次郎、天保十三年五月三日生まれで、七歳の時坂東亀蔵（四代目彦三郎）の門弟となり、幼名を音助、さらに鶴蔵と改め、のちに彦十郎と改名したとある。俳名は楽水、屋号は音羽屋（『読売新聞』〈以下、「新聞」の二字を略す〉明治二十六年七月七日付）。田村成義『続々歌舞伎年代記　乾』（市村座、大正十一年、以下「続々」と略す）によれば「実悪老役」を得意とし、また「老境に入り技芸漸く進み重宝役者として大いに歓迎せられ」たという。

彦十郎の出演経歴については前稿において明治九年から没年までを、出演した劇場も示しつつ簡単に記述した。その後調査を加え、出演した作品・役割も含め生涯に渡る経歴をほぼまとめたが、多くの紙数を要するため発表については今後の機会を俟ちたい[2]。ここでは彦十郎の役者としての活動を、以下に述べる五期に分けそれぞれ簡単にまとめておく。この分け方は転機と思われる出来事に基づいている。以下（三）までは主に「鶴蔵」、（四）からは「彦十郎」とする。前稿と重複する部分もあるが、より詳しくみていきたい。

（一）弘化四年から慶応三年まで

この時期は修業時代で、経歴が明確でない部分が多い。『演芸画報』（明治四十一年二月）に載る彦十郎の経歴によれば、彦十郎は四代目彦三郎方に出入りしていた裁縫師の息子で、小さいころから芝居好きだったため四代目がかわいがり、五代目彦三郎（四代目の養子）の門弟としたという。最初音助、のち鶴蔵と改め、「大阪に赴き芸道を励み後江戸へ戻り」とある。把握した限りで、最も早く音助の名前が見えるのは弘化四年十一月の河原崎座の興行で、「手習子音松」の役名で「坂東音助」とある（早稲田大学演劇博物館所蔵役割番付〔以下「演博役割」と略す〕ロ24-1-546）。弘化四年は数え六歳の年である。

その後も続けて音助の名は見えるが、嘉永五年一月中村座の興行では初めて「坂東鶴三」の名が見える（演博役割ロ24-1-610）。ところが同じ興行に「坂東音助（介）」の名前も見え、「鶴三」と「鶴蔵」（音助）とは別の役者かと思われる。その後も鶴三（つる三）と音助（音介）が同時に見える場合があるが、嘉永五年十一月中村座の興行以降は、鶴三のみが見える。その後、慶応三年二月の守田座の興行で、久々に「坂東鶴三」と「坂東鶴蔵」という名前が同時に見え（演博役割ロ24-1-774）、同年四月の守田座では「坂東つる三」と「下り坂東鶴蔵」とが見える（演博役割ロ24-1-779）。大坂から帰ったとするならば、この「下り坂東鶴蔵」が音助（音介）の改名した鶴蔵かと思われる。「つる三」は女方の役名が付いており、「鶴蔵」はほぼ立役である。[3] 彦十郎が立役（実悪、老け役）であったことを考えると、この鶴蔵がのちに彦十郎になる役者かと思われる。この時点で鶴蔵（彦十郎）は二十六歳である。

この若い時に大坂で修業を積んだとしたら、のちの彦十郎の芸を考える上でも重要だと考えるが、今回は大坂での出演履歴は把握できていない。今後の課題としたい。

（二）明治六年四月から九年四月

慶応三年十月の守田座の興行（演博役割ロ24-1-785）が、「坂東鶴蔵」の出演を確認できる江戸時代の最後のもので、明治維新直後はその動向を把握できていない。「続々」には明治五年七月十日からと、同年七月二十九日からの東京・村山座の興行（座頭坂東彦三郎）において「鶴蔵」の名前が見えるが、これが坂東鶴蔵なのかどうかは不明である（一三一頁）。はっきりと坂東鶴蔵の動向が知られるのは、明治六年四月からである。だがそれは、

「大芝居」の興行ではなかった。

明治六年四月二十八日、坂東鶴蔵は、東京・久松町の喜昇座の初興行に出演した。この時鶴蔵は三十二歳。狂言は「絵本大当記《たいとうき》」「桂川連理柵」「松竹梅寿之鶴亀《いわいのつるかめ》」、鶴蔵の役割は高かけ（隆景）、孫市、十次郎（東京大学総合図書館秋葉文庫所蔵絵本番付）。辻番付、役割番付が見出せず座頭は明確ではないが、立花屋三八（のち坂東橘十郎）、中村十蔵（藤川ともゑ改め）とともに鶴蔵は座頭格の役者であったことは確実である。

喜昇座はもと両国にあった小芝居で、明治六年に官許劇場となった。従来の三座以外に劇場の設立を認めた明治五年九月の東京府布達により官許を得たものである。のちに変遷を経て現在の明治座に至る劇場であるが、開場当時は格が低かった。鶴蔵がなぜ大芝居から喜昇座に移ったのか明確ではないが、十分に腕を発揮できる場所として喜昇座を選んだのではないかと考える。田村成義は、同時に開場した日本橋蛎殻町の中島座と、この喜昇座に、歌舞伎の「相中」と呼ばれる下位の役者たちが従来の三座を離れ出演した動きについて、「脱走」と記している（「続々」一六九頁）(4)。

この後、鶴蔵は明治九年四月十八日よりの興行までずっと喜昇座に出演し、主立った役を演じている。座頭は立花屋三八であることが多かったが、明治八年ごろからは鶴蔵が座頭である興行も見える。

（三）明治九年四月から十一年末

明治九年四月二十六日より、鶴蔵は横浜の下田座さの松という劇場に出演した。演目は「一ノ谷の陣屋」、役柄は不明である（『読売新聞』九年四月二十七日付）。

下田座さの松は、安政六年十月、下田屋文吉が横浜の北仲通二丁目で開業した下田座に由来する。明治三年には寄席佐野松と合併し、下田座さの松と称して羽衣町に移転開場した(5)。この後、明治十三年には「下田座平清」と改称、十五年には改築して羽衣座と改称し大正年間まで存在した。

鶴蔵がなぜ下田座さの松に出るようになったのかは不明である。ただ、この横浜での出演は、のちの経歴から見ると、鶴蔵にとって一つの転機であったと言える。明治九年四月興行の際、下田座さの松はかねてから二百円を鶴蔵に渡し、六十日間の出勤を約束させていたという。だが喜昇座側は貸金をたてに鶴蔵を引き留めるなどの悶着があり、鶴蔵は返済して下田座さの松に出たという（前掲『読売』）。鶴蔵の下田座さの松出演は明治十年二月まで合計七回に渡った。明治九年五月の興行には、横浜開港資料館所蔵の辻番付が存在するが、鶴蔵の位置は庵で、座頭はよね三という役者である。九年十月十六日から、鶴蔵は当時横浜で話題の丁稚殺し事件を脚色した『三千両金穀入櫃《さんぜんりょうこがねのこめびつ》』にも出演している。(6)

鶴蔵は下田座さの松に出演している間にも、喜昇座の明治九年十月三十一日からの興行に一度出演している。喜昇座から無理に言われたものであろうか。明治十年三月一日からは喜昇座に戻り、以後、明治十一年十一月十六日からの興行まで同座に出演した。番付上の位置は「書き出し」という、連名の最初が多く、一座のうち二番目か三番目の地位だった。

（四）明治十二年一月から二十一年三月

明治十二年は喜昇座が飛躍を試みた年となった。劇場を新築し、久松座と改称し、新たに大芝居の役者を招き劇場の格を上げたのである。年頭から新築に入ったため、座付きの一座は一時的に出演する場所が無くなった。鶴蔵も一月は東京四谷の桐座、二月は茨城古河の相生座に出演、三月と四月は横浜の港座に出演している。その後は四月二十八日から甲府の亀屋座に出演したようだ（『東京絵入新聞』十二年五月三日付）。

最新の大劇場となった久松座は八月六日に開場式を行った。鶴蔵は名題に昇進し、坂東彦十郎と改めた。名題とは歌舞伎役者における最も上位の階級である。だが座頭は四代目助高屋高助であり、大阪から招いた老優の二代目尾上多見蔵が庵の位置にいた。これまでの喜昇座付きの役者たちは引き続き出演したが、彼らの地位は一座の中では下がり、鶴蔵改め彦十郎も、書き出しから三番目の位置に下がった。

ただ、久松座の中では彦十郎はそれなりに重要な役者だったと考えられる。当時東京第一の大劇場だったのは新富座であるが、その新富座の役者と久松座の役者とを対照させ、同じ役柄の役者を組み合わせて「首引き」をしている様子を描いた錦絵「新富座／久松座　役者評判記姿競」がある（図1・2）。彦十郎は、新富座における老巧の役者、三代目中村仲蔵（一八〇九―八六）と組み合わされている。仲蔵は『与話情浮名横櫛《よはなさけうきなのよこぐし》』の蝙蝠安で有名で、老け役と敵役を得意とした。[7] 明治十二年に仲蔵は七十一歳、彦十郎は三十八歳である。親子ほども年が違うが、彦十郎は久松座においては仲蔵の役どころを引き受けるような役者とみられていたと思われるのである。

久松座の興行はこの後順調にはいかず、彦十郎は十二年十一月に久松座に出たあと、十二月は土浦の鈴木座に、翌十三年一月には桐座に出て、一月二十九日からは再び下田座さの松に出演している。この時の座頭は助高屋高助で、彦十郎は中軸という位置にいた。

十三年三月、四月と彦十郎は東京の市村座に、同年六月、七月は横浜の下田座さの松、十月九日より横浜の蔦座、十月二十二日より東京の市村座、十四年二月からはまた下田座（下田座平清）、その後、蔦座、港座、粟田座、羽衣座など、さまざまな横浜の芝居への出演を中心とし、東京では寿座、久松座、桐座、春木座、中村座、千歳座（十八年より久松座改称）、市村座など、こちらもさまざまな座に出演している。十六年のほぼ全てを横浜の粟田座に出演しているほかは、頻繁に座を移動している印象である。十二年八月から二十一年三月までの彦十郎の出演した興行を数えると七十二回であるが、うち横浜は四十五回と半数以上であり、東京が二十一回、その他地方が六回である。

彦十郎は東京で出演する際は助高屋高助と同座していることが多かったが、明治二十年八月の千歳座と明治二十一年一月の市村座では九代目市川団十郎が座頭の一座に出演した。一方横浜では座頭をつとめることも多く、

図１　安達吟光画「新富座／久松座　役者評判記姿競」明治12年７月御届（鶴見大学図書館所蔵）

図２　図１拡大図

前稿に述べた通り、彦十郎にとって横浜は自分が主体となり力を発揮できる場所であったと言える。

（五）明治二十一年五月から晩年

明治二十一年五月、東京の千歳座にて、彦十郎の養子鶴蔵が名題に昇進した。いわば、彦十郎の系統が東京の大芝居の中に根を下ろし始めたのである。このとき彦十郎は四十七歳。これを一つの転機とみて、以下晩年までを見ていきたい。

二十一年五月以降も彦十郎が東京と横浜を往復することは変わらない。ただ、晩年の二十四年、二十五年は五代目尾上菊五郎の一座に加入し、横浜への出演は全体的にやや少なくなる。二十一年五月以降、最後の出演となった明治二十六年三月の大阪・朝日座での公演まで四十二回を数えるが、このうち横浜での出演は十五回、東京が十五回、その他地方が十二回である。地方公演は、五代目菊五郎と一緒に仙台や山形・福島を回ったり、名古屋に出たりしたものが多い。晩年には東京の大芝居系統の役者としての出演が多くなったと言えるだろう。「続々」の言う、「重宝役者」として歓迎されたという事実を示している。

それでも、最晩年の明治二十五年九月から十一月まで四回連続で横浜の蔦座に出演、このとき新作狂言も上演している。それは二十五年九月の『新作知盛』と、十月の『心尽孝子生胆《こころづくしこうしのいきぎも》』である。『新作知盛』は海軍軍人小笠原長生（金波）の新作浄瑠璃を脚色したものだという[8]。後者は大分県で起こった生肝取の事件を仕組んだ新作であったらしい（『読売』二十五年九月二十七日付）。彦十郎は最後まで独自の興行も追究していたと言える。二十六年一月から三回連続で大阪の朝日座に出演するが、その後体調を崩し、七月に東京の自宅で亡くなる。五十二歳であった。

彦十郎は明治六年四月からの通算では百六十二回の興行に出演しているが、東京での興行が七十二回、横浜が六十九回、関西ほかが二十一回となる。活躍し始めた時期からは東京と横浜にほぼ半々で出演しており、彦十郎は東京と横浜の両方をほぼ均等に活躍する場所としていたことがわかる。

二　彦十郎と新聞

次に彦十郎の芸風を見ていきたいが、生涯に出演した作品を見ていくと、一つ彦十郎の特色としてあげられることがある。それは、新聞の報道記事や続き物などから脚色した新作狂言を多く手がけていることである。このことは前稿でも触れたため、以下では簡単に述べておきたい。

いわゆる際物を好んで手がけたことは、明治期の役者を見渡すと決して彦十郎だけの突出した特徴ではない。五代目尾上菊五郎も、大阪の市川右団次もそうした作品を多く上演している傾向がある。(9) もっと多くの事例を調査して明治期の歌舞伎全体における際物の傾向をみなければ、その中での彦十郎の特徴もつかめないと考えるが、ここでは彦十郎が初演した新聞記事や続き物脚色の狂言を列挙しておきたい（年は全て明治）。

上演年月	劇場	名題	典拠（「新聞」の二字を略す）
8年7月	喜昇座（東京）	『東京日々新聞』	錦絵「東京日々新聞」
9年10月	下田座さの松（横浜）	『三千両金穀入櫃《さんぜんりようこがねのこめびつ》』	横浜の小僧殺し事件（『仮名読』9年3月2、4、10、12日）
10年10月	喜昇座	『保護喜視当活字《あつきおめぐみあてたしんぶん》』	『郵便報知』10年4月26日、『読売』7月13、23日、『東京絵入』6月15日、『東京さきがけ』（年月日不明）
11年1月	喜昇座	『東錦彩見勢繁喜《あずまにしきえみせのにぎわい》』	西南戦争（『東京絵入』10年11月7〜9日）

11年4月	喜昇座	『女房形気当世鏡』	山東京山『教草女房形気』・芝金杉の寡夫のこと（『東京絵入』11年2月13日）
12年4月	港座（横浜）	（新聞の大工おたつ殺し）	未詳
13年6月	下田座さの松	『松枝葉蚊鎗夜話《まつのえだはかやりのよばなし》』	横浜の真土村事件（『読売』13年6月3日）
13年7月	下田座さの松	『真土松庭木植換《しんどまつにわきのうえかえ》』	同右か
15年5月	羽衣座（横浜）	『恨瀬戸恋神奈川《うらみのせどこいのかながわ》』	神奈川の四人切（『東京絵入』15年2月12日）
16年2月	粟田座（横浜）	（お幾・多吉の噺）	続き物「三河屋の瓦解」（『東京絵入』15年12月23日～16年2月8日、休載日あり）
17年10月	蔦座（横浜）	（お作の話）	続き物「お作の話し」（『東京絵入』17年9月28日～10月12日、休載日あり）
19年4月	蔦座	『葉越月高木聞取《はごしのつきたかぎのききとり》』	横浜土方谷の殺人事件（典拠となる記事未詳）
25年10月	蔦座	『心尽孝子生胆』	大分の生肝取り事件（同右）
26年1月	朝日座（大阪）	『朝日新聞時雨傘』	渡辺霞亭「時雨傘」（『朝日』〈大阪〉25年10月30日～12月11日、全34回）
26年2月	朝日座	『朝日新聞霜柱』	「霜ばしら」（無署名、『朝日』〈大阪〉25年12月3日～28日、全15回）
26年3月	朝日座	『朝日新聞鬼蒬』	岡野半牧「鬼蒬《つばな》」（『朝日』〈大阪〉26年1月28日～3月24日、全45回）

判明したものだけでもこれだけあり、ほかに明治二十二年十二月上演の『政談神奈川実記』は、典拠は不明だが彦十郎の自作であるという。

喜昇座における新聞脚色記事についてもかつて詳述したのでここでは繰り返さないが、[10] およそ、東京の、横浜では横浜の出来事や記事を脚色し、土地の観客を惹きつける工夫をしていると言えるだろう。前述の『三千両金穀入櫃』や、地租改正をめぐって十一年十一月に横浜の真土村で起きた農民による戸長宅襲撃事件を脚色した『松枝葉蚊鎗夜話』・『真土松庭木植換』、神奈川・青木町で起きた恋の怨恨による四人切りの殺人事件を脚色した『恨瀬戸恋神奈川』などが該当する。ただしこれらは、関係者の心情を傷つけるものでもあり、十九年四月蔦座の『葉越月高木聞取』は事件関係者の告訴により上演中止となった。[11]

さらに言えるのは、彦十郎、あるいは彦十郎の出演した劇場が、新聞の発行者と何らかの提携を結んでいたのではないかということである。たとえば喜昇座の『保護喜視当活字』でも絵本番付に新聞名と号数を示して、新聞記事の脚色であることを視覚的にもわかるようにしていた。錦絵新聞を仕組んだ喜昇座での所作事『東京日々新聞』も同様である。また『恨瀬戸恋神奈川』では、前稿でも述べた通り、横浜で有名だった新聞の売り子小政と提携して彦十郎が舞台で小政に扮し、『東京絵入新聞』を観客に撒いたという(『歌舞伎新報』二二六号、明治十五年五月二十一日)。彦十郎は五代目菊五郎にも通じるような、目新しい物事を取り入れそれを一つの魅力とするという役者であったのである。

三　彦十郎の芸風

では最後に、当時の劇評から、彦十郎の芸について四つに分類して見ていきたい。

(一) 親仁方

親仁方(親父方)とは老け役を指す。前述の通り彦十郎は三代目仲蔵にも引き比べられるような老け役を引き受けていたのであったが、劇評においてもしばしば言及される。たとえば、明治十二年八月の久松座の開場興行で、彦十郎は二番目の『艶千草浮名の俸《いろもちぐさうきなのこいぐち》』に下駄の歯入与平次を演じている。これはやむを得ない愛想づかしから男が女を殺す「お妻八郎兵衛」系統の一作品で、与平次は八郎兵衛の実の父親である。六二連という劇評家たちの評では、「極穢《ごく》い親仁役はよく思ひきつてこなされたり、只例の小芝居の当込はチトうるさけれど何しろ評よし」とある（『歌舞伎新報』三二号、十二年九月三日）。(12) 簡単な評だが、彦十郎が親仁方で褒められている一方、「小芝居の当込」を批判されていることがわかる。

親仁方ということで言えば、明治十三年四月の市村座『伊達評定春読物《だてひょうじょうはるのよみもの》』（黙阿弥作「実録先代萩」）においても、悪役の家老原田甲斐の一味である神並三左衛門の父親「魚屋五平次」を演じ、「魚屋五平次の親父役は存外能出《よく》来升《まし》た、お若いに似合ず能突込でしられ升」と称賛されている（『歌舞伎新報』六八号、十三年四月十日）。彦十郎はこの時三十九歳であった。

喜昇座では「忠臣蔵」の勘平や「熊谷陣屋」の熊谷も演じており、彦十郎は必ずしも老け役ばかり演じたのではないが、親仁方が特に称賛されるものであったのだろう。

(二) 愁嘆場

彦十郎を評する言葉としてしばしば「篤実」という言葉が出て来る。親仁方の役柄と関連するが、それはたとえば明治十六年一月久松座の『酔菩提悟道侠客《すいぼだいごどうのきようかく》』（河竹黙阿弥作「野晒悟助」）における土器売《かはらけうり》詫助役に見られる。六二連の評には「此親父方は評よく」とある。詫助は侠客提婆仁三郎の子分に商売ものの土器を割られてしまうのだが、その際主人公悟助に金を恵んで貰う。そこが「篤実にて」よいという。また、悟助に、娘を女房に貰ってくれと頼むところは「子故に闇《くら》む親心の情合は宜《よ》こなされ升《まし》たり」と称賛されている（六二連『俳優評判記』第十九編、十六年四月）。

また十九年一月に彦十郎は寿座で『当本所七不思議《あたるほんじよななふしぎ》』という新作狂言に出て、「軽子正直伝助」と、悪者「雪駄直し裏目の四五六実は伝介弟伝吉」の二役を早替わりで演じている。この芝居は正直伝助が旧主のために御家の宝を手に入れようと苦労し、最後は悪者たちを討つ作品である。正直伝助は「篤実なる役前」で、「亀戸の場は旧主人の為に宝の一軸を手に入《いれ》んと、妹《いもと》のぬいを時六に頼み身売の処は此丈《このひと》得意の愁場《うれいば》（仵鶴蔵丈）相手に大山《たっぷり》泣せられ升た」とある（六二連「寿座略評」『歌舞伎新報』六二三号、十九年一月二十四日）。十九年六月の中村座『三五夜中色新月《さんごやちゅういろのしんげつ》』（黙阿弥作「縮屋新助」）では縮宿の主人念仏六兵衛を演じ、新助へ異見をするのだが、「篤実にてよく、せりふの間へ念仏を加へ殊勝にこなさるゝ処請升た」との評がある（六二連「中村座芸評」『歌舞伎新報』六八八号、十九年八月八日）。質実な親仁方、その情愛を見せる愁嘆場を、彦十郎は得意な芸の一つとしていたことがわかる。

（三）所作事

明治十四年四月発行の番付「〈東京《とうけい》／俳優《やくしゃ》〉得意競《おおはこくらべ》」という一枚ものの資料がある（架蔵）。ここで、彦十郎は最上段の東の六人目に位置し、四代目沢村田之助と五代目市川小団次の間にいる。その得意芸は「吃又平　操三番　若狭之介　頼かね」とある。「頼かね」は「先代萩」の殿様、足利頼兼と思われ、「若狭之介」は「忠臣蔵」の桃井若狭之助で、この二役については得意とされる理由が判然としない。『傾城返魂香』の吃又平は、誠実で不器用な役柄でありいままで述べてきたことから納得できる。

「操三番」はまさに彦十郎の得意芸であったようだ。彦十郎は所作事にも優れていたが、中でもこの舞踊「操三番」（『柳糸引御摂《やなぎのいとひくやごひいき》』）は「此丈得意《おはこ》の糸操りの三番叟、是迄諸方にて勤められ大当りを取れし天狗物なる由」とある（前掲『歌舞伎新報』六二三号）。ただしまとめた出勤年譜では、明治九年一月の喜昇座と、十九年一月の寿座での所演しか見えない。

『柳糸引御摂』は嘉永六年二月、江戸・河原崎座で初演されたもので、三番叟は嵐璃珏が勤めた。三番叟を糸操り、翁と千歳をぜんまい人形の趣向で踊るもので、三番叟は「後見が附き、箱から出て踊り、折々糸の切れるケレンがあり（中略）すっかり人形で踊る」ものだという。[13] 彦十郎の「操三番」はこの糸の切れるケレンの振りをたっぷりと見せたものであったようだ。六二連の評には「実に甘過《うますぎ》ると云《いふ》べき振事《こなし》か」とあり、「此丈のは余り上手過て釣糸が度々引掛り過《すぎ》、是では糸の有《ある》のが見へ過て困り升（中略）稀には糸の引掛るも愛敬なれば免《ゆる》し升が、番毎《ばんごと》引掛つては大きに蒼蠅思升《うるさくおもひ》」、「余《あん》まり当込過て不請《ふうけ》」と非難されている。一方で「引抜て大黒舞《だいこくまひ》の所作事、是は其替《そのかはり》十分の大踊《おほをどり》、日頃の修練《しゆれん》を見せられ感伏〳〵」とも褒められている（前掲『歌舞伎新報』六二三号）。ここでは無い糸を有るように見せる技巧があまりに多すぎ、観客の受けをねらいすぎたことが批判される。「続々」に載る評においても、「余り糸の切れ方が多くチトうるさく思ひました、是らは当て込みがあり過ぎる誤まりならん、都て此人は芸に凝つて見当を間違へる事あり」とある（四三〇頁、傍線引用者）。傍線部の評言は、彦十郎の芸風を考える上で大事だと考える。彦十郎はここまで見てきたように老け役を得意とし、愁嘆場でも十分な演技を見せ、所作事も得意な役者であったが、さきにも「小芝居の当込」とあったように、しばしばこの「当込」を批判された。

（四）「当込」への批判

　前述の「実録先代萩」における魚屋五平次では、息子三左衛門を縛る場面で、縄はないかと見廻し引窓の紐に気づいて頷く時、膝を上げて手で打つという仕種を入れたらしく、「こんな世話しい中にてケ様な仕打はしずともの事なり、最早大芝居の俳優《やくしや》の部へは入れた事故、万事大とりにしてほしい事なり」とされている（六二連の評、『歌舞伎新報』六八号、十三年四月十日）。もはや大芝居の役者の仲間入りをしたのだから、全て「大とり」つまり大物らしくしてほしい、細かい過剰な演技は止めて欲しいということだろうか。

　また明治十五年九月久松座における『蟒於由浮名仇討《うわばみおよしうきなのあだうち》』において、彦十郎は駕屋千太という、主人公お由の仇討を助ける役を演じた。千太は、お由の夫駕屋長次が磯川軍十郎に殺された直後に現場に来て、軍十郎の人影を見るのだが、いったん幕が閉まってから突然幕を上げて軍十郎の跡を追うという演技を見せたという。また、お由に会って長次の変死を話し、別れ際に翌日の待ち合わせ場所を忘れるなと念押しするのだが、これがしつこく、一度退場してまた登場して同じ事を言ったという。評者は「チト場当り過升」としている（六二連『俳優評判記』第十七編、十五年十一月）。観客の受けがよかったことは想像できるが、舞台における芝居の流れを壊すものではあっただろう。

こうした「場当り」的な演技を、彦十郎はなぜ行なったのか。それは、目立つことを目論んだというよりは、ほかの評も併せ見ていくと、つい身が入って、演技が過剰になってしまうことからのものだったように思われる。前述の十九年一月寿座『当本所七不思議《あたるほんじょななふしぎ》』で、彦十郎演じる悪人伝吉が、雪駄直しの仕事をしながら悪者横須賀丈左衛門と茨木道十郎の密談を聞くという場面があるが、その際、笠を被りながらたっぷり思い入れをして、聞いているぞという風をみせたという。六二連の評者は「爰は思入なしに聞て居て、能程に声を掛笠を取て此悪事を出て引請る様に仕なければ引立升舞《ますまい》」とする。最初はただ何となく聞いていて、よい折に出て来るのでなくてはうまくない、というのである。評者は彦十郎に対して、皮肉かもしれないが「爰らは芸に身を入過て返つて引《ひき》立升《たちませ》ん、おしい事なり」としている（『歌舞伎新報』六二二号、十九年一月二十二日）。

得意の愁嘆場でも、余りに自分が泣きすぎるという評もあった。[14] （三）で見たように、彦十郎は芸に凝りすぎたり、熱心であるあまり、舞台にその過剰さが現れ、それが批評家の目には批判されるたぐいの歌舞伎役者であったと言える。

四　彦十郎の晩年―『塩原多助一代記』

晩年、彦十郎は五代目尾上菊五郎と一座することが多く、その際も老け役を多く勤めた。その中で、最も彦十郎にふさわしくその円熟の境地を示していると思われるのが、二十五年一月歌舞伎座上演の『塩原多助一代記』における、継母に疎んじられる主人公多助に味方する百姓太左衛門役である。この作品は三遊亭円朝原作、三代目河竹新七脚色で、大芝居では五代目菊五郎が初めて多助を手がけた。その新作に彦十郎も出演し、太左衛門を演じたのである。これも前稿にすでに指摘したことではあるが、ここに三木竹二の劇評を引用したい（渡辺保編『観劇偶評』岩波文庫より、傍線引用者）。

彦十郎丈の分家太左衛門役。馬鹿に大きな紋のつきたる羽織を着て、饅頭の入りし重箱をさげての出、あまりがんす詞をつかはねど、例のにえきらぬやうな調子が妙に箝（はま）りて、さながらの太左衛門なり。中裁に這入りて頭ごなしに多助を叱り飛ばし、一家の相続人でゐながら折檻にあふやうな大馬鹿ものめといふ詞の中に慈愛を含みたる工合、なんともいへぬ旨味あり。お亀が勘弁せぬといふより丹三郎がおとしし文を出して「亭主が邪魔になるもんだから追出して仕舞ひてえと不義の名を附け様とする太い阿魔も世にはあるもんだ」と、一杯にかけていふところ、儲役とて見物どつと受けたり。その外多助とお作は出来たといはれ、何が出来たといふあたり「この間まで青鼻アくつ垂らして居たがこんなやうな事を仕出かすやうに成たかえ、なんと馬鹿〳〵しい」といふあたり、斯様な質樸な親父形にかけては比類なし。

「例のにえきらぬやうな調子」というのは、彦十郎の調子（口調）が重々しく、軽妙でないというところを指摘している。調子が重い、というのはそれまでに時々評があったことである。[15]また、彦十郎は品格を要求されるような殿様役には不評をとることがあったが、[16]そうした風合いが、かえってこの太左衛門にはよく当てはまった。

晩年の風貌は前稿において錦絵により示した通りである。

これまで見てきたように、彦十郎が篤実な親父方、情愛深い愁嘆場を得意としたことからこの太左衛門がよかったことは当然のようだが、さらにこの場合は持ち前の調子の重さもよく当てはまり、当たり役となったと思われる。

彦十郎がこれまでに新作を多く手がけていたことも新作中の役柄である太左衛門の造形をうまくできたことに繋がったと考える。同じ二十五年七月の円朝原作『怪異談牡丹燈籠』でも、誠実な中間源助役を演じて好評だった（三木竹二『観劇偶評』）。彦十郎はさまざまな経歴を経て、晩年には自らの持ち味を生かした役柄に、輝きを放ったと言えるだろう。

おわりに

山崎紫紅は、大芝居の役者の中では初代市川左団次と五代目菊五郎が頻繁に横浜に来演したことを述べ、「自体左団次の方が人気があつた、これは活発な芸風が、横浜の人達に適してゐた為であらう」としている。(17) 左団次は立ち回りを得意とした役者でもあった。横浜では明治後半期から、「ハマッ子芝居」と呼ばれる任侠物の芝居が流行したが、(18) 左団次に人気があったということはそうした流行にも通じるように思われる。

一方で、左団次とはまた別の芸風を持つ彦十郎のような、情愛深い老け役や所作事を得意とし、新作で観客の興味を惹くこともできるような役者も、「横浜の人気にかなつた」ということになる。こうした芸風が受けるのが、横浜だけの特徴ということは言えないと思うし、今後、他の地域についても考えなければならない。

ただ、他の地域も含めて言えるのは、彦十郎が東京ではしばしば「場当たり」と批判されるような、過剰な演技をしがちであったことが、小芝居や地方の芝居の役者にも多く見られることであり、小芝居や地方の芝居の特徴の一つとなっていたことである。
近年亡くなった役者の松本幸右衛門（一九二六–二〇一二）は、神奈川の座間における一座の座頭の家に生まれ、地方や小芝居に出ていたが、昭和三十年に八代目市川中車の門下となって大歌舞伎に入った。しかし「それまで大歌舞伎をすごいと思って観たことはなかった」という。そして大歌舞伎と自身の芸についてこう述べている（括弧内は引用者補足）[19]。

（大歌舞伎は）物足りない。田舎芝居はお客の受けをねらって大仰に演じますが、大歌舞伎は迫力不足に映ったわけです。愛嬌を売る、身についたアカを抜くために中車さんのお世話になりました

この言葉に、大歌舞伎と田舎芝居・小芝居との違いが端的に表されている。彦十郎が頻繁に批判された場当たりも、「お客の受けをねらって大仰に」演じたことであり、愛嬌を売ったことであったのだろう。
愛嬌を売る、お客の受けをねらう、それが悪いと一概に言えるのか。そこには、役者と観客との間の親密な気持ちのやりとりがあった場合もあると考える。彦十郎の芸風は、大都市の限られた劇場だけで歌舞伎が演じられるのではなく、多様な場所で観客が楽しんで観ていた時代の歌舞伎の一つのあり方を示している。

【注】

（1）「横浜劇談書留　九、関係深き役者」（『歌舞伎研究』第十七輯、昭和二年十月）。
（2）付記に述べるように、平成二十三年度の歌舞伎学会秋季大会において坂東彦十郎の出勤年譜（稿）を発表資料として添付した。前稿の出演経歴に加えて判明したのは明治九年四月以前の興行と、十三年六月下田座さの松、十六年一月久松座、十九年四月蔦座、二十四年の東北巡業の詳細、二十五年五月大阪・角座、同年六月名古屋・新守座、二十六年一月大阪・朝日座、同年三月同座である。また、大会発表時、比較対照のため下田座さの松（羽衣座）、

港座、蔦座についての興行年表を明治二十五年分まで作成した。明治二十年までの横浜の劇場での興行記録は、本文に前述の「横浜の芸能―明治期新聞記事集成―」にほぼ網羅されており、そちらで確認できる。その後の明治三十七年から四十五年分は利倉幸一『続々歌舞伎年代記　坤』（演劇出版社、昭和五十四年）、明治四十年から大正十二年分は永島四郎『横浜演劇年代記』（私家版、昭和四十一年）が備わるので、今後は主にこれらに無い年代について調査が必要だろう。なお、東京の劇場の興行記録は、小宮麒一『歌舞伎・新派・新国劇　上演年表　第六版（明治元年～平成十八年）』に網羅されている。

（3）たとえば慶応三年七月の守田座の興行では、坂東つる三の役名は「腰元桔梗」「下女おつる」であり、坂東鶴蔵の役名は「早見藤太」「茶道文斎」である（演博役割ロ24-1-782）。ただ、同年四月の興行では坂東鶴蔵も「井筒屋伊三郎」のほかに女方の役名である「こし元おうた」が記され、一概には言えない。

（4）こうした動きや中島座・喜昇座の設立、のちの述べる久松座については拙著『歌舞伎の幕末・明治―小芝居の時代』（ぺりかん社、平成二十二年）に述べた。

（5）下田座は横浜最初の劇場とされてきたが、最近、荒河純氏が、横浜において安政六年から正式な芝居小屋として認可されていたのは小田原桐座であり、その頃から興行していたことを明らかにした（荒河氏「小田原桐座の開港地・横浜進出について」、第三十七回芸能史研究会東京例会発表、平成二十五年十二月一日、於二松学舎大学）。なお、本文前掲『横浜の芝居と劇場』所収の倉田喜弘「明治前期の横浜演劇界」と斎藤多喜夫「横浜の劇場」および「横浜劇場沿革誌」参照。倉田氏は明治三年十月十一日が下田座さの松の舞台開きとする。なお、寄席佐野松は幕末に江戸の南伝馬町に存在していたが、慶応二年三月に、興行で葵の御紋服を用いたことが原因で処罰を受け、横浜に移転した。

（6）延広真治「横浜小僧殺し―松林伯円「横浜奇談米櫃」を中心にして―」（『関山和夫博士喜寿記念論集　仏教　文学芸能』思文閣出版、平成十八年）参照。

（7）伊原敏郎『明治演劇史』（早稲田大学出版部、昭和八年）三二六―三三〇頁。

（8）小笠原『偉人天才を語る　書簡点描』（実業之日本社、昭和八年）二六〇頁。小笠原『新作金波浄瑠璃集』（学園

会、明治二十五年八月）に「続平家物語　知盛物語の段」がみえる。

（9）矢内賢二『明治キワモノ歌舞伎　空飛ぶ五代目菊五郎』（白水社、平成二十一年）、前掲『明治演劇史』参照。

（10）前掲拙著参照。なお、表中、『朝日』の新聞小説の検索に高木健夫編『新聞小説史年表』（国書刊行会、昭和六十二年）を用いた。

（11）『読売』明治十九年四月二十四日付。本文前掲「横浜の芸能―明治期新聞記事集成―」による。

（12）六二連の劇評は法月敏彦校訂『六二連俳優評判記』上下、『六二連俳優評判記　歌舞伎新報編』上中下（独立行政法人日本芸術文化振興会、平成十四年～十九年）を参照した。

（13）渥美清太郎『邦楽舞踊辞典』（冨山房、昭和三十一年）二三頁。

（14）明治二十二年一月中村座『寄観押絵羽子板《よせてみるおしえのはごいた》』（「実録先代萩」）の忠臣片倉小十郎役（『歌舞伎新報』九七四号、二十二年一月十九日）。

（15）明治十六年一月久松座『児雷也豪傑譚話』における三枚目八釜鹿六は、「調子が軽く出ぬ性故、重く聞へて今一息」とされた（『俳優評判記』第十九編、十六年四月）。

（16）明治二十四年六月寿座『吉田御殿招振袖《よしだごてんまねくふりそで》』における徳川家康役など（『歌舞伎新報』一二六〇号、二十四年六月二十日）。

（17）注（1）に同じ。

（18）本文前掲『横浜の芝居と劇場』所収の古井戸秀夫「横浜の芝居番付」ならびに斎藤多喜夫「横浜の劇場」参照。

（19）小田孝治「味のある話　小芝居出身の名脇役　松本幸右衛門」（『月刊公論』平成五年十月）。

【付記】引用資料は適宜句読点を施し、漢字を現行通用字体に改め、振り仮名を適宜省略した。本稿は平成二十三年度歌舞伎学会秋季大会における口頭発表「横浜の芝居と坂東彦十郎―明治期役者の活動の一事例」（平成二十三年十二月十一日、於東京学芸大学）に基づき、加筆修正したものである。席上等でご指摘・ご教示を賜った諸氏に御礼申し上げます。

川端康成「禽獣」における改稿と系統

片山倫太郎

「禽獣」は雑誌「改造」（昭和八年七月）に初出以来、様々な単行本に収録されてきたが、その際、筆者によって少しずつ改稿が重ねられてきた。現行の定本（『川端康成全集　第五巻』昭和五十五年五月　新潮社）に至る改稿と校正の過程を調査してみると、出版に際して川端が自作の校正にどのように関わっていたのかが分かる一方で、戦前から戦後にかけての出版事情の一端も垣間見ることができる。たとえば、初出において伏字とされた性的な会話は、続く単行本収録の段階では復活したが、戦局の厳しくなった昭和十七年、および、戦後間もなくの昭和二十年刊行のもの（左記の⑩⑪）では、削除されている。また、出版に際しては、必ずしも最新の単行本を底本として活字が組まれていないことも分かった。おそらく、出版社間の事情というものがあったと推測される。したがって、筆者による過去の改稿と校正が活かされないまま、旧のままに放置されている例も多々ある。

調査対象は左記の通りである。昭和二十三年までに刊行されたものはすべて拾ったが、それ以降の刊行は数が多すぎるため、全集のみ（⑰⑱）とした。結論から言えば、昭和三十五年発行の全集（⑰）で改稿は終わっており、これが筆者自身が手を入れた最後のものである。

①　原稿　昭和八年六月と推定

②　初出　雑誌「改造」（第十五巻七号）昭和八年七月一日発行

③『水晶幻想』（文芸復興叢書）昭和九年四月十九日　改造社
④『禽獣』昭和十年五月二十日　野田書房
⑤『童謡』（改造文庫）昭和十二年九月二十日　改造社
⑥『川端康成選集　第四巻　水晶幻想』昭和十三年六月十九日　改造社
⑦『抒情歌』（岩波新書22）昭和十三年十一月二十日　岩波書店
⑧『花のワルツ（昭和名作選集2）』昭和十五年二月十三日　新潮社
⑨『新日本文学全集　第二巻　川端康成集』昭和十五年九月十四日　改造社
⑩『三代名作全集・川端康成集』昭和十七年四月二十五日　河出書房
⑪『愛』（養徳叢書10）昭和二十年十一月二十日　養徳社
⑫『雪国』（現代文学選7）昭和二十一年二月十日　鎌倉文庫
⑬『抒情歌』（創元選書126）昭和二十二年十一月三十日　創元社
⑭『現代作家選集　上　秋声文学碑建設記念』昭和二十三年一月十日　桃李書院
⑮『心の雅歌（川端康成集　下）』昭和二十三年七月二十日　細川書店
⑯『川端康成全集　第四巻』昭和二十三年十二月三十日　新潮社
⑰『川端康成全集　第三巻』昭和三十五年五月三十一日　新潮社
⑱『川端康成全集　第三巻』昭和四十四年九月二十五日　新潮社
⑲『川端康成全集　第五巻』昭和五十五年五月二十日　新潮社

さて、本論末尾の「禽獣」校異一覧表について述べておく。各行先頭の番号は、右の一覧に一致する。各列先頭の頁数は、⑲『川端康成全集　第五巻』によるものである。二十三項目に渡って異同表を作成した。これらは調査対象の全体を見渡した時、指標になると私の判断した項目である。
以下、①原稿から諸本を順次解説していくこととする。

①　原稿　昭和八年六月と推定

「禽獣」の全原稿四十六枚は、日本近代文学館に収蔵されている。折帖仕立に装訂されているため、上下左右それぞれ二～三㎝程度、周囲が切り取られている。伊藤整「川端康成展のこと」（「毎日新聞」昭和四十四年三月十二日）によれば、ノーベル賞受賞の直後に、古本市で日本近代文学館が落札したものである。
「禽獣」の制作経緯について、川端は次のように語っている。

忘れもしないが、当時の「改造」の編輯者への義理からどうしても書かねばならぬ小説の締切が明日に迫り、夜中の十二時過ぎてもなんの腹案もなく、一番いやらしいことを書いてやれといふやけ気味で、翌日の正午過ぎまでに書きなぐつたのが、この作品であつた。

（「あとがき」⑨『新日本文学全集　第二巻　川端康成集』所収）

右の「改造」の編輯者とは上林暁（本名・徳廣巖城）であった。上林暁「上野桜木町」（「文芸」昭和四十七年七月）には、右の発言を裏付ける記述がある。

その月も〆切が迫って来た。毎日出張校正に通い、校了も間近になった。私は毎日出社前に、川端さんの家へ行った。（中略）私が行く度びに、原稿は一枚も出来ていない。「明日はきっと」と言ってかえるが、その翌る日になってみると、約束の原稿は出来ていない。（中略）／一日延ばしに〆切を延ばしていたが、明日はいよいよ校了でギリギリの〆切という日、「明日はきっとまちがいなくお願いします」と念を押して、私は川端邸を辞した。奥さんも、もう一日だけ待って下さいと懇願した。／翌る朝、私は薄氷を踏むような気持で川端邸を訪ねた。原稿は出来ていたのである。一晩で出来ていたのである。

（上林暁「上野桜木町」）

川端秀子夫人の回想『川端康成とともに』（昭和五十八年四月新潮社、初出『川端康成全集第八巻』「付録No.14」昭和五十六年三月　新潮社）にも、この件に関する発言がある。

ずっと徹夜続きで書けなくて本当に困っていました。徳広さんが朝の八時頃に取りにいらして、徳広さんには気の毒だけどお前よく謝って勘弁してもらってくれと申します。主人は障子の蔭で私の言訳を聞いているんです。徳広さんの返事を聞かなければ寝られませんので。すると「では今日は帰りますけれど、もう一日待たせて頂きます」と言って帰るのです。それを聞いて主人は安心してぐっすり休みまして、次の日、絶体絶命のところで書き上げることができました。

（川端秀子夫人『川端康成とともに』）

大略において三者の発言は一致する。およそ十二時間で、原稿四十六枚が仕上げられたことになる。②初出を掲載した「改造」の奥付には、〈昭和八年六月十八日　印刷納本／昭和八年七月一日　発行〉とあるため、原稿の執筆時期は六月上旬頃であったと推定できる。①原稿を確認すると、一気呵成に書き上げられたゆえであろう、推敲跡は相対的に少ない。原稿用紙、インクの色も一貫している。

さて、初出以降の諸本の改稿過程を考える上で、着目しておきたいことの一つは、①原稿にルビが数多く鉛筆で書き込まれている点である。筆跡が川端のものでないため、おそらく編輯者によって書き込まれたものである。ところが、②初出にはルビがない。、ルビを反映したのは翌年同じ改造社から刊行された③『水晶幻想』である。つまり、③『水晶幻想』所収の「禽獣」は原稿からあらためて活字が組まれたと考えられるわけだが、実は、このことは①原稿の余白に〈水晶幻想〉の青色印が散見されることからも分かる。①原稿は少なくとも、③『水晶幻想』が刊行されるまでは改造社にあったわけである。

ラスト近くに①原稿の段階で意味の通らない文章があり、多少の変化はあっても、やはり意味の通らないまましばらく放置されていた個所がある。項目Sである。①原稿、②初出、③『水晶幻想』はいずれも意味が通らない。この項目Sは④『禽獣』において初めて意味の通る形に修正されている。この野田書房版④『禽獣』は後に述べるように、他にも改稿が多数認められるため、川端自身が本格的に校正をおこなったのは、④『禽獣』が最初であったと考えられる。

② 初出 雑誌「改造」（第十五巻七号）昭和八年七月一日発行

前述のように、②初出には①原稿に鉛筆書きで記されたルビがない。締切間際に入稿されたためであろう、②初出には誤植が多数認められ、漢字、仮名の用字が不安定である。また、注目されるのは、千花子との性的な会話が多く伏字になっている点である。

誤植に関しては、原稿から植字する際に明らかに誤植されたものと、原稿の誤記をそのまま反映してしまったものに大別される。前者をいくつか例示すれば、
①原稿〈雌の方はただで差しあげときます。〉→②初出〈雄の方はただで差しあげときます。〉
①原稿〈彼のところのワイア・ヘエア・フオツクス・テリアの子供でも、〉→②初出〈彼のところのワイア・ヘエア・フオツクス・テリアの子供でも、〉
①原稿〈動物を愛するといふことも、〉→②初出〈動物を愛するといふことは、〉
①原稿〈畜生、腹を蹴つて蹴つて、〉→②初出〈畜生の腹を蹴つて蹴つて、〉
①原稿〈自分で藁を掻き分けて出るほどの力が、〉→②初出〈自分で藁を掻き分けて出るほどの子が、〉

①原稿〈母犬は子供を銜へ出してやらぬ。〉→②初出〈母犬は子供を街へ出してやらぬ。〉などを挙げることが出来る。最初の〈雄〉〈雌〉の誤植は致命的であって、校正が作者の目を通っていないためであると思われる。

原稿の誤記をそのまま引きずっている事例については、

〈彼は雄だけほしい云つたけれども〉（①原稿、②初出の両方）

〈小鳥屋はとにかく山から一つの巣をそつくり持つて帰るが、〉（①原稿、②初出の両方）

などを挙げることができる。

さて、伏字についてだが、〈彼〉と身を売る千花子との会話、および、子どもを産んだ千花子を非難する会話を中心に、〈…………〉という形で付されている。左が伏された文字である。

〈彼に自分を売る時に〉〈感じなくなるつて〉〈もうだめか。〉〈育てる気か〉〈今から子持ちでどうする〉〈もつと早くに気をつけろ〉〈なにをしててたまるか〉〈亭主はどういふ考えだ〉

〈…………〉の文字数はすべて①原稿に忠実であるため、一度活字が組まれてから削除されたと考えられる。いずれも性に関する個所であり、発禁処分を怖れての処置であろう。当時の「改造」編集部がいかに神経質な状況に置かれていたかについては、たとえば、上林暁「伏字」（「文芸」昭和二十九年四月）に具体的な証言がある。

③『水晶幻想』（文芸復興叢書）昭和九年四月十九日　改造社

「禽獣」の初刊にあたる本書は、いま一度①原稿から活字化されたと考えられる。すでに述べたように、①原稿に〈水晶幻想〉の青色印が散見され、鉛筆書きで付されたルビが本書に反映されているからである。ルビは百三十個所で付されている。

また、①原稿の〈トラック〉の〈ツ〉、〈ワイヤ・ヘエア・フオツクス・テリア〉の〈オツ〉には〈6〉とポイント指定の鉛筆書きがあり、これも本書に反映されている。

②初出に見られる誤植はほとんど訂正されているが、新たに誤植の発生している個所がある。たとえば次の個所である。

②初出〈芝居の舞臺で見る、〉→③『水晶幻想』〈芝居の臺臺で見る、〉

②初出〈「舞踊会だ。」〉→③『水晶幻想』〈「舞踏会だ。」〉

②初出〈もう一週間経つ〉→③『水晶幻想』〈もう一過間経つ〉

②初出〈「自分の舞踊会を催すやうになつた。」〉→③『水晶幻想』〈「自分の舞踏会を催すやうになつた。」〉

なお、①原稿に認められない新たな訂正個所がある。一例は、項目Nである。他には次の事例がある。

①原稿〈顔の前のガラスに「二十三」〉→②初出〈顔の前のガラスに「二十三」〉→③『水晶幻想』〈顔の前のガラスに、「二十三」〉

①原稿〈腎臓病病み〉→②初出〈腎臓病病み〉→③『水晶幻想』〈腎臓病み〉

①原稿〈あんな風で早く死んでしまへば〉→②初出〈あんな風で早く死んでしまへば〉→③〈あんな風で、早く死んでしまへば〉

なお、漢字、送り仮名等の用字については変更個所が多数あるが、編輯者の手によるものが多いと判断されるため、句読点の訂正に限って右に挙げた。

④『禽獣』昭和十年五月二十日　野田書房

野田書房版について、川端は次のように述べている。

意外にもこれが私の一つの代表作と見られるやうになつて、私も慾が出て来たから、野田書房の野田君がこの作の限定版を思ひ立つた時、全部改稿するつもりであつたが、遂に実行出来なかつた。

（「あとがき」⑨『新日本文学全集　第二巻　川端康成集』）

本書の刊行に当たって、結局大きな改稿はなされなかったものの、川端は細かな部分で手を入れている。いくつか例示をすれば、項目B、E、F、H、J、L、N、Q、S、T、V、Wである。他には、

③『水晶幻想』〈鳴かぬ雌は売れぬのだ。〉→④『禽獣』〈鳴かぬ鳥は売れぬのだ。〉

の例もある。また、読点〈、〉についてだが、十五カ所が削除され、六カ所で付加されている。それから、初刊の③『水晶幻想』で付されたルビの大半が削除されていることも注目される。

⑤『童謡』（改造文庫）昭和十二年九月二十日　改造社

本書は野田書房版④『禽獣』を底本に組版されている。④『禽獣』における誤植（主に句読点）が訂正される程度にとどまっている。改造社が版元だが、自社で刊行した③『水晶幻想』は用いられなかったわけである。ルビも④『禽獣』に倣っている。以下、訂正箇所を例示しておく。

④『禽獣』〈悲しい純潔であり。〉→⑤『童謡』〈悲しい純潔であり、〉

④『禽獣』〈子犬にはまたない〉→⑤『童謡』〈子犬にはまだない〉

④『禽獣』〈この菊戴は二羽とも、あまり人間には〉→⑤『童謡』〈この菊戴は二羽ともあまり人間には〉

④『禽獣』〈日射しのなかに置いて、〉→⑤『童謡』〈日射しのなかにおいて、〉

④『禽獣』〈茶の間に寝ころんで。〉→⑤『童謡』〈茶の間に寝ころんで、〉

④『禽獣』〈唾を飲んだりすると。〉→⑤『童謡』〈唾を飲んだりすると、〉

⑥『川端康成選集　第四巻　水晶幻想』昭和十三年六月十九日　改造社

本書は、前年に発刊された⑤『童謡』（改造文庫）ではなく、③『水晶幻想』に基づいて活字が組まれたと考えられる。野田書房版④『禽獣』における改稿はほぼ無視されて、③『水晶幻想』が復活した形である。それは、項目B、E、F、J、L、Q、Wの項目が元に戻ったことからも分かる。ルビも復活している。

その上で、川端はあらためて改稿を試みている。項目A、D、I、N、O、P、R、S、T、U、Vにおいて指摘できる。定本にかなり近い形となっている。

⑦『抒情歌』（岩波新書22）昭和十三年十一月二十日　岩波書店

本書は、前年発刊の⑥『川端康成選集　第四巻　水晶幻想』に基づいて組版されている。ルビはそのまま踏襲されており、改変個所はわずかである。項目G、Mのほか、次の例が指摘できる。

⑥『川端康成選集　第四巻　水晶幻想』〈しかし、子供が新しいおもちやを〉→⑦『抒情歌』〈しかし子供が新しいおもちやを〉

⑥『川端康成選集　第四巻　水晶幻想』〈愛情〉→⑦『抒情歌』〈愛憎〉

⑥『川端康成選集　第四巻　水晶幻想』〈落鳥しやすい〉→⑦『抒情歌』〈落鳥し易い〉

⑧『花のワルツ（昭和名作選集2）』昭和十五年二月十三日　新潮社

新潮社が「禽獣」を初めて収録し出版したのが本書である。項目のほぼ一致するのは、野田書房版④『禽獣』と⑤『童謡』（改造文庫）であり、⑥『川端康成選集　第四巻　水晶幻想』の改変が反映されていない。ルビも多くが削除されている。したがって、④『禽獣』、⑤『童謡』のいずれかが底本である。④『禽獣』からの改変は項目H、Kにおいて指摘できる。

⑨『新日本文学全集　第二巻　川端康成集』昭和十五年九月十四日　改造社

本書は同じ改造社刊行の⑥『川端康成選集　第四巻　水晶幻想』を底本にしていると考えられる。項目の一致しないのはC、K、Mにすぎない。

⑩『三代名作全集・川端康成集』昭和十七年四月二十五日　河出書房

本書は新潮社版⑧『花のワルツ（昭和名作選集2）』を底本にしており、改造社版の⑥『川端康成選集　第四巻　水晶幻想』における改稿が反映されていない。

注目されるのは、身を売る千花子との交情の会話と場面が削除されている点である。検閲への配慮と考えられる。〈彼女は彼に自分を売る時に、〉〈「こんな商売をしてると、……見つめたものだつた。〉の部分が削除されており、次のような文章となっている。

〈だから彼は、十年も前の千花子を思ひ出したのであつた。その頃、ちやうどこの犬のやうな顔をしたものだ。／「あれと似てゐるので、気が咎めたのだ。」と、彼は犬を抱き上げて、産箱に移してやつた。〉

⑪『愛』（養徳叢書10）昭和二十年十一月二十日　養徳社

本書は、④『禽獣』（野田書房）、⑤『童謡』（改造文庫）、⑧『花のワルツ（昭和名作選集2）』（新潮社）、⑩『三代名作全集・川端康成集』（河出書房）の系統にある。それはたとえば項目B、Sなどの一致から知られる。この系統の中で項目H、Kにおいて本書の表記と一致するのは④『禽獣』⑤『童謡』であるため、このいずれかが底本であったと考えられる。もっとも、④『禽獣』⑤『童謡』には少なかったルビが多数付加されている。

さて、本書に特徴的なのは、本書にだけ見いだされる改変個所がいくつかある点である。つまり、本書における改稿は、その後の刊行に際して反映されなかったわけである。その事例に項目D、J、Pがあるが、他に九例が見いだせるので、⑤『童謡』と比較して記しておく。左記の多くの事例は、戦後間もなくの出版であったため、戦中とは逆にGHQによる検閲への配慮であったと推察される。

⑤『童謡』〈六七分おくれてゐるんですが。〉→⑪『愛』〈六七分おくれてゐるんですが。〉

⑤『童謡』〈突き当たりの押入である。〉→⑪『愛』〈突き当たりの押入で、〉

⑤『童謡』〈「薄気味悪いかね。きちがひにでもなりさうかね。家のなかがしんと寂しくなるかね。」〉→⑪『愛』〈「薄気味悪いかね、家のなかがしんと寂しくなるかね。」〉

⑤『童謡』〈動物の生命や生態をおもちやにして、〉→⑪『愛』〈動物の生命や生態を掌中にして、〉

⑤『童謡』〈その頃、彼女は彼に自分を売る時に、ちやうど〉→⑪『愛』〈その頃、ちやうど〉

⑤『童謡』〈育てる気か。〉→⑪『愛』削除

⑤『童謡』〈今から子持ちでどうする。〉→⑪『愛』削除

⑤『童謡』〈死骸を見るのである。〉→⑪『愛』〈死骸を見る。〉

⑤『童謡』〈呟きながら、〉→⑪『愛』〈いぶかりながら、〉

⑫『雪国』（現代文学選7）昭和二十一年二月十日　鎌倉文庫

項目Bによって振り分けてみると、③⑥⑦⑨の改造社刊行の系統が浮かぶが、項目の最も多く一致するのが、③『水晶幻想』であり、底本はこの初刊本であったと考えられる。（項目A、B、C、D、E、F、I、K、L、O、P、

Q、R、T、U、V、Wで一致する。）したがって、これまでの改変の過程は本書で一度ご破算にされたと言える。もっとも、③『水晶幻想』で多量に付されたルビは、最小限度に止められている。

本書⑫『雪国』のJ〈「これでさうなのかね。」〉は、⑪『愛』〈「へえ、これで、さうなのかね。」〉の改変を受けておこなわれたのであろう。

また、本書⑫『雪国』の項目Sは、③『水晶幻想』の項目Sにおける〈ある〉を〈ない〉に書き換えることで、意味の通る形にしたのだと考えられる。

⑬『抒情歌』（創元選書126）昭和二十二年十一月三十日　創元社

まず項目Bによって振り分けてみると、⑥『川端康成選集　第四巻　水晶幻想』、⑦『抒情歌』、⑨『新日本文学全集　第二巻　川端康成集』の改造社系統であることが分かるが、項目C〈こんやこそ〉と平仮名であるのは、⑨『新日本文学全集　第二巻　川端康成集』に限られている。項目G〈無慙〉の用字が⑦『抒情歌』と一致するが、⑫『雪国』ですでに書き換えられており、さらに項目K〈嬉々〉の用字を勘案すれば、⑨『新日本文学全集　第二巻　川端康成集』が底本と考えられる。

なお、⑨『新日本文学全集　第二巻　川端康成集』〈唐丸籠《たうまるかご》〉が、本書では〈軍鶏籠《たうまるかご》〉となっている。また、読点が数カ所で削除されている。

⑭『現代作家選集　上　秋声文学碑建設記念』昭和二十三年一月十日　桃李書院

本書の底本は⑫『雪国』である。ルビを除いて細部でも一致する。本書ではルビはすべて削除されている。

⑮『心の雅歌（川端康成集　下）』昭和二十三年七月二十日　細川書店

本書が⑥『川端康成選集　第四巻　水晶幻想』、⑨『新日本文学全集　第二巻　川端康成集』⑬『抒情歌』といった改造社系統であることは、項目B、Dなどによって明かであるが、C〈こんやこそ〉と平仮名であるところから、底本は⑨⑬のいずれかと考えられ、さらに項目Iにおいて⑬のみ〈彼に〉という具合に〈は〉の一字が落ちていることから、底本は⑨としてよいであろう。

なお、本書のあとがきに、川端の次のような言葉がある。

下巻を「心の雅歌」といふ、その「雅歌」は細川書店の雲井君が考へてくれた。雲井君は横光君の小説の題名から思ひついたとのことである。（中略）私がこの二巻を校正してゐるあひだに横光君は亡くなつた。（中略）／この二巻は綿密な校正その他、ずゐぶん雲井君の厄介になつた。（後略）

右のあとがきの最後に〈昭和二十三年一月〉の日付が記されている。横光の亡くなったのは昭和二十二年十二月三十日なので、川端は二十二年の年末から二十三年の初頭にかけて本書の校正を行ったことが分かる。

⑯『川端康成全集　第四巻』昭和二十三年十二月三十日　新潮社

本書は⑮『心の雅歌（川端康成集　下）』を底本にしていると考えられるが、後半を中心に、十七個所で読点が削除されており、また、項目Qにおいて〈木苑と〉が付加されている。

⑰『川端康成全集　第三巻』昭和三十五年五月三十一日　新潮社

⑯『川端康成全集　第四巻』が底本と考えられる。改稿は二個所で見られる。

⑯『川端康成全集　第四巻』〈日比谷公会堂はなんでございますか。」と、運転手は〉→⑰『川端康成全集　第

三巻』〈日比谷公会堂はなんでございますか。」と運転手は〉

⑯『川端康成全集　第四巻』〈彼を憎さげに吹いてから、〉→⑰『川端康成全集　第三巻』〈彼を憎しげに吹いてから、〉

なお、ルビが二十六個所で削除され、三個所で付加されている。

⑱『川端康成全集　第三巻』昭和四十四年九月二十五日　新潮社

ルビを含め、⑰『川端康成全集　第三巻』と全く同一である。

⑲『川端康成全集　第五巻』昭和五十五年五月二十日　新潮社

⑱『川端康成全集　第三巻』を底本としていることが巻末の「解題」に明記されている。しかし、ルビは、たとえば項目O、Wなどで異なる。また、⑯で改稿された〈憎しげ〉は〈憎さげ〉に戻された。

「禽獣」校異一覧表

・各行先頭の番号は、本論冒頭の調査対象一覧に一致する。
・各列先頭の頁数は、⑲『川端康成全集　第五巻』によるものである。
・23項目に渡って異動表を作成した。
・表中の「／」は改行、「□」は一字分の空白を表す。また、「（　）」内のひらがなはルビである。

番号	発行年月	出版社	A（p.157）	B（p.157）	C（p.158）	D（p.159）
①	昭和8年6月	原稿	道傍	その寺の門にも貼紙が出てゐた。／□「山門不幸、津送執行」／	今夜こそ	二階への梯子段を登って、
②	昭和8年7月	改造	同右	その寺の門にも貼紙が出てゐた。／「山門不幸、津送執行」／	同右	同右
③	昭和9年4月	改造社	同右	その寺の門にも貼紙が出てゐた。／□□□「山門不幸、津送執行」／	同右	同右
④	昭和10年5月	野田書房	同右	その寺の門にも「山門不幸、津送執行」と書いた貼紙が出てゐた。	同右	同右
⑤	昭和12年9月	改造社	同右	同右	同右	同右
⑥	昭和13年6月	改造社	道端（みちばた）	その寺の門にも貼紙が出てゐた。／□□□「山門不幸、津送執行」／	同右	梯子段を登って、
⑦	昭和13年11月	岩波書店	同右	その寺の門にも貼紙が出てゐた。／「山門不幸、津送執行」／	同右	同右
⑧	昭和15年2月	新潮社	道傍	その寺の門にも「山門不幸、津送執行」と書いた貼紙が出てゐた。	同右	二階への梯子段を登って、
⑨	昭和15年9月	改造社	道端（みちばた）	その寺の門にも貼紙が出てゐた。／□□□「山門不幸、津送執行」／	こんやこそ	梯子段を登って、

⑩	昭和17年4月	河出書房	道傍	その寺の門にも「山門不幸、津送執行」と書いた貼紙が出てゐた。	今夜こそ	二階への梯子段を登つて、
⑪	昭和20年11月	養徳社	道傍（みちばた）	同右	同右	二階への梯子段を上つて、
⑫	昭和21年2月	鎌倉文庫	道傍	その寺の門にも貼紙が出てゐた。／□□□「山門不幸、津送執行」／	同右	二階への梯子段を登つて、
⑬	昭和22年11月	創元社	道端（みちばた）	同右	こんやこそ	梯子段を登つて、
⑭	昭和23年1月	桃李書院	道傍	同右	今夜こそ	二階への梯子段を登つて、
⑮	昭和23年7月	細川書店	道端	同右	こんやこそ	梯子段を登つて、
⑯	昭和23年12月	新潮社	同右	同右	同右	同右
⑰	昭和35年5月	新潮社	同右	同右	同右	同右
⑱	昭和44年9月	新潮社	同右	同右	同右	同右
⑲	昭和55年5月	新潮社	同右	同右	同右	同右

番号	E（p.160）	F（p.162）	G（p.163）	H（p.163）	I（p.165）
①	そんなことをうはのそらで云ひながら、	片端	無惨	籠の糞の掃除をしてゐると、	犬屋は金に困つたとみえて、彼には犬を見せないで
②	そんなことをうはの空で云ひながら、	同右	同右	同右	同右
③	同右	片端（かたは）	同右	同右	同右
④	そんなことをうはの空で云つて、	半端	同右	籠の糞の掃除をしてゐる時、	同右

⑤	同右	同右	同右	同右	同右
⑥	そんなことをうはの空で云ひながら、	片端（かたは）	同右	同右	犬屋は金に困つたとみえて、しばらくしてから、彼には犬を見せないで
⑦	同右	同右	無慙	同右	同右
⑧	そんなことをうはの空で云つて、	半端	無惨	籠の糞の掃除をしてゐた時、	犬屋は金に困つたとみえて、彼には犬を見せないで
⑨	そんなことをうはの空で云ひながら、	片端（かたは）	無惨	籠の糞の掃除をしてゐる時、	犬屋は金に困つたとみえて、しばらくしてから、彼には犬を見せないで
⑩	そんなことをうはの空で云つて、	半端	無惨	籠の糞の掃除をしてゐた時、	犬屋は金に困つたとみえて、彼には犬を見せないで
⑪	そんなことをうはの空で言つて、	半端（はんぱ）	無惨（むざん）	籠の糞の掃除をしてゐる時、	同右
⑫	そんなことをうはの空で云ひながら、	片端（かたは）	無慙	籠の糞の掃除をしてゐた時、	犬屋は金に困つたとみえて、彼には犬を見せないで
⑬	そんなことをうはの空で言ひながら、	同右	同右	籠の糞の掃除をしてゐる時、	犬屋は金に困つたとみえて、しばらくしてから、彼に犬を見せないで
⑭	そんなことをうはの空で云ひながら、	同右	同右	籠の糞の掃除をしてゐた時、	犬屋は金に困つたとみえて、彼には犬を見せないで
⑮	そんなことをうはの空で言ひながら、	同右	同右	籠の糞の掃除をしてゐる時、	犬屋は金に困つたとみえて、しばらくしてから、彼には犬を見せないで
⑯	同右	同右	同右	同右	同右
⑰	同右	片端	同右	同右	同右
⑱	同右	同右	同右	同右	同右
⑲	同右	同右	同右	同右	同右

番号	J（p.167）	K（p.169）	L（p.169）	M（p.169）	N（p.171）
①	「それでももうだめか。」／「そんなことないわ。」／「さうなのかね。」	喜々	躓いて、生活力も	舞踊会も催す	それで後の命は救へたのである。
②	「それでも………。」／「そんなことないわ。」／「さうなのかね。」	同右	同右	同右	同右
③	「それでももうだめか。」／「そんなことないわ。」／「さうなのかね。」	同右	同右	舞踏会も催す	それで後の弟は救へたのである。
④	「それでももうだめか。」／「そんなことないわ。」／「へえ、これで、さうなのかね。」	同右	躓いて生活力も	舞踊会も催す	それで後の子犬は救へたのである。
⑤	同右	同右	同右	同右	同右
⑥	「それでももうだめか。」／「そんなことないわ。」／「さうなのかね。」	同右	躓（つまづ）いて、生活力も	同右	それで後の死は救へたのである。
⑦	同右	同右	同右	舞踊会を催す	同右
⑧	「それでももうだめか。」／「そんなことないわ。」／「へえ、これで、さうなのかね。」	嬉々	躓いて生活力も	舞踊会も催す	それで後の子犬は救へたのである。
⑨	「それでももうだめか。」／「そんなことないわ。」／「さうなのかね。」	同右	躓（つまづ）いて、生活力も	舞踊会を催す	それで後の死は救へたのである。
⑩	〈彼女は彼に自分を売る時に、〉〈「こんな商売をしてると、……見つめたものだつた。〉まで削除	同右	躓いて生活力も	舞踊会も催す	それで後の子犬は救へたのである。
⑪	「へえ、これで、さうなのかね。」	喜々（きき）	躓（つまづ）いて生活力も	同右	同右
⑫	「これでさうなのかね。」	喜々	躓いて、生活力も	同右	それで後の子供は救へたのである。

番号	O（p.175）	P（p.177）	Q（p.177）	R（p.177）
①	日射し	彼はこの木兎を憎むどころか、楽しい慰めとした。／「かういふ女中がゐないかと思つて捜してるんだ。」	同じ猛禽だが、	唾を飲んだりすると、
②	同右	彼はこの木兎を憎むどころか、楽しい慰めとした。／「かういふ女中がゐないかと思つて探してるんだ。」	同右	同右
③	同右	彼はこの木兎を憎むどころか、楽しい慰めとした。／「かういふ女中がゐないかと思つて捜してるんだ。」	同右	同右
④	同右	同右	同じく猛禽だが、	唾を飲んだりすると。
⑤	同右	同右	同右	唾を飲んだりすると、
⑥	日差（ひざし）	／彼はこの木兎を憎むどころか、楽しい慰めとした。／「かういふ女中がゐないかと思つて捜してるんだ。」	同じ猛禽だが、	唾を飲む音にさへ、
⑦	同右	同右	同右	同右
⑧	日射し	彼はこの木兎を憎むどころか、楽しい慰めとした。／「かういふ女中がゐないかと思つて捜してるんだ。」	同じく猛禽だが、	唾を飲んだりすると、

⑬	「それでももうだめか。」／「そんなことないわ。」／「さうなのかね。」	嬉々	躓（つまづ）いて、生活力も	舞踊会を催す	それで後の死は救へたのである。
⑭	「これでさうなのかね。」	喜々	躓いて、生活力も	舞踊会も催す	それで後の命は救へたのである。
⑮	「それでももうだめか。」／「そんなことないわ。」／「さうなのかね。」	嬉々	同右	舞踊会を催す	それで後の死は救へたのである。
⑯	同右	同右	躓いて、生活力を	同右	同右
⑰	同右	同右	同右	同右	同右
⑱	同右	同右	同右	同右	同右
⑲	同右	同右	同右	同右	同右

⑨	日差（ひざし）	／彼はこの木兎を憎むどころか、楽しい慰めとした。「かういふ女中がゐないかと思つて捜してるんだ。」／	同じ猛禽だが、	唾を飲む音にさへ、
⑩	日射し	彼はこの木兎を憎むどころか、楽しい慰めとした。「かういふ女中がゐないかと思つて捜してるんだ。」／	同じく猛禽だが、	唾を飲んだりすると、
⑪	同右	彼はこの木兎を憎むどころか、楽しい慰めとした。／或る時友人にその話をして、／「かういふ女中がゐないかと思つて捜してるんだ。」	同じく猛禽（まうきん）だが、	同右
⑫	同右	彼はこの木兎を憎むどころか、楽しい慰めとした。／「かういふ女中がゐないかと思つて捜してるんだ。」	同じ猛禽だが、	同右
⑬	日差（ひざし）	／彼はこの木兎を憎むどころか、楽しい慰めとした。／「かういふ女中がゐないかと思つて捜してるんだ。」	同右	唾を飲む音にさへ、
⑭	日射し	彼はこの木兎を憎むどころか、楽しい慰めとした。／「かういふ女中がゐないかと思つて捜してるんだ。」	同右	唾を飲んだりすると、
⑮	日差	／彼はこの木菟を憎むどころか、楽しい慰めとした。／「かういふ女中がゐないかと思つて捜してるんだ。」	同右	唾を飲む音にさへ、
⑯	日差（ひざし）	同右	木菟と同じ猛禽だが、	同右
⑰	同右	同右	木菟と同じ猛禽だが、	同右
⑱	同右	同右	木菟と同じ猛禽だが、	同右
⑲	日差	同右	木菟と同じ猛禽だが、	同右

番号	S（p.178）
①	千花子の踊を見に行くにしても、小女に花籠まで持たせであれば、／「止（よ）して帰らう」と、引き返すこともあるいからだつた。

②	千花子の踊を見に行くにしても、小女に花籠まで持たせてあれば、／「止して帰らう。」と、引き返すこともあるからだつた。
③	千花子の踊を見に行くにしても、小女に花籠まで持たせであれば、／「止（よ）して帰らう。」と、引き返すこともあるからだつた。
④	千花子の踊を見に行くにしても、小女に花籠まで持たせてであれば、／「止して帰らう。」と、引き返すこともないからだつた。
⑤	同右
⑥	千花子の踊を見に行くにしても、小女に花籠まで持たせてあれば、／「止（よ）して帰らう。」と、引き返すことが出来ない。
⑦	同右
⑧	千花子の踊を見に行くにしても、小女に花籠まで持たせてであれば、／「止（よ）して帰らう。」と、引き返すこともないからだつた。
⑨	千花子の踊を見に行くにしても、小女に花籠まで持たせてあれば、／「止（よ）して帰らう。」と、引き返すことが出来ない。
⑩	千花子の踊を見に行くにしても、小女に花籠まで持たせてであれば、／「止（よ）して帰らう。」と、引き返すこともないからだつた。
⑪	千花子の踊を見に行くにしても、小女に花籠まで持たせてであれば、／「止して帰らう。」と、引き返すこともないからだつた。
⑫	千花子の踊を見に行くにしても、小女に花籠まで持たせてあれば、／「止（よ）して帰らう。」と、引き返すこともないからだつた。
⑬	千花子の踊を見に行くにしても、小女に花籠まで持たせてあれば、／「止（よ）して帰らう。」と、引き返すことが出来ない。
⑭	千花子の踊を見に行くにしても、小女に花籠まで持たせてあれば、／「止して帰らう。」と、引き返すこともないからだつた。

⑮	千花子の踊を見に行くにしても、小女に花籠まで持たせてであれば、／「止（よ）して帰らう。」と、引き返すことが出来ない。
⑯	同右
⑰	千花子の踊を見に行くにしても、小女に花籠まで持たせてであれば、／「止して帰らう。」と、引き返すことが出来ない。
⑱	同右
⑲	同右

番号	T（p.178）	U（p.179）	V（p.179）	W（p.180）
①	ぢつと動かないありさまは、まだ唇や眉や瞼が描いてないし、	さういふ生活に浮かぶ泡沫の花に過ぎなかつた。	死の相手によいかと思もはれた。	突嗟に扉（ドア）の陰へ
②	同右	同右	死の相手によいかとも思はれた。	突嗟に扉の蔭へ
③	同右	同右	同右	咄嗟に扉（ドア）の陰へ
④	ぢつと動かないありさまは、まだ唇や眉や瞼が描いてないし	同右	死の相手によいかとも想はれた。	咄嗟に扉の蔭へ
⑤	同右	同右	同右	同右
⑥	ぢつと動かない真白な顔は、まだ唇や眉や瞼が描いてないので、	さういふ生活に浮かぶ泡沫（うたかた）の花に似た思ひに過ぎなかつた。	死の相手によいかとも感じられた。	咄嗟に扉（ドア）の陰へ
⑦	同右	同右	同右	同右
⑧	ぢつと動かないありさまは、まだ唇や眉や瞼が描いてないし	さういふ生活に浮かぶ泡沫の花に過ぎなかつた。	死の相手によいかとも想はれた。	咄嗟に扉の蔭へ

⑨	ぢつと動かない真白な顔は、まだ唇や眉や瞼が描いてないので、	さういふ生活に浮かぶ泡沫（うたかた）の花に似た思ひに過ぎなかつた。	死の相手によいかとも感じられた。	咄嗟に扉（ドア）の陰へ
⑩	ぢつと動かないありさまは、まだ唇や眉や瞼が描いてないし	さういふ生活に浮かぶ泡沫の花に過ぎなかつた。	死の相手によいかとも想はれた。	咄嗟に扉の蔭へ
⑪	ぢつと動かないありさまは、まだ唇や眉や瞼が描いてないし、	さういふ生活に浮かぶ泡沫（はうまつ）の花に過ぎなかつた。	死の相手によいかとも思はれた。	咄嗟（とっさ）に扉の蔭へ
⑫	同右	さういふ生活に浮かぶ泡沫の花に過ぎなかつた。	同右	咄嗟に扉の陰へ
⑬	ぢつと動かない真白な顔は、まだ唇や眉や瞼が描いてないので、	さういふ生活に浮かぶ泡沫（うたかた）の花に似た思ひに過ぎなかつた。	死の相手によいかとも感じられた。	咄嗟に扉（ドア）の陰へ
⑭	ぢつと動かないありさまは、まだ唇や眉や瞼が描いてないし、	さういふ生活に浮かぶ泡沫の花に過ぎなかつた。	死の相手によいかとも思はれた。	咄嗟に扉の陰へ
⑮	じつと動かない真白な顔は、まだ唇や眉や瞼が描いてないので、	さういふ生活に浮かぶ泡沫（うたかた）の花に似た思ひに過ぎなかつた。	死の相手によいかとも感じられた。	同右
⑯	同右	同右	同右	同右
⑰	同右	同右	同右	同右
⑱	同右	同右	同右	同右
⑲	同右	同右	同右	咄嗟に扉（ドア）の陰へ

（本研究はJSPS科研費25370242の助成を受けたものです。）

『呂氏春秋』に見える秦墨の思想
――慎大覧諸篇を中心として――

田中智幸

序

『呂氏春秋』に見える墨家思想について考察するにあたり、まず念頭に置くべきは秦墨の存在である。孟春紀去私篇には鉅子腹䵍が率いる墨家集団、孝行覧首時篇には墨者田鳩、先識覧去宥篇には東方の墨者謝子が、それぞれ秦の恵王（恵文君のこと。前三三七～三一一在位）に接触した記事を載せていて、中でも鉅子腹䵍が率いる墨家集団は入秦後、恵王から特別な信任を得ていたことを伺わせる記述がある。[1] これらの資料から遅くとも戦国中期、前四世紀後半には秦を根拠地とした墨家集団がいたことは確かである。

言うまでもなく墨家は本来、兼愛・非攻を主導する思想集団であった筈で、国内においては酷薄な法治主義政策をとり、国外に対しては強大な軍事力を背景とする領域国家を目指す秦の地において、秦墨が破格の待遇をもって受け入れられた理由は、城の防禦に関わる高い専門性を見出されたからであることは想像に難くない。さらに『墨子』号令篇には秦の官職・刑制などに関する語が頻出することなどから、秦墨が秦政にも参画していたと考えられる。秦墨についてはすでに渡辺卓氏の論考があり、明鬼下・号令・雑守・迎敵祠・旗幟などの諸篇が秦墨により完成されたことが明らかとなった。(2)

ところで、ひとくちに秦墨といっても城の防御だけでなく、多方面に渉り高度な専門知識を有する技能集団であったと思われる。『呂氏春秋』は秦の威信を賭けた一大文化事業であり、本書の編纂にも秦墨が積極的に参加した筈である。事実『呂氏春秋』には尚賢・節葬など墨家の専論の他、「義」「愛利」といった語が多用されるなど、墨家の濃厚な気配が随所に伺える。とりわけ注目すべきは、従来の墨家説の枠を超えた新しい思想が見えることで、それらは秦墨の手によって書かれたものかどうか具体的な検討を要するであろう。

墨家全体から見た秦墨は、渡辺氏の言葉の通り傍系墨家というべき存在であるが、『呂氏春秋』に見える秦墨の思想こそは戦国末の墨家思想として現存する唯一の貴重な資料と言えよう。小論では考察の対象として特に慎大覧の諸篇に著目し、そこに見える墨家思想を分析することによって、秦墨がどのような思想を新たに創造したのか明らかにしてみたい。

一

慎大覧の考察に入る前に『呂氏春秋』に見える思想の特徴について簡単に述べておきたい。『呂氏春秋』は秦の荘襄王元年（前二四九）から始皇帝の十年（前二三七）までに書かれたもので、本書には儒家・道家・墨家・法家・名家・兵家等の思想が混在している。これら所謂諸子百家言は戦国末に至るまでの長い年月を経て進化を遂げた最終的な思想であり、従来にない新たな思想の宝庫ともいうべき様相を呈している。例えば道家については、道法思想だけでなく漢代に盛行した黄老思想の萌芽が早くも見出される。(3)

墨家について言えば、『呂氏春秋』の思想全体に占める割合はかなりの比重を占めていると思われる。にもかかわらず、一篇を通じ一貫して墨家説が見えるのは仲春紀当染篇・開春論愛類篇などごく僅かであり、その他の墨家説は断片的に散見する。特筆すべきは、これまでとは異なった尚賢説・尚同説などの他、法家説との折衷や道家思想への接近など新たな思想の展開が見えることである。法家説受容の例としては、離俗覧用民篇に「凡そ民を用ふるに、太上は義を以てし、其の次は賞罰を以てす」と、治政の要として「義」と「賞罰」とを挙げている。ここにいう「義」とは儒家の義ではなく「正義」の意である。これは『墨子』天志篇下に「天は義を欲して、其の不義を悪む者なり。何を以て其の然るを知るか。曰く、義は正なればなり……天子善有れば、天能く之を賞し、天子過ち有れば、天能く之を罰す」とあるように、守禦集団を標榜する秦墨が秦にあって商鞅由来の法治主義による賞罰を取り入れ、天と結び付けたことは容易に想像できる。この用民篇の記述は『墨子』天志篇下に基づいた秦墨の作と考えられる。

道家思想へ接近した例としては、有始覧聴言篇に「善不善は義に本づき愛に本づく。愛利の道爲るや大なり。夫れ海に流るる者は、之を行くこと旬月なれば、人に似たる者を見て喜ぶ。其の朞年なるに及ぶや、其の嘗て物を中国に見たる所の者を見て喜ぶ。夫れ人を去ること滋〻久しければ、人を思ふこと滋〻深きか」とある。「義」と「愛」を併記し、さらに「愛利の道爲るや大なり」という。この「義」は紛れもなく墨家の「義」であり、「愛利」は中期墨家に特有の思想である。ところが、『荘子』徐無鬼篇には「子、夫の越の流人を聞かずや。国を去ること数日なれば、其の知る所を見て喜ぶ。国を去ること旬月なれば、嘗て国中に見たる所の者を見て喜ぶ。期年に及びてや、人に似たる者を見て喜ぶ」という記述がある。すると、聴言篇のこの文は徐無鬼篇をもとにして書かれたことは明白で、聴言篇のこの一文には、墨家言と道家言が混在していることになる。そこで有始覧聴言篇と『荘子』徐無鬼篇との先後の問題が浮上するが、『呂氏春秋』と『荘子』の形成における先後の問題について筆者は既に考察を行なっている。卑見によれば、聴言篇が徐無鬼篇の文を採ったと考えられる。渡辺氏の考察にもあるように、『呂氏春秋』は『墨子』の思想をもとにしていることは確かであるから、聴言篇のこの文は『荘子』徐無鬼篇と墨家の思想をもとに書かれたと考えられる。秦墨が道家に接近を図ったと思われることについては後でも触れるが、このように一篇の中だけでなく、一連の文の中にさえ複数の異なる思想が混在しているのが『呂氏春秋』の特徴である。それが新たな思想の故なのか、本書の編纂事業の特異性に起因するものなのかという問題については『呂氏春秋』の思想分析とともに、さらにいっそうの考察が必要である。(6)

二

『呂氏春秋』慎大覧の考察の手順として便宜上、最初に第四報更篇、第五順説篇から検討を始め、次に第一慎大篇、第三下賢篇についても若干の卑見を述べてみたい。

慎大覧第四報更篇・第五順説篇は隣り合って置かれているというだけでなく、内容についても本来、密接な関係にあったと思われる。「報更」とは、君主が賢者に十分な待遇をすれば賢者は必ずその徳に報いるという趣旨のもと、同篇は三つの説話から構成されている。一番目は晋の趙宣孟(趙盾)が嘗て絳(晋の都)で救った餓人によって刺客から逃れることが出来たという説話・二番目は張儀の入秦譚で、秦に赴く途中の張儀を東周の昭文君が礼遇したことによって、昭文君は王者としての権威を失っていたにもかかわらず後世に名を残すことが出来たという説話・三番目は斉の淳于髠が薛の地を過ぎった際、領主であった孟嘗君(田文)から臣下の礼を受けた義に報い、斉王に機智に富んだ復命を行なったため、薛の地が楚の侵攻から救われたという説話である。

一方、「順説」とは説得に巧みな人が、すぐれた武術のように相手の力を利用しながら、自己の論に引き込んでいく話術の意。報更篇三番目の淳于髠説話の本来の趣旨は、言葉巧みに斉王に援軍を決意させた淳于髠の話術の妙であって、説話の内容はむしろ順説篇にふさわしい。あるいは両篇の文量を調節するため、編纂の最終段階で淳于髡説話が報更篇に移されたものかも知れない。それはともかく、以上のように両篇の論旨は互いに連絡があり、報更篇の末尾は「故に善く説く者は、其の勢ひを陳べ、其の方を言ひ……説の聴かれざるは、任独り説く所に在るのみならず、亦た説く者に在り」という文で結んでいる。そして続く順説篇の冒頭は「善く説く者は云々」という書き出しで始められていて、おそらく慎大覧の編纂時、あらかじめ準備されていた資料群を説話の内容によって、それぞれ報更・順説の両篇に振り分けたと推測される。次に小論の本題である墨家思想との関係に留意し、あらためて両篇の検討を行なう。

報更篇について

報更篇では、趙宣孟説話中の「此れ書の所謂、幾《さいは》ひを徳《え》て小とする無かれ」という記述に注目しなければならない。これは絳の地で行き倒れとなっていた餓人が趙宣孟によって命の危機を救われた恩を指したものであるが、『墨子』明鬼下篇には『禽艾』から同文を引用している。

『禽艾』に之れ之を道ひて曰く、璣《さいはひ》を得るも小とする無かれ、宗を滅ぼさるるも大とする無かれ、と。則ち此れ鬼神の賞する所は、小と無く必ず之を賞し、鬼神の罰する所は、大と無く必ず之を罰するを言ふなり。

明鬼下篇では鬼神の実在を証明するため、全篇を通じてその証拠を列挙している。右に示した『禽艾』の文は明鬼篇の末尾に置かれているもので、「(殷の紂王が不仁の限りを尽くしたため、鬼神が天罰を下した)鬼神の下す罰は、富貴・強力な大軍・勇猛果敢な武術・堅固な鎧・鋭利な武器をもってしても防ぐことはできない」とした上で、『禽艾』の「天から与えられた幸いは、どんなに小さくても小さいと思ってはならない。逆に、天から与えられた罰は、一族が滅亡するような大きなものでも大きいと思ってはならない」と、鬼神のはたらきの絶大かつ精妙であることを力説するものである。『禽艾』なる書について詳細は不明であるが、明鬼下篇では鬼神の存在とはたらきが一貫して説かれており、傍線で示した重複文は、違和感なくその論旨に沿った形で置かれている。そこで『墨子』明鬼下篇と『呂氏春秋』報更篇におけるこの重複文から両篇の先後を考えれば、明鬼下篇が本になっていることは明らかで、重複箇所に使われている文字を見ると「璣」というように玉偏が付いていることも、古さを感じさせるという点でいっそうその感を深くする。二年前に趙宣孟から受けた恩を忘れず、命を賭して宣孟を救った桑下の飢人の行いこそはまさに墨家の義であり、離俗覧上徳篇に載せる墨家の鉅子孟勝の壮絶な正義に他ならない。[7] これを要するに、『呂氏春秋』慎大覧報更篇は『墨子』明鬼下篇をもとに書かれたものであろう。そうであるとすれば報更篇は秦墨によって書かれたものと推測される。

明鬼下篇は『呂氏春秋』報更篇の外、有始覧務本篇とも密接な関連がある。有始覧務本篇は次のような書き出しで始まる。

嘗試《こころみ》に上古の記を観るに、三王の佐、其の名栄ならざる者無く、其の実安からざる者無きは、功大なればなり。詩に云ふ、晻たる有りて凄凄たり、雲を興すこと祁祁たり、我が公田に雨ふり、遂に我が私に及ぶ、と。三王の佐は、皆な能く公を以て其の私に及べり。俗主の佐は、其の名実を欲すること、三王の佐と同じくして、其の名辱められざる者無く、其の実危からざる者無きは、公無きが故なり。

一方、明鬼下篇には、商書と夏書の禹誓を引用する次のような記述が見える。

然れば則ち姑《しばら》く嘗《こころみ》に上のかた商書に観ん。曰く、嗚呼、古へは有夏、方に未だ禍有らざるの時、百獣貞虫より、允《もつ》て飛鳥に及ぶまで、比方せざるは莫し。……山川の鬼神の敢へて寧からざるは莫き所以を察するに、佐《たす》けて禹を謀るを以てなり。……然れば則ち姑く嘗に上は夏書に観ん。禹誓に曰く、大いに甘に戦ふ。王乃ち左右六人に命じ、下って誓を中軍に聴かしめて曰く、有扈氏五行を威侮し、[8] 三正を怠棄す。天用て其の命を勦絶せんとす。

右に掲げた務本篇の「嘗試に上古の記を観るに」という冒頭文は、同じく右に掲げた明鬼下篇の「然れば則ち姑く嘗に上のかた商書に観ん」「然れば則ち姑く嘗に上は夏書に観ん」という商書と夏書の禹誓を引用する書き出しと似る。内容を見ると務本篇では、いにしへ三王（禹・湯・文武）を補佐した臣が輝かしい名声と安泰な地位を得た理由は、彼等が立てた多大な功績にあるとして、人臣たる者の心構えを説いている。一方、明鬼下篇の商書の引用では、夏の王朝で天の災いが起こらなかった頃、人間はもとより百獣以下すべての生き物が天の意志に従い、山川の鬼神も安らかな気持ちでいたからこそ、禹は天下を統一し、下界も平穏無事に保つことができた、とする。また夏書禹誓の引用では、禹が甘における戦いで六人の側近に命じた内容が書かれ、禹が有扈氏を征伐できたのは、禹を補佐した六人の臣下が活躍したためである、とする。この二つの尚書に引用された内容を検討してみると、商書については、尚同中篇に「夫れ既に天子に尚同するも、未だ天に上同せざる者は、則ち天菑《さい》、将に猶ほ未だ止まざらんとす。故に当《すなは》ち夫の寒熱節ならず、雪霜雨露時ならず、五穀熟せず、六畜遂げず、疾菑戻疫、飄風苦雨、荐《しきり》に臻《あつ》まりて至る者の若きは、此れ天の罰を降せるなり。将に以て下人の天に尚同せざる者を罰せんとするなり」とあるように、墨家の尚同論と同じ発想で書かれていることが知られる。夏書禹誓については、禹を補佐した六人の家臣の功績が描かれていて、これは右の務本篇の三王を補佐した臣たちの功績をたたえる内容と一致する部分が多い。

　務本篇の書き出しで「嘗試に上古の記を観るに」というのは、墨家色を薄めるために尚書の名ではなく「上古記」としたものと思われる。『呂氏春秋』が墨家の資料を使う場合、墨家色を薄めるため、敢えて具体的な書名を出さなかったと推測される例は散見する。例えば、いま見てきた報更篇の趙宣孟説話に「此れ書の所謂」と記すのみで『禽艾』という書名を記していない。また『墨子』七患篇に「故に夏書に曰く、禹には七年の水、と。殷書に曰く、湯には五年の旱」とあるのに対して『呂氏春秋』季秋紀順民篇では「昔者湯、夏に克ちて天下を正す。天大いに旱し、五年収めず」とある。これは、墨家の理想的王者と仰ぐ禹の事跡に関わることから夏書の七年の大洪水には触れず、湯の五年の日照りのみを記す一方、『殷書』という書名の記載を避けたと思われる。墨家色を薄めたという事実は、書名の表記だけでなく思想面にも当てはまる。務本篇の資料には、明鬼下篇で本来言わんとしている鬼神・天について何も触れていないことに注目すべきである。ただし、「晻たる有りて凄凄たり、雲を興すこと祁祁たり、我が公田に雨ふり云々」という『詩経』小雅大田の引用文は、鄭箋に「古へは陰陽和し、雨風時なり」とあるように、陰陽が調和した世には、時宜にかなった恵みの雨が降るという意味が込められていよう。これは、いま示した尚同中篇の尚同論を裏付ける天の存在を述べた「未だ天に尚同せざる者は……雪霜雨露時ならず……此れ天の罰を降せるなり」という表現と同一のものである。以上の考察から、尚同論の中から天・鬼神の思想を取り除いて臣下たる者の心得に重心を移したものに、明鬼下篇からいにしへの功臣の話の筋だけを合わせて出来上がったのが有始覧務本篇であると推測される。そうであるとすれば、務本篇もまた秦墨の作であるという事になり、明鬼下篇は秦墨の手に成るという渡辺氏の説を補強することになる。

順説篇について

順説篇は三つの説話、一番目は恵盎と宋の康王との対話・二番目は田賛と楚王との対話・三番目は管仲の魯脱出譚で構成され、一番目と二番目の説話は共に偃兵を説く内容となっている。言うまでもなく偃兵は墨家の非攻論に他ならない。一番目の説話に登場する恵盎は、高誘の注に「恵施の族なり」という。恵施は『漢書』芸文志では公孫龍子とともに名家に名を連ねていて、武内義雄氏は『荘子』天下篇に載せる所謂歴物十事に「汜く万物を愛す。天地は一体なり」とあるのと、『韓非子』七術篇に偃兵を説いているのによって考えると、「恵施も亦た墨者の一人である」(9)という。

恵施が偃兵を唱えたことは『荘子』則陽篇に、盟約を違えた田侯牟(斉の威王)に制裁を加えようとする魏罃(魏の恵王)に対し、出兵を思い止まらせるため、恵施が仲介役となって隠者の戴晋人を魏王に面会させた話(有名な「蝸牛角上の争い」の典拠をなす寓話）が見えるほか、『呂氏春秋』開春論愛類篇に、恵施が自説を曲げて斉王に偃兵を説いている。また、審応覧応言篇に恵施と白圭の問答・公孫龍と燕の昭王との偃兵をめぐる問答(10)・司馬喜と墨家の師との非攻をめぐる問答を三条連続して載せている。この墨者について具体的な名は挙げられていないが、「墨者師」と記されていることから、それなりの身分を持つ墨者であろう。中山王の面前において、非攻をとりあげて詰問した司馬喜を見事論破したこの墨者師は、面目躍如といったところであったろう。

ここで留意すべきは、墨者が恵施・公孫龍といった名家に属する学者たちと同列に扱われていることで、このことは、墨家の一派に論理学を専門とする集団が存在したことを物語る。その証としては、先識覧去宥篇に東方の墨者謝子が秦の恵王に謁見を試みた時、秦墨の唐姑果が恵王を諌めて「謝子は東方の弁士なり。其の人と為りや甚だ険にして、将に説に奮《つと》めて以て少主を取らんとす」と述べている。謝子の人となりは、へつらいおもねること甚だしく、さらには弁舌を弄して太子を篭絡しようとしている、と言うのである。もっとも去宥篇の資料では「唐姑果は王の謝子に親しむこと已よりも賢《まさ》らんことを恐れ」という筋書きになっているが(11)、「東方の弁士なり」と記されていることから、東方の墨者の中に弁論を専門とする一派が存在したらしい。津田左右吉氏は、墨家が儒家との論争に備え、夙に名家の論理学を取り入れていたことは、『墨子』に経上・下、経説上・下、大取・小取の各篇があること、また『荘子』駢拇篇に「弁に駢なる者は、瓦を累ね、縄を結び、句（鉤）を竄《あ》て、心を堅白同異の間に遊ばせ、敝（蹩）跬（蘖）して無用の言を誉む。非なるか。而ち楊墨是れのみ」とあることからも知られるとし、また天下篇に「相里勤の弟子、五侯の徒、南方の墨者、苦獲・己歯・鄧陵子の属は、倶に墨経を誦し、倍譎して同じからず、相ひ別墨と謂ひ、堅白同異の弁を以て相ひ訾り、觭偶不仵の辞を以て相ひ応ず」とあるのは、墨者のうちにも学派が分かれ、その間互いに詭弁をもって相い論難した、と指摘している(12)。『荀子』非十二子篇に「功用を上び倹約を大《たっと》んで差等を僈《あなど》り……然れども其の之を持するには故を有ち、其の之を言へば理を成し、以て愚衆を欺惑するに足る、是れ墨翟・宋銒なり」と、墨翟と宋銒を併称する一方、『荘子』天下篇には宋銒と尹文を併称し「攻を禁じ兵を寝《や》めて世の戦ひを救ふ」と記されていることから、恵施・公孫龍子だけでなく宋銒も墨家に近い学者の一人であることが分かる。これらの資料によって、墨家が名家の論理学を取り入れたというだけでなく、墨家と名家が互いに密接な関係を持っていたと考えなくてはならない。

話を最初の恵盎と宋の康王との問答説話に戻すと、恵盎が宋の康王を言葉巧みに自論に誘導するやり取りが詳細に描かれているが、その話術は審応覧に見える詭弁論者のそれと一脈通じる。順説篇二番目の説話は田賛と楚王との対話であるが、ここでも偃兵論が骨子となっていることは既に述べた。田賛の身なりがあまりにも粗末なのを見咎めた楚王に対し、田賛が巧みな話術で論題をすりかえて偃兵を説いている。この二つの説話に見られるように、墨家の偃兵論は巧みな話術を伴って行なわれたのであり、『呂氏春秋』審応覧の諸篇には、これら名家の詭弁論に関わる説話が集められている。ただし、このような名家への言説に対し、審応覧の記述はいたずらに君主を惑わすものとして批判的な論調を展開している。

慎大篇について

小論では既に有始覧務本篇が秦墨の手によって書かれたことを推論した。慎大篇の墨家思想を考察するにあたり先ず気付くのは、慎大篇にもまた、務本篇と同じく「公」についての記述が見えることである。先に掲げた務本篇の資料に「公を以て其の私に及べり」「公無きが故なり」と、人臣たる者の心構えとして「公」の重要性を力説している。務本篇にいう「公」とは、君主国家を第一とし、自分自身の利をはからないということである。孟春紀去私篇に、先述した墨家の鉅子腹䵍の記述があり、私情を忍んで我が子を処刑した腹䵍に対して「鉅子は公なりと謂ふべし」と、墨家の強烈な「公」を主張しているのは、典型的な墨家の「公」である。

一方、慎大覧の諸篇には「至公」「至貴」という語が見えることに注目したい。先ず第一慎大篇には、湯が即位して天子となるや、夏の民は慈悲深い親を得たかのごとく大いに喜び、殷に親しむこと恰も夏のようであったとし、「此を之れ至公と謂ふ」とある。また次に考察する慎大覧第三下賢篇には、善綣に対し北面して臣下の礼をとり教えを請うた尭を「此れを之れ至公と謂ふ」と述べている。この慎大・下賢両篇に見える「至公」の意味はかなり特殊なものと言わざるを得ない。『呂氏春秋』書中、「至公」という語は小論で考察する慎大覧慎大篇・下賢篇の他、孟春紀貴公篇に見えるのみである。貴公篇に書かれている「至公」とは、楚の人で弓を失くした人がいたが、弓を探そうとはせず「楚の人が失くし、楚の人がそれを拾うなら、探す必要はない」と言い、それを聞いた老耼が「人の字を省けば良いのに」と言ったという記事で、「故に老耼は則ち至公なり」と結んでいる。ここに見える貴公篇の「至公」もまた、かなり異様な印象を受ける。この記事にいう「至公」の内容は、本来道家から出された資料ではなく、墨家が「至公」を権威付けるために老耼の名を騙ったものと考えられる。渡辺氏は『墨子』親士篇の文に『荘子』『老子』と相似する文が目立つことから、親士篇は道家の影響を受けた墨家の末流が著作したと述べている。(13) 蓋し卓見であって、孟春紀貴公篇の墨家説と思われる記述の中に老耼の名が登場するのも、戦国末に秦墨が道家に接近したことを示す資料となるであろう。そうであるとすれば、孟春紀貴公篇もまた秦墨の作である可能性が高い。

留意すべきは、貴公篇に「嘗試に上志を観るに云々」という引用があり、務本篇の「嘗試に上古の記を観るに」という記述を連想させることである。また貴公篇では冒頭に「昔先聖王の天下を治むるや、必ず公を先にす。公なれば則ち天下平らかなり」と記されているから、貴公篇にいう「公」とは務本篇にいう「私」に対する「公」を優先させるという意味であろう。ただし、続く去私篇にいう「公」とは「公平」の意味の論述で、貴公篇とは異なるから注意が必要である。陳奇猷氏は去私篇全篇に墨家思想が濃厚であることから、本篇を墨家の作であると述べている。(14) このように、孟春紀第四貴公篇・第五去私篇は有始覧務本篇と密接な関わりがあり、特に貴公篇は秦墨との関係が濃厚であることを指摘しておきたい。

考察を慎大篇に戻して、ここで留意すべきは、慎大篇の末尾は「墨子の守攻を為すや、公輸般服すれども、肯へて兵を以て加へず。善く勝を持する者は、術を以て弱きを強くするなり」という一文で結んでいることである。この結びの文は、それまでの慎大篇の趣旨、すなわち湯王・武王・趙襄子が王朝の基礎を築いたのは戒慎し徳を積んだからであるという内容とは脈絡がなく唐突な印象は拭えない。推測するにこの一文は後で置かれたものであろう。慎大覧の巻頭に位置する慎大篇の締括りとして「慎大」すなわち巨大化した秦帝国を繁栄維持させるためには、これまでに増して慎重さが求められる、それには墨家の巧みな用兵術、すなわち城の守禦及び偃兵論が必要であるということを強調しようとしたと考えられる。

下賢篇について

下賢篇に尭が善綣に臣下の礼をとった行為を「至公」と評していることは既に述べたが、下賢篇に見える一連の尚賢説は、これまでの墨家の尚賢説とは異質である。下賢篇の内容を簡単に紹介すると、賢明な君主は有道の士に対して傲然と構えることなく、みずから益々士を礼遇すれば、有道の士はこぞって心を寄せるようになるという趣旨の序文の後、尭が北面して得道の士である善綣に教えを請うた話・周王朝が成ったのは、周の創成期に周公旦がひたすらへりくだって賢者を礼遇したという記事・斉の桓公が覇者となることが出来たのは有道の士を礼遇したからであり、一庶民に過ぎない小臣稷にいく度も面会を試みた逸話・鄭の子産が宰相としての地位を門外に置いて壷丘子林に教えを請うた逸話・魏の文侯が段干木に会う時に臣下の礼を行なった説話を記す。これらはいずれも有道の士・賢者の前には君主が臣下の礼を尽くして礼遇するものであり、従来の墨家の尚賢論の中に、その身分・血縁・財産を問わず賢者を求めるという態度からさらに一歩踏み込んだものである。

『呂氏春秋』の諸篇には、賢者への希求と重要性といった尚賢に関わる記述が随所に見られる。いま列挙してみると、季秋紀知士篇、孟冬記異宝篇、仲冬紀至忠篇・忠廉篇、季冬紀士節篇・不侵篇、有始覧聴言篇・謹聴篇・諭大篇、孝行覧本味篇・慎人篇・遇合篇、慎大覧下賢篇・報更篇、先識覧先識篇・知接篇・観世篇・正名篇、審応覧具備篇、恃君覧長利篇・召類篇・驕恣篇、開春論察賢篇・期賢篇、慎行論求人篇、貴直論貴直篇・直諫篇・知化篇、不苟論賛能篇・自知篇、士容論士容篇などの多数の篇に及び、賢主が賢者・有道の士を求めるとなれば、あらゆる手立てを尽くさなければならないことを述べている。このうちさらに進んで、有道の士となれば、その身分・尊卑に関わりなく、君主が賢者に対してへりくだる必要性に言及しているのは『呂氏春秋』書中、この下賢篇と慎行論求人篇のみである。賢者を得るためにその身分・尊卑に関わりなく、君主が賢者に対してへりくだる必要性を力説する求人篇には「先王の賢人を索《もと》むるや、以《もち》ひざるは無く、卑きを極め賤しきを極め、遠きを極め労《つか》れを極む」とあるように、いにしへの先王が賢人を求めるとなれば、ありとあらゆる手立てを使ったのであり、賢者に対しては、この上もなくへりくだり、相手の身分が低いことなど意に介さず、いかなる遠路や苦労もいとわなかったのである。

さて問題は、下賢篇と求人篇に見えるこのような特異な尚賢説が、果たして秦墨のものであるかどうか、という事である。秦墨の作と伝えられる『墨子』親士篇にも「君子は自ら難くして彼を易くし、衆人は自ら易くして彼を難くす。君子は進んで其の志を敗らず、内《しりぞ》いて其の情を究む。庸民に襍《まじは》ると雖も終に怨心無し」というように、下賢篇・求人篇と似た特殊な尚賢説が見えている。注意しなければいけないのは、この特殊な尚賢説は、墨子の経典では親士篇にのみ見えることである。秦墨の作と考えられる親士篇にこのような下賢篇・求人篇と似た特殊な尚賢論が見えていることから、下賢篇は秦墨の手によって書かれたと考えたい。なお、親士篇に見えるこの特殊な尚賢論については、渡辺氏の指摘があることは既に小論中で述べたから繰り返さない。

結語

『呂氏春秋』が墨家思想の強い影響を受けていることは確かである。にもかかわらず、本書の中に墨経の十論に示される思想や対応文を見出すことは稀である。それは『呂氏春秋』という書が、天下統一後の大秦帝国のための政治指針を示すことを第一の目的として書かれたからであって、本書の編纂作業に従事した秦墨がその思想を主張しにくいという側面もあるが、実は秦の地に活路を見出した秦墨が生き残りを図るため、本来の墨家思想を大きく変更せざるを得ず、さらには思想の主張そのものを諦めざるを得なかったという事情がある。

天下統一を目前に秦の領土が巨大化するにつれ、秦墨が唯一その存在意義を示すことができた防禦と表裏一体をなす偃兵論でさえ、撤回せざるを得なかったと思われる。孟春紀去私篇は全篇を通じて墨家説が濃厚に伺えることは既に述べた通りであるが、本篇の末尾には「暴を誅すれども私せず、以て天下の賢者を封ず。故に以て王伯と為す可し」と、王者・覇者と呼ばれる者は、横暴な君主を誅伐してもその領土を私しないという文が置かれているのは、こうした経緯を無言のうちに物語るであろう。

そのため、『呂氏春秋』の中から墨家思想を探し出すという作業は困難を伴う。『呂氏春秋』の諸篇から秦墨によって書かれたと考えられる資料を手がかりに、秦墨が新たに構築した思想とはどのようなものなのか、手繰り寄せなければならない。小論では、墨家色が強く反映されていると思われる慎大覧の第一慎大篇・第三下賢篇・第四報更篇・第五順説篇に著目し考察を試みた。その結果、報更篇は秦墨の作と考えられる明鬼下篇をもとに書かれたものであることを明らかにした。さらに明鬼下篇は有始覧務本篇とも密接な関係があることから、報更篇・務本篇は秦墨の手に成るものであると推論した。また、慎大篇・下賢篇には「公」に関わる特殊な記述が見えるが、この「公」は有始覧務本篇にも見えることから、慎大篇・下賢篇は秦墨と密接な関わりがあり、さらに秦墨が道家に接近したことを指摘した。特筆すべきは下賢篇に従来の墨家説の枠を超えた尚賢説が見えることで、この特殊な尚賢説は、墨子の経典では親士篇にのみ見えるものである。先学の指摘するように親士篇は秦墨の手に成ると思われる資料であることから、下賢篇は秦墨の作であると推論した。また、順説篇は墨家の非攻論に特有の偃兵を巧みな話術で説く説話で占められている。墨家の一派に論理学を専門とする集団が存在し、名家と密接な関係を持っていたことは既に先学の指摘する所で、審応覧応言篇には恵施・公孫龍といった名家と墨者が同列に扱われている記事が見える。そこで、順説篇もまた墨家の強い影響下に形成された篇であると考えられる。

なお、秦墨によって書かれたと考えられる『呂氏春秋』の資料は慎大覧だけではないことは言うまでもない。小論では考察の過程で孟春紀貴公篇・去私篇についても少しく触れたが、これら十二紀に見える墨家思想については、さらに改めて考察しなければならない。

秦王政（始皇）の即位十年（前二三七）呂不韋が失脚し、秦が天下を統一（前二二一）すると、秦墨は急速に衰退し、間もなく消滅した。長い戦乱の世に終止符が打たれ、その守禦の術も必要とされなくなったからである。秦墨のみならず墨家自体も、自然消滅の道を辿った。焚書による思想統制もさることながら、漢代に儒教が国教化されると、「儒墨」と併称されてきた墨家は儒家側の徹底的な弾圧を受けて命運を絶たれたと思われる。『漢書』芸文志には墨家の文献として『尹佚』二篇、『田俅子』三篇、『我子』一篇、『随巣子』六篇、『胡非子』三篇『墨子』七十一篇が著録されているが、このうち『墨子』五十三篇のみが伝わる。いま『玉函山房輯佚書』には墨家として『史佚書』、『田俅子』、『随巣子』、『胡非子』、『纒子』の佚文を載せる。

日本に『墨子』が伝わった時期は不明である。『日本国見在書目録』には随巣子、胡非子、纒子一巻とあり、墨子の名が見えないからである。中国においてかろうじて命脈を保った『墨子』も明末清初に至るまで久しく読まれることがなかったためテキストに乱れが多く、畢沅・孫詒譲等によって漸く読めるようになった経緯は贅言を要しない。日本では明の茅坤が校閲した涵春楼刊本を復刻した和刻本『墨子全書』宝暦七年（一七五七）須原屋茂兵衛・須原屋平左衛門刊本がある。この本は原本に句読点を追加するのみであるが、畢沅の『経訓堂墨子』霊巌山館刊本の復刻本が早くも天保六年（一八三五）に刊行された。この本は江戸松本氏蔵と銘されて訓点を完備している。孫詒譲の墨子間詁を俟たずしてこのような和刻本を作った江戸時代の漢学者の読解力に改めて驚かされる。言うまでもなく『墨子』注釈の白眉は孫詒譲の『墨子間詁』であるが、明治四十四年（一九一一）本書を底本とした「漢籍国字解全書」墨子国字解（牧野謙次郎著、早大出版部）が出された。さらに大正二年（一九一三）本書に訓点と頭注を付した「冨山房漢文大系」（小柳司気太）が出た。また小柳氏には「国訳漢文大成墨子」（国民文庫刊行会）がある。

【注】

（1）去私篇には、墨家の鉅子腹䵍の子が死罪を犯した際、恵王が腹䵍に他に子のないことを気遣い、罪に問わないように配慮しようという提案をした説話を載せていて、秦の地にあって墨家が特別な信任を得ていたことを伺わせる。

（2）渡辺卓氏『古代中国思想の研究』第三部「墨家の集団とその思想」四百六十一頁を参照。昭和四十八年、創文社刊。

（3）拙稿「『呂氏春秋』に見える黄老思想の萌芽」（「鶴見大学紀要第三十九号」平成十四年）を参照。

（4）原本は「本」を「不」に作る。范耕研『呂氏春秋補注』により改めた。

（5）拙稿「『呂氏春秋』に見える『荘子』について」（「鶴見大学紀要第三十三号」平成八年）を参照）。

（6）『呂氏春秋』と『墨子』との先後の問題について渡辺氏は、仲春紀当染篇については、『墨子』所染篇は秦墨の手になって『呂氏春秋』編述の際、若干の改訂を加えられ、当染篇として同書に編入されたこと、慎大覧慎大篇・開春論愛類篇については、『墨子』公輸篇の墨家的色彩をうすめて話柄の興趣だけを取ったのが愛類篇の記載であること、離俗覧高義篇については、『墨子』魯問篇に載せる墨子が越王の招聘を辞退した話を節略して出来たのが高義篇の記事であることなどから、「呂氏春秋のほうがその資料を墨子諸篇から仰いでいると見なして大過はない」と結論付けている。前掲書（『墨子』諸篇の著作年代、五百四十一頁）を参照。

（7）離俗覧上徳篇に、楚の一族である陽城君と親しかった墨家集団の鉅子（首領）孟勝に所領を守らせる際、璜を二分して割符とした。楚の悼王が薨ずると、その下で宰相となり権勢を振るっていた呉起が攻められ、これに連座した陽城君は逃走した。その結果、孟勝は陽城君の城を明け渡さざるを得なかった責任を取り、百八十人の弟子と共に自決したという記事を載せる。

（8）原本は「威」。王引之によって改めた。

（9）武内義雄全集第八巻『中国思想史』第八章「論理学の発達」七十四頁を参照。

（10）審応覧審応篇には、趙の恵王が公孫龍に偃兵について尋ねた時、「公孫龍対へて曰く、偃兵の意は、天下を兼愛するの心なり」と答えている。公孫龍子は墨家に極めて近い思想をもっていたことが知られる。

（11）先識覧去宥篇には、東方の墨者謝子が恵王に謁見しようとした際、秦墨の唐姑果（『淮南子』脩務訓では「唐姑梁」）が恵王に讒言したため、謝子は失意のうちに秦を去らざるを得なかったと記す。

（12）津田左右吉全集第十三巻『道家の思想とその展開』第三篇第五章「墨家の思想」二三一頁を参照。

（13）渡辺氏の前掲書第二章「十論以外の諸篇」五百二十六頁を参照。

（14）陳奇猷氏『呂氏春秋校釈』五十六頁（一九八四年、学林出版社刊）を参照。

資料編

伝藤原家隆筆『古今集』残簡及び断簡

――新出異本歌を含む鎌倉時代写本――

久保木　秀　夫

残存状況・書誌

鶴見大学図書館に、鎌倉時代後期頃写の『古今集』残簡が蔵されている（請求記号九一一・一三五一K、登録番号一一八七五〇三、以下「鶴見残簡」と呼ぶ）。もと四半列帖装の巻子改装一軸で、後補の金茶地瑞獣織り出し金襴表紙に続けて、真名序のほぼ全文（十面分・各六行）と、中継ぎの別紙を挟んで仮名序の前半（十五面分・各十行）、及び巻二・春下・七八〜七九の二首分（一面分・八行）の、都合二十六面分が継がれている（図版一〜三参照）。一面は縦二十五・三cm×横十五・二cm程度。その存在自体はすでに『学校法人総持学園創立八〇周年記念展示　和歌と物語――鶴見大学図書館貴重書八〇選――』(1)において「13　古今和歌集　零本　真名・仮名序」と紹介されており、仮名序の一部分の図版が掲載された上で、高田信敬氏によって簡潔明快に解説されている。曰く「真名序に強い手沢が見られ、これを巻首に持つ伝本であったらし」く、「筋切・基俊本・俊成本等が掲出本と同様の構成を持つ」、「字句にも通行の定家本との異同が相当数見られ」、「これらの異同中には、勿論単純な誤写・誤脱の可

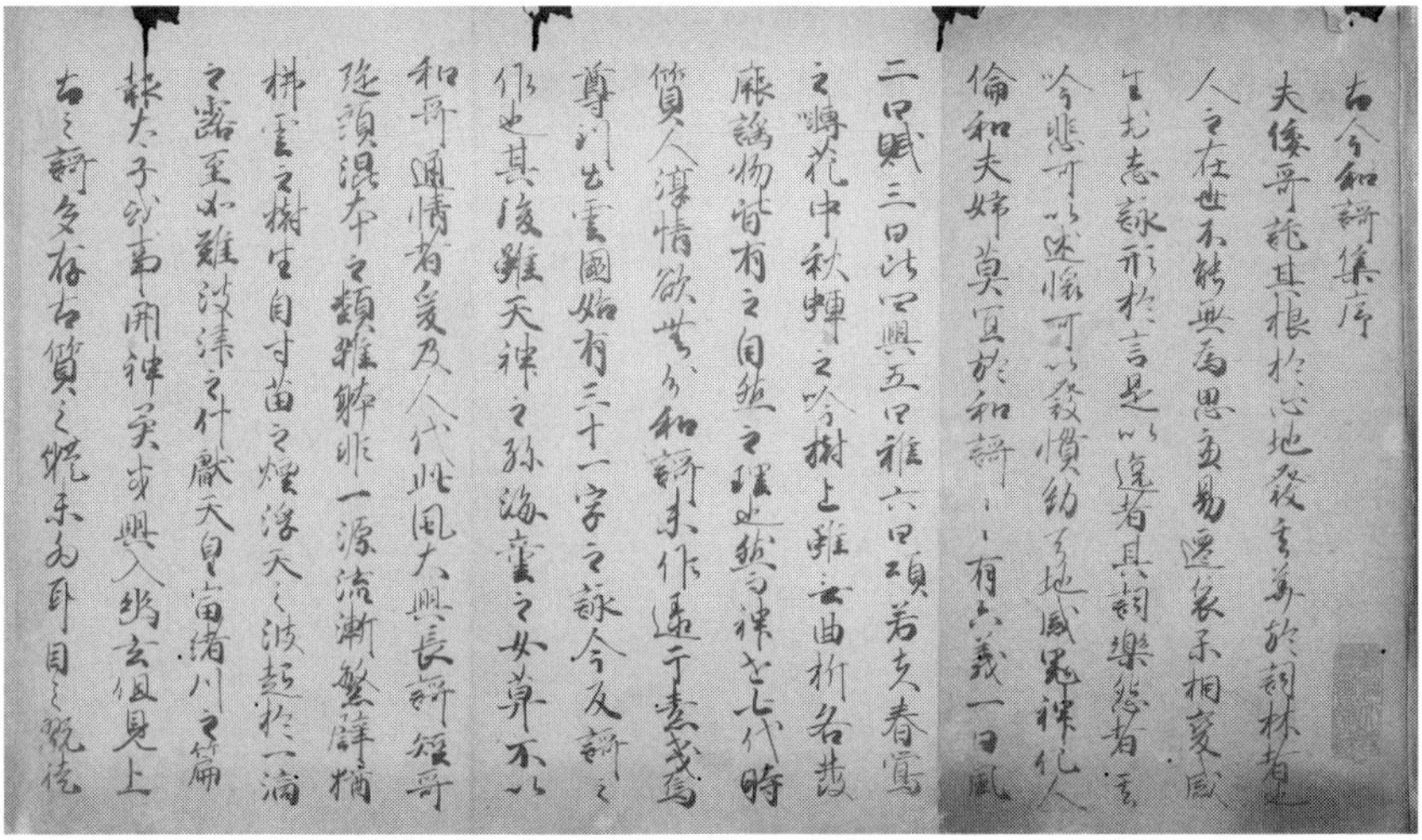

図版一　（鶴見残簡・真名序）

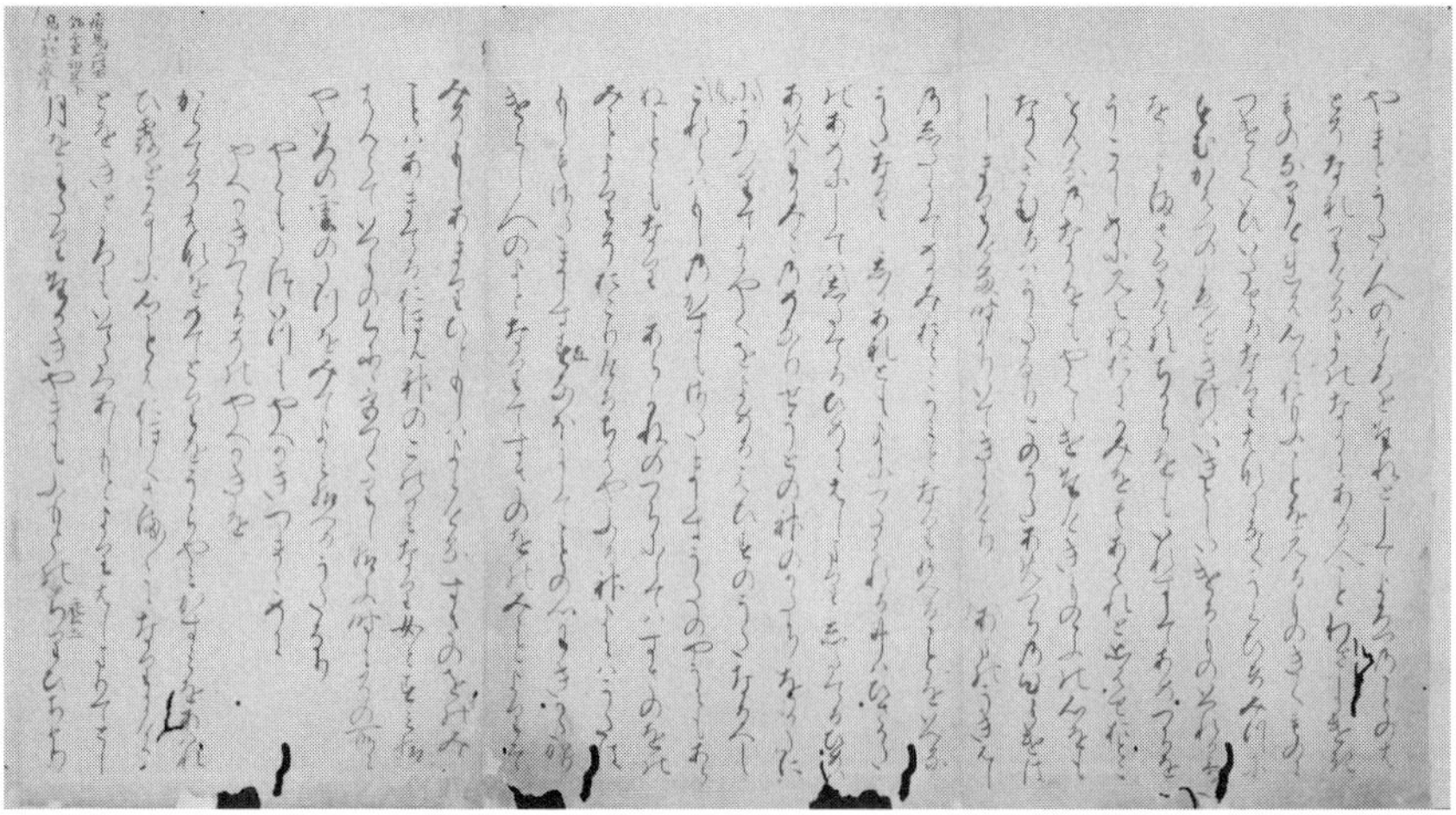

図版二　（鶴見残簡・仮名序）

能性もあり、また特定の一本に収斂する異文でもないが、おおむね基俊本・筋切など平安時代の伝本に近い。特異な本文を持つ点で、零本ながら注目すべき資料」ということである。

一方、人間文化研究機構国文学研究資料館蔵古筆手鑑（ラ3—27）には、極札欠の『古今集』断簡一葉が貼付されている。縦二十五・二cm×横十六・一cm。当該断簡については先に『国文研ニューズ』No.19[2]において、『古筆学大成4　古今和歌集四[3]』所収「伝藤原家隆筆古今集切（三）」などのツレであること、他本に見られない大変珍しい異本歌及び注記を有していること、などを指摘しておいた（詳しくはのちに再述）。ちなみに当該断簡を含める形で、現時点までに見出されたツレ七葉を内容順に掲げると、次のようである。

・断簡A…仮名序・六歌仙評・小野小町～大伴黒主。田中登氏編『平成新修古筆資料集　第三集[4]』四〇所収。また同氏「古今集の古筆切[5]」においても紹介。縦二十四・四cm×横十六・一cm。

・断簡B…巻一・春上・8～10。『古筆学大成4』「伝藤原家隆筆古今集切（三）」164（京都国立博物館蔵手鑑『翰墨場』所収）。縦二十三・四cm×横十四・五cm。四周の余白を相応に裁ち落としているようである。

・断簡C（図版四）…巻一・春上・62～64。架蔵の軸装一幅。ただし模写。端裏に破損した極札が貼付されており、辛うじて「□（従二位カ）家隆／人の（「重」墨印）」と判読できる。またその下方に「古、和歌一葉」という墨書もある。縦二十二・四cm×横十五・八cm。寸法もそれほど齟齬せず、傍書も再現されているよう

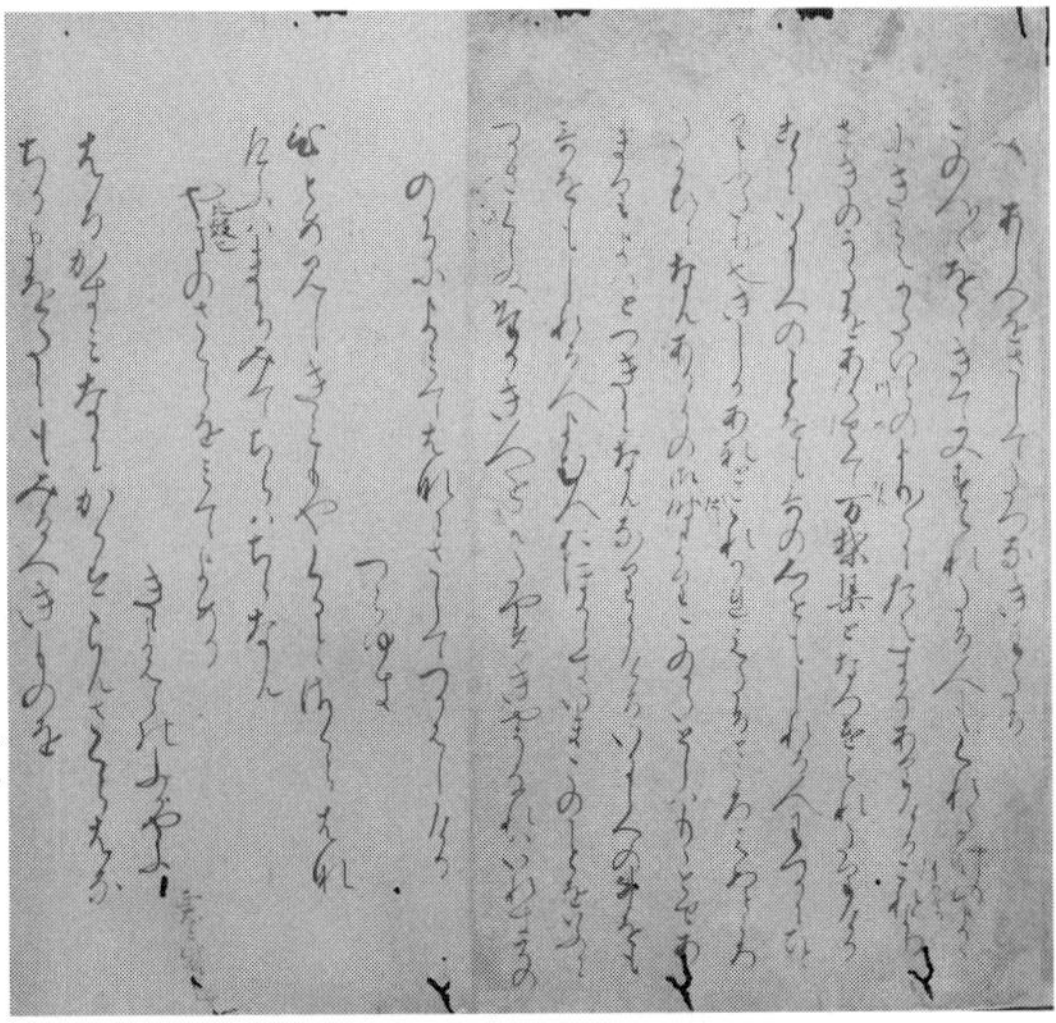

図版三　（鶴見残簡・仮名序－本文）

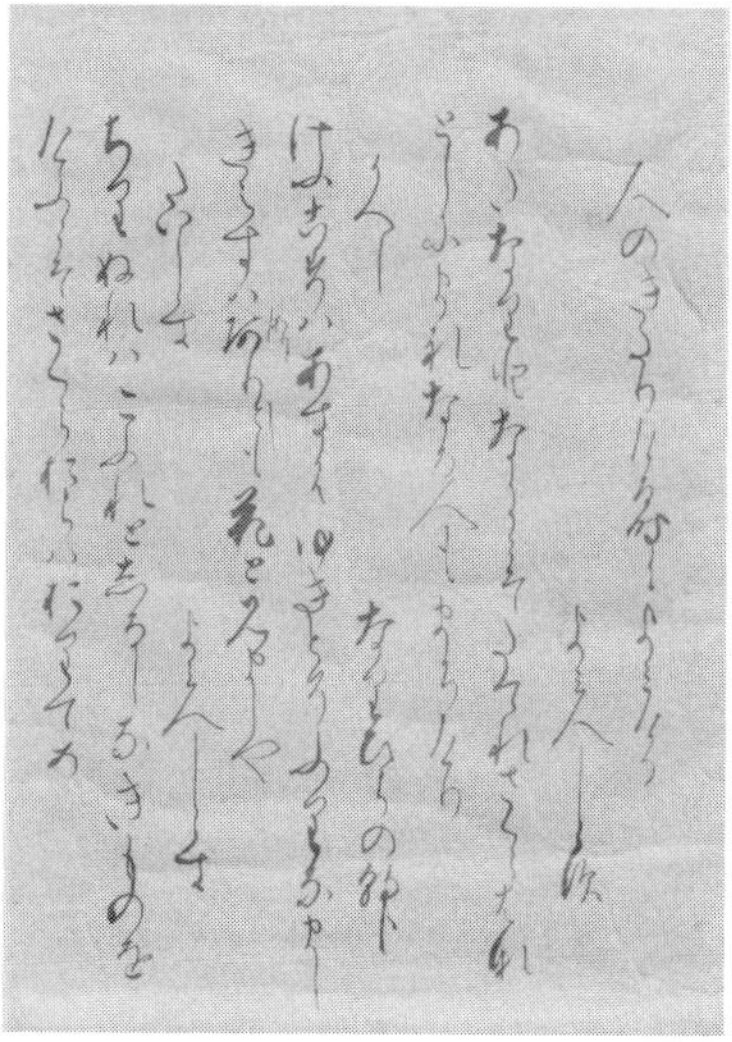

図版四　（断簡C）

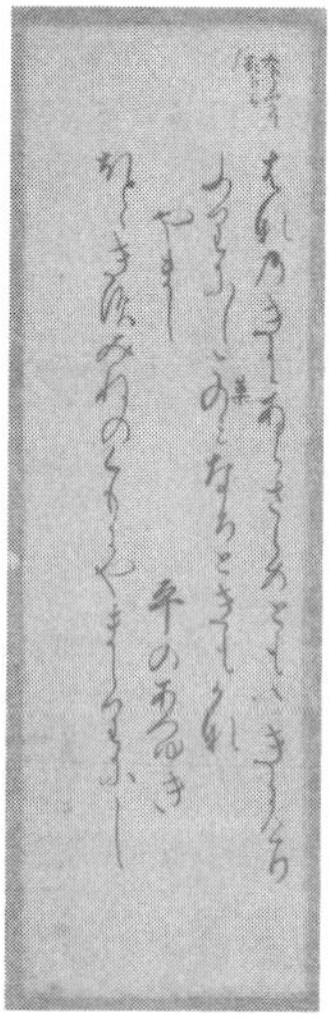

図版六　（断簡G）

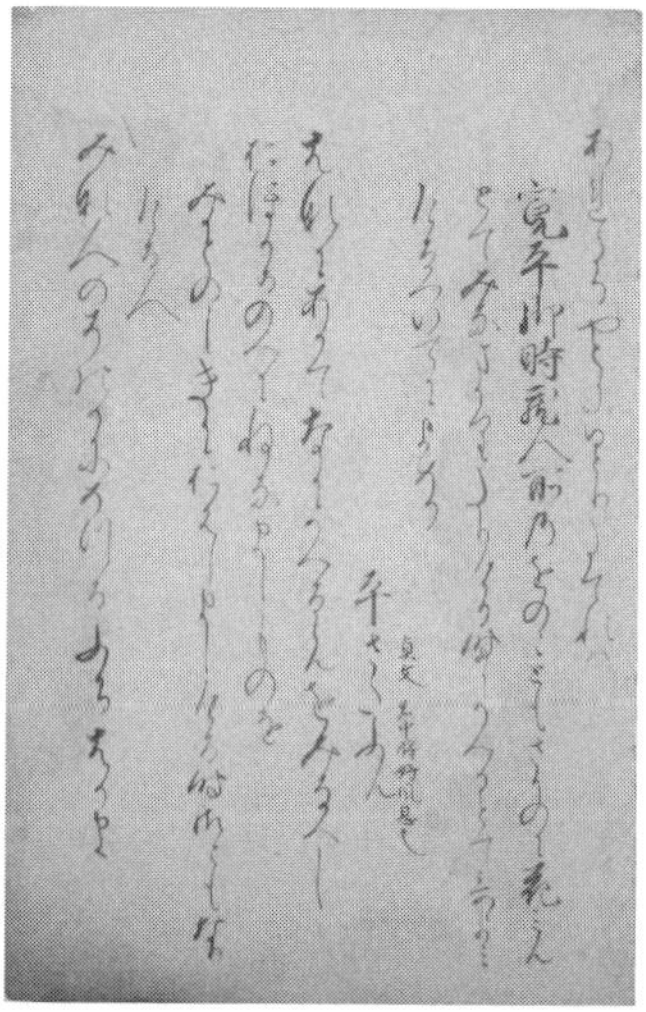

図版五　（断簡E［規定により二次使用を禁止することを明記する］）

で、かなり忠実な模写とみてよい。

・断簡D…巻四・秋上・226～228。『信州松本藩主戸田子爵家蔵品入札』（一九三〇年五月十八日、大阪美術倶楽部）掲載「三六　古筆手鑑帖」所収。小島孝之氏「古筆切拾塵抄・続（六）――入札目録の写真から――」[6]において紹介。寸法未詳。

・断簡E（図版五）…巻五・秋下・237～238・新出異本歌一首。人間文化研究機構国文学研究資料館蔵手鑑所収。先行研究・寸法等前掲。なお裏うつり文字によって、このウラ面の本文もほぼ判読できるが、それについては後述したい。

・断簡F…巻九・羇旅・407～408・異本歌一首・409。『古筆学大成4』「伝藤原家隆筆古今集切（三）」165（観音寺蔵手鑑所収）。また『古筆手鑑大成　第十四巻　手鑑　京都観音寺蔵』24にも。縦二十五・一㎝×横十五・

四㎝。両書とも特に言及しないが、すでに田中登氏が指摘しているように、末尾一行の「このうたはある人の云かきのもとの人丸かうた也」という409左注は呼び継ぎ。内容的には前行に連続するので、一首を完結させるため、当該面の次面の冒頭一行を切り接ぎしたものであろう。一方、『古筆学大成』掲載図版ではトリミングされてしまっているが、『古筆手鑑大成』掲載図版の方では、料紙の右端に残画が見える。これは「前行の文字の一部がかすかに残っ」（同解題）たものとおぼしく、従って当該面の右端には本来もう一行分程度あったということになろう。それに右最端の余白分をも加えれば、ほぼ他の断簡と同寸法となりそうである。

・断簡G（図版六）…巻十・物名・445・447。田中登氏蔵。未紹介。氏からのご恵与による原寸大のコピーに拠ると、縦二十四・八㎝×横七・二㎝、右から二・九㎝の、ちょうど445と447との境目部分に継ぎ目あり。

さてこれら伝家隆筆断簡と、最初に取り上げた鶴見残簡（以下併せて「伝家隆筆本」と総称する）のうち、特に春下の一面分とを見較べてみると、筆蹟も書式も等しく、寸法も齟齬しておらず、まず両者は本来同一伝本のツレ同士であったと判断して間違いないと思われる。すなわち前者にとっては真名序と仮名序が、後者にとっては少なくない分量の本文部分が、それぞれ現れたことになり、従ってその資料的性格もこれまで以上に把握しやすくなったことになる。そこで本論では現時点で論者が見出し得たツレ全点を翻刻し、かつ考察をも加えてみたい。

翻刻凡例

・改行位置は底本どおりとした。
・改面位置に　」を付した。

・字体は漢字・仮名とも通行のものに改めた。ただし一部の異体字は活かした。
・判読不能文字は「■」で示した。
・虫損箇所のうち、残画から判読し得た文字は「したり[けれと]」のように□で括った。
・翻刻の都合上、歌番号は各歌上句（欠いている場合はその前後）の下方に示した。
・勘物については、それがある位置に「[勘1]」のように注記した上で、下欄において翻刻した。
・その他、活字による再現が困難な情報（合点の色など）についても、下欄において説明を加えた。

翻刻

〈真名序／鶴見残簡〉

古今和謌集序
夫倭哥託其根於心地発其花於詞林者也
人之在世不能無為思慮易遷哀楽相変感
生於志詠形於言是以逸者其詞楽怨者其
吟悲可以述懐可以発慣動天地感鬼神化人
倫和夫婦莫宜於和謌々々有六義一曰風」
二曰賦三曰比四興五曰雅六曰頌若夫春鶯
之囀花中秋蝉之吟樹上雖無曲折各発
厥謡物皆有之自然之理也然而神世七代時

質人淳情欲無分和謌未作逮于素戔烏
尊到出雲国始有三十一字之詠今反謌之
作也其後雖天神之孫海童之女莫不以」
和哥通情者爰及人代此風大興長謌短哥
旋頭混本之類雑躰非一源流漸繁譬猶
払雲之樹生自寸苗之煙浮天之波起於一滴
之露至如難波津之什献天皇富緒川之篇
報太子或事開神異或興入幽玄但見上
古之謌多存古質之体未為耳目之翫徒」
為教戒之端古之天子毎良辰美景詔侍臣
預宴莚者献和謌君臣之情由斯可見賢
愚之性於是相分所以随民之欲択士之才也
自大津皇子之初作詩賦詞人才子慕風
継塵移彼漢家之字化我日域之俗民業
一改和哥漸衰然猶有先師柿本大夫者」
高振神妙之思独歩古今之間有山辺赤人
者並和謌之仙也其余業和謌者綿々不絶及
彼時変澆醨人貴奢淫浮詞雲興艶流泉
湧其実皆以落其花独栄至有好色之

家以之為花鳥之使乞食之客以之為活計
之媒故半為婦人之右難進大夫之前近代存」
古風者纔二三人而已然長短不同論以可弁
花山僧正尤得謌躰其哥甚華而少実
如図画好女徒動人情在原中将之歌其情
余其詞不足如萎花雖少彩色而有薫
香文屋康秀詞甚物然其体近俗如賈
人之着鮮衣宇治山僧喜撰詞華麗」
而首尾停滞如望秋月遇暁雲小野小町之
哥古衣通姫之流也然艶而無気力如病婦
之着花粉大友黒主謌古猿丸大夫之次
也頗有逸興而躰甚鄙如田夫之息花前也
此外氏姓流聞者不可勝数其大底皆以艶
為基不知哥趣者也俗人争事栄利不用和」
哥悲哉雖貴兼相将富余金銭而骨未
腐於土中名先滅世上適為後世被知者
唯和哥人而已何者語近人耳義貫神明
也昔平城天子詔侍臣令撰万葉集自尓
以来時歴十代数過百年其間和哥棄不

被採雖風流如野相公軽情如在納言而」
皆依他才聞不以斯道顕伏惟　陛下御宇九
載仁流秋津洲之外恵茂筑波山之陰渕変
為瀬之声寂々閉口砂長為巌之頌洋々満
耳思継既絶之風欲興久廃之道爰詔大内
記紀友則御書所預紀貫之前甲斐少目
凡河内躬恒右衛門府生壬生忠岑等各献家」
集并古来哥名曰続万葉集重有詔部類
所奉之勒為二十巻名曰古今和哥集臣等
詞少春花之艶名竊秋夜之長況乎進
恐時俗嘲退慙才芸之拙適遇倭哥之中
興以楽吾道之再昌嗟乎人丸既没和哥不
在斯哉于時延喜五年歳次乙丑四月十五日臣貫・之」

（後補料紙）」

〈仮名序・冒頭〜／鶴見残簡〉

∴やまとうたは・人のこゝろをたねとしてよろつのことのは
とそ・なれりける・よのなかにある人・ことわさしけき

＊以下「∴」及び字間の「・」は朱。
＊「たねとして」と「よろつの」の間に朱点

ものなりけれは・心におもふことを・みるもの・きくものにつけて・いひいたせるなり・はなになくうくひす・みつにすむかはつのこゑをきけは・いきとしいけるものいつれか・哥をしよまさりける・ちからをもいれすして・あめつちを・うこかし・めにみえぬ・おにかみをも・あはれと思はせ・おとこをんなのなかをも・やはらけ・たけきものゝふの心をも・なくさむるはうたなり・このうた・あめつちの・ひらけはしまりける時より・いてきにけり〈あまのうきはし」のしたにて・めかみ《女神(朱)》・おとこかみと・なり給へることを・いへるうたなり　∴しかあれとも・よにつたはれる事は・ひさかたのあめにしては・〈したてるひめにはしまり・したてるひめは・あめわかみこのめなり・せうと《下照姫(朱)》の神のかたち・∴をかたに〻うつりてかゝやくをよめるえひすのうたなるへし・〻これ《之》らはもしのかすもさたまらすうたのやうにもあらぬことゝもなり　∴あらかねのつちにしては・〈すさのをのみことよりそ・おこりける・ちはやふる神よには・うたはもしも・さたまらす・すなほ《直》にして・ことの心・わきかたかりけらし・人のよとなりて・すさのをのみことよりそ」みそもしあまり・ひともしはよみけるすさのをのみ

あるか。

＊「き」の声点は朱。

＊以下特に断らない限り、合点は墨。

＊「をかたにに」の声点は墨。

＊「こ《之》」の振り漢字「之」の左肩に合点。

＊「〈すさのをの」の両合点は朱。

ことはあまてるおほん神のこのかみなり・女と・すみ給
はんとて・いつものくにゝ・宮つくりし給ふ時に・その所に
やいろ《八色（朱）》の雲の・たつをみて・よみ給へるうたなり・
　　やくもたついつもやへかきつまこめに
　　　やへかきつくるそのやへかきを
∴かくてそはなをめて・とりをうらやみ・かすみをあはれ
ひ・露をかなしふ・心ことは・《に（朱）》おほく・さま〳〵になりにける
勘1 とをきところも・いてたつあしもとよりはしまりてとし
月をわたり・たかきやまもふもとのちりひち《塵土》より」
なりて・あまくもたなひくまて・おひのほれることく
に・このうたもかくのことくなるへし・なにはつのうたは・
勘2 みかとのおほんはしめなり・　〈おほさゝき《大鷦鷯》のみかとの・なには
つにて・みこときこえける時・東宮を・たかひにゆつりて
くらゐにつき給はて・みとせになりにけれは・わうにん《王仁（朱）》と
いふ人のいふかり思て・よみてたてまつりけるうたなり・
このはなはむめのはなをいふなるへし
∴あさか山のことはゝ・うねめのたはふれよりよみて〈かつら
勘3 きのおほ君を・みちのおくへ・つかはしたりけるに・くにのつか
さ・ことおろそかなりとて・まうけなと・したりけれと」

＊「ことは・《に（朱）》」の傍書「に」の右肩に朱合点。
勘1「居易座右／銘千里初足下／高山起微塵」
＊「ちりひち《塵土》」の声点は朱。
勘2「仁徳天皇／諱号大鷦鷯／天皇都難波／高津宮」
＊「わうにん《王仁（朱）》」の振り漢字「王仁」の右方に朱合点。
勘3「此葛城大君／左大臣橘卿也／後賜橘姓見／万葉集」

すさましかりけれは・うねめ《■宮■（朱）》なりける女の・かはらけとり
てよめるなり・これ《に》そ・おほ君の心とけにける・
∴このふたうたは・哥のちゝはゝの・やうにてそ・てならふ人
のはしめにもしける・そも〳〵うたのさま・六なり・からの
うたにもかくそあるへき・そのむくさのひとつには・そへ
うた・おほさゝきのみかとを・そへたてまつれる哥

　なにはつにさくやこのはなふゆこもり
いまはゝるへとさくやこのはな・といへるなるへし・

∴二にはかそへうた

勘4
　さくはなにおもひつくみのあちきなさ」
みにいたつきのいるもしらすて・といへるなるへし・

／これは・たゝことにいひてものにたとへなともせぬ事なり・
このうた・いかにいへるにかあらん・その心えかたし・いつゝにたゝ
ことうたといへるなん・これにはかなふへき・

∴三にはなそ《す》らへうた

　君にけさあしたのしものをきていなは
こひしきことにきえやわたらん・といへるなるへし

／これは・ものになすらへて・それかやうになん・あるとやうに・いふ
なり・このうた・よくかなへりともみえす・

勘4「此哥在拾遺集／物名ツクミヲ／志賀黒主云々」

*「なそ《す》らへうた」の傍書「す」の右肩に朱合点、左方に墨合点。

たらち∧め《ね(朱)》のおやのかふこのまゆこもり」
　いふせくもあるかいもにあはすて
　かやうなるやこれにはかなふへからん
∴四にはたとへうた
　わかこひはよむともつきし＼あり《ナヌカ■■(朱)》そうみの
　はまのまさこは＼よみ《トリ(朱)》つくすとも・といへるなるへし
／これは・よろつの草木・とりけたものにつけて・心を
みするなり・このうたは・∧かくれ《カハリ》たるところなんなき・され
とはしめのそへうたと・おなしやうなれは・すこし・さまをかへ
たるなるへし
　すまのあまのしほやくけふりかせをいたみ」
　おもはぬかたにたなひきにけり
　このうたなとやかなふへからん
∴五にはたゝことうた
　いつはりのなきよなりせはいかはかり
　人のことのはうれしからまし・といふなるへし・
／これは・ことのとゝのほり・たゝしきをいふなり・このうた
の心・さらにかなはす・とめうたとやいふへからん・
　やまさくらあくまていろをみつるかな

---

*「たらち∧め《ね(朱)》」朱傍書「ね」の右肩に
　朱合点。
*「＼あり《ナヌカ■■(朱)》そうみ」右肩の合点は朱。また
「ナヌカ■■」の傍書は朱、その右肩
に「〽」。
*「＼よみ《トリ(朱)》つくす」右肩の合点は朱。
*「∧かくれ《カハリ》たる」右肩の合点は朱、左肩
の合点は墨。また傍書「カハリ」の左
方に合点。

花ちるへくもかせふかぬよに

∴六にはいはひうた」

このとのはむへもとみけりさきくさ《幸種》の

みつ《三枝》はよつはにとのつくりせり

といへることのたくひなるへし

／これは・よをほめて・神につくるなり・このうたいはひ
うたとは・みえすなんある

かすかのにわかなつみつゝよろつよを

いはふ心は神やしるらん

これらやすこしかなふへからん

＼おほよそ・むくさにわかれらんことは・えあるましき
ことになん」

∴いまのよのなかいろにつき・人の心・はなになりにける
より・あたなるうた・はかなきことのみいてくれは・いろこ
のみのいゑ《へ（朱）》にむもれきの・人しれぬことゝなりて・ま
めなるところには・はなすゝき・ほにいたすへき事にも
あらす・なりに〳〵た《け》り・そのはしめをゝもへは・かゝるへく
なんあらぬ・いにしへの・よゝの・みかと・はるのはなのあした・
秋の月の夜ことに・さふらふ人〳〵をめして・ことにつけ

＊「＼おほよそ」右肩の合点は朱。

＊「はしめ」右傍に三文字分ほど抹消したとおぼしき痕。

＊「なりに〳〵た《け》り」の「たり」右肩の合

つゝ・うたをたてまつらしめ給ふ・あるは・花をそふ《情》
とてたよりなきところにまとひあるは月をゝもふ
とて・しるへなきやみにたとれる・心〳〵をみたまひて」
さかし・をろかなりとしろしめしけん・しかあるのみ
にあらす・さゝ《小破》れいしにたとへ・つくはやまにかけて・君を
〈ねかひ《いはひ》・よろこひみにすき・たのしひ心にあまり・ふしの
けふりによそへて・人をこひ・まつむしのねに・とも
[勘5] をしのひ・たかさこ・すみのえのまつも・あひおひのやう
におほえ・おとこやまのむかしを思いてゝ・をみなへし
の・ひと時《一季》をくねるにも・うたをいひてそなくさめ
ける・またはるのあしたに・はなのちるをみ・あきのゆ
ふくれに・このはのおつるをきゝ・あるはとしことに・かゝ
みのかけにみゆる・ゆきとなみとをなけき・くさの」
つゆ・みつのあはをみて・わか身をゝとろき・あるはきのふ
は・さかへをこりて・時をうしなひ・よにわひ・したし
かりしもうとくなり・あるはまつ山のなみをかけ・野
なかのしみつをくみ・あきはきのしたはをなかめ・
あか月の・しきのはねかきをかそへ・あるはくれたけの・
うきふしを人にいひ・よしのかはをひきて・よのなかを

点、外側は朱、内側は墨。

＊「さかし」と「をろか」の間に一文字分の抹消痕。

＊「〈ねかひ《いはひ》」右肩の合点は朱、左肩の合点は墨。

[勘5]「アヒヲヒトハ／小松ノ生合也／昔ノトモノ／心也」

＊「すみのえのまつも」の「のえの」は「よしの」を抹消して上書き（同筆）。

勘6

うらみきつるに・いまはふしの山も・けふりたゝすなり・
なからのはしも・つくるなりときく人は・哥にのみそ・心
をは・なくさめける・いにしへ《天武天皇事也》より・かくつたはれるうち
に・《も》ならの御時よりそ・ひろまりにける・かのおほんよに」
やうたの心をしろし\めし■■■(朱)\たり\けんかの御時におほき《正》
みつ《三》のくら《位》ゐ・かきのもとの人まろなん・哥のひしりなり
ける・これは君も人も・身をあはせた\り《る》といふなる
へし・あきのゆふへ・たつたかはになかるゝもみちはみかと
のおほんめに・にしきとみえ給ひ・はるのあした・よしの山
のさくらは・人まろか\心《め》には雲■■■(朱)かとそおほえける・又やまのへ
のあか人といふ人ありけり・うたにあやし〈く《う》た〳へ《え》なりけり・
人まろはあか人かゝみにたゝんことかたくあか人は人まろか
しもに・たゝんことかたくなんありける・〽ならのみかとの御哥

たつたかはもみちみたれてなかるめり」

わたらはにしきなかやたえなん

人まろ

むめのはなそれともみえすひさかたの

あまきるゆきのなへてふれゝは

ほの〴〵とあかしのうらのあさきりに

---

*「つたはれるうちに・《も》」の「・」は他と同じ読点の意で、傍書「も」についての補入記号ではない。なお傍書「も」の右肩に朱合点。

*「\めし■■■(朱)\たり\けん」右肩の合点は朱。

*「おほき《正》」の右肩に朱の「〽」あるか。

勘6「人丸従持統/御時至聖武/マテ五代之間/祇候之由見/万葉集此/以前以後者/不詳赤人又/同時之由見之」

*「あはせた\り《る》」の「り」右肩の合点は朱。また傍書「る」に墨合点。

*「たつたかはになかるゝ」の「に」は「の」に上書き(同筆)。

*「心《め》」の傍書「め」の右肩に墨合点。

*「あやし〈く《う》」の「く」右肩の合点は朱、左肩の合点は墨。また傍書「う」の左肩に墨合点。

しまかくれゆくふねをしそおもふ
あか人
はるの野にすみれつみにとこしわれそ
のをなつかしみひとよねにける
わかのうらにしほみちくれはかたをなみ
あしへをさしてたつなきわたる
この人〳〵をゝきて・又すくれたる人も・くれたけのよゝ
にきこえかたいとのより〳〵にたえすそありける・＼これより《かゝりける》
さきのうたをあ〈は《つ》〈せ《め》て《なん》万葉集となつけられたりける
こゝにいにしへのことをも・哥の心をもしれる人・わつかに・ひと
りふたり也き・しかあれと《は(朱)》・これかれ・えたるところ・えぬところ・
たかひになんあり・かの御＼時《とし》よりこのかた・としは■もゝとせあ
まり・よは《世(朱)》とつきになん・なりにける・いにしへの事をも・
哥をも・しれる人・よむ人・おほからす・いまこのことをいふに・
つかさくらゐたかき人を[は]・たやすきやうなれはいれす・その」
（以下欠）

〈仮名序・六歌仙評・小野小町～大伴黒主／断簡A〉

わひぬれは身をうきくさのねをたえて

*「＼これより《かゝりける》」右肩の合点は朱。また傍書「かゝりける」の左肩に合点。

*「あ〈は《つ》〈せ《め》て《なむ》」右肩の合点はいずれも朱、左肩の合点はいずれも墨。また傍書「つ」「め」「なん」各右肩に朱合点。

*「御＼時《とし》」右肩の合点は朱。また傍書「とし」の両肩に合点。

さそふみつあらはいなんとそ思

そとほりひめのうた

わかせこかくへきよひなりさゝかにの
くものふるまひかねてしるしも

おほとものくろぬしはそのさまいやしいはゝたきゝ
をへる山人のはなのかけにやすめるかことし

おもひいてゝこひしきときははつかりの
なきてわたると人はしらすや

かゝみやまいさたちよりてみてゆかん

〈巻一・春上・8〜10／断簡B〉

ゆきのふりかゝりけるをよませ給ける

ふんやのやすひて《康秀》

はるのひのひかりにあたる〵われなれと （8）
かしらのゆき〵と《に（朱）》なるそわひしき

ゆきのふりけるをよめる

きのつらゆき

かすみたちこのめもはるのゆきふれは （9）
はなゝきさともはなそちりける

---

*「ゆき〵と《に（朱）》」右肩の合点は朱、左肩の合点は墨。

はるのはしめによめる

ふちはらのことな《言直》を　(10)

〈巻一・春上・62〜64／断簡C〉

人のきたりける時によみける

よみ人しらす

あたなりとなにこそたてれさくらはな　(62)

としにまれなる人もまちけり

かへし

なりひらの朝臣

けふこすはあすはゆきとそふりなまし　(63)

きえすはあり《ありと》＼とも花とみましや

たいしらす

よみ人しらす

ちりぬれはこふれとしるしなきものを　(64)

けふこそさくらおらはおりてめ

〈巻二・春下・78〜79／鶴見残簡〉

のちによみてはなにさしてつかはしける

つらゆき

ひとめみしきみもやくるとさくらはな　(78)

---

*「あり《ありと》」の傍書「あ」の左肩に墨合点。

けふはまちみてちらはちらなん
やま《比叡也》のさくらをみてよめる
きよはらのふかやふ　勘7
はるかすみなにかくすらんさくらはな　(79)
ちるまをたにもみるへきものを

〈巻四・秋上・226〜228／断簡D〉

〈なにめてゝおれるはかりそをみなへし　(226)
われおちにきと人にかたるな　勘8
■
僧正遍照かもとにならへまかりける時におと
こ山にてをみなへしをみてよめる
ふるのいまみち　勘9
をみなへしうしとみつゝそゆきすくる　(227)
おとこ山にしたてりとおもへは
これさたのみこのいゑの哥合のうた
としゆきの朝臣
あきのゝにやとりはすへしをみなへし　(228)

〈巻四・秋上・237〜238・新出異本歌／断簡E〉

勘7「正本ニ此名ナシ」

勘8「又、かほをよ　うち　はかり／をみなへし」

勘9「(三行分あるも判読不能)」

あれたるやとにひとりたてれは （237）

寛平御時蔵人所のをのこともさかのに花みん

とてみなまかりたりける時にかへるとて哥よみ

けるついてによめる

平さたふん 勘10

はなにあかてなにかへるらんをみなへし （238）

おほかるのへにねなましものを

みかとのしきにおはしましける時御ともなり

ける人

〳みな人のそのかにめつるふちはかま （異本歌）

〈巻九・羇旅・407〜408・異本歌・409／断簡F〉

たつとて京なる人のもとにつかはしける

をのゝたかむらの朝臣

勘11

わたのはらやそしまかけてこきいてぬと （407）

人にはつけよあまのつりふね

たいしらす よみ人しらす

みやこいてゝけふみかのはらいつみかは （408）

かはかせさむしころもかせやま

勘10「貞文　右中将好風息也」

勘11「金玉」

しなかとりゐなのをゆけはありまやま　（異本歌）
ゆふきりたちぬともはなくして　勘12
勘13　ほの〳〵とあかしのうらのあさきりに　(409)
しまかくれゆくふねをしそ思ふ
（継ぎ目）
このうたはある人の云かきのもとの人丸かうた也

〈巻十・物名・445・447／断簡G〉

勘14　はなのきにあらさらめともさきにけり　(445)
ふりにしこ《菓》のみなるときもかな
（継ぎ目）
やまし　平のあつゆき
ほとゝきすみねのくもにやましりにし　(447)

勘12「ユフキリタチテクレヌコノヒハ／ユキフリシキテアケヌコノヨハ」
勘13「在新撰雑部／金玉卅六人」
勘14「メトノツクリ／花ト云」

本文異同

さて以上の翻刻に基づきながら、伝家隆筆本の本文的な特徴を述べてみたい。まず巻一・二・四・五・九・十の断簡が存している一方で、巻十一以降の断簡が現時点で見出されていないという点、おそらく列帖装上下二帖のうちの上帖のみが、万遍なく分割されたものとみられる。従って仮名序はもちろん真名序の方も、上帖に含まれていた可能性が極めて高い。その場合、静嘉堂文庫蔵の伝冷泉為相筆本のように、巻十末尾に続けて真名序を掲載するという伝本もないわけではない。が、前掲高田氏の「真名序に強い手沢が見られる」という指摘からすれば、やはりこの伝家隆筆本は、真名序を「巻首に持つ伝本であった」と推断されよう。真名序を仮名序のその前に置く伝本としては、筋切や雅俗山荘本がある。また俊成本のうち永暦二年本奥書の「金吾基（俊）公本所書之本、件本端置真名序、次置仮名序」とあるのによれば、基俊本（散佚、ノートルダム清心女子大学図書館蔵樋口光義本における校合注記等により、その本文を間接的に知ることができるとされている）も同様だった由である。ちなみにそれに倣って俊成も、真名序を最初に載せたという。

その真名序、及び仮名序についても、これも前掲高田氏の指摘にあったように、誤写誤脱とおぼしき事例を除いても、定家本とは明確に対立する。それを具体的に示すため、煩瑣になるのを承知の上で、まず当該残簡と、定家本のうち冷泉家時雨亭文庫蔵の貞応二年本(7)（覚尊筆・為家識語本――ちなみに嘉禄二年定家筆本、及び伊達家旧蔵定家筆本には真名序なし――）とを校合し、結果異同の見出された本文に関して、『古今和歌集成立論』所収の各伝本間(8)との異同状況をまとめてみると、後掲【異同一覧】のごとく、真名序については(1)〜(33)のようになり、仮名序については(34)〜(58)のようになる。

これらを大局的にまとめてみると、まず真名序では全三十三例中、もっとも一致するのが、いわゆる清輔本に属する前田家本の十九例（(1)〜(3)(5)(7)(10)〜(13)(16)〜(23)(26)(27)(31)）、次いでやはり同じく清輔本に属する、永治二年本の十五例（(1)(3)(5)(8)(10)(13)(17)(19)〜(23)(26)(27)(31)）、及び天理本の十三例（(3)(5)(7)(8)(9)(10)(13)(16)(17)(19)(23)(26)(31)）である。そうすると、とりあえずは清輔本、特に前田家本（保元二年本）との親近性が見えてくる。傍書や語の有無、語句の異同により一致例には含めなかったが、

(6)古質之体（家隆）――古質之語（永治・天理など）・古質之体〔語歟〕（前田）

(9)澆醨（家隆・天理ほか）――澆漓（永治）・澆醨《或薄》（前田）

(14)其哥甚華（家隆）――然其詞華（永治など）・其歌華（前田）・其詞甚華（天理など）

(15)文屋康秀詞甚物（家隆）――文林巧詠物（天理）・文屋康秀文林巧詠物（永治）・文屋康秀詞物然《或》文林巧詠物（前田）

のような異同も、その裏付けとなりそうである。ただし中には、

(25)義貫神明（家隆・筋切）――義通神明（永治・前田・天理）

のように明確に対立する例もないわけではなく、また、

(29)古来哥名曰続万葉集重有詔（家隆）――古来旧哥曰続万葉集於是重有詔（貞応・天理など）・古来旧歌於是重有詔（永治など）・古来旧歌云続万葉集於是重有詔（静嘉）・古歌集歌曰続万葉集於是重有詔（佐理）・古来旧歌○《曰続万葉集於是或本》重有詔（前田）・古来旧歌○○○《曰続万葉集》於是重有詔（寂蓮）

のように、伝家隆筆本の独自異文と認めるべき例もないわけではない。なおその他のうち(4)(24)(28)(30)(32)(33)の六例は、おそらく伝家隆筆本における誤写誤脱であろう。

一方の仮名序では、全二十五例中、最も一致するのが右衛門切の十一例(36)～(38)(40)(47)(48)(50)(51)(54)～(56)、及び天理本の同じく十一例(36)～(38)(40)(47)(48)(50)(51)(54)～(56)である。次いで永治二年本の十例(37)(38)(40)(43)(48)(50)(51)(54)～(56)と、前田家本の同じく十例(37)(38)(40)(45)(48)(50)(51)(54)～(56)と、六条家本の八例(37)(40)(44)(47)(50)(51)(54)(56)となる。この仮名序と真名序とを付き合わせれば、一致度において天理本と前田家本とが逆転してはいるものの、総じて清輔本との親近性の強さを認めてよさそうである。ただしやはり真名序と同様、鶴見残簡の誤写誤脱とおぼしき(42)(49)(58)の三例を除いても、(34)(35)(41)の三例のような独自異文も存在している。

では和歌本文はどうであろうか。(59)～(101)という全四十三例の異同について、単純に本行部分の本文同士を比較

してみると、最も一致するのは意外にも、俊成筆昭和切本及び伊達家旧蔵定家筆本であり、共に三十七例（(59)(77)(92)(93)(95)(97)以外）であった。ただし俊成本にしても定家本にしても、真名序・仮名序に大きな対立が見られることに加え、何より伝家隆筆本において、巻九・羇旅・408・409の間に存する、

しなかとりゐなのをゆけはありまやまゆふきりたちぬともはなくして

という異本歌を、俊成本・定家本ともに有していないので、やはり同類であるとは認めにくい。

では真名序・仮名序において親近性が認められた清輔本とはどうかというと、例えば天理本は三十四例（(59)(61)(65)(71)(78)(89)(92)(95)(97)以外）、永治二年本が三十二例（(59)(61)(71)(75)(76)(78)(81)(86)(92)(95)(97)以外）、前田家本が三十一例（(59)(61)(62)(65)(69)(71)(76)(78)(92)(95)～(97)以外）と、相応の一致度を示すけれども、実のところ定家本と同様に、これら清輔本もまた、右の異本歌一首を有してはいないのである。加えて清輔本においてはいずれも、(78)のように、巻四・秋上・226の遍昭詠を、

かほをよみうちみはかりそをみなへしわれをちにきとひとにかたるな

としているが、伝家隆本の本文は、通行の、

なにめて丶おれるはかりそをみなへしわれおちにきと人にかたるな

というものであり、やはり決定的な対立を見せている。

一方、先の異本歌が見出されるのは、『古今和歌集成立論』に拠る限り、筋切と元永本、及び唐紙巻子本切の三本のみである。かつ筋切・元永本では、226も伝家隆筆本同様「なにめて丶おれるはかりそ」という本文となっている（唐紙巻子本切は該当部分の断簡がなく未詳）。しかしながらそれ以外では、筋切とは二十例（(60)～(63)(66)(68)(70)(72)(74)(75)(77)～(80)(85)(86)(90)(94)(97)(101)）、元永本とも二十例（(60)～(63)(66)(68)(70)(74)(75)(78)～(80)(84)～(86)(88)(90)(94)(97)(101)）と、一致度は必ずしも高くない。もう省略するが、両序に関してもそうである。

特有異本歌

以上のような次第で結局、伝家隆筆本に関しては、現時点で翻刻されているいずれの伝本とも一致しない、特殊な本文を持った『古今集』だということになる。その特殊さが最も良く顕れているのが、本論の冒頭でも触れた、伝家隆筆本にしか見出せない異本歌である。あらためてその、巻四・秋上・238の次にある異本歌部分の本文を掲げてみると、次のようである。

　みかとのしきにおはしましける時御ともなりける人
＼みな人のそのかにめつるふちはかま

ところで断簡Eの本文はここで終わっているのであるが、頗る注目されるのは、この断簡Eに裏うつりがあることである。そこで画像を反転させて、種々調整してみたところ、ほぼ全文を判読することができた（図版七）。

きみかたもとにか／をりたりけ　（異本歌）
　御返し　聖武天皇也
おる人のこゝろのまゝにふちはかま　（異本歌）
むへしもふかくにほひたにほひたりけり
　これさたのみこのいゑの哥合のうた
　　としゆきの朝臣
なに人かきてぬきかけしふちはかま
くる秋ことに野へをにほはす　（239）
　ふちはかまをよ　人につかはしける

つらゆき　(240)

五行目以降に『古今集』巻四・秋上・239～240が書写されている点から、これは断簡Eに直続する本文（つまり典籍時、断簡Eが内容的に先立つオモテ面で、裏うつりの本文がそれに続くウラ面という位置関係にあった）とみて間違いない。そうすると、裏うつりの一行目は断簡E末尾の異本歌の下句ということになる。かつ二～四行目はそれに対する

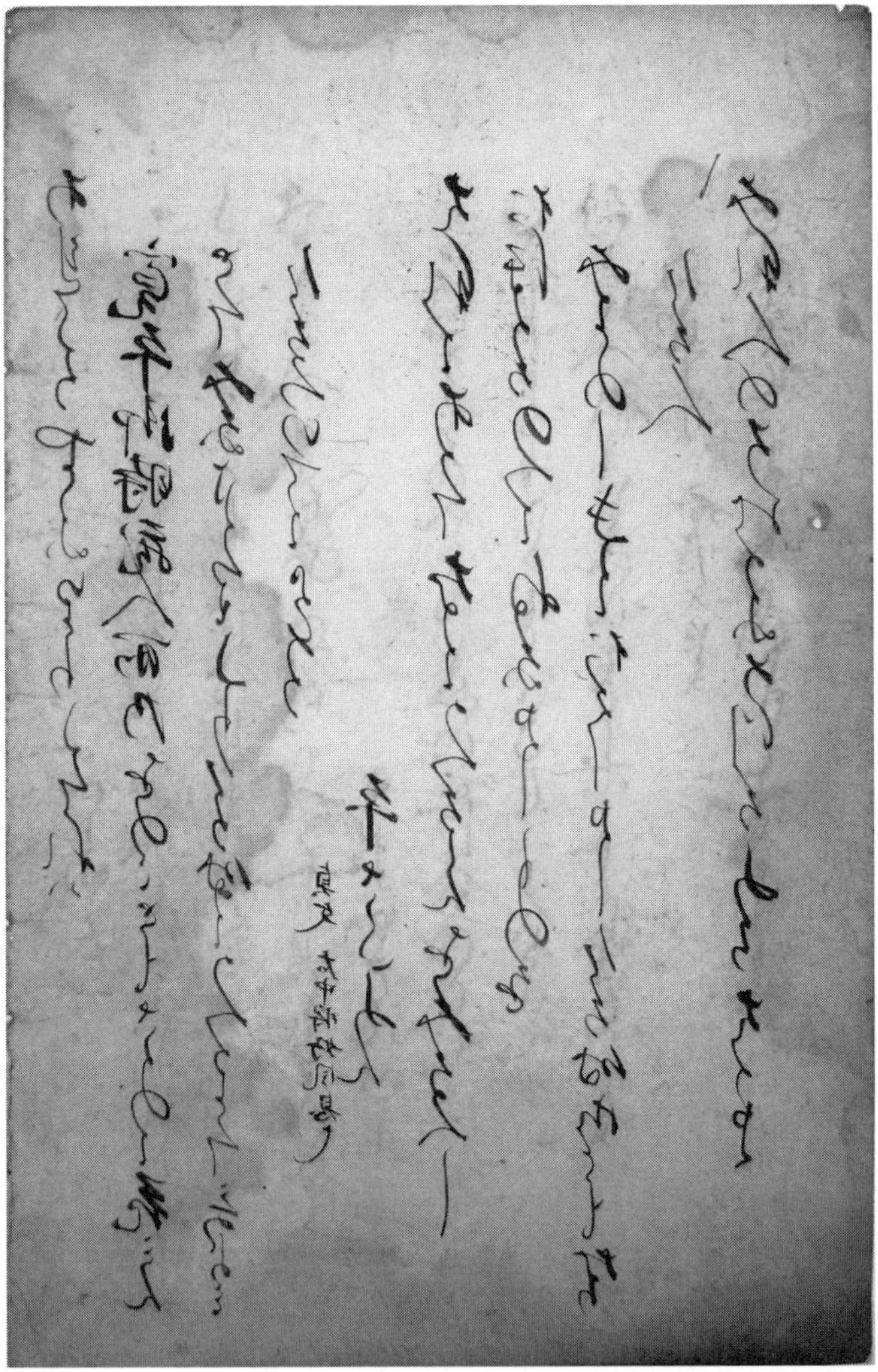

図版七　（断簡Ｅ反転）

返歌ということになるので、そうした一首をも、伝家隆筆本は収載していたことにもなる。もちろんこの返歌も『古今集』の他伝本には見えない、伝家隆筆本特有の異本歌である。

ちなみに右贈答歌についてであるが、『大和物語』天福元年（一二三三）定家本の百五十三段に、次のように見出される（本文は新編日本古典文学全集に拠る）。

ならの帝、位におはしましける時、嵯峨の帝は坊におはしまして、よみたてまつりたまうける。

みな人のその香にめづるふぢばかま君のみためと手折りたる今日

帝、御返し、

折る人の心にかよふふぢばかまむべ色ごとににほひたりけり

ただし同じ『大和物語』でも、いわゆる勝命本では次のような本文となっている（以下『在九州国文資料影印叢書』の影印[9]に拠るが、私に句読点・濁点を補う）。

ならのみかど、はつせにおはしたりけるに、さがの御かどは防《（ママ）》におはしましけるときに、よみてたてまつり給へりける。

みな人のそのかにめづるふぢばかま君か《ノ》ためにとたをりたるて《ケ》ふ

御かと《の》・御かへし

おる人のこゝろのまゝにふぢばかまむべいろごとににほひたりけり

（勘物略）

地の文にも歌にも相応の異同があるが、「みな人の」の贈歌を東宮時代の嵯峨天皇の詠、「折る人の」の返歌を「ならの帝」の詠とする点では、定家本・勝命本とも一致している。対して伝家隆筆本では、「みかど」が「おはしまし」たのは「しき」（「職の御曹司」の「職」の意か）だったとした上で、「みな人の」の贈歌を「御ともなりける人」の詠、「折る人の」の返歌を「みかど」の詠とし、かつその「みかど」を「聖武天皇也」ともしている。

ただし、早く『大和物語』勝命本の勘物において、勝命が、

国史にいはく、大同の御時、おほしまにおはしまして、御みあそびたまふときに、よつのくらゐよりかみつかた、ふぢばかまをかざす、そのときにうたよみていはく、

みな人のそのかにゝほふふぢばかまー

などを引きながら「是以思之、此奈良帝、一定大同也」(ここでの「大同」は平城天皇のこと)と指摘し、実際『類聚国史』巻三十一・帝王十一・天皇行幸下に、

平城天皇大同二年(略)九月(略)乙巳。幸神泉苑。琴歌間奏。四位已上。共挿菊花。于時皇太弟頌歌云。美耶比度乃。曽能可邇米豆留。布智波賀麻。岐美能於保母能。多乎利太流祁布。上和之曰。袁理比度能。己己呂乃麻丹真。布智波賀麻。宇倍伊呂布賀久。爾保比多理介利。

とあるように、史実としては嵯峨天皇と平城天皇との贈答であった。従って『大和物語』の方が作者に関しては正しく、伝家隆筆本のそれは、かつて別個に存在していた、かつこれまでに知られていなかった異伝ということになろう。なお伝家隆筆本が「みかど」を「聖武天皇也」としたのは、平安時代末期頃に唱えられていた「奈良の帝」聖武天皇説(『万葉集時代難事』参照)あたりの影響を受けたものだったのかもしれない。

勘物

続けて伝家隆筆本の勘物についても一言しておく。右の「聖武天皇也」以外では、都合十四例確認できるこれらの勘物(及び、ついでに述べれば随所に見られる墨朱の傍書類)が、本文と同筆であるのか(少なくとも後筆のようには見える)、またすべてが同時期に同一人によって施されたものであるのか(例えば勘8が平仮名なのに、勘12が片仮名で

あるのはそうしたことの顕れか）などなど、判然としないところも多い。が、とりあえずは同列のものと扱う形で取り上げてみると、まず、

勘3 此葛城大君、左大臣橘卿也、後賜橘姓、見／万葉集（仮名序）

勘4 此哥、在拾遺集・物名、ツクミヲ、志賀黒主云々（仮名序）

勘6 人丸、従持統御時、至聖武マテ、五代之間祗候之由、見万葉集、此以前以後者不詳、赤人、又同時之由見之（仮名序）

勘11 金玉（巻九・羇旅・407）

勘13 在新撰・雑部、金玉、卅六人（巻九・羇旅・409）

勘14 メトノツクリ、／花ト云（巻十・物名・445）

などについては、清輔本（確認したのは保元二年本）[10]のそれと一致していることが知られる。しかし清輔本の勘物すべてを転載しているわけではないことに加えて、

勘2 仁徳天皇、諱号大鷦鷯天皇、都難波高津宮（仮名序）

などは清輔本には見出されず、藤原教長『古今集注』[11]の、

ヲホサヽキノミカトハ仁徳天皇ナリ、大鷦鷯トカケリ、コレハ応仁天皇〈八幡／大菩薩〉ノ第四子ナリ、難波高津宮ニヲマシマス、

などと近似している。諸本や諸注を参照しつつ、適宜取捨選択していったということであろうか。

ところですでに田中登氏も、断簡AFの二葉に基づき、「通常流布の定家本と特に異同はない」一方、「筋切・元永本・唐紙巻子本に見える」異本歌があり、かつ勘物が「前田家蔵の清輔本のそれと同じ」であるという、ここまでみてきた特徴をすでに簡潔にまとめた上で、この伝家隆筆本について「定家本をベースに、元永本や清輔

本などで校合したという可能性も考えられる」と指摘している。確かに和歌本文において、最も一致度の高い伝本が定家本だったという点を考慮に入れれば、その可能性も相応にありそうではあるものの、しかし仮名序では明確な対立を見せてもいた点、やはりそうとは断じ切れないところが残る。

その問題に直接関わるわけではないが、勘物の中に次のようなものがある。

勘7　正本ニ此名ナシ（巻二・春下・79）

これは79の作者名「きよはらのふかやふ」の有無に関する伝本間の異同に言及したものであるが、(77)で示したとおり、「此名ナシ」という伝本に該当するのは「寂蓮・永暦・昭和・建久・伊達」であり、要するにほぼ俊成本・定家本である。すなわちこの勘物の記載者は、俊成本もしくは定家本、おそらくは定家本のことを「正本」であると認識していたようである。ただしこの勘物はおそらくは本文別筆のようであるので（図版八）、伝家隆筆本の本文の生成過程の問題とは、もちろん切り離して扱わなければならないだろう。

なおもうひとつ、先に取り上げた(78)の「なにめてゝ」の遍昭詠一首についても、

勘8　又〈かほをよ　うち　はかり〉をみなへし（巻四・秋上・226）

のように、清輔本などに存する異文が勘物として示されている。こうした例からしてみても、また定家本を「正本」として参照していた例からしても、伝家隆筆本に対しては確かに、複数の『古今集』伝本によって比校がなされていたと言えよう。

そうした場合に、このような校本的性格を持つ勘物のもう一例として、最も注目されてくるのが、

勘12　ユフキリタチテクレヌコノヒハ／ユキフリシキテアケヌコノヨハ（巻九・羇旅・異本歌）

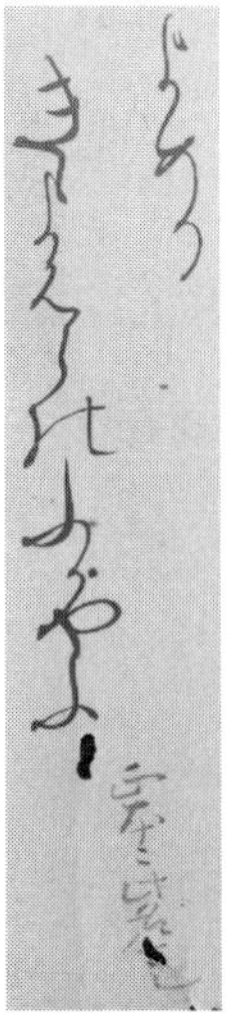
図版八

である。これは前述のとおり、巻九・羇旅・408・409の間に存する異本歌に関するものである。この一首を有する伝本はほかに筋切・元永本・唐紙巻子本切のみであったが、その下句については伝家隆筆本が「ゆふきりたちぬともはなくして」であるのに対して、いずれも「夕霧たちぬあけぬこのよは」であった。ところがこの勘12によれば、そのいずれとも合致しない、

・ゆふきりたちてくれぬこのひは

・ゆきふりしきてあけぬこのよは

という異文の存したことが知られるのである。いずれも日本文学WEB図書館では検出できない本文であるが、これらもおそらくは『古今集』の他伝本との校合結果であろうから、かつてこのような異文を持った『古今集』の本文が、それも二種、存在していたことになろう。

他作品と較べて、さすが『古今集』は平安〜鎌倉時代写本類の残存量が圧倒的に豊富であり、それらによって実に多くの異文を知ることができるが、右のような事例を見出すにつけ、今日までに淘汰されてしまった『古今集』の本文が、一体どれだけあったのか、と思わずにはいられない。もちろんそれらすべてを把握することは不可能であるが、しかし古典籍や古筆切の地道な調査・研究によって、少しずつでも発掘していくことはまだまだ可能なはずであるし、今回紹介した伝家隆筆本などはその格好の例と言えよう。随所に施された合点の意味合いなど、論じ切れなかったところも残るが、極めて特殊と言ってよい本文を持つ伝家隆筆本のさらなるツレの発掘や、ひいてはその他、資料的価値の高い『古今集』の写本や残簡、断簡などについての博捜は、なお不断に進められてしかるべきかと思われる。

〈真名序〉（漢字・平仮名・片仮名の別、異体字の別、仮名遣いの別は省略、傍線・読点も省略、傍書の一部も省略）

(1)ナシ（家隆・文粋・筋切・静嘉・佐理・永治・前田・寂蓮）—紀淑望（貞応・雅俗・伏見・天理・昭和）

(2)倭哥（家隆・前田）—和歌者（貞応・文粋・筋切・雅俗・静嘉・伏見・佐理・永治・天理・寂蓮・昭和）

(3)其詞楽（家隆・文粋・筋切・雅俗・静嘉・永治・前田・天理・寂蓮）—其声楽（貞応・伏見・佐理・昭和）

(4)厥謡（家隆）—哥謡（貞応・文粋・筋切・雅俗・静嘉・伏見・佐理・永治・前田・天理・寂蓮・永暦・昭和・建久）

(5)富緒川（家隆・文粋・筋切・雅俗・静嘉・伏見・佐理・永治・前田・天理・寂蓮・永暦・昭和・建久）—富緒（貞応）

(6)古質之体（家隆）—古質之語（貞応・文粋・雅俗・静嘉・伏見・佐理・永治・天理・寂蓮・昭和）・古質《賢》之語（筋切）・古質之体《語歟》（前田）

(7)古之天子（家隆・前田・天理）—古天子（貞応・文粋・筋切・雅俗・静嘉・伏見・佐理・永治・寂蓮・昭和）

(8)化我（家隆・筋切・雅俗・伏見・佐理・永治・天理・寂蓮・永暦・昭和・建久）—他我（貞応・前田）・為我（文粋）・為《化》我（静嘉）

(9)澆醨（家隆・雅俗・静嘉・伏見・佐理・天理）—澆漓（貞応・文粋・永治・寂蓮・永暦・昭和・建久）・繞《澆》醨（筋切）・澆醨《薄或》（前田）

(10)皆以落（家隆・永治・前田）—皆落（貞応・文粋・筋切・雅俗・静嘉・伏見・佐理・天理・寂蓮・永暦・寂恵）・皆○《以》落（昭和）

(11)以之為花鳥之使（家隆・前田）—以此為花鳥之使（貞応・文粋・筋切・雅俗・静嘉・伏見・佐理・永治・天理・寂蓮・昭和）

(12)以之為活計之媒（家隆・文粋・前田）—以此為活計之媒（貞応・筋切・雅俗・静嘉・伏見・佐理・永治・天理・昭和）・以○《此》為話△計之謀（寂蓮）

(13)纔二三人而已（家隆・文粋・静嘉・佐理・永治・前田・天理）—纔二三人（貞応・筋切・雅俗・伏見・寂蓮）・纔二三人○《一本而已》（昭和）

(14)其哥甚華（家隆）—然其詞華（貞応・雅俗・伏見・永治・昭和）・然其詞甚花（文粋）・其甚華《然歌其体》（筋切）・然○《其》体華（静嘉）・○○○尤其詞華（佐理）・其歌華（前田）・其詞甚華（天理・寂蓮）

(15)文屋康秀詞甚物（家隆）—文琳巧詠物（貞応・文粋・筋切・雅俗・静嘉・伏見・佐理・昭和）・文林巧詠物（天理）・文屋康秀文林巧詠物（永治）・文屋康秀詞物然《或》文林巧詠物（前田）・文琳《文屋康秀イ》巧詠物（寂蓮）

(16)着鮮衣（家隆・雅俗・静嘉・伏見・佐理・前田・天理・寂蓮・昭和）—著鮮衣（貞応・文粋・筋切・永治）

(17)喜撰（家隆・文粋・雅俗・静嘉・永治・前田・天理・寂蓮・建久）—撰《本マ、》喜（貞応）・撰喜（筋切・伏見・佐理・了佐・永暦・昭和）

(18)詞華麗而（家隆・文粋・筋切・雅俗・静嘉）—其詞華麗而（貞応）・其詞甚華麗（伏見・佐理・永治・天理・永暦・昭和・建久）・詞甚華麗而（前田）

(19)着花粉（家隆・雅俗・静嘉・伏見・佐理・永治・前田・天理・寂蓮・昭和）—著花粉（貞応・文粋・筋切）

(20)大友黒主哥（家隆・文粋・永治・前田）—大友黒主之歌（貞応・雅俗・伏見・天理・昭和）・大友《伴》黒主其《之》歌（筋切）・大伴黒主之歌

（静嘉・寂蓮）・大友墨《△》主之歌（佐理）
㉑不知哥趣（家隆・筋切・雅俗・静嘉・永治・前田・天理）―不知哥之趣（貞応・文粋・伏見・佐理・寂蓮・昭和）
㉒不用和哥（家隆・文粋・佐理・永治・前田）―不用詠和哥（貞応・雅俗・静嘉・伏見・）・不聞《用詠》和歌（筋切）・不用詠歌（天理・寂蓮）・不用詠《或本無詠字》和歌（昭和）
㉓悲哉（家隆・文粋・筋切・雅俗・静嘉・永治・前田・天理）―悲哉々々（貞応・伏見・佐理・寂蓮・昭和）
㉔和哥人（家隆）―和哥之人（貞応・文粋・筋切・雅俗・静嘉・伏見・佐理・永治・前田・天理・寂蓮・昭和）
㉕義貫神明（家隆・筋切）―義慣神明（貞応・伏見）・儀通神明（文粋）・義通神明（雅俗・静嘉・佐理・永治・前田・天理）・義通《慣》神明（寂蓮）・義慣《通》神明（昭和）
㉖野相公（家隆・文粋・雅俗・静嘉・佐理・永治・前田・天理）―野宰相（貞応・伏見）・野宰相《相公》（筋切）・野宰相○《公イ》（昭和）
㉗皆依他才（家隆・永治・前田）―皆以他才（貞応・雅俗・静嘉・伏見・佐理・昭和）・皆依佗才（文粋）・○《皆以ゝ》依他才（筋切）・皆依《以イ》他才（天理）・皆依《以》他才（寂蓮）
㉘伏惟陛下御宇九載（家隆）―陛下御宇今九載（貞応）・伏惟陛下御宇于今九載（文粋・佐理・天理・寂蓮）・陛下御天下于今九載（筋切・伏見）・陛下御宇《△》天下于今九載（雅俗）・伏惟陛下御宇《△》天下于今九載（静嘉）・伏惟陛下御天下于今九載（永治）・階《△》下御宇○○《（于今）》于今九載（前田）・伏惟陛下御天《宇》下于今九載（昭和）
㉙古来哥名曰続万葉集重有詔（家隆）―古来旧哥曰続万葉集於是重有詔（貞応・雅俗・伏見・天理・昭和）・古来旧歌於是重有詔（文粋・筋切・永治）・古来旧歌云続万葉集於是重有詔（静嘉）・古歌集歌曰続万葉集於是重有詔（佐理）・古来旧歌○《曰続万葉集於是或本》重有詔（前田）・古来旧歌○○○《曰続万葉集》於是重有詔（寂蓮）
㉚所奉之（家隆）―所奉之哥（貞応・文粋・筋切・雅俗・静嘉・伏見・佐理・前田・天理・昭和）・所献之歌（永治）・所《所》奉之謌（寂蓮）
㉛況乎（家隆・文粋・筋切・雅俗・佐理・永治・前田・天理）―況哉（貞応・静嘉・伏見・寂蓮・昭和）
㉜時俗嘲（家隆）―時俗之嘲（貞応・文粋・筋切・雅俗・静嘉・伏見・佐理・永治・前田・天理・寂蓮・昭和）
㉝臣貫・《之》（以下欠？）―臣貫之等謹序（貞応・文粋・雅俗・静嘉・伏見・佐理・永治・前田・天理・寂蓮・昭和）・臣貫之等解《謹序》（筋切）

〈仮名序〉（同前）

㉞ものなりければ（家隆）―ものなれは（貞応・私稿・基俊・筋切・元永・唐紙・雅俗・静嘉・黒川・六条・永治・前田・天理・寂

郵便はがき

料金受取人払郵便

神田支店
承認

5567

差出有効期間
平成 26 年10月
18日まで

101-8791

504

東京都千代田区猿楽町 2-2-3

笠間書院 営業部 行

■ 注 文 書 ■

◎お近くに書店がない場合はこのハガキをご利用下さい。送料 380 円にてお送りいたします。

書名　　　　　　　　　　　　　　　　冊数

書名　　　　　　　　　　　　　　　　冊数

書名　　　　　　　　　　　　　　　　冊数

お名前

ご住所　〒

お電話

読　者　は　が　き

●これからのより良い本作りのためにご感想・ご希望などお聞かせ下さい。
●また小社刊行物の資料請求にお使い下さい。

この本の書名＿＿＿＿＿＿＿＿＿＿＿＿＿＿＿＿＿＿＿＿

本はがきのご感想は、お名前をのぞき新聞広告や帯などでご紹介させていただくことがあります。ご了承ください。

■本書を何でお知りになりましたか（複数回答可）

1. 書店で見て　2. 広告を見て（媒体名　　　　　　　　　　）
3. 雑誌で見て（媒体名　　　　　　　　　　）
4. インターネットで見て（サイト名　　　　　　　　　　）
5. 小社目録等で見て　6. 知人から聞いて　7. その他（　　　　　　　　　　）

■小社 PR 誌『リポート笠間』（年 1 回刊・無料）をお送りしますか

はい　・　いいえ

◎上記にはいとお答えいただいた方のみご記入下さい。

お名前

ご住所　〒

お電話

ご提供いただいた情報は、個人情報を含まない統計的な資料を作成するためにのみ利用させていただきます。個人情報はその目的以外では利用いたしません。

蓮・右衛・雅経・永暦・昭和・建久・寂恵・伊達）

(35)哥をしよまさりける（家隆）―うたをよまさりける（貞応・筋切・元永・唐紙・雅俗・静嘉・黒川・六条・永治・前田・天理・寂蓮・右衛・雅経・永暦・昭和・寂恵・伊達）・うたをしらさりける（私稿・基俊・建久）

(36)おとこかみ（家隆・筋切・元永・唐紙・天理・右衛）―をかみ（貞応・永治・前田・雅経・永暦・昭和・建久・寂恵・伊達）

(37)よにつたはれる（家隆・私稿・黒川・六条・永治・前田・天理・寂蓮・右衛・雅経）―世につたはる（貞応・基俊・筋切・元永・唐紙・雅俗・静嘉・永暦・昭和・建久・寂恵・伊達）

(38)したてるひめは（家隆・筋切・元永・唐紙・永治・前田・天理・右衛・雅経）―したてるひめとは（貞応・永暦・昭和・建久・寂恵・伊達）

(39)えひすのうた（家隆・筋切・元永）―えひすうた（貞応・唐紙・前田・天理・右衛・雅経・永暦・昭和・建久・寂恵・伊達）・えのすうた（永治）
△

(40)うたはもしも（家隆・基俊・筋切・元永・六条・永治・前田・天理・右衛・雅経）―うたのもしも（貞応・唐紙・静嘉・寂蓮・永暦・昭和・建久・寂恵・伊達）・うたはもしのかすも（私稿）・もしも（雅俗）・うた○《の》もしも（黒川）

(41)よみ給へるうたなり（家隆）―よみたまへるなり（貞応・筋切・元永・唐紙・永治・前田・天理・右衛・雅経・永暦・昭和・建久・寂恵・伊達）

(42)これ《に》そ（家隆）―これにそ（貞応・永治・天理・雅経・永暦・昭和・建久・寂恵・伊達）・これになむ（筋切・元永・唐紙）・これに□（前田）

(43)たとへなともせぬ事なり（家隆・筋切・元永・唐紙・永治）―たとへなともせぬ物也（貞応・右衛・雅経・永暦・昭和・建久・寂恵・伊達）・たとへなともせぬ事《モノ》なり（前田）・たとへなともせぬもの《コト》なり（天理）

(44)なそ《す》らへうた（家隆・六条）―なすらへうた（貞応・基俊・筋切・元永・唐紙・黒川・寂蓮・右衛・雅経・永暦・昭和・建久・寂恵・伊達）・なそらへうた（私稿・雅俗・永治）・なそ《すイ》らへうた（静嘉）・なそ《ス(朱)》らへうた（前田）・なす《ソ(朱)》らへうた（天理）

(45)ものになすらへて（家隆・前田・永暦）―ものにもなすらへて（貞応・筋切・元永・唐紙・永治・天理・右衛・雅経・昭和・建久・寂恵・伊達）

(46)うれしからましといふなるへし（家隆）―うれしからましといへるなるへし（貞応・私稿・基俊・筋切・元永・唐紙・雅俗・静嘉・黒川・六条・永治・前田・天理・寂蓮・右衛・雅経・永暦・昭和・建久・寂恵・伊達）

(47)とのつくりせりといへることのたくひなるへし（家隆・私稿・元永・黒川・六条・天理・右衛）―とのつくりせりといへるなるへし（貞応・筋切・唐紙・雅俗・静嘉・寂蓮・雅経・永暦・昭和・建久・寂恵・伊達）・とのつくりせりといへるこのたくひなる

へし（基俊）・とのつくりせり（永治・前田）

(48)神やしるらん（家隆・永治・前田・天理・右衛・雅経・永暦・建久）―神そしるらむ（貞応・筋切・元永・唐紙・寂恵・伊達）・神や《そ》しるらん（昭和）

(49)むくさにわかれらん（家隆）―むくさにわかれむ（貞応・永治・前田・天理・右衛・雅経・永暦・昭和・建久・寂恵・伊達）・むつにわかれむ（筋切・元永・唐紙）

(50)野なかのしみつ（家隆・私稿・基俊・雅俗・静嘉・六条・永治・前田・天理・右衛）―野なかのみつ（貞応・筋切・元永・寂蓮・雅経・永暦・昭和・建久・寂恵・伊達）・のなかのみ◯《つ》（唐紙）・のなかのしみつ（黒川）

(51)心をはなくさめける（家隆・基俊・唐紙・雅俗・六条・永治・前田・天理・寂蓮・右衛・永暦・昭和）―心をなくさめける（貞応・私稿・筋切・元永・雅経・建久・寂恵・伊達）・こゝろを《イ无》はなくさめける（静嘉）・こゝろをはなくさめける（黒川）

(52)つたはれるうちに・《も》（家隆）―つたはるうちにも（貞応・永暦・寂恵・伊達）・つたはるうちに（私稿・雅俗・静嘉・六条・永治・前田・天理・右衛・雅経）・つたはれるなかに（基俊）・つたはれるうちに《も》（筋切）・つたはれるうちに（元永・唐紙）・つたはるうちに◯《も》（黒川・昭和）・つたは◯《れ》るうちに◯《も》（寂蓮）

(53)おほんよにや（家隆・私稿）―おほむ世や（貞応・基俊・筋切・元永・雅俗・静嘉・黒川・永治・前田・天理・寂蓮・右衛・雅経・永暦・昭和・伊達）・御時や（唐紙・六条）・おほむ《オム(朱)》世や（寂恵）

(54)なかるゝもみちは（家隆・元永・唐紙・雅俗・黒川・六条・永治・前田・天理・右衛・雅経）―なかるゝもみちをは（貞応・基俊・永暦・伊達）・なかるゝもみちをは（私稿）・なかるゝもみち◯《を》は（筋切・静嘉）・なかるゝもみちを◯《は》（寂蓮）・なかるゝもみちは《ヲ》（昭和）・なかるゝもみちを《ヲノ字清古本無》は（寂恵）

(55)よしの山（家隆・私稿・筋切・元永・唐紙・雅俗・静嘉・黒川・永治・前田・天理・寂蓮・右衛・雅経）―よしのゝ山（貞応・基俊・昭和・伊達）・よしのかは《やま》（六条）・よしのゝ《ニサケル》山《左イ本説》（永暦）・よしのゝ《ヨシノ山ノ清古本》山（寂恵）

(56)雲かとそ（家隆・私稿・雅俗・黒川・六条・永治・前田・天理・右衛）―雲かとのみ《ノミナム》なむ（貞応・基俊・寂蓮・寂恵・伊達）・くもとそ（筋切・元永・唐紙・静嘉・雅経）・くもかとそ《カトノミナム》（永暦）・くもかとそ（昭和）

(57)あはせて（家隆・筋切）―あつめてなむ（貞応・基俊・伊達）・あつめて（私稿）・あはせてなむ（元永・唐紙・雅俗・六条・永治・前田・天理・右衛・雅経）・あはせ《つめイ》て（静嘉）・あはせて《つめて》（黒川）・あつめて◯《なん》（寂蓮）・あはせて《アツメテ》なむ（永暦）・あは《ツメテ》せてなん（昭和）・あつめ《ハセ清古》てなむ（寂恵）

(58)たかひになんあり（家隆）―たかひになむある（貞応・基俊・筋切・元永・唐紙・雅俗・静嘉・黒川・六条・永治・前田・天理・寂蓮・右衛・雅経・永暦・昭和・寂恵・伊達）・たかひになむありける（私稿）

〈和歌本文〉（ここではもう貞応本については省略し、『古今和歌集成立論』所収本文とのみ校合していく）

(59)8詞：［前欠］ゆきのふりかゝりける（家隆）―ゆきのかしらにふりかゝりける（私稿・筋切・元永・六条・永治・前田・天理・雅経・永暦・昭和・寂恵・伊達）・かしらにゆきのふりかゝりける（基俊・雅俗・静嘉）・ゆ□のかしらにふりかゝりける（建久）・ゆきのかしらにふりかゝりたる（高野）

(60)8詞：よませ給ける（家隆・私稿・基俊・筋切・元永・雅俗・静嘉・六条・永治・前田・天理・寂蓮・雅経・永暦・昭和・建久・寂恵・伊達・高野）―よませたまうける（元永）

(61)8歌：われなれと（家隆・筋切・元永・雅俗・寂蓮・寂恵・伊達）―花なれと（私稿・六条・永治・前田・天理・雅経・建久・高野）・みなれとも（基俊）・はなゝ《われイ》れと（静嘉）・われ《ハナ》なれと（了佐・永暦・昭和）

(62)8歌：かしらのゆき〈に（朱）と（家隆）―かしらのゆきと（私稿・基俊・筋切・元永・雅俗・静嘉・六条・永治・天理・雅経・了佐・昭和・建久・寂恵・伊達・高野）・かしらのゆきの《と》（前田）・かしらのゆきに（寂蓮・建久）・かしらのゆきに《ト》（永暦）

(63)8歌：なるそわひしき（家隆・基俊・筋切・元永・雅俗・静嘉・六条・永治・前田・天理・寂蓮・雅経・永暦・昭和・建久・寂恵・伊達・高野）―ふるそわひしき（私稿）

(64)9詞：ゆきのふりけるをよめる（家隆・雅俗・永治・前田・天理・寂蓮・雅経・了佐・永暦・昭和・建久・寂恵・伊達・高野）―ナシ（私稿）・ゆきのふりたるをよめる（基俊）・雪のふりける日（筋切・元永・静嘉）・ゆきのふりかゝりけるをよめる（六条）

(65)9作：きのつらゆき（家隆・基俊・雅俗・静嘉・六条・永治・寂蓮・了佐・昭和・寂恵・伊達）―つらゆき（私稿・筋切・元永・前田・天理・雅経・永暦・建久・高野）

(66)9歌：このめもはるの（家隆・私稿・筋切・元永・雅俗・静嘉・六条・永治・前田・天理・雅経・了佐・永暦・昭和・建久・寂恵・伊達・高野）―このめもはるに（基俊）・このめもはる○《の》（寂蓮）

(67)10詞：はるのはしめによめる（家隆・私稿・基俊・雅俗・静嘉・永治・前田・天理・寂蓮・雅経・了佐・永暦・昭和・建久・寂恵・伊達・高野）―春のはしめに（筋切・元永）・ナシ（六条）

(68)10作：ふちはらのことなを（家隆・私稿・基俊・筋切・元永・雅俗・静嘉・永治・前田・天理・寂蓮・雅経・永暦・昭和・建久・寂恵・伊達・高野）―藤原のことなつ（六条）

(69)62詞：人のきたりける時によみける（家隆・雅俗・静嘉・永治・天理・永暦・昭和・寂恵・伊達）―人のきたりけるときよめる（私稿）・人のまうてきたりけるによめる（基俊）・人のきたりけるに（筋切）・は《人》のきたりけるに（元永）・人のきたりける時によめる《ヨミケル（朱）》（前田）・人のまうてきたりけるときよみける（雅経）

(70)63作：なりひらの朝臣（家隆・基俊・筋切・元永・雅俗・静嘉・永治・前田・天理・雅経・永暦・昭和・寂恵・伊達）―在原のな

りひらの朝臣（私稿）

(71) 63歌：きえすはあり〳《ありと》とも（家隆）―きえすはありと（私稿・筋切・元永・前田・天理）・けすはありとも（基俊）・きえすはありとも（雅俗・静嘉・永暦・昭和・寂恵・伊達・高野）・きえなはありと（永治）・きえすはありと○《も（貼）》（雅経）

(72) 64歌：こふれとしるし（家隆・私稿・基俊・筋切・雅俗・静嘉・永治・前田・天理・雅経・永暦・昭和・寂恵・伊達・高野）―こふれは《とし》くるし（元永）

(73) 78詞：［前欠］のちによみてはなにさしてつかはしける（家隆・基俊・雅俗・静嘉・永治・前田・天理・寂蓮・雅経・永暦・昭和・建久・寂恵・伊達・高野）―のちに花にさしてつかはしける（私稿・筋切・元永）・のちはなにさしてつかはしける（亀山）・のちによみてはな○《に》さしてつかはしける（六条）

(74) 78歌：けふはまちみて（家隆・私稿・亀山・元永・雅俗・静嘉・六条・永治・前田・天理・寂蓮・雅経・永暦・昭和・建久・伊達・高野）―けふをまちみて（基俊）・今日は待見むて（筋切）・けふはまちみて《ケフマチミテモ（貼）》（寂恵）

(75) 78歌：ちらはちらなん（家隆・私稿・亀山・基俊・筋切・元永・雅俗・静嘉・前田・天理・寂蓮・雅経・永暦・昭和・建久・寂恵・伊達・高野）―ちらはちりなん（六条・永治）

(76) 79詞：やまのさくらをみてよめる（家隆・私稿・亀山・基俊・天理・寂蓮・永暦・昭和・建久・寂恵・伊達）―山のさくらを（筋切・元永）・やまさくらをみてよめる（雅俗・六条・永治・前田・雅経）・やま○《の》さくらを見てよめる（静嘉）

(77) 79作：きよはらのふかやふ（家隆・私稿・基俊・筋切・雅俗・静嘉・六条・永治・前田・天理・雅経）―きよはらのふかやふ《無作者名》（亀山）・深養父（元永）・ナシ（寂蓮・永暦・昭和・建久・伊達）・キヨハラノフカヤフ（貼）（寂恵）

(78) 226歌：なにめてゝおれるはかりそ勘8又〳かほをよ　うち　はかり《カヲ、ヨミウチミハカリソ》（家隆）―なにめてゝおれるはかりそ（私稿・筋切・元永・雅俗・静嘉・寂蓮・了佐・建久・伊達）―なにめてゝをれる許そ《なにめて、おれるイ》（御家・永暦・昭和）・かほをよみうちみるはかり（基俊）・かほをよみうちみはかりそ《カヲ、ヨミウチミハカリソ（貼）》（関戸・永治・前田・天理）・かほをよみうちみはかりそ（六条）・なにめてゝ《かをゝよみうちみはかり》おれるはかりそ（雅経）・名にめてゝおれるはかりそ（寂恵）

(79) 226歌：われおちにきと（家隆・私稿・基俊・筋切・元永・雅俗・静嘉・六条・永治・前田・天理・寂蓮・雅経・了佐・永暦・昭和・建久・伊達）―われはおちぬと（関戸）・われおちにきと《ワレハオチヌト（貼）》／われおちにき《コヒ（貼）》と（寂恵）

(80) 226歌：人にかたるな（家隆・御家・基俊・筋切・元永・唐紙・雅俗・静嘉・六条・永治・前田・天理・寂蓮・雅経・了佐・永暦・昭和・建久・寂恵・伊達）―人にかたらん（私稿）

(81) 227詞：僧正遍照かもとに（家隆・六条・前田・天理・寂蓮・雅経・永暦・昭和・建久・伊達）―へせうとゝもに（私稿）・へせうかもとへ（基俊）・遍照か許に（筋切・元永・唐紙・関戸・雅俗・永治）・遍照かともに《もとにイ》（静嘉）・僧正遍昭かともに（了佐）・

僧正《僧正无（貼）》へんせうかもと《トモ清》に（寂恵）

(82) 227 詞：ならへまかりける時に（家隆・関戸・六条・永治・前田・天理・寂蓮・雅経・了佐・永暦・昭和・建久・寂恵・伊達）—ならへまかりけるに（私稿・雅俗）・ならにまかりける（基俊）・寧楽に罷とて（筋切・唐紙）・ならにまかりて（元永）・ならへまかりける○《時》に（静嘉）

(83) 227 詞：をみなへしをみてよめる（家隆・私稿・関戸・雅俗・静嘉・六条・永治・前田・天理・寂蓮・雅経・永暦・昭和・寂恵・伊達）—をみなへしをみて（基俊・筋切・元永・建久）・女郎花見て（唐紙）

(84) 227 歌：をみなへし（家隆・私稿・基俊・元永・関戸・雅俗・静嘉・六条・永治・前田・天理・寂蓮・雅経・了佐・永暦・昭和・建久・寂恵・伊達）—を○《ミ》なめ《ヘ》し（筋切）

(85) 227 歌：ゆきすくる（家隆・私稿・基俊・筋切・元永・雅俗・静嘉・六条・永治・前田・天理・寂蓮・雅経・了佐・永暦・昭和・建久・寂恵・伊達）—ゆきく《△》る（関戸）

(86) 227 歌：たてりとおもへは（家隆・基俊・筋切・元永・雅俗・静嘉・前田・天理・寂蓮・雅経・了佐・永暦・昭和・建久・寂恵・伊達）—たてるとおもへは（私稿・永治）・たてると思《リイ》へは（六条）

(87) 228 詞：哥合のうた（家隆・雅俗・静嘉・六条・永治・前田・天理・寂蓮・雅経・了佐・永暦・昭和・建久・寂恵・伊達）—うたあはせのうたによめる（私稿）・歌合（基俊）・歌合に（筋切・元永）

(88) 228 作：としゆきの朝臣（家隆・私稿・基俊・元永・雅俗・静嘉・六条・永治・前田・天理・寂蓮・雅経・了佐・永暦・昭和・建久・寂恵・伊達）—藤原敏行（筋切）

(89) 238 詞：寛平御時（家隆・私稿・六条・永治・前田・寂蓮・永暦・昭和・建久・寂恵・伊達）—寛平御時に（筋切・元永・関戸・雅俗・静嘉・天理・雅経）

(90) 238 詞：蔵人所のをのことも（家隆・基俊・筋切・元永・六条・永治・前田・天理・寂蓮・雅経・永暦・昭和・建久・寂恵・伊達）—くらところのをのことも（私稿）・蔵人所の男等の（関戸）・蔵人所のおのこともの（雅俗・静嘉）

(91) 238 詞：さかのに花みんとて（家隆・基俊・関戸・雅俗・静嘉・六条・永治・前田・天理・寂蓮・雅経・永暦・昭和・建久・寂恵・伊達）—さかのに花みに（私稿）・嵯峨野に花みに（筋切）・嵯峨のに花みへ（元永）

(92) 238 詞：みなまかりたりける時にかへるとて（家隆）—まかりてかへらんとて（私稿）・みなまかりたるにかへるとて（基俊）・罷て帰とて（筋切・元永）・まかれりけるときにかへるとて（関戸・雅俗・静嘉）・みなまかりける時かへるとて（六条・前田・寂蓮・雅経）・みなまかりけるときにかへるとて（永治）・みなまかりたりける時かへるとて（天理）・［前欠］とて（右衛）・まかりたりける時かへるとて（永暦・昭和・伊達）・まかりたりけるときにかへるとて（建久）・まかりたりける時○《に俊》かへるとて（寂恵）

(93) 238 詞：**哥よみけるついてによめる**（家隆・基俊・六条・永治・前田・天理・右衛）—**うたよみはへりけるつゐてによめる**（私稿）・**歌読ついてに**（筋切）・**みな歌よみけるついてに**（元永・関戸）・**みなうたよみけるついてによめる**（雅俗・静嘉・寂蓮・永暦・昭和・建久・寂恵・伊達）・**みなうたよみけるついてによみはへりける**（雅経）

(94) 238 歌：**ねなましものを**（家隆・私稿・基俊・筋切・元永・関戸・雅俗・静嘉・六条・永治・前田・天理・寂蓮・右衛・永暦・昭和・建久・寂恵・伊達）—**ねぬ《なまし》へきものを**（雅経）

(95) 異本歌（238次）：**コノ贈答二首アリ**（家隆）—**コノ贈答二首ナシ**（他本すべて）

(96) 408 歌：**かはかせさむし**（家隆・私稿・基俊・雅俗・静嘉・六条・永治・天理・寂蓮・雅経・永暦・昭和・建久・寂恵・伊達）—**々《河》風寒み**（筋切・元永）・**々《河》風寒**（唐紙）・**かは風○《さ》むし**（前田）

(97) 異本歌（408 409間）：**ゆふきりたちぬともはなくして** 勘12 **ユフキリタチテクレヌコノヒハ／ユキフリシキテアケヌコノヨハ**（家隆）—**夕霧たちぬあけぬこのよは**（筋切・元永・唐紙）・**コノ一首ナシ**（私稿・基俊・雅俗・静嘉・六条・永治・前田・天理・寂蓮・雅経・永暦・昭和・建久・寂恵・伊達）

(98) 409 左：**このうたは**（家隆・私稿・六条・永治・前田・天理・寂蓮・雅経・永暦・昭和・建久・伊達・中山）—**この歌**（基俊）・**コノ左注ナシ**（筋切・元永・唐紙）・**このふたつのうたは**（雅俗）・**このふたつ《イ无》のうたは**（静嘉）・**この○《フタ》歌○《ハ》**（俊）（寂恵）

(99) 409 左：**人丸かうた也**（家隆・私稿・雅俗・静嘉・六条・永治・前田・天理・寂蓮・永暦・昭和・建久・寂恵・伊達・中山）—**人丸かなり**（基俊・雅経）

(100) 445 歌：**なるときもかな**（家隆・私稿・本阿・基俊・雅俗・静嘉・六条・永治・前田・天理・寂蓮・雅経・永暦・昭和・建久・寂恵・伊達）—**なるよしもかな**（筋切・元永）

(101) 447 作：**平のあつゆき**（家隆・私稿・荒木・基俊・筋切・元永・雅俗・静嘉・六条・永治・前田・天理・雅経・永暦・昭和・建久・寂恵・伊達）—**平△敏行**（寂蓮）

【注】

（1）『学校法人総持学園創立八〇周年記念展示　和歌と物語――鶴見大学図書館貴重書八〇選――』（二〇〇四年十月、鶴見大学）。

（2）拙論「国文学研究資料館蔵古筆手鑑2点の紹介　その1（請求番号ラ3―27）」（『国文研ニューズ』No.19、二〇一〇年四月）。

（3）小松茂美『古筆学大成4　古今和歌集四』（一九八九年一月、講談社）。
（4）田中登氏編『平成新修古筆資料集　第三集』（二〇〇六年一月、思文閣出版）。
（5）田中登氏「古今集の古筆切」（増田繁夫氏・小町谷照彦氏・鈴木日出男氏・藤原克己氏編『古今和歌集研究集成第二巻　古今和歌集の本文と表現』所収、二〇〇四年二月、風間書房）。以下田中氏の説は同論に拠る。
（6）小島孝之氏「古筆切拾塵抄・続（六）――入札目録の写真から――」（『成城国文学』第二十九号、二〇一三年三月）。
（7）本文は『冷泉家時雨亭叢書　第二巻　古今和歌集』所収の影印（一九九四年十二月一日、朝日新聞社）に拠る。
（8）ただし真名序に関しては「基俊本」は除外する。『古今和歌集成立論』において「基俊本」として掲げられている真名序の本文は、樋口光義本の底本とされる保元二年清輔本（『古今和歌集成立論』における「前田本」）の転訛本文に過ぎず、そこに基俊本の本文が反映されているわけではない、とみられるためである。
（9）今井源衛編『在九州国文資料影印叢書（第二期）大和物語』（一九八一年五月、在九州国文資料影印叢書刊行会）。
（10）『尊経閣叢刊』（一九二八年十二月、公益法人育徳財団）に拠る。
（11）本文は貴重図書影本刊行会編の複製本（一九三一年二月、貴重図書影本刊行会頒布事務所）に拠る。

【付記】図版掲載をご許可下さった人間文化研究機構国文学研究資料館、及び、ご所蔵断簡の図版をご恵与下さったのみならず、活用もご快諾下さった田中登氏に厚く御礼申し上げる。なお本論は、二〇一三年度日本学術振興会・科学研究費助成事業（学術研究助成基金助成金）基盤研究（C）「文献学的方法による平安時代仮名文学の定説再検討と新見創出」（課題番号二五三七〇二四三）に基づく研究成果の一部である。

新出『平家物語』長門切——紹介と考察

平藤　幸

はじめに

本稿は公開シンポジウム「１３００年代の平家物語―長門切をめぐって―」（於国学院大学　二〇一二・八。付記参照）と、公開研究発表会（於国学院大学　二〇一三・一〇。同上）での発表に基づく。以下に、『平家物語』長門切の研究の概要を記した上で、今回新たに確認し得た長門切について各々考察し、若干の私見を記すこととする。併せて、資料として、新出長門切を翻印と影印で掲出紹介し、これらを含めて現在までに確認されている長門切を一覧表にまとめることとする。

一　長門切の研究の現在

長門切は、一九六一年に藤井隆が「平家切」として紹介して以来世に広く知られ、藤井はその底本を「盛衰記の祖本的なもの」と位置づけた。(1)一九九六年には、松尾葦江が、その時点で既出の長門切すべてを検証し、長門切が、大半は盛衰記に一部は延慶本に共通し、まま独自異文を持つことから、読み本系諸本の成立・流動に関わるものであるとして重要視した。(2)その後も続々と新出の断簡が発見され、その都度松尾により本文の検証がなさ

れている。(3)

伝称筆者は、従来「世尊寺行俊」(生年不明〜一四〇七)とされてきたが、(4)藤井・小松茂美・高田信敬によって、行俊よりも古く、おそらくは鎌倉末期頃の書写であろうと指摘されている。(5)近年、池田和臣による炭素測定の結果、料紙は一二七三〜一三八〇年の間の頃のものであり、伝称筆者の行俊より古いことが指摘され、藤井らの見解が素材の面からも補強された。(6)二〇一二年のシンポジウム講演「長門切の加速器分析法による14C年代測定」でも改めて実験結果が明らかにされ、特に一二八四年の確率が高いことが報告された。ただし、たとえば藤原定家は、嘉禎元年(一二三五)に独撰した『新勅撰和歌集』の清書を、世尊寺行能に託したが、この時の料紙は、文治四年(一一八八)に父俊成が『千載和歌集』を撰集した折のものを用いたらしく、(7)料紙と行能との間には、少なくとも約五〇年ほどの懸隔があったことになるので、紙の劣化や古紙の利用の問題については慎重にならねばなるまい。しかし長門切の場合は、料紙の年代特定と諸家が認定してきた書写年代の推定との間には矛盾がないと言うことができ、藤井・小松・高田らの見解が、物質の面からも補強されたと言えるわけである。

また、先頃佐々木孝浩は、「長門切本」が本来的に絵巻とは考え難いこと、高貴な人物のために作成された例外的な巻子本であったこと等を、書誌学的知見から改めて確認した。(8)さらに佐々木は、同見地からの最新の説(または従来説への補足)を提出しており、(9)ここにその要点を示しておく。

1疑いなく巻子装であった(巻皺あり)。

2一紙の本来の幅は四六・七糎程度(三井記念美術館蔵古筆手鑑「たかまつ帖」〈後掲「長門切一覧」(以下「一覧」)57〉がこの幅)。

3楮打紙とみてよい。

4世尊寺流の三手の寄合書き(書風の共通性が高い)。

5三手のうち、巻一一の担当者が世尊寺家歴代の能筆の真筆資料と最も親近性を示す。

6盛衰記相当箇所不明であった個人蔵古筆手鑑「管城公」（一覧26）貼付の断簡は、紙背に確認される罫線の特徴から、盛衰記巻二六相当と推定可能。

7津守国冬筆とされたものもあること（池田和臣氏蔵断簡〈一覧8〉裏書）にもそれなりの蓋然性がある。

8書式や巻皺の様子から、やはり絵巻詞書とは考え難い。

筆者も、「はじめに」に記したシンポジウムと研究発表会で、あわせて一〇葉の断簡を紹介し（模写を含む）、現在までに長門切は七〇葉が確認されるに至っている（うち模写三葉）。さらにその後、中村健太郎による伝称筆者についての考察(10)も提出され、長門切研究は活況を呈してきていると言ってよいであろう。

二　新出長門切の概要

右に記したとおり、新たに一〇葉の断簡を確認することができたので、ここに報告する。この中には、長門切原本ではないものの、その模写と思われる断簡（模写断簡A・B）も含まれるが、これも本文上は「長門切」として扱って然るべきかと考える。断簡1～8を盛衰記本文の並びに従って取り上げて各断簡の概要を記した上で、最後に、盛衰記本文の並びでは最も早い部分に当たる模写断簡Aと、現時点で四番目に位置するBについて記述したいと思う。

断簡1。「掌ニにきり」で始まるこの断簡は、盛衰記巻二六、いわゆる「祇園女御」の話の場面である。清盛が白河院の落胤であることを記した後、類話の先例として、天智天皇の子を懐妊した女性を、大織冠すなわち藤原鎌足に与え、そのもとで生まれた子が淡海公すなわち不比等である、という話を挙げた箇所である。ここで生まれた子を「淡海公」とするのは、平家諸本では延慶本と四部本のみであり、他本は「定恵」としている点、違いがある。盛衰記は、蓬左文庫本は「淡海公」として異本注記に定恵の名を挙げるが、慶長古活字版は本行本文で「定恵」としている。成簣堂文庫本は本行本文に「淡海公」とあるのをミセケチし、蓬左文庫本と同様、「定恵イ」と異本注記するという(11)。この点では、本断簡の記述は延慶本に近いとも言えようが、盛衰記諸本間の異同も問題になろう。なお、『大鏡』や『帝王編年記』は不比等とし、『今昔物語集』二二―一は定恵としている。

断簡2。「輔にはあはぬ敵そ」で始まるこの断簡は、盛衰記巻二七の横田河原合戦の場面である。本場面は長門切が多数発見されている場面でもあり、一覧では、32〜38にあたる七葉が確認されている。33と34、37と38は連続する断簡と見てよく、この断簡2は、34の少し後の場面である。横田河原合戦譚に、義仲方の佐井七郎弘資(延慶本・長門本。盛衰記は「西七郎広助」)と平家方の富部三郎家俊との戦いを含むのは、盛衰記・延慶本・長門本のみである。佐井は自らの出身を、本断簡では「上野国高山」とし、延慶本・長門本では「上野国」とする。盛衰記では、自らが所属する、上野国高山御厨の「高山党」という武士団の名を挙げる。「誅平て」という詞章は盛衰記と同じである。冒頭の「輔」は、「弘資(広助)」の「すけ」であろうか。盛衰記に拠れば、富部の名を問うた佐井が、俵藤太秀郷の八代の子孫である自分には合わぬ敵(延慶本・長門本「アタワヌ敵」〈延〉)である、として戦うことを嫌うので、本断簡でも、家俊を、自分には「あはぬ敵」として退けようとの言葉であろうか。

断簡3。「ける是を粟田の関白とそ申す」で始まるこの断簡は、盛衰記巻三五「木曾頚被渡」の藤原師家摂政辞任記事にほぼ同じである。本記事は南都本以外の平家諸本が有する。本文の解釈に関わることがらを少し注しておく。寿永三年正月二〇日の義仲討死後、二二日に師家は摂政職を止められ、基通が還任する(『公卿補任』)。「粟田の関白」は摂政太政大臣兼家男道兼(九六一〜九九五)で、道隆・道長・超子・詮子(東三条院)とは同母(藤原中正女時姫)。寛和二年(九八六)六月、兄道綱と謀って花山天皇を出家・退位させ、詮子の生んだ一条天皇の摂政となった。長徳元年(九九五)四月一〇日関白道隆が出家して没すると、兄道隆の子の内大臣伊周を退けて二七日関白、二八日氏長者となるが、当時すでに病気で、一一日後の五月八日に没し七日関白と評された。粟田山荘を造った（『国史大辞典』）。「六十日か間除目も二ヶ度行ひしかは」の「除目」は、寿永二年一二月一〇日・二一日の除目を指すか。師家の任摂政は、寿永二年一一月二一日。なので、摂政の期間は六二日間。これは、『玉葉』寿永三年正月二〇日条に、「義仲執二天下一後、経二六十日一、比二信頼之前蹤一、猶思二其晩一」と、義仲が天下を握った期間を六〇日とするのと同様、概数を言ったものである（『四部合戦状本平家物語全釈　九』〈和泉書院、二〇〇六年〉）。

ところで、本断簡の紙背には、長門切本文とほぼ同じ字高で、『十七条憲法』の一部本文と、注と思しき内容が記されている(12)。『日本書紀』の当該部分（巻二二「推古天皇（十二年四月）」）の可能性もないわけではないが、本文をゆったりと引用しつつ詳細に施注しているので、その原態の典籍が、『日本書紀』全文を有して、そこに付注されたものであったとは考え難い。『聖徳太子全集　第一巻　十七条憲法』（臨川書店、一九四二年）所収の古注には同文見当たらず、書写時期は不明である。長門切本文といずれが先行するかも判断し難い。なお、盛衰記巻三五に相当する、現在確認可能な長門切は鶴見大学図書館蔵の「名乗て懸出」（「粟津合戦」。一覧40）のみで、これは本断簡の数行前に当たる部分だが、紙背に墨跡は認められない。本断簡より後文を有する同巻断簡は未確認である。ツレの発見が待たれる(13)。

断簡4。「義成多々良五郎義春」で始まるこの断簡は、盛衰記巻四一に相当する、義経が屋島合戦のために淀から渡辺へ向かう際の名寄せ場面かと思われる。他に、延慶本・四部本・南都本が本記事を有するが、異同が大きい。「義成」（延慶本の「大多和次郎義成」〈三浦義久男〉に相当するか）・「小川小太郎重成」（延慶本の「小川太郎重成」〈未詳。西党の小川氏か〉に相当するか）は盛衰記本段には登場せず、「庄太郎家永」（内閣文庫蔵『諸家系図纂』所収「児玉党系図」の「（庄太郎）家長」〈弘高男〉か。盛衰記巻三七で重衡を生け捕りにしたとされるのは「庄三郎家長」〈巻三九では「庄四郎」〉）は延慶本の本段にはその名がない。「薗田次郎」・「山上太郎」は盛衰記・延慶本に見えない名である。

「高山三郎」（秩父一門の高山氏か）・「小林次郎」（河越重頼弟の小林次郎重弘か）・「大田四郎」（私市党の太〈大〉田氏か）は、盛衰記巻三六「源氏勢汰」の一ノ谷合戦に発向する大手範頼軍の武士としてその名が見える。「同（梶原）三郎景能」は、蓬左文庫本は「同三郎景家」だが、慶長古活字版は「同三郎景能」。成簣堂文庫本は「同三郎景能」の「能」に「家歟」の左注があるという。延慶本はここでは「同三郎景義」だが、「景茂」と記す箇所もあり、『吾妻鏡』文治二年（一一八六）五月一四日条は「景茂」とする。平家諸本では梶原景時の三男の名が「景能」「景家」と混乱しているが、盛衰記諸本によっても異同が見られ、ここでは長門切は慶長古活字版に一致する点、目すべきかと思われる。

断簡5。「て引すへたり」で始まるこの断簡は、盛衰記巻四一の、いわゆる「逆櫓」の場面である。当場面長門切がすでに二葉発見されている。逆櫓論争の際に、いきり立つ義経と梶原を、他の武士が押しとどめるのは盛衰記・延慶本のみである。覚一本等は、「鶏合 壇浦合戦」（巻一一）に、壇浦合戦での先陣を希望した梶原に対して、義経が、それは自分の役割であると言って口論になり、今にも義経と梶原との「同士いくさ」が起こりそうであったとする似た場面をおく。本断簡の「引すへたり」という表現は延慶本に近いが、「共いさかひ」「平家のもれ聞かんも嗚呼かまし」は盛衰記に似る。（こんなことを）頼朝がお聞きになることは「其恐候へし」とするのは、「恐」の語は延慶本に近いが、「当座の興（言）」への続きからしても盛衰記に近いか。

ところで、本断簡には、これまでの伝称筆者とは異なる人物を比定する極札が付されていることが、大変重要な意味を持つかと思われる。先述の通り、これまで伝称筆者は津守国冬筆とされる池田和臣氏蔵断簡を除き「世尊寺行俊」とされてきた。ここに「尭孝門弟周興」とあるのは、管見の限りでは初出の極めである。周興は生没年未詳だが、師の堯孝の生存年が一三九一〜一四五五年なので、これと同じか、少し前の世代だと見てよいのであろう。とすると、長門切のツレとしては時代が下り過ぎ、また、伝周興筆の他の断簡とも書風が異なっており、不審である。極札の執筆は、『古筆鑑定必携』（淡交社、二〇〇四年）等の古筆歴代の筆跡に照らして、二代古筆了栄（一六〇七～七八）かと見られる。一覧17の極札も、小松茂美[14]に拠れば了栄筆だということである。了栄の頃までは切の書き出し部分を極札に記さなかったといい[15]、別の切の極札との貼違えの可能性もあろうか。それはさて措き、長門切には、了栄とほぼ同時代の古筆別家了任（一六二九～七四）の極札も存在しているが、初代了佐（一五七二～一六六二）の極札が確認されていない状況に鑑みて、了栄・了任の頃に長門切の切断が始まったか、と考えられるのである。

断簡6。「に馳集る此外武者こそ」で始まるこの断簡は、盛衰記巻四二の「屋嶋合戦」の場面である。屋島合戦において、「（後藤内）兵衛尉範忠」（源頼義郎等則〈範〉明の子孫か）が義経軍に加勢するのは盛衰記・延慶本・長門本のみである。長門本は延慶本に近く、延慶本と長門本には、本断簡の「年来は平家世を執て天下を我まゝにし給しかは」や「兵衛佐殿謀反を発し給て已ニ平家をこらし給ひ」や「余のうれしさに」に相当する箇所がない（ただし盛衰記も詞章は若干異なる）。「源氏つよる」との表現は延慶本に近いが（長門本は「源氏の御代にならせ給ふ」）本断簡は全体的には盛衰記に近いと言えよう。

断簡7。「からをあらはすに」で始まるこの断簡は、盛衰記巻四二の、いわゆる扇の的の場面である。同場面は一覧では60～66に当たり、本断簡を含めて七葉発見されている。本文はどちらかといえば盛衰記に近いかと思うが、独自本文と言えよう。平家方が扇を立てた美女が乗る小舟を沖に向かわせる内容は諸本共通だが、覚一本等は、後藤兵衛実基が罠であることを義経に注進するのに対して、本断簡と盛衰記は、義経自身がこれが自分を「たばかる」ものであると気づいている（松雲本もこれに似る）。その後盛衰記では、義経が射扇が可能かどうかを尋ねたのに対し、畠山重忠が自分には不可能である旨を申した上で、与一兄弟を推薦する。まず兄の十郎が召されるが、義経の命に対し、「御諚ノ上ハ子細ヲ申ニ及ネ共」（慶長古活字版。蓬左文庫本も同）と一ノ谷合戦での負傷を理由に辞退して弟与一を推し、義経の命を受けた与一も「子細」を申そうとするが、伊勢三郎義盛や実基らに止められて引き受けたとする。長門切本文の展開は独自で、義経はまず伊勢三郎義盛に射手には誰がよいかを尋ね（一覧64）、その後畠山が命じられるも辞退し、義盛が「真塩殿」（「真塩」は「鷲尾（三郎経久）」か。闘諍録巻八之下には「猿尾《ましお》（三郎）」とも）に勧めるようである（一覧65）。さらに十郎か与一のどちらかが断りの言を述べており、それを聞いた義経は「しはしは無音」であった（一覧66）。長門切で義経が平家の策に自ら気づく点、畠山が断る点などは盛衰記・松雲本と同じであるものの、義経が義盛に下問したり真塩が射手の候補となる点は独自で、これは長門切の本文上の性質を見極める上でも重要なものと言ってよい。松尾が「諸本が趣向を凝らし表現を洗練しようとした痕跡が窺える」と指摘するところでもある。[16]

断簡8。「鞍置きて請して」で始まるこの断簡は、盛衰記巻四二の、義経の身代わりとなって討死した佐藤継信を供養するために、義経が僧侶を請う場面である。一覧67も同じ場面であり、その後に位置付けてみたが、その前である可能性も否定しきれない。義経による継信の供養記事は諸本にあるが、内容は盛衰記が最も近く、次いでは延慶本が比較的近い。ただし、盛衰記において、義経が鎌田藤次光政の供養も同時に僧侶に頼む点は、本断簡とは異なる。請われた僧を、「志度のこひしりとて名誉の聖人」と具体的に記す点は、本断簡独自である。

模写断簡A。この「丹波少将成経をは福原へ召下して」で始まる断簡は、漢籍や歌書の書写に熱心であった池田光政が臨模した古筆切を四巻に聚成した巻物「古筆臨模聚成」[17]（林原美術館蔵）に収められる。現在原本の失われた断簡が多く含まれていて、極めて大きな価値を有する資料である。行俊の筆跡の臨模は第二巻に見え、その中の一つがこの箇所である。これは盛衰記巻七の「俊寛成経等移鬼海嶋」に相当する部分で、成経らが鬼界が島へ流される場面である。『和漢朗詠集』や『東関紀行』を踏まえた表現があり、一部延慶本第五末の、重衡の海道下りの場面にも似た文言が見られる。[18]この場面に類する本文は、盛衰記・延慶本・長門本のみが有し、中では延慶本と長門本が近似する。しかし当該断簡はいずれとも異なりがあり、独自性を有している本文でもある。当該資料の他の断簡の模写は、行送りも筆跡も概ね原本に忠実だが、長門切は毎行一八字程度であるのに対して本断簡は一三〜一七字程度で、紙高も長門切より五糎程度低く、疑問は残る。ただし、原断簡の書面と筆跡をどこまで忠実に模したかは不明だが、欄上には「行俊　行忠庶子」とあり、少なくとも光政は行俊の筆と認識していたであろうことは疑いない。これが長門切の模写とすれば、一桁の巻の長門切本文は初めて確認されることになり、長門切の原本は当然ながら巻一から存在し、かつその切断は全巻に及んでいた可能性が認められることになる。さらに長門切は、江戸時代前期、一六〇九〜八二年に生存した光政の時代には、すでに模写に値するものとして存在していたことになり、これは、古筆二代了栄や同時代の別家了任の極札が存在することと矛盾しないのである。

模写断簡B。この「は明俊にくめや」で始まる断簡は、西尾市岩瀬文庫所蔵「芳翰模彙」（一四四—九七）の一〇冊の第七冊に収められる。同書は、右側の朝鮮綴じである（第七冊は縦三七・四糎×横二九糎）。書写者は未詳で、写された先行の極めに九代了意までの古筆本家、川勝宗久、朝倉茂入の札、神田道伴の花押があり、近世末期以後、この形にまとまり伝わったのであろうという(19)。本断簡は界線・書面・書風が長門切にほぼ一致することに加えて、長門切料紙の天地の法量をそのままに示した外界線も存在することから、疑いなく長門切の模写であり、書写者は不明だが「行俊」の項目に分類されているので、書写者や編者は行俊の筆と認識していたであろう。模写断簡Aや、一覧9の模写断簡の存在と併せ、他にも複数模写が存在する可能性があることを窺わせる資料の一つである。本断簡本文の末尾は「矢種尽」なので、田中登氏蔵断簡「けれは弓を打棄て長刀茎短に取直し橋桁／をさら〳〵と走渡る余の者共は恐て渡らさりけ／るを明俊か心地には一条二条の大路とこそ振舞／ける長刀を以て九人なき伏せて十人と云に目貫／もとより柄を打折て河へ投入て大刀を抜てそ」（一覧5）が後接すると見られる。本文は盛衰記に近いが、独自本文と言える。「明俊」は、延慶本・長門本・中院本が同表記、盛衰記は初出場面では「明俊」も他は「明春」、覚一本・四部本は「明秀」。「廿四の矢」を射たとするのは延慶本・長門本・覚一本で、盛衰記は不記。本断簡では矢を「さしつめ〳〵射」たのは平家方と読めるが、覚一本では「さしつめひきつめさん〴〵にいい」たのは明秀（明俊）。矢を「二一」残したとするのは独自である（他本は「一」。ただし四部本は記述なし）。「中て」を「あたりて」（『類聚名義抄』）と読むとすれば、二四本の矢に当たって一二人を射殺し、一一人に傷を負わせた、とするのは数が矛盾する上、二四本射たのに二本箙に残したということであれば、計二六本も差していたということになり、不自然と言える。他本が矢を一本残したとすることの意味については、たとえ死んでも最後の一矢は残すものとする説（新井白石『本朝軍器考』）や、そうしたしきたりがあったとする説（梶原正昭）、「手突矢」（手で投げる矢）として用いるためとする説（岡見正雄）、結果として一本残ったのだとする説（難波喜造）、鏑矢であったとする説[20]（信太周）など、従来解釈がさまざまであったが、いずれも俄には従いがたい。『延慶本全注釈　第二中（巻四）』（汲古書院、二〇〇九年）は、「延慶本の場合、矢を捨てたとの記述はなく、単に二十三本を射た時点で一本残っていたとするのみなので、敢えて「矢を無駄にした理由」を考える必要はない。一本残ったことよりも、ほとんど射尽くしてしまったことに力点をおいた表現であり、射た矢がすべて敵に当たった射芸のみごとさを、数詞によって表現したと見ておけばよいか」とする。本断簡は「二一」、盛衰記は「一」を箙に残したとしながら、「矢種」が「尽」きたとする。断簡7と同様に、いわゆる有名な場面は、全体の整合性を損なっているにしても、各々独自の表現を凝らした可能性があるのではないか、とも思われるのである。

おわりに

今回の考察から確認される事項と今後の課題を、以下の四点にまとめて記しておく。

一、裏書きに「津守国冬」と記す断簡に加えて、筆者を「周興」と伝える極札も存在するので、伝「世尊氏行俊」

ではない異伝の極札を有する切をさらに探求する要がある。また、切断時期を推定するために、より古い、了佐や古筆勘兵衛の極札を伴う切の存否を確認すべきである。

二、長門切と類同の外形でありながら、長門切ではない本文を有する断簡[21]の存在から、それらの素性を追究すべく、ツレを博捜する必要がある。それは当然、長門切筆者の解明の手がかりになるかと思うからでもある。

三、長門切の存在の可能性がある盛衰記巻七該当部分など、未知なる部分のツレの発見に一層努めるとともに、疑わしい模写・転写資料も積極的に収集すべきである。

四、今回報告の数葉の本文は、概ね盛衰記に近似しつつも独自の詞章や配列を有し、次いで延慶本に近く、読み本系の中では長門本とはやや遠いことが確認できた。これは、後掲「長門切一覧」の「他本との関係」に示した全体の傾向と同じである。早く藤井隆が、当時一五葉のみを確認し得た中で、長門切本文は「独自の立場を主張する一系統本であって、延慶本、長門本より先行する」[22]とした見通しは、なお有効である。

資料1　新出長門切の書誌と本文　付　影印

以下に、新出の長門切八葉と模写二葉について、盛衰記本文の並びの順に、①各断簡の所蔵、②書誌、③蓬左文庫本盛衰記の相当箇所章段名、④翻字本文、⑤蓬左文庫本盛衰記の該当本文、⑥延慶本の該当本文を掲出しておく[23]。末尾に各断簡の影印を載せた。

【模写断簡A】「丹波少将成」

①林原美術館蔵池田光政筆「古筆臨模聚成」四巻の第二巻

②縦二五・四糎×長二五五九・八糎（第二巻）。当該部分は一八行（一行一三〜一七字）

③盛衰記　巻七「俊寛成経移鬼海嶋」相当部分

④〔翻字〕

丹波少将成経をは福原へ召下て瀬
尾太郎ニ預置て備中国へ遣し
けるを法勝寺執行俊寛僧都平判官
康頼ニ相具して薩摩国鬼界嶋へ
被流ける前途に眼を先たつれは
早く行む事を歎き旧里ニ心を
通すれは終ニ帰らん事難し或遠
山の雲路遥なる旅空に悲の涙
瀼々として愁の雲片々たり或は海
邊孤嶋の幽なる砌ニハ蒼波眇々
として恨心重返々たりさらぬたに旅
の道ニ深き憂を添てねられす
悲きニ深夜の月おほろなるに
ゆふつけ鳥の幽ニ音つれて遊子残月ニ
行けむ函谷の有さま思出られて
心を砕かすと云事なし康頼自
元出家の志有ける上遠路の儀ニ成ニ

けれは内々小松殿ニ申入ける

⑤

〔盛衰記該当本文〕

丹波少将成経をは福原へめし下し世能太郎にあづけをき備中国へつかはしたりけるを俊寛僧都平判官康頼にあひくして薩摩かた鬼界嶋へそはなたれける康頼は都を出て配所へおもむきけるか小馬の林を通るとて（中略）

尋常の流罪たにかなしかるへきに道すからならはぬ旅に伶俜てすゝろに哀をもよほしけり先途に眼を先たつれははやく行事を歎き旧里に心をかよはせは終にかへらん事かたし或は雲路遠山の遥なる粧をみては哀涙袖を絞り或は海岸孤嶋の幽なる砌にのそみては愁烟肝を焦しけりさらぬたに旅のうきねはかなしきに深夜の月朗に夕つけ鳥もをとつれり遊子残月に行けん函谷のありさま思ひこそ出てけれ日数ふれは薩摩国に付にけりはる〴〵と海上をこきわたりて嶋々にこそ捨られけれ

⑥

〔延慶本該当本文〕第一末・二八「成経康頼俊寛等油黄嶋へ被流事」

前途ニ眼ヲ先立レハトク行ム事ヲ悲ミ旧里ニ心ヲ通スレハ早ク帰ラン事ヲノミ思キ或ハ海辺水駅ノ幽ナル砌ニハ蒼波眇々トシテ恨ノ心綿綿タリ或ハ山館渓谷ノ暗キ道ニハ巌路峨々トシテ悲ノ涙態々タリサラヌタニ旅ノウキネハ悲キニ深夜ノ月ノ朗ナルニ夕告鳥幽ニ音信テ遊子残月ニ行ケム函谷ノ有様思出ラレテ悲カラスト云事ナシ漸日数経ニケレハ薩摩国ニモ着ニケリ（前後は異なる）

【模写断簡B】「は明俊にく」

①西尾市岩瀬文庫所蔵「芳翰模彙」（二四四・九七）一〇冊の第七冊所収

②縦三四・八糎×横八・九糎。天二本・地二本の墨線あり。外三〇・二糎、内二七・二糎。三行

③盛衰記　巻一五「宇治合戦」相当部分

④〔翻字〕

は明俊にくめや〳〵と申てさしつめ〳〵射けるに
廿四の矢に中て十二人はやにはに射殺しつ十
一人に手負て二はのこして箙にあり矢種尽

⑤〔盛衰記該当本文〕

明春云けるは殿原暫軍とゝめ給へ其故はてきの楯に我矢をいたて我たてにてきの矢をのみ射立られて勝負有へしとも見えす橋の上の軍は明春命を捨てそ事ゆくへきつゝかんと思人はつゝけやと云まゝに馬より飛て下つゝ貫ぬきすて橋けたの上にあかて申けるは者その者にあらされは音にはよも聞給はし園城寺にはかくれなし筒井の浄妙明春とて一人当千の兵也手なみ見給へとて散〳〵にいけれは敵十二きいころして十一人に手負て一は残して箙にあり矢種つきけれは弓をは彼になけすて又何にと見る程に箙もときて打捨童にもたせたる長刀とり左の脇にかきはさみて射向の袖をゆり合しころをかたふけ橋桁の上をはしり渡る橋けたはわつかに七八寸のひろさ也河深くして底みえすされはふつうの者は渡るへきにあらされ共走渡りける有様浄妙か心には一条二條の大路とそ振まひける

⑥〔延慶本該当本文〕第二中・一八「宮南都へ落給事　付宇治ニテ合戦事」

宮ノ御方ヨリ筒井ノ浄妙明俊褐《カツ》ノ鎧直垂ニ火威ノ鎧着テ五枚甲居頸ニ着ナシテ重藤ノ弓ニ廿四指タル高ウスヘヲノ矢ヲ後高ニ負ナシテ三尺五寸ノマロマキノ太刀ヲカモメ尻ニハキナシテ好ム薙刀《ナキナタ》杖ニツキ橋ノ上ニ立上テ申ケルハモノ其者ニ候ハネトモ宮ノ御方ニ筒井ノ浄妙明俊トテ薗遠（ママ）寺ニハ其隠レナシ平家ノ御方ニ吾ト思召ム人進ヤ見参セムトソ申ケル平家方ヨリ明俊ハ能キ敵吾組ン〳〵トテ橋ノ上ヘサト上ル明俊ハツヨ弓勢

兵矢ツキ早ノ手聞ニテ有ケリ廿四差タル矢ヲ以テ廿三騎射臥テ一ハ残テ胡籙ニアリ好ム薙刀ニテ十九騎切臥
テ廿騎ニ当ル度甲ニカラリト打当テ折ニケレハ河ヘ投捨ルマヽニ太刀ヲ抜テ九騎切臥テ十騎ニ当ル度打ト打
折河ニ捨ツ所憑一ハ腰刀ヒトヘニ死ムトノミソ狂ケル

【断簡1】「掌ニにきり」

①個人蔵五号古筆手鑑所収ａ
②縦三〇・〇糎×横一六・〇糎、界高二七・四糎。八行
③盛衰記　巻二六「忠盛帰人」「天智懐妊女賜大織冠」該当部分
④〔翻字〕

掌ニにきり君をもなやまし奉り臣をも誠
給つゝ始終こそなけれとも都遷までもし給
けめとそ申ける
昔天智天皇の御時懐妊給へる女御を大織冠ニ
奉つゝ此女御のうめらむ子女子ならは朕か子と
せん男子ならは臣か子とすへしと被仰けるに
皇子にて御けれは大識冠の御子とす即淡海公
是也此ためしに露不違とそ申ける

※「昔」…有朱合点。「懐」…正しくは女偏
※「識」…擢り消しの上に書くか

⑤〔盛衰記該当本文〕
さてこそ太政入道もほのさる事としりけれは弥悪行をはし給けれ誠にもしかるへき事にや一天四海を掌にゝ

きり君をもなやまし奉り臣をもいましめつヽ始終こそなけれとも都うつしまてもし給ぬ
昔天智天皇の御宇懐妊し給へる女御を大織冠に給つヽこの女御のうめらん子女しならは朕か子とせん男子ならは臣か子とすへしと仰けるに皇子にておはしけれは我子とす即淡海公《定恵云イ》是なり此ためしにたかはすと申けり

⑥

〔延慶本該当本文〕第三本・一七「大上入道白河院ノ御子ナル事」

誠ニ王胤ニテオワシケレハニヤ一天四海ヲ掌ノ中ニシテ君ヲモ悩シ奉リ臣ヲモ被誡キ始終コソナケレトモ遷都マテモシ給ケルヤラム昔モカヽルタメシ有ケリ天智天皇ノ御時ニ孕給ヘル女御ヲ大職冠預リ給トテ此女御産ナリタラム子女子ナラハ朕カ子ニセム男子ナラハ臣カ子トスヘシト被仰ケルニ男子ヲ産給ヘリ養育シ立テ大職冠ノ御子トス即淡海公是也又人ノ云ケルハ此事僻事ニテソ有ラム実ニ王胤ナラハ淡海公ノ例ニ任テ子孫相続テ繁昌スヘシサルマシキ人ナレハコソ運命モ不久ニ子孫モヲタシカラサルラメ此事信用ニタラスト申人モ有ケルトカヤ

【断簡2】「輔にはあは」

①個人蔵五号古筆手鑑所収b

②縦三〇・五糎×横六・四糎、界高二七・三糎。三行

③盛衰記　巻二七「信濃横田原軍」相当部分

④〔翻字〕

輔にはあはぬ敵そ音にも聞らむものを昔
承平将門を誅平てまいらせたりし俵藤太
秀郷か八代の末葉上野国高山のさいの七郎広

⑤〔盛衰記該当本文〕

上野国住人西の七郎広助はひおとしの鎧に白星の甲きて白葦毛の馬のふとくたくましきに白伏輪の鞍をきて乗たりけり同国高山の者ともか笠原平五におほくうたれたる事を安からす思て五十騎の勢にて河を渡してひかへたり敵の陣より十三きますゝみ出大将軍は赤地錦の鎧直垂に黒糸威のよろひに鍬形打たる甲きて連銭蘆毛の馬に金伏輪の鞍をきて乗たりけり主はしらす能敵と思けれは西七郎二段はかりにあゆはせより和君は誰そ信の国住人富部三郎家俊とふは誰そ上野国住人西七郎広助音にもきくらんめにもみよ昔朱雀院御宇承平に将門を誅平けて勧賞蒙りたりし俵藤太秀郷か八代の末葉高山党に西七郎広助とは我事也家俊ならは引しりそけあはぬ敵ときらふたり

⑥〔延慶本該当本文〕第三本・二六「城四郎与木曾合戦事」

信乃国ノ住人富部三郎家俊ト名乗ルヲ佐井七郎ハタトニラマヘテサテハ和君ハ弘資ニハアタワヌ敵コサムナレ聞タルラム物ヲ承平将門討テ名ヲ揚シ俵藤太秀郷カ八代末葉上野国佐井七郎弘資ト名乗ケレハ

【断簡3】「ける是を粟」

①鶴見大学図書館蔵（新収）

②縦三二・〇糎×横八・八糎、界高二七糎。四行

③盛衰記　巻三五「木曾頸被渡」相当部分

④〔翻字〕

ける是を粟田の関白とそ申すかゝるため

しもありしそかし是は六十日か間除目も

二ヶ度行ひしかは思出ましまさぬにはあらす
一日とても摂籙を贖し給こそ目出けれと

⑤

〔盛衰記該当本文〕

人の申けるは昔一条院の御宇に右大臣道兼と申しは太政大臣兼家の〈東三條殿と申〉二男也正暦六年四月廿七日に関白の詔書をくたしたまはらせ給て御拝賀の後たゝ七日前後十二日そおはしけるこれを粟田関白と申きかゝるためしも有しそかし是は六十日か間に除目も二かとおこなひ給しかは思ひ出ましまさぬにはあらす一日とても摂録を贖し給こそめてたけれ

⑥

〔延慶本該当本文〕第五本・一一「師家摂政ヲ被止給事」

廿二日新摂政師家ヲ奉止テ本ノ摂政基通成返ラセ給ヘリ僅ニ六十日ト云ニ被留給ヘリホトノナサ見ハテヌ夢トソ覚ヘタル粟田関白道兼ト申ハ内大臣道隆ノ御子正歴元年四月廿七日関白ニ成給テ御拝賀ノ後只七ケ日コソオワシマシヽカカヽルタメシモアルソカシ是ハ六十日カ間ニ除目モ二ケ度行給シカハ思ヒテオワシマサヌニハ非ス一日モ摂禄ヲ贖《ケカシ》万機ノ政ヲ執行給ヒケムコソヤサシケレ

【断簡4】「義成多々良」

①星名家蔵二号古筆手鑑所収
②縦三〇・二糎×横一二・八糎、界高二七・二糎。六行
③盛衰記　巻四一「同人（義経）西国発向」相当部分
④〔翻字〕

義成多々良五郎義春佐々木四郎高綱

梶原平三景時子息ニ源太景季同平次景高
同三郎景能比良左古太郎為重伊勢三郎能盛
椎名六郎胤平横山太郎時兼庄太郎家永同
五郎弘方小川小太郎重成片岡八郎為春薗
田次郎山上太郎高山三郎小林次郎大田四郎

⑤〔盛衰記該当本文〕
同十三日九郎太夫判官淀をたて渡部へむかふ相したかふともからには佐渡守義定大内太郎維義田代冠者信綱畠山庄司次郎重忠佐々木四郎高綱平山武者季重三浦十郎能連和田小太郎能盛同三郎宗実同四郎能胤多々良五郎能春梶原平三景時子息源太景季同平次景高同三郎景家比良左古太郎為重伊勢三郎能盛庄太郎家永同五郎弘方椎名六郎胤平横山太郎時兼片岡八郎為春鎌田藤次光政武蔵房弁慶等を始として其勢十万よきなり

⑥〔延慶本該当本文〕第六本・一「判官為平家追討西国へ下事」
十三日九郎大夫判官ハ淀ヲ立テ渡辺へ向相従輩者
伊豆守信綱　佐土守重行　遠江守義定
斉院次官親能　大内冠者惟義　畠山庄司次郎重忠
土肥次郎実平　土屋三郎宗遠　後藤兵衛実基
子息新兵衛基清　小川小次郎資能　河越太郎重頼
子息小太郎重房　三浦新介義澄　同男平六義村
三浦十郎義連　和田小太郎義盛　同次郎　義茂
同三郎宗実　同四郎義胤　大多和次郎義成

多々良五郎義春　佐々木四郎高綱　梶原平三景時
同源太景季　同平次景高　同三郎景義
比良佐古太郎為重　伊勢三郎能盛　椎名六郎胤平
渋谷庄司重国　子息馬允重助　横山太郎時兼
金子十郎家忠　同余一家員　金平六則綱
大河戸太郎　同三郎　中条藤次家長
熊谷次郎直実　子息小次郎直家　平山武者所季重
小川太郎重成　片岡八郎為春　原三郎清益
庄三郎　同五郎　美尾野四郎
同藤七　二宇次郎　木曽仲次
武蔵房弁慶ナムトヲ初トシテ其勢五万余騎

【断簡5】「て引すへた」

①奈良国立博物館蔵古筆手鑑所収a
②縦三〇・五糎×横六・九糎、界高二七・二糎。三行
③盛衰記　巻四一「梶原逆櫓」相当部分
④〔翻字〕

て引すへたり各申ける共いさかひ無詮事
也平家のもれ聞かんも鳴呼かましゝ又

鎌倉殿の被聞食も其恐候へし当座の興

⑤〔盛衰記該当本文〕

三浦別当能澄判官をいたきとむ畠山庄司次郎重忠梶原をいたきてはたらかさす土肥二郎実平は源太をいたく

多々良五郎義春は平次をいたくおの〳〵申けるはたかひに穏便ならは友にあらそひそのせんなし平家のもれ

きかんもおこかましし又かまくら殿のきこしめさるゝもそのはゝかりあるへしたうさの興言くるしみあるへ

からすと申けれは判官まことにとおもひてしつまれは梶原もかつにのるに及はすこの意趣をむすんてそ判官

ついに梶原にはいよ〳〵讒せられける

⑥〔延慶本該当本文〕第六本・三「判官与梶原逆櫓立論事」

三浦別当義澄是ミテ判官ヲ懐止ム梶原ヲハ畠山庄司次郎重忠懐タリ源太ヲハ土肥次郎実平懐タリ三郎ヲハ多々

良五郎義春懐テ引居ヘタリ殿原各申ケルハ御方軍セサセ給テ平家ニ聞ヘ候ハム事無詮御事ナリ又鎌倉殿ノ聞

食サレ候ハム事其恐少ナカラス設ヒ日来ノ御意趣候トモ此ノ御大事ヲ前ニアテヽ返々シカラス何況当座ノ言

失聞召シトカムルニ与ハスト面々ニ制シ申ケレハ判官モ由ナシトヤ思給ケンシツマリ給ニケリ此ヲコソ梶原

カ深キ遺恨トハ思ケレ

【断簡6】「に馳集る此」

①奈良国立博物館蔵古筆手鑑所収b

②縦三〇・五糎×横一六・八糎、界高二七・二糎。八行

③盛衰記　巻四二「屋嶋合戦」相当部分

④〔翻字〕

に馳集る此外武者こそ七騎見へきたれ
判官是は何者そと被問けれは故八幡殿御
乳母子ニ雲上後藤内範明か三代孫藤次兵衛
尉範忠也年来は平家世を執て天下を我
まゝにし給しかは山林に逃隠て心苦くあかし
くらし給つる程ニ兵衛佐殿謀反を発し給て
已ニ平家をこらし給ひ源氏つよると承候つ
れは余のうれしさに馳参たりとそ申ける

⑤〔盛衰記該当本文〕
いそけ〳〵とてをひつき〳〵はせくはゝるこの外武者七き出きたれは判官何者そとたつね給は故八幡殿の御めのと子に雲上後藤内範明か三代の孫藤次兵衛尉範忠なりとし比は平家よをとりて天下を執行しかは山林にかくれゐてこの廿余年あかしくらし侍りきいま兵衛佐殿院宣を承りて平家をちうせんとひろうのあひたあまりのうれしさにはせさんすと申す

⑥〔延慶本該当本文〕第六本・八「八嶋ニ押寄合戦スル事」
土佐房昌俊等ヲ始トシテ四十余人ニテ馳加ル此外ノ武者七騎馳来ル判官何者ソト問レケレハ故八満《ママ》太郎殿乳人子ニ雲上ノ後藤内範朝カ三代孫藤次兵衛尉範忠ト申者也年来ハ山林ニ逃隠テ有ケルカ源氏ノ方ツヨルト聞テ走参タリケリ判官イト、力付テ昔ノ好ミ被思遣テ哀ニソ被思ケル

【断簡7】「からをあら」

①個人蔵五号古筆手鑑所収c
②縦二九・六糎×横六・四糎、界高二七・二糎。三行
③盛衰記　巻四二「玉虫立扇」相当部分
④〔翻字〕
からをあらはすに不及本意なかりし事
共也彼女房の㒵を判官御覧してあれ
は一定義経をたはかると覚へたり其儀
⑤〔盛衰記近似本文〕
判官の弓手のわきにすゝみ出て畏て候義経は女にめつる者と平家にいふなるかかくかまへたらは定てすゝみ出て興にいらん所とそきいて用意して真中さしあてゝいおとさんとたはかることゝ心えたりあの扇いられなんやとの給へは畠山畏て君の仰家のめんほくと存するうへは子細を申に及はすたゝし是はゆゝしきはれわさなり重忠うち物とりては鬼神といふともさらに辞退申まし地台脚気の者なるうへに此間馬にふられて気分をさしてあはらに覚え侍りいそんしては私の恥はさる事にてけんし一そくの御かきんと存す他人に仰よと申畠山かくしゝけるあひた諸人色をうしなへり
⑥他本該当本文なし

【断簡8】「鞍置て請し」
①宇野茶道美術館旧蔵・京都府立総合資料館所蔵（京都文化博物館管理）「古筆手鑑」所収
②縦三〇・一糎×横一七・七糎、界高二七・三糎。八行

③盛衰記　巻四二「継信教養」相当部分

④〔翻字〕

鞍置て請して此辺貴き僧やあると
被尋けれは志度のこひしりとて名誉の
聖人ありかれを請しての給けるは心静
ならはねんころにこそ申へけれともかゝる
折節なれは無力此馬鞍にて御房の庵室
に帰り静に卒都婆経かきて佐藤三郎
兵衛継信と廻向して後世訪ひ給へよとて
給てけり此を見ける兵共皆涙を流しつゝ

※「請」「して」…有抹消記号

⑤〔盛衰記該当本文〕

その辺を相たつねて僧を請しうす墨といふ馬に金ふくりんの鞍をきて申けるは心しつかならは懇にこそ申へけれともかゝる折ふしなれはちからなしこの馬くらをもて御房の庵室にてそとは経かきて佐藤三郎兵衛尉継信鎌田藤次光政とゐかうしてこせとふらひ給へとてとねりにひかせて僧の庵しつにをくられけり（中略）判官五位尉になりけるに此馬に乗たりけれはわたくしには大夫ともよひけりかた時も身をはなたしと思ひ給けれともせめて継信光政かかなしさに中有の道にものれかしとてひかれたり兵ともこれをみてこの君のために命をうしなはんとおしからすとそいさみける

⑥〔延慶本該当本文〕第六本・八「八嶋ニ押寄合戦スル事」

身モハナタシト思給ケレトモ佐藤三郎兵衛カ悲クオホサレタリケル余ニ此馬ニ黄覆輪ノ鞍ヲ置テ近キ所ヨリ

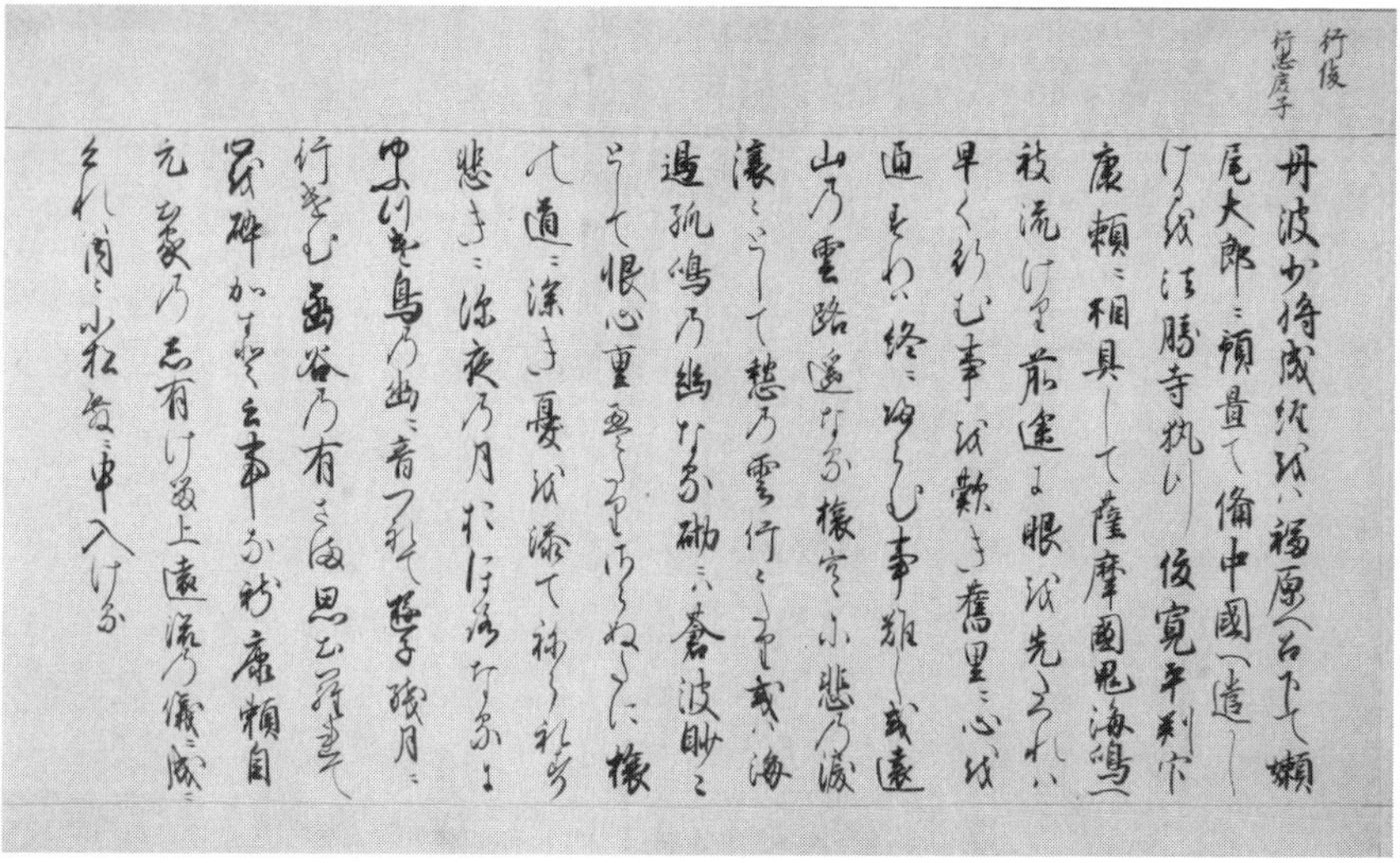

模写断簡Ａ

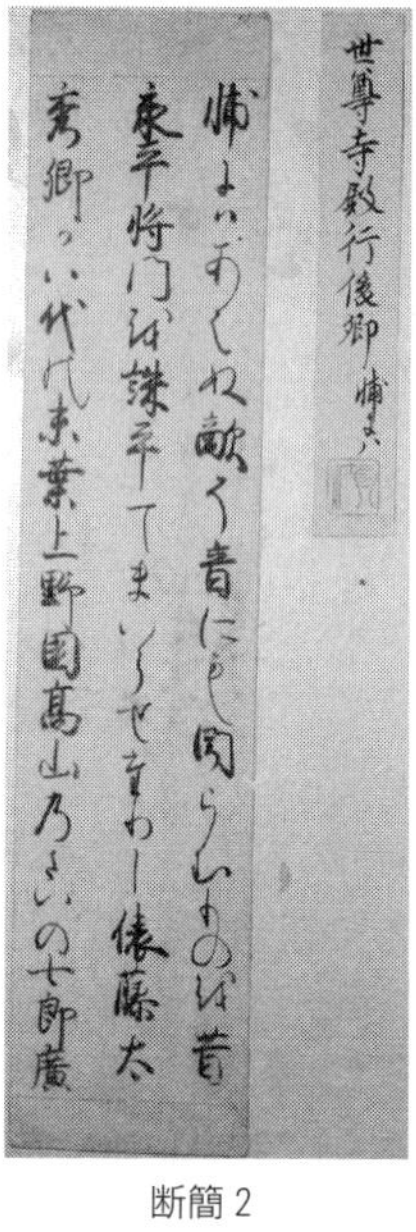

断簡２

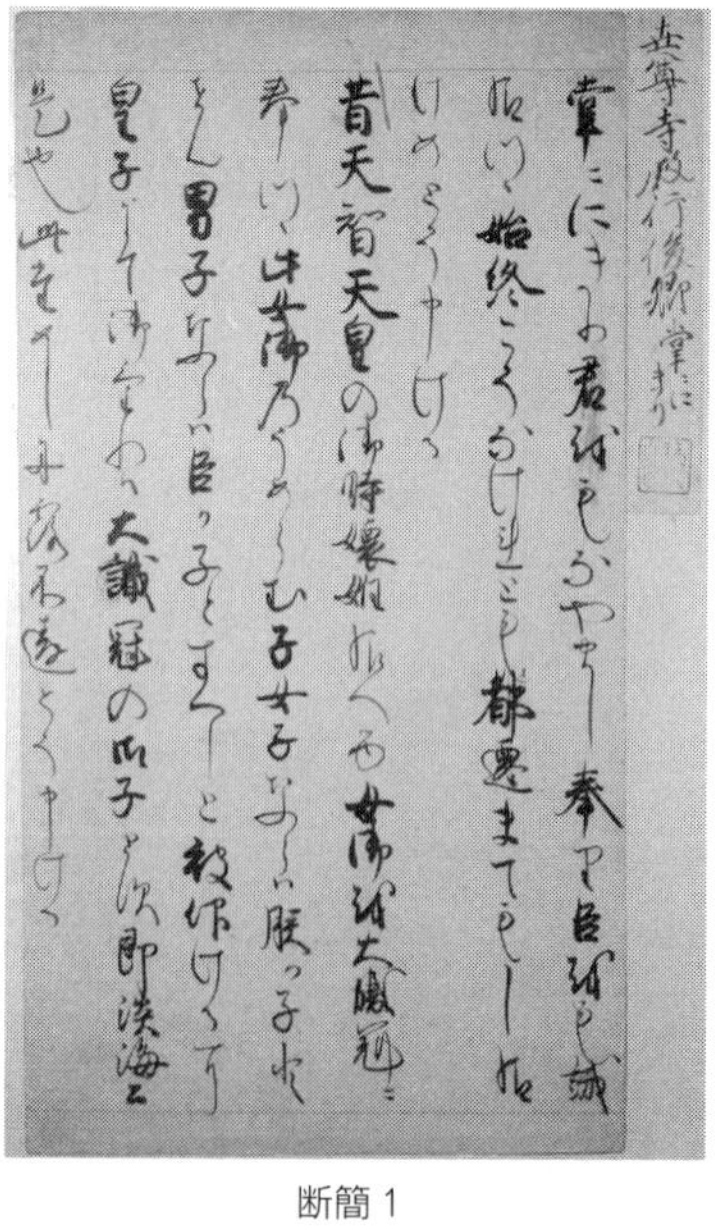

断簡１

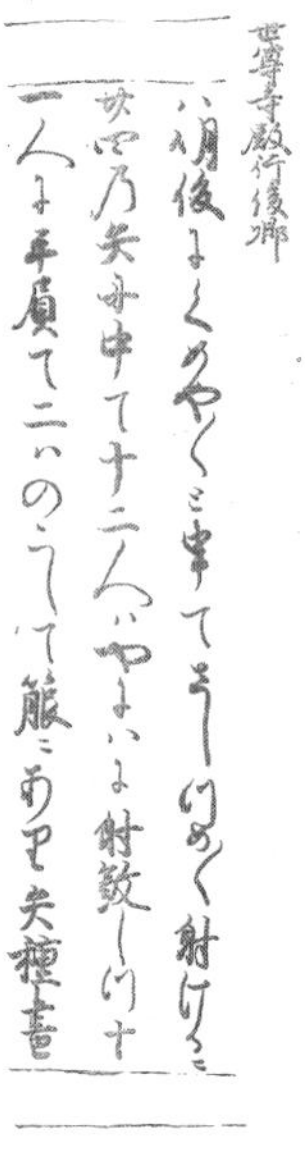

模写断簡Ｂ

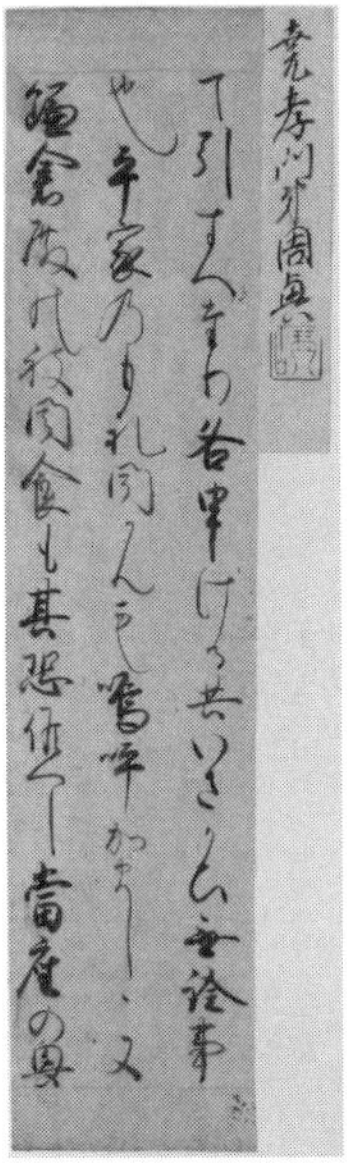
断簡5

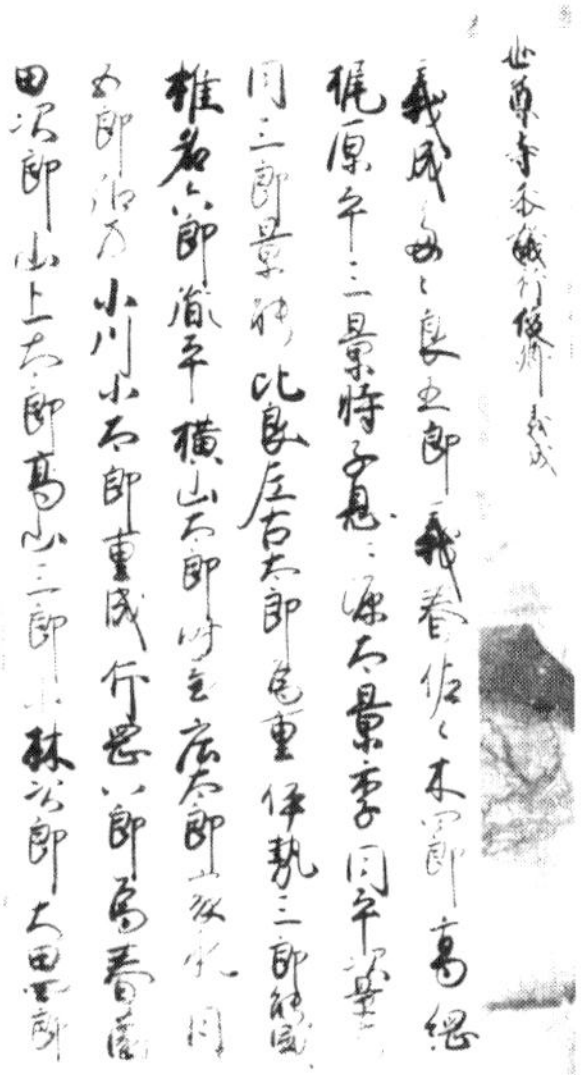
断簡4

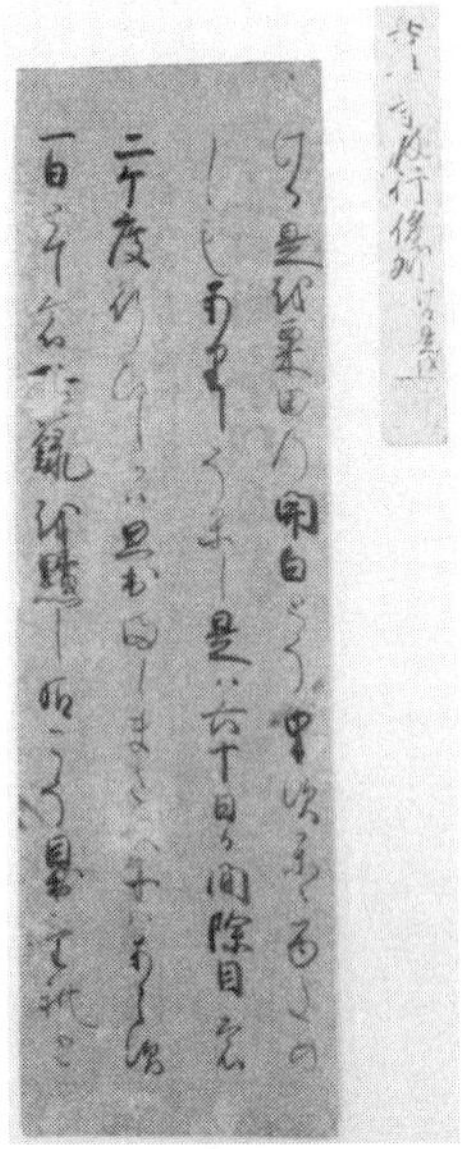
断簡3

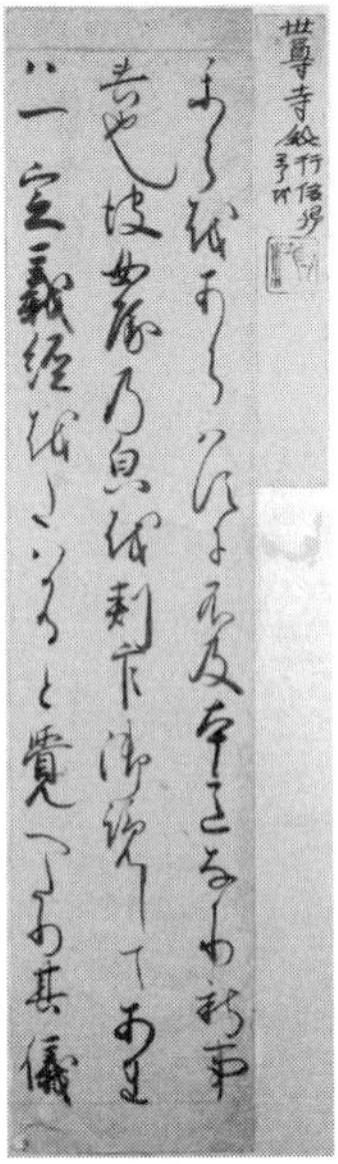
断簡7

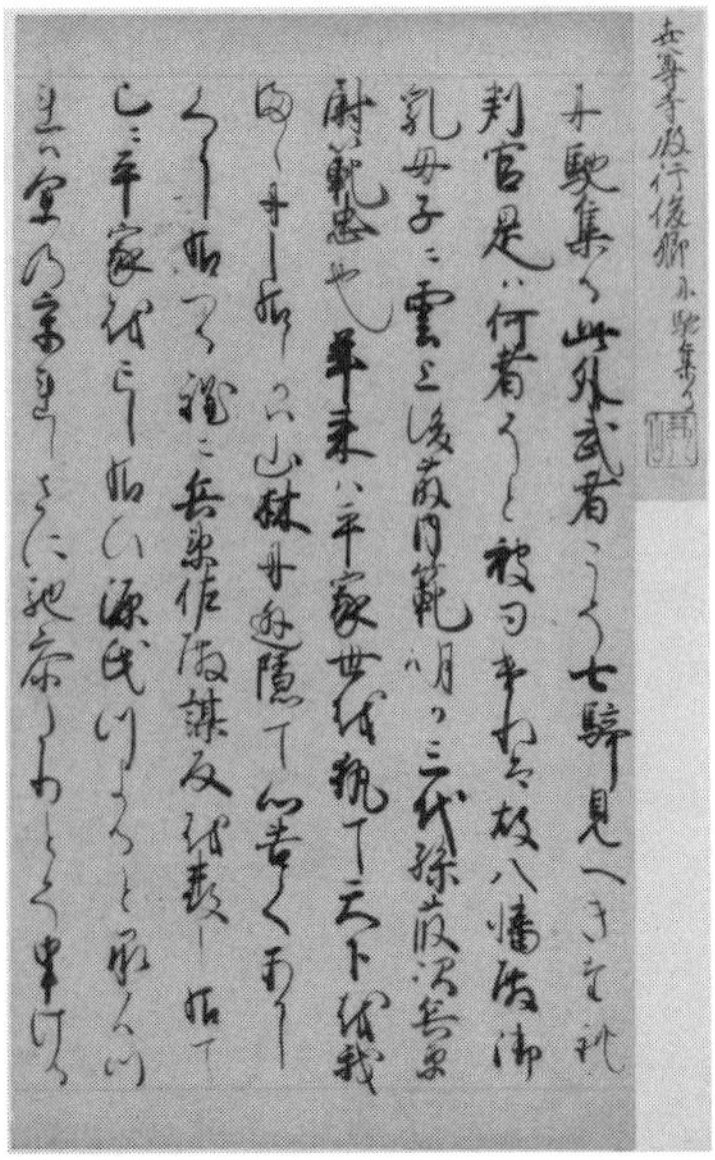
断簡6

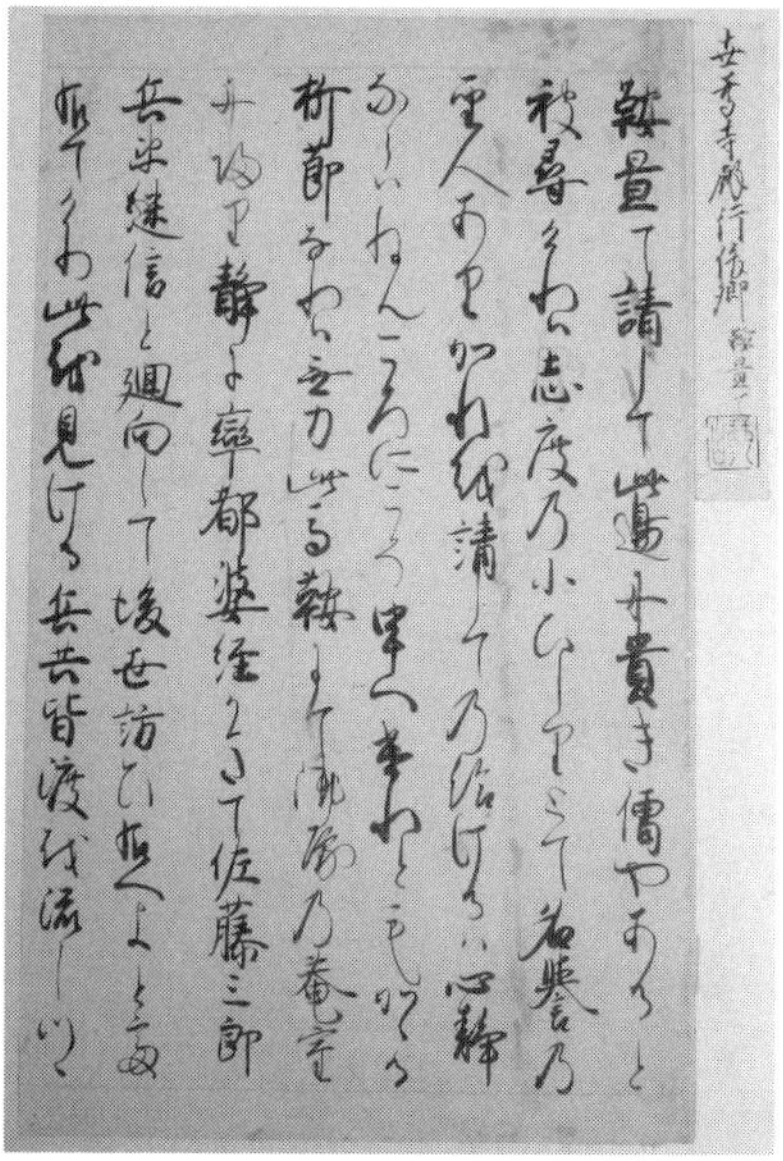

断簡８

僧ヲ請シテ志計ハイカニトオホセモカヽル軍場ナレハ不力及コヽニテ一日経ヲ書テ佐藤三郎兵衛カ後生能々訪給ヘト宣ケレハ是ヲ見聞ケル兵共皆涙ヲ流テ此殿ノ為ニハ命ヲ捨ル事不惜トソ各ノ中合ケル

【注】

（1）「平家物語古本「平家切」について」（『文学・語学』二一　一九六一・九）。渥美かをるも長門切に注目し、延慶本とも近いことから、「増補本系」の中では盛衰記と延慶本が広く流布した可能性を述べている（『平家物語の基礎的研究』〈三省堂　一九六二・三〉）。藤井はその後、「盛衰記の祖本そのものではなく、（中略）独自の立場を主張する一系統本であって、延慶本、長門本より先行するもの」とした（「平家物語異本「平家切」管見」〈『松村博司先生喜寿記念　国語国文学論集』〈右文書院　一九八六・一一〉）。現在、鶴見大学図書館が一三葉を所蔵し、高田信敬は、独自異文を持つこと、現存最古の本文資料であることからその意義の大きさを指摘した（高田による鶴見大学図書館蔵長門切解題（『古典籍と古筆切―鶴見大学蔵貴重書展解説図録』〈鶴見大学　一九九四・一〇〉））。

（2）『軍記物語論究』（若草書房　一九九六・六）。なお、前述公開シンポジウムで原田敦史は、長門切の屋島合戦譚に着目し、松雲本（大東急記念文庫蔵）との共通性を指摘している（「長門切の本文―屋島合戦譚を中心に―」）。

(3)「平家物語断簡「長門切」続考—『軍記物語論究』付載資料補遺—」（松尾編『國學院大學で中世文学を学ぶ　第二集』〈國學院大學文学部日本文学科　二〇〇九・三〉）、「平家物語断簡「長門切」続々考」（松尾・吉田永弘編『平成二十一年度　國學院大學文学部共同研究報告』〈國學院大學文学部日本文学科　二〇一〇・三〉）。

(4) 注（1）所掲高田解題。なお、池田和臣氏からの私信の電子メールで、氏の御所蔵の断簡（一覧8）は、極札は失われているものの、古筆家のものと思われる筆跡で「住吉社家　津守国冬」との裏書きがあることをご教示いただいた。

(5) 注（1）所掲藤井両論攷、小松『古筆学大成』二四（講談社　一九九三・一一）、注（1）所掲高田解題。

(6) 池田・小田寛貴「続　古筆切の年代測定—加速器質量分析法による炭素14年代測定—」（『中央大学文学部紀要　言語・文学・文化』一〇五　二〇一〇・三）、池田・久保木秀夫・田中登・名児耶明による座談会（司会　佐々木孝浩）「古筆切研究の現在」での発言（『リポート笠間』五一　二〇一〇・一一）。

(7)『新勅撰和歌集』宮内庁書陵部蔵飛鳥井宋世奥書本転写本（一五五一—一三九）等の一部伝本に見える定家の残した識語による。「同（天福二年〈一二三四〉十一月）十日」。更給レ之除二棄百余首一、進二上之一。所二儲置一之清書料紙〈用二千載集之時一〉。入レ筥〈蒔絵〉。副二進之一。」行能が全巻の清書を完了して為家のもとに届け、それが道家に進上されたのは文暦二年（一二三五）三月十二日（『明月記』同日条）。日本古典文学影印叢刊『新勅撰和歌集』（貴重本刊行会　一九八〇・五）の樋口芳麻呂による「解説」ならびに和歌文学大系『新勅撰和歌集』（明治書院　二〇〇五・六）の中川博夫による「解説」参照。

(8)「書物としての平家物語—長門切と長門本を中心にして—」（軍記・語り物研究会二〇一二年度大会〈於梅光学院大学　二〇一二・八〉での講演）。

(9)「巻子装の平家物語—「長門切」についての書誌学的考察—」（『斯道文庫論集』四七　二〇一三・二）。

(10)「古筆切資料としての伝世尊寺行俊筆「長門切」—伝称筆者と名物切の名称について—」（『國學院雑誌』一一四—一一　二〇一三・一一）。同誌所収の松尾葦江「資料との「距離」感—平家物語の成立流動を論じる前提として—」も、長門切の重要性を再説している。

（11）岡田三津子氏のご教示による（以下成簣堂文庫本への言及はすべて岡田氏のご教示による）。

（12）紙背本文は以下のとおり（私に読点を付した）。

忿絶瞋棄、人違ヲ不妬(?)、人ノ心我心ニ違ヲ怒ヲ成ス事大ナル辟事也、毎ニ人己カ執スル道有(?)《アリ》、恣皆我存／誹《ソシリ》他ヲ成ス事ハ怒付テ世間出生ニ迷ヘル心也、法師ハ髪ヲ剃《ソリ》、女人ハ髪ヲ下ヘ撫テ、俗人ハ上ヘ撫ツ、我心ニ不随トテ勿／嘲《ムクイ》《ムスイ》(墨滅)、荘子云、鴨ノ脛《ハキ》短カシト云ヘトモ継ツカハ之ヲ憂ヘナン、鶴ノ脛ノ長トニ云ヘトモ、是ヲ絶ハ悲シマン、長ヲモ不可絶ツ、短ヲモ不可継、／智覺禅師ノ云、自心ノ恒(墨滅)恒ニ自身ニ仕ルニ終日心不合、他心ニ仕ルニ豈可心叶哉／(朱合点)╲十一日、明カニ察シテ功過ヲ、賞罰必當ツベシ、日者《ヒコロハ》賞モ不

「鴨ノ脛《ハキ》〜不可継」は『荘子』「駢拇篇」に同様の言がある。「智覚禅師」は『正法眼蔵随聞記』一―一二に発心出家の由来が語られる永明延寿（九〇四〜九七五。法眼宗第三祖。浙江省杭州府銭塘県の永明院〈後の浄慈寺〉第二世）が相応しいか。著作に『宗鏡録』『万善同帰集』があるが、「自心〜哉」の文言未詳。なお、阿部隆一「近世初期以前十七条憲法諸本解題並校勘記」（『阿部隆一遺稿集　第三巻　解題篇二』汲古書院　一九八五・一一〈初出は一九七一・一二〉）が著録する十七条憲法諸本と比較検討する必要があろう。

（13）紙背への書写は、日比野浩信氏蔵断簡（一覧6）の医書の書写の例がある（が、本断簡とはおそらく無関係であろう。日比野「『平家物語』長門切の一伝存形態」〈『汲古』四五　二〇〇四・六〉参照）。また、倉敷市宝島寺蔵古筆手鑑所収断簡（一覧32）にも、紙背に墨跡があることが、手鑑に貼付のままでも視認できた。

（14）注（5）所掲『古筆学大成』。

（15）佐々木孝浩氏のご教示による。

（16）注（2）所掲松尾書。なお、松尾は一覧66に記されるのは与一辞退の言と見るが、現段階では兄十郎の可能性も否定できない。ツレの発見が待たれる。

（17）四辻秀紀「伝藤原公任筆「大色紙」の構成について―池田光政筆「古筆臨模聚成」の紹介をかねて―」（『金鯱叢書』二八　二〇〇一・一二）参照。

(18)『和漢朗詠集』下・暁「遊子猶行於残月、函谷鶏鳴」、『東関紀行』「木綿付鳥かすかにおとづれて、遊子なほ残月に行きけん函谷の有様、思ひ合せらる」などをふまえる。延慶本の第五末・八「重衡卿関東へ下給事」に「蒼波眇々トシテ恨ノ心綿々タリ」とも見える。

(19)松本文子「西尾市岩瀬文庫所蔵『芳翰模彙』・『古筆墨写』」(『鶴見日本文学』一二 二〇〇八・三)参照。

(20)先行研究は以下のとおり。岡見『太平記 一』補注一―四九(角川文庫 一九七五・一二)、難波「えびらに一つぞ残つたる―『平家物語』橋合戦のリアリズム―」(『日本文学』二七―六 一九七八・六)、信太「いくさがたりと平家物語―古事談の記事検討を中心に―」(馬淵和夫博士退官記念『説話文学論集』大修館 一九八一・七)、梶原『頼政挙兵 平家物語鑑賞』(武蔵野書院 一九九八・一二)。

(21)たとえば、日本学士院所蔵古筆手鑑「群鳥蹟」所収世尊寺行俊筆断簡など。

(22)注(1)所掲藤井(一九八六)論攷。

(23)蓬左文庫本盛衰記・延慶本共に、汲古書院刊の影印に拠った。前者のルビは採らない。

【付記】本稿は、平成二二年~二五年度 科学研究費補助金 基盤研究(B)「「文化現象としての源平盛衰記」研究―文芸・絵画・言語・歴史を総合して―」(課題番号22320051、研究代表者松尾葦江)による研究成果の一部である(断簡1・2・4・5・6・7・8の翻字本文は平成二四年度報告書掲載の拙稿「新出長門切の紹介」にも掲載)。

ご所蔵資料の紹介をご許可下さった各ご所蔵先、種々ご教示を賜った伊倉史人氏・池田和臣氏・岡田三津子氏・久保木秀夫氏・佐々木孝浩氏・長村祥知氏・野尻忠氏・松尾葦江氏に厚く御礼申し上げます。

資料2　長門切一覧

【二〇一四年一月一二日現在。含模写。『平家物語大事典』(東京書籍、二〇一〇)の「平家切」項(千明守執筆)付表『平家切』一覧を参考に作成】

連番	冒頭	盛衰記の巻数	盛衰記の章段名	所蔵	他本との関係	行数	影印	翻字	備考
◆1	丹波少将成	巻7	俊寛成経等移鬼界嶋	林原美術館蔵「古筆臨模聚成」	一部盛衰記に近いが、独自	18	d・模写断簡A	d・模写断簡A	模写か
2	帰ふかく敬	巻11	静憲入道問答	徳川美術館蔵手鑑「蓬左」	盛衰記にほぼ同	7	D・H	D・H・J	
3	此静憲法印	巻11	静憲入道問答	川崎市市民ミュージアム蔵手鑑「披香殿」	延慶本に近似	5	L	L・W	
◆4	は明俊にく	巻15	宇治合戦	西尾市岩瀬文庫所蔵「芳翰模彙」	一部盛衰記に近いが、独自	3	模写断簡B	f・模写断簡B	模写
5	けれは弓を	巻15	宇治合戦	田中登氏	盛衰記・長門本に近似(語り本にも一部共通)	5	M	M・W	4に後接
6	さむとて只	巻15	宇治合戦	日比野浩信氏	盛衰記・延慶本・長門本にほぼ同	7	P	P・W	
7	高名にあら	巻15	南都騒動始	個人蔵手鑑「もしの関」	盛衰記にほぼ同	8	H	H・J	
8	親王をは二	巻16	仁寛流罪	池田和臣氏	盛衰記に同	2	Z・a	Z	「住吉社家 津守国冬」との裏書
9	やうと射た	巻16	三位入道芸等	國學院大學図書館	内閣文庫蔵『頼政記』にほぼ一致	3	S	W	模写
10	詔を致に今	巻16	三井僧綱被召	鶴見大学図書館	盛衰記にほぼ同	5	Q	Q・W	
11	逃籠たりけ	巻17	始皇燕丹	鶴見大学図書館	盛衰記にほぼ同	5	I・Q	I・J・Q	
12	なをして文	巻18	仙洞管絃	京都国立博物館蔵手鑑「藻塩草」	盛衰記に近似	5	H	G・H・J	
13	なくそ見へ	巻18	仙洞管絃	本願寺蔵手鑑「鳥跡鑑」	延慶本に近いが一部盛衰記に共通	3		W	11に後接
14	らく所は打	巻18	仙洞管絃	藤井隆氏	盛衰記に近似(一部延・長に近い)	3	C	C・E・J	12に後接

15	ありさまみ	巻18	仙洞管絃	個人蔵手鑑	盛衰記にほぼ同	7		E・J	
16	つかはさむ	巻18	同人（文覚）清水状・天神金	鶴見大学図書館	盛衰記に近似	6	I・Q	I・J・Q	
17	け返てけり	巻18	同人（文覚）清水状・天神金	根津美術館蔵一号手鑑	盛衰記に近似	5	H・Y	H・J・Y	15に後接
18	ありけれと	巻19	文覚発心	鶴見大学図書館	盛衰記・長門本に一部似る	5	I・Q	I・J・Q	
19	貧道の類も	巻26	御所侍酒盛	個人蔵	諸本に一致せず	7		E・J	
20	魂を消す無	巻26	祇園女御	鶴見大学図書館	盛衰記にほぼ同	3	I・Q	I・J・Q	
21	取にせん事	巻26	祇園女御	林家旧蔵・国（文化庁）現保管	盛衰記に近似	5	d	W・d	20の数行後
22	て今度ひか	巻26	祇園女御	林原美術館蔵「世々の友」	盛衰記にほぼ同	5	H	H・J	21の数行後
23	あり夜泣く	巻26	忠盛帰人	田中塊堂氏旧蔵	盛衰記（除ぬかご説話）に近似	8		E・J	
◆24	掌ニにきり	巻26	忠盛帰人・天智懐妊賜大織冠	個人蔵五号手鑑	延慶本に近い	8	d・断簡1	d・e・断簡1	
25	座皆無温恋	巻26	邦綱卿薨去	兼築信行氏	前半は独自。後半は盛・延・長に近似	5	N	W	
26	らん子安穏	巻26	不明	個人蔵手鑑「管城公」	諸本に一致せず	7	H	H・J	巻26相当箇所であることは佐々木孝浩が指摘（※1）
27	国へ下りけ	巻27	墨俣川合戦	某寺蔵小屏風	盛衰記・延慶本に近似	3		E・J	
28	諸人其数令	巻27	太神宮祭文	高城弘一氏蔵手鑑	延慶本に近似（一部盛衰記に一致）	5		W	
29	振于東夷名	巻27	太神宮祭文	大垣博氏	盛衰記・延・長にほぼ同（長に最近）	6	R	R・W	
30	治承三年の	巻27	天下餓死	思文閣古書資料目録掲載手鑑	盛衰記・長門本に近い	6	U	W	
31	して陸奥国	巻27	頼朝追討庁宣	東京国立博物館蔵一二号手鑑	盛衰記にほぼ同	6	H	H・J	

32	見参に可奉	巻27	信乃横田原軍	倉敷市宝島寺蔵手鑑	盛衰記に近い	6	d	K・W・d	
33	組やとそ申	巻27	信乃横田原軍	琴平神社蔵手鑑「古今筆陣」	盛衰記に近似	5		J	32の数行後
34	覚へたる高	巻27	信乃横田原軍	個人蔵手鑑	盛衰記に一致（一部延慶本に一致）	5		K・W	33に後接
◆35	輔にはあは	巻27	信乃横田原軍	個人蔵五号手鑑	盛衰記に近い	3	d・断簡2	d・e・断簡2	
36	先立たるを	巻27	信乃横田原軍	鶴見大学図書館	盛衰記にほぼ同	5	I・Q	I・J・Q	
37	籠られては	巻27	信乃横田原軍	MOA美術館蔵手鑑「翰墨城」	盛衰記に近似	5	H	H・J	
38	れは木曾は	巻27	信乃横田原軍・周武王誅紂王	鶴見大学図書館	盛衰記（除周武王説話）に近似	6	I・Q	I・J・Q	37に後接
39	諸社の社司	巻27	源氏追討祈	出光美術館蔵手鑑「見ぬ世の友」	延慶本に近似（一部盛衰記に近似）	5	H	G・H・J	
40	名乗て懸出	巻35	粟津合戦	鶴見大学図書館	盛衰記にほぼ同	6	I・Q	I・J・Q	
◆41	ける是を粟	巻35	木曾頚被渡	鶴見大学図書館	盛衰記にほぼ同	4	f・断簡3	f・断簡3	
42	日来音に聞	巻37	則綱討盛俊（※2）	個人蔵	盛衰記に最近	3	H	H・J	
43	は兼より御	巻37	重衡卿生虜	不二文庫蔵手鑑	盛衰記にほぼ同	6	H	H・J	
44	りけれとも	巻37	重衡卿生虜	鶴見大学図書館	盛衰記に近いが人名に異同あり	4	d	W・d	43の数行後
45	とも一所に	巻37	重衡卿生虜・守長捨主	穂久邇文庫	盛衰記にほぼ同	5	H	H・J	
46	刀には胸板	巻37	平家公達亡	個人蔵手鑑「古筆帖」	盛衰記に近似	10	H	H・J	
47	元暦元年十	巻41	頼朝条々奏聞	思文閣古書資料目録掲載手鑑	延慶本に最近（一部長・盛に近い）	18	V	W・X	
48	源頼朝謹奏	巻41	頼朝条々奏聞	イェール大学	盛衰記に最近	5		W	47に後接
49	武具者自今	巻41	頼朝条々奏聞	梅沢美術館蔵手鑑「あけぼの」	盛衰記にほぼ同	7	H	H・J	48に後接
◆50	義成多々良	巻41	同人（義経）西国発向	星名家蔵二号手鑑	盛衰記に近いが人名配列は独自	6	d・断簡4	d・e・断簡4	

51	足を引くへ	巻41	平家人々歎（※2）	個人蔵手鑑	盛衰記にほぼ同	2	H	H・J	
52	とはなにそ	巻41	梶原逆櫓	宮内庁蔵手鑑	盛衰記にほぼ同	3	H	H・J	
53	鹿やらんは	巻41	梶原逆櫓	個人蔵手鑑「旧錦嚢」	盛衰記にほぼ同	8	H	H・J	52の数行後
◆54	て引すへた	巻41	梶原逆櫓	奈良国立博物館蔵手鑑	盛衰記に近い	3	d・断簡5	d・e・断簡5	極札「尭孝門弟周興」
55	かき陰り村	巻42	義経解纜向西国	思文閣古書資料目録掲載手鑑「敬愛帖」	盛衰記に近似	3	O	X	
56	とく〳〵船	巻42	義経解纜向西国	個人蔵	盛衰記にほぼ同	4	H	H・J	55に後接
57	判官の船を	巻42	義経解纜向西国	三井記念美術館蔵手鑑「高案帖」	延慶本・盛衰記に部分的に一致	22	F	F・G・J	56の数行後
58	軍に勝つる	巻42	勝浦合戦	ふくやま書道美術館	盛衰記・延慶本に近い	6	T	T・W	
◆59	に馳集る此	巻42	屋嶋合戦	奈良国立博物館蔵手鑑	盛衰記に近い	8	d・断簡6	d・e・断簡6	
60	儀せられけ	巻42	玉虫立扇	久曾神昇氏	諸本に一致せず	3		E・J	
61	けり又舞前	巻42	玉虫立扇・与一射扇	鶴見大学図書館	盛衰記に一部近似	7	I・Q	I・J・Q	
62	源氏誤と見	巻42	玉虫立扇・与一射扇	個人蔵	盛衰記に一部のみ近似	10	B・H	G・H・J	
◆63	からをあら	巻42	与一射扇	個人蔵五号手鑑	一部盛衰記に一致するが、独自	3	d・断簡7	d・e・断簡7	
64	や見まいら	巻42	与一射扇	仁和寺蔵手鑑	一部盛衰記・一部語り本系に近似	7	H	H・J	
65	こそ候へ加	巻42	与一射扇	不明。田中塊堂氏旧蔵か	一部盛衰記に一致するが、独自	7	A・b	b	
66	ゐ仕候まし	巻42	与一射扇	鶴見大学図書館	内容は語り本系に共通	8	I・Q	I・J・Q	
67	覚し給はさ	巻42	継信教（孝）養	藤井隆氏	延慶本にほぼ同	3	C	C・E・J	
◆68	鞍置て請し	巻42	継信教（孝）養	宇野茶道美術館旧蔵・京都府立総合博物館所蔵（京都文化博物館管理）「古筆手鑑」	一部独自だが盛衰記に近い	8	d・断簡8	d・e・断簡8	67の数行前の可能性もあり
69	道の合戦諸	巻43	平家亡生虜	根津美術館蔵三号手鑑	盛衰記にほぼ同	3	H	H・J	
70	たるは時に	不明	不明	鶴見大学図書館	諸本に一致せず	5	I・Q	I・Q・J	

〔記号〕

A 『かな研究 三七号』（大阪かな研究会 一九六九・一〇）
B 『新・平家物語古美術展』（朝日新聞社 一九七二・四）
C 藤井隆・田中登『国文学古筆切入門』（和泉書院 一九八五・二）
D 『徳川黎明会叢書 古筆手鑑篇二 蓬左 霧のふり葉』（思文閣出版 一九八六・二）
E 藤井隆「平家物語異本「平家切」管見」（『松村博司先生喜寿記念 国語国文学論集』（右文書院 一九八六・一一）
F 三井文庫・日本古典文学会監修『三井文庫蔵〈重要文化財〉 高嵜帖』（貴重本刊行会 一九九〇・八）
G 伊井春樹『古筆切資料集成 第六巻』（思文閣出版 一九九三・九）
H 小松茂美『古筆学大成 第二四巻』（講談社 一九九三・一一）
I 『古典籍と古筆切』（鶴見大学 一九九四・一〇）
J 松尾葦江『軍記物語論究』（若草書房 一九九六・六）＊「他本との関係」はほぼこれに従った。
K 小島孝之「治承二年右大臣家百首の歌人、その他（稀覯の古筆切）について」（『立教大学日本文学』七八 一九九七・七）
L 古谷稔監修『川崎市市民ミュージアム所蔵 古筆手鑑 披香殿』（淡交社 一九九九・三）
M 田中登『平成新修古筆資料集 第一集』（思文閣出版 二〇〇〇・三）
N 『第50回 東西老舗大古書市出品目録抄』（二〇〇〇・七）
O 『思文閣古書資料目録 第一七三号別冊』（思文閣出版 二〇〇一・七）
P 日比野浩信「『平家物語』長門切の一伝存形態」（『汲古』四五 二〇〇四・六）
Q 『和歌と物語』（鶴見大学 二〇〇四・一〇）
R 国文学研究資料館編『古筆への誘い』（三弥井書店 二〇〇五・三）
S 『阪急古書のまち古書目録』（中尾松泉堂書店 二〇〇五・六）
T 『ふくやま書道美術館所蔵品目録VI 古筆手鑑』（ふくやま書道美術館 二〇〇七・三）
U 『思文閣古書資料目録 第二〇五号』（思文閣出版 二〇〇七・一二）
V 『思文閣古書資料目録 第二〇八号』（思文閣出版 二〇〇八・七）
W 松尾葦江「平家物語断簡「長門切」続考」（松尾編『國學院大學で中世文学を学ぶ 第二集』〈國學院大學 二〇〇九・三〉）
X 松尾葦江「平家物語断簡「長門切」続々考」（松尾・吉田永弘編『平成二十一年度 國學院大學文学部共同研究報告』〈國學院大學 二〇一〇・三〉）
Y 『観賞シリーズ12 館蔵 古筆切』（根津美術館 二〇一一・七）
Z 池田和臣・小田寛貴「続 古筆切の年代測定―加速器質量分析法による炭素14年代測定―」（『中央大学文学部紀要 言語・文学・文化』一〇五 二〇一〇・三）

a　公開シンポジウム「1300年代の平家物語―長門切をめぐって―」（於國學院大學　二〇一二・八）池田和臣講演「長門切の加速器分析法による14C年代測定」資料

b　公開シンポジウム「1300年代の平家物語―長門切をめぐって―」（於國學院大學　二〇一二・八）橋本貴朗発表「「長門切」に見る世尊寺家の書法」資料

d　公開シンポジウム「1300年代の平家物語―長門切をめぐって―」（於國學院大學　二〇一二・八）平藤発表「新出長門切数葉の紹介」資料

e　平藤「新出長門切の紹介」（松尾葦江編『「文化現象としての源平盛衰記」研究　第三集（平成二十四年度報告書）』（國學院大學　二〇一三・三））

f　公開研究発表会（於國學院大學　二〇一三・一〇）平藤発表「長門切と伝貞敦親王筆平家切数葉の紹介」資料

「◆」は本稿記載

※1　佐々木孝浩「巻子装の平家物語―「長門切」についての書誌学的考察―」（『斯道文庫論集』四七　二〇一三・二）。19～25の間の可能性もある。

※2　蓬左文庫本、章段名欠

京極派和歌　資料三種
――伏見院・京極為兼・西園寺実兼の古筆資料――

石澤一志

はじめに

近年偶目した、京極派和歌関係の古筆資料について報告する。内容的には、伏見院の広沢切・京極為兼の金玉歌合切・西園寺実兼の詠十首和歌、の三種である。これらはたまたま管見に入ったものの報告に過ぎない。しかし、私が現本務校の任期中に縁あって出会い、収蔵されることになった資料であり、この春ひとつの区切りを迎えることもあり、今ここに報告しておきたいと思うものである。

伏見院「広沢切」

広沢切については、久保木哲夫・別府節子・久保木秀夫との共著で『伏見院御集［広沢切］伝本・断簡集成』（笠間書院・二〇一一）を上梓したが、その後、三葉の断簡を嘱目し得た。以下、略書誌を示す。

①一軸、全長　約一一二糎、幅五四・五糎、牙軸。本紙は、縦二九・三糎、横四三・二糎。紙継ぎ跡などは見られず、ほぼ一紙分。字高約二六・〇糎で、七首を記す。料紙は楮紙、巻物皺が見られ、元は巻子本。ただし、約二五糎間隔で折り目とそれを中心に左右対称の虫損跡も見られ、一時期折帖に改装されて保存されていた時期のあることを窺わせる。右端に一首以上の空白が見られるが、擦り消し等の跡はなく、巻頭部分に当たるか。なお、表面ところどころに反転文字が見られ、紙背文書があったか。また、四首目と五首目の間隔が他と比べてやや開いており、五首目の題位置には擦り消しが見られ、他は全て一字題であったものを、これだけはそうでなかったため、見栄えを良くするために削られたものと推測される。前出『伏見院御集［広沢切］伝本・断簡集成』には、「切八七」として掲載、次田香澄「京極派和歌の新資料とその意義」（『二松学舎大学論集』（昭和三七年度）一九六三・三）で報告されているが、それだけではなく、久曽神昇の旧蔵であったことが諸徴証から知られる一葉である。付属品は桐箱、箱書表書「後伏見院様御震翰　　一軸」とあり、裏に極札ではないが、それに類する「後伏見院御震筆」と記した小紙片を貼付する。極札は附属しない。また中蓋板には「伏見天皇宸翰御和歌広沢切七首（表）「昭和三十七年八月八日　文学博士中村直勝　虔拝」（裏）と墨書する。現在、目白大学図書館蔵であるが、所蔵番号等は未定。

②一葉、マクリ（未表装）。縦二九・六糎、横三・三糎。字高は約二四・五糎で、題と和歌上句の二行を記し、下句を欠く。鑑定者未詳の極札に「後伏見院」と墨書、手鑑崩しであることは、表面に残る雲母の跡から分かる。『伏見院御集［広沢切］伝本・断簡集成』には、「切一〇五」として掲載されている。現在、架蔵。

③一軸、全長約一二六糎、幅二二・七糎。木軸。本紙は、縦二五・七糎、横四・八糎。字高は約二三・八糎、

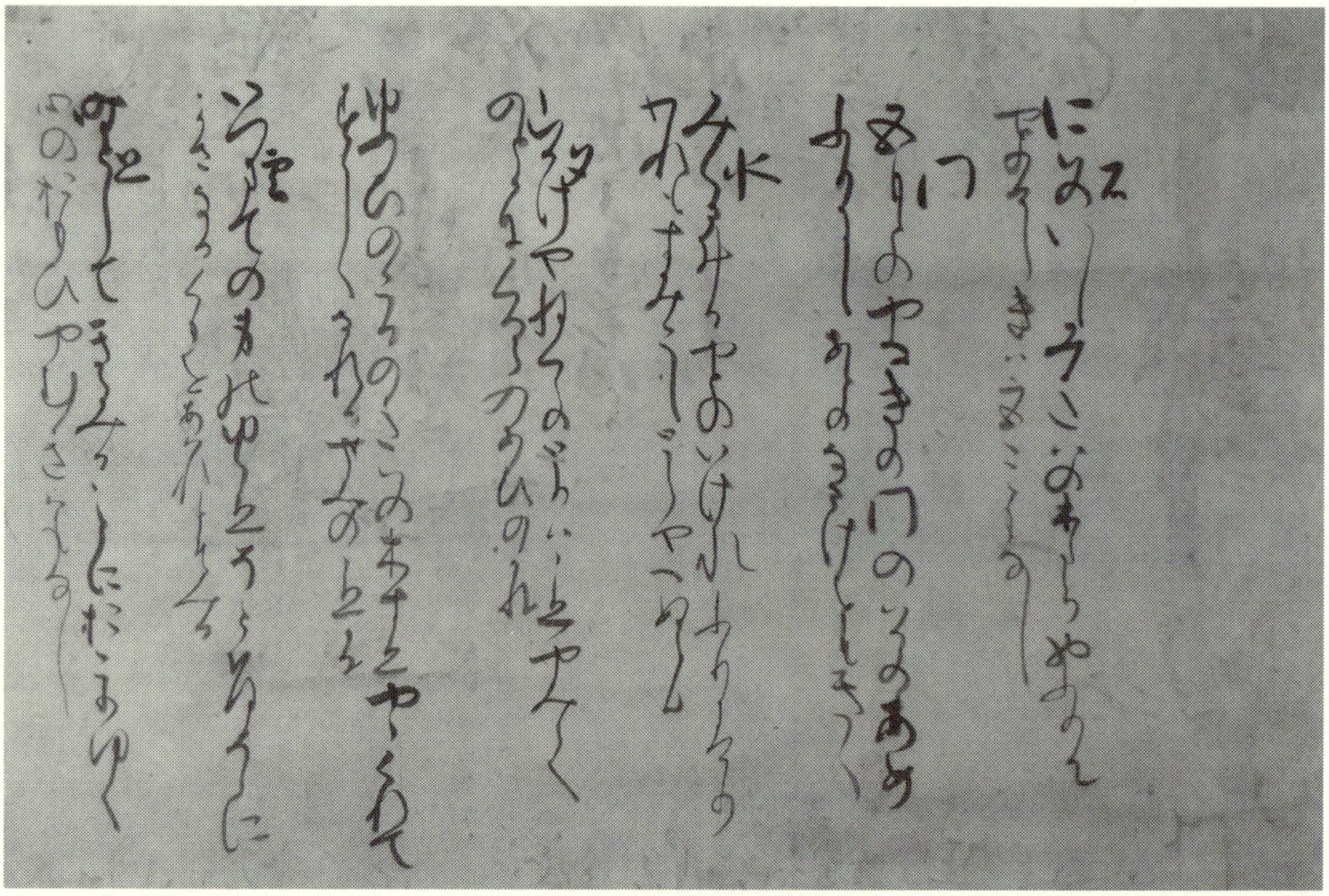

広沢切①

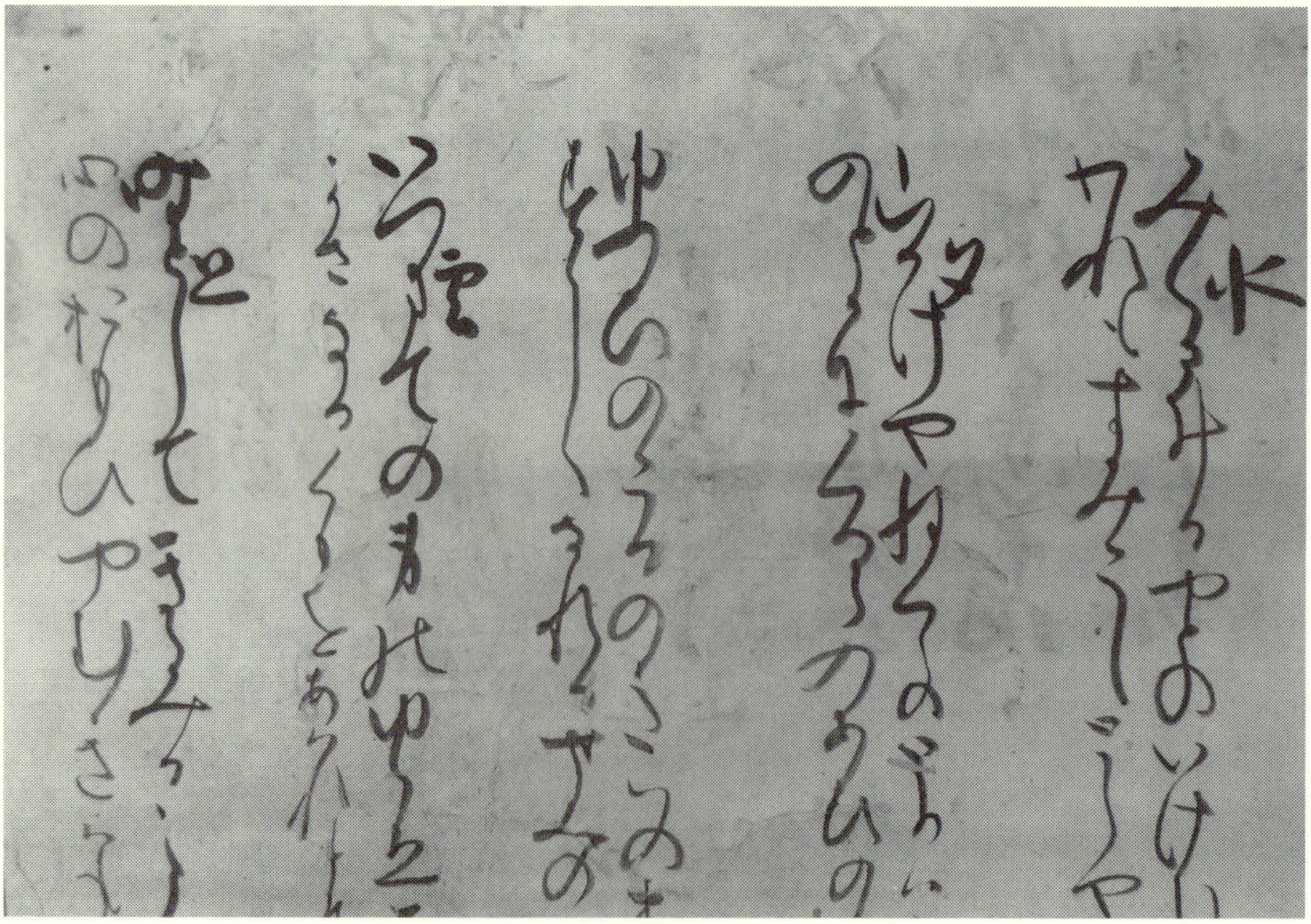

広沢切②

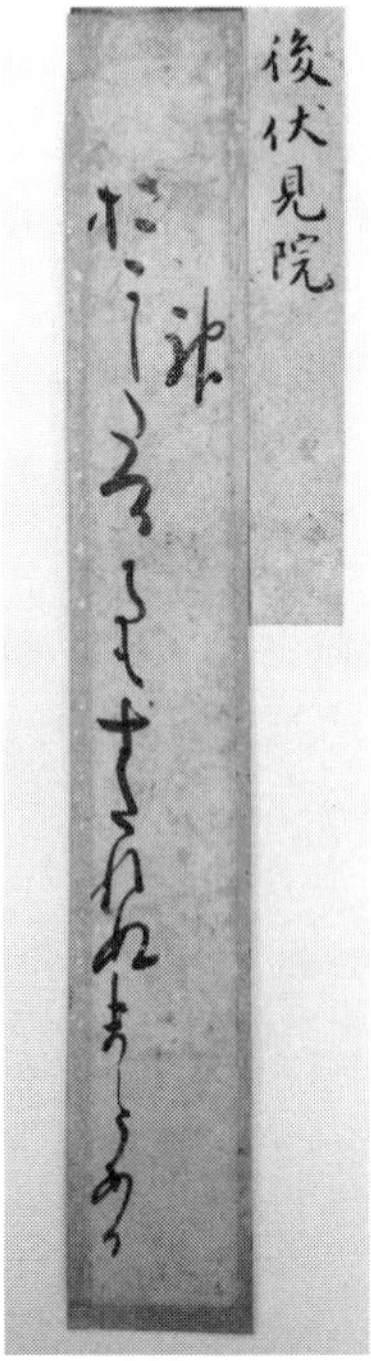

広沢切③

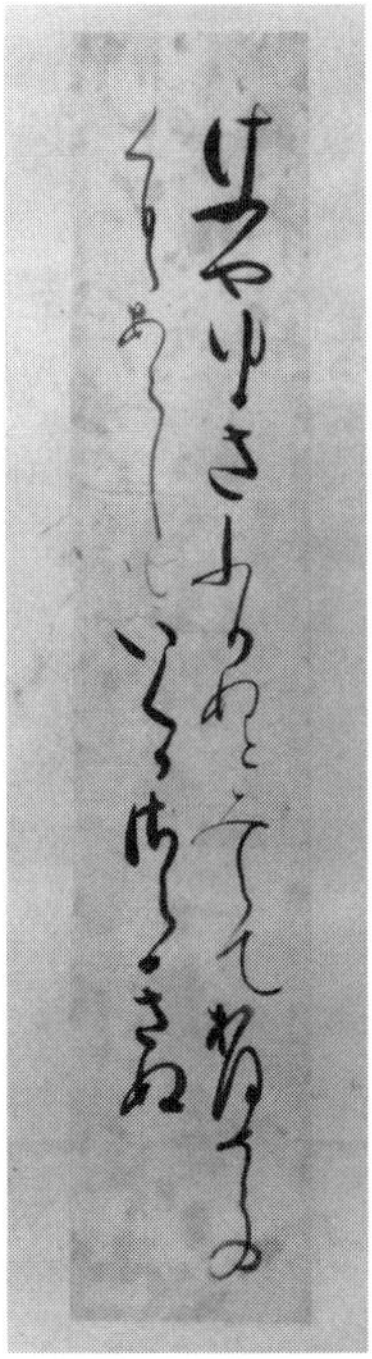

広沢切④

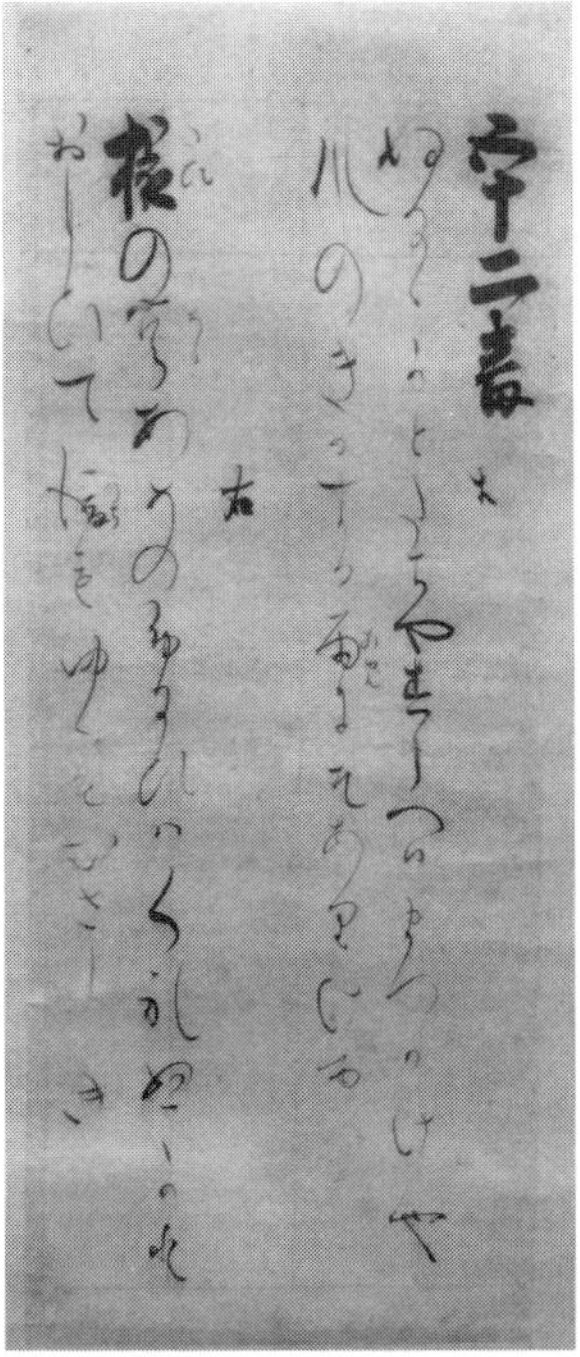

金玉歌合切

一首で、題はない。料紙は楮紙、巻物皺が見え、元は巻子本。極札等は附属せず、桐箱のみ。箱蓋表書きに「伏見院　広沢切哥一首」、裏に「重美品之内添光題」と墨書するも、誰のものか不詳。筆跡から見て伏見院筆の広沢切と認定できる。現在、目白大学図書館蔵で、所蔵番号等は未定。なお、『伏見院御集［広沢切］伝本・断簡集成』には未掲載で、これまで知られなかった、新出の一首である。よって、翻字を付しておく。

けふやゆきふりぬとみえておほそらの
くもゝあらしもいくかさえきぬ

以上、三葉の「広沢切」について報告した。この他にも、平成二五年度の『古典籍展観下見大入札会』に、新たな一葉が出現したのを知り得た。目録を閲すれば掲載された写真から内容は知られ、翻字することも可能であるが、ここでは控えておく。御所蔵になられた方からの御報告を待ちたい。

京極為兼「金玉歌合切」　付、井上宗雄旧蔵『為兼卿家集』

次に、伏見院と京極為兼の二人の歌を番えた、秀歌選的歌合である『金玉歌合』の断簡を紹介する。

①一軸、約一四六糎、幅三七・五糎、漆塗軸。本紙は、縦二八・七糎、横一一・四糎。字高は約二五・五糎、墨界が施されそれがほぼ字高にあたる。上から三糎にも界線を引き、歌合などの料紙を思わせる。また、罫幅は二・七糎から二・九糎ほどの間隔で引かれている。料紙は楮紙、巻物皺が顕著で元は巻子本であることは明白。内容は、『金玉歌合』五二番が記されている。翻字を掲げておく。

五十二番　左
ぬるゝかとたちやすらへはまつかけや
風のきかする雨《あめ》にそありける
　　　右
旅《たび》の空《そら》あめのふるひはくれぬかと
おもひて後《のち》もゆくそひさしき

極札が附属し、包み紙表に「極」と墨書、極札は「世尊寺伊行卿　五十二番 ぬるゝかと　（印）」（表）「御文有諱　甲午十二（了泉）」（裏、縦一三・九糎、横二・二糎）とあるが、実際の筆者は未詳(1)。書写年代は、鎌倉時代後期から南北朝を大きく下らないものと推定され、『金玉歌合』諸本中、抜群の古さを誇る。振り仮名が見られるのは、どういうことなのかやや分りかねるが、持明院統から出て、関係のある女院や尼門跡の許に伝来されたと仮定すれば、女房も含めた子女が閲読するのに配慮して、振り仮名を施した、というようなことが想像されようか。現在、架蔵。

②徳川黎明会蔵・手鑑「藻叢」（人）所収。(2) 縦二九・三糎、横五・二糎。字高は未詳ながら、界幅は二五・七糎。料紙は楮紙。巻物皺から元は巻子本であることは明白。伝称筆者を万里小路宣房とするが、筆跡は①と同筆で、ツレである。極札は、誰の手によるものか不詳。内容は、五七番の右で為兼歌。翻字を掲げておく。

右

身はかくてしはしとおもふ山里に
心をかへすみねのまつかせ

現在のところ、知られているのはこの二葉のみのようであるが、『金玉歌合』の最古写本の断簡として、今後とも更なる新たな断簡の出現を期待したい。

付、井上宗雄旧蔵『為兼卿家集』

ここで付けたりとして、古筆ではないが京極為兼の関連資料として、架蔵の板本『為兼卿家集』一冊（上下合冊本）を報告しておきたい。この本自体は何の変哲もないものであるが、今私の手元にあるそれは、井上宗雄氏旧蔵という点で特別なものである。

井上氏は人物叢書『京極為兼』（吉川弘文館・二〇〇六）という、京極為兼に関する優れた評伝を残された。その一一三頁にこの本の巻頭部分の書影が掲載されているが架蔵の本には、そこには見られない印が一顆、見られる。（図版・為兼卿集巻頭「宗雄」印）井上氏が入手した当初は『京極為兼』に載るような、二顆が捺された状態であったのを、後から新たに一顆を捺されたのであろう。ご使用の印は「井上／宗雄／蔵書」（図版・井上宗雄蔵書印）とあるのが最もよく知られたものであるが、この『為兼卿家集』に捺されている「宗雄」の印の他、何種類かが知られるとのことである（古書肆某氏談）。稿者も、中世和歌、特に京極派和歌研究を志す者として『京極為兼』（笠間書院、二〇一二）という本を書く機会を与えて頂いたが、その成稿に苦戦していた頃、ふとしたことで入手したのがこの本であった。

井上氏の蔵書の多くは古書肆の手に渡り、市場に出回っているので、手にすること自体は決して難しいことではないのだが、わずかながらもその謦咳に接することが出来た者として、厳しくも優しい目で後進の研究者を見

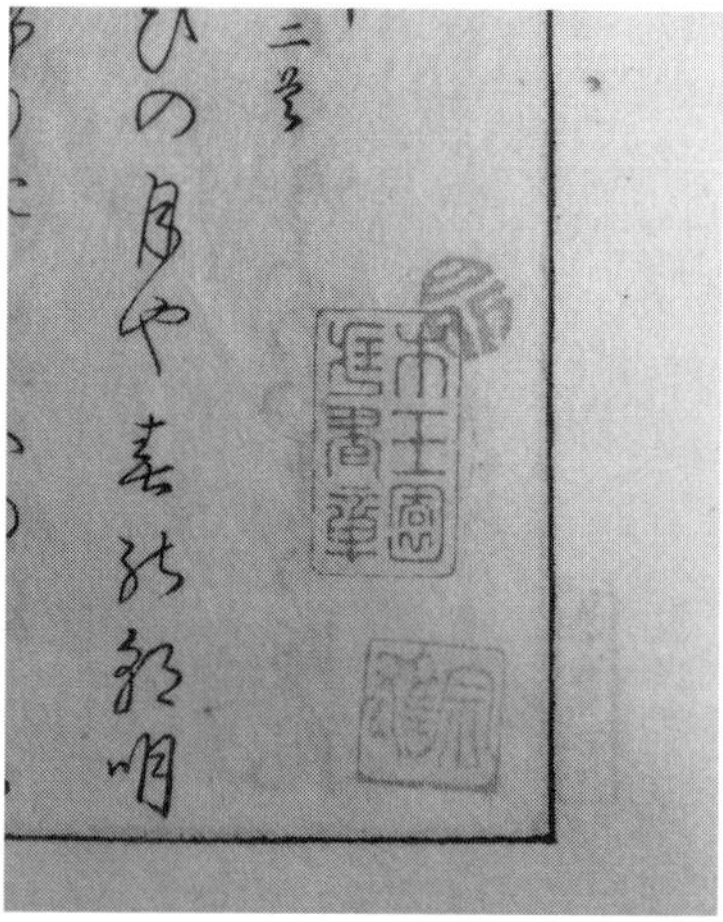
「宗雄」印

「井上宗雄蔵書」印

為兼卿家集　表紙

守ってくださった先生を思い出すよいよすがとなるこの本の入手は、望外の慶びであった。と同時に『京極為兼』に載る『為兼卿集』がはしなくも架蔵に帰したことの奇縁を想う。記して、ここに生前の御厚情に深謝し、先生の御冥福を心よりお祈りする。（図版・為兼卿家集　表紙）

西園寺実兼「詠十首和歌」

最後に、西園寺実兼の「詠十首和歌」について報告する。最初に書誌を記す。

【書誌】西園寺実兼「詠十首和歌」懐紙、は写本、巻子本一巻。桐二重箱入り。目白大学図書館蔵。所蔵番号等は未定（3）。

表紙　薄緑色地焼紋（竜幾何学紋七宝繋）紙表紙

見返し　金箔布目紙、黄土色平組紐を付す。

大きさ　縦三二・四　横二四・〇糎

全長　第一紙　五〇・六糎　第二紙　五一・四糎　第三紙（軸継紙）四二・五糎、象牙軸。

印記　第三紙に「月明荘」小印が捺され、箱に記された紙片の筆跡ともども、反町弘文荘の手を経たことが分かる。

付属品の桐箱は、

外箱　縦三六・七糎、横六・〇糎　高さ六・一糎

外題　「西園寺實兼公自詠十首詞 春七首 恋三首」蓋中央に直書（筆者未詳）

地小口に「實兼／自詠十／首歌」と書いた紙片（縦二・七糎、横三・八糎）を貼付

（雲母菊草紋様刷出料紙・森銑三筆）

内箱　縦三五・一　横四・四　高さ四・一糎

外題　「西園寺空性」蓋中央に直書（筆者未詳）蓋裏に「西園寺實兼公／御法諱／空性／正應四年任太政大臣／元亨二年九月十日薨／七十四」と墨書した楮素紙を貼付。蓋掛け紙（内箱の蓋上を覆っていた紙と覚しい）縦三五・〇糎、横四・五糎。

「西園寺實兼公自詠　　十首懐紙」と墨書　楮素紙焦げ茶染紙。内箱には革紐あり。

付属品に、極札二枚がある。包紙あり、表書「了栄札」。

古筆了栄　極札「西園寺殿實兼公 御法名空性 あさつくひ　一巻（「琴山」印）」（表）

「詠十首和哥あさつくひ名有一巻空性ト大糸口有　丑十（「栄」印）」（裏）表裏の紙は剥離する。

＊「丑十」は寛文六年（一六六六）か、延宝元年（一六七三）だが、寛文六年の可能性が高い（了栄は延宝元年十月没）。

古筆了信　極札「後西園寺太政大臣實兼公あさつくひ（「琴山」印）」（表）

「詠十首和哥空性ト法名有之　一巻　丁酉七（「了信」印）」（裏）

右上に割印あり、表金切箔撒　装飾料紙

＊「丁酉」は古筆了信の生没年（一八五六〜一九三三）からすると、明治三十年（一八九七）が該当する。

和歌一首二行書き、題二字下げでこれを記す。字高、約二八・五糎で、料紙は楮紙。一紙目と二紙目の継ぎ目に字が掛かっており、紙を継いでから書写したことがわかる。巻頭より巻末の汚れはやや不審だが、現状の巻子装になる以前の巻き取り方によるものか。(4)

当該資料は、内容的には夙に橋下不美男が「為兼評語等を含む和歌資料―西園寺実兼をめぐって―」（『王朝和歌　資料と論考』笠間書院、一九九二、所収、初出は『語文』（日本大学）一七、一九六四・三）に内閣文庫『賜蘆拾葉』所収「西園寺実兼詠十首和歌」として、翻字紹介されており、その際「なおこの詠十首の親本と想われる、西園寺実兼自筆詠草（詠十首和歌　空性）一巻を、昭和三十八年十二月の文車の会（於白木屋）において確認した。同会目録の解説によれば、乾元・嘉元頃の詠草としている」と記しているが、まさにそれが再び世に出たものである。

本文は、前掲橋本の翻字のほか、拙稿『西園寺実兼全歌集』（『鶴見日本文学』二、一九九八・三）に翻字したものとがあるが、一応、翻字を示す。

詠十首和哥　　　　　空性

朝鶯

あさつくひまかきの竹にうつる色の
物よはき声にうくひすそ鳴

夕霞

かすむらしとをちにみえし山の
はもそこはかとなき春の夕暮

梅風

こけのそてふれはやつれん色もおし
たをらてにほへ梅の下風

河柳

かは岸の柳かしたのかたくつれ
枝はみとりにねこそしろけれ

（紙継）

夜帰雁

をほろ夜の雲井にさかるあまつ
雁あきの月をは忘さらなん

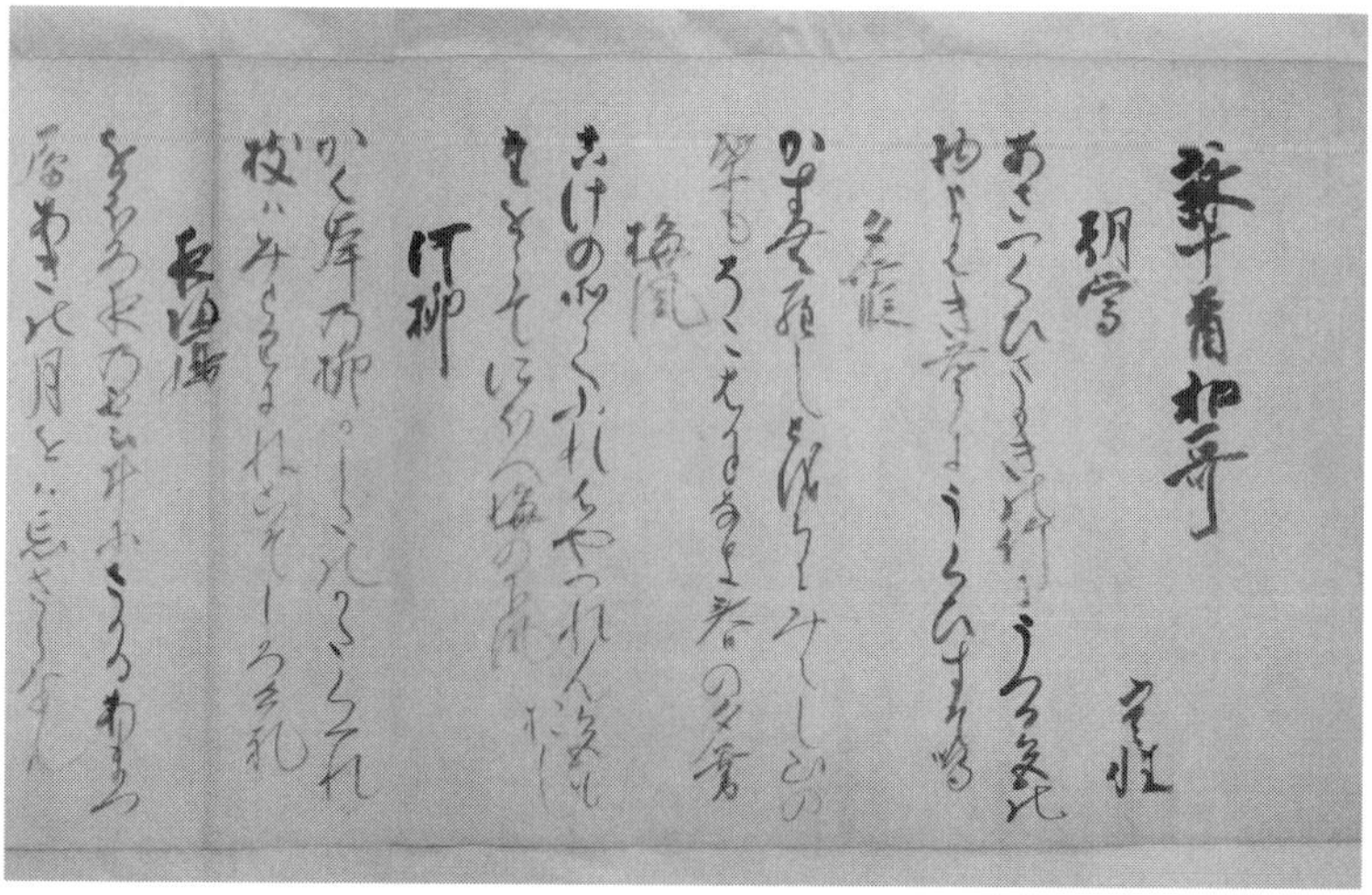

実兼「詠十首和歌」

尋花
ゆきてみぬ花はいつくか盛なると
人つてにさへたつねてそきく
見花
みてもまたのこりすくなき身の
春を花にうれへてちる涙かな
待恋
ふけうつる時の鼓はあまたきけと
まつほとをそきをくるまのをと
逢恋
かす〱にあはゝと思しおもふ事の
むかへはなとていはれさるらん
絶恋
人もいさつらきかたにやかこつらん
われはうらみてとはぬ月日を

若干の漢字仮名の違いがあるのみで、本文に異同はない。なお、この十首中最後の一首が、文保百首・五八九に見られ、さらにそこから『続千載集』恋五・一五九五に入集する（詞書「百首歌奉り

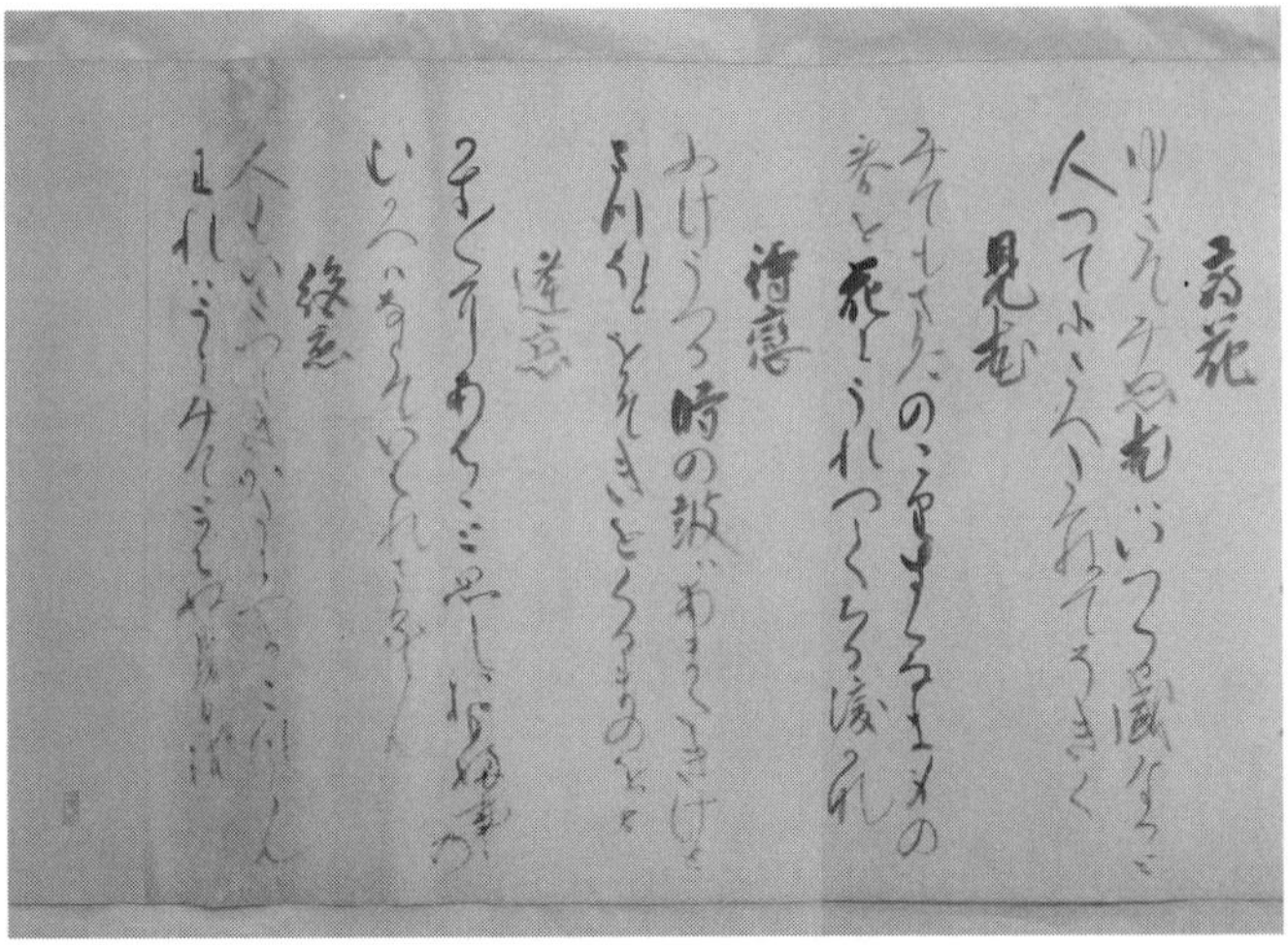

し時」）。この「詠十首和歌」がどの段階で行われたかは、署名から実兼の出家以降（正安元年〈三九九〉）のことである以外は未詳で、下限は文保百首詠進時ということになるが、それ以前、反町弘文荘の「乾元・嘉元頃」というのは、妥当な推定であろう。なお、筆跡の参考資料として、より若年時の筆跡と推定される（弘安頃か）実兼の詠草切（架蔵）を掲載する。

おわりに

以上、京極派和歌の中心的な作者である、伏見院・京極為兼、そして西園寺実兼の和歌資料について、紹介した。単なる資料紹介ではあるが、これらは、稿者の関心に従って自然と集まってきた資料たちであり、その出会いは、決して偶然ではなかったものと思う。

本学大学院に入学した折り、その歓迎の挨拶をなさった岩佐美代子先生が「心に留めていると、資料は向こうから歩いてくるものだ」とおっしゃったのが強く印象に残った。しかしその直後に挨拶に立った某氏、それを受けて「私にはそういう経験がないので」とのたもうたのでちょっと驚いたのだが、あとで聞けばあにはからんや、実は最初に「資料というのは向こうから歩いて来る」とおっしゃったのは某氏であった由。以降、某氏からも直接教えを受け、その言葉がいかに正しいものであるのかは折りに触れて感じてきたが、この数年に限っても、それは間違いのない教えであったことを、今改めて痛感する。今後とも、こちらに向かって資料が歩いてくるのを捕まえられるように、自らの関心を広く、強く持って、研究していきたい、と思う。

【注】

（1）表の字が、他に知られる古筆了泉（本家八代）のそれとは異なっており、最下部に捺された印も本家使用印「琴山」ではなく、右上の割印も不詳。また裏も「御文有諱」の文言は当該切の内容に当たらず、不審。極札は表と裏が剥離することも多く、本札も表は新しい某鑑定家によるもので、裏面は了泉の他の極札を流用した、いわゆる偽造札の可能性が高い。なお、裏面の情報によれば、安永三年（一七七四）の極めということになるが、如何。

（2）『古筆手鑑篇三　藻叢・桃江・文車』（徳川黎明会叢書・思文閣出版、一九八六）掲載の写真、および解題（久保木哲夫・杉谷寿郎・伊井春樹）に拠り、記述し、実見はしていない。

（3）以上、目白大学図書館に所蔵される資料については、館内整理番号等は附されているが、閲覧のための請求番号などは未定である。貴重書に指定されているが、閲覧調査等の希望に関しては、図書館にお問い合わせ頂きたい。

（4）書写の際、書いたものが乾いたところで、巻頭から右に巻き取っていく。表装されるまでは、巻末（巻軸になる）部分が一番外側にある状態で保存されると、その部分が汚損してこのようになることがある。具注暦など長い巻紙状のものに、例がある。

伝策彦周良撰『詩聯諺解』解題と翻刻

堀川貴司

五山文学、特にその漢詩作品研究の難しさの一つは、厖大に残された作品の数々に対して、それをどのように読み解いていけばよいか、その手がかりとなる詩論・詩話の類が乏しい点にある。殊に近年、『作文大体』『王沢不渇鈔』といった詩論（作法書）の利用により、平安漢詩において句題詩の詠法が解明され、さらには漢詩のみならずさまざまな関連作品にまで新たな研究が可能となった現状を見ると、その感を深くする。

しかしそれも、研究者自身の努力が足りないために、見落としている資料があるのではないか。本稿で紹介する著作も、早くから国文学研究資料館にマイクロフィルムが収められ、広く利用に供されていたものであり、これまで気づかなかったのは稿者の怠慢であった。自分自身の関心と知識がようやくこの著作の意義を理解するに至ったことと、執筆の場を与えられたことをチャンスと捉え、遅ればせながら広く日本漢文学研究に興味ある方々に本文を提供するとともに、自身の研究にも役立てていきたいと考えている。

本書は祐徳稲荷神社中川文庫蔵本（6-32-233別8）が現在知られる唯一の伝本である。

詩聯諺解（外題）〔策彦周良〕撰　宝暦元年（一七五一）写（河口子深）　和大一冊。

原装香色無地表紙（二五・三×一七・五糎）、料紙楮打紙、外題左肩無辺題簽墨書「詩聯諺解　全」（本文同筆

か）。本文冒頭「詩聯諺解／（隔一行）／（低一格）詩格／夫詩ヲ作ル体雖多心幽玄ニシテ詞優長ニコセラ／ス……」、無辺無界九行二〇字、字高二〇・〇糎。カナ交じり文、わずかに濁点あり。同筆の訂正・補入・注記あり。縹色不審紙あり。「詩格」二二丁、「聯句格」一四・五丁、本文計三五・五丁。尾題三六オ末「詩聯諺解終」。三六ウに低一格にて本奥書（書写時ではないので正確には識語と呼ぶべきか）、三七オ・ウに「跋」と称する題跋および書写奥書あり。墨付計三七丁。

全体に水損を被る。冊首に印記「西園／翰／墨林」（朱陽方印六・〇糎）「中川／文庫」（朱陽方印七・一糎）あり。

本奥書は以下の通り。（句読点を補う）

此書一冊策彦之撰也。我外祖玄龍大人伝之、令写之。盖謂、詩体及聯句、其法能通、可以是察焉。余于時十七歳、援筆乎東都西谿私第、正徳四年甲午秋九月晦也。今思往事、苟題一語以約于它日之監視云。

井上敬治記

享保二十歳次乙卯端午前日

題跋および書写奥書は次の通り。（同前）

跋

右詩聯諺解一巻、旧跋云策彦長老所著。閲之、五岳面目宛然無可疑者、真為彦師之書。溯其所由源出蘇黄。按、此以為詩家準則、猶搢紳家尸祝乎元白也。正徳以来関左文運大盛、於是此風尽熸無余、故此等論著無復采録、則又可惜爾。予亦初不知有此書。近有岩槻清水全道、嘗過柳原道傍小書肆、探懐中銅銭三十五文、購得之以示於予。視其旧跋、為井上敬治所識。而敬治実為佐玄龍外孫、書法亦復可認也。敬治与予時々邂逅于蜂屋氏席上、雖交不甚深、尚記其言笑之態。見此不能無感。敬治之没未満五載而其書散逸四出、不勝閔嘆。

宝暦改元十二月朔旦河口子深

晁堯卿足下　　子深

此本係井上氏手録。人家子弟守父書、抄写之迹流落塵土、可為大戒。策彦論詩亦可使后人知前世之体。願贈一通。原本末有白紙一張、請載予後語、以還全道。亦警世之一助也。千万。

これらによると、唐様の書家として知られる幕府儒官佐々木玄龍（一六五〇～一七二二）の蔵書を、その外孫である井上敬治が正徳四年（一七一四）に書写し、その旨を享保二〇年（一七三五）に記した。敬治の死後その本は流失し、江戸柳原の古本屋で売られていたのを清水全道が購入、河口子深（静斎、室鳩巣の弟子で川越藩儒、一七〇三～五四）に見せたところ、敬治と面識のあった子深はその筆跡や内容、また往事を懐旧して一文をしたため、宝暦元年（一七五一）、その本の末尾遊紙に書き付け、同時に転写本を作成した。

本書は、本文から題跋に至るまで一筆なので、最後に出てくる「贈一通」すなわち転写本に当たるのであろう。題跋に見えるとおり、この時代、古文辞派あるいは木下順庵一派の活躍により、五山以来の詩風およびそれが依拠する蘇軾・黄庭堅尊重の気風は一掃され、盛唐詩を規範とする詩風へと大きく変化していた。それでも、いわば時代の証言者として、本書の価値を正しく認めているところに、子深の見識が窺われる。

本書の親本の親本にあたるものを持っていた佐々木玄龍は、なぜ本書を策彦の作としたのであろうか。本文中には策彦が一座した聯句を多く収める『九千句』（城西聯句）が引かれている（聯句式35）が、この記述からは本書の著者を特定できない。別の根拠、例えば何かしら口伝のようなものがあったのであろうか。

駒澤大学図書館に『華藻集』という写本がある。大本一冊、江戸初期頃の写、主として五山における四六文の作法や作例を記したもので、裏見返に「寓于越大安不法塔下写之　数杜多」という書写奥書がある。全体の編者は不明、いくつかの作法書を寄せ集めたようである。

この書の後半部分には、カナ交じり文で詩・聯句についても述べている。そこには、

夫詩ヲ、東坡様トテ、一句三ノ句ヲ同声ニシテ、二ノ句四ノ句ヲ同声ニスルコトアリ。是ハ世ニ用ルコト少也。又一字題ハ、字ヲ四句ノ裏ニ不可置。（下略）

といった、本書と共通する内容が見られ、また四六文についての記述に戻った後、その末尾に「策彦和尚恵林之僧ニ与之、口伝多之」と記されている（「恵林」は恵日山東福寺か）。今後の詳細な検討を要するが、一応この段階でも、本書が策彦の著作であることの傍証になろう。

一方、聯句についての記述は、寛文一一年（一六七一）刊『聯句初心鈔』（近年深沢眞二『「和漢」の世界 和漢聯句の基礎的研究』清文堂出版、二〇一〇、に翻刻が収められた）に共通する内容が多く見られる。例えば、冒頭「四ツ手組」の説明で例として挙げる「雨履満廊葉」の句が、同書にも同じような説明とともに用いられている、といった具合で、これを本書の影響だとすれば、聯句の名手だった策彦の言説が権威化されて近世に伝わったと考えることができ、これまた策彦作の傍証となろう。

さらに類似の資料の博捜と、策彦および五山僧の実作との比較検討は今後の課題として、以下に翻刻を示す。

〔凡例〕

*文字は現行字体を用いる。濁点は原文のまま。シテ・トモ等の合字は開く。

*句読点、中黒、カギ括弧を補う。

*ミセケチ、補入等の訂正は訂正後の形に従う。

*詩格・聯句格それぞれに改行ごとに章段番号を付す。一部内容より判断して私意に改行したところがある。

*難読・難解部分には振り仮名・振り漢字を（ ）に入れて付す。誤字と思われる部分にも注記を施す。

*面の替わり目に「（1オ）」などと注記する。

＊その他翻刻上の問題は翻刻注として＊を付して文末に注記する。
＊閲覧および翻刻のご許可を頂いた祐徳稲荷神社宮司鍋島朝倫氏、および閲覧に際しご高配を賜った井上敏幸氏に深謝申し上げる。なお本稿はＪＳＰＳ科研費２２３２０１１８の助成を受けたものである。

〔翻刻〕

詩聯諺解

詩格

1夫詩ヲ作ル体雖多、心幽玄ニシテ詞優長ニコセラス、云尽サス言外ニ味有ヲ宗ト須シ。譬ハ「化工不隔銅瓶水、一夜芙蓉三四花」ト云様ニ可作也。此詩ハ芙蓉三四花ノ開ク心也。然ルヲ開ト迄云ヘハ余リ云過シタル者也。只詞ハ如此アラマホシキ也。花ト云ヘハ、色香ハ中ニ籠リ、鳥鐘ノト云ヘハ、（1オ）声ハ中ニ籠リ。然、花ト云テ色香ハ云ニ不及、実マテモ云尽ス事有。一隅ヲ守ルヘカラス。時ニ因、句体ニヨリヘキ。詞ハ古人ニ取テ私ヲ不可用。劉夢得九日ノ詩ヲ作ラントシテ餻ノ字ヲ用ントスルニ、六経ノ中ヲ思フニ餻ノ字ナシトテ不作ト云ヘリ。古人サヘ如此、況今人ヲヤ。出処無レハ不用事、是ヲ以テ知ヘシ。然トモ、作句トテ私ニ作ル事有。煅錬ノ上至テ知ヘシ。

2詩ニ六義アリ。風賦比興雅頌也。風ハソヘ歌、風ヲ（1ウ）教ルト読ム。風モヲシユル也。諌ノ心也。上ヲ風ト云。諷ト同シ。下工《心か》ヲ諫ト云フ。賦ハカズエ歌、ソコニ有シ事ヲ有ノマヽニ作ルヲ云。比ハナソラヘ歌、タトヘハ華ガ雪ニ似ルト作也。興ハタトヘ歌、花ノ事ヲ云テ下心ニ人ニ喩ル類ヲ云。雅ハタヾ言歌、有ノマヽニ善ヲ善ト云、悪ヲ悪ト云類ナリ。頌ハイハヒ歌、「君カ代ハ千代ニ八千代」ノ心ナリ。六義ヲ云述ンニハ無尽也。先是一端也。凡詩ハ志ノ之《ユク》処ニシテ、声ニ彰レテ喜怒哀楽等ノ七情出ツ。是（2オ）ヲ「情発於声、声成文」ト云ヘリ。然レトモ深ク其情ヲ不可云。此故喜ヘトモ浇ル、ニ不至、愁レトモ乱ニ不至、諫レトモ訐ニ不至。此詩之大略也。

[*3]一首ノ詩ニ十体アリ。一ニハ第一句デ起ス。一ノ句ニテ其儘其事ヲ云出ス也。二ニハ第二句ニ起ス。一ノ句ニハ他ノ事ヲ云テ二ノ句デ其事ヲ云也。三ニハ第三句ニ起ス。一二ノ句テ他ノ事ヲ云、三ノ句テ其事ヲ云。譬芳野ノ花見ノ詩ナラハ、一二ノ句テ道行ヲ作リ、三ノ句花ヲ出ス也。四ニハ隔句対トテ（2ウ）第一句ト第三句ヲ合セ、第二句ト第四句ヲ合ス也。五ニハ閑対体トテ第四句テ題ヲ作ル。是モ第三句起スト同前也。六ニハ順意対トテ第一句ヨリ第四句マテ意ヲスラリト順流ニ下ス。七ニハ蔵詠体トテ雨ノ詩ヲ作ルニ雨ヲ云去ヲ也。八ニハ四句不連体トテ毎句ニ心別也。杜子美カ「両箇黄鸝鳴翠柳」ノ詩ナト也。九ニハ中断トテ両方二句ツヽ作ル。或ハ別意トモ云也。十ニハ借喩体トテ牡丹ノ詩ヲ作ルニ花ヲハ云ス、美女ノ事ヲ云。海棠（3オ）之詩ニ貴妃ヲ云ソ、是則興之詩也。『三体詩』ノ絶句ニハ此十体ヨリ外ハナシ。是故ニ詩ハ唐之詩ヲ学ヘキ也ト云ヘリ。

[4]詩ノ一句ニ十体アリ。第一ニ問答体、一句ノ中ニ問答アリ。第二ニ双対体、一句ノ中ニ対アリ。又句中ノ対トモ云。「杏豔桃嬌奪晩霞」ハ「杏豔」ニ「桃嬌」ヲ対シタリ。「白梅盧橘覚猶香」、「白梅」ニ「盧橘」ヲ対シタリ。加様ニ双ヘテ対スルモアリ、上ニアル字ヲ下ニ対スルモアリ。第三ニ上三下三体、上三下三字ヲ（3ウ）云テ、中一字ヲ虚字トス。第四ニ上応下呼体、喩ヲ上ニ云テ喩フル物ヲ下ニ云ソ。第五ニ上四下三体、上四字ト下三字ト別ノ事ヲ句ヲ合セ作ル。是今作ルニ尤宜シ。山谷カ詩ニ「家徒四壁書侵坐、馬痩三山葉擁門」ノ体也。第六ニ上呼下応体、一句ノ中ニテ上ニ花ヲ云、下ニ色ヲ云ソ。第七ニ行雲流水体、一句ニ七字ヲ上ヨリマツスクニ云フ。「春日鶯啼脩竹裡」ナト也。第八ニ錯綜体、物ヲ取マセテ作ナリ。「紅稲啄残鸚鵡粒」ナト也。第九ニ理順言倒（4オ）体、詞ハ倒ナレトモ理ハ順ニ行ヲ云。「寒岩四月始知春」ナト也。四月ト云テ始テ春ヲ知ト云ハ、詞ハ倒シタレトモ、寒岩トテ山深キ処ナレハ、春カ遅来ルト云タハ理ハ順ニ行也。是ヲ険語トモ云。第十ニ真書体又ハ

十《(七か)》字一意トモ云。「一去三年終不回」ナト七字ヲ句ヲ作ラス有ノマヽノ事ヲ云ナリ。上ノ行雲流水体ハ句ヲ作ル也。一句ノ法ハコノ十体ヲ不過也。

5一字ノ法ハ千変万化ニシテ、詩ニ成ルモ不成モ只（4ウ）一字ニ有事ナレハ、且テ記シ尽須ラス。「独恨大平無二事」ト云ヲ「独幸」トシ、「前村深雪裡、昨夜万枝開」ト云ヲ「一枝開」ト直シタルノ類也。

6一首四句之中ニ問答体アリ。一ノ句テ問ヒ、二ノ句テ答、三ノ句テ問ヒ、四ノ句テ答フ。一二ノ句テ問ヒ、三四ノ句テ答フ。

7以上詩ニ体格アル事ヲノミ、初学ノ時ハアナカチ是ニ不可拘、只ツクリニ作レハ、功ヲ歴テ不覚シテ自ラ其体格ニ当ル物也。古人云、「韻声不去而千（5オ）首、韻声去而千首、錬磨而千首、三千之内達者モ可成、奇言妙句亦出来也」ト云ヘリ。

*8詩ニ起承転合ノ四法アリ。是第一ノ事也。一ノ句ヲ起ト云テ、イカニモノビ〳〵ト心ケ高ク景気ナトヲ作ルヲ云フ。若「見花」ト云フ題ナラハ、春ノ暖ナル体。二ノ句ヲ承ト云。一ノ句ニウクト、題ノ心ヲ離レス可寄心ナリ。此ニテ花ノ開ル体。三ノ句ヲ転ト云テ、変化シテ作ルヘキ也。蜂腰ノ如シトテ、切タル様ニシテ、又サスカ切レヌカ能也。四ノ句ヲ合ト云フ。其題（5ウ）ノ心ト一二三ノ句ノ心トヲ一ツニ合セテ、深遠悠長ニシテ味ノ有様ニ可作也。右ノ花ノ心ヲハ、此三四ノ句ニテハ花ノ用ヲ可作。用トハ、或ハ花ノ面白ヲ風ノ吹落スヘキ惜トモ、或ハ雨ノ日ニハ花落ヘキカ惜キ程ニ、今夜ハ月下ニテ詩ヲ作リ酒ヲ飲ミ夜ヲ明スヘキトモ、或ハ花ニ見トレテ帰宅ヲ忘タリナトヽ、詩人ノ心ニ任セテ何トモ用ヲハ可作也。義堂雨意ノ詩ニ「日暮孤山雲繞腰、傾盆雷雨定明朝、老僧八十眉如雪、起抜門前独木橋」ト云（6オ）ヲ起承転合ノ手本ナリト云リ。凡詩ハ先三四ノ句ヨリ作タル、能ナリ。一二ノ句ヨリ作レハ、必*キツクキニテヤキハフクル事有。古人ノ詩ヲ云伝フニモ、三四ノ句ヲコソ覚ユル、一二ノ句ハ覚エストテモ不苦也。袴ハカリ着ツレトモ、肩衣ハ着サルカ如シ。尤一二ノ句ヨリ作

リテモ、好ソレハ必紛ナキモノナリ。

9詩ノ詞ハ古人ノ詞ヲ雖用ト、鄙ク聞ニク、、イリホガナル、ホリ出タル詞ヲ不可用。只風流ナル語（6ウ）ヲ可用也。然リトハ云ヘトモ、賤キ兎園冊ノ詞ナレトモ取テ詩ニスレハ、風標ニナル事ナリ。譬イヤシキ草木ノ花ナレトモ、花瓶ニ載ツレハ常ニ見シソレニモアラス、花ノ様ニシテ色香モ添フ心地スルカ如シ。雪ノ詩ニ「伴羞明」ト云フコトヲ作リタルカ如キノ類ナリ。

（7オ）

10詩ハ、読ニク、聞ニクキヲ渋語ト云テ、殊ニ是ヲ嫌ナリ。只門前ノ与三郎カ耳ニモ入カ能ト心得ヘキナリ。

11詩ノ作意ハ異ヲ好ムト云テ、手カワリタル作意ヲ好マサルカ能ト云ヘル也。杜牧カ詩ニ「南軍不袒左辺袖、四老安劉是滅劉」ト云フ詩ヲサヘ異好ンテ理ニ畔ク、『漁隠叢語《話か》』ニ論シタルナリ。然トモ、加様ノ作意ナトハ、今時シタラハ鼻ハ鳶ノ如クニシテモ苦シカルマシ。只『漁隠』ニハ異ヲ不可好ト深ク誡メタルナルヘキナリ。サレトモ先初学ノ間ハマツスクニ有事ヲ作リモテ行ハ、自然ニ作意モ出来テ作者ト成リ。譬、手ヲ習フニ初ハ御家（7ウ）様ノイロハヨリ習入テ、後々ニ堪能ノ手書ト成ハ、活脱ノ筆勢モ出来テ能書ノ筆ヲ取カ如シ。脱体換骨トハ、古人ノ詩ニ作意ヲ取テ句ヲ取ラス、奪体ト云。古人ノ詩ノ句ヲ取テ意ヲハハラリト捨タルヲ換骨ト云フ。是最モ好シトスル事也。詩ハ、鬼ノ女面ヲカケタル様ニ、表ヲ柔ニ、裡ヲ強ク作ルヘシ。頌ハ、女ノ鬼面ヲカケタル様ニ、表ヲ強ク、裡ヲ柔ニ可作ト云リ。

12総テ着作ニ挨拶ト云事アリ。客人ナトノ来レハ、春ナトナレハ、此客ハ懐中ニ花ヲ入御出アリタカ、ヲシヤル言ノ香ハシサヨ、ト云カ、夏ノ炎天ナトナレハ、ソナタハ久ク御出モナカツタヲ待々テ、今日ノ御出ハサリトハ満足申タ、ソナタハ涼風涼雨テアルケナ、此茅屋ノ狭キ所モ涼敷成タル心地ノスナト、又ハ此炎天ノ御来儀ハ却迷惑申タ、何トソシテ涼メ申サン、セメテ酒マイレ、茶マイレナト、四時ノ風雨寒暑其所ノ山林景象ナトノ体ニ

依テスル類ヲ云ナリ。（8ウ）

13機縁トハ、或ハ其人ノ在所カ唐ノ所ノ名ノ字ニアフカ、或ハ名カ古人ノ字ナルカナトナレハ、唐ノ事ニ引合セテ其人ノ事ニシナスヲ云。古人ノ名ヲ今一時ノ名取合セ、所ノ名ヲ人ノ名ニトリナシツナトスル事ハ、トチニテモスヘキ也。但出家ナレハ道号ヲスルハ賞玩也。諱ノ字ヲハ必詩聯其外ノ述作ニモセヌヲ云也。其ヲスルヲ、諱ヲ犯スト云テ、甚嫌フ事也。俗人ハ名ノリヲイミナトスルナリ云リ。（9オ）

14一首ノ中ニ同字有事、唐人ノニハアレトモ、今爰ニ不可為也。譬ハ、杜常カ華清宮ノ詩ニハ、風ト云フ字二ツ入ト云フ二ツノ類ナリ。同字ヲハ一句ノ内ニハ不苦、又ヲトリ字ハ苦シカラサレトモ、一首ノ中ニ句カワリテハ、躍字ハセスト云説アリ。名人ノ詩ニ多分是アリ。苦カラヌト見ヘタリ。又韻脚ノ字一字カ二字カ、次ノ句ヘモテ行テ頭ニ置ハ、三句トモニスルナリ。躍字ノ心ナリ。

15隣韻トハ、或ハ東ト冬ト践マセ、或ハ支ト微ト践（9ウ）マセスル事ナリ。古人ノ詩ニ多ケレトモ、今ハ学フヘカラス。拈香・提綱・長篇ニハ今モスルナリ。

16題ノ物ニ四格アリ。一ニ題目トハ、其題ノマヽニ作ル也。二ニ破題トハ、其題ヲ破テ心ヲ本トシテ作ル也。三ニ譬喩トハ、其題ニ寄テ喩ヲ以テ作ル也。四ニ述懐トハ、其題ニ寄テ我情思ヲ作ルナリ。コレ又六義ナリ。

17一字題、二字題ハ、一首ノ中ニ題ノ*字不入用ヲ以作ルヘシ。又意ヲ以可作也。月之詩ニ「嫦娥竊薬（10オ）出人間、蔵在蟾宮不放還、后羿遍尋無覓処、誰知天上亦容奸」又春月ノ詩ニ「柳塘漠々暗啼鴉、一鏡晴飛玉有華、好是夜闌人不寝、半庭寒影在梨花」大抵是ニテ可知。又二字題ハ、一二ノ句ニテ一字ヲ作リ、三四ノ句ニテ一字ヲ作ルモアリ、又三ノ句ニテ一ノ句ニ作タル字ヲ作ルト、又四ノ句ニテ二ノ句ニ作タル字ヲ作ルトノ、両様アリ。譬、花月ト云題ナレハ、一二ノ句ニ花ノ事、三四ノ句ニ月ノ事ヲ作ル一体ト、又一ノ句ニ花ノ事、二ノ句ニ月（10ウ）ノ事ヲ作ル一体トノ両様ナリ。或ハ、又題ヲ心ニ持テ題ヲサカサマニ作ルモアリ。花月ト云題ヲ、一ノ句ニ月ノ事、二ノ句ニ花ノ事、三ノ句ニ月ノ事、四ノ句ニ花ノ事ヲ作ルナリ。道号ノ頌ナトハ二字題ノ作リヤウナリ。

18三字以上ノ題ハ、三四ノ句ニ題ノ字ヲ避テ用ヲ以テ作リ、一二ノ句ニハ題ノ字ヲ自由ニ入テ作ル、此体ハ第一ニ常ニ用ル也。一二三四ノ句トモニ題ノ字ヲトコニ成リトモ入テ作ル、此体ハ第二（11オ）ニ用ル也。一二ノ句ニ題ノ字ヲ避テ用ヲ以テ作リ、三四ノ句ニハ題ノ字ヲ自由ニ入テ作ル、此体ハ第三ニ用ル也。此第二第三ハ常ニ不可用ト可心得也。古人ノ詩ニ第二第三ノ体ノミ多シト云トモ、其ヲ学ヒハ鷺鷀ノマネヲ可為烏也。

19句題ハ古句ヲ題ニ為也。其作リ様ハ、其句ノ中ノ平字ヲ、何レ成トモ一ツヲ取テ四ノ句ノ末ニ践也。若又其句ノ中ニ平字無トキハ、仄字ヲ何レ成トモ一字取テ三ノ句ノ末ニ践也。去共近代ノ詩ニハ（11ウ）其中ノ仄字ヲ取テ三ノ句ノ末ニ置タル多シ。又七字ノ題ナレハ、一ノ句ニ其儘置事モ有。是ハ常不可用。又句題ハ、常ノ題ノ如ニ三四ノ句ニ題ノ字ヲ避テ作タル多シ。何レトモ可然ト見エタリ。

20傍題ト云ハ、譬、落花カ雪ニ似タルト作ルニ、余リニ雪ヲ奔走シテ云過ハ、花ニイ勢《威》無ヤウニ云ナスナリ。是アシキナリ。

21探題ト云ハ、詩ノ題ノ字ヲアマリ多ク書テ、クジトリニシテ作ルコト也。（12オ）

22題ノ字ノ詩ニ入タルヲ字カ落タルト云テ嫌フ也。前ニ書タル義堂雨意ノ詩ノ二ノ句ニ、雨ト云フ字有。其題ニハ非ス。只降様成意ヲ作タルナリ。是マタ可心得也。

23仄韻ノ詩ハ、三ノ句ノ末ニ極テ平字ヲ二ツ置カ本ナリ。去共古今ノ詩ニ平字ヲ一ツ置タルノミ多シ。一字モ二字モ可然也。仄韻ニハ必韻声ヲ去ラヌ也。又或説ニハ、仄韻トテ韻声ヲ去ラスハ謂レヌトイヘリ。韻声ヲ去タラハ最可然也。（12ウ）

24三字韻ノ詩トハ、一ツ字ヲ一二四ノ句ニ押スルヲ云フ。三所ニテ、読音カ、テニワカニ、替ル様ニ可為。譬ハ、春ト云字ヲ踏ナラハ、一ツハ春ノ字ヲハルト読、一ツハ春ノ字ヲシユントヨミ、一ツハ春ノ字ヲ春ノ春哉トヨミカ、又ハ人ノ名ニスルカナト、替ヤウニスヘキナリ。是ハ十度ニ一度ハ常ニ可有ノコトナリ。

25履冠ノ詩トハ、一ノ句ヲ又四ノ句ニモテユイテ、其マヽヲクヲ云。一ノ句ト四ノ句ノ同シ事ナリ。（13オ）古人ノ詩ニ多シトイエトモ、常ニモチユヘカラスト知ルヘキナリ。

26接句ノ詩トハ、一二三ノ句ヲ自作ニシテ、四ノ句ニ古句ノ傑出ナル句ヲ一ツマンマル取テヲク事ナリ。是ハ、大方ノ小名人マテハセヌカ能ナリ。其イワレハ、古人ノ一二三ノ句ヲ直シテ四ノ句ヲカク置法ナラハ、カウコソ有ヘケレトモ、古人ヲ見クタス程ノ事ナリ。是ハ末学短才ノ分ニテアケテ可為事ニヤ。尤可有思慮事ナリ。（13ウ）

27集句ノ詩トハ、一二三四ノ句トモニ古句ヲ、アレ一ツコレ一ツ、全ク取テ四ツ合セテ意ノ連続スル様ニスル事也。是モ常ニ不可用ナリ。

28踏落ノ詩トハ、一ノ句ニ韻ヲ踏ス、仄声ヲフムヲ云。又ハ他韻ノ平声ヲ踏也。頌ニハ多分是アリ。詩ニハ好ムヘカラス。但前対ノ詩ナラハ、踏落ニテナクテハ不叶ナリ。前対后対ノコトハ、八句ノモノノ所ニテ申ヘシナリ。

29東坡様ノ詩ハ、一ノ句ト三ノ句トヲ同声ニシ、二ノ句ト四（14オ）ノ句トヲ同声ニス。又ハ一ノ句ト二ノ句トヲ同声ニシ、三ノ句ト四ノ句トヲ同声ニスル事有。二ツ共ニ常ニ無用ノ事也。

30即席ノ頌詩ハ、其サ（座）ニテ題ヲ出シテ、線香ヲ一寸ニ切テ火ヲツケ、其然（燃）ル間ニ作ルナリ。一首ナレハ一寸、二首ナレハ二寸ナルヘシ。又ハ宗匠タル人、題ヲ書テ持出テ上座ノ柱カ簡板ニ押附テ、線香ニ火ヲツケテ立テ、題ヲタカラカニトナヘテシリソク也。（14ウ）

31磬一声ノ詩トハ、題ヲ出スヤイナヤニ磬ヲ打鳴シテ、音ノ止ヌ間ニ作ル也。カ様ノ事ハ名人ノ上テ、サスカ早速ニ作ト云ンカ為ナリ。只幾日カヽリテナリトモ、詩ノ能ヲ好ムト云フ、不可為也。一日ニ千首作リタリトモ、詩カアシクハ一首モ不作ト可同ナリ。

32二十八首ノ詩トハ、他ノ詩ノ絶句ノ二十八字ヲ一字ツ、四ノ句ニ押シテ、一二ノ句ヲハ心ニ任セテ韻ヲフンテ、二十八首ニ作ル也。最仄韻ノ詩タ（15オ）ルヘシ。二十八首ノ中ニハ、三字韻ノ詩一首、履冠ノ詩一首、接句ノ詩一首ナクテハ叶ヌ物ト云説アリ。左様ニハ非ス。古人ノ二十八首ヲ見ルニナキ事ノミアリ。二十八首ハ詩ナレトモ、其中ニ踏落ノ詩一二首不苦柯《カラ》也。此二十八首ハ、多分青年ナトニ謝ノ詩ヲ贈ルニ、青年ヨリ和韻アレハ、辱ナサノ余リニ、何トカナト思ヒテスル事多シ。其ナラヌ他ノ事ニモ有也。急事ニハ知音ノ方ヘ一字ツ、分テヤツテ頼ム事アル也。昔此事アリシニ、（15ウ）或老僧カ雖ト云フ字ヲ請取テ、何トモ韻ニ践テ作ラレス而為方ナサニ「不運老僧韻取雖」トツクリタルト云ヘリ。

33和韻ノ詩ハ、本韻ノ韻附ハ云ニ不及、和韻ノ衆数多有ハ、我ヨリ先ノ人ノ韻附ヲ皆避テ為ヘキ也。去共、其ザ《座》中ニテハ、恐クハ我ナラテハト思フ人ハ、他ノ韻附ニモ不構スル事有ルナリ。

34一字分韻トハ、一首ノ詩ノ韻字ヲ三四人シテ分テ取テ和スル也。尤鬮取ニスルナリ。其ハ何レモ（16オ）四ノ句ニ可践也。タトヘハ、東ノ韻ニテ東空風ノ字ナト押シテ作タル詩ナラハ、一人ハ東ノ字、一人ハ空ノ字、一人ハ風ノ字ヲ取テ作ル也。詩ノ意ハ本句ノ心ロ可成也。

35一句分韻トハ、五字七字等ノ詩ノ句ヲ切テ、一字請取テ作也。詩ノ意ハ其五字七字等ノ句ヲ題ニシテ作也。又ハ花朝・月夕ノ題ナトニ似合ヌ句ヲ分テ取テ、其字ヲ韻ニ押テ、花ノ朝ノ景、月ノ夕ノ景トヲ作両様ナリ。加様ノ事ハ、一句分韻モ一字（16ウ）分韻モ皆タシトリ《出取》ニスル物ソ。是モ何モ四ノ句ニ踏ヘシ也。古詩ニハ、四ノ句ニ不限、二ノ句ナトニモフミタル事アリ。又長篇ニハ、自由ニトコナリトモ置タルコト有ル也。証トシテハイカナルヘキカナ。

36切韻ノ詩トハ、詩ノ題ヲ一ツ立テ、其題ニ似附ヌ字ヲ一ツ出シテ、何ノ題ニ何ノ字ト云ヘシ。譬ハ、仲秋ニ梅ノ字ナト云ヤウニ可有ナリ。是ハ八月ノ梅ト云事アレハ、似付タル様ニモ有ヌヘシ。只ヨ（17オ）ツテモ附ヌ字ヲ可出也。是モ四ノ句ニ押ヘシ。最仄字ナラハ仄韻ノ詩タルヘキナリ。

37詩ノ韻脚ハ、古人ノ熟語ヲ取テ使フタルカ能ナリ。サレトモ亦作リテ苦シカラヌ事有。其時ニ至テ可知也。四ノ句ニ押シテ悪キ字有。濃ノ字ヤ涯ノ字ヤナトノ類也。其故ハ如何ニト云ハ、詩ハ先三四ノ句ヨリ作ル物ナレハ、濃ノ字ハ東ト冬トノ二韻ニ在、涯ノ字ハ支ト佳ト麻トノ三韻ニ在ナレハ、何ノ韻ニテ一二ノ句ヲ作ヘキヤラント難（17ウ）定。又三四ノ句ハカリ人ノ見テモ、何ノ韻ニテ作リタルカ知カタケレハナリ。

38詩ノ韻字ニ韻外ナレトモ詩ノ韻ニ本句ノ如ニ用ル字アリ。東ノ韻ニテ窓ノ字、支ノ韻ニテ来ノ字ノ類、必一ノ句ニ押スルカ習ナリ。

39詩ノ句ニ故事ヲ作ルハ、其事ヲ心ノ底ニ思テ、アラハニ云ヌ様ニスルカ能也。『三体詩』ニ「東風二月淮陰郡、唯見棠梨一樹花」ト云ハ、元史君カ召公ニ比シテ作レリ。如是有カ能也。懐古・詠史ノ詩等ニ（18オ）至テハ、其マヽ作也。此準ニハ不有也。

40倭語ノ詩トハ、日本ノ言語ノ字ヲ以作ル。是ヲ栢梁体ト云。

41倭歌ノ和韻ノ詩トハ、其倭歌ノ読ステ之字ヲ取テ、四ノ句ノ末ニ践也。仄ニ限タル字ナラハ、仄韻ノ詩タルヘシ。若又平仄ニ通フ字ナラハ、我心ニ随テスヘキ也。タトヘハ、「日数ヘニケリ」ナトアラハ、ヘルト云フ字ハ経ノ字モ歴ノ字モアル程ニ、何レニ成共スヘキ也。一二ノ句ノ韻ハ自由タル（18ウ）ヘシ。歌ノ辞ニナリ・ケリ・ランノ類ナトノ字ハ、皆虚字也。其前ニ体有字ヲ韻ト可定也。

42絶句ノ詩ハ、平起ニテモアレ、仄起ニテモアレ、八句ノ詩ヲ二ツニ分タル者也。其ニ依テ絶句ノ絶ノ字ハ、色々説アレトモ、断絶ノ義トテ、八句ヲ切ツメテ二ツニナシタル心ト云義ヲヨシトスルナリ。是故ニ、八句ノ内ノ一二三四ノ句ヲ分タルカ前対ノ詩也。前対ハ言ヲ対シタリトモ、一ノ句ニ韻ヲフミタルハ前対ニハアラス。「寂々孤鶯啼杏園、（19オ）寥々一犬吠桃源」ノ詩ナトヲ言ハ、、対ナレトモ前対ノ詩トハ云サル也。五言絶句ハ七言絶句ニ同シ。五言八句ハ七言ニ同シ。タ、字ノ多少ノミナリ。

43八句ノ詩ハ平起ニテモ仄起ニテモ常ノ絶句ノ詩ヲ二首ソロヘテ韻ヲフムヘキ也。或ハ一二ノ句ノ発句ヲ対シテ作ルモアリ。或ハ七八ノ句ノ落句ヲ対シテ作ルモアリ。是ハ毎ニハ不用也。只中ノ三四ノ句ノ胸句ト、五六ノ句ノ腰句トヲ二（19ウ）ツ対シテ作ルカ能也。一二ノ句ヲ発句ト云。発端ノ心也。三四ノ句ヲ胸句ト云、又眉之対ト云也。五六ノ句ヲ腰句ト云、又腰ノ対ト云也。七八ノ句ヲ落句ト云。落着ノ心也。作リ様ハ、一二ノ句ニテ総体ヲ作リ、三四ノ句ノ眉ノ対ニテ意趣ヲ作ヲリ、五六ノ句ノ腰ノ対ニテ景連トテ其時ノ景気ヲ作ル。春ハ翠柳ヤ落花ヤ霞ニ映シテナト、秋ハ紅葉ヤ野菊ヤ月ニ依テナト、他ノ季モ亦是ニ可准也。七八ノ句ニテ前ノ心ヲ一ツニ含蓄シテ作ル（20オ）也。前実トハ、八句ノ内ノ眉ノ対ニ時ノ景気ヲ作ルヲ云也。後虚トハ、腰ノ対ニ物ニ寄テ作ルヲ云也。前虚トハ、眉ノ対ニ物ニヨセテ作ルヲ云也。後実トハ、腰ノ対ニ時ノ景気ヲ作ルヲ云也。四実トハ、眉ノ対、腰ノ対トモニ皆時ノ景気ヲ作ルヲ云也。四虚トハ、眉ノ対、腰ノ対共ニ皆我カ情思ヲ作ルヲ云也。前ニ云シ発句・胸句・腰句・落句ノ作リ様ニ替リテ、加様ニモ作ル也。何モ時ノ景気ヲ実ト云フ、他ノ物事ヲ虚ト云ト可知ナリ。（20ウ）

44長篇ノ詩ハ、必一韻ナラネトモ、声ノ似タル韻ヲ践ヘキ也。東・冬、庚・青、歌・麻ナトノ類也。詩ノ字数ハ、四六八言ナト古人多ク作ル。然レトモ常ノ詩ニ用ルコト希ナリ。

45讃ノ物ニハ、マ、四言・六言アリ。況ヤ仏祖ノ図像等ノ諸賛ハ、或ハ四言、或ハ五七言相雑リ、或ハ間ニ一字関・二字関等ヲ用ヒ、或ハ下三連、二四不同ナト不律ヲ用ヒ、或漫句・四六対ニスル事ハ、後生末学ナレトモ仏祖ノ事ニ至リテハ、我ヨリ上ニ人（21オ）ヲオカス、超仏越祖ノ眼ヲ具シテスルコトナレハ、格外トテ法度ニカ、ハラヌ事アリ。常ノ詩ニハ用ユヘカラズ也。（21ウ）

聯句格

1夫聯句ハ、大意ハ詩ニ異ナル事ナシ。然トモ、聯句ハ五字ニ縮メ、長クナラン様ニスヘキ也。内典外典諸史百（子か）家ノ書ニ至マテ、採摭テセスト云ナシトトモ（云トモか）、最モ風流成詞ヲ取テ可用。古人モ只花月バカリニテ百句スヘキト思ト云レタル也。独句ハ四ツ手組ニスヘシ。近古ノ人ノ句ニ「雨履満廊葉」ト云アリ。此句ハ、雨ハ葉ヨリ出テ、葉ハ雨ヨリ出テ、履ハ廊ヨリ出テ、廊ハ履ヨリ出タリ。如是ナルヲ（22オ）四手組ト云フ。尤好シト可覚也。脚句ハ、上ノ句ニテ、上ノ句ノ理リヲ下ノ句ニテ云モアリ、下ノ句ノ理リヲ上ノ句ニテ云テオクテ、下ノ句ニテ其体ヲ為モ有。皆其人々ノ作意ニ可依ナリ。

2乾坤ノ字、国名ノ字等、同門ニ有ト云トモ、乾坤ノ字トハ各別ナリ。不混同也。

3気形ノ字、人名ノ字等、同門ニ入ト云トモ、気形ノ字トハ各別ナリ。不可混也。

4乾坤ノ字、器財ノ字等ハ、四句去ニ定レリ。サレトモ、（22ウ）強テ固ク定リタルニハアラス。続テモ苦シカラス。座ヲカエテヘ（スか）ヘキナリ。

5気形ノ字、生植ノ字、処名ノ字、人名ノ字等ハ、各四句去ニ定レリ。サレトモ、或ハ仮対カ、或ハ字ナリカナトニテ、当句カ対ナラハ三句隔リモ不苦例多シ。昔ノ句ナトニハ、二句去ニシタル所多ケレトモ、是ヲ学フ事有ルヘカラサル也。気形ノ字、生植ノ字、処名ノ字、人名ノ字等ハ、何レモ度々ニ所ヲカエテスヘキ也。前ノ句ニ上ニ有タラハ、後ノ句ハ（23オ）中カ下カニシ、前ノ句ニ中ニ有タラハ、後ノ句ハ上カ下カニシ、前ノ句ニ下ニ有タラハ、後ノ句ハ上カ中カニスヘシ。十二門トモニ大方如此。カエリテ読ム字モ同前ナリ。

6字対トハ、乾坤字ニハ乾坤字、時候字ニハ時候字、気形字ニハ気形字、支体字ニハ支体字、態芸字ニハ態芸字、生植字ニハ生植字、食服字ニハ食服字、器財字ニハ器財字、光彩字ニハ光彩字、数量字ニハ数量字、虚押字ニハ虚押字、複用字ニハ複用字、(23ウ) 国名字ニハ国名字、処名字ニハ処名字、*方角字ニハ方角字、人名字ニハ人名字、人倫字ニハ人倫字ヲ対スル事ナリ。

7合掌対トハ、両ノ手ヲ合セタル様ニ、余リ附過タルヲ云。日ニ月、寒ニ暑、有ニ無ナトノ字ヲ対シタル事ハ、余リ好ニハ非ス。少シ物チレタルヲ善トスル也。サレトモ、合掌対ヲイヤカリテ外ノ字ニナシテ、句カ悪シクナリ、其字ニテナクテ叶ハヌ所ナラハ、最可然也。仮対トハ、十二門ノ字共ニアリ。(24オ) 譬ハ、蓮君子ナト云ニ、楊貴妃ナト附ル類也。蓮君子トハ、蓮ヲ君子ニ比シテ誉タル詞ナレトモ、字ガ似合タル程ニ、人ノ名ノ楊貴妃ヲ対シタル類ナリ。万如此ノ類ヲ仮対ト云也。

8軽キ字ハ、百句ノ内ニ二ツ宛ハ不苦也。者・不・可ナトノ字ノ類ナリ。

9重キ字ハ、前ニ使フタル心ト後ニ使フカ大分ニ各別ノ心ナラハ、又使フヘキ也。気形ノ字、生植ノ字等ヲ前声ニナラスニ、是非其事ヲシタクハ、書(24ウ) カエルモ不苦也。

10借ル字トハ、其事ニハ其字ヲ書タルトモ、韻声ノアハヌ有、又ハ重テ其字ヲ出ヌレハ、他ノ字ノヨミノ同シキヲ借テ用ルヲ云也。然レトモ、誉タル事ニハ非ス。見通シヲ嫌フト云フ事アリ。見通シトハ、前ノ懐紙ノ裏ニ其事アラハ、次ノ懐紙ノ表マテニ其事ヲセヌヲ云ナリ。

11同意ノ字トハ、字ノ意ハ同シケレトモ、昔ヨリ附来ル字アルナリ。与ト兼ト、令ト使ト、吾ト我ト、中ト(25オ) 裡トノ類ナリ。木火土金水ノ字ハ五行ナレハ、五字ヲ互ニ通用シテスヘキナリ。

12乾坤震艮離坎兌巽ノ字ハ八卦ナレハ、方角ノ字ニ対スルコトナリ。

13方角ノ字ハ、数量ノ字ノ対ニ数量ノ字ナキ時ハ、方角ノ字ヲ以対スル也。

14十干十二支ノ字ハ、方角ノ字ト数量ノ字トニ対スル也。方角ノ字ニ附心ハ、甲ハ東、丙ハ南、戊ハ中央、庚ハ西、壬ハ北、子ハ北、卯ハ東、午ハ南、西ハ西等也。(25ウ) 数量ノ字ニ付心ハ、甲ハ一、乙ハ二、丙ハ三、丁ハ四、戌ハ五、子ハ九、丑ハ八、寅ハ七、卯ハ六、辰ハ五、巳ハ四等也。如此ノ類ニ附レトモ、恣ニハ不可用也。

15雪月花桜楓ノ字ハ、乾坤ノ字、生植ノ字ナレトモ、如是ノ五ハ何モ通シテ対スル事、尤佳ナリ。

16上下ニ字ノ置キ様ノ事ハ、酒茶香ナトノ対ノ上下ニ又酒茶香ノ事ヲ置ク故ニ、一句カ皆只酒々茶々香々ト云ヤウニ成ナリ。只酒ノ上下ナラハ、花カ月カニ対シテ飲トカ、良友ヲ会スル心カナ（26オ）トヲ、転シテ可置也。茶ヤ香ナトモ同前ノ心持也。長キ事ノ上下ニハ、長キ事ヲオキ、短キ事ノ上下ニハ、短キ事ヲオク事、多分スル事ナリ。転セスシテ悪キ也。常ニハ譬ハ、槿ノ上ニハ電ヤ露ヤナトヲ互ニオクハ、槿ノ栄ハ如電露之間、ト云フ心ナリ。是モ一旦ハ聞エタレトモ、同シクハ、槿ノ上ニハ千万年ノ亀鶴ノ齢ト云ヤウナル事ヲオケハ、亀鶴ノ年モ槿花一日之栄ト云ニ成テ作意アルナリ。千句万句モ此心肝要ナリ。（26ウ）

17顧リミルト云事ハ、対有テ其次ニ上句ヲスル時ニ、何事ナリトモハセヌ也。タトヘハ、前ノ対カ陶淵明カ事ナラハ、其次ノ上句ニ酒カ菊カナトヲスル也。前ノ対カ主アル事ニ、其次ノ上句ニ主アル事ヲシ、又前ノ対カ何ノカマヒモナキ事ニ、其次ノ上句ニ主アル事ヲスルハ、是モ不苦。只前ノ対カ主アル事ニ、其次ノ上句ニ別ノ主アル事ヲスルヲハ嫌ヘリ。又前ノ対カ其人ノ事ニテ名ハ無ニ、其次ノ上句ニ名ヲ為事ハ可有事也。（27オ）

18読曲ト云事ハ、願言ヲオモツレ（テか）ワレト読、樂寧ヲタノミカクハカリト読、生怕ヲアナニクヤト読ム字ノ類也。其ハ其ニテ対スヘキ也。

19万ノ字ヨミカワレハ体カワル事アリ。譬ハ、草ト云フ字ヲクサトヨム時ハ生植ノ字ニ成、サウ（草）ト云字ヲハシメトヨム時ハ詞ノ字ニ成。如此ノ類多々アル也。其ハ又其様成可付。又只ノ詞ノ字ニテモ不苦ト見ヘタリ。強チニ其ニ拘レルハ無縄自縛タルヘキニヤ。（27ウ）

20仮名書ノ事ハ大方一ツタルヘキカ。雨ヲ下米ト書、風ヲ加世トカクノ類ナリ。

21イロハノ事ハ、色ヲいろトカクノ類ハ、古キ句アレトモ、今ハ憚ルヘキナリ。

22異名トハ、硯ヲ蘇山トシ端渓トシ、筆ヲ管城トシ穎兎トシ、墨ヲ玄雲トシ漚池トシ、紙ヲ楮国トシ剡藤トスルノ類ナト也。異名ヲシタル句ニハ異名ヲ以テ対スルナリ。又似合タルナレハ、只ノ字ニテモ苦シ柯《カラ》ス也。但上句ニハ異名ハシニクシ。（28オ）若又字ヲソタテ、ナラハ可然也。字ヲソタツルトハ、譬ハ、硯ノ異名ノ蘇山ヲ山ニトリナシ、筆ノ異名ノ穎兎ヲ兎ニトリナシテ、穎兎カ蘇山ニ遊フト云ナト、又筆ノ異名ノ管城ヲ城ニ取リナシ、墨ヲ兵ナトニ喩ヘテ、墨兵カ管城ヲ攻ルナト云フ様ニシタラハ、尤巧ミ可成ナリ。

23二ツ物トハ、一句ノ中ニ或陰陽・寒暑・昼夜・氷炭・遠近・軽重・有無ノ字等ハ、続キテモ間アリテモ有ヲ二ツ物ト云ナリ。三ツ物トハ、或ハ過去・現在・未来（28ウ）ヲ過現未ナトトシ、或ハ昨今明ノナト、云ヤウ也。十二門トモニ加ヤウニアルヲ云ナリ。二ツ物ハ二ツ物ニテ対スヘシ。三ツ物ハ三ツ物ニテ対スヘシ。句ニヨリテ又四ツ物モ有ヘキカ。

24無キ物トハ、或ハ鬢雪ノ、鬢霜ノ、涙河ノ、涙海ノ字ナト云類ナリ。其ハ其ニテ可対。折角ニ至テハ、有リ物ニテモ不苦ナリ。又似セ物トハ大方同前ナリ。通用スヘキナリ。

25比シ物トハ、此人ヲ彼人ニ喩ヘ、孔老釈ノ類ヲハ、（29オ）コチヲアチヘアチヲコチヘト比シ、或ハ人ヲ乾坤・気形・生植ニ比シツナトスルヲ云ナリ。是ハ比シ物ノ上句ニ比シ物ニテ無トモ対ス可也。

26季ノ前後ノ事トハ、前後一月ハ苦シカラサラ也《ルか》。仮令ハ四月マテハ春ノ事ヲシ、三月ニ夏カマシキ事ヲスル類ハ、四季共ニ不苦也。但是ハ大方上句カ又ハワキノ事ナリ。

27引返ノ季ト云事ハ、十一句目、五十一句目、九十一句目ニ当季ノ句ヲスルヲ云ナリ。又是ヲセスシ（29ウ）テモ苦シカラサル事ト見タリ。

28機縁ト諱ト挨拶トヲサクル事ハ、詩ト同シ。上下ト双ヒテハ一人シテセス。下上ト双ヒテハ、一人ニシテアサリテモスルナリ。

29儒者ニハ儒者ヲ附ケ、祖師ニハ祖師ヲ附ル事也。然トモ、似合タル韻脚無ハ、儒者ニ祖師ヲ付、祖師ニ儒者ヲ付ルモ不苦也。又処ノ名ニ人ノ名ヲ付ケ、人ノ名ニ処ノ名ヲモツクル事、折角ニイタツテノ義ナリ。(30オ)

30挾之声ノ事ハ、古人ノ句ニハ有ト云トモ、後生ハ可畏事也。脚句ノミアリ、独句ニハ稀ナリ。サレトモ折角ノ時ニ至テハ、挾之声ニテモアツト云程ノ句ナラハ苦シカルマシ。能モ無キ句ナラハ弥々悪ク成ル可也。

31四仄一平トハ、仄起ノ上句ニ四番目ニ平字ヲ一ツ置タルヲ云也。不苦事ナレトモ、句カ弱クテワロシ。同クハ、平字ノ二ツモ三ツモアルガ、ツヨクテヨキナリ。(30ウ)

32底カエリトハ、口ニテハマツスクニ云テ、心ハカエリタルヲ云、読書・還郷ノ類ナト也。上句ニハ返リテ読タルニ、対ニ底返リハ好シ。上句ニハ底返リナルニ、対ニカエリテヨム字ヲツケタルハウルサキナリ。

33韻外トハ、『聚分韻』ニ入サル字ヲ韻ニ使フ事ナリ、『韻会』・『集韻』・『韻宝』ナトノ様ナル諸ノ字書ヲ見テ音切・字母ヲ以テ使フ也。韻ニヨリテ二十句・三十句・四十句・五十句モ行テ使フ。江ノ韻ナトハ二十句也。(31オ) 其内ニテモ使ヒテ苦カラヌト見エタリ。

34作例トハ、其字ハカウヨム時ハ平、カウヨム時ハ仄ナレトモ、カウヨミテモ何ニハ平ニシタ仄ニシタ、誰カコウメサレタ、ナト云フ証拠ヲ云也。タトヘハ吹ノ字ハ、フクト云ヘハ平、フキ物ノトキハ仄ナレトモ、フキ物ニテモ平ニシタ事アリ。加様ノ事ヲ云也。又韻外ナトヲ何句メニツカフタ、ナト云コトノ類ナリ。

35祟リ句トハ、一句ノ中ニ対スルモノアルニ、争テ(31ウ)スルコトナリ。又闘トモ云也。『九千句』ニ「鬢白碧湘谷」ト云フ句アリ。此ハ白ト云ニ依テ碧ノ字アリ、白ト碧ト闘フタルナリ。万コノ心也。各門ニシテ通用スル物ハ、乾坤ト時候、食服ト器財ナリ。態芸ト虚押トハ字ニ依テ可通用ナリ。

36見立句トハ、連歌ナト云ト同シ。出処ナケトモ間々スル事アリ。惣ニハスヘカラス。発端ノ脇ノ韻ニ踏サル字ト、詩ノ四ノ句ニ押セヌ字ト同シキ也。聯句ニテハ独句ノ対又ハ脚句ノ事ナリ。(32オ)

37集句トハ、古句ノ字ヲヨミテ四字トリテ、上カ下カ三(一か)字イレテシタルヲ云。又間三(一か)字入ル、事モ有ル也。其ハ其ニテ可対ナリ。

38モトノ物トハ、古句等ヲ二字三字トリテスルヲ云。其ハ又、古句ノ二字三字トリ対スル也。モトノ物ト云詞ニテ、作リ句アル事ヲ知ヘキナリ。

39逆カ吟ノ句トハ、嫌フ事也。タトヘハ上ニ月ノ出ル事ヲシ、下ニ雲ノ晴ル、事ヲスルノ類ナトヲ云ナリ。尤月ノ出テヨリ雲ノハル、事アレトモ、(32ウ)順ニハ雲晴テヨリ月出ルトスル様成カ能也。

40附ニクキ句、ヨクモナキ句ヲ数多スル事、是ヲ句欲ト云テ用捨スルコト也。

41古人ノ詩句ニハ人倫ニ気形ヲ対シ、生植ニ気形ヲ対スル事アレトモ、今ハスヘキ事ニ非ス。「鶏声茅店月、人跡版(板か)橋霜」ナト「鳥宿池中樹、僧敲月下門」ナト類ナリ。

42上句ノ韻ニ方角ノ字アルニ、其韻ニ付ヘキ方角ノ字ナク、又数量ノ字モナクハ、乾坤ノ字ニテ見(33オ)合可付ナリ。或ハ気形ノ字、生植ノ字、器財ノ字等モ同前ナリ。

43発端ノ対ハ上句ニ韻ノ字ヲ入テモ不苦事、十句ヤ十六句ヤナトニテ置句ハ不禁事、作例多也。

44酒茶香ナトノ類ノ対ハ、二ツ程ツ、可然カ。古キニハ三ツモ四ツモ有レトモ、其ハ傚フヘカラス。加様ノ句、見トヲシヲ嫌ヘキナリ。

45聯句ハ上句ハ亭主、対ハ客人、定リタルナリ。其モ時宜ニ依テ客人(亭主か)ノ対モアルナリ。(33ウ)

46章碣聯句トハ、上句ニハ平声ノ字ヲ韻ニ踏、対ニハ仄声ノ字ヲ韻ニ踏カ、又ハ上句ニハ仄声ノ字ヲ韻ニ踏、対ニハ平声ノ字ヲ韻ニ踏カシテスル也。何レモ上句・対トモニ一韻也。

47題聯句トハ、題ノ心ニシテ百句皆其用ヲ以テスル也。譬ヘハ梅ノ聯句、月ノ聯句ナトノ類也。口書ニ何聯句トカクナリ。

48禅聯句トハ、百句皆上句・対トモニ仏法ノ詞ヲ以テスルナリ。（34オ）
49十二門ノ字ノ内ニ、両門三門ニ用ル字アルナリ。大概左ニ記スナリ。
乾坤ニ気形ニ、虹・霓・雷・電・風・星・乙・子・卯・午・酉ノ類。
乾坤ニ人倫ニ、旅・隠・社・丁・故ノ類。
乾坤ニ態芸ニ、閑・寂・幽・沈・沐・浴・渇・勝ノ類。
乾坤ニ生植ニ、叢・林・節ノ類。
乾坤ニ器財ニ、窓・戸・門・壁・軒・廂・扉・棚・籬・牆・橋・石・碑・甲・暦ノ類。
乾坤ニ光彩ニ、灯・影、又ハ支ニ、炎・雪・霜・暑ノ類。（34ウ）
気形ニ人倫ニ、独・漁、又ハ態ニ、鰥・蛮・牧ノ類。
気形ニ器財ニ、貝・蠙・璽・燭ノ類。
人倫ニ数量ニ、孤・独・群・軍・旅・伍ノ類。
支体ニ乾坤ニ、齢ノ類。
支体ニ気形ニ、卵・翼・翰・毛・頭・鰓・鱗・角ノ類。
態芸ニ人倫ニ、聖・賢・仁・徳・漢ノ類。
態芸ニ器財ニ、詩・書・文・賦・曲・句・賜ノ類。
生植ニ人倫ニ、英ノ類。
生植ニ器財ニ、笻・籠・笛・箭・薬・杯・杖・架・米ノ類。（35オ）
生植ニ数量ニ、瓜・韮・米・桑・木・華ノ類。
器財ニ人倫ニ、兵ノ類。

器財ニ支体ニ、甲・兵ノ類。

器財ニ光彩ニ、金・銀・玉・墨・漆ノ類。

数量ニ乾坤ニ、井ノ類。

虚押ニ数量ニ、大・中・小・長・短・多・生・単・参・重・微・同・皆・余・残・分・初ノ類。

50聯句サリキラヒ。

乾坤　気形　人倫　支体　各韻附ハカリ四句（35ウ）サリ。

生植　光彩　数量　各四句サリ。

態芸　虚押　各二連モ三連モスルナリ。

食服　器財　各二句サリ、但シ韻附ハカリ。

詩聯諺解終

〔翻刻注〕

詩格
3＊冒頭…私意により改行。
8＊冒頭…私意により改行。　＊キックキニテヤキハフクル…キックツ（佶屈）ニテツマル（詰まる）といった語句の誤写か。
17＊字…ノ・不の間に補入記号あり、頭注「題ノ之下脱字ヲ字」とあるのに従い、「字」を補う。
聯句格
6＊方…原文「ク」、右傍に「方カ」と注記。注記に従う。

鶴見大学図書館蔵『詠歌口傳書類』解題・翻刻

伊倉史人

ここに、鶴見大学図書館蔵『詠歌口傳書類』を紹介する。同書は三条西家の者が編纂に関わると考えられる『古今和歌集』の切紙集成である。東家や宗祇流の切紙類に加えて、卜部兼倶が宗祇に伝授した神道切紙や伝本稀少の『明疑抄』、「素経雑談共書付」等をも収載し、室町時代後期の古今伝受を研究する上で貴重な資料である。

一　書誌

まず、『詠歌口傳書類』の書誌事項を記す。

巻子装、一一巻。(1) 但し、軸、表紙はなく、本文を書写した料紙を巻いただけのものを、紙縒りで束ね、「詠歌口傳書類／八巻」と墨書された檀紙で包んでいる（現状は新誂の箱入）。料紙は、縦一四・一、二糎の斐楮交漉紙、短いものでは一紙に、長いものでは一六紙（含遊紙）を継いで本文を書写している。包紙に記された『詠歌口傳書類』という書名は本文とは別筆で、おそらく後に付与されたものであろう。しかし、他に本書全巻を統べるような内題等はなく、『詠歌口傳書類』を本書書名として採用する。なお、一部の巻には左掲出のごとく表書（端裏書）が朱で記されている。

近世初期の書写。全巻一筆（三条西風）で、朱筆書入も同筆か。書写奥書等はなく、印記や付属文書の類もないが、筆跡、料紙、装訂などから判断して、本書は転写本ではなく、原本であると推測される。

次に表書、あるいは代表的な切紙を挙げ、あわせて各巻の寸法、紙数（遊紙）、及び字面高さを記す。

【第一巻】古今題号の切紙　〔寸法〕縦一四・一×横約六五・一糎（二紙、但し分離）〔字高〕約一二・六糎

【第二巻】古今題号の切紙　〔寸法〕縦一四・一×横約四三・四糎（一紙）〔字高〕約一二・七糎

【第三巻】「正」（表書）、三木の切紙等　〔寸法〕縦一四・二×横約八七・八糎（三紙）〔字高〕約一二・四糎

【第四巻】三鳥之大事の切紙等　〔寸法〕縦一四・二×横約九四・九糎（三紙・遊紙一紙）〔字高〕約一二・七糎

【第五巻】虫之口伝の切紙等　〔寸法〕縦一四・二×横約三一八・一糎（一〇紙・遊紙一紙）〔字高〕約一二・七糎

【第六巻】「最末極秘」（表書）　〔寸法〕縦一四・一×横約五八・〇糎（二紙）〔字高〕約一二・五糎

【第七巻】千葉氏東家系図　〔寸法〕縦一四・二×横約二七・一糎（一紙）〔字高〕約一二・五糎

【第八巻】「神秘深奥」（表書）　〔寸法〕縦一四・一×横約一七五・九糎（四紙）〔字高〕約一二・〇糎

【第九巻】「東流水」（表書）　〔寸法〕縦一四・二×横約三七六・〇糎（九紙）〔字高〕約一〇・四糎　※錯簡あり

【第一〇巻】詠方口伝の切紙　〔寸法〕縦一四・二×横約四八六・八糎（一二紙・遊紙四紙）〔字高〕約一二・六糎

【第一一巻】詠歌大概等の切紙等　〔寸法〕縦一四・二×横約一三三・八糎（四紙）〔字高〕約一二・五糎　※錯簡あり

ここで、包紙に記されている「八巻」と現状一一巻との差異を検討しておこう。可能性としては、伝来の過程で料紙継ぎ目が剥離し、本来八巻であったものが一一巻となったことが考えられる。例えば、第一巻と第二巻は古今題号の切紙であって、本来は一具のものと考えることができる。また、第三巻と第四巻とは、三木と三鳥の切紙でまとめられるだろう。さらに第六巻の巻首の「稽古方之事」に記された素暹以下常縁までの東家九代の作者（本来は裏書）は、巻七の東家系図と関連付けられる。以上のように考えると、一応は八巻の形態に復元する

ことができる。但し、第一巻に見られる水濡れの跡や連続する破損の跡が第二巻では確認できない点は疑問が残る。同様に第六巻の巻末は切断されたようにも見え（次の切紙の朱合点らしきものが見える）、同巻の次に第七巻の系図が直に接続すると見るのは難しいかもしれない。

次に、全一一巻の順序（書写の順でもある）について検討する。第九巻中の「御賀玉木」以下五通の切紙（翻刻【第九巻】［1］(b)）は、項目のみで、「右ニ写了」と記されている。「三鳥」「三鳥重之口傳」（同［3］）、「當家三鳥口傳」（同［12］）にも同様に「上ニ注了」「写了」とある。ここに言う「右」や「上」は第四巻を指し、それぞれ該当する切紙が確認できる（翻刻【第四巻】［1］［2］［3］）。また、同様に項目のみが挙げられている「身足三足事」「同口傳」（翻刻【第九巻】［15］）、「表中底事」「神遊神楽等事」「取物事」（同［16］）は「在上写了」「入神秘部了」とある通り、第八巻「神秘深奥」中にその切紙が見つけられる（翻刻【第八巻】［7］及び［13］［14］［15］）。次に、「あまのかる」「典侍藤原直子朝臣」（翻刻【第九巻】［24］）も項目のみで、対応する切紙は第五巻（翻刻【第五巻】［1］(a)(c)に、また「真躰之事」（翻刻【第九巻】［26］）も「三ヶ之由ニ入」とあるように、第三巻（翻刻【第三巻】［8］(a)）にそれぞれ書写されている。以上のことから第九巻より前に置かれるべき巻を4つ確定することができる（右で既に第四、八、五、三巻と呼んでいるが、実際は以上のような考察を経て各巻に該当する四巻を決定している）。詳述するのは避けるが、同様のことは第八巻にも指摘でき（翻刻【第八巻】［6］［16］は第三巻［8］(b)(a)に、同［17］は第六巻［1］(f)に該当する切紙がある）、ある程度書写の順番を特定することができる。

以上のことに加え、さらに切紙の内容を踏まえて、仮に以下のように各巻を配置した。まず、初二巻には古今題号に関わる切紙を、第三、四巻には三木三鳥の切紙をあてた。またこの両巻は五巻とあわせると「二條家宗祇分」の切紙の「一」〜「十二」が連続するようになる。第六、七巻には東家の切紙と東家系図を、第八巻に神道関連の切紙をはさみ、第九巻に再度東家の切紙（「東流水」）をあてた。東家の切紙が分断されているが、右で確認したように、神道切紙は第九巻に先行して書写されたことが明らかである。同様に、第九巻は、「当家自為家直傳之分〈音（常欽）縁之分〉八通」（うち一、七、八通）を含むが、二〜六通は第四巻にある。本書は種々の切紙を流派ごとに整理したものではなく、内容によって再構成を試みたものであり、こうした不整合は必然的に起きる。次に第一〇巻には三条西家が関わる切紙類及び注釈を、第一一巻には『詠歌大概』『百人一首』『未来記』等、古今切紙以外の切紙類をあてた。

二　各巻概要

次に各巻に収載される切紙を列挙する。具体的なことは翻刻で確認していただくこととし、ここでは本書にどのような切紙が集成されているか概観していきたい。また、切紙一点一点につき詳細に見ていく（紙幅、準備両面においての）余裕はないので、各巻気づいた点を少しく説明するに留める。

【第一巻】

［1］〜［4］古今題号の切紙［5］不明［6］和歌の題号の切紙

＊古今の二字に関する諸説を集めた巻。但し、［5］は、それだけでは何を述べているのか理解しがたく、あるいは［4］の続きと見るべきとも思うが、内容的に連続したものとも言い切れない。現状この巻は料紙の継ぎ目がはがれ、二紙に分離していると見るが（注1参照）、［5］は第二紙の冒頭に位置する。あるいは第一紙と第二紙の間に本来はもう一紙（もしくはそれ以上）存した可能性もあろうか。

【第二巻】

［1］古今題号の切紙（「古今和歌集巻第一／此集題号有種々之儀　浅略深秘非一」）

＊内容的には第一巻と関連する。真名序において貫之が人麿を先師と呼ぶことについて、「儒道ニ孔子ノ道

ヲ孟子ノ續事ハ数百年ノ後也　又真言相承ハ教外別傳ニシテ塔中相承也」と説くのは、『三条西家本聞書集成』(2)に「さればはるかにへだてたる事なれど先師柿本大夫とはかける也、仏教の塔中相承又儒道の孟子にいたりて相承心とおなじかるべし」（東京大学文学部国語研究室本に拠る）とあるのに近く、三条西家の説であることを窺わせる（第一巻［1］も同じ）。

【第三巻】

［1］「傳受次第」［2］「置手之草案」［3］「伊勢物語傳受之事」［4］「傳受之時守事」［5］「切紙之事」［6］三木（御賀玉木・妻戸削花・賀和嫁）の切紙（「三ヶ之大事」）と「重大事（内侍所・宝剱・神璽）」［7］同「切紙之上口傳」［8］「家之切紙」のうち「真躰（鏡）ノ事」と「劔事」

＊三木の切紙を中心とする一巻。［1］～［5］は古今伝受（もしくは伊勢物語伝受）を受ける際の切紙。［6］の三木の切紙（「三ヶ之大事」）は「二條家宗祇分」の一～四通にあたる。「二條家宗祇分」は一二通あり、以下第四、第五巻に残りが収められている。［8］の(a)「家之切紙」は「頼数ニ口傳」との注記がある。父常縁からの伝授であろう。(b)は卜部兼倶が「自然斎侍者」宗祇に伝授した神道切紙。兼倶が宗祇に伝授した切紙は第八巻にまとめられている。

【第四巻】

［1］「當家自為家卿直傳之分〈音縁之分〉八通」のうち三木の切紙（「三ノ口傳」）及び「重之重」切紙［2］(a)「三鳥之大事」(b)同「切紙之上口傳」［3］「當家自為家卿直傳之分〈音縁之分〉八通」のうち(a)「鳥尺（婬名負鳥・喚子鳥・百千鳥）」及び(b)裏書［4］(a)「三鳥」(b)「三鳥重之口傳」［5］「當家三鳥口傳　頼数之内」

＊三鳥の切紙を中心とする一巻で第三巻と対となる。［1］及び［3］の「音縁」は常縁の誤り。東家の説は、常縁の八代の曩祖素暹が為家より古今伝受を受けたことに発する。［1］は「八通」のうち二～五通、

〔3〕は六通にあたる。本解題では詳説することはできないが、この「八通」は東家で編纂されたと思しい『古今和歌集見聞愚記抄』(3)にも収載されている。〔2〕は「二條家宗祇分」の切紙の五に該当。〔4〕(a)(b)は『近衛尚通古今切紙』(4)に同内容の切紙が見られる。〔5〕は前巻に続き頼数口伝であろう。

【第五巻】

〔1〕(a)「虫（之口傳）」及び(b)(c)「典侍（藤原）直子（朝臣）」の切紙二首〔2〕「吉野山桜事」〔3〕「風躰事」〔4〕「三才之大事」〔5〕「秘々」（「ほの〳〵哥ノ事」）〔6〕「口傳」（「古歌之事」）〔7〕「重之重」〔8〕「土代」の切紙三種（含「傳受哥之次第」）〔9〕「内外口傳哥共」〔10〕「當流相續之事」〔11〕「高傳書」〔12〕(a)「奥書／古今集之事　初度」(b)「重而奥書」〔13〕「伊勢物語奥書」〔14〕「素暹傳受事」〔15〕「逍遥院禅府御傳受之事」〔16〕(a)「血脈」(b)「傳受次第　二條家」(c)「傳受次第　當家　東也」

＊二条家流（東家・宗祇流）の切紙をまとめた一巻。〔1〕(c)は「頼数口傳」から収録。〔2〕〜〔8〕は「二條家宗祇分」の六通〜十二通にあたり、「切紙之上口傳」を併録する。〔5〕にはさらに「素純抄」の「ほの〳〵ノ歌事」を合わせる。〔8〕中の「傳受哥之次第」は「當流相傳抄物之内」という注記があり、『当流切紙』(5)のものと一致するが、前述した『見聞愚記抄』中にも見えるものである。〔9〕の「内外口傳哥共」には「逍遥院殿奥書云明応元年（一四九二）八月上旬受宗祇法師口傳／以故常縁自筆書写之不可外見之御判」と奥書が引用されていて、宗祇から口伝を受けた実隆が常縁自筆本を書写したことがわかる。〔10〕は『見聞愚記抄』と同様東家流の切紙集成書である『三部書口伝』(6)中に、〔11〕〜〔13〕は『見聞愚記抄』中に確認できる。

【第六巻】

〔1〕「千葉東家切紙／稽古方六通」

＊『見聞愚記抄』中に［1］が含まれる。また、六通のうち、朱で「一」「二」「三」と付された（朱で校合されている）(a)「稽古方」(c)「心ヲ染古風」(d)「百人一首」の三通は、後述する早稲田大学図書館蔵三条西家旧蔵実隆筆『古今伝授書』にも入るものである。

【第七巻】

［1］千葉氏東家系図

【第八巻】

［1］「神道口傳事」［2］「八雲神詠四妙事」［3］「化現之注」［4］「神鏡之口決」［5］「日神御事」［6］「剱事」［7］「ミタリノオキナノ事」［8］「超大極秘之大事」［9］「以鏡剱称璽事」［10］「神書」［11］(a)「神詠支配之大事」(b)「陰陽神詠數大事」(c)「神詠四妙支配之大事」(d)「神詠四妙之大事」［12］不明［13］「表中底事」［14］「廿巻神遊神楽ノ事」［15］「取物」［16］「真躰之事」［17］「一句之文事」［18］「極位八通之内」「住吉之注」

＊神道関連の切紙を集めた巻。［4］には実隆の永正七年（一五一〇）二月十八日の奥書が転写されている。早稲田大学図書館蔵三条西家旧蔵実隆筆『古今伝授書』がその原本で、同書は『実隆公記』の記事から徳大寺実淳の所望に応じて送った切紙の自筆案文であることがわかっている。[7] 同書には、［1］〜［4］を含み、更に他の巻に見える切紙も多く収載しているが、ここでは省略する。［1］に「切紙　初重　二重　三重　四重　以上四通」とあるのが、［11］の、文明一五年（一四八三）四月一八日に卜部兼倶が宗祇に伝授した神道切紙四通[8]を指す。また、［2］に「切紙二通并定家卿傳受書状案一通」と記されているのは［8］の切紙二通及び「定家卿誓詞之書状」のことを言い、［1］［2］はそれぞれ目録の役割をしている。

【第九巻】

［1］「當家自為家卿直ニ傳之分〈音縁之分〉八通」のうち(a)「号題之口傳」（一通）(b)二〜六通の項目（本文は第四巻）。(c)「賀茂祭哥之事」（七通）(d)「名題之事」（八通）［2］「高傳書」［3］「三鳥」「三鳥重之口傳」（項目のみ）［4］「古今傳受次第」［5］「一番文人」［6］「素暹法師古今傳受事」［7］「置手之草案」［8］「伊勢物語傳受之事」［9］「奥書／古今集之事　初度」(b)「重而奥書」(c)「自素傳宗祇ヘノ免許ノ歌」［10］「伊勢物語ノ奥書」［11］「素經雑談共書付之」［12］「當家三鳥口傳」［13］「花ツミト云事」［14］「かぞふれば／おしてるや／老らくの」［15］「身足三足事」［16］「表中底事」「神遊神楽等事」「取物事」［17］「序大事」［18］(a)「杉たてる門」(b)「伊佐爰尓ノ歌ハ」(c)「大和マヒノ事」(d)「巻頭ノ歌有両様」［19］(a)「短歌之事」(b)「万葉集ヲウツシテ」［20］「十巻物名巻頭ニ鴬ヲヲク事」［21］「此集ニ始末ヲ立ル事在之」［22］「恋部五巻ハ五行ニアテ、数ヲ定ムル也」［23］「おちても水の哥ニテ四時ヲ思ヘリ」［24］「あまのかる」「典侍藤原直子朝臣」［25］「我うへに」［26］「真躰之事」［27］「口傳義条々」［28］「家説他家説相違条々」［29］「流議不同」［30］「物名」以下二〇項目［31］「序小注」以下九項目

＊東家流の切紙の集成。［1］には第四巻にも収められていた「八通」のうちの残り三通が集められている。その他、多様な切紙の多くはこれまでと同様『見聞愚記抄』に確認できる。［11］「素經雑談共書付之」及び［31］は、早稲田大学図書館蔵三条西家旧蔵『古今集注』[9]にほぼ一致する。但し、三条西家旧蔵本には「素經雑談共書付之」という名称は見られない。素経は第五巻［16］(a)「血脈」及び(c)「傳受次第　當家　東也」では、実隆より傳受を受けたことになっている。第七巻の千葉氏東家系図にはその名は見えないが、『東家遠藤氏系図』[10]は常縁男常和に「法名素安」と記し、さらに「素経法師」と注記する。素経は常和か。［27］「口傳義条々」　には文亀三年（一五〇三）の素純の奥書があり、［28］「家説他家説相違条々」には「氏村以来二条家門弟ト成テ」とあり、いずれも東家流の説を伝える切紙である。

【第一〇巻】

[1]「詠方口傳」[2]「傳受説々事　さほ山の柞事」[3]「龍田川歌事」[4]「二條家冷泉相論之事」[5]「人丸　赤人同人事」[6]「人麿ノ御影ニ梅花ノわんヲ三ツ書〈事〉」[7]「人麿ノ影ノ事」[8](a)「号題之事」(b)「古今両字黒白色ノ義アリ」[9]「隠名作者口傳」[10](a)「賀」(b)「序ニ、岳谷にうつりて」(c)「同ニ、そのはしめをいへは」(d)「同ニ、あはれひ」[11](a)「抄之事」(b)「此朱點ノ哥下心」[12](a)「歌躰名共」(b)「至極躰」(c)「景曲躰」(d)「隔句」[13](a)「古今ハ入立テ可見也」(b)「三代集ノ見様」(c)「後撰集」(d)「拾遺」(e)「拾遺事両字多義也」(f)「三代集題号口傳」[14]〈僻案重口決見聞〉[15]「此集一部内面授秘決　号明疑抄」[16]「偽作之書事就称定家卿製作十一條不審之儀也」

＊[3][4]は龍田河の歌（秋下・二八三）の左注の「ならの帝」を文武とする説、[4]～[6]は人麿に関する切紙。[12]に歌体の説や[13]に『三代集』に関する切紙が収載されている点が注目される。[14]は『古今集』の抄出注であるが、これは『僻案重口決見聞』[11]という注釈書に一致する。同書は『見聞愚記抄』『三部書口伝』と共に伝えられることが多く、東家流の注と目される。[15]は『明疑抄』[12]。「為家卿真筆也」とあるが、『実隆公記』明応元年（一四九二）十二月一六日条には「宗祇法師来、明疑抄〈為家卿作〉、是偽作之物也之由存之」とあって、実隆は「偽作」と疑っている。[16]は実隆が『桐火桶』定家作に不審を述べたもので、文明一九年（一四八七）六月一九日の奥書がある。

【第一一巻】

[1]「題之分別事」[2](a)「詠哥大概之内歌／少々東家説」(b)家隆詠二首(c)「情以新」(d)「猶案之」(e)「伊勢小町等類」(f)「和哥無師匠」(g)「舊歌為師」[3](a)「百人一首」(b)「百人一首ヲ清角抄ト号ス」(c)「同此抄ニ随分ノ上手ノ入ラヌ〈事〉」(d)「同抄ニほの〴〵ノ歌ナトノ不入事」[4](a)「未来記ヲ聞書ト云」(b)

「同抄ノ作者」［5］「詠歌一躰之内」［6］「愚問賢注」［7］「魔ニヲカサレヌ深秘事」［8］「後成恩寺被下宗祇一帋」

＊本巻も『見聞愚記抄』『三部書口伝』に一致するところが多い。珍しいところでは、［8］に一条兼良から宗祇に下された『源氏物語』に関する切紙を見ることができる。同切紙のうち「三カ一ノ井（餅）」は、「葵」巻中の「三か一かにてもあらんかし」という部分に関わるもので、『花鳥餘情』にも「三か一を諸抄に三杯一具の心にいへるはあやまれる也、むかしはこの餅四杯もりたる故也　秘説これあり」と本切紙と同様のことを兼良が述べていることが確認される。

三　成立について

前節で見てきたとおり、本書は諸家、諸流の切紙及び注をおおよそ内容によって分類し、再構成を試みた集成書である。そして、こうした集成を編纂することができる立場にいた者は、自ずと限られてくるであろう。

第一〇巻に収録されている『明疑抄』の伝本は珍しく、陽明文庫（近衛基熙筆、甲乙二本あり）、東山御文庫（勅封63／1／1／1）、京都大学附属図書館中院文庫（中院／Ⅵ／164）と、しかるべき所に四本が伝存するのみであるが、三条西家には実隆筆の『明疑抄』が伝わっていたことが知られている。(13)

また、第五巻［9］「内外口傳哥共」にも常縁自筆本を書写した際の実隆の奥書があった。同様に、同第一〇巻［16］「偽作之書事就称定家卿製作十一條不審之儀也」は、その奥書からすると他に伝本が確認できない実隆の著作のようである。

さらに、第九巻所掲「素經雑談共書付」は前述したように、早稲田大学図書館蔵三条西家旧蔵『古今集注』と内容が一致する上に、同書は『詠歌口傳書類』と筆跡がかなり似ているように思われる。また、第六巻［1］

「千葉東家切紙／稽古方六通」のうち、(a)「稽古方」(c)「心ヲ染古風」(d)「百人一首」の三通も同大学図書館三条西家旧蔵『古今伝授書』に確認することができ、実隆の永正七年（一五一〇）二月十八日の書写奥書を有する第八巻の神道切紙の原本が同『古今伝授書』であることは、先に述べたとおりである。

また、第二巻の古今題号の切紙は、『三条西家本聞書集成』の所説に内容的に一致していたことも指摘した。

このように見てくると、本書は三条西家の者によって編纂されたものである蓋然性が高いと言えるのではなかろうか。また、書誌的な点からは、本書は転写本ではなく、原本そのものであると判断したのは前述の通りで、成立以来三条西家に伝来してきた本書が、いつのころか同家より流出したものと考える。

では、本書編纂時期はいつのことであろうか。既に指摘されていることではあるが、[14] 第五巻［16］(a)「血脈」に「逍遥院—称名院—実澄—公明」と天正一五年（一五八七）没の三条西公明（公国）の名が見えるので、それ以降の成立であることは確実である。

周知の通り、公国が若年（二一歳）であったため、父実枝は公国への返し伝授を条件に細川幽斎に古今伝受を授けた。その後天正八年（一五八〇）に幽斎から返し伝授を受けた公国も三二歳で没し、その時点で幽斎が唯一の古今伝受の継承者となってしまうが、本書の編纂も、そうした状況の中で進められたと考える。後に公国男実条は慶長九年（一六〇四）に幽斎より伝授を受けることにはなるが、一子相伝で古今の秘説を伝えきた三条西家の者にとっては、この間相当の危機感を抱いていたに違いない。確たる根拠はなく、臆見に過ぎないが、そうした時期に、実隆以来自家に伝わる古今伝受関係の資料を集め、再度古今伝受の本流を取り戻す日に備えんがために編纂したのが本書であったとは考えられないだろうか。そしてその場合、編者として最もふさわしいのは、実条（及びその周辺の者）ではないかと思われるのである（なお、本書中に「私義加曰」「義曰」といった書入が散見するが、筆者を特定することはできない）。

本書に関して、残された課題は多い。中でも、本稿中でも少しく指摘したが、切紙一点、一点について、他の切紙や注釈書との関係を精査する必要があるだろう。特に『古今和歌集見聞愚記抄』『僻案重口決見聞』『三部書口伝』といった東家流の伝授書と、早稲田大学図書館所蔵の三条西家旧蔵の切紙類との比較は本稿においてなされてしかるべきであった。別に機会を得て、考察したいと考えている。

【注】

（1）『藝林拾葉：鶴見大学図書館新築記念貴重書図録』（昭和六一年一〇月・鶴見大学図書館）の同書解題は「一二通」とするが、うち第一巻とした巻は継ぎ目が剝離して二通分あるかのように見える。水に濡れた跡、破損状態一致から僚巻と判断し、全一一巻とした。なお、本稿では、「通」ではなく「巻」を用いることとする。

（2）『三条西家本聞書集成』の伝本には、広島大学文学部国語学国文学研究室蔵本（存真名序注、実隆筆）、東京大学文学部国語研究室蔵本（存巻一〜九、一一〜一九、永正一二年〔三条西公条〕写・実隆補）、宮内庁書陵部蔵本（存仮名序、巻一〇、巻二〇、墨滅歌、貞応本奥書、永正一二年〔三条西公條〕写・実隆補）及びその転写本がある。東大本は『東京大学国語研究室資料叢書　9』（昭和六〇年・汲古書院）に影印がある。また、同集成については石神秀美「三條西実隆筆古今集聞書について—古今伝授以前の実隆—」（『三田国文』創刊号・昭和五八年一月）を参照されたい。

（3）宮内庁書陵部蔵「古今秘伝集」（荷田東麿相伝）（512／117）、宮内庁書陵部蔵荷田東麿古今集伝受書（鷹・380）、中田光子（剛直）氏蔵「古今和歌当家極秘」、大和町蔵「古今伝授並稽古方」（東胤駿氏旧蔵）他に所収される切紙集成。宮内庁書陵部蔵「古今秘伝集」以下の伝本は、『古今和歌集見聞愚記抄』の他、常縁から口伝を主とする東家流の古今切紙の集成、『僻案重口決見聞』『安秘抄』『三部書口伝』といった伝授書からなる（伝本によっては一部の伝授書のみのものもある)。東常縁の近親者(あるいは〔養〕子か)と思われる頼常が編纂に関わっているると考えられる。中田光子(剛直)氏蔵本については、井上宗雄氏「室町期和歌資料の翻刻と解説―〔尭尋三十三回忌追善和歌〕・日吉社壇詠二十一首和歌・和歌秘伝書・古今和歌東家極秘―」(調査研究報告第五号・昭和五九年三月)に詳しい。また、大和町蔵本については、東香里氏「東常縁から宗祇への古今伝授の場所について」(国文鶴見第九号・昭和四九年三月)があり、『大和町史』(史料編・続編上・平成一一年一〇月・大和町教育委員会編)に全文が翻刻されている。

(4) 宮内庁書陵部蔵『近衛尚通古今切紙 二十七通』(智仁親王による幽斎筆本の忠実な書写本)。『古今切紙集 宮内庁書陵部』(京都大学国語国文資料叢書四〇・昭和五八年一一月・臨川書店)に影印及び翻刻がある。

(5) 宮内庁書陵部蔵『当流切紙 二十四通』(三条西実枝筆)。影印及び翻刻は同前。

(6) 注(3)参照。注(3)所掲本以外にも、天理図書館蔵「秘伝」(911.2/1391、首欠)、国文学研究資料館初雁文庫蔵「古今伝秘図」(12/180、存末尾部分)、石川県立図書館李花亭文庫蔵「諸家古今伝」(831/58)、堺市立中央図書館蔵「僻案書口受見聞」(0313/41)等に『三部書口伝』が所収される。

(7) 請求番号「特別へ2―四八六七―七」。井上宗雄氏『中世歌壇史の研究 室町後期』(昭和四七年一二月初版、昭和六二年一二月改定新版・明治書院)、柴田光彦氏「荻野研究室収集 三条西実隆の書状をめぐって」(早稲田大学図書館紀要第二二・二三合併号・昭和五八年八月)に指摘がある。同書は『早稲田大学蔵資料影印叢書 中世歌書集』(昭和六二年六月・早稲田大学出版部)に影印されている。

(8) 三輪正胤氏「古今伝授史上における宗祇と吉田兼倶」(『講座 平安文学論究 第二輯』・昭和六〇年五月・風間書房)に、本神道切紙が兼倶『八雲神詠伝』にすべて含まれていることが指摘されている。

(9) 請求番号「特別へ2―四八六七―六」。『早稲田大学蔵資料影印叢書 中世歌書集』に影印あり。同影印解題(兼築信行氏執筆)に、『詠歌口傳書類』と重なる部分があるとの指摘がある。

(10) 注(3)『大和町史』所収本に拠る。田代全廣氏所蔵。同系図は元禄五年(一六九二)以降の成立であるので、その記述には慎重を期すべきかも知れない。

（11）注（3）及び（6）所掲本に所収される。

（12）『明疑抄』の伝本は後述。同抄に関する先行研究には、三条西公正氏「為家の明疑抄に就いて」（国語と国文学・昭和一〇年九月）、片桐洋一氏『中世古今集注釈書解題 一』（昭和四六年一〇月・赤尾照文堂）、田村緑氏「影印・翻刻〈陽明文庫蔵／近衛基熙写〉『明疑抄』―付校異―」（叙説11・昭和六〇年一〇月）がある。中世古今集注釈書解題』には京都大学付属図書館中院文庫本（中院／Ⅵ／164）の翻刻がある。

（13）注（12）三条西氏の御論考中に指摘。

（14）注（1）及び注（3）井上氏の御論考中に指摘がある。

【翻刻】

［凡例］

鶴見大学図書館蔵『詠歌口傳書類』を可能な限り底本に忠実に翻刻した。翻刻の方針は以下の通りである。

1 漢字・假名の別、平仮名・片仮名の別、假名遣、宛字、反復記号（漢字の反復記号は「々」に、假名の反復記号は「ゝ（ゞ）」「〳〵」を用いた）は底本のままとしたが、漢字の字体は概ね通行のものに改めた。但し、「聲」「哥」等の若干の正字・異体字は保存した。また、「シテ」（為）の異体字はすべて假名に開いた。

2 虫損等による破損箇所や単純な誤脱箇所には□を推測される文字数分入れ、また墨滅で判読不能な箇所には同様に■を入れて表した。但し、本文が推定し得る場合は、〔 〕を以て私案を示した。

3 底本の誤写と推測される箇所は訂正せずそのまま翻字し、傍らに（ママ）を付した。但し、正しい本文を推測し得る場合は〔 〕に以て私案を示した。

4 判読に自信が持てなかった箇所には、傍らに（?）を付した。

5 朱の書入はゴシック体で表した。但し、墨の上から（校合のため）朱で重ね書きした箇所はゴシック体にした上で（朱墨）と傍記した。その他の記号、合点等については以下のように処理した。

a 朱の読点は「・」で表した。

b 朱の記号は、「〇」「●」「△」「□」「∴」で表した。

c 朱の丸で囲まれた文字は、該当する文字を「〇」で囲って表した。

d 朱合点は鉤点を〽で、平点を／及び＼で表した。但し、墨の合点については、（墨）と傍記した。

e 翻刻注の囲み線はすべて朱である。

f 翻刻中の圏点はすべて朱である。

g 翻刻中に付けられた傍線（二重線を含む）はすべて朱である。底本では、音・訓、固有名詞（主に二重線）に引く朱引を区別しているが、曖昧なものも多く、翻刻に際しては、すべて左傍に引いた。

h 系図中の朱線は太い線で表した。

i 朱の声点も略さず保存したが、正確に再現できているとは言いがたい。参考程度のものとされたい。

6　移項符が付された項目は、指定の位置に移動させた。
7　翻刻中に注記された歌番号は『新編国歌大観』に拠る。
8　料紙の継目は　」で表し、〈　〉に紙数を示した。錯簡がある巻については本来の順に訂したが、紙数は現状のものを示している。

［付記］
本書の翻刻を許可していただいた鶴見大学図書館に深甚の謝意を申し上げる。

【翻刻】

【第一巻】

〔1〕

古　奈良文武　師人丸＼
今　當代延喜　師貫之／道之中興　其意趣同

昔ノ文武ト人丸者
今日《古今ノ》ノ醍醐ト貫之也

問云　自人丸至貫之十九代之後　先師柿本大夫ト貫之カ書タル　不審有之　尤ノ難也

答云　道ノ心ヲ續クニ遠近ノ差別無之　假令孔子《儒道ニ》ノ道ヲ孟子是ヲ續ク迄ノ年序ヲ経タリト候ヘ共。其《毛頭モ》隔無之也　仏法ニハ塔中相承ト云事アリ　就之口傳在之

〔2〕

古　天地未分之時　天地未開　万物未起之処　未生形之前《以》也
今　国常立尊出現ヨリ以来今日ニ至テノ今也

一説ニ天神七代ノ以前　如雞子　如葦芽□（破損）時ノ今也　無明ノ一念ヨリ發スル所あらかひノ萌シ始カ如シ　其レヨリ初テ一切衆生ノ境界見聞覚知ノ上ヲ云也　是則自心發得了達ノ境界也

［3］

古義
（有三）元始廣劫之其古
五音未發之古
文字言句備之古

今義
（有三）盡未来際之今
形現之今
和歌發之今

［4］

古者正
今者直　人々具足スル天地〔陰陽〕之理也
正謂自性之心也　（義）八宗〔ヲ論〕スル時秘蔵宝鑰ニ七宗行果ハ無自性云々　然則真言ト和歌トノ〔ミ〕自性有之ト見タリ
（少）中ニシテ不ルレ中ナラ是ヲ中ト云　枉テ不枉　是ヲ直ト云　愚直嫌之　中ハ無極之称也　不可測之境界也
三才ノ時天地ヲ正トシ人ヲ〔直ト〕ス
正ハ則吾国之主人　日神天照太神ノ御心也
直ハ其神明ノ心ヲ吾カ方□（破損）□心内ニ請取ヲ古今トハ習定ムル所也　古ノ道ヲ以テ今ノ道ニ續テ自身ノ正直ヲ以テ和光同塵ノ形ヲ顕ハス理也　不可忽之　然則後世利民之慈悲正直此集ノ大本也　避夷風帰正躰此義也」〈1〉

［5］

假令　松之屈曲　竹之清立　■■■（共ニ以）自然ト見レハ共〔ニ〕以テ直風也　造作ノ心ニテ愛スル時　屈曲ニ落テ異風ヲ生也
有口傳

［6］

(a)和　此界之名
歌ハ此國ノ風 ＞ 治世斉家之道也

義曰　人歌曰　歌ト注ス　法界モ五大所成人々ケ□□（破損）　五大所成也　五大ノ和スル処ノ音聲〔声〕　花ニナク鳥也　人々具足ノ五大ノ和スル声　是歌也

治世聲　乱世聲　喪國聲

(b)神代ニ吾國ノ開闢モ天うき橋ノ一言ヨリ始マル　仏法ノ一代聖教モ迦陵頻伽ノ音聲ヨリ成ス　梵音　海潮音　勝〔彼〕ヒ世間音　悉ク音聲〔ノ〕成ス所也　五大皆有聲テ其徳ヲ偏ク定（?）可知也」〈2〉

【第二巻】

［1］

古今和歌集巻第一

此集題号有種々之儀　浅略深秘非一

古今之二字者

一　奈良御門文武天皇ヲ以テ古ニ宛テ
延喜當代醍醐御門ヲ以テ今ニ宛也
凡ソ和哥ハ神代ヨリ起リ我国ノ諺トシテ代々ニ絶サル道ナレ共　文武ノ御世人麿ヲ御師トシテ此道盛ニ興レリ
仍テ今日ヨリ古ト称スヘキハ文武也
当代延喜帝貫之ヲ御師トシテ此道ノ中興タルニ依テ当代ヲ指シテ今ト云也　然レハ昔ノ人丸ト文武モ古今ノ今日ハ貫之　延喜御門也　此一致ノ所ヲ古今トハ名ツケタル也

茲ニ不審アリ

人麿ヨリ貫之ニ至テハ其年数遥ニ隔レリ　然ルヲ真名序ニ先師柿本大夫ト書之如何（？）ト云義アリ　是ハ儒道ニ孔子ノ道ヲ孟子ノ續事ハ数百年ノ後也　又真言相承ハ教外別傳ニシテ塔中相承也　是皆機ノ至レル所ヲ以テ道ノ相續トスル也　的傳ノ弟子ト云ヘ共　其至ラサレハ不傳ニ同シ　的傳セサル人モ機熟スレハ古人今人ノ差別ハ無也　此義ニ就テ学者ノ覚悟アリ　自然發得ノ器量次第ナルヘクハ此集ニ相承ノ法度モ入マシキ欤ト云不審アルヘシ　以外ノ邪見也　其故ハ不習不免許ヲハ傳ヘサルハ諸道ノ面目也　況ヤ和哥ハ神代ヨリノ相承に今不絶　貫之モ自然發得シテ唱ヘ出タル道ニハ非ス　師々相承シ来レル中ニ傑出シテ秀テタル　其機カ人麿ト一致シタレハ此道ノ先師ト云ヘル共理タカハス　孟子ノ孔子ヲ於ケルモ　龍猛ノ金剛薩埵ニアヘルモ道ノ心一同也　推シテ新シクツクリ出スニハ非ス　相承ノウヘニテ會得ノ所ニ自在ヲ得タル所ヲ云也」〈1〉

【第三巻】表書「正」

［1］

○一・傳受次第

╲清濁　╲談議　╲傳受　╲口傳　╲切紙　╲奥書

〽但依人依時宜

［2］

○一・置手之草案

╲古今傳受之事　不可有子細之由承候　自今以後不可存　疎儀者并傳授之説々不可有聊尓候　此旨私曲候者誓文ｌ

年号月日　　　名字

［3］

○一・伊勢物語

╲伊勢物語傳受之事　非其器者不可漏脱事

右若有違背之事者　誓文

年号月日

［4］

○一　・傳受之時守事　╲紙二枚ニ

伊勢両宮　╲私云　如此書テ紙一枚ツヽミテ面ニ正　師ノ名ヲ下ニ書

╲正《裏紙銘》住吉大明神　╲又裏ニ直　又師ノ名ヲ下ニ書也

玉津嶋明神　╲本式ハ二通也　略之時一通々用

柿本朝臣　╲守ノ裏ニ代々ノ家人ヲ書也

╲直《裏帋銘》紀貫之

助内侍」〈1〉

［5］

○一╲切紙之事　╲一ツニ重ネテ・上ノ端ヲ上ニシテ・三ニ折・弟子ヲトル時ニ・開ケハ・上ハヒロクルニ・ヤカテ上ヲ見ル義也・袋ハ布ヲ青ク染テ・麻ノ緒ニテ・ツカリ・クヽリ・ヲモスル也

〽十六通皆以同之　〽十二通書写之

〽傳受巻物四枚續《ツキ》也

［6］

〽寸法九寸五分　廣一尺四寸七分計

抄云

二條家宗祇分

(a)

一○御賀玉木　╲表書三ヶ大事之内　╲他本二條家祇公分

家々ノ儀區也　〽（墨）或云　即位時御笠山ノ松ノ枝ヲ長三寸計囲五寸ニ削テ朱ヲ以テ御守ヲ上ニ書テ懸サセ奉リ　即位以後カノ御守ニ種々ノ御宝ヲソヘテ帝ノ生氣方ニ埋ム　是ヲ――――ト云也云々

當家ニハ不然　是ハ片野ノ御狩ニ鳥ヲ付テ奉ル鳥柴ト云物也　是口傳也　不免記云々

(b)二○妻戸削花　╲表書同

メトトハ妻戸ノ事也　種々ノ花ヲケツリテツマ戸ニカサシ挿也　口傳也　又曰蓍ト草也　又曰右近馬場ノヒヲリノ日
真弓ノ手継ノカサシニサス花トモ云ヘリ

(c)三○賀和嫁　╲表書同

アマタノ説アリ　或ハ菱《ヒシ》　或ハ河緑　或河蓼　或ヲモタカ云々　是ハ河骨ト云草也　口傳也　不可免記

(d)四○重大事　╲表書重大事

・御賀玉木　内侍所　・賀和嫁　宝劔　・妻戸削花　神璽

[7]

△切紙之上口傳

(a)一△御賀玉木　鳥柴ノ口傳云　鳥柴ヲオカ玉ト云事鳥ヲツクルト云故也・鳥ハ魂ヒノ方ヘ取也・其故ハ・榊ニ天照大神
ノ御魂ノ鏡ヲ付タリ・是ヲ表スル義也云々・置玉ト云心モアリ

╲畢竟重大事時ニ内侍所ト比スル也

╲常光院ハ鳥柴ヲ用　╲當流ハ神木ヲ用也

(b)二△妻戸挿花　╲メトハ妻戸《ツマ》ノ事也・種々ノ花ヲ削リ・妻戸ニカサシサス也・是口傳也・如此妻戸ニ削リ花ヲシテカク
ル時節アル也・其故ハ二条后ニ比シ奉ル・朝帝國母ニマシマセハ《ス》・此大徳故也云々

╲畢竟重大事ノ時・神璽ニ比スル也

(c)三△加和名種　╲河骨ト云口傳也・此草ヲ宝劔ニ比スル心ハ・劔ハ水ヲ躰トス・河水ノ清浄ヨリ・此草出生スルニヨセ
テ・比シタリ云々　水ニモ溺レス花咲也

(d)四△重大事

╲此切帋ハ前ノ三ヶヲ神璽　宝劔　内侍所ニ比スル子細ヲ明ス也　假令前ノ切紙ハ・タトヘ也・三種ノ神器ヲ云ハンタ

メ也
╲惣《私》シテ此三・古今ニ無也・然ルヲ物名ノ内ノ草木ヲ以テ・譬へ・カヽル事ヲ御門ニ傳受申所也・此心マ○《シマ》サスシテ不可
叶者也
・内侍所　╲鏡ニテ座ス也・真躰ノ中ノ三ヲソナヘタル也・鏡ノ本躰ハ・空虚ニシテ・而モ能万象ヲ備ヘタリ・此理ヲノ
・正直　ツカラ・正直ナル物也・╲畢竟一切ハ正直ヨリ起ル間・此事ヲ一大事ト秘也・《ハ》此不得也」〈2〉
・宝剱　╲惣シテ剱ハ・本水躰也・自水起剱ト云々・陰ノ形也・云々　爰ヲ以テ・征伐ノ根本トスト云々
・天下治
・神璽　╲玉也・陰陽和合シテ・玉ト成ル也・神世ニモ天照大神ト素盞嗚尊ト・御中違ノ時・玉ト・剱トヲ取カヘ給テ・
・慈悲　御中ナヲル事アリ・陰陽ノ表事也云々
義曰　説文　璽ハ王者印也　本作壐　从土　所以主土　古者尊卑共之　師古曰璽之言信也
〽極タル口傳云・妻戸ノ戸ハ・門ナレハ・陰形ニ比ス・一切只コヽヲ根本トス・削リ花ハ・男・陽形ニ比スト云々
╲畢竟シテ口傳云・此三ノ宝ヲ以テ・御門・天下ヲ持チ得ル也・此三ッ一モカケテハ・不可成・帝王トシテハ・此三ヲ宝ト
シ給故也・正直ト制罰ト慈悲トノ三也云々
╲重ノ口傳云・前ノ三猶暫ノ事也・イカニ三ノ宝アリ共・ソレ計ニテハ・天下難治・此三ノ事ヲ心ニ懸テ・朝々暮々思へ
キ也云々・御門御心ニカチ給ヘハ・天下ヲ平安ニ持チ給也・ツルキニテキルヘキ事ニモ非ス・箱ニヲサメテモ・御心ニ
カケラルヽ時・天下ヲ治給也・╲是アナカチ・君一人ニモ不可限・人々ノ心底ニモ・此三ヲ備フヘキニコソ　╲帝ト諸
人
不レ可レ替・共ニ天照太神一躰ノ心也

［8］

○家之切紙　╲頼数ニ口傳　╲真躰ノ事

(a)＼真躰ト名字ヲ不顕シテ・假ニ名付タリ・實ニハ鏡ノ事也云々・先是口傳也・鏡ニ名題ヲ充《アツ》ル心在之・＼先鏡ニ天台ニ
云所三諦即是ノ法文アリ・元来明所・空諦無相也・＼サテ万象ヲウツス所假諦也　＼有無ノ二二不レ渡シテ・而モ二
ヲ備ヘタル・是鏡ノ躰也・是ヲ中道実相トハ云ヘリ・然共二字ニ云所・明所」〈3〉
＼本来無明ノ躰ヲ・古ト云ヘキニヤ・万象ノウツル所今ト也・何トシテ鏡ニ両字ヲ比シテ極トスルソト云ヘハ・天照太
神ノ魂ハ鏡也・神道ニ神鏡二大事ト云ニモ・鏡トハ天照太神ニ限ラス・神ニテマシマス也・神トハカヽミノ中略シテ、
立ル也云々・諸神ノ真躰ハ鏡ナレハ・且ハ鏡ト不顕シテ・真躰ト申所甚深也

(b)○剱事　＼神代ニハ八握《ツカ》ノ剱　九握剱　十握剱アリ・此外餘多ノ剱アリ・出雲國簸川上ニシテ・大蛇ノ尾ヨリ・得賜剱ノ
名ヲ・天村雲ト云・人皇十二代・景行天皇御宇ニ日本武尊東夷征伐ノ時・名ヲ改テ草薙剱ト云・此正躰ハ熱田ノ宮ニ
被納申・是ヲウツサレタル剱ハ・三種寶ノ内宝剱也

吉田状云

＼此分際ハ・委ク御存知事候哉・此外之御不審候欤　重而可示給候也

九月十九日　兼倶

自然斎侍者御中　書状在別帋

(c)神祇令以二鏡剱《カヽミタチヲ》一称二璽ト一　又神道部ニ入了」〈4〉

【第四巻】

［1］

○當家自為家卿直ニ相傳之分音縁之分八通其一二三四五也

二○御賀玉木　＼表書　三ノ口傳之内一

＼此木之事当時サル木アリ共不聞・狭衣ト云物語ニ・文字一ヲ残シテ云ヘル歌ノアルニヤ・若此類欤是ニ思ヨソヘ侍ヘシ

＼又神社等ニテ用木ノ事欤・猶可聞口傳也　莫顕筆端云々

三
〇妻戸挿花《ケツリ》　╲表書　三ノ口傳ノ内二
╲当時此名更ニ不聞・若易ニ用ル蓍《メト》ト云草欤ト云ヒ傳ヘタリ　╲口傳妻戸ノ事也・ケツリ花トハ・此戸ニ種々ニ花ヲ結
ケツリテサシ又カクル也・如此スル時節アルニヤ《ヘシ》・此説輕ニ似タリ・殊以不可解説而已
已上

四
〇加和名種　╲同表書　三ノ口傳ノ内三
╲此草・家々説不同・ヲモタカヲ云也・╲口傳加和骨・黄色花開　其葉芭蕉ニ似テ・チヰサシ・此事不得記事
已上

五
〇玉　╲ナヒシ所　天心　╲表書重之重
・戸　╲シルシノハコ　法度
・和　╲ホウケン　治天下

［2］二条家宗祇分

(a)
五　〇三鳥之大事　╲同表書　三鳥之大事
〇一ヨフコトリノ事　╲一説サル　╲一説ハコトリ　╲此鳥ハハヤフ〳〵ト云ヤウニ鳴故ニ云ト云ヘリ　╲又人ヲモ云
トイヘリ　╲春ノ山野ニ出テ若菜蕨・風情取アツメテ・帰ルサニ・友ヲ呼フ故ニ・カク云ト云ヘリ　╲又ツヽ鳥ト云
アリ・是ヲ家ノ口傳トス
〇一イナオホセトリノ事　╲家々種々ノ説アレ共・╲口傳ニハニハタヽキヲ云也
〇一百千鳥《トリ》ノ事・鶯ト云欤・家口傳鶯一ツニ限ラス・種々ノ鳥・春ハ同シ心ニ囀ヲ・百千鳥ト云也

(b)
〇切紙之上口傳
五　△三鳥ノ事
△一喚子鳥　╲此哥ハ元初ノ一念ヲヨメル物也・其一念ト云ハ・忽然念起名為無明ノ義也・無明ト云ハ・煩悩也・ハカ
ラサルニ起ル一念也・喚子鳥トハ・此一念ニヨヒ出サルヽ所ヲ云也・山中トハ深ク高キ義也・大空寂ノ所也・爰ハ更

ニ元来遠近高下ノ分別ナク・測ラレヌ境ヲ・タツキモ知ラヌ山中トハ云ヘリ・ヲホツカナクモトハ・ハカラサル一念ノ呼出ス所ハ・更ニ思慮セラレヌ境也・此元初ノ一念ノ端的也

△一婬名負鳥　喚子鳥ハ・一念起ル初ヲ云ヘリ・其後淫ヲワタメ・十月ヲ経テ・出生スル所ヲ・門ト云ヘリ・人々開タル心也・陰陽和合シテ・五大ヲマロメタル所ヲ・鳥トハナスラヘタル也・書ニ鶏子ノ如シト云心也・鳴ナヘニトハ・コトワサノハシマル義也・今朝ハ即時端的ノ義也・風ト鴈トハ・世界ノ色聲ノ目ニ見ヘ耳ニ聞ユル。《所》ヲ云ヘリ・隠顕ノ二ノ万端ニ世ノ造作ナル心也」〈1〉

△一百千鳥　╲囀ルトハ・万物ノ形・色聲ノ心也・アラタマルトハ・立帰リテハ・本ノやうニ成〱スル義也・コレ是法住法位世間相常住ノ心也　╲我ソフリヌルトハ・有待ノ身ノ義也・此身ハ二度立帰リ改マル事ナク・舊ヌル物也・世界ハ我ト云物ナキ時ハ・常住也・サレハ我ト云物ニ・一切ノ喜怒愛楽《(ママ)》アルニヨリテ・終ニ哀老ノ歎キアル也・サテ消テハイツチ行ソナレハ・最《元》初ノ自性ニカヘル心也・能可思悟之・禪ノ四了簡ヲ可思也

〔3〕

(a)　○當家自為家直傳之分音縁分八通之内

六　╲表書鳥尺

○婬名負鳥　╲庭タヽキ

此鳥ノ風情ヲ見テ・神代ニミトノマクハヒアリ・是ニヨリ此名ヲ得タリ　╲今上

○喚子鳥　╲ツヽトリ

ツヽト鳴テ・人ヲ呼ニ似タリ・依之有此名　╲関白

○百千鳥　╲ヨロツノトリ

╲春ハ・ヨロツノ鳥ノ囀ツレハ・此名アリ　╲臣

已上

(b)　〽此切紙ノ奥ノ裏ニ如此書之　╲裏紙常縁筆

○一╲イナヲホセ鳥ハ・万物ノ根元タル間・御門ニトテヘ奉ル・秋ノ部ニアル事猶口傳アリ
○一╲ヨフコトリ・春来テ・當李ヲ・人々ニ偏クシラシムルニヨリテ・関白ニ譬フル也
○一╲モヽチトリ　╲春来テ囀ル氣色・群臣ノ王命ニ従フサマ・関白ノ教ニ應スル躰・併ラヨロツノ鳥ノ・春ヲ得テ・
アツマリ囀ルニ似タリ・ヨリテ臣ニ喩也
╲御一覧之後やかて火中ニ御入参らせ候・如此物散候へは道あさく成候間難儀候
〽╲前ノ切紙ノ内・宗祇ハ三鳥ヲ二通ニシテ相傳也╲家ノ説之内

［4］

(a)四　○三鳥
○婬名負鳥　╲口傳ノトコロ・庭タヽキ　具之旨猶口傳ニアリ
○喚子鳥　╲口傳ツヽトリ・鳴聲人ヲ呼ニ似タリ云々
○百千鳥　╲口傳万ノ鳥・春ニナレハ囀ニヨリテ・百チノ鳥ト云也　鴬ヲ始テ・イツレノ鳥ナリ共・モレ侍ヘカラス
云々
以上

(b)　○三鳥重之口傳
○婬名負鳥　╲帝王
○喚子鳥　╲関白
○百千鳥　╲群臣
以上

(c)　○當家三鳥口傳　頼数之内
○一婬名負鳥　╲和合ノ初ナレハ・帝ニ譬フ・王者ハ万人ノ戴ク所ナレハ也　╲秋ハ年中ノ衰ヘ行サカイ也・此零落ノ道
ヲ・興ス所ハ・是帝心也　仍テ秋ノ部ニ入ル也

○一喚子鳥　╲時節ヲ得テ・人ニ告教ル心ヲ・関白ト云ヘリ　帝ノ心ヲ性トシテ・時節ニ應スル下知ノ心也・當時モ彼所ノ會ニ・武家等ノ懐紙ニハ・詠應教トカケリ

○一百千鳥　╲関白ノ教ヲ聞テ・各々事ヲナスカ如ク・春来レハ数〳〵ノ鳥サヘツルト云也」〈2〉（遊紙）」〈3〉

【第五巻】

［1］

(a)○一　藻に住虫　一虫

╲此虫ハ衆生蠢々ノ心也・此我ト云物・四大五蘊ヲマロメテヨリ・色相ニムスホヽルヽハ・境ニ依テノ事トハ迷心也・境トハ世界也・更ニ境ニ躰ハ元来ナキ物也・一身生セサレハ・万法無躰ト云是也・人ニ咎アルニ依テ・法度ト云事モ侍也・サレハ只我カラ也・此我ト云事・衆生ノ上ノミニ非ス・天地ニモアルヘシ・スメレハノホリテ天ト成モ・天ノ我カラ也・地モ又同カルヘシ・青黄赤白黒モ・各ノ我栖ノ色也・此后昔カヽル振舞アル事モナシソレモ我栖也・アシキ振舞アルモ我カラ也・思ヒ取テ世モ恨ミシト思返スモ又我栖也・サレハ此歌道ニ當ル所肝心也

(b)・真不直ハ只一心也・╲典侍直子ハ作者也ト口傳ス・此名ニツキテモ思サトルヘシ・作者ハ皆我ホトヨリハサケテ書事常ノ習也・此哥ハ先オロカナル所ヲタテヽ・是ヲ思アキラムル心トソ・此歌此集ノ眼目ト云ヘリ・大方ニ思ヘカラス」〈1〉

(c)○一　╲切紙之上口傳云 典侍藤原直子朝臣　╲頼数口傳内 口傳云・此哥恋ニ限ラス・人ノ万事一心ナルヘキ事ヲ・作者詠也・然間万人モ此歌ヲ可守也・作者一切衆生ヲ慈悲スル心アルニ依テ・直子ト云ハ・佛一切衆生ヲ如二一子〔一〕・アハレヒ給ニ・思ヨソヘテ・子ト云ト也・直ハ彼作者詠心也云々・秘之口傳也」〈2〉

［2］

(a)二条家宗祇分 六○吉野ノ山ノ桜事　╲表書　又口傳

＼此集ニサル歌見ヘス・撰者ヲシテ云ヘカラス・其上對シテ書之・竜田川ノ哥ハアリ・旁以不審アルヘキ事也　＼當家
ノ口傳ニ・文武天皇　芳野山ニ御遊覧ノ時・御ともにありて　人麿
＼白雲に色の千種に見えつるはこのもかのもの桜成けり云々
又説
＼ちるは雪ちらぬは雲とみゆる哉吉野の山の花のよそめは云々
相構之可秘蔵候也
(b)△六〇吉野山桜事・＼切紙上口傳云・只對シテノ事・甚深面白事也云々・乍去為ニ證勘之歟・此外別無義・切紙ノ二首・
猶前ヲ可用トソ・如此ソトシタルモ切帋ノ一〔上〕ノ口傳也

〔3〕
二条家宗祇分 口傳

(a)七〇風躰事　＼同表書　風躰之事
＼八久毛立　＼伊左爰尓　＼寿明石浦　＼梅能波奈　＼左越鹿乃妻問　＼夕去者野邊能秋風　＼来奴人乎松帆浦
＼永日乃杜之標縄　＼不見止也云半無玉津嶋
〽此外三代宗匠撰集之自哥　＼又入撰集佛神御哥等也
(b)△一〇風躰之事　＼風躰口傳哥　＼切紙之上ノ口傳候
＼八雲たつ　是ハヤスラカニ輕キ也・誠ニ神代ノ大道也
ほの〳〵と　是ハ・少シ重シ・大方大道廢レテハ・物ノコトハリモ深カ〔ラ〕ントシ・言ノ葉ヲ調ノヘナトスル習也・
サレト此哥ハ心サシノ深キ思ヨリ・詠ル哥ナレハ・大道クタリテ・廃レタル世ノ義ニハ非ス・是尤秘蔵ノ義トソ
＼梅の花　＼是ホノ〳〵ヨリハ・輕ク八重墻ヨリハ少重シ
＼さを鹿の妻問　＼梅花同躰ノカロサ也・イツレモ景氣ニ感シタル歌也　＼惣シテ景氣ノ哥ハ輕カルヘシ・待花　見花
ヤウノ題ハ輕ク・落花ハ面白キサマヲ思入ヘシトソ・問恋　逢恋ハカロク・別恋ハ重カルヘシ・四時モ又如此・三躰
ノサマニテ可意得・但其題ニ依テ其心アルヘシ
＼夕されは　＼此哥ハ俊成自讃ノ哥也トソ・風躰ニモ・心詞ニモ・叶ヘリ　此歌ヲ三品期ニ・コシヘノ禅尼シテ定家卿

ニの給ヒケル義アリ云々・此道ニ傳受ノ歌ト云事アリ・其義也
╲来ぬ人を　是は古風の姿也・然カモ詞ナト調リヌル歌也・定家卿又是ヲ子孫ノ為ニ載侍リ
╲なかき日の　是ハ夕され　こぬ人ナトヨリハ輕シ・夏ノ歌ナレハ也・此五文字五句ニワタル也
╲人とはヽ　是ヲ見つとやトナヲサレケル由侍リ・風躰ノ方へ入時ハ・見すとや也・心ハ同カルヘシ・風流ノ方ハ猶みすとやマサル也・四首ノ中ニハ殊ニ輕シ」〈3〉

［4］

(a)八〇天地人ノ歌ノ事　二条家宗祇分　╲表書三才之大事

一╲久堅ノ天ニシテハトハ・天上ノ事也・下照姫ハ天稚彦ノ妻也

アメワカヒコ崩御ノ時ニ・喪屋ヲ天ニ作リテ・モカリス・下照姫ノセウト・味耜。高彦根ノ神弔ラハントテ・天ニのほりケルニ・其形チウルハシクシテ・二ノ岳ト・二谷トノ間ニ・照カヽヤクヲ見テ・下照姫此事ヲ・人ニ知シメントテ・哥ヨミシテ曰

╲阿妹奈屡夜　ヲトタナハタノ　ウナカセル　タマノミスマルノ　アナタマハヤミ　タニフタワタラス　╲アチスキタカヒコネ　返歌曰

╲アマサカル　ヒル《ナ》リツメノ　イワタラスマシ《セイ》ト　イシカハカタフキ《チ》　カタウケ《フチ》ニ　アマ《ミ》ハリワタシ　マ《メ》ロヨシニ　ヨクコワ《シヨリコネ》　イシカハフ《カ》タリ《フ》チ　╲此哥事也

一╲地ニシテノ歌ノ事・出雲國ニ宮作シテヨミ給フ・ソサノオノ八雲立ノ哥也

一╲人ノ世トナリテハ・ソサノオノミコトノ卅一字ノ哥ヲ用ヨムト也・カナ序ニテハ・コトハリ見ニクシ・家ノ口傳・天地人ノ歌此分也

(b)△八　〇三才ノ事　╲切紙ノ上ノ口傳

╲是又切帋ノ上ノ外無別儀・猶モ〳〵人ノ世ト成テト・并ニソサノヲノ所ヲ・アケタレハ・能心得サセンタメ也・三才ノ起リヲ云ヘリ・面ニ書云ヘキ義ニ非サレハ・切帋ニスト云々

［5］二条家宗祇分

(a)九〇ほの〲哥ノ事　＼表書秘々

＼此哥ニサマ〲ノ議(ママ)・家々ニ口傳スル所也・然レ共・貫之旅部ニ入タリ　更此外ハ不及沙汰事也・シキテ今義ヲ立ツ＼天武天皇第一皇子高市皇子十九歳ニシテ世ヲ早シ給ヲ詠ル哥トナン・＼ホノ〲ト云ニ・四ノ議アリ・明・若・壽・風・此四也　万葉ニツカフ所也・明ト云ハ・夜ナトノ明ルヲ云・左傳ニ明旦トカキテ・ホノ〲ト讀メリ　＼若ヲ・ホノ〲ト云・春ノ草木ノ萌出ル躰也・奥《興》義抄ニ云・深草未出春色若《ホノ〲》タリト云ヘリ　壽風ハ・常ニ文道ニツカフ字也・文選云壽傳《ホノカニツタフ》三公政徳《トク》之道ト云ヘリ　＼文集云風聞《ホノカニ》クト云ヘリ・此四ノ義ノ内ニハ・今ノ哥壽ノ義也・王子ノ崩ニアツル也・＼浦トハ・此世界ヲ隔行《テ》ニヨソヘタリ・霧又物ヲヘタツル習ヒ也　＼一説霧ヲ病ニアツル由申　＼嶋かくれ行トハ去行也　＼又生老病死ノ四魔ニモアツル由申・此四ニカクサレ給　＼舟をしそ思トハ・舟ヲ王ニタトヘタリ・皇子ニ帝ニタカフヘカラス・然レハ舟ト云也・貞観政要ニ云・君如船・臣如水ト云ヘリ・重々ノ義共アレ共・不及筆端者也

(b)△九　〇ホノ〲哥ノ事　＼切紙ノ上ノ口傳云

＼生老病死ノ四魔ト云事・不可用之・嶋かくれハ・八嶋ノ外ヘコキ離ル、ト心得ヘシ・則此家ヲ去ノ心也　＼此哥ほの〲トあかしトツ、ケテ・明闇ヲ云《ル欤》・ヘリ・而已・又明行方ヘ云ヘリ・旅部ニ入タル事・甚深ノ妙也・浮世ノ様・ツキニ誰モ本覚ノ故郷ニ可帰ヨシニコソ

(c)△一素純抄之内＼ほの〲ノ歌事　＼又口傳アリ・大カタ五大分離シテ・又尤源ニ帰リ・法界ニ帰ル心也　＼ほの〲ト明シハ・一氣生ヨリ・六根六識ヲ具足シテ・又本ニ帰ルサカヒヲ・浦ト云ヘリ・一天四海ヲ掌ニ入給帝王モ如此ト・万人思心也　＼生老病死ノ四魔ノ義不用之云々」〈4〉

［6］二条家宗祇分

(a)十　〇古歌之事　＼表書口傳

＼伊津具志喜御賀本尓而・茂路々々能人乎見給傳・三多加良都作・古々路作之波・可議利在之

(b)△十　▲古歌之事　＼切紙之上口傳云

＼イツクシキ御カホニシテ・諸ノ人ヲ見給て・トハ・イカニモ柔和ニシテ・人ニ向給ヘキ也　＼御宝トナシトハ・無事ニシテ諸人ヲ見給君ノ御心ヲ云也・有為ノ宝ハ暫ノ物也・無事ニシテ万民ヲ見給時・天下治・如此見給御志カキリアラシト云心ニ・志ハカキリアラシト云也　＼又人民モ上ヲアリカタク思奉ル事・限リアラシト云也・是ハ古哥ノ躰ニテ・文字ノ沙汰ニ不及・此心肝心ノ故ニ口傳ス・秘之々々

〔7〕

(a)十一 二条家宗祇分　○重之重　＼同表書重之重

＼身仁邪奈久・他仁慈乎与

(b)△十一　○重之重　＼切帋之上口傳

＼此事還テ無曲様ニ人可思欤・真實学テモ不可及・習テモタモタヌ所也・習〱テ・我心腑ニ染ヘキ事ハ・此一事也・此外ニ身ヲタテ・國ヲ治メ・家ヲ斉ヘキ事アランヤ・自然ハ天性無欲ナル物ハ・世ニアレ共・他ヲメクミアハレム心ハ・ナキ也・ソレハ不可。有曲トソ・此心上一人ヨリ下万人ニ及ホス也

〔8〕

(a)十二 二条家宗祇分　○土代　＼表書土臺

＼奉授

今上皇帝　和哥

神南日能　依綸言上桜花哥

延喜三年十一月二十三日

紀貫之上

(b)△十二　▲土臺　＼切紙之上口傳云　私義曰 代々相承之土代之歌奥ニ續之

＼此集の土臺也　＼是ヨリ哥ヲ授ル事始ル也・人丸 文武ニ路ヲ授奉テ・此哥ヲ・申也・是ヲ知テ貫之 延喜ヘ神南備《日》ノ歌ヲ奉授也・然綸言・上桜花哥トハ・サラハ汝モ・自歌ヲ以テ可申之由ノ綸言ニ依テ・桜花ノ哥ヲ奉授候也・此後万

葉ハアリナカラ・大様ノ物ナレハ・自撰哥ノ御沙汰ヲト・思食立所・自是起也・一部ノ土臺ト是ヲ習也
／以上十二通　常光院二条家切紙畢」〈5〉

(c)○一　傳受哥之次第　當流相傳抄物之内也
○土代　／代々之儀

○授俊成和歌
／龍田河紅葉乱而流女里
／多津田河紅葉々流神南比乃
保延四年八月十五日　基俊

○授定家和歌
／結手乃志津久尓々古留山乃井濃
治承三年二月九日　釋阿

○授為家和哥
／佐保鹿乃妻問山乃岡邊那留　追歌松帆之浦乃哥
貞應元年七月六日　定家

○授為氏和哥
／松帆乃浦能　追加　永日乃森志女縄久利返歌／
建長三年十二月十三日　為家

○授為世和哥
／永日乃森志女南波
弘安元年十二月廿八日　為氏

○授頓阿和歌
／前歌
元應二年七月廿六日　為世

○授經賢和哥　／又授為重
／春立登云許尓也三吉野の
貞治三年四月廿一日　頓阿

○授尭尋和歌
／霧立而鶉鳴也山科乃岩田濃小野々秋農夕暮
應安五年六月一日　経賢

○授尭孝和哥
／前歌
應永十年正月十日　尭尋

○授常縁和哥

╱百舌鳥乃鳴波志濃立枝之薄紅葉哀波深秋の色賀那
享徳三年十二月廿七日　尭孝

○授頼常和哥
╱極楽八伊賀計那留光尓天今夜乃月之空尓澄覧
文明十年八月廿一日　常縁

○授素純和哥
╱天原思邊波加波留色毛那志
文明十四年正月十日　頼常」〈6〉

---

［9］
一　内外口傳哥共　逍遥院殿奥書云明應元年八月上旬受宗祇法師口傳以故常縁自筆書写之不可外見之　御判

素純抄之内ニモ載之間一校了

○十八首秘歌事　╱別紙ニ此歌目録

○春歌　貫之╱桜花咲にけらしも　╱此歌ハ表理ノ義無之・詠方肝心也
高世╱枝よりもあたに　╱人々浮世ノ理・深可観念ニコソ

●夏歌　柿本╱わか宿の池の　╱詠方ノ本ニ用也
三國町╱やよやまて山ほとゝきす　╱是又穢土ヲ厭ヒ浄土ヲ欣フ心ニアリヌヘシ・又能々可能観之

●秋哥　╱河風の涼しくもあるか　╱此哥又詠方ノ本ナルヘシ
遍昭╱わひ人のわきて　╱此哥物ノ不運ナル時如此物也

●冬哥　宗于　山里は冬そさひしさ
列樹／昨日といひ
●賀歌　興風／いたつらに過る月日　／此両首は有為轉変ノ理ニヤ・深可観之
忠岑／千鳥なくさほの川霧　此哥又詠方ノ本也
●離別　白女／命たに心にかなふ　／此哥又其心アル欤・深甚也
貫之／むすふ手の　／詠方ノ本也
●羇旅　柿本／ほの〳〵と　／詠方ノ本也
業平／から衣きつゝ
●物名　敏行／心から花のしつく　／此両首又可有其意・可観之
シケカケ／足引の山橘　／此哥詠方本也
●恋哥　柿本／あはぬ夜のふる白雪　／詠方本也
直子／海士のかる　／此歌又道之重事也・深可観之
〽右十八首ノ秘歌也
△哀傷／茂行／花よりも　／詠方ノ本也　又口傳
△雑歌　業平　大かたは月をもめてし
蝉丸／風のうへにありか
△誹諧　興風／身はすてつ　／此両首又其意アルヲヤ・尤深可観之
△廿巻　讀人《アミフリ》不知／あふみより
哥《ヒタチ》／筑波根の花の紅葉ゝ　同前　哥在之又口傳　〽（墨）ナカレテハイモセノ中ノ
／右和哥在口傳
〽以上内外口傳共二十四首」〈7〉

〔10〕

○一／當流相續之事　／切紙

●紀貫之――助内侍／貫之延長元年癸未内侍ニ授之

女／号但馬　／内侍カイシヤクノ女也・歌ハ不詠・只内侍方ヨリ・書ヲアツカリテ・年久シク護持ス

女　／是ハ但馬カ知ル所アル者也・江州ニ在之　／彼但馬又預カル所ノ書ヲ傳フ・是モ歌ハ不詠

女　／山法師ノ妻トナル

女／山法師ノ妻ノ女也　／此女前ノ文書ヲ傳テ持也　／従延長至永保三二百六十年

／此女房永保三癸未授金吾也

基俊　／基俊於南都　南圓堂・和歌道事・被祈畢・依夢想・至大津被尋之・　／又依大津八幡之夢想御（遂）被傳此書云々　／号家の口傳也

〔11〕

○一／高傳書

授阿古子和哥

桜花開尓氣良之毛

延長元年四月八日　貫之

／此書一通　／又書一冊号　高記　／在口傳

／又書一通　／号未記　／内侍作也

╲ゑいほう三ねん正月廿九日藤はらのもとゝし《基俊》にしるところ・ならひに・文ともさつけり

〔12〕

(a) ○一 ╲奥書

古今集之事　初度

文明三年八月十五日以相傳之説々傳受僧宗祇了

従五位下平常縁判

(c) ╲重而奥書

文明五年四月十八日

古今集之説悉以宗祇仁授申了　心於竪横仁懸天此文於可守者也

八代末葉下野守平常縁判

免許之和歌三首有之　他巻ニ注了

〔13〕

○╲伊勢物語之奥書

伊勢物語之事

以當流之説々授宗祇了

文明四年壬辰六月廿九日　平常縁判

〔14〕

○一　素暹傳受事　╲千葉介六男・東六郎常胤法名素暹

╲為家卿直伝・三代集傳受・口傳等・以別紙免許・門弟第一之由被載之・自宝治元至至に文永九年╲彼書状七通有之

〔15〕

○一　╲逍遥院禅府御傳受之事

／古今事
文明十九年夏一部説悉受之了
／伊勢物語
文明乙巳六月受之　長享丁未重聴之了」〈8〉

[16]

(a)
血脈

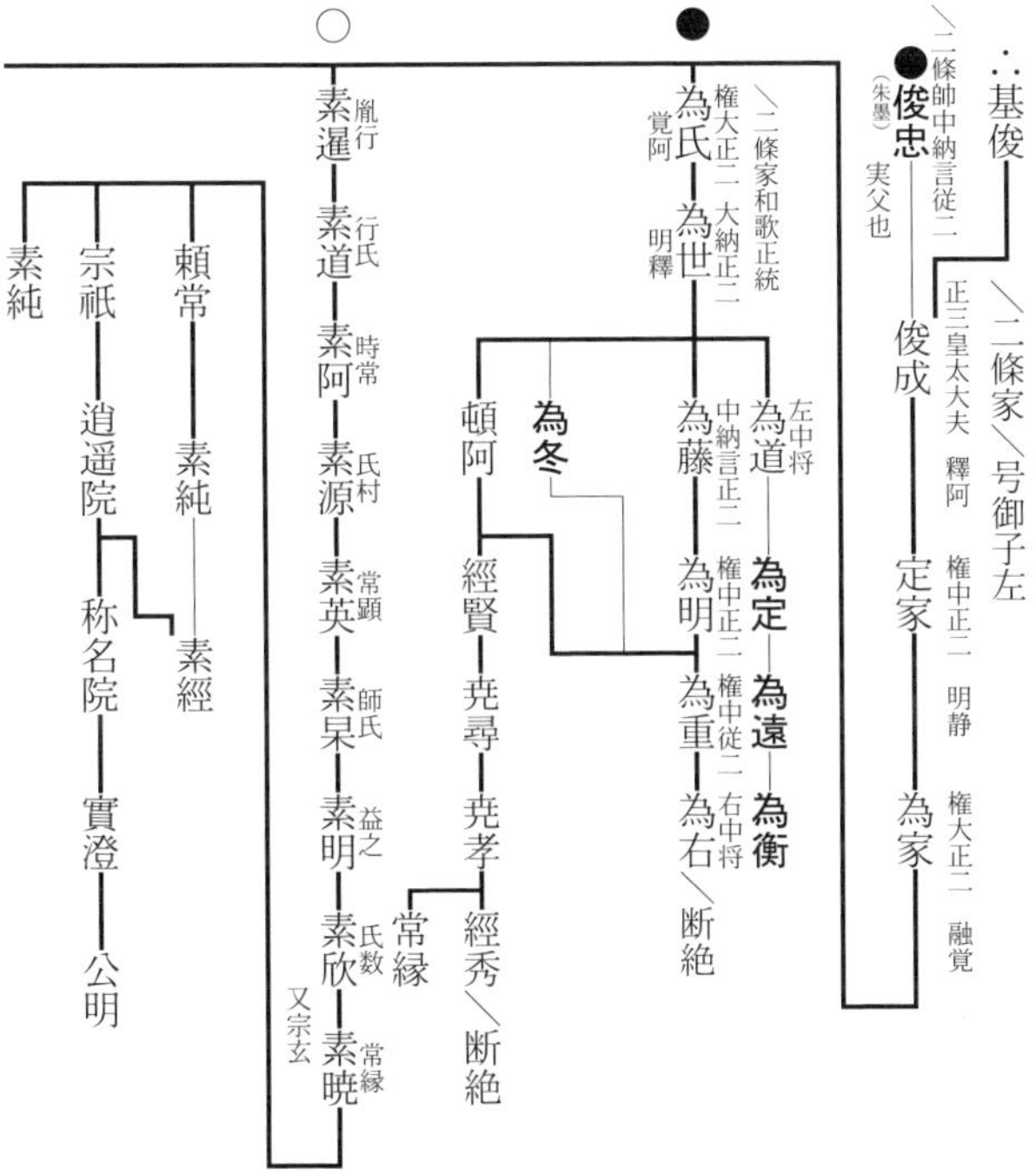

冷泉家　胤頼法阿　重胤覚念

●為相（中納言左門督）―為秀（権中正三）―為尹（権大正）―為之（左中将）―為冨（権大正二）断絶

●下冷泉　持為（権大従二）―政為（権大正二）暁覚　断絶

」〈9〉

(b)

○傳受次第　二條家

紀氏女説在口傳

●左金吾（基俊）―五条三品（俊成）―京極黄門（定家）了見在之―中院亜相（為家）―冷泉黄門（為氏）二条　私義在之―御子左（為世）―頓阿―經賢―尭尋―尭孝―常縁―宗祇―逍遥院―称名院―實―

素純

素純

(c)

○傳受次第　當家　東也

●左金吾―五条三品―京極黄門―中院亜相―素暹―行氏―時常―氏村―常顕―師氏―素明―氏数―常縁

頼常―素純

素純

宗祇―逍遥院―素經

」〈10〉

（遊紙）」〈11〉

【第六巻】表書「**最末極秘**」

［1］

／千葉東家切紙寸法長九寸二分　廣一尺三寸八分計

○稽古方六通　　稽古方一通ノ裏ニ此連署アリ

(a)

一○稽古方之事　／表書稽古方

一・情新　・詞舊　・心直　・言艶

弘長元年二月九日授素暹畢

三代撰者融覚判

素暹
行氏
時常
氏村
常顕
師氏
素明
氏数
常縁

(b)

二○再稽　／表書如此　此裏ニ奥ヨリ端へ代々ノ作者今ノ相傳マテ書ツラヌ

情新トハ風情ノ様ニヨリテ・心ノ新シクナル也・水ノ器ニシタカヒテさまヲ得カ如シ

／天原おもへはかはる色もなし

／天河とをきわたりに成〔に〕けり

此類ナルヘシ　／只切ニ心ヲ附テ思ヘキ也・題ヲ数遍吟味セヨ・題ニ能々心シミヌレハ・歌ニ餘情モアリ・又見さめセヌ也　／只心ヲコシラヘヌレハ・歌ノタケモタカク・キヨケナル也・／心ヲコシラヘヌルトハ・題ヲ心ニヨクソメテ・他事ナキヲ云也

已上

(c)

三○作傳　／ウハカキ

二○心ヲ染古風　　詞ヲ先達ニナラフヘシ

心ヲタ、シク　　詞ヲスナヲニ可詠
心ヲ物ニマカセテ　和ヲ基トセヨ・惣ニハ物ニ對シテ事ナカルヘシ・是ヲ正ト云也
╲古今序ニ　そのはしめをおもへはか〻るへくなんあらぬいにしへ人の代々の御門ト云ヘリ
╲上古ノ躰ヘタ〻リ行故ニ・臣ノ賢愚ヲ知食ス・然ニ詠和哥・是既ニ道ノ零落ト謂ツヘシト云々・╲猶在口傳
已上

三(d)
四
○道　╲ウハカキ
○百人一首　始《正直》終歌古今ノサマニハアレ共玄之玄ハ同之也・但其実落テ花ヤ多分ニ侍ラン　╲猶在口傳
二《正》神ノ御歌《直》ト巻頭歌ト同前　╲在口傳
天《正》地未分ト二神御歌《直》〔同前〕╲在口傳
代々勅撰ノ内・題不知トアルハ・物ニヨラス・詠ニヒカレスシテ・正直ノ哥也　╲又題不知〔ノ〕外ノ歌ヲ其マ、心得サセンタメ也　╲又題不知ノ歌ハ・多議アル欤　又憚ノ事アル欤
已上
私書加云々
池塘生春草　万葉　古今□（破損）躰　〽切紙ノ■（不見）ノ裏ニ書之
露白《ハシ》寒塘草　古今ヨリ建保　建仁ノ上足ノ躰也

(e)
五
○和　╲ウハカキ
序曰・人世ニアリテ無為ナル事アタハス　╲其心アラハ也　╲為沐浴心詠和哥・其歌〔不〕作曲節・眼前を不失可詠也　╲万物心ニ起ハ即詠歌　╲又時々万物ヲト、メサレ　╲時々ニ又万物ニサカハサレ　╲サカハサレハ無為」〔1〕
ナル事アリ・是ヲ和ト云也・此心ヨリ詠出歌ニ・鬼神感動ス　常ニ思ヘシ
已上

(f)
六
○中　╲ウハカキ　╲一句ノ文ノ事也　**義曰　神道ノ部ニ書入了**
一句之文ノ事・清ノ一句ヨリ・六ノ義ヲ立ルニヨリテ一句ノ文ト云也

アキラケキ神達オノ〳〵オモヒ給ヘ(告)
コノトキニキヨクイサキヨキ事アリ(教)
モロ〳〵ノ法ハ影ト形トノ如シ(持)
キヨクイサキヨキモノハカリソメニモケカル、事ナシ(直)
心ヲトラハウヘカラス(正)　隙(?)空ト云　深空ハ不居ノ心也
ミナ花ヨリナレル　コノミトハノタマハサル也(合)今欤
╱花ノ咲テハ・必ス実ノナル様ノ事ニハ非ス・自然ト具シタル心ト云・心也　猶別帋ニアリ

〽此六通ノ外ハ・追加之ト云々・前モ初六通ト云々
文明十年六月五日乙未午刻」〈2〉

【第七巻】

［1］

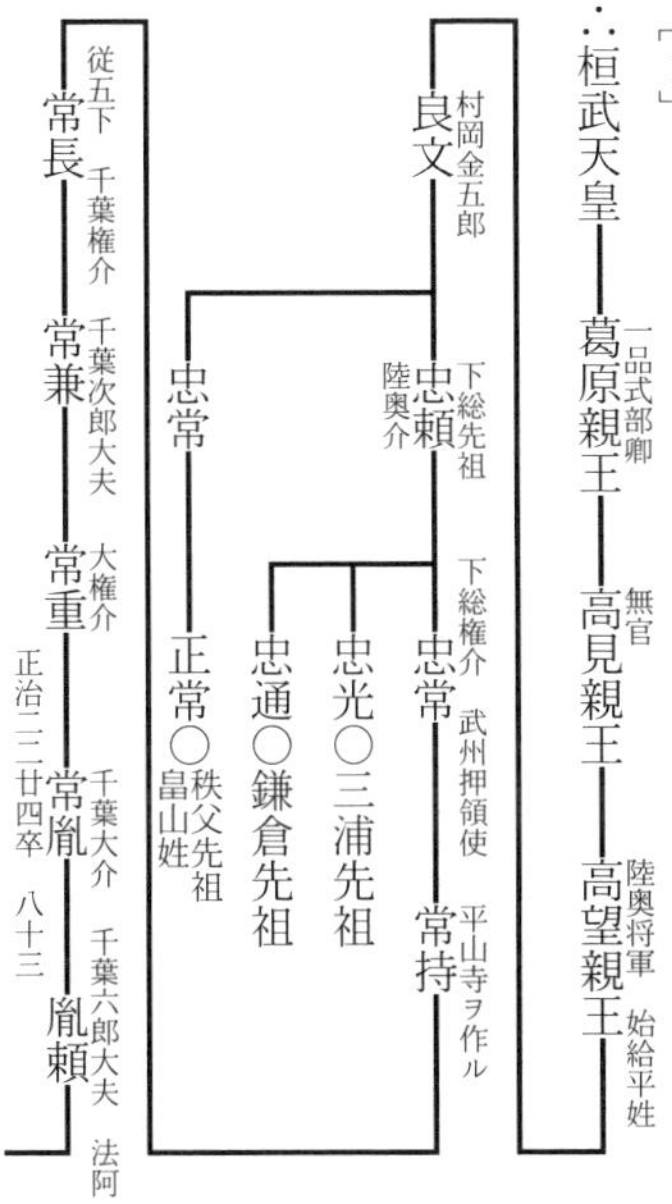

重胤 東兵衛尉 覚念 ― 胤行 中務丞 素暹 始入勅撰 ― 行氏 六郎右衛門 素道

時常 素阿 ― 氏村 下野守 素源 ― 常顕 悟阿 ― 師氏 素杲

益之 素明 ― 氏枝 素欣 ― 元胤 ― 常縁 素傳 ― 頼数 左近将監

常和 下野守 素安」〈1〉

【第八巻】表書「**神秘深奥**」

［1］

○神道口傳事

○神詠

／阿那　宇礼志　尓陪屋　宇摩志　雄登古今仁　安居奴

／十八意妙事等　六義　六根　六境　六識ニ表ス

／切紙　初重　二重　三重　四重　以上四通

［2］

○八雲神詠四妙事　／号超大極秘之大事

／字妙 卅一字　・句妙 五句　・意妙 作意　・始終妙 古今ニ渡テ所傳也

／切紙二通并定家卿傳受書状案一通

［3］

○化現之注一通

╲夜ハ日光北ヘ達・地ノ底ヲ通達之時　底筒　衣通姫
東南ニ現在時・中筒　赤人　西乾ニ留・表筒　人丸
以上三聖　乾ハ天　表ハ乾ノ心也

〔4〕
○神鏡之口決
╲一女三男神躰事　一通
○神代和哥　一通
○住吉社事　一通
○太易　寒空　・太初　成春　・太始　住夏　・太素　懐秋
・正直事　・河圖　・洛書　・大例事　╲以上一通
禪府御奥書
右宗祇法師傳受事等　為撃卒尓之蒙聊記付之　正本秘函底　彼書状等又可秘蔵　此一巻不可他見而已
永正第七二十八雨中記之云々

〔5〕
○日神御事　**素純抄**
○伊弉諾　伊弉冉尊先大八嶋ヲ生給　器界是也
○次日神月神等ヲ生賜　╲有情界ノ始是也
╲器界トハ・天地万物也・故《コノユヘニ》陰陽トツイテタリ　╲生界トハ・有情也・故《コノユヘニ》陰陽トツイテタリ　╲日神和光同塵ヨリ天地万物ニ至テ・陰ヨリ陽ト顕タリ・故ニ日神ハ陰也・月神ハ陽也
╲此上ニ重位ノ相承是也
╲易曰・八卦中ニ・離卦ハ日也・外ハ陽徳也・内ハ陰徳也・又云離卦ハ中女也・坎ハ中男也・月也・此卦ハ外陰也・内ハ陽也・故ニ夜ノ躰ニ顕ハル　╲佛法ニ・金剛界ハ・月也・胎蔵界ハ日也・金ハ天・胎ハ地也・天ハ陽也・地ハ陰也云々

╲以テ二此等ヲ一能々可有分別事也

〔6〕

○剱事
八握剱｜　上ニ注了

写了入　三ヶ之内

兼倶書札アリ

〔7〕

○一　ミタリノオキナノ事

╲身足・三足ナト申事ハ・ヲカシキ事・他流ノ儀也　只當社三神ノ事ニテ殊勝ノ事也

・一╲ミタリノヲキナノ事・住吉也・表筒男　中筒男　底筒男トテ三社也・是ヲミタリト云・╲内義和哥ノ道ノ本尊トシテ・此道ヲ守給　╲又是ノミナラス・諸人ノ願ヲ早クカナヘ給事諸神ニ勝タリ　╲又是ノミナラス・後生仏果善提ニ・ハヤクイタラシメ給也　╲此三徳ヲアケテ・三タリト云ヘリ」(1)

〔8〕

(a)○一通

○超大極秘之大事

八雲神詠四妙事　**字妙句妙意妙始終妙**

╲初字妙《字妙》者・三十一字ノ数ハ・一月卅日極ヲ・又一日ト變ス・天道ノ循環無窮ノ数ヲ以テノ故也・濱ノ砂ハカソヘツクストモ・此風体窮ナカルヘキトナルヘシ

╲二句妙者・一首ノ中・分テ為五句・是則・五行・五大・五音・五色・五味・五臓・五躰・五輪・五蘊・五常・五戒・五知・〔五〕佛・等ヲ主トル(ママ)・万法此五句ヲ出事ナシ

╲三意妙者・一篇ノ意巧・妙・天地ヲ動シ令感・男女ノ中ヲ通知スル事・皆是意妙之至極也

╲四始終妙者・此風体ハ・神代ヨリ始テ末世ニ至マテ・大ニ盛ナル故ニ・始終ト云也

(b)○一通

○重大事ト云ハ・八雲神詠・第五句ノ類也頭
陰陽二神の・天浮橋の下ニテ・詠ル・ソノーーーヲ
意ヲ詞ニ顕シ・詞ヲ数ニ作テ・夫婦ノ天地ト等《ヒトシク》ス・天地ハ陰陽二神ノ霊躰也・一年ニ十二度ノ會ハ・毎月晦也・卅一
字ノ事・字妙ノ注ニ見タリ
能思惠深憶倍

文明十五年四月十八日以累代口决唯受一人相承所令授与宗祇禅師也

神祇長上従二位卜部朝臣兼倶示

(c)○一通　＼定家卿誓詞之書状
詠二字口决事神代之極秘真実以和國大事不可如之候　懇志御傳受之条三生之厚思候　於正腹一人者可傳受候　至自余者
雖末子敢不可有相續候段且奉任天神地祇之證明候　恐々謹言

二月九日　　　定家

冷泉権大副殿

出現大事者至極之深秘候間御ー紙殊以肝心候条早可申請候也

［9］

一　**以鏡剱称璽事**

○神祇令第六（＼第三）・凡践祚之日ニハ謂天皇即位・謂ニ之践祚一ト・々ハ位也・福也　中臣奏ニ天神之壽詞《ミコト》一謂以ニ神ノ代之古事一ヲ・為ニ万壽宝詞一ト也・忌部上ニ神璽之鏡剱《カヽミタチ》一・謂璽、
ハ信也・猶レ云ニ神明徴信《イチシロキシルシト》一、、、、此ハ即以ニ鏡剱一ヲ稱レ璽ト也

［10］

素純抄之内
一神書　＼あを海原ハ＼陰ノ義也　＼天のとほこハ＼陽ノ形也・陰陽和合時ノ一気根本無明一念也・爰ヨリ五蘊悉立シテ・
種々ノ造作ニ■（不見）ル也」〈2〉

［11］

(a)○一通　○神詠支配之大事╱六根六識六境　**初重**

阿奈━━━━眼根━━━━風
宇礼志━━━耳ー━━━賦
尓陪屋━━━鼻ー━━━比
宇摩志━━━舌ー━━━興
雄登古《コ》今仁━━身ー━━━雅
安屋奴━━━意ー━━━頌

右能思恵深憶陪

文明十五年四月十八日以累葉口决唯受一人相承授与宗祇禅師了

神祇長上従二位卜部朝臣兼倶示

(b)○一通　**二重**

○陰陽神詠數之大事

・阿奈宇礼志尓陪屋宇摩志雄登古今仁安居奴

╱此詞数十八・陰陽ノ二首ヲ合テ三十六ナリ・此卅六数ヲ以テ・五句卅一字ト作ル也・男ト女トノ詞ハ・天地ナリ　陰陽也・出入ノ息ナリ・故ニ阿吽ノ二字也

右能思恵深憶陪

文明十五年四月十八日以累代口决唯受一人相承所授与宗祇禅師了

神祇長上従二位卜部朝臣兼倶示

(c)○一通　三重

○神詠四ーー妙支配之大事

・六根　・眼根　耳、　鼻、　舌、　身、　意、

・六境　・色境　聲、　香、　味、　觸、　法、
・六識　・眼識　耳、　鼻、　舌、　身、　意、
╲此根境識ノ三ヲ合テ三六十八ト成　**私云　密ノ十八道是也**

右能思惠深憶陪

文明十五年四月十八日以累代口決唯受一人相承所令授与宗祇禅師了

神祇長上従二位卜部朝臣兼倶示

(d)〇一通

〇神詠四妙之大事

╲初句者・三十一字ノ数・一月卅日・極テ又一日ト・天道ノ循環無窮ノ数ヲ以テ・濱砂ハカソヘ盡ストモ・風躰無窮ナルヘシト云ヘル也

╲二句者・一首ノ中・分テ為五句・是則・五行・五大・五色・五味・五臓・五躰・五輪・五蘊・五常・五智・五仏・万法此五ヲ出ル事ハ無

╲三句者・一篇ノ意巧・妙ニシテ・天地ヲ動シ・鬼神ヲ感セシメ・男女ノ心ヲ和ル事《ナリ》・皆是意妙ノ至極ナリ

╲四句者・此風体素盞嗚尊ヨリ始テ・末ノ世ニ至マテ・大ニ盛ナル故ニ・始終《妙欤》。ト云ヘリ

能思惠深憶倍

文明十五年四月十八日以累葉相傳令授与宗祇法師也　情而莫忽矣

神祇長上従二位卜部朝臣兼倶示」〈3〉

[12]

別義者外・奥ノ義者内也・内外ヲ在ト云

[13]

・一　表中底事　╲天照太神・ミソキシ給時・ヨレル也　是則云所同前・上中底三ニワカテリ・謂ル上ツ、ヲ　中ツ、

／ヲ　底ツヽヲ也・爰ニテ・始テ・名付ル所・高貴大明神《徳王菩薩》也　是住吉ノ別名也・住吉ニ御在ス前ノ尊号高貴也

三タリ口傳・十合圓満大神ノミソキニヨリ給ヘハ・三足《タリ》ト三ニタルト云深秘也

［14］

○一　廿巻《／祇ニ口傳》　神遊　神楽ノ事　神通自在　口傳有之　神通自在ハ・性也・故ハ真実ノ神通自在ハ・例式ノ寄異(ママ)不思議ニ非ス・青黄赤白黒ノ色モナク・長短方円ノ形モナク・性常住不滅ノ理也

［15］

○一／取物ト云ハ・皆此上ノ表事也　／榊ハ・不変ニシテ以前ノ性常住ノ表事也　／カツラハ・託スレ物ニ・是ハ意識ノ色々ニ物々ニフレテソレニ成行表事也　／弓ハ随意取ナス・ソレ〳〵ニ随フ心也・世上ノ上ニ不随者・不可有表示也　／杓ハ・憶持《ヲクチ》・物ヲ憶持スルト云ハ・心ニ物ヲヒツソクシテ・無餘事心也・杓ハ水ヲ汲テタヽヘタルカ如キノ表示也／惣シテ取物ト云ハ・十種ノ取物ナトヽテアレト・此集ニハ四種ヲ挙タリ

［16］

○一　真躰之事　○／鏡事也　**入三ヶ之内**

［17］

○一　一句之文事　〳〵義私　／此切紙ハ東方稽古六通之中也　今私ニ神道ノ部ノ中ニ暫書入之　依有神道之儀

一句ノ文事　清ノ一句ヨリ六義ヲ立ルニ依テ一句ノ文ト云

／アキラケキ神達オノ〳〵オモヒ給へ　**告**

／此時ニ清ク潔キ事アリ　**教**

／モロ〳〵ノ法ハ影ト形トノ如シ　**持**

／清ク潔キ物ハカリソメニモ汚ルヽ事ナシ　**直**

／心《コト歟》ヲ取ラハ不可得　**正**

／ミナ花ヨリナレル果《コノミ》トハの給《ナレリ欽》ハサル也　**合**

稽古方六通之内

〽花ノ咲テハ必ス実ノナル様ノ事ニハ非ス　自然ト具シタル如ト云心也　猶別紙ニアリ

[18]

△極位《神道》八通之内

○一通　○住吉之注

╱住吉之神者・日神の御異名ナリ・假令╱夜ハ日光北。方へ遶リ坐ス・是則地ノ底ヲ御通アル・是時底筒男神ト申ス・又ハ底土命ト申ス　╱東南ニ現坐ス時・中筒男神ト申ス・又ハ赤土命ト申ス　╱西乾ニ現坐ス・時・表筒男神ト申ス・又ハ磐土命《ツヽノミコト》ト申ス　╱三聖者・衣通姫　人麿　赤人是也・底通ヲ表シテ・衣通ト名付・明日《アカキヒ》ヲ表シテ・赤人ト名付・日留ヲ表シテ・人麿ト名付・皆是日ノ名ヲ表スル也・╱故ニ・╱北方底通日ハ・底土ノ御名也　╱東南ノ明日《アカキヒ》ハ赤土ノ御名ナリ・五音相通ス・故同名ナリ・見上《ウヘ》・╱又表トハ乾也・乾ハ天也・日ハ天ニ留リ坐ス・故ニ日留ハ表筒ノ一ノ御名ト習也

〽此注無双ノ秘注也　代々置文ニ唯授一人之由制法堅固者乎　拾遺ト部判」〈4〉

【第九巻】 表書「**東流水**」

[1]

(a) ╲東○當家自為家直傳之分音縁之分八通

五・一　╱号題之口傳　〽表書題之事

・古　╱文武天皇　人丸　・今　╱醍醐天皇　貫之

・古　╱自宇多天皇以前　・今　╱當代

・古　╱天地未分　・今　╱自國常立以来

╱以上

(b)
二　御賀玉木　表書三ノ口伝之内一
〽三　妻戸插花　表書三ノ口伝之内二
〽四　加和名種　同表書三ノ口伝之内三
〽五　玉戸栢　表書重之重
〽六　嫐喚百　表書鳥尺
〽同裏書常緣筆　**朱合點之分右ニ写了**

(c) **六**・七　＼賀茂祭哥之事（**祭事**）　＼表書祭之事
此集肝心只此一事也《コヽニアリ》（墨点）於可聞口傳者也
已上

(d) **七**・八　＼名題之事　＼表書玄々之旨
＼真躰　＼此裏ニ鑑トカク也
＼已上　**八通了**

［2］
＼一　高傳書
授阿古子和哥
櫻花開尓氣良之毛
延長元年四月八日　貫之
〽此書一通（私書加）　又書一冊号高記　在口傳
又書一通号未記　内侍作也

ゑいほう三ねん正月廿九日藤はらのもとゝしにしりところならひに文ともさつけり

［3］

╲前ノ切紙之内・宗祇ハ三鳥ヲ二通ニシテ相傳也　家ノ説之内

四　○三鳥
○三鳥重之口傳

上ニ注了

［4］

○古今傳受次第

╲清濁　╲談議　╲傳受　╲口傳　╲切紙　╲奥書

但依人時宜之由可心得也

［5］

○一番文人　・二番自延上古　・三番土代

・四番自神代以前古人王今　・五番天地　・六番真」〈1〉

［6］

○一　╲素暹法師古今傳受事

╲千葉介六男東六郎常胤╲法名素暹

╲為家卿書状　╲宝治元三十一　╲同四月二日　╲同十三日

╲同七月廿五日　╲文永五五廿　╲同九年八廿三日

╲同十月二日　〽以上七通在之「╲文永五五廿日状也

╲三代集傳受口傳等・以別帋免許・為門弟之第一由・被載之

［7］

○一　╲置手之草案《ヲキテノ》

╲古今傳受之事・不可有子細之由承候・自今以後不可存疎誠者・再傳授之説々不可有聊尓候・此旨私曲候者　誓文――

年号月日　名判

〔8〕

○一　╲伊勢物語

伊勢物語傳受之事・非其器者・不可漏脱事・右若有違背之事者　誓文

〔9〕

(a)

○一　○奥書

╲古今集之事　初度

文明三年八月十五日以相傳之説々傳受僧宗祇了

従五位下平常縁判

(b)

○重而奥書

╲文明五年四月十八日

╲古今集之説悉以僧宗祇仁授申了・心於堅横仁懸天・此文於可守者也

八代末葉下野守平常縁判

(c)

○自素傳宗祇へノ免許ノ歌短冊也

宗祇庵主╲身をあはせともなふ人の世にもあらはいにしへ今をかたりてよ君常縁

同╲紅葉ゝのみたるゝ立田白雲の花のみよし野おもひわするな常縁

同╲をろかなる事をはをきて傳へくる跡久堅の月を見よ君常縁

〔10〕

○伊勢物語ノ奥書

╲伊勢物語之事
以當流之説授僧宗祇申了
文明四年壬辰六月廿九日　平常縁判」〈2〉

[11]

○素經雑談共書付之（定雖可有相違ノ儀共今様之儀ニ書付之也）

╲人の心を種　╲心　╲世中にある人　╲意　╲花になく鴬　╲識
╲下照姫　╲天　╲人の世　╲人　╲あらかねのつち　╲地
╲風比興　一　合テ三ト成ル
╲奈良御門　文武　柿本　時代合比
╲これよりさきのうた　╲俊成ハ聖武ト被心得　╲定家ハ誤也云々文武ニ落着スヘシ
╲但　真名序ニ平城　大同天子トアリ・是ハ柿本時代不叶・仍定家卿ハ文武ニモトツケリ
╲年の内に　╲古今二字引合　祝儀也（春上・一）
╲袖ひちて　╲是巻頭也　╲一首ニ四季アリ（春上・二）
╲百千鳥　╲初春始之始　陽気之始（春上・二八）
╲喚子鳥　╲布穀　╲五穀ヲ布時節　╲筒ノ類也　╲遠近の―面は・野遊或採蕨拾妻木之人ニ呼聲ノ所カ　無覚束也
╲裏元初ノ一念初ヲ云（春上・二九）
╲稲負　╲刈稲時分・来故也・石令　秋至テ衰敗シテ・又興ル道理也　王道如此・三禽表王道　╲布穀催耕　╲百千
續之　╲秋至零落　三引合　慈悲　正直　法度以此三立道也（秋上・二〇八）
╲人はいさ―かくさたかなんやとりはあると―（春上・四二）
╲道ヲ忘レス・尋給タル不思儀ト云心也・然ルヲ・梅ヲ折テ昔ノマヽニ・梅ノ咲タル・是コソ我心ナレ・道モ忘レヌ
ト云人ノ心コソハ・不知ト云也

╱花つみー╱拾遺ニ行基菩薩歌・百草に八十草そへて給けん千くさのすくひけふそわかする（春下・一三二）
╱千はやふる神のいかきにはふ葛もー（秋下・二六二）
　╱神通自在モ時刻至レハ如此ト云也
冬
龍田川にしきをりかくー　╱面ハ落葉也　╱裏本分ノ処寒林寂々　寂静ノ所也（冬・三一四）
╱すかるなく　╱夏なれはすかるなく野の郭公ほと〳〵君にわかれきにけり（離別・三六八）
╱郭公なくや五月　╱下句　╱（?）深々ト無明ノ一念ヨリ・生セシ所也（恋一・四六九）
╱夢といふ物そ人たのめなる　╱人ヲスカス（恋二・五六九）
╱命やはー　╱命ヤト云也・╱ハノ字ニ心ハナシ・常ニカハル也（恋二・六一五）
╱大かたはわか名も湊ー　╱以本哥可消　╱後撰ニ（恋三・六六九）
　╱いかにしてへたのみるめをーおきつ玉藻をかつく身にして
╱玉たれのこかめー　╱簾ノこト・ツヽケタリ（雑上・八七四）
　╱奥ニ出にけりハ・殿上セシ事也
╱ひえの山の音羽　╱音羽川せき入て落す瀧つせに人の心のみえもする哉（伊勢欤）（雑上・九二八）
╱いさこゝこにわか世はへなん　╱伏見明神ノ神詠・此以下皆如此習アリ（雑下・九八一）
╱風のうへにありかさためぬー　地水火風空の習アリ（雑下・九八九）
╱たかやすの女のうた　╱左注・隠アル（名欤）哥也　仍如此（雑下・九九四）
╱立わかれいなはの山　╱御待タニアラハ・我ハ帰リ来ンスルカ・御待ハアルマイソト・むかひヲアヤシメタル・餘情ノ
哥也
　〽しつ心なく花のちるらんモ・此心也・鳥の聲モセス・風モナクテ・是程閑カナルニ・何トアレハ・花ノ散ラント・
　　思フ中ニ・時刻ニテコソ散ラント観セル也（離別・三六五）
╱白雪のふりてつもれるー　╱春秋ハ・花紅葉ニモ・マキレシ山スミノ人ハ・冬至テ雪フリハテヽハ・中〳〵ニさひしサ

の限リモ思ヤ休スラン・極レル義也（冬・三二八）
／うつせみの世にも似たるかー　／蝉ハ七日イクル物云々・花ノ盛モ又七日也（春下・七三）
／花みつゝ人待時はー　／陶淵明カ故事引用也・万花ノ前に立云々（秋下・二七四）
／一もとゝおもひし菊をー　／菊花多ク盛ニ開タル影ノ・水ニうつる也・池ノ底ニ実ニ栽タルニハ非ス（秋下・二七五）
／あふみふり　／姿也（大歌所御歌・一〇七一）

［12］
／御へ　／贄也　／大嘗会　／主基方　／レウリ　／献盃　／悠紀方　／管絃　／歌舞（神遊歌・一〇八二）」〈3〉

一　當家三鳥口傳　頼数之内

写了

［13］
○一／祇之内 花ツミト云事ハ・昔ハ花ツミ石塔ト云テ・春ノ野ニ出テ子日ナトノ様ニ遊ビテ・石ヲ拾ヒテ・塔ヲ立テ・供養シケル也　此事今ハアレ共・只可然寺ニテ行也・一ノ所　蔵人所ニハ今モシ侍也・其日導師教化ニハ行基菩薩ノ歌云
／もゝしやくに八十しやくそへてたまひてしちふさのむくひけふそ我する
又 けふせすはいつかはすへき夜も深ぬ我世もふけぬいつか又せん
是ヲ誦スト云々
義曰　心地観經四恩ヲ説ク所ニ母ノ乳味百八十石也　此恩被報云々　行基菩薩ノちふさの哥ハ此事ナルヘシ

［14］
(a)○一／頼数之内 かそふれは
●一／おしてるや
●一／老らくの
●對愚　／是ハ哥ノ表ヲ云
／今日ヨあすヨトカソヘユケ共・日月ハトマル事モナクテ・晝夜ヲ經ニ・マスく老ノ身トナルト云心也・年ヲ利《トシ》トナ

スラヘタリ・此時ハ年ト云ハ・利ナリケリト也

●對賢

╲一切如昨夢・依レ之ニ所ノ一念ハ・雖經劫不可改之由也・此哥ハ常ノ序歌・カラク老タル由ヲ・云ハンタメ也・カラシトハ・心ニハサテモ思ハヌ事ノ・イタリ成スル所ノ詞也・打任テハイタリテト云心也　╲一切唯身心ニ極ノ由也

無義以之為義　表裏共ニ同上

(b)〇╲口傳

╲前ニ三首カケルハ惣別ニ書イタセル所也

╲對愚ト云ハ・オロカナル心ヲ云ヒ・對賢トハ・思返シテ・サトル所ヲ云ヘルヨシ也　╲依ルレ之ニ所ノ一念ハ・劫ヲ經トモ不可改トハ・何事モ昨日ノ夢ノ如シト思フ一念ノ事也・其理ヲ得タル念慮也・不レ可レ改マルトハ・輪廻スマシキノ心也　╲カラシトハ・心ニハサモ思ハヌ事ノ・至リ成スル所ノ詞也トハ・人ノ老トナル心也　╲コ、ヲ辨サトル心ヲ・、シヘヌル儀也・サレハ一切唯身心ニ極ルトハ・書給ヘル也　╲無義以之為義トハ・昨其器ハ・知ヘカラサルノ心也・╲大方此三首・上ニ聞ユル哥ナレハ・サセル義ナシト云ヘキノ心也

[15]
一　身足三足事
　　同口傳

在上写了

[16]
一　表中底事
一　神遊神楽等事
一　取物事

入神秘部了

[17]
〇一　╲序大事　╲唯受一人

＼奈良御門ノ事・貫之ハ平城ニノミ書也・是ヲ定家卿観見セラル丶ニ・タカフ事アリ・所以者何・平城ノ御宇ニハ・人麿見ヘス　人丸出現ハ・文武ノ比ナレハ・文武ト付ラル・其時ハ初ノ文武ト付タル所ハ・真実文武・＼中ノ万葉撰スト云所ヲ聖武ニ心得・＼又年ハ百とせアマリ世ハ十継ヲ文武《平城歟》ニ心得ル也・是唯授一人ノ大事也・故ハ文武ノ比人丸出生・万葉撰ノヨシタシカニ貫之不知《シテ》・イカテ古今撰者棟梁タル」〈5〉貫之ヲ此分ノ事不知ト誤リニハナスヘキ・ナレハ・上ノ義ヲハ何トナク云ナシテ・口傳如此用ル・是當流ノ習也・尤面白シ・末ノ百年アマリ前ヲ・平城ニ口傳シテ可然歟・

＼猶彼御時《ヲ》・文武・＼是ヨリサキ《ヲ》・聖武・＼年ハ百年餘リヲ平城ト心得テ可然歟・貫之ハ平城ト許心得テカケル也　定家

文武　聖武　是ヨリサキノ口傳　此集ヨリサキ也

〽義曰・此義貫之カ誤リト云説不可然・只後人ノアヤマリ也・貫之カ心は・端ノ奈良御門ハ・文武ト分別シテ・人丸ト身ヲアハセタルト云ヘリ・奥ノ奈良御門ハ・真名序ニ平城天子ト載タルうへハ・其代数・延喜迄十代也・年数百余年也・少モ相違之儀ナシ・後人見誤レル故ニ不審起也　＼これよりさきの哥ト云ハ古今集以前ヲ云所分明ニ聞ヘタリ・巻頭ハ已ニ雄略天皇御製ヲノセタレハ・是よりさきトヒロク云ヘル所語勢面白シ・次ニ万葉撰集時代事・定家ノ心ハ・聖武天平ノ比ト被指やうニ聞ヘタレ共・平城御門穿鑿ノ義ナクテハ・序ニ不可載之・平城以前モ此集アリケレハコソ・古万葉ト云題号ハ立ラレケメ・能可分別事也

［18］

(a)○一　杉たてる門　＼口傳　＼直道ノ心・杉ノ直ナルヲ以テ示ス理也・哥ハ明神ノ御歌也

(b)○一＼伊佐爰尓ノ歌ハ　＼日神ノ御歌也

(c)○一＼大和マヒノ事　＼此國フリ也・此國フリト云事・肝心也　此國諸事ノ風也

(d)○　＼巻頭ノ歌有両様

＼一《ニハ》古今ノ義　＼一《ニハ》■■（墨滅）物々ノ上ヲ知事也・是モ古今ノコトハリナルヘシ　＼家ノ説ニ・又一ノ心アリ・道ト云ハ先王ノ道・當帝ノ道二也・何モ同義也・然レ共・以當今之儀用之　＼又云神武天皇乃至國常立マテヲ當帝ノ内ニコメテ取之也　＼此歌ハ心ニ發スル所ヲ正ニトル也・サレハ人ノ心ヲ種トシテト云モ・其心アルヘシ・此下ニ種々ノ義ア

ルヘシ・只人ノ心ト云二字ニ・キハマルヘシ・尤以所仰也

[19]

(a)○一　╲短哥之事　╲此集ノ重事也・万葉ヲ愛ル義有之欤・尤第一ノ難儀トヤ云ヘカラン・可受師説

○口決　止(?)被書加之云々

(b)╲万葉集ヲウツシテ・然モ不似其躰・是物コレニ本意ノ躰也　╲彼集ハ専ラ長歌ヲ始終トモニ用・然シテ卅一字ノ哥ハ枝葉ノ如シ・依之今ノ古今集者・短哥ヲ始終ノ躰トス・長歌ハ枝葉ノ如シ・就之於古今者・なか歌ヲ短哥ト号題ス・是深甚口傳載筆端事未見及者也

文明五年四月五日　　東下野守　常縁

種玉庵

[20]

○一╲十巻物名巻頭ニ鶯ヲヲク事　╲鶯ハ雪中ヨリ春ノ氣ヲ知テ・情ニ感スル物ナレハ・是ヲ定置ク也

╲此巻ハ・殊心ヲ詮ニスル巻ナレハ・如此也・╲心ト云ハ道ノ義也」〈4〉

[21]

○一╲此集ニ始末ヲ立ル事在之　╲年の内に　╲よしや世中 二条　╲当家ニハ千早振ノ歌也・是ハ徳ヲ本トシテ・立ル義也　徳ノ至ル所・道ノ立スル心也・╲法印ノ義又其旨肝心トソ

[22]

○一╲恋部五巻ハ・五行ニアテ、数ヲ定ムル也・恋ト云物ハ五大ノ所作也・又恋ノ部ヲハ・會者定離ニ取也・終ノ歌ニテシルヘシ・╲流れては定ノ心也　此五文字始ヨリ終マテ定レル心アル也・會者ハ妹背ノ山ヲアテ、心得ル也

中ニ落るト云ヲ・離ノ方ヘ取也・よしや世中ハ・會者定離ヲ・削テノケタル心也・サレハ此哥ニ五巻キハマル也・又云　者ノ字ヲハ用ニトラス・定ノ字ヲハ取也・是會離ノ通用也

[23]

○一╲おちても水の哥ニテ・四時ヲ思ヘリ・就其歌人ノ所楽在之・筆ノ及フ所ニ非ス・此二首ハ・内外ヲ平ニスル歌也・落ても水のハ陽ノ哥也・よしや世中ハ陰ノ哥也　╲此二首ヲ内外ニアツル事・故実ト云物也　╲此上ニ道ト云事アリ・此二ニ心住シタル時・道ニ邪ハナキ也・猶藻ニスム虫ヲ思ヘキニヤ

〔24〕

一　あまのかる—
一　典侍藤原直子朝臣—

写了

〔25〕

○一╲祇公ニ口傳 我うへに　╲此我トハ・本分ノ我ニテ・動カヌ物也・此我ト云物ヲ・サトリ知ヘキ事・肝心ノ義也
╲露そをくなるハ・ハヤ造作ノ出来ル・一念ノヲコリ也
╲天河トハ・天性氣也・天ノ性ハ・物ニ顕ハルヽ也・花ノ咲葉ノ萌ル・次天ノ氣也・一氣ヲコル所ヲ・露そをくなるト云也
╲是則陰陽和合スル所ヲ・かひのしつくトハ云也　╲然者此哥ヲ雑歌ノ初ニヲク・事ノ肝心也・天ノ一氣ヨリ始マリテ色〳〵ノ憂喜ノ造作アリ・╲或ハ思とちまとひせる夜ハナト云ヒ╲或ハうれしさを何につゝまむナト次第〳〵ニ老病死ヲハリテ・終ニ一仏性ニ帰スル所ヲモ・マシヘ侍ル也・雑歌ノコトハリ・能思ヘキ事トソ

〔26〕

一　真躰之事

写了　三ヶ之由ニ入　」〈6〉

〔27〕

○一　口傳義条々　相承抄物之内
(a)○一 素純抄一同也 ╲廿巻奥歌 令校合了 ╲千早振　此哥月出テントテハ月白見《シロ》ヘ・うれしき事アラントテハ蜘蛛サカリ・悪キ事アラントテハ忤アリ・╲吉事有ラント思時・此歌ヲ念スレハ・其慶事必成就スル也・此哥ヲ以テ此集ノ眼トスル也・能々心

ヲ染テ可観ト口傳也

古今ノ哥ノ義理ヲ取事大事也云々　亡父云小町　伊勢哥合番時毎首小町を右ニ

(b)〇一同／時代不同ノ歌合ニ。小町ヲ右ニセラレシニ・御門ノ御夢ニ見ヘ奉テ恨申テ云・毎首右ニ番事口惜也・歌人ハ没後ヲコソ執スルニト申ケル云々・／左右ヲサヘ如此執心スル事ナルヲ・マシテマサシク諸入タル歌・眼ノ正意ヲ申タカヘハ・必作者ノ恨アルヘキ事也・然間正意ニ叶又不叶正意モ・タヽリノナキ口傳有之・／口傳ト云ハ・正直門ニ入テ慎ミ云所正意ニシテ解脱也云々

(c)〇一同／古今ノ罸・何ナル処ニテアタルト云事・神罸モ社頭ノ罸・イカキノ罸。ト云事ナシ・只神罸ナレハ・／古今又同・惣躰古今ノ罸ト習也云々

(d)〇一同／廿巻ノ内　伊勢歌ヲ東哥ノ内ニ入事・東海道ハ伊勢ヨリ始マル間如此也・前後ハ此一巻ニ部立無ニ依テ也・一部ノ中ニ部立アル所モアリ　又無キ所モアル也

(e)〇一同／神書　アヲウナ原ニ天ノトホコヲサシ下シ給テ此下ツ底ニ國ナカランヤトテ探リ給フ　滴タル露カタマリテ云々
／アヲ海原ハ陰ノ義也　／天ノトホコハ・陽ノ形也・陰陽和合時ノ一氣本無明一念也・爰ヨリ五蘊建立シテ色〳〵造作ニアツカル物也

(f)〇一同／日ヲリノ日ノ事　／内侍所ヲ左右近ーニオロシ奉リケル事アリ　至テ上古ノ事ト也　此日ノ事能可思計

(g)〇一同／住吉岸忘草事（祇之口傳）　住吉岸ー（虫損）心念モカヽルヘキノ教ヘ也
／有ツウセツスル義也　可秘々々

(h)〇一同／ほの〳〵ノ哥事又口傳アリ・大方五大分離シテ又本源ニカヘリ法界ニ満ル心也・ほの〳〵ト明シハ一氣生ヨリ・六根六識ヲ具足シテ・又本ニ帰ルサカヒヲ・浦ト云ヘリ・一天四海ヲ掌ノ中ナル帝王モ如此也ト万民思心也・生老病死ノ四魔ノ義不用之云々

右相伝口決之抄物之内也　素純奥書注左

奥書云

此一冊古今集相傳以後切紙口傳以下悉以書連之
初之切紙等者始中終調之後之諸口傳――虫損
――委細在口傳而已
文亀第三天八月九日　十代末葉素純在判

私義加云　切紙一部素純法師一冊同前也　委細也(?)校合了　以其次切紙条々或ハ部ヲ分チ或ハ類ヲ寄テ為別巻　為備忽忘也」(7)

[28]

○家説他家説相違条々

／一 一　人丸赤人勝劣事　讀方ノ事也　人丸位正三位也　又君ノ師ナレハ不可及ト云々　讀方ハ同也
／一 二　この花
／一 三　ちりひち　チリインチトヨムヘシ
／一 四　御國忌　ミコキトヨムヘシ
／一 五　わか身世にふるなかめ　霖雨ノ事ニ面ヲ云ヒテアハレ身ニ比スル也
／一 六　まとふ　マヨフト所ニヨリテ讀ヘシ
／一 七　うれはしきこと　事ト云文字ニ云也　然ハ清テヨム也
／一 八　色みえて　て文字スミテヨム
／一 九　みこにおまし〳〵　オハシマシトヨムヘシ
／一 十　七月六日　フツキムユカトヨムヘシ
／一 十一　雲林院　ウリンヰント也
／一 十二　巻頭 古　巻軸 今
／一 十三　冨士ノ煙事　口傳
／私家儀・二条不断・冷泉不立ト各子細被申立・雖然私家ニハ・両家ワカレヌ以前・中院亜相　為家卿ニ奉相傳之間・

両義共用侍由口傳也　／二条家は――さひしさに煙をたにもノ歌ヲ・證據ニシツ・ソレノミナラス・古来富士ノ烟ハ不断ノ由多議・／又冷泉方ニハ不立ト云心・先祝言ノ心也・此山ノ煙ハ・人ノ思ニヨリテ立テハ・山ノ煙タヽサルハ・國土ノ思ナカルヘシ・サル間不立ヲ可用ト云々／然共私家両義ヲ用トハ云ナカラ・氏村以来・二条家門弟ト成テ・二條流議ヲ面ニ立ル間・不断ヲ用也・／サレハ冷泉家ノ不立ハ・無本意欤　／口傳云　彼煙ノ立不立ヲハ云ハテ・思ハ無ク成ルト云心也・煙ノ不立ハ思ナキ心也・タトヘハ冨士ノ煙ハ・枕詞ノ由ニ用也・同序ノ詞ニ・かた糸のより〳〵にたゝす呉竹の世ゝにきこゆるト云カ如シ・／サレハ冨士ノ山　長柄ノ橋　詞ノカサリニテ人ノ思ハナク・道ハタエヌ由也・下タニハ冷泉家ノ云如クニ心得レト・二条家ニヨルニ付テ・而モ不立ノ心ヲ捨ル義勢也

／一**十四**御へノ事　／口傳家説ウヘ也

／一**十五**ヲカ玉ノ木ノ事　口傳

〔29〕

○流議不同　**私云　右ノ十五ヶ条之内雖為同前ノ儀　家々ノ抄物分書加之**

／一冨士山煙事

／一巻頭歌事　古

／一おまし〳〵　オハシマシ

／一色みえて　澄

／一雲林院　ウリン

／一御國忌　ミコキ

／一我身世にふるなかめ　霖雨也

／一といふうれはしきこと　澄

／一をか玉の木　神木ニアリ

／一冬のかものまつりの歌　今

以上」〈8〉

［30］

／物名　／左傳ノ・カクシ詞ノ例也

／やまし　／シノネノ類

／わらひ　／物ノ名ニテハ・藁火也　／歌ハ蕨也

／そほちつゝー　／潤《ウルヲス》字也・不可詠詞也云々

／万葉集ハいつ比ー　／此哥ハ大同ト見ヘタリ・聖武　文武　可随人意云々

／長短ー　／短トハ・心サシノキル、処　／長ト云ハ・モトヨリ長篇也

／花まひなしー　／花モ贖《マイナヒ》ナシト也　／又ノ義ニハ・花モいひなしノ心也

／山田の僧都ー　玄牝僧都ノ説ヲ引

／篠の葉に夏は人まねー　／畢竟ハ・嬛餞ノ義也　／夏ハ涼シク廣キ処ニ寝ヌヘキ時ハ・セハク　／又冬ノ寒キ時ハ・狭《セハ》キ
処《ヲ》ト思ヘハ・床ヒロキ也・是カサカシラ也・／トニカクニ・アヤニクナル狭寝也

／そへにとてとすれはかゝりー　／サウスルトテ・如此スレハ・左ヘチカヒ・右ヘチカフ也

／年のおもはんことそやさしきハ　／ハツカシキ也

／大哥所
おほなほひー　／天照太神也　／日本紀トハ／續日本紀也　／口傳也

／しもとー　／杖也

／もかみ川ー　／領状ノ処遅ヲ待心也　／此川ハ・曲レル河ニテ・のほれ共・クタルやうニ見ユル也

／軸ノ歌　賀茂社　／奇瑞ノ有シ歌也・習アリ

／墨消哥　貫之奏覧本ニケスヲ・別ニ定家卿引分テ被書也

／くれのおもー　／駒ノひさト云一説也

╲わかうへに露そをくなるー　╲雜歌ノ巻頭ニ載之・其心アリ(?)・╲一滴ノ所也・万象一滴ヨリ始マル
╲君やこし　╲無明ノ沙汰　╲得道ノ処也
╲海士のかるー　╲一虫　╲直子ノ哥也・真ノ字可思也
[31]
╲一　序小注　╲一説公任卿云々
╲一　當代御製不入事　不審　╲但偽のなき世成せは　╲是ヲ御製ト習也
╲一　土代ノ歌事　╲自貫之献延喜
梅花さきにけらしもあし引の山のかひよりみゆるしら雲
╲一　風躰事
天川とをき渡にあらねとも君か舟出は年にこそまて
天河遠きわたりに成にけりかたのゝみのゝ五月雨の空
╲一　丸　赤　╲同躰異名也
上總山邊へ流浪之時・赤ト称ス云々
╲一　衣通姫　╲允恭天皇妾　玉津嶋是也
╲一　みたりの翁　╲日障暦尼珠・天ヲメクリ・地ニ入　是ニ柿本ヲ加テ三也
╲一　をかたまの木ー　╲たつをたまきはわれなれや
小倉山たつをたまきはしけゝれと峯行鹿の聲はさはらす　╲為家
╲一　又八通之内
╲アキラケキ神達　ウツクシキ御かほヲモチテー
╲慈眼視衆生」〈9〉

【第一〇巻】

［1］

〇一　╲詠方口傳

╲康秀ハ・詞ハ工ニシテ・其様身ニ不相應　╲彼カ詞ノ如クニ・心モ能ク相應センニハ・逸物ナルヘシ　╲康秀さまハ能シテ・市人ノ利ヲ本トシタルやうナル心也　〽業平ノ心ヲ以テ・康秀カ詞ニテ詠セヨト也　╲喜撰ハてにをは不宜　╲業平ト小町ト黒主トハ・心ヲ得タリ・三人ノ中・何レヲ取ヘキソナレハ・業平ノ情ヲ取テ・康秀カ詞ヲ詠ヘキト也・吹からにノ哥ハ・玄之玄也ト云・依之定家卿　百人一首ニモ被入之タリ　╲貫之カ序ニ・文ーヲ論スル処ハ後世ノ作者ニ心ヲツケント也

［2］

〇一　╲傳受説々事　さほ山の柞事

╲順徳院御説ハ・金銀ヲ鏤メタル様也　╲定家卿院ニ傳授ノ説也　さほ山の柞ノ歌ヲ・╲柞ノ散方ニ成ヌル時・月ノ明ヲ見テ・昼コソ不飽見シニ・夜サヘ見ヨト・月ノ照スハ・いつヲ心ノ隙ニスヘキソト也　╲是院ノ御説欤云々

［3］

一　╲龍田川歌事

╲題不知・読人不知ト云ヘル・面白事也　╲是ハ文武御歌也・此歌ヲ奈良御時事ヲ・序ニモ文武ト付タル・定家卿ノ筆也・是ハ文武行幸ノ時・人丸ト合躰シテ・ヨメル歌也・╲依之此歌ニ・古今ノ二字アリ・紅葉乱レテヲ・古ニ取リ・わたらは錦ト分別シテ面白所ヲ今ニ取也・猶口傳在之

╲文武ハ草壁皇子ノ御子也・廿五歳ニシテ崩　╲聖武ハ文武ノ御子也・人丸ハ文武ノ師也・聖武ハ文武ノ徳ヲ受ラレタリ・人丸ノ仕ヘテフル程ニ・八代トモ・九代トモ・六代トモ云・人丸ノ仕ヘタル中ニ・代々知ラレスシテ・文武ノ師トナル事・十六年也・╲其間ニ在國モ有ケルカ・文武ハ八歳ニテ歌ヲ歌フ　╲延喜ハ九歳ニテ貫之ヲ師トシ給ヘリ・始テ教ヘ奉ル時ニ・此歌二首ヲ奉ル授程ニ・サラハトテ此集撰スヘキ由ヲ被仰

〽龍田川ヲ錦ト見ルハ・聖人ノ心ニテハ無ソト・云・不審アリ
╲當流ノ心ハ・紅葉ヲ錦ト・スクニ見ルカ・聖人也ト心得也
╲立田河ノ五字ハ・古今ノ根源也・秋ノ基ハ立田川也・故ニ五文字ハ古也・紅葉亂ハ今也・九百九十二首ハ・此歌ノ餘情
也
╲吉野山ノ桜ヲ・雲ニ見ナシタルハ・人丸其哥ハアラヌ ╲文武ノ御心ニ人丸カ合躰シタル所ヲ・序ニノフル也
╲又二条 冷泉相論事依此哥之儀也

［4］

○一╲二條家 冷泉相論之事 ╲訴陳状世ニ流布セリ
╲龍田川哥ノ・左注ならのみかとヲ・文武トツクル事ハ・貞應ノ本ニ限リタル儀也・╲然間嘉禄本ニハナカリシヲ・阿仏
似セテ書加ヘタル也 ╲後光厳院御時・為明申上シ事ハ此条也・為明申分ハ・墨色カハリタル由ヲ申ケルヲ・基良公合點
シ給ヘリ・此集ノ眼目コヽニアリ 〽鹿苑院御時也

［5］

○一他家説╲人丸 赤人同人事 ╲仙覚 万葉説 ╲天武天皇 上総國 上野邊郡へ・被配流・╲文武ノ御息所ヲ奉犯之間・又被流
遣
╲帰京之時・号人丸云々・╲万葉ニハ・和銅以後・赤人ハ入也・並テ入事無之・仍同人也 ╲孝謙御宇マテ現存也云々
╲人丸ハ正上三位也 ╲正三位ニハ非ス ╲昔正上正三位ト云位有シ也云々」[1]

［6］

一 梅花 地 それとも見えす 人 久かたの 天
人麿ノ御影ニ梅花ノわんヲ三ツ書ハ此義也 一ツハ畳ノ上ニアル也 置所モ聊此アツカヒアルヘシ 人麿ハ此哥ヲ秘蔵ト
見タリ

［7］

一　人麿ノ影ノ事
人丸ノ影ノ始メハ兼房カ人丸ノ形ヲ不レ知シテ悲ヒケルニ人丸ヲ念シテ居タルニ西坂本ト思敷《ヲホシキ》処ニ梅花ノチル下ニ人丸現シタリ　寫シテ而留レ之　今ノ賛ハ敦光書之　顕季影供ヲスルハ白川院御時也　又信實ハ定家卿一腹ノ兄弟也　此時又人丸現シテカヽセタルニ依テイツモ書之也　亀山法皇ヘモ書テ進上セシ也　其後鎌倉大蔵丞ト云シ者人丸ノカキ手也

［8］
(a)○一　╱号題之事　╱安子傳(?)
╱古　文武　柿本　正　内
╱今　延喜　貫之　直　外
(b)○一　╱古今両字・黒白色ノ義アリ・黒ハ古・白ハ今也・╱黒ハ・一切無分別之境界・一色ノ上ニ無念無相ナルカ如シ
╱白ハ万物明白ニシテ・見聞覚知ノ理ハリ也

［9］
○一　╱隠名作者口傳　╱延喜御哥
╱折つれは袖こそにほへ　╱今朝きなきいまた旅なる
╱立田川錦をりかく　╱時鳥なくや五月
╱かりこものおもひみたれて　╱偽とおもふ物から
╱短哥あふ事のまれなる色に
〽以上七首延喜御歌也

［10］
(a)○一　╱賀
╱賀ヲハ不定ニ取ル也・ナキ事ヲ云ヘリ
(b)○一　╱序ニ　╱岳谷にうつりてかゝやく—

(c)○一　╲賢愚トモニ・明白ナル由也

(c)○一　╲同ニ　╲そのはしめをいへはかゝるへくもあらぬ

╲上古聖代ヲ其始ト云

(d)○一　╲同ニ

╲あはれひ○╲み　╲かなしふ○╲む　╲御國忌　╲現ニハ╲ミコキト《ツ》云也

［11］

(a)○一　╲抄之事

(b)○一　╲此抄ヲハ・小點ノ抄トモ・戒門トモ・自記トモ・又高記トモ云

╲此朱點ノ哥下心・如此貫之思ケルカ・此義未決　イカテカ貫之所ヨリ不———也　我朝ノ道日々夜々ニ哀ヘ侍ル上ニ此工夫ヲ———虫損」〈2〉

［12］

(a)○一　╲歌躰名共

・幽玄　╲行雲　╲廻雪　・長高　╲高山　╲遠白　・有心　╲物哀　╲不明　╲理世　╲撫民

・麗　╲存直　╲花麗　・事可然　╲秀進　╲抜群　・面白　╲一興

・拉鬼　強力　△至極　△松　△竹　△澄海　╲此四ノ躰ハ・十躰ニワタルヘシ

(b)○一　╲至極躰ト云ニ・口傳アリ・古人様々申也

(c)○一　╲景曲躰・写古躰ト云アリ・写古ヲハ存直躰ニヨス・景曲ヲハ・面白躰ニヨス・条々沙汰アリ

(d)○一　╲隔句ト云・讀方ノ秘事也　╲梅かえにきゐる鶯はるかけてノ哥———トツ、クヘキニ・╲春かけてト句ヲ隔タル也

［13］

(a)○一　╲古今ハ入立テ可見也・有二如此三代集ノ見様替一也

(b)○一　三代集ノ見様・後撰・古ノ後ト云・物ノ義也・又云義勢アリ・古ハ未ト云事ナシ・如何カ・後ト云ハン・╲所詮万葉ヲイテ後トス・可用之・╲此集ハ・歌ノ面ヲウツクシク・義ヲ取也

(c)○一　╲後撰集ハ・独立之集也・其故ハ万葉集ハ・古今マテハ知人稀ナレハ也・後撰ト云ハ・古今ヨリ後ノ名ニ非ス・万葉ノ後撰ト可心得・故ハ順ニ仰テ・万葉ヲ讀トカシメシヨリ・万葉ノ心ヲ・此時えて・古躰ヲ本トセリ・サレハ後撰ハ詞ノト、ノヲラヌ哥多シ・心ハシカモゆうニ侍ル也・更ニ古今ヲ放ワタル集也・然モ万葉ノ後撰ト心得ヘシ・╲古来風躰ニ・古今ノ後ナレハ・後撰ト名付ルよし侍ルハ・相違トヤ云ヘカラン・かやうノ事アマタ侍レハ・亡父卿ノ作ニ非スト云ヘリ

(d)○一　╲拾遺ト云ハ・古今　後撰ノ残リヲひろふニ非ス・独立ノ集也・大道ノ餘リヲ拾ふ也・仍以殊(維欽)ノ哥多入レリ・後撰ヲ帯サルト云ハ・此義也・是尤面白義也・但歌仙ノ我執也

(e)○一　╲拾遺事・両字有多義也・釋教等入ル間・如何可用・╲此故ニ・心得ラル、歌ヲハ心得・むつかしきヲ打捨ヲク也云々・両集ノ残ト心得也」(3)

(f)○一　╲三代集題号口傳
・古　╲文人　╲神代　　・今　╲延　貫　人皇始
・後　╲延貫古今ニヨリテ云也　╲人口傳　　・撰　╲天暦御代
・拾　╲両撰ノ残ナレハ云也　╲邪正　正口傳　　・遺　－－－－

[14]
╲袖ひちてー╲三時ウツリ替テ・氷ヲサヘ吹とく風ノ端的ニ・古ヲ知ノ心也・物ニ留マラヌ所也・留マラヌ心アレハ・むつましき時ヲモ着セス・冷シキ折ヲモ歎カス・心中ニ結ホ、ル、所モ無クテ・心ヲ安スル理《リ》也・尤哥人此理ヲ工夫シテ・身心ヲ任スヘキ事トソ（春上・二）
╲春たては　╲非正直ヲ嫌也・╲無心ナル物ニ・心ヲ付テ云カ如ク・人ノ心ヲハカリ推スル事ヲ・誡ムルヲシヘ也（春上・六）

／心さし　○／信ノ一字也・一切ニ渡ル也・石ヲ虎ト視テ・矢ノタツ・此心欤・善悪トモニ此心カナス也・能可思量之教
へ也（春上・七）
／春日野の　／知テ問ハ礼也（春上・二二）
／百千鳥　／百千ノ事ノ譬也・サマ〳〵ノ事ヲ愛《アイ》シテ・タツサハリテモ・我身ノ老トナル事ノ・遁レヌ道也・可思之　イ
サメ也　／道アル物ハ・物〳〵ニ心ヲ付テ・身上ヲ知ルカ目出也（春上・二八）
／春くれは　／道ハ乱ラヌ教ヘ也（春上・三〇）
／春の夜の　／心ト云物ハ・かくされぬ物也・内心ヲカクス者ノ誡也（春上・四一）
／誰しかも　／事ヲ其物ニ任セヌヲ嫌也・かくれはソノマヽ――――其時々ニマカセスシテ・求ムルヲ誡ム・マカレルヲ
――――一木ヲモ求ムルヘカラストソ・是大真――――（春上・五八）
／桜花春くはゝれる　／足《タンヌ》トスル・心ノナキヲ・誡ム（春上・六一）
／まてといふに　／散亂ノ心ナカラマシカハ・世界ノ風ヲ――――（春下・七〇）
／いさ桜　／此マヽノ心得也（春下・七七）
／ことならは　／同前（春下・八二）
／春風は　／あしきヲ友トセサレ（春下・八五）
／みわ山を　世上ニイカナル人アリテ・見ルラン・聞ラント・可恥ノヲシヘ也　／又賢聖ノ・身ヲカクス事アルヲ・した
ふヘキ也（春下・九四）
／いさけふは　／所ヲ定メスシテ・道ヲ愛スヘキ也・花ヲ道ニ取也・一人ハテタレハトテ・世ニナカルヘキナラネハ・ト
云心也　又只・心タニ心シテ・侍ラハ塵ニ交リ・世間ノ色ニそみてモト云心也（春下・九五）
／春ことに　／是ハ無事ノ心也・無事ハ命ノ媒也・身ヲ全シテ道ヲあ《守》ふく《欽》ヘキ心也　／又命トハ・道ヲ相継事ヲ云・道ハ
常住ニシテ主ナキ物也・然ヲ人トシテ相続スルヲ道トハ云也（春下・九七）
／花のこと　／是モ・花ヲ道ニ取也・我心ノ常住ナラヌヲ云也・道ヲ得テモ・我心物ニ動セス・定心アラハ・道ハ昔ニカ

ハラテアルヘキノ心也・道ハ古今ナシト也（春下・九八）
╲駒なめて　╲故郷ノ道ノ零落ニトル・雪ト散ハ・実所ヲ失ニタトフ・惣ノ心ハ・猶絶ヌル道ヲモ・心アル人ト友ナヒテ・
尋ネ見ルヘキノ教也（春下・一一一）
╲思ふとち　╲朋友ノ心ヲ・無二ニシテ・定ムル所モナク・優ナル道ヲ願フヘキ。《心》也　╲又云思ふとちハ・いつくニテモ・
道アル人アラハ・伴ヒテ・世ヲすくしタキノ心也・春の山へとは・諸道の根源也（春下・一二六）
╲郭公なかなく　╲朋友ナトノ音信ヲ・喜ハスシテ・猶よそニモカクヤナト云ヲ・嫌也・╲我里ニ聲シ絶スハノ心ヲ・思
ヘキ教也（夏・一四七）
╲やよやまて　╲幾世シモ有ラシト・只無常ノ理《リ》ヲ思ヘキノ心也・住わふる所ヲ歎クヲ諫ル教也（夏・一五二）
╲五月雨の空も　╲梅雨ノ天ハ・物ヲ分別セヌ心ニトル也　其事ニ當リテモ・コト〳〵シキハ悪キ也（夏・一六〇）」[4]
╲むかしへや　╲我昔ヲ思トテ・無心ノ物ニ心ヲツケテ・云義也・我愁アル時・他人ノ喜ヲ不知・我喜アル時・他ノ愁ヲ
忘ノ教也（夏・一六二）
╲木のまより　╲木ヲ世界ノ悪ニ譬ヘ　╲月ハ善ニ取也　心ハカク悪趣増長――ニアル物也・其善ヲ悪ニ奪ハレテ・
遂ニ失スル也・中――テモアルヘキヲ・少善ノアル世《ニ》のつくし――ヲ思ヘキ教也　╲又木ノ間ノ月ノ――
――（秋上・一八四）
╲かくはかりをしと思夜を　╲秋ノ夜ハ・人ノ我行末ヲ永ク思ノタトヘ也　╲心ハ世――ウキ物ナレト・猶人ノ朝ノ
露ヲモマタヌ身ニテ・行末ヲナ――タクハヘヲ思ヲ・歎キ観スル義也・思事ノ万端ナル内ニ・在世ヲハル〳〵ト
思ナス事・殊ハカナキ也（秋上・一九〇）
╲白雲に　╲物ノまきれぬ事ニ・譬フ・╲鴈ハ悪人　╲月ヲハ聖人ニトル・聖人ノ前ニテハ・心タカク・身ヲモチ・思ア
カル物ハ・まきれぬヨシ也　╲数トハ・行跡ノさま〳〵見ユルニ取ル・只心ヲ清クタシナムヘキノ教也
╲又云我道明白ナレハ・一切ノ人ノ道モマヨハヌ心也（秋上・一九一）
╲吾門に　╲我苦《クルシミ》ヲ以テハ・他ノ苦《クルシミ》ヲハカリ・我愁ヲ以テ・他ノ愁ヲハカル也（秋上・二〇八）

╲秋萩に　╲物々ニ・心ノマヨハサル丶ヲ・誡シムル教也（秋上・二一二）
╲折て見は　╲愛スル物ニ・猶着スル心ヲ誡ル也　╲着フカケレハア必乱ル丶也（秋上・二一三）
╲雪ふれは　╲冬こもりハ・閑居ノ心・誠ニサシコモリテ・世ニたつさはらハ《ヌ欤》・心ノ花也・ソレヲ・春ニ知レヌト云・畢竟閑居ニテ・心ヲ定ムル所ハ・人ノシラヌ花也・又春モ知シト也（冬・三二三）
╲雪ふれは木ごとに　╲時節ノ感スル譬也・只心法弱クテハ・和ト道トノ二不立ト云心也（冬下・三三七）
╲すかるなく　╲是ハ世ノうつろひ行・セマル心也・秋ハ愁ノ方也・旅行ハ・生死ノ堺ニ迷フ人也・カク迫リウツロヒ行・世ノ限ヲ・いつトカ待タント・アハレム心也（離別・三六六）
╲朝なけに　╲君トハ恩ヲ受ル程ノ人ノ事也・それ幾世シモアラシト・万事ヲ放下シテ・恩スツル由也・厚恩ヲ思捨ル・誠ニ出離也・╲棄恩入無為真実報恩者ノ心ニヤ（離別・三七六）
╲人やりの　╲一切ノ道モ・只我身ノタメニコソアレ・かく苦シケレハ・よし何カハセント・思返ス心也・道ヲツトムル人ハ・カク人ノ心ハアル物ソト・能ク守テ・猶くるしめても・学ヲ心サスヘキ由ノ教也（離別・三八八）
╲いさゝめに　╲人ノ限リハ・纔ニ六十年也・ソレヲふるは・只夢中ノ夢也・カク暫時ノ間ニ・心ノツタナサヲ・見えぬる事・耻チ思フヘキ教也（物名・四五四）
╲春霞なかし　╲霞ハ・迷也・縁ニヒカレテ・心ヲ又アラヌ方ヘ引返シハテヽ・多年ノ用心イタツラニナル事アル教也
╲鴈ノ故郷ヲ・縁ニヒカル丶ニ譬フル也（物名・四六五）
╲郭公なくや　╲哥人ノ四時ノ風景ニ貪《フ》ケリテ・却而造作侍ニヤ・然シテ正直ヲ失事アリ・只一心ニ誠ヲ思ヘキノ教也
╲又善悪トモニ・道ノコトハリタ丶サル所ニ・いにしへノ賢聖ヲ恋る心也・只道ハシル人ノほしき《ホシキ》也（恋一・四六九）
╲立かへり　╲よそにてもトハ・ヨソニサシモ放タス人ニ准シタ——事ヲモ又うらむヘキ事ヲモ心ニハク——物也　コ丶ヲ立カヘリ哀トソ思ト観スル——　╲賢愚トモニ如此観スルヲ・立カヘリ哀トソ思ふト云也（恋一・四七四）
╲夕暮は　╲是ハ・空ヲ仰テ・詮ナキ事ヲ思ヲ顧ミスヘキ教也（恋一・四六九）

／我そのに（ママ） ／落着悪カルヘキ事ヲ・思ハカラス・するわさヲ・誡也（恋一・四九八）
／いて我を ／思ノ切ナル時・正理ヲ忘テ・我コトハリヲ云ノ心也（恋一・五〇八）
／あは雪の ／雪ハカロキ事ノタトヘ也・はかなくいたつらナル事ニ心ヲツクスノ誡也（恋一・五五〇）」〈5〉
／よるへなみー ／よるへなみハ・世ニタツキナキ心也・サシ放タレタル君カかけヲ・ヘツラフ心ヲ・諌ルノ教也 ／只自然ノ道ヲ観スへきノ教也（恋二・六一九）
／大かたは我名も ／みるめハ善道に取也 ／アルヘキ其家ナトニタニ・道ノスクナキヲ・譬ヘ云也・心ハ其人ヲ知テ・其名ニめつましき義也・サレハカヽル所ヲハ・漕出テ・遠サカラント云也・／大かたハトハ・思トルやうノ心也・／又云・船ト云物ハ・奥ニテ徳アル物也・是ハ学者ニトル・我ト出身セント思ハ・不可然ノ比也・世ニハ引出サレンハ勿論ノコトハリ也（恋四・六六九）
／梓弓ひきのゝ ／思フ人トハ・何ニテモ・我心ニ着スル物ヲ指也・宜シカラヌ事ハ・かくてハ末いかならんト・身ノためアシカラント思ヘハ・今計ニテハさのみやハアシカランナト・思心ニヒカレテ毎度ニ成行テ・遂ニ身ヲ徒ニナス事ヲ・諌ル教ヘ也
／二タヒアヤマチセスト云事ヲ・能守ルヘキ事トソ（恋四・七〇二）
／暁の鴫の ／暁ハ・明闇ノ境也・羽カキハ・我心ノ迷ニ・身ヲクルシムル比也・／君トハ・君子也・道也・此君ト云モ・余所ニハ無キ物也・心《ロ》道ナキ時ハ・君子不《ス》レ来《ラ》・サレハ・カキミタル世ノ苦ミハ・只我くるしむる也・ト云事ヲ・教ル也・尤可限之（恋五・七六一）
／いましはと ／疑ナキ吉凶ヲ・知ナカラ・蜘蛛ヲ頼ム心ヲ云也（恋五・七七三）
／あはれとも ／善悪哀楽ニハ・主ナキヲ・如何トシテカ・涙ノ隙ナク落ルソト・根源ニモトツキテ・只今ノ我心ヲセムル理也（恋五・八〇五）
／水の面に ／心ノ一ヘンニ無ノ比也・人トシテ・執ヲ留スト云ハン・尤アルヘカラス・只物〳〵ニ任セテ・心地ヲ観スヘキトソ（哀傷・八四五）

╱色もかも　╱過タル事ノ詮ナキニ・心ヲ費ササレノ心也（哀傷・八五一）

╱玉たれの　╱イヤシキ昔ヲ・取出テ・道アル人ノ出身スルヲ・おとすマシキノ諌メ也（雑上・八七四）

╱篠の葉に　╱是ハ・可然人ノ・心ハサモナクテ・はかなき情欲ヲカサネテ・年月ヲ送リ・無常ニシテ・位ヲモチ失ヒくたるヲ・タトヘナケク也・雪ヲハ星霜ノ方ヘトル也（雑上・八九一）

╱老ぬれはさらぬ　╱孝学ノ方ヘヨル・君ハ仁ニトル也　トカクメ―――死スル也・其間ニ学ヲ好ミ・―――ヘキノ心也・見まくほしきは仁ノ―――ノマヽ心ウル也（雑上・九〇〇）

╱しりにけん　╱當意也（雑下・九四六）

╱世中のうけくに　╱世ノウキ事ハ・我ト云物ノ有ルニヨレリ・我ヲソタテヽ・憂キ事ヲ掃ハントスレハ・いやましノ憂事アリ・シカシ我身ヲ無キ物ニセント・覚悟スルノ心也（雑下・九五四）

╱木にもあらす　╱是ハ・心ノ一ヘンニナラヌ性ヲ嫌也　╱一切ニワタレ共・猶学者ノ思ヘキ所也・佛者二《三欤》世不可得ト云是也（雑下・九五九）

╱世中はいつわる　╱此哥ヨリ・下三首ハ・身心ノ始終ヲ云ヘル歌也・此哥ハ・身ノ方ヘトル也・世界ハ常住ニシテ・其方所モナシ・只一身来テ・すめハシハシノ宿リ也・依テ身ノ方ヘトル也・╱十界悉ク其分〳〵ノ住所也・然レハ・いつくヲ指テカ・定メタル所トハセン・誰カ又指シテ我物トモセント云ニヤ（雑下・九八七）

╱相坂の嵐の　╱此歌ハ・心ニ取也・四大五行ノ・アヒアフサカヒヲ・あふ坂トハ・譬ヘ云也　╱嵐の風トハ・無明ノ一念ニヒカレテ・五行ノ相坂アレハ・有為轉變ノ嵐モアル也・只世ノはけしく・苦シキ心ヲ云ヘリ・此心ハはてモナク・行ゐモ知ネハ・此境界ニ侘ツヽ、ソナト云所・心ノシル所ナレハ心ニトル也（雑下・九八八）

╱風のうへに　╱以前ノ二首ハ・心身ノ二也・此哥ハ・二ノはてヲ云ヘル歌也・風ノ上ノ塵トハ・風大地大也・塵ハ土也・水火ヲ風塵ニモタセタル也・人ノ身ハ・風ニモタレテ軽キ物也・四大所成ニ生シテ・老病死ニウツリテ・遂ニ行ゐモ不知成ヌル心也・但空ニ帰スルト見ルハ・二乗ノ見也・生死共ニ常住也・是法住法位等ノ心也・一切衆生・天地万物・立行ニ離ル、事ナシ（雑下・九八九）

＼こよろきの　＼只賎シク身ヲ持テ・大家ニ遠サカレト也（東歌・一〇九四）
＼かひかねを　＼山ハ障《サハリ》リノ義也・さやにもハ・自性ノ心也・けゝれハ凡心ナク能工夫スヘシ・本来ノ自性ヲネカフ義ノ
教也（東歌・一〇九七）」〈6〉

（遊紙）」〈7〉

（遊紙）」〈8〉

[15]
△此集一部内面授秘決　〽号明疑抄　＼為家卿抄也　＼為世卿真筆也
○序ノ分十一ヶ條
＼一あさか山かけさへ　＼此哥諸家本不載之・只注云・あさか山のことはゝうねへのたはふれよりよみて・トハカリ・他
家本所載也・＼仍入道中納言定家卿本書入之
＼一なにはつにさくやこの花　＼口傳云・木花也・非此花云々
＼一さく花におもひつく身の　＼歌ノ心ハ・咲花に思ツキヌレハ・身ノイタミモ知ラス・トヨメル也　＼労《イタツキ》モ不知ト讀也
〽順徳院在位之時・五節棚ニ・つゝミト云鳥ヲツクリテ・矢ノいたつきヲ・鳥ニタテタル・狂事侍キ・比興ト云々
＼一このとのはむへもとみけり　＼此哥ニ三説アリ・さきくさの字也
〽一説・さきくさトハ・ひノ木ヲ云　〽一説・をけら　白木
○〽一説・家々惣名也　＼以此説・為家之口傳秘也
＼又云年中行事云　三枝祭サイクサノマツリ　白木ハ三葉四葉也・以三枝之點案之・おけら相叶歟
＼雖然・所口傳・家惣名ヲ云
＼此哥注云・これは世をほめて神につくるなり・この哥いはゐ哥とはみすなんある　＼神ニ告ル也
＼一いまはふしの山も煙たゝすなり
＼冨士ノ山モ煙たゝすト云ハ・祝言ニ云ヒナセル也・煙不絶ト云也・不立ニハ非ス

＼一いにしへよりかくつたはるうちにもならの御時よりそ
〽奈良ノ御時トハ・可為何帝哉・古来難義也・文武天皇ヨリ聖武マテ五代　奈良ノ帝ト申侍ル・但シ文武ノ御時ノ由口傳アリ
〽本云私案・所口傳・仰信之・但文武一定猶不詳　〽續日本紀第一云・天皇天縦寛仁・慍不形色・博渉経史・尤善射藝云々・経史ヲもてなし給事・是ヲシルス・和哥ノ事アラハ・御傳ニ載スヘキニ・不見・文武ト指ス事・非無不審・＼但師説又所仰信也
＼一かの御時より年は百とせあまり世は十つきになん　＼歳ハ百年・世ハ十継ト云・平城ト云テ・奈良トヨメリ・平城ヨリ醍醐マテ世ハ十代也・又大同ヨリ延喜五年マテ・百餘年歟・此心ニテハ・平城ヲ奈良トヨミテ・百トシルシタル・ひしト大同ニ相叶ト云ヘトモ・是又不被信受・大同ノ帝ノ所ニ・かやうノ事見ヘス・貫之此序一定ならノアヤマリト・古賢所口傳也
＼一わかいほは　＼しかそすむハ・然《シカ》住《スム》・此字也・非レ鹿《シカニ》　〽(墨)鹿ト心得タル哥仙等在之・僻案也・以哥之上下可料簡也
＼一すへらきのあめのしたしろしめす事よつの時こゝのかへり　〽天皇《スヘラキ》天下《アメノシタ》治《シロシメス》四時《ヨツノトキ》　＼春夏秋冬也
九廻《コヽノカヘリ》　〽寛平九年ヨリ・延喜五年マテ九年也
＼一万葉集にいらぬふるきうた　〽而万葉集哥等・入古今・此条又智者一失歟・〽私存如此事・雖古賢皆凢慮也　＼千載集哥・入新古今・々々々ハ五人撰之・非一人之撰・又續後撰哥入續古今・是又五人撰者也・如此事不力及歟・以之案之・平城ト貫之心得候条可為謬欤
＼一それまくらこと葉春の花　〽まくら秘事也・その心ちは　〽夫《ソレ》貫之等ト云　＼夫臣等トモ　＼夫某等常事也　〽但重問　まくら何字哉　〽答　而《シ》字也　＼漢高祖稱《ス》レ而《シ》ト・帝者称朕・如此事也　＼それ貫之等詞の花にほひすくなしト卑下シタル也
△自一巻至廿巻・四十八ヶ条・序合テ・五十九ヶ条也

春上

＼一袖ひちて　〽袖ヒタシテ也（春上・二）

＼一春たては花とやみらん　〽此哥有二説　＼一説花とや見えん　＼一説花とやみらん　〽以此説為口傳（春上・六）

＼一心さし　＼折《ヲリ》・此字也　＼僻案之士・稱居《ヲリ》ト不可然云々（春上・七）

＼一かすかのゝとふひ　／問火　＼飛火　＼此火・就漢家之儀謂之・於今者人皆知之（春上・二二）」[9]

＼一もゝちとり　＼百千鳥《モモチトリ》　此字也・而鴬ト心得タル人多也　＼續古今集ニ・鴬哥中ニ・真観奉書入御製・雖為漢才之士・無口傳之故・もゝちとりト云題ヲ得タランニ・鴬トヨミタランハ・百千鳥ト云惣名ニヒカレテ・不可有難欤・＼鴬ヲ百千鳥ニハ・いかゝ可分身歟・仍於御前加難云々・此事被思合事侍・彼真観古今集勘決事百五十余反云々・而もゝちとりハ・鴬各別也ト・勘出候由・自称・無口傳之間・存難義之由欤・＼又或二品行家卿鴬ヲ百舌鳥トカケリ・仍もゝちとりハ鴬也ト稱云々・百舌・舌ヲ千トヨメルソノ證大切欤・不然者雖出證・就中古今集ニ鴬ナラハ・此哥等可入・一所欤・隔他題了・旁可謂勿論（春上・二八）

＼一たれしかも　＼誰《タレ》カ求《モトメテ》折《ヲリツラント》讀也　＼之《シ》ハ文字不足之間詠也・古哥定習也（春上・五八）

第二春下

＼一ことならは　＼如《コト》　＼かくノ如ク不栄。＼見ル我サヘニ・＼閑カナルシツ心ナシト詠也　閑《シツカナル》心《コヽロ》（春下・八二）

＼一みわ山を　＼三輪山　無別子細　＼然《シカ》此字也（春下・九四）

＼一いさけふはーなけの　＼無《ナケ》・暮《ナハ》有ルマシキ花カト詠ル也（春下・九五）

＼一駒なめて　＼駒《コマ》並ナラメテ也（春下・一一一）

第三夏

＼一郭公なかなく　＼汝《ナカ》鳴《ナク》此字也　＼汝カナク里ハアマタアレ共・ウトマレスト讀也（夏・一四七）

＼一やよやまて　ヤ待《マテ》トヨメル也　よハヤスメ字也（夏・一五二）

＼一むかしへや　＼へ此字・古哥常詞也・非難義也（夏・一六三）

第四秋上

＼一木のまより　＼有二説　おちくる月　〽もりくる月　以此説為家説（秋上・一八四）

＼一いつはとは　＼何《イツ》トハ・思分ネト・はハヤスメ字也（秋上・一八九）

＼一白雲にはねうち　影さへ一説　数さへヲ所口傳也　＼月明之間・鴈数〳〵見也（秋上・一九一）

＼一わか門に　＼有ニセツ　鴾《タウ》　＼家隆卿いなおほせ鳥のこかれ羽トヨメリ　淫名負《イナオホセ》口傳　庭タヽキ口傳

〽出雲　安藝國等ニハ當時モ・件ノ鳥ヲ・庭扣トハ云ハテ・いなおほせ鳥ト云　無不審欤（秋上・二〇八）

＼一いとはやも　＼最早《イトハヤ》　＼木々モ紅葉マタシキニ・最早・鴈ハ鳴ヌルト詠欤（秋上・二〇九）

＼一秋風にうらひれ　＼憂《ウラ》ヒレ此字也（秋上・二一六）

＼一折て見は　＼たわゝ　とをゝ　両説　〽たわゝ・家説也云々　〽枝モタハム程ニト・ヨメル也（秋上・二二三）

＼一萩か花ちるらん｜露霜に・此字也　無別儀（秋上・二二四）

＼第五　秋下　無殊讀

＼第六　冬　無殊讀

＼第七　賀哥　無殊讀

第八離別
＼一すかるなく　＼スカル二説アリ　＼一説サヽリハチ　〽一説鹿家説也（離別・三六六）

＼一あさなけに　〽朝夕也　〽氣此字也

〽公年ヲ・公利きみとしトヨメル也・朝夕見ルヘキ君ト・憑マネハト讀也（離別・三七六）

＼一人やりの　＼人遣《ヒトヤリ》人ノヤル道ナラネハ・帰ラント名残惜ミテヨメリ（離別・三八八）

＼一かきくらしことは　＼如《コトハ》・同前　如此キ・雨ふれ・君トヽメント讀（離別・四〇二）

＼第九　羇旅部　無別儀

第十物名
＼一心から花のしつく　＼憂不《ウクヒ》レ干《ス》　＼カクシ題ナレハ・カクヨメル也（物名・四二二）

＼一うめ　あなうめに　＼穴《アナ》憂《ウ》目《メニ》・＼カクシ題也・此字也（物名・四二六）

＼一白露を玉に　＼絲《イト》ヲ皆歷《ミナシ》　此字也　＼隠題如此詠（物名・四三七）

＼一春霞なかし　＼中之通路トヨメル也・しハ・ヤスメ字也（物名・四六五）

第十一恋一
＼一夕暮は雲のはたて　＼幡手《ハタテ》・此字也（恋一・四八四）

＼一いて我を　＼ゆたのたゆたトハ・大舟ノ・ゆる〳〵ト云心也　＼大船ノ動やうニ・ト詠タル也（恋一・五〇八）

╲一あは雪の　╲たまれはかてハ・且此字也・╲カツ〳〵くたけてト云也（恋一・五五〇）
╲一わかその〻梅のほつえ　╲末枝《ホツエ》万葉（恋一・四九八）

╲第十二　恋二　無殊儀」（10）

第十三恋三
╲一よるへなみ　╲無便《ヨルヘナミ》　╲ヨルヘナキ身ト詠タル也（恋三・六一九）

第十四恋四
╲一大かたはーうみへたに　╲海邊也　此字也（恋四・六六九）
╲一梓弓ひきの〻　╲葛《ツヽラ》末《スヱ》終《ツイニ》　╲或言《コトノ》　╲口舌《クゼチ》コト・シケ、ム　此字也（恋四・七〇二）

第十五恋五
╲一雲もなくーなきたる朝《アサ》は　╲いと晴てト・厭イトハレテ・ヲ・そへタル也（恋五・七五三）
╲一いましはと　╲いまはト思ワヒヌルニ・さ〻かにノ衣ニカ、レハ・たのまる〻ト詠也・さ〻かにハ・人ノクル心ち也（恋五・七七三）
╲一こめやとは　╲来ましトハ・思物ナカラト詠タル也（恋五・七七一）
╲一あか月の　╲百羽《モヽハ》　此字也（恋五・七六一）
╲一あはれともうしとも　╲いとなかるらんトハ・イトマ・ナカルラント詠也　╲最《イト》（墨）啼《ナカル》覧ニハ非ス・而無口傳之人・涙のいと流《ナカル》ラント心得也・或涙ノ泣《ナカル》覧トモ心得也・╲晦ニナカルラント云正説也（恋五・八〇五）

╲一第十六　╲略之　二首注有口傳・所不載之〇

第十七雑上
╲一玉たれの　╲玉たれ有二説　╲玉簾ノ鈎ニ・玉ヲ以テ如瓔珞・カサレル小瓶ナリ・家説云々（雑上・八七四）

第十八雑下
╲一木にもあらす　╲はしトハ半ノ字也・半物ト書テ・ハシタモノト云・ナニモ・ツカス・はしナル身ニ・成ヌヘシト詠タル也（雑下・九五九）

第十九雑躰短哥
╲一いたつらに成ぬへらなり　╲かくなわトハ・乱レタル物也・╲奈良ヨリ出クル・あふら物ト云モ、ノ《（ママ）》中ニ・みたれ〳〵トシタルカ・よりあはせタルアリ・かくなわト云・是カ事也・わら〳〵トアル物也（短歌・一〇〇一）
╲一けなはけぬへく　╲えふの身　閻浮ノ身也・書　╲舊院御前融覚奏此事・真観申云・あはれ推寄タリツル物ヲト申云々・此後定人知及欤・如此事内々可被召勘文欤（短歌・一〇〇一）

施頭哥╲一春されは　╲花まひなし　╲花いひなしにト詠也　本私案此事雖為口傳・猶未落居（旋頭歌・一〇〇八）

第二十甲斐哥╲一かひかねを　╲け﹅れなく╲無心　よこほり四郡　横折　ふせる臥（東歌・一〇九七）

╲有二説・け﹅れなくハ・心ナクト云也・カキクケコ・五音通也

╲件さやの中山ハ・四郡《ヨコホリ》ニ・臥タル山ト云説アリ・但無其儀云々

横折臥・ヨコサマニヲレフス也・以此儀為口傳

╲甲斐ノしらねト云ヲ・サヤカニモ見ルヘキニ・さやノ中山ノ・心ナクヨコサマニヲレフシテ・見セヌト詠タル也

〽△自序・至甲斐哥・五十九ヶ条也

╲文永十一年九月廿三四日受此説等

七十七桑門融覚在證判

╲前左衛門佐基俊・授俊成卿・々々授定家卿・々々授為家卿・々々授公世有奥書本

〽一　公世問曰　╲古今集序注・誰人書哉

╲答云・大納言公任卿書之云々・但當初定家卿申云・此説猶不信受云々・其故者・貫之自筆本・譲女子・件本假名序有端・真名序有奥・件證據者・貫之及天慶年中存生也・自筆本猶在注云々　然者非公任卿注歟

〽一　山桜あくまて色を　╲此哥ハ平兼盛也・有古今注・非古今哥トテ・被撰入續古今訖・真観申給之・兼盛者勧学院学生也・天慶比叙爵歟・非古今集注・公任卿雖注之・以後集・注ノ哥被撰入之条・不取庶事也・代々云勅撰・云家集・不載之・而至于續古今集・以此哥強可被撰入乎・凢両日（ママ）之間数箇之説済々焉

本云╲右此一巻者以為世卿之真筆令終書写校合訖・寔是
一流之明珠・抑又累葉之重寶者乎
于時康正元年十一月七日　平常縁

╲右抄号明疑抄　為家卿抄云々・以宗祇法師本写留之穴賢

不可外見之・此内口傳等有之者也

／延徳二年五月六日　権大納言藤原朝臣《逍遥院》御判」〈11〉

[16]

一　偽作《(朱墨)》之書事就称定家卿製作十一條不審之儀也

△六巻書第五云　／末ニ此事を被書候也　彼抄内ニ此十一ヶ条ハ不入候　可有御心得候

／或仁・秘抄トテ・見セ侍シ・一帖ノ秘抄・京極中納言入道殿製作ニアラサル由・見及条々

一　朝な〱木の《葉》。色付なく鹿のことはりしるき秋の山かけ

たか里の雲のなかめに暮ぬらん宿かる嶺の花の木のもと

／此両首ヲ・なのめナラス・褒美シテ・なとやカヽル歌ノよまれサルラント・うらやまれき

／朝な〱ノ歌ハ・建保二年・内裏秋十五首内也・五条入道殿ハ元久元年逝去・十一年後ノ哥也・感歎返々不審

／たか里ノ哥ハ・玉葉集ニ・暮山花ト入・それ程稱美ノ哥・京極モ子孫モ・ナトカ不撰入シテ・玉葉マテもれケン・不審

／賀茂御幸之時哥合也・此事又新古今以後事欤

／一俊頼朝臣哥ノ・たとへニ・殿上人両三ゐいてヽ・時々扇拍子ヲ一二打スサヒテ・たかヽらぬ程に・歌うち詠しタル・面影トヤ申ヘカラン

／催馬楽　今様ナトニテモ・無クテ・扇拍子打テ・哥詠スラン事・サル事アルヘシトモ不覚

／一後京極殿御事ヲ・只摂政ト被書タル事ハ・拾遺愚草ノ世ニ留マリテ・諸人ノ見ルヘキニタニ・故殿　摂政殿ナトカヽレタルニ・内々ノ抄物に・摂政トカヽルヘシトモ不覚

／一彼御哥ノたとへニ・いとけたかくつくれる中殿の・みすあけたるに・花妓柳男のたヽ二所さしむかひて・四絃十三絃の楽まてはなくて・たヽ手すさひにかきなしつヽ云々

／中殿トハ・清涼殿ヲコソ申ニ・タレハ・只人ノ家ノ寝殿ナトノ躰ニテ侍・心得カタシ

＼一物にたとへたる哥仙ニ・棟梁・順・通具・有家・ナトカ躬恒・忠岑ヲハサシヲキテ・棟梁 順不審 ＼又通具 有家ハ京極心ニ叶ハヌ哥ヨミニテ・新勅撰ナトニモ・歌数少シ被入タリ・

＼又百人一首トテ・上古以来哥仙・古人ヲ定家卿ノ撰ハレテ候ニモ・棟梁 順 通具 有家 四人ナカラ不入候・別シテ取出サルヘシトモ不覚候・只新古今撰者ナレハ・大概才覚ノ所為欤

一鎌倉右府云々

＼此抄奥書ニ・建保五年臘月下旬記之訖・遺老藤原朝臣定家云々

＼鎌倉右大臣 建保六年十月任内大臣・十二月轉右大臣此条如何

一女房中俊成卿女許被入タル事

＼此人京極心ニ不叶哥人也・仍新勅撰 二条院讃岐十三首・殷富門院大輔十五首・八条院高倉十三首・俊成卿女八首・而住の江の月夜神の御心までもさこそタトヘラレタル・太以不足借用

一慈鎮和尚ヲ慈圓ト計被書タル事・拾遺愚草ニ・大僧正或ハ座主ナト被書タリ・是又不審

一折敷ノ裏ニテ切物一二事

＼大夫入道殿ハ・執関ノ餘胤トシテ・閑窓ニ道ヲ学ヒタル人也・さやうノ事トテ・可被秘蔵アラス・是ハ蓮阿ト申者・西行ニ随遂シテ・哥ノ事ヲ聞タル事共・記シタル中ニ・西行カ申タル事也・ソレハ下北面ニテ・さやうノ事ヲモ・秘蔵シケン・其謂アリ・ソレヲ見タル人ノカケル事ニヤ

＼一――の御あそひの時といへる事

＼内宴 相撲節ナトハ・朝家ノ大ナル事也・――タヱタル事也 内々御酒宴ナトヲ・――申ヘシトモ不覚

＼一古今ノ誹諧相傳ノ人・全クナシ 家ノ重事・古今大事此事也・誹諧ト申ハ・躰ハ利口也・云々・子孫ヲ思故ニ・カタハシツヽ・書付侍リ・努々もらし見スル事アルヘカラス

＼此事清輔 奥義抄ニ・くれ〳〵ト書テ・心利口・詞利口・ナト委ク書タル事也・他家ノ抄物ニ・書舊タル事ヲ・かやうニ被申ヘシトモ不覚・返々不被信事也 ＼凡文章モ・義理モ・いつくモ・京極殿ノ製作トハ不見・

此十一ヶ条・大ニ先不審事也

本云文明十九年六月十九日書之　逍遥院殿」〈12〉

（遊紙）」〈13〉

（遊紙）」〈14〉

【第一一巻】

［1］

○一　＼題之分別事

・山家秋月　＼惣シテ三首題ハ・天地人ノ三才ニ宛テ、出ス間・是ハ天地ヲカ、ヘタリ

・月照菊花　＼此題ハ前ノ天地トアルヲ・山家ト云ニ對シテ・草花ヲ照トアレハ・野ト心得タルニヤ・匂ヒト云物題ノ心得ニアリ・返々中ノ題ハ匂ヒ――虫損――ニトリテハル〳〵ト思アル心アルニヤ・只歌よむニタカフヘカラス・可案ニヤ侍ラン・十首廿首ニハカヤウノ事不可有　返々出題大事也

［2］

(a)○一　＼詠哥大概之内　＼少々東家説

・＼梅花さき初しより久堅の雲井にみゆる瀧のしら糸　＼是似せ物ニ非ス　＼花ニ心ヲツクルカラ・此面白キ瀧ヲ・見ツケタル也

・＼はるかなるもろこしまても行物は　＼日本ノ事ヲ思餘リ・大唐マテ思ヒヤレル計ハ少也・大唐ニテモ・四百全州ノ古往今来ヲ・思メクラシタル所・其程ノ遠キト・夜ノ永キトヲ・會得スヘシ

・＼わか恋は庭のむら萩　＼是ハ春草ノ時分ヨリ・恋ソメテ・秋ノ末ノ愁殺ニキハマレル時節ニ奪ハレテ・恋ハ中〳〵ソハツラニナレルト也

(b)＼△一高砂のおのへの鹿のなかぬ日も　＼時刻ノ推移ル感慨ヲ云ヘリ

△一嵐吹遠山もとのむら柏　╲柏ノ葉ノ裏キカ（ママ）雪ニ似タリ　遠村雪ト云題也」〈2〉

(c)
○╲一情以新　╲其欲《シテ》レ新《シクセン》ニ其情《ヲ》一・々ノ別ニ成ル義ニハ非ス・只風情ヲ新シク可施也・其風情トハ・常住ノ座敷モ・ハラヒシツラヒテ・金屏置物三具足ナトニテ飾レハ・アラヌ所ニ見ナサルヽ也・私云孟子ニ悪心《ヲシン》アリト云モ・斎戒沐浴セハ・則以テ上帝ヲモ祭ルヘシト云ヘルモ同心也　╲イカニモ風情ヲカヘテ・同シ昔ノ詞ニテ可詠也　╲真実ニ情ヲ新シクカユレハ・異風異躰ノ未来記ニナル也・奥義秘密ノ口傳也

╲風情新ニ成ヌレハ・心モ自ラ新シク成テ・物コトニ明白也　朝夕各々心ハ一ニアラス・此コトハリヲ思シルヘシ

╲心ヲ新シクトテ・西ヨリ東ヘ月日ノ行ナト云ハンハ・新キニ非ス・

╲心ヲ正シクトハ・無事心也

╲詞ハすなほにトハ・古人ノツカヒツケタル中ニモ・艶ニヤサシキ詞也

╲入ほかトハ・異風ノ歌ノ・猶珎シクセントスル事ニ侍也

╲難波江に生るのみかはをしなへてとよあし原も霜かれにけり

如此類也・近キ哥ナレト證ニ書載之云々

(d)
・一╲猶案之　╲同秀歌ノ内ニテモ・有文秀哥ハ・一句取ト云共・アシカルヘシ・然間猶案之　╲是又口傳也　╲可秘之

╲ほの〳〵桜ちるノ類ハ・文アル秀哥ト云物也

╲矢田の野に浅茅色つくナトハ・只秀歌ナレハ・此等類ハ取ニ難ナキ也

╲又云・本歌ニモ・地ト・文トノ二ヲ・見分テ取ヘシ云々

(e)
・一╲伊勢 小町等類　╲此位ナル人ヲ口傳スル也　╲口傳可秘之

╲菅家　╲猿丸　╲遍昭　╲素性　╲深養父　此等ヲ類ト云也

一又云　╲三六秘

╱柿本　╱紀氏　╱躬恒　╱友則　╱猿丸　╱小町　╱伊勢　╱兼輔
╱敏行　╱忠岑　╱興風　╱元輔　╱是則　╱兼盛
╱一玄之事・類ノ字口傳・右ノ作者也・以平貞(ママ)縁自筆写之云々

(f)・一╱和哥無師匠　╱心ヲ種トスル故ニ云也・心ヨリ出シテ《テ》自《ミツ》カラサトル物也・此文ニ合也　╱是口傳也　╱秘々密々
╱近来ノ秀歌云・心より出てみつからさとる物也ト云ニ就テ・詠歌大概ニ和哥無師匠ト云ヘリ・是コソ心ヨリ出テ
みつからサトルト云・此書ノ口傳ノ意得ナレト・慥秘傳

(g)・一　以舊歌為師　╱詞ヲ見習ハンカタメ也・╱口傳也・秘々中極秘也

［3］

(a)・一╱百人一首
――遊トテ╱此百首ハ・躰姿カハルト云ヘ共・位ハ斉カルヘシ・巻頭――上古ト今日トヒトシキナルヘシ・
上古モ往事ノ心也・今日ノ順徳院――往事ノ心也・シカモ一ツ物也・少シモカハリメ有ルマシキ由・庭訓也・
╱然共事ヲワケテ云時・ふるき軒はのしのふにも猶あまりあるナト云ヘル・文花ヲカサレリ・如此風情ノかはりめ也　╱上古ト今日トヲ・此両首ノ御製ヲ以テ心得侍ル也・返々巻軸ノ歌・上古ヨリハ詞風情一也ト云ヘトモ・文花ヲカサレル由・慥口傳シ侍也
╱此巻頭ハ・上中下ノ世ニ叶哥也・人ニ是ヲ心カケテヨムヘシ・巻軸ノ哥ハ建保　建仁ノ比ヨリ用ト云ヘトモ・上古モアリ・假令近日人々是ヲ用テ・巻頭ノ躰ヲ不知者也
╱此二首ニテ人ノ哥ノよしあしヲモ見シルヘシトソ

(b)・一╱百人一首ヲ清角抄ト号ス・謂ハ・一切獣角ニアリ・此抄・道ト讀カタトヲ・兼タレハ云也・清ハホメタル義也・
為氏卿説云々　╱詠方ト道ト両様同シク習フ抄ナレハ也・是秘々ノ口傳也

(c)・一╱同此抄ニ随分ノ上手ノ入ラヌハ・数定マリテ・ツマレハ也

(d)・一／同抄ニ　＼ほの〳〵ノ歌ナトノの不入事・衆鳥遊同林之義也・サマカハレ共同
＼又ソレ〳〵のユカリニ作者ヲ比スル也」〈3〉

［4］

(a)○一／未来記ヲ関書ト云・此抄ヲ関トシテ・此地へ心ノ来ランヲハ抑へテ・除却スヘシト也
＼歌ヲ詠スル時・其心色〳〵サマ〳〵ニ渡テ・山川草木ニ移リ行共・其情モ・詞モ・風躰モ・此書ノ外ナルヘシ・
努々コノ書ヲ不可学・此書ヲ心ノ関トシテ・此境へ心ノ行カンヲハヲシト、ムヘシ・是ニ依テ関書トハ云也

(b)一／同抄ノ作者　＼柿本貫躬ハ・人丸　貫之　躬恒ノ三人也・此抄ノ歌ノサマ・此作者ノ名ヲツ、ケタルニ似タリ・タ
トヘハ　岩もと菅のねのひノ哥ナトニテ・可心得・是深秘也
＼得業生ハ・其道ノ成業ノ輩ヲ呼フ名也
素傳ハトツゴウシヤウト云　云々・是はシツゴウノ生也

［5］

○一／詠歌一躰之内
／（後拾遺）日も暮ぬ人も帰りぬ山里は嶺の嵐の音はかりして
＼基俊　日くるれはあふ人もなしまさきちる
〽是ハ上手ノシワサニテ・今少シゆら〳〵ト聞ユ

［6］

○一／愚問賢注
／歌は人物いまたさたまらさるさきより其旨存せり
二義相別てー　＼未顕人躰前ノ心ヲ・其旨存せりト云へリ

［7］

＼二義ハ・天地ノ開也」〈1〉

一／魔ニヲカサレヌ深秘事

一　内縛印　／正在口傳

○千早振我心よりなすわさをいつれの神かよそにみるへき

是也・是大神ノ御歌也・古今ノ二字ニアツル時・古字也・内縛ノ印ノ心也・外縛印ニテスル時ハ・ヤカテ今ノ字ニアツル也・其時ハ物〳〵ニアルヘキヤウナル無事ヲ云ヘリ・目前ニ古今明白也　サテ内外ノ印ヲ當ル之時・延喜貫之也　一氣モヲコラヌ所也・位ニ云時・延喜　貫之　古今千首ヲ撰スル所也ト云々

［8］

○後成恩寺被下宗祇一帋

／オクリ

〽名ハカリノ心也・介ニ限ラス・諸官ニ任シテ・其事ヲナサヌ心也

／三カ一ノ并（餠）

〽銀器四杯ニモル故ニ・四ノ字ヲイミテ・三カ一ト云ヘリ・合テ四ハイノ心也

／宀勿代

〽トノヰスル人ノ・夜ノ宿衣ヲ入タル袋也

／三ヶ条ニツキテ・謬説トモアリ・當流ニトリ用ヰス・証據モナキ事也

明應四年八月廿三日」〈4〉

安永六年『春慶引』解題と翻刻

深沢了子

聖心女子大学所蔵、安永六年文誰編『春慶引』を翻刻紹介する。

『春慶引』は、宋屋門武然の歳旦帖で、同門の文誰に引き継がれ、明和二年（一七六五）から安永九年（一七八〇）まで出版されたと推測されている。明和二年〜安永四年が武然編、安永五年から同九年までが文誰編だが、明和三年、安永八年の両年は所在が確認されていない。明和三年については、この年三月に宋屋が没しており、歳旦帖の刊行を憚ったと思われる[1]。安永八年については、七年・九年の『春慶引』にも特段の事情は記されておらず、刊行されたものとみてよさそうである。

『春慶引』については、以下の論文が詳しい。

＊谷地快一氏「武然の歳旦帖『春慶引』をめぐって」（初出「『春慶引』をめぐって」の論題で『俳文芸の研究』（井本農一博士古希記念論集　角川書店、一九八三年）、のち『与謝蕪村の俳景　太祇を軸として』（新典社、二〇〇五年）に題名を改めて収録される）。

＊豊田千明氏「下館市立図書館蔵　武然の歳旦帖『春慶引』」（『学苑』六九四、一九九八年一月）に明和八年版の紹介。

＊竹内千代子氏「安永五年『春慶引』改題と翻刻」（『聖トマス大学人文科学研究室紀要　人間文化』一一、二〇

〇八年三月）に安永五年版の改題と翻刻。

また、

＊松井忍氏「明和・安永期の伊予府中連と淡々流―朝倉の豪農武田家資料を中心に―」（『連歌俳諧研究』一二四、二〇〇三年三月）は、『春慶引』に入集する伊予俳人について論じる。

翻刻としては、竹内氏の論文の他、『蕪村全集』第八巻（講談社、二〇〇三年）に明和五年・八年・九年・安永二年・三年・九年の全翻刻と改題が備わる。

このうち、谷地氏の論文に『春慶引』の概要は尽くされている。谷地氏は、題簽のない安永六年・七年の文誰歳旦帖が武然の『春慶引』を引き継いだものであることを証した。また、竹内氏の論文により、文誰が引き継いだのが安永五年であることが明らかになった。なお、安永五年・九年の文誰歳旦帖も題簽はなく、文誰編の歳旦で『春慶引』の書名が明記されているものはない。

宋屋の系譜であることから、『春慶引』には、蕪村や嘯山、またその他の京の有力俳人も句を寄せている。蕪村が入集するものについては翻刻が出揃っているが、今後、文誰らの、また地方俳人の活動を通覧するためにも、全冊の紹介が望ましい。今回は安永六年の『春慶引』を翻刻紹介し、併せて文誰の活動について若干考察しておきたい。

まず、本書の構成だが、巻頭は文誰・文巴・玉指の三ツ物で、以下一門の歳旦・歳暮・春興句、歌仙を置く。ついで練石、丈石、嘯山、五雲、重厚ら他門の宗匠の歳暮句、「他境」として、地方俳人の句を「城南社中」「南紀連中」などと地域別に分けて配している。こうした構成は武然の『春慶引』と同様である。武然自身も版下を書き、五言絶句を寄せるなど、本書に深く関わっていたと思われる。

次いで、簡単に書誌について述べる。

【目録書名】『安永六丁酉歳旦』（請求番号　911.34　Mo13S）。半紙本一冊。【表紙】縦二二・八㎝、横一五・一㎝。白茶色の無地表紙。【題簽】原題簽は剥落。表紙左に跡が残る。表紙の右上に付箋を貼付。縦七・四㎝、横〇・八㎝。白無地。「安永六丁酉歳旦」と墨書する。【内題】一丁表に「安永六丁酉　机墨菴」。【刊記】無し。【柱刻】無し。【丁数】四三丁。【字高】一五・二㎝。版下は武然編集時と変わらず、武然が担当したと思われる。

本書所収の挿絵は以下の通り。①七丁表・②七丁裏・③八丁表・④八丁裏、以上は半丁に一句の「春興句」と凧揚げなど一画のセット。画は必ずしも句の内容に応じたものではない。⑤十三丁裏「淀城と水車」（城南社中）、⑥十九丁表裏「和歌浦」（南紀連中）、⑦二十四丁表「箒に宝珠」（豊前　中津連中）、⑧二十六丁表裏「鼠・打ち出の小槌」（伊予波止浜連中）、⑨二十七丁表・⑩二十七丁裏・⑪二十八丁表・⑫二十八丁裏・⑬二十九丁表・⑭二十九丁裏、以上は大黒などのカット風の挿絵（二十七丁表の大黒図は二十六丁の鼠からつながるか）。必ずしも句に応じた絵ではない。⑮三十丁表裏「大黒」（長崎社中）、⑯三十二丁裏　カット風の挿絵。⑰三十三丁裏「二股大根」（江州連中）、⑱三十九丁表「臼と杵」（羽州中川連中）、⑲四十二丁表裏と四十三丁表裏「唐子と巻物」（巻物中に句を記す）。なお、色刷りはない。

歳旦帖や春興帖に挿絵が多く使われるのは珍しいことではないが、『春慶引』の場合、「他境」として記される地域ごとの挿絵は、前年と同じものを用いるのが特徴的である。ただし、必ず同じ絵を使うわけではなく、ある年から別の図に変えることもある。武然から文誰に編集が引き継がれても同様で、⑤⑥⑦⑧⑮⑰⑱は、この地域の区切りに置かれた図だが、他の年度の『春慶引』にも使用されている。また、「他境」の陰刻（十三丁表）、⑲の唐子の挿絵も、本書以外の年にも使用されている。

なお、本書は、他に酒田市立光丘文庫の蔵書（書名『春興』　C9／127）が知られている[2]。本書と本文の異同はない。

谷地氏の論文では、文誰は『春慶引』を継続したものの、武然門がそのまま文誰に従ったわけではなく、特に安永七年の『春慶引』では巻頭の三ツ物がなくなるなど、その前途多難なさまが反映されていることが示されている。竹内氏の論文にも、一度文誰へ譲った宋屋の跡を、文誰の家事が忙しいため城南の俳人何得へ譲りたいという武然の手紙が紹介されている。また、松井氏の論文では、地方俳人の文誰離れが指摘されており、文誰の俳壇経営はあまりうまくいかなかったようだ。もとより文誰は武然門ではなく、同じ宋屋門下の兄弟弟子であったことが、武然門下の反発を買ったのであろうか。武然の『春慶引』にも文誰は必ずしも毎回入集しているわけではなく、武然門人と特に親しかった様子はうかがわれない。

一方で、文誰には『春慶引』を引き継ぐ以前からの門人が存在した。今のところ明和六年の分以外に知られないが、文誰は既に自らの歳旦帳を上梓している。[3]明和六年の歳旦帖は、巻頭に文誰・尚秀・文巴の歳旦三ツ物一組を据え、歳暮句、春興句、歌仙を収める整ったものであった。挿絵も多く、単色ながら色刷りもある。竿秋、普求、嘯山ら他の宗匠と共に武然も入集している。ただし、本書の俳諧史的な意義は、月下庵馬南の句が三句入集している点にあるだろう。[4]馬南、後の大魯は、明和八年の『誹諧家譜拾遺』に文誰門とされる。蕪村入門以前のそのごく初期の作品を伝えるのがこの文誰歳旦帖であった。

安永二年以降、武然編『春慶引』では、今まで「城南連中」、「南紀連中」など「〇〇連中」という形で記されていた諸国の俳人たちが、次第に「〇〇社中」と記されるようになる。谷地氏はこれを各地域の門人グループの独立度が高まったものとして考えておられる。地方俳人のグループについてどうとらえるかは難しい問題だが、嶋原の「不夜城社中」などは確かに武然門ではなく、京都や大坂のグループの「社中」は武然と親しい他門とみるべきであろう。安永四年には「文誰社中」も入集する。谷地氏はここから文誰が武然のもとで独立して一門を構えたか、と推測されているが、六年前に歳旦帳を上梓している以上、既に文誰は立几し、社中と呼べるほどの門人を抱えていたとみた方が良いだろう。安永四年『春慶引』に文誰社中とされる俳人は十三名。このうち七名

（其風・九可・鶏宇・絲天・兎望・芭来・文巴）は明和六年の文誰歳旦帖に入集しており、その当時からの門下である。また、この十三名の内、今回紹介する安永六年の『春慶引』には、一風・以楽・其風・九可・鶏宇・絲天・芋秋・文巴・了無の九名が入集している。その後もこのメンバーは、安永七年には八名、同九年には五名と、さすがに数は減らしながらも入集しており、文誰の活動を支えていたのであった。

現在、『春慶引』は安永九年までしか確認されていない。ただ、国文学研究資料館の「日本古典籍総合目録データベース」によれば、文誰は天明五年（一七八五）にも歳旦帖を出版している。所蔵者は公開されておらず直接資料を見ることはできなかったが、資料館所蔵のマイクロ資料で内容を確認した。それによれば、半紙本一冊、題簽はなく「天明五年　富嶺坊」と記した紙が表紙の右上に貼付してある。一丁表に内題「天明五乙巳」。丁付け・柱刻はない。刊記は、「同　日本橋通二丁目　山城屋佐兵衛／同　両国横山町三丁目　和泉屋金右衛門／同　芝明神前　岡田屋嘉七／京都二條通升屋町　出雲寺文治郎／肥前佐賀白山町　紙屋惣右衛門／大坂南久宝寺町　榎並屋小兵衛／同　心斎橋備後町　近江屋平助／同　心斎橋道南久宝寺町　伊丹屋善兵衛」とあるが、冒頭の山城屋が「同」で始まっていることから、落丁の可能性もある。また、本屋自体も天明五年に文誰の歳旦を刊行する顔ぶれとは思えず、この点不審が残る。挿絵は一カ所のみでこれについては後述する。

本書巻頭は

天明五乙巳

聖節

去年はやんごとなきおんかたへ上り、春を迎ふれば、命を知るの歳に、

有がたし草も福寿と呼るれば　富嶺房

の発句に始まり、同じ作者の人日・春興の句々の後、一門の歌仙が置かれている。富嶺房が文誰を指すことは、本書に「富嶺房文誰」とする句が入集することから明らか。『誹諧家譜後拾遺』（寛政九年・一七九七）に、文誰について「机墨庵ト号シ、富嶺ト称ス」とも記される。宋屋の前号が「富鈴（房）」であるため、同音の号を用いたか。机墨庵は宋屋の号で、武然、文誰と引き継がれた。安永五年の『春慶引』以降、文誰は机墨庵号を名乗っている。本書では富嶺房を使用するが、本書にも文誰を「机墨庵主」と呼んでいる例があり、机墨庵の号を誰かに譲渡したわけではないようだ。また、巻頭句の前書から、天明五年に文誰が知命の歳、即ち五十歳を迎えたことがわかる。したがって生年は元文元年（一七三六）、安永五年に武然の跡を継いだのは、四十一歳のことであった。

谷地氏は、安永六・七年の文誰歳旦帖を『春慶引』と見る根拠として、

イ書型（半紙本）。

ロ版下筆者が武然。

ハ「他境」という標題や挿絵の一部が『春慶引』と同一の版木を使用。

ニ地方の入集者に『春慶引』と同一人物が多い。

ホ巻首に年記があり、その下に「机墨庵」と記され、文誰が宋屋の庵号を受け継いでいるのがわかる。

の五点を挙げている。今、わかる範囲で天明五年の歳旦帖とも比べてみると、イの書型は半紙本、ロの版下筆者は、マイクロ資料ながら武然の筆と思われる。[5] ハは「他境」という標題とその丁裏にあたる淀城図が安永六年の『春慶引』に一致。ニは、大きく入れ替わっているものの、淀の鶴有、紀州の仙巵、伊予波止浜の一友、羽州の月夕、東部の吾山、江州の其則など安永年間の『春慶引』に入集していた俳人も見られる。むしろ、年とともに

緩やかに世代交代した、とみるべきだろう。なお、京都の文誰門については、先述の安永四年武然編『春慶引』に文誰社中とされる十三名のうち、四名（一風・以楽・絲天・文巴）が入集する。このうち絲天・文巴は明和六年以来の門人であった。[ホ]は巻首に年記を示し、発句の下に「富嶺房」の号を記す。机墨庵号ではないものの、「富嶺房」は、宋屋の「富鈴房」に由来する号であったと思われ、宋屋からの俳系を示していると言えるだろう。また、練石や嘯山などの京都の有力俳人が入集するのも、他の『春慶引』と同様である。冒頭に三ツ物はなく、歳旦としての形は崩れているが、天明五年まで『春慶引』は続いていたとみて良いように思われる。

宋屋以降、影の薄くなった観のある一門だが、天明に至っても文誰門は活動を続けていた。天明五年の文誰歳旦帖に名の見える門人都雀は、蝶夢・闌更とも親しく、寛政五年には芭蕉百回忌の俳諧を興行、追善集『みちのかげ』を刊行するなど中興俳壇において活躍するのである。

【注】

（1）『俳文学大辞典』「春慶引」（角川書店、一九九五年）。

（2）題簽は後補のもので「春興　安永六丁酉年」とあり。

（3）洒竹文庫蔵〔歳旦帖〕（洒1269）。

（4）馬南の句は次の通り。

さいたん
をだまきや去年の古道又千代の　月下庵馬南
せいぼ
邪魔になる人うつくしき師走哉　同
ひかぬ弓放さぬ矢あり年の的　馬南

（5）天明五年の文誰歳旦も武然の版下であるとすると、武然は一貫して文誰の歳旦に関わり続けていたことになる。『蕪村全集』第八巻、明和五年『春慶引』の藤田真一氏解説に武然の入集は安永六年まで、とするが、雪下庵号で安永七年にも五絶、天明五年には発句一が入集する。また安永九年に蕪村に並んで春興の発句が載る「雪下」も武然であろう。なお武然は『誹諧家譜拾遺集』（明和八年・一七七一）には宋屋門下の在京点者に数えられているが、『誹諧家譜後拾遺』（寛政九年・一七九七）では「点業ヲ廃《ヤメル》人」に挙げられている。享和三年（一八〇三）没。

〔凡例〕

一、仮名・漢字は原則として通行の字体に改めたが、一部原典の表記を尊重してそのまま翻刻した場合がある（例・皃）。
一、踊り字は、漢字の場合「々」に統一した。
一、仮名遣い、濁点は原典の通りとした。
一、半丁ごとの区切りを」で示し、私に丁数を記した。
一、虫食いによって判読不能な箇所を、光丘文庫本によって補った。

安永六丁酉歳旦

安永六丁酉　机墨菴
歳旦
初明や花見次郎の起心　文誰
残る灯しの直に春の香　文巴
東からそよ〳〵枝をうこかして　玉指」1オ
其引
身にあまることを申さは宿の春　牛行
信そ増鳥井玉垣あけの春　逸人
元日や今朝の機嫌を常不断　漣月
かはらしな千代の笑顔の若夷　雅秀
鳥より今朝は勝けり明の春　其龍
きりみかきうちとり得たり今朝の春　素卜」1ウ

歳暮

待おしむさかいとなりぬ年の暮　其龍

隠居からちから自まんや年の坂　素卜

春の気を持てうれしゝかさり縄　雅秀

鳥の部に入金銀やとしのくれ　漣月

請取や誉る子供の懸乞衆　逸人

酔中塵外の興を思ふ

煤に逢て鉢の梅守文昬帳　牛行

軒端々々春吹わたる宵かさり　文誰」2オ

雞旦

よつの海波にうねなし初あした　江鶴

年尾

花もみち油断せし間に大三十日　同

春興

風につれあるは隣の柳かな　巴龍

同

何に狂ふ風を狂への柳なる　江鶴」2ウ

元旦

大福をいたゝきそめてされはこそ　画掌

年梢

松といふ錦木たてつ春隣　同

初午奉納

正一位木の間に春の幟かな　有闇」3オ

歳旦

日本記や松に穂たはら藤式部　春来

晩年

駒とめてさのや弾止めとしの暮　同

聖節

介あり其恵ある日のはしめ　社山

守歳

見込よき夜なり年守大鳥居　同」3ウ

安永六丁酉

歳旦

諫鼓かな御代有かたき鶏の春　楽水

若鶏のこゑも長閑や今朝の春　巴扇

銭かねの重みはいらぬ初日かな　雀思

待まつた鶏の音うれし明の春　揮月

書初やいつもつきせぬ京の水　仙路」4オ

門松の影もゆたかに初日かな　富成
明て行空の広さやはつ烏　玉羽
元旦
竹に来て千代さへつるや初雀　玉指
人日
七くさの音もとゝくや都不二　巴扇」4ウ
歳暮
もち花や年の尾上の家さくら　楽水
静なる日本の絵図や餅むしろ　文水
気にせはし柳のいとの師走かな　雀思
よみ終る年のつきめや暦うり　志孝
春へ行梅の匂ひやとしのくれ　揮月
人の気の揃ふていさむ年の暮　仙路」5オ
何事も納てとしは暮にけり　富成
隠し芸けふ出したりな年忘　玉羽
同
大原女や海老提て行としのくれ　玉指
春夜別友人
永き日はあれと今宵の朧月　机墨菴」5ウ

歳旦
幾春をうつす鏡のもちゐかな　哥風
歳暮
若い娘誰か云染て姥等かな　同
両節
有かたやわきてはつ日の烏丸　馬鈴
削かけ負たく〵と両方から　同
大三十日程よう春の来たりけり　来雨」6オ
春興
何に其軽みうつすそ初柳　牛行
梅咲や通り抜たる森の中　麗水
梅咲や余寒流るゝ水の音　馬鈴
紅梅や開かぬ中の名のみとも　絲天
紅梅や白きを奪ふすかたなる　夫雀
竹の奥日当り斗春とのみ　了無
陽炎や手水遣ふた其あたり　許白」6ウ
春興
長哥に合しても見ん花の尺　鶏字
(挿画)」7オ

春興
暮かたや鞠にもまけぬ春の空　秋竹
(挿画)」7ウ

春興
たん〳〵にまた色々に霞けり　其風
(挿画)」8オ

春興
とう見ても女すかたや藤の花　一風
(挿画)」8ウ

両節
鳥よし鶏の声よし今朝の春　明宇
大としや揃ふ調度の木の匂ひ　同

春興
牛追ふて行翁あり桃の中　同
蝶々や花の外には白拍子　二笑
八巾あけぬ月さへ如意の夕まて　蛾眉
野遊ひや渡て見たる春の水　季遊」9オ

春興
初午や小舟はさひす賑はへり　了無
春雨や友呼声は人に有　絲天
竹の奥柳の奥や春の風　以楽
みよし野や大内は菱の餅配り　文巴

さいたん
千花の色のはしめや福寿草　虎宥

清月上梅花
更る月梅猶しろき梢より　鯉長」9ウ

謌仙
凩やわきて輝く星のそら　明宇
はやくも橋の寒さ覚ゆる　文誰
本陣をもるゝ嘶さはやかに　漣月
衝立の詩も手を分つ時　牛行
月落る山はさのみに高からて　有響
渡るわたらぬ鳥のむれ〳〵　明宇
ち《ウ》ろ〳〵と柳も苗をはこふなり　牛行
家主殿も誓約の弟子　漣月」10オ
何となく人をやしなふ癖有て　文誰
調度の多き世間寺かな　有響
ちよつほりと比良の高根を都にも　明宇

舞子ましりに川の小むしろ　牛行
供連ぬ御留守居達のうつゝなき　漣月
心太屋の月もとほしも　文誰
銀札のしるしも恵美須大黒を　有響
目出度事の風雅なりせは　明宇
南にもろこし人のはなの山　牛行
ふらこゝといふ名さへ文字さへ　漣月」10ウ
（ナ）燕のいそかしさらにいつとても　文誰
後住かあらは此菴もはや　有響
夜もすから執筆の恋に筆とりて　漣月
文庫の紐の真紅さめたり　牛行
降止てあらたに鞠の音すなり　有響
吉田の宿の賑ふはかり　文誰
黄昏や梵論も急いて行過る　明宇
はや蝙蝠のふたつ三飛ふ　漣月
四五年の望叶ふて萱ふきに　牛行
誰か極めて置し棒鞘　有響」11オ
さる程にさやけき月の今宵こそ　漣月
（ウ）遠ききぬたの風の間も　明宇

（ウ）旅役者蝿の中なる秋寒み　文誰
若い男の薬たしなむ　牛行
ものいへは朱引の紛ふうつしもの　有響
十分うけてこつふ落つく　漣月
華のもとの檀も一日の隣あり　六浦
ためしかはらす満る春色　執筆」11ウ

歳暮

羽繕ひ算木を越ん師走山　練石
未た冬そ大晦日の夜半の鐘　丈石
年せはし本道ゆくは飛車香車　鳳原
としの関往もかへるも掛取りや　蘭石
極月や放泥亀間に合す　柳坡
鬼よりも鹿は生野に年暮ぬ　橙雨
せはしさに追れて年も暮にけり　丈可」12オ

其引

春といふ心の友をまつ夜かな　嘯山
枯枝に雫たもつや冬のあめ　五雲

春興

やゝもすれは梅匂ひけり竹の奥　（サガ）重厚

柳かな葉は一枝もなけれとも　クラマ宜石
凍たかと柳も水を覗きけり　シツハラ竹牙」12ウ
他境（陰刻）」13オ
城南社中（挿画）」13ウ
春興
春風や家中の軒も音信し　淀鶴有
華の都に有なから出養生の床をはなれす
名斗や花も香もなき梅屋町　岩田迂童
迂童子漸予か門戸をたゝき無事訪はれし
を
其杖は花を手折て荷へかし　文誰」14オ
元旦　世をのかれて閑居に有なから
嬉しさや朝寝のならぬ今朝の春　天神森素光房松菴
歳旦
際たてぬ庵やともに今朝のはる　綺田相見
物候の新たなりけり初日影　同済美
年内立春
春の来て春の白せぬ師走かな　同
年々も年惜みなん年おしみ　相見」14ウ
東君
しとやかな声も賑はふはつ日かな　山本不三
年尾
咲かけて梅も春まつふくみかな　同
春興
心よしや華に近つく山の色　同
梅か香や余の木にもちと移したし　文誰」15オ
正朔
有程の花の莟やみつの朝　山田村江樹
天の戸を開く心やはつ暦　其桃
晩年
それなりに三島暦や大三十日　同
降る雪を幸花に年木売　江樹
春興
駕はまた眠て来たる花見かな　其桃」15ウ
歳旦
着心やはたへに去年の野の煖み　奈島日々庵九可
年尾

明暮の是非省る一夜かな　同

冬之吟

手廻しや余所の蒔頃麦の寸　同

春興

色いろ〳〵品しな〳〵の胡蝶かな　同

（陰刻）」16オ

春興

見る中に扇子の房や八巾　南京梅実

同

てんから〳〵日の丸揚る扇子八巾　同山霞

冬日偶成

寒菊の世話もやかせす咲にけり　同刻山更可得

（陰刻）」16ウ

歳旦

神の手にまかすやけふの大飾り　浪花操文

春興

千代結ふ内に老木の柳かな　同

若艸や塵一つなき知行寺　同南兄

若草や庵りの簀戸の明りかね　同

東から添る色なり若みとり　同君竹

同

さくらかなかゝる施行の上もなし　同一草舎養古」17オ

八幡参籠

此君か代ぞ幾春の目釘売　浪花蝶宇

せいほ

疵ひとつ附すことしも古ひけり　同木虎

行かふや年の尾をふるたはね梅　同相甫

同

魂棚に注連縄飾る師走かな　同汝星菴句龍

年内立春

冬五日あたゝめて居る玉子かな　同其笞」17ウ

両節

初雞や日月雪花紅葉　播州明石于人

月華の噺留りや申の尻　同

同

色かへぬ松を其侭門の春　同高砂紫翠

節季候や吹雪の中をわけて来る　同

春興

ぬれて行旅人ゆかし春の雨　同可笑」18オ

冬の吟

はつ雪や所々の塀の影　丹州大山平岸

せいほ

煤はきや例の男の大文字　同

春興

又来るも同し噺や春の雨　同」18ウ

南紀連中（挿画）」19オ

（挿画）」19ウ

歳旦

八十島や四里漕出して御代の春　八十四叟如槿

韋駄天のはきものいかに花の春　仙巵

初空や三十日の星は有なから　渡秋

年梢

洗ふへきものを師走の牛房かな　如槿

後の月に引残されぬ除夜の豆　仙巵

神よしと巻納めたり古暦　渡秋」20オ

元旦

手枕もけふや福寿の花心　梅宇

何か生ん初日に匂ふ床の冨士　楚岸

元日や昔を捨ぬ家の風　氷山

白川の霞の外そはつ霞　学古

かち栗に私はなし初日影　貞之」20ウ

年尾

うね〳〵の浪を敷寝や宝舩　貞之

行年や春へこほるゝ茎の水　学古

豊かさは家並にせはし杵の音　氷山

諂はぬかたちも年の調度かな　楚岸

君か代や古盃にとし仕廻　梅宇

加

煤掃に小冠者の遊ふきのふけふ　机墨菴」21オ

南紀の仙巵如槿両子か杖を十日余り予か茅斎に留めて東西の名所神社なとあないして道すから互に云捨し句々数あり其中に一日南禅寺の茶亭に興する事のありておかしき題を探りけるに

湯豆腐の茶碗を見ても紅葉かな　文誰

輿に秋ふき止すさかつき　仙巵
昆天木幾度月をすくふらん　壺山
小笹さゝ原さはく〳〵と吹　州牙
刈捨た草の中からむしの声　朔色
機織音もひくし山さと　可笑」21ウ
夕《ウ》昏は向ひの町も淋しけに　建山
年号斗残る立石　壺山
曳縄を掛た榎に所書　梅卓
手角力に落るこしもとか文　意斗
雪深くゆふへの恋を見付られ　梧栄
水仙生て遊ふ部屋住　里楓
大小も黙頭て行蟹か坂　桐葉
蝉鳴尽てあとへ出る月　可月」22オ
春秋の塵には神もいかにせん　詠長
人の真は偽の世に　学古
花の空小篠々々の酒くさき　魚眼
捨た衣に名残有春　古道
望鴨水惜春
行春に鮎も連たつけしきかな　机墨菴」22ウ

春興
鶯や暦て張た窓のさき　高野山紫謔改端雪
同
山白し花も白々山おろし　橋本閑々菴
川々の水増春や雨のあと　白鴎
桜を見て
花の昼夜も昼也吉野山　吉野山水竹」23オ
歳旦
いろ〳〵の花の兄かは福寿草　讃州羽間其訓
年底
年木樵人を眺や岨の菴　同
冬の吟
山人の袖も雪也雪の山　同丸亀和月
此冬も友呼声や諷講　同金馬」23ウ
豊前（挿画）」24オ
中津連中」24ウ
春興
鶯に水音させん手水鉢　平蕪
春雨やいつしか消る炬燵の火　沙鷗

雪もまた見足らぬに扨梅の花　路水
唐崎の夜はあれとも春の雨　井鮒」25オ
歳晩
あちらから通る人なし年の関　路水
隻六の大津へ来たりとしの暮　平蕪
年波や青海原の畳かへ　井鮒
柿の木にことしも異見する夜かな　沙鷗」25ウ
伊予（挿画）」26オ
波止浜連中（挿画）」26ウ
聖節
見るものに笑かほのつくや初日の出　文律
年梢
行燈の日に交るやすゝはらひ　同
（挿画）」27オ
歳旦
浪華津に咲やこゝろの三の朝　貴唐
年尾
家ことに戸さゝぬ御代やとしの関　同
（挿画）」27ウ

三始
四方やまの御簾捲あけて初日かな　使由
晩年
漕とめよとしの湊のたから舩　同
（挿画）」28オ
歳旦
嬉しさや四方やまく〳〵の明のはる　里蝶
歳暮
とし浪の寄ることわさや汐境　おなしく
（挿画）」28ウ
聖節　守歳　年内立春
日のく〳〵と世はほのく〳〵と明の梅　福寿叟一友
さるとても年の八声に追着ぬ
室を出て難波の春やとしの梅
（挿画）」29オ
待宵
望月やこゝさらしなの夜の雪
良夜
扨も月蛇の目を洗ふこよひかな
十六夜

いさよひや露迄かはく草むしろ
右　福寿叟（挿画）」29ウ
（挿画）」30オ
長崎社中（挿画）」30ウ
祝晨
諂ひを捨たき半隠の身も造化自然の青陽
を仰いて
元日や常は餝らぬ気なからも　東雲臺
雞旦
もとかしい跡これ見よか明の春　仙芝
起はなにむいた所か恵方かな　雨香
和らきは是からしれて初手水　米女」31オ
書初や稚なこゝろもきつとめき
花の春や言葉に花を咲するも
聖節
住連かさり我やとこそは思はれね　武門雨立
歳暮
旅館に千差万別を観して
世の中や一人々々か年仕廻　同」31ウ

唐人は静にあるく師走かな　石州行脚蕉雨
隠れ家は理屈もなしに年くれぬ　越語
春興
休むにも花に遊ひし胡蝶かな　李咏
白梅や青みきつたる池の上　東雲臺
おしけなふ咲てこそけに山桜　同
ほつたりと椿の花や傘の上　文誰」32オ
春興
ことしは京に居て
下河原此春色かもりになり　長府慶雲子
（挿画）」32ウ
江州社中」33オ
（挿画）」33ウ
歳旦
旧冬はからすも御恵を蒙いとめてたき春
を迎ひて
慈悲は上ミ下を恵むや初日影　西湖朽木画一
歳暮
いつとてもなんなし年の川瀬かな　同

春興

扨もよい嘶しのしみぬ春の雨　おなしく

文通

不自由なる中にまた有雉子かな　同龍下求古」34オ

元日

元日や今朝の心は福寿海　同北比良白夜

年中の開きはしめや福寿草　岐田

人ことに能もの得たり三の朝　鳳吹

年梢

煤はきや紙の頭巾の糊かけん　同

かんたんの枕の外やたから舟　岐田

算盤の音も仙家の師走かな　白夜」34ウ

歳旦

本卦の春にむかへは

六十年つんとわすれて御慶かな　湖東エンマ堂竹裏

改めて新に向ふ初日かな　古高村鼠吟

門々も賑ひにけり明の春　了月

生初る花に笑貞やはつ日の出　エンマ堂度曲

幾春もかはらす得たり玉の春　野鶴

いつよりも分て新し初日影　霊仙寺村其則」35オ

年尾

切手なし寝た間に越る年の関　其則

花のはるを咲して待や餅の花　野鶴

鬼は外にゐて付て居節分かな　度曲

弁慶に劣らぬ顔や煤払　了月

身の煤も払て待や年の暮　鼠吟

隠居の身なれは

取遣もせぬ貴さよ大三十日　竹裡」35ウ

両節

元日や初の字のなき今朝の雪　同寺庄松翠

一日は肥たやうなり年わすれ　同

春興

哥の腰を蛇に折られて蛙かな　同

同

折て見てかたけても見る山さくら　同多賀里朝」36オ

歳旦

気の栄へは老ての事よ□《ムシ》（花）の春

ミノクロノ以哉坊
蓬莱や麓の竹も有のまゝ　同マサタ白千
はつ明やもの〱に初の名は添へて　同繼古
はつ□《ムシ》（空）や聞付し鶏声なれと
同モトス砂文
元日やなんなく春のひろき事　同巴石
是程のうつりはあらし初日影　同志秋

同

我庵もあら玉の春と明にけり　同五竹坊」36ウ

歳旦

初日かな常さへ富士の明すかた　遠州相良華則

歳暮

暗部山今宵はいかにとしの路」37オ

東武社中（陰刻）

春興

七くさや今朝こそとくと見覚ん　深川和流
猿ひきや若うてはまた落つかす　松羅
御忌詣のうはさ上野の鐘の声　大素」37ウ
正月やまた春めかぬ春催ひ　縁山眉寿
初午や家中々の幟竹　塵外
四五人は泊たし菴の朧月　其徳
川崎の茶飯誘はん春の釜　達雄」38オ

歳旦

片意地もとく鴬や玉の春　備後三原少山

歳暮

世の塵も居り所なし年のくれ　同
右申の歳の吟なり鴈書遅来ゆへ爰に出す
淑意ありてなり」38ウ

羽州（挿画）」39オ

中川連中」39ウ

聖節

花よりも先遠山のかすみかな　八色木和周
声継をちからや娵のうたひ初　多轍
賤か家もしつこゝろあり花の春　睦之
ひな鶴も待得て舞ん初日の出　魯吉
若水やよろつ溜らぬ事はしめ　意洗」40オ

晩年

白髭の児達多し年わすれ　多轍

馳舩の休みも有や大三十日　意洗
冬日唫
茶の花や雪は見に行人もあれと　里石
葉はかりも冬の称美や水仙花　魯吉
秋興
しら菊の花は付たり後の月　和周」40ウ
閑居の身なから連中の怠りをはけまして
待も花としく〳〵京の初たより　三和房
城下の入口に大河あり其みなもとへ湯殿
月山の御羅伽流るゝ由縁にその名を残す
書初や今もかはらす梵字川　同鶴岡月夕
せいほ
師走川氷も隙はなかりける　同」41オ
偶成
春窓梅與雪梅雪正雅分映月梅逾白入風雪所薫
雪下主人（印）
（陰刻）」41ウ
（挿画）」42オ
歳旦
元日や老の童への手まり哥　芋秋
月はともあれ石山の初日影　巴未
年内立春
ともに春立賑はふや年の市　同
うき花の無春風や年の内　芋秋
春興
梅咲や飛越川の水の音　机筵
とう見てもうこかぬものは柳かな　逸之」42ウ
大尾
林園晴景自遅々
偏愛李花開満枝
縦使紅桃能勝錦
何如白雪散風時
望文誰（印）」43オ
（挿画）」43ウ

「宇野千代書簡」紹介

芝野　美奈代

［凡例］

・漢字については、新漢字に統一した。
・仮名については、原稿に忠実に旧仮名使いのまま使用した。
・手紙の本文では、文字の間に空間があったが、本原稿では、詰めて表記してある。ただし、宛名や日付、住所など、一部原稿のまま、空間を空けて表記してある部分もある。
・踊り字については、そのまま表記した。
・本原稿では、句読点を、文脈によって「、」「。」と表記してあるが、なかには汚れか句読点かはっきりしなかった部分もある。

〈本文〉

昨日はたいへん失礼いたしました。
方々をあるいてまたうちまでも
ひっぱって来たりしてお疲れになり
ませんでしたか。あなたをお送りして

玄関まで帰って来たところへ青児
が帰って来ました。あのバスが
半丁とは行かぬくらゐのところであなたと
行違ひになったのでしたから、とても
残念がってゐました。今度また
もう少し画の新しいのが出来た時分に
もう一度お遊びにいらして下さい。今度は
うちで私のつくったごはんをたべ、
ダンスでもしませう。お酒も少し
用意して。
さてきのふお願ひした画会のこと
くれ〴〵もよろしくお願ひします。今度
のは三十円くらゐの小さいのもこしらへまし
たからどなたかお心付きになりましたら、
お名刺にでもご紹介をお書きになって
送って下さるといいんですけど。今月来月
くらゐの間に大車輪で少し集め
たいのです。ツーリストビューローへお問ひ
合せになって？　あたしも近い中に

訊きに行って来ます。ではどうぞ
宜しく。おくさまにもよろしくおつたへ
下さいまし。　かしこ

宇野　千代　拝

五月十九日　よる

山口　嘉夫　様

御前

〈封筒〉

・表

麹町区紀尾井町三
行政裁判所　御内
山口　嘉夫　様　平信

＊消印に「9　5　20」とある。

・裏

世田谷区北沢二[1]―一九六　東郷青児方

五月十九日　夜

宇野　千代　拝

〈考察〉

この手紙は、鶴見大学図書館の貴重書として所蔵されており、額装され、封筒が付いていた。

大塚豊子作成の年譜(2)をたどってみると、昭和九年といえば、宇野が三十七歳の時で、宇野は四谷区大番町一〇四番地の家を借りて仕事をしており、東郷青児の家に出入りしていた。しかし、青児が以前、心中未遂をおこした西崎盈子との関係が戻ると、千代は身を引くことになる。このことについて、一つ疑問が沸いてきた。先の大塚の年譜(2)によれば、昭和九年五月に青児と盈子が結婚したとある。しかし、野崎泉編書の『東郷青児　蒼の詩　永遠の乙女たち』の東郷青児の年譜(3)では、昭和九年九月に盈子と青児が再会して、宇野千代と別れたとされている。昭和十四年に西崎盈子と青児は入籍し、この年に娘のたまみが生まれている。大塚の年譜は、凡例によれば、「著者自筆（宇野千代）の年譜をもととし、現在までに作成されたものを参照した。」とある。そのため作者宇野自身の記憶違いという可能性がある。さらに『生誕百年記念 東郷青児展』(4)の図録を参照に詳しく述べてみると、昭和九年九月二十八日に、西崎盈子と再会して、宇野千代と別れるという記述があり、昭和十四年、三月八日、青児と盈子は入籍したことになっている。同年四月三日、長女が生まれ、中川紀元が名づけ親となり、「たまみ」と付けられる。

年譜について言えば、もう一つの資料(5)である『アート・ギャラリー・ジャパン　二十世紀日本の美術　全十八巻　十六東郷青児／宮本三郎』をみると、青児が三十七歳（一九三四）に、夏ごろ、盈子と再会とある。先に述べた(3)『東郷青児　蒼の詩　永遠の乙女たち』の年譜では、盈子と青児が再会したのは九月になっているため、夏ごろか九月かは、はっきりしないがこの二つの年譜なら、手紙と辻褄が合う事になる。大塚氏の年譜にある五月に青児と盈子が結婚ということになると、手紙と矛盾してしまう。

田中穣『心淋しき巨人 東郷青児』(6)（新潮社 昭和五十八年四月）によれば、青児と盈子が再会したのは、昭和九年の夏の夜ではないかとしている。

田中の調査をもとに述べれば、盈子は、東郷と再会するまでに、別の男と結婚して一人の女の子がいた。盈子の相手は、浅草で長唄の名取りである北条千吉という男であった。この二人の結婚にも無理があった。盈子の生活スタイルが洋風であり、一方千吉は和風であった。また、彼女が情死未遂を起こした女であるのは、結婚の十分な障害になる出来事であった。しかし、盈子が妊娠したため、両家が話し合い、昭和六年六月に盈子は千吉の籍にはいる。それから、数ヶ月して女の子が生まれるが二人の生活は相容れずに、盈子は離婚を考える。彼女は、自活の道を求めて、目黒の洋裁学院を訪問しようとしたところ、偶然青児と再会をした。

東郷青児は、明治三十年、鹿児島で生まれる。二十三歳の時、明代と結婚する。翌年、青児はパリへ留学する。明代も青児に続いて、フランスへ行って、長男の志馬を出産する。しかし、一家は生活に困り、妻子は帰国する。やがて青児も日本に帰ってきて、家族で暮らし始める。そんな時、西崎盈子と青児は、情熱的な恋に落ちる。盈子の親に、二人の関係は反対されて、情死未遂事件へとつながる。小説の取材のため、その事件の事を聞きに来た宇野と、青児は意気投合し、同棲してしまう。

昭和六年、青児は二科会会員になる。青児は生活には恵まれなかったが、世田谷に家を建てる。その家の借金のために千代は青児の絵を、関西に買い手を求めて売りにいく。大塚作成の年譜では、その家は世田谷上北沢一九六番地とされているが、封筒の裏の住所には、世田谷区北沢二―一九六となっており、年譜と違う。そこで、岐阜県図書館が所蔵している(7)世田谷区の昭和初期頃と思われる地図で確認してみた。図書館の方の話では、年代は断定できないが、おそらく昭和初期頃というお話であった。封筒の住所である世田谷区北沢二―一九六は、見つけることができた。また上北沢町でみてみると、上北沢町二―一九六は存在していない。『日本美術年鑑　昭和七年』[8]には、東郷の住所として、府下世田ヶ谷下北沢一九六とあった。さらに『日本美術年鑑　昭和八年』[9]には、世田谷区北沢一ノ一九六とあり、『日本美術年鑑　昭和十一年』[10]によると、世田谷区北沢二ノ一九六となっている。

宇野千代が、手紙を出した山口嘉夫は、封筒の表書きの通り、行政裁判所の職員であった。内閣印刷局[11]が発行している昭和十年七月一日現在の『職員録』の行政裁判所の頁に、山口嘉夫の名前がみられる。名前の文字は、やや不鮮明であるが、年代や所属から、本人であると思われる。同様に調査をすると、昭和九年一月一日[12]現在、昭和九年八月一日現在[13]の『職員録』にも、山口の名前を見つけることができた。

山口嘉夫[14]は、造形作家山口勝弘の父親である。山口嘉夫の家を東郷が設計したという。知られていることとして、山口が東郷の油彩画二点を所蔵している。勝弘の話によれば、父の嘉夫は法律家で横浜地方裁判所で働いていた。そこで嘉夫に三高時代の友人が、離婚の法律的な相談を持ち掛ける。相談した友人の離婚の相手こそ宇野千代で、その宇野と一緒に暮らすことになる東郷を嘉夫は、知ったという。

山口は、宇野と東郷にとって絵を買ってもらうお客であったのであろう。手紙の内容からは、親しく交流している様子が窺える。運悪く東郷と行き違いになってしまったが、ちゃっかり画会のお願いや、三十円くらいの画を買ってくれそうな人を、紹介してほしいと頼んでいる。昭和九年頃の三十円は、今の貨幣価値に換算するといくらぐらいになるのだろうか？『値段史年表　明治・大正・昭和』[15]によると、昭和九年のそばが十銭で、昭和六十二年には三百五十円である。三千五百倍である。もう少し、他の項目では、食パンが昭和九年で十六銭、昭和六十二年で百四十五円なので、約九百六倍になる。家賃でみてみると、昭和七年が十二円で昭和六十一年が五万五千円であるから、約四千五百八十三倍となる。少し乱暴ではあるが、三つの用例をたして、平均をだすと、約二千九百九十六倍で、約三千倍と考えて、九万円位の価値と考えられるかもしれない。計算をすると、昭和九年頃の三十円は九万円の価値があるとすると、現在でもなかなか高価な物である。

かなりはっきり金額を指定している様子から、商売上手の印象を受けた。金額を示してもらった方が、お客としても、購入しやすい。家の借金の返済のためにも、なんとか売りたいという宇野の気持ちが読み取れるようである。

【注】

（1）こちらの表記については、ハイフン（—）か、カタカナの（ノ）か、判別出来なかった。本原稿では、ハイフンとしてある。

（2）大塚豊子「年譜・主要著作目録」（『宇野千代全集　第十二巻』中央公論社　昭和五十三年六月）

（3）野崎泉　編書『東郷青児　蒼の詩　永遠の乙女たち』河出書房新社　平成二十一年一月

（4）『生誕百年記念　東郷青児展』産経新聞社　平成十年

一番詳しい年譜として『生誕百年記念　東郷青児展』（産経新聞社　平成十年）を参照してみた。これは、石垣敦子が編集したものである。

（5）『アート・ギャラリー・ジャパン　二十世紀日本の美術　全十八巻　十六東郷青児／宮本三郎』責任編集　田中穣／桑原住雄　集英社　昭和六十一年十一月（東郷青児の年譜は田中穣による）

（6）田中穣『心淋しき巨人　東郷青児』新潮社　昭和五十八年四月

（7）岐阜県図書館所蔵『地形社編（新旧町名一覧表入）　大東京区分図三十五区之内　世田谷区詳細図　最新踏査調査精確』東京地形社（図書館の方の話では、年代は断定できないが、おそらく昭和初期頃というお話であった。）

（8）朝日新聞社編『日本美術年鑑　昭和七年』国書刊行会　昭和六年原本発行　平成八年発行
（9）朝日新聞社編『日本美術年鑑　昭和八年』国書刊行会　昭和八年原本発行　平成八年発行
（10）美術研究所編『日本美術年鑑　昭和十一年』国書刊行会　昭和十一年原本発行　平成八年発行
（11）『職員録』昭和十年七月一日現在（内閣印刷局　昭和十年十月）
（12）『職員録』昭和九年一月一日現在（内閣印刷局　昭和九年三月）
（13）『職員録』昭和九年八月一日現在（内閣印刷局　昭和九年十一月）
（14）大前勝信＋谷藤史彦「東郷青児と建築」『東郷青児展　大正・昭和のモダニスト』ふくやま美術館　平成十四年二月
（15）『値段史年表　明治・大正・昭和　週刊朝日編』朝日新聞社　昭和六十三年六月

〈協力〉
中島啓子先生（損保ジャパン東郷青児美術館　主任学芸員）
鶴見大学図書館
岐阜県図書館
この場をお借りして感謝申し上げます。

執筆者紹介（五十音順）

伊倉史人（いくら・ふみと）
一九六六年・東京都生。慶應義塾大学大学院博士課程単位取得退学。修士（文学）。鶴見大学准教授。著書『古今集注釈書伝本書目』（共著、二〇〇七、勉誠出版）、論文「『古今和歌集』の注釈書―一条兼良『古今集童蒙抄』『古今和歌集秘抄』を中心に」（『注釈書の古今東西』二〇一一・一一、慶應義塾大学文学部）他。

石澤一志（いしざわ・かずし）
一九六八年・神奈川県生。鶴見大学大学院博士後期課程単位取得退学。博士（文学）。現在目白大学講師。著書『京極為兼』（二〇一二、笠間書院）他。

岩佐美代子（いわさ・みよこ）
一九二六年・東京都生。女子学習院高等科卒業。博士（文学）。鶴見大学名誉教授。著書『京極派歌人の研究』（一九七四、笠間書院）『光厳院御集全釈』（二〇〇〇、風間書房）他。

片山倫太郎（かたやま・りんたろう）
一九六二年・京都府生。東京大学大学院博士課程中退。鶴見大学教授。論文「川端康成『雪国』試論」（『文学』8―5 二〇〇七・九～十）、「川端康成の未発表小説『勤王の神』（鶴見大学図書館所蔵）」（『国文鶴見』47、二〇一三・三）他。

久保木秀夫（くぼき・ひでお）
一九七二年・東京都生。日本大学大学院博士後期課程中途退学。博士（文学）。鶴見大学准教授。著書『中古中世散佚歌集研究』（二〇一〇、青簡舎）、論文「『伊勢物語』皇太后宮越後本の性格」（『国語国文』82―9、二〇一三・九）他。

今野鈴代（こんの・すずよ）
一九四三年・神奈川県生。鶴見大学大学院博士後期課程単位取得退学。博士（文学）。著書『『源氏物語』表現の基層』（二〇一一、笠間書院）、論文「もう一人の一世源氏―允明の場合」（『国語国文』78―12、二〇〇九・一二）他。

佐藤かつら（さとう・かつら）
一九七三年・新潟県生。東京大学大学院博士課程単位修得退学。博士（文学）。鶴見大学准教授を経て、現在青山学院大学准教授。著書『歌舞伎の幕末・明治―小芝居の時代―』（二〇一〇、ぺりかん社）、論文「舞台の塩原多助」（『文学』14―2、二〇一三・三）他。

芝野美奈代（しばの・みなよ）
一九七五年・岐阜県生。鶴見大学大学院博士後期課程。論文「宇野千代　著作年譜及び考察　大正十二年まで」（『国文鶴見』44、二〇一〇・三）「宇野千代「墓を発く」論」（『国文鶴見』47、二〇一三・三）他。

新沢典子（しんざわ・のりこ）
一九七四年・愛知県生。名古屋大学大学院文学研究科博士課程修了。博士（文学）。鶴見大学准教授。論文「古今和歌六帖と万葉集の異伝」（『日本文学』57、二〇〇八・一）「『ものはてにを』を欠く歌の和歌史における位置づけ」（『萬葉語文研究』第9集、二〇一三・一〇）他。

高田信敬（たかだ・のぶたか）
一九五〇年・岐阜県生。東京大学大学院博士課程中退。博士（文学）。鶴見大学教授。著書『源氏物語考証稿』（二〇一〇、武蔵野書院）、論文「橘道貞の下向―『赤染右衛門集』管見―」（『国語国文』82―6、二〇一三・六）他。

田中智幸（たなか・ともゆき）
一九五四年・神奈川県生。早稲田大学大学院博士後期課程満期退学。鶴見大学教授。論文「『呂氏春秋』有始覧の形成をめぐって」（「新しい漢字漢文教育」44、二〇〇七・六）「『呂氏春秋』の統治論に見える『荘子』の虚静無為」（『鶴見大学紀要』46、二〇〇九・三）他。

中川博夫（なかがわ・ひろお）
一九五六年・東京都生。慶應義塾大学大学院博士課程単位取得退学。博士（文学）。鶴見大学教授。著書『大弐高遠集注釈』（二〇一〇、貴重本刊行会）、論文「鎌倉期関東歌壇の和歌の様相」（『国文鶴見』48、二〇一四・三）他。

平藤幸（ひらふじ・さち）
一九七五年・山形県生。鶴見大学大学院博士後期課程単位取得退学。博士（文学）。現在鶴見大学非常勤講師。共著『平家物語　覚一本　全』（二〇一三、武蔵野書院）論文「藤原経宗の口伝」（小原仁編『『玉葉』を読む』二〇一三、勉誠出版）他。

深沢了子（ふかさわ・のりこ）
一九六五年・神奈川県生。東京大学大学院博士課程単位取得退学。博士（文学）。鶴見大学助教授を経て、現在聖心女子大学教授。著書『近世中期の上方俳壇』（二〇〇一、和泉書院）、論文「蕪村の『蒙求』利用句」（『文学』12–6、二〇一一・一一～一二）他。

堀川貴司（ほりかわ・たかし）
一九六二年・大阪府生。東京大学大学院博士課程単位取得退学。博士（文学）。鶴見大学教授を経て、現在慶應義塾大学教授。著書『書誌学入門　古典籍を見る・知る・読む』（二〇一〇、勉誠出版）『五山文学研究　資料と論考』（二〇一一、笠間書院）他。

牧藍子（まき・あいこ）
一九八一年・東京都生。東京大学大学院博士課程単位取得退学。博士（文学）。鶴見大学講師。論文「元禄俳諧における付合の性格―当流俳諧師松春を例として―」（『連歌俳諧研究』第121号、二〇一一・九）「享保期の不角の月次興行の性格」（『国語と国文学』90―9、二〇一三・九）他。

山西明（やまにし・あきら）
一九三八年・東京都生。鶴見大学大学院博士課程単位取得退学。博士（文学）。元淑徳大学教授。著書『曽我物語生成論』（二〇〇一、笠間書院）、論文「仮名本『曽我物語』と『孝養集』」（山田昭全編『中世文学の展開と仏教』二〇〇〇、おうふう）他。

国文学叢録《こくぶんがくそうろく》――論考と資料

2014年3月31日　初版第1刷発行

編者　鶴見大学日本文学会

発行者　池田つや子

発行所　有限会社　笠間書院

東京都千代田区猿楽町2-2-3〔〒101-0064〕

NDC分類：906　電話 03-3295-1331　Fax03-3294-0996

ISBN978-4-305-70730-7　モリモト印刷
© TSURUMIDAIGAKUNIHONBUNGAKUKA 2014
（本文用紙・中性紙使用）
乱丁・落丁本はお取り替えいたします。
出版目録は上記住所または下記まで。
http://www.kasamashoin.co.jp